I0778125

形形色色上海人

孙宝强 著

飞马国际出版社

　　在这个世界上，最令人悲哀的莫过于一个民族的文学生命被暴力所摧残。它不单是禁止舆论自由，而是强制性地桎梏一个民族的心灵，并根除其记忆。在这种情况下，整个民族就如同行尸走肉一般。

——索尔仁尼琴

目次

前言 烈女子孙宝强

　　本书的作者，是一位在"六·四"发生后第二天，敢上街振臂疾呼的烈女子，一位经过提篮桥三年牢狱之灾，而不改初衷的女铁汉，一位在澳洲落户后，Still 和现政权过不去的海外流亡者。

　　在中国历史转型的关键时刻，曾出过许多奇女子：一位是留下千古名句"十四万人齐解甲，更无一个是男儿"的花蕊夫人，一位是明亡时"欲奋身投水"的柳如是，一位是鉴湖女侠秋瑾，和那一位死后还使独裁者胆颤的林昭，以及那位并不遥远的，在文革中敢用嗓子呐喊，最终被割断喉管的张志新……

　　孙宝强脾性刚烈，有水浒中人物"母夜叉孙二娘"的绰号，其夫君"菜园子张青"——陈新浩先生，夫妇俩鹣鲽情深，三观相同，妇唱夫随，极为和睦，纵有"孙二娘"抗议呐喊，必有"菜园子"举牌随后。

　　孙宝强的夫君陈新浩先生，是一位值得尊重朋友，当孙宝强被判入狱时，曾对他说："新浩，为了你的前途，我们离婚吧……"

　　"不行，你不是做了丑事而入狱，你是为正义受难，那怕坐穿牢底，我也等你……"这霹雳有声的对话，令人怆然泪下，与眼下抛弃糟糠，喜新厌旧的权贵贪官相比，何等高尚，何等令人敬钦！

　　孙宝强的青年时代是在文革中度过的，其人生轨迹无不带上时代的烙印。她对事物黑白分明，清浊强烈，出言犀利，不留情面，她常有叱斥我为"缩头乌龟"。因我近年来是经常穿梭回国，游走两岸，不敢放肆，岂有不做"缩头乌龟"之理。乌龟缩头，至少守住道德底线，没有出卖灵魂，也没有为邪恶叫好，再说近来颈椎病发作，伸缩舒展，正好锻炼。当然我也有戏言反击她："不要冒充大公鸡，黎明，不是因公鸡的啼鸣而破晓……"

　　在恭祝孙宝强新书出版前夕，絮叨数言，亦庄亦谐，聊作前言。

王亚法

二○一八年十月二十二日于半空堂

我的初恋

一

　　每当我看到他人痴痴地，傻傻地，一脸幸福地沉浸在初恋遐想中时，就想起自己的初恋。我不确定这是否算初恋——因为我们从未手拉过手，更没有拥抱接吻之类的肢体语言，我和他只是纯同学的友谊加一个"红粉知己"的元素。

　　那是一段昏天黑地的日子。被红太阳亲切接见并全身心投入文化大革命的红卫兵小将，突然接到上山下乡的最高指示。一瞬间，小将如炸窝的黄蜂，嗡嗡乱飞中迷失了方向。

　　因为我有一个"自绝于人民自绝于党"的父亲（解放初任榆林区区长）；因为我有一个未曾谋面的汉奸舅舅（日本翻译），被红卫兵排除在外的我，既不参加大串联，也不参加大批斗。就在上山下乡的前夕，母亲去世，于是我幸运地被分配到了上海炼油厂。

　　一个寒冷的冬天。剪一头短发，围一条围巾，模仿江姐造型的我，胸口托着一本恩格斯的《反杜林论》，兴冲冲去他家。明天，我的班长兼团支部书记就要去黑龙江农场。同班四载，他只和我说过一句完整的话："很遗憾，你的入团申请被组织拒绝了。"

　　那句话，曾让我涕泪四溅，黯然神伤。我暗暗发誓，一旦我加入共青团，我将在第一时间通知他。

　　敲开那扇黑黝黝的大门，迎接我的是一张大大的嘴，意外的见面令他惊讶不已。

　　我们像中美谈判一样，端坐在长桌的东西两端。我们谈了萨特的存在主义，谈了巴金的无政府主义，谈了黑格尔哲学，谈了《钢铁是怎样炼成的》。我们什么都谈，又什么都没谈。囫囵吞枣地咽下食物，再反刍给对方。反刍的食物中，甚至没有消化酶。谈啊谈，当谈到世界革命和中国革命时，我们血脉贲张，热血冲脑，有振臂高呼的冲动，有风萧萧兮易水寒的悲壮。半个世纪后的今天，我还清晰地记得，谈论的首中之首，重中之重，急中之急就是台湾。"一定要把台湾人民从水深火热中拯救出来"，这是我们铮铮的誓言。

　　西边的晚霞，斜斜地射进天井。残阳狭窄而执着，长久地停在花圃上，像我们懵懂而狭窄的青春，像我们懵懂而执着的青春。

"明天……"他凝视着那抹残阳，心中涌起一阵伤感。

"明天会……更美好！"我言不由衷。

"对！明天一定更美好！让我们在城市和农村，燃烧炽热的青春！"他一改伤感，亢奋起来。

我站起来和他挥手道别。没有握手，没有拥抱。在我们的脑海里，定格着毛泽东在城楼上挥手的动作，这个动作，涵盖了世界上所有的动作。

我走出巷子，他从后面赶上来，递来一本用报纸包裹的书。打开报纸，《共产党宣言》的白皮书赫然入目。我最喜欢这本书里的一句话："干得好啊，老田鼠！"

我怀着虔诚带着感动，把白皮书托在胸口，这是红宝书恒定的位置。红宝书既在神龛上，又在年轻人滚烫的胸口。突然，我看见报纸边沿有一群蚂蚁般的字。这不是批判稿，也非决心书，而是一个人的名字。密密麻麻的字交叠在一起，其实只是三个字：孙宝强。

我的心，慌如撞鹿。我把手，使劲摁在胸口。

我住进上海炼油厂的集体宿舍。撩起蚊帐，战天斗地的一天开始了；放下蚊帐，深揭猛批的一天结束了。蚊帐里，是我的空间，我的天地。写信，成了蚊帐里的一盏灯。我喜滋滋地告诉他，我被评为学毛选积极分子；我不经意地述说，我的入团已被批准。而他，则兴冲冲地告诉我，他被评为青年突击手；他不留意地透露，他已加入了共产党。鼓励，勉励，激励，是信的核心；格言，诤言，誓言，是信的内存。在狂热中，我们匍匐在图腾下；在崇拜中，我们丢失了自我。

一旦把信投进邮筒，我就成了孵蛋的母鸡，渴望新生命的变化。下班后第一件事，就是在门卫室那一排不甚明亮的玻璃前寻觅。一旦拿到信，一口气奔到黄浦江边安静的码头上，怀着接受圣诞礼物的喜悦，慢慢撕开信封，让一颗心随着风飘上天。

一九七〇年，运动愈发深入，也愈发惨烈。在篮球场的批斗会后，一名技术员跳楼自尽，罪证是反"文革"的言论；在车间的誓师大会后，一名师傅被囚车送进监狱，罪行是写"风花雪月的诗"。这两件事，深深刺激和刺痛了我，从此，通信的内容变了。我避开火热的政治，开始谈世界文学，谈游泳的物我两忘。而他，则谈诗歌的韵律，谈农场的枯燥，偶尔，也流露出一丝惆怅。

这样的通信持续了五年。五年里，信的抬头一直是"某同学你好"；信的结尾一直是"致以革命的敬礼"。一九七四年的某一天，我收到一个硕大的信封，仅一张白纸上有一行大字：我已经被上海医科大学录取。接下来的交流，不在纸上而在嘴上。我们有争论，有共鸣；或嬉笑怒骂，或插科打诨；或欲言又止，或一吐为快。时而，他才说出上半句话，我已应声下半句。对无知的狂热，对无畏的激进，我们开始反省，虽一小步一小步地走，却走得蹒跚，走得心酸。

二

突然间，我们断了联系。他不再联系我，矜持的我，当然也不联系他。我们像断线的风筝，莫名其妙地消失在彼此的视野里。

一年后，我到他家门口看了门牌号码，然后给他写信。这不是信，而是一行字："谈笑有鸿儒，往来无白丁。"字很大很大，不像温柔的鸽子，倒像一个个凶猛的秃鹫。

信发出后，我美美地睡了一觉。一觉醒来，他就站在我家门前。他眼眶深凹，面容憔悴，人一下子老了十岁。我大笑："去西天取经？"他说："经没取到，罪倒受了不少。"他笑了，笑得很牵强。

他抽出一根烟。"second time。"

"中学读的是俄文，不要在我面前卖弄英文。"我冷冷地说。

"我到黑龙江农场时，答应母亲绝不抽烟。我抽的第一根烟，是在接到大学录取通知书时。"

"第一根是喜烟，第二根是愁烟？"我尖刻地问。他避开我的眼睛，一味地把自己裹在浓浓的烟雾里。

我们又开始了交流，又成了无话不谈的挚友。我从不问他失踪的原因，他也从不说失踪的理由。此时，我开始在上海炼油厂厂报和石油部的石化报上发表文章。他对我的文章时常提出一些中肯的看法。还有一个月，他就要毕业并分配了。他快乐地憧憬着未来。他指着报纸说："你这篇文章打动了我，我也要写万言书，向校领导提出自己的看法。"他兴致勃勃地走了，纯真的神态打动了我。我们被同一个理念所打动，我们相互被对方打动。

两个月后他又来了。他眼眶深凹，面相憔悴，人一下子老了十岁。我大笑："西天的经取到了吗？"他说："经没取到，人倒被贬到边陲。"他笑了，笑得很苦涩。

原来，万言书发出后，他班上所有的同学全部分到上海各大医院。而他这个成绩优异者，却被分配到上海郊区的金山石化厂做厂医。

沮丧的他，依然是我的良师益友。谈笑间，能捕捉到他丝丝缕缕的温情，但一贯拒绝媒人的我，开始去相亲：他曾经失踪过，谁能保证在坎坷的岁月中，他会不会再一次失踪？

一九七八年，政治形势开始变化，他对我的热情也与日俱增。"五一"劳动节，他破天荒请我去看《百万英镑》的电影。电影结束后，我们沿着熙熙攘攘的人流来到外白渡桥上。五彩斑斓的灯光，给黝黑的苏州河水镀上了一层金粉。他深情地看着我，我慢慢地垂下眼帘——外面的世界，不是水深火热的世界；镀着金粉的河水，也不是真实的河水。

我抬起头，再一次看见他渴望的眼神。我用眼神告诉他，曾经沧海难为水——沧海是他，水亦是他。

一九八零年的大年初二，我和丈夫举行了婚礼。对于我来说，婚礼不是白头偕老的平台，只是一个女人必然要走的程序。我不确定，我的终身能否托付给丈夫？我不能确定，丈夫就是我一生的挚爱？我穿着喜装，心里却没有真正的喜。

在我的婚礼上，他疯疯傻傻，癫癫狂狂，似醒非醒，似笑非笑，完全失去了他一贯的君子风度。当我和丈夫向他敬酒时，他端起酒杯的手在抖，抖啊抖，抖得没有规律，抖得一塌糊涂。这一刻我确定，他爱我，他非常非常地爱我。

既有今日，何必当初？我默默地转过头。今日是什么？当初是什么？他用眼神询问。

好在我不是秦香莲，拖儿带女苦苦等候，非要讨一个说法。我努力牵动脸上的笑肌。

我有我的苦衷！不得已的苦衷！他的眼神里有了悲伤。同学一场，知己一场，我的眼睛有些湿润。

"我们把最好的女生托付给你，你一定不要辜负她。"他缓缓端起酒杯。

丈夫笑了："怎么会呢？"

"以酒践约！我这辈子从不碰酒。为了这个盟约，干了！"

当他咳嗽着放下酒杯时，我的心一酸。

丈夫傻站着不动，我知道他这辈子从不碰酒。于是我拿起酒杯："我替丈夫干了这杯！"

同学们起哄道："不行！不行！那是盟约，那是两个男人之间的盟约！"

丈夫抢过酒杯一饮而尽，放下酒杯，大咳不止。

"为了一个盟约，两个滴酒不沾的男人，喝了生平第一杯酒。"同学会的朱会长郑重地说。四周突然安静了。看了看脸红的他，又看了看耳赤的丈夫，我百感交集。

两个月后，他送来结婚请柬。

"这么快？"

他不说话，只是静静地看着我。眼神如大海中的涟漪，一层层荡漾，一层层涌动。怨恨中的无奈，痛苦中的愤懑，哀伤中的镇静，凄凉中的冷漠，让我的心为之一颤。

"好一个闪电战。"我寒暄道，避开他的眼神。

"……既然你已经结婚，我和谁结婚都没有关系了。"他声音很轻，轻如一阵风。

"不至于吧？"我佯笑道。

他走了，寂寞地走了。

在结婚宴席上，他把自己灌得酩酊大醉。同学们夺下酒杯："天下只有客人灌新郎，哪有新郎自己灌自己的。"

眼看一个完美的绅士变成一个醉鬼，我没心没肺地笑起来。朱会长瞥我一眼，凶狠地说："你毁了他！"

"开什么玩笑！"我大怒。

"他一年不来找你，是因为压力。组织上不同意他和你恋爱——因为你的父亲，因为你的舅舅。"朱会长的话如炸雷，打在我脑门上。

他醉醺醺地走到我们面前："这杯酒，祝你们夫妻恩爱白头偕老。"四周一片哄笑："错！错！错！只有新娘新郎接受他人祝贺，哪有反主为客宾主不分的？"

"喝了这杯酒，让新生活翻开新的一页。"我一仰头，干了这杯酒。

"好！喝了这杯酒，让新生活翻开新一页。"他一仰头，干了这杯酒。这一刻，他读懂了我的良苦用心，我也读懂了他的百般苦涩。

三

婚后仅一天，朱会长就接到他妻子的投诉：这哪是丈夫，整一个冷血动物；这哪是蜜月，整一个中美冷战。

朱会长是政府机关的头目，也是这场婚姻的红娘。当初，朋友把新娘介绍给朱会长，朱会长考虑到他和她都在金山工作，于是把她转介绍给他最好的同学。于公于私，于他于她，朱会长都有不可推卸的责任，于是同学会召开紧急会议。

会议召开时，我被排除在外。理由之一，同学会是清一色的共产党员，而我不是；理由之二，法律上有利益冲突回避法，规定有利害关系的人必须申请回避。考虑到冷血和冷战源于他的"人在曹营心在汉"，于是我成了需要回避的当事人。

会议结束后，向新婚夫妻下达了红头文件。文件论点清晰，措施有力，不仅在经济上有一定的制约，更在男方的身体上作了若干规定。文件下达后，夫妻分裂的局面得到控制，夫妻弥合的可能得到扩展，不仅最大程度地保护了妇女权益，也为稳定家庭，稳定社稷作出了贡献。

婚后，他的烟抽得越来越凶，酒喝得越来越猛，话倒是越来越少。同学问他咋了？他妻子一撇嘴："整天钻在故纸堆，孙子兵法，三国演义，研究诸家谋略，竟把一根长舌阉短了。"

自从长舌变短后，他从一个小小的门诊医生，荣升为院长成了同学会最亮丽的一道风景线。同学们沸腾了，贺词如雪片般飘去：好一个贤内助，好一个旺夫命。

夫妻俩同时鸟枪换炮。她珠光宝气，玉环叮咚，二十个手指脚趾红彤彤赤丹丹；他则是西装革履，皮带铮亮，夹着公文包还带一马弁。

对此，我冷眼横目："你应该带上一镖局。"

他呐呐着："此乃司机。"

"你要是再带马弁参加同学会，我一定退会。"

从此，他讲话的腔调，抽烟的姿势，言行和举止，越来越格式化；从此，他说话的内容，议论的话题，笑声的节奏，越来越规范化。

有一次同学聚会，一贯准时的他姗姗来迟。正当众人起哄要罚酒一杯时，他妻子怒冲冲闯了进来。他一见她，赶紧让座，置筷，倒酒。

他妻子用手挡杯。"以前你让我韬光养晦，贵为官太太当然从命。现在官职已丢，还要这劳什子的假面具干嘛？"

他看着妻子，眼睛里满是哀求。"他的院长行政助理已被捋，一捋到底，还原成一门诊医生。"

"你也还原成医生和一个婆娘。"姜同学笑着说。

"我让同学评评理。出租车经过这里我要下车，他说，同学聚会已取消。把我哄进家后，他偷偷乘出租车赶过来。"

"道高一尺魔高一丈。他偷偷地打得赶过来，你打得气呼呼赶过来。"姜同学话音未落，同学们已前仰后合笑成一团。

"哪里哪里，我还怕请不动你呢！"他把剥好的虾，送到妻子嘴里。

"呸！"妻子一口吐出虾，"在家，我们话都不说；在外，却齐眉举案乐融融。”

朱会长干笑一声：“你这身衣服首饰，可以上时尚杂志。”

“这是封口的代价。”

“此话怎讲？”姜同学伸长脖子。

“他和我约法三章：只要把戏演到底，私房钱归我。这根手链，是半年的演出费；这根项链，是一年的稳定费。”说到这，她哽咽了。

“你在演戏？”姜同学笑了。

“你们都是睁眼瞎——演戏时看得津津有味；不演戏时反觉不自然。”

“这叫假作真时真亦假。”姜同学一伸舌。

“我一直要求结束这个死亡的婚姻，他不肯。我骂他伪君子。他说，他就是《安娜·卡列尼娜》里的卡列宁。”

“你真会说笑话，喝酒喽！”朱会长破天荒地给她夹菜。

“有了女儿后，他碰都不碰我一下……我们不是夫妻，只是二人转的搭档。”说到这，她潸然泪下。

我默默地把纸巾递过去。

“今天，请在座的陪审团，给我一个说法。”她猛地站起来，转身对着他。

他也猛地站起来，不是转身对着她，而是一溜烟窜进卫生间，然后“乓”地锁上门。朱会长拖长声音：“被告缺席，庭审终止。”

我简直不敢相信自己的眼睛：一个我曾爱过的人，竟如此虚伪，如此卑劣。

四

一九八九年六月四日，因交通瘫痪，我没去上班。他和朱会长到我家，我冲他们嚷着：“共匪终于动手了。”

他慌慌张张地锁上门，关上窗，还伸出手准备拉上窗帘。

我说：“拉什么窗帘？又不是我们杀人。”

他把手放在嘴边，嘘声不断，眨眼连连。

我一锤桌子：“共匪杀人不眨眼，你眨眼连连为哪桩？”

“啊呀呀！别说了！”他连连摇手，又掏出手绢擦汗。

朱会长说：“这两天，你一定要去上班。就是交通瘫痪去不了，也千万别上街。”

“在屠杀前，所有人都保持沉默？”

朱会长喝了一口水，问道：“你丈夫留学澳洲的事办得如何？”

　　"录取通知书已收到，学费已交……"

　　"闭上嘴，抓紧办。"朱会长重重地吐出这六个字。

　　"面对屠杀，集体封口？"我愤怒地问。

　　"走吧！我们走吧！"一贯喜欢和我聊天的他，表现出十二万分的不耐烦。"别上街，少说话。"朱会长留下六个字，和他走了。

　　六月五日，我走到海宁路，"传播谣言进行煽动"；六月六日，我继续走上街头，"传播谣言煽动群众，并带头设置路障"。当晚，我被一个电话诱捕。两个月后，在上海市邮电俱乐部召开的公判大会上，以"聚众扰乱交通秩序罪"判刑三年。

　　被押进提篮桥时，正值滴水成冰的三九严寒。朝天鼻管教退回丈夫送来的御寒物（《上海女囚》里有介绍），我只能在单薄的外裤里套上五条短裤。当我在监狱被禁闭，被呵斥，被辱骂，被虐待时，我多么渴望亲情，温情，友情啊！哪怕一句话，一行字，一个眼神。但在漫长的三年中，除了收到某一个同学的来信，我竟没收到同学会任何一封信，任何一个问候。

　　至于他嘛，不言而喻！

　　三年里，我感受到丈夫的爱。那生死宽阔的爱，那弥坚如磐的爱，那生死不渝的爱。宽阔的爱承载着信仰；宏大的爱承载着理念。没有这一份爱，我可能死在提篮桥监狱，也可能死在出狱后的社会大监狱里。

　　一九九二年四月底，我提前两个月出狱。一个月后，我接到同学会的邀请，我不假思索地拒绝了。

　　丈夫说："毕竟是几十年的老同学，还是去吧！""不！"我怒吼道。"你有勇气抗议屠杀，不等于同学也有这份勇气。我们坚守的信仰，不能要求同学也有这份信仰。""不！"我抽泣着。"红色恐怖，腐蚀了人的良知。这么多年，你有过真正意义上的朋友吗？"

　　我的心，实实在在地一痛。不要说寻觅盟友，就连当初支持我的姐姐，弟弟，都不是我的盟友。旧的不复，更况新的？

　　我的心，好痛！好痛！

　　我克制着自己的爱憎，压抑自己的喜怒，隐藏自己的理念，带着一颗冰冷的心，再一次走进那融洽却疏离，热闹却荒芜，欢笑却不欢乐的同学会；走进那有寒暄却没有共鸣，有问候却没有神交的同学会。

　　三年后看见的那双眼，依然带着些许的惊恐，间或还有一丝愧疚。但愧疚只是惊鸿一瞥。他热情地向我伸出手，我没伸出手。我的手虽粗粝，但干净。

　　他先向我致意，接着问候我丈夫，仿佛断交非三年而是三天。他热情中带着矜持，带着居高临下。西装革履的他，已是金山卫生和计划生育委员会办公室主任，三年前窜进卫生间的耗子，已熬成了耗子精。

"人模人样。"丈夫朝我眨了眨眼。

"人模狗样！哈哈！"我放声大笑。银铃般的笑声震撼了他：一个刑满释放分子，还能这么高兴？

出狱后，我依然在挣扎。我颈上戴着两副枷锁：一副是生存的，一副是良心的——儿子因我而刻上红字，受尽歧视；丈夫因我而拼命打工，摔地受伤。

隐瞒了"暴徒"的身份，我去打工，打两份工；我去读书，读财会证书；我去医院，为丈夫配药；我去学校，听老师训话：你儿子扭曲得很，叛逆得很。

能不扭曲？全中国都在扭曲。能不叛逆？他有一个刑满释放的母亲。

我的心，时时都在流血。在夜深人静时，在无人的树丛后，我嚎啕大哭，涕泪四溅。仰望苍穹，苍穹只洒下满天的碎钻。碎钻不能买药不能买米，不能买回我丈夫的身体健康，不能买来我儿子的心理健康。于是，我背着沉重的十字架，走啊走，走一路，洒一路的血。

一九九八年八月，某市人大代表走进小区，发现天井里不是花卉起舞，而是被搭建成小屋。塑料花瓶当即发飙：改变天井性质，这还了得？

第二天，如狼似虎的警察和城管，开着铲车进来。逢屋就铲，逢物必毁，比当年的日本鬼子还猖獗。

我带领群众，反强盗，反强拆，反罪行。我对小喽啰说："当官的妻妾成群，房屋成群。百姓只在自家天井搭屋栖身，何罪之有？"小喽啰闻之停了手。某耳目一溜烟去汇报主子："有个女人口舌了得，甚是了得，她具有特别强的煽动性。"

就在铲车离我家天井咫尺之遥时，突然接到上级"撤"的指示。"撤"非善念义举，只因这批强盗明天要到人民广场去对付法轮功。

鉴于我"非同寻常的煽动性"，当晚，派出所所长和我约谈。当天下午，已有一女子因反强拆而被拘留十天。我知道所长来者不善，但我据理力争，侃侃而谈。他一声不吭只是听我说。我说完后，他凝重地看着我说："久闻其名，今见其人。孙宝强，以后你有什么困难，只管来找我。"

我们在友好的气氛中握手告别。

回家后电话响了，是他打来的。他顾左右而言，欲言又止，欲止又言。"冲动是魔鬼……冲动是魔鬼。"

"是城建局拆房队队长让你打电话的？"我捅破了这层窗纸。

"朱会长和我们……很担心你的安全。"他斟酌着说道。

"谢谢！"我很诚恳地说。

"老同学啊老同学，你怎么还是不开窍？正面不能走，可以走曲线，可以搞过回嘛！喷！喷！"他搓着牙花子，咂得一百米外都能听见。"或找人帮忙，或请客吃饭，或让朱会长通融……"他正说得唾沫四溅，我说了一句话便挂了电话。

我说的是："我永远不会和这个肮脏的政府做任何交易。"

在一次同学聚上，有个在六四中的暴发户女人，撇着嘴挤眉弄眼地说："孙宝强，你一直是同学里最能干的人，能到了今天……"

我冷冷地说："落难的凤凰飞得确实没有鸡高。但是，鸡永远飞不到凤凰的高度。"她一下子噎住了。我说："我可以忍辱负重，绝不忍气吞声！我的悲剧，非个人的悲剧，而是中国的悲剧，中国近代史的悲剧。"

我不愿带着假面具重归同学会，我要扯下面具，把它踩个稀巴烂。我想哭，想笑，想唱，想吼。长歌当哭，长哭当歌；怒发冲冠，拍案而起；仰天长啸，壮怀激烈。可茫然四顾，除了丈夫竟子然一人。"寂寞同学会，平安旧战场，两间余一卒，荷戟独彷徨。"不！我不要苟且偷生，不要憋屈，不要窝囊地活着。我要呐喊，我要抗争，宁可鸣死，绝不默生，宁可玉碎，绝不瓦全。二零零六年十二月十五日，我终于把二十万字的纪实文学《上海版高老头》放在《博客中国》上连载。这是我的破冰之旅，又是我的风险之旅。

他知道后竭力反对："你触摸了高压线。我不希望悲剧再次重演。"

"难道人生只是'三亩土地一头牛，老婆孩子热炕头'？"

"不这样，你还想咋样？"

我的回答是"NO！"

五

不久，任金山卫生和计划生育委员会办公室主任的他，被卸职了。为了补偿党务工作者多年的忠心不二，党组织给了他另一个职务：金山精神病医院的副院长。

妻子对他的感情是潮起船涨，潮落船跌。贬职后，他的日子更难过了。他尽力维持着家庭的假和谐和他的假快乐。但在酒醉时，他会卸下假面具，还原一个真实的人。

有一次他打电话给我："我苦啊！婚前婚后都顶着绿帽子；我难啊！院内院外都顶着压力。"

"现在的医院藏污纳垢，精神病院更是罪恶的渊薮。"

"随波逐流，回天无力啊！"他打了个酒嗝。

"为什么不把罪恶昭告天下？"

"什么……你说什么？"他一下子酒醒了。

"你应该站出来说！"

"说什么？我能说什么？我敢说什么？我可是什么都没说。"他急忙挂断电话，再一次显示了他耗子般的风采。

有一次聚会，他又醉了。他眼巴巴地看着我，眼里满是湿气。丈夫站起来，走到客厅的另一边。姜同学却路见不平了："凭啥？"

"他心里憋得慌，让他说说吧。"

"凭啥？"姜同学还是不依不饶。

"倾听他人的痛苦，是一种仁慈。"

"……我到现在还愧疚，六四时，没给你们一丁点的帮助。"姜同学低下头。

"红色恐怖下，谁不恐惧？"丈夫淡淡地说。

"你真以为倾听他的痛苦，是我的仁慈？"回家后我问丈夫。"难道不是吗？"

"他的痛苦，靠酒精排遣；而我稍许的排遣，却在他的痛苦中——我高兴着他的痛苦；我快乐着他的痛苦。哈哈哈！"我爆发出银铃般的大笑。许多人说我的笑像天堂里的笑，我既然进不了天堂，那就模仿天堂里的笑吧。

有一次他借着酒劲说："有一句话堵在嗓子里几十年，今天定要问个水落石出。当初你为什么拒绝我？"

"好在拒绝了，不然现在一定妻离子散天各一方。"

"不！如果你是我妻子，悲剧绝不会发生。"他怒气冲冲。

"虽是悲剧，无怨无悔。"我也怒气冲冲，"你这个伪君子！三年里，你竟连我儿子都不去看一眼。"

"谁说没有？我好几次想去看……"他伤感地摘下眼镜。

"你具有中国知识分子的共性。"我温柔地说。

"谈谈共性。"他急切地说。

"没有富贵也能淫，没有威武也能屈，没有金钱也能移！"

"你！"

"你现在的格言是：士可辱不可杀！"

又一个春节，又一次同学团聚。这一次聚会，让我压抑了很久的火山终于爆发。

那天，他妻子有备而来。她不但精心装扮自己，还精心装扮了这份台词。"宝强，你寄到黑龙江的信，现在还躺在我丈夫的抽屉里。"

"哦！那是同学间的一段往事，也是我遗忘的一段历史。"

"这封信，我能完整地背出来。"她得意地说，"黄同学你好！致以革命的敬礼！多美丽的辞藻。"

"倒背如流又如何？我早把这些信付之一炬。"

"我可以为你们今天晚上开一张通行证……"她一撇嘴，嘴巴对着一扇房门。

我的血一下子涌上脑门，我霍地站起来："你可以开这张通行证，问题是我需要这张通行证嘛？我有自己的丈夫，妇复何求？你稀罕的男人，我绝不稀罕。"声音高亢，一个字是一颗钢球，一个字是一串火苗。

所有人惊呆了——只以为牢狱磨去我的锐角，劫难磨去我的刚烈。想不到，我依然是敢爱敢恨的尤三姐。

我在邮件被监控，电话被窃听，隔三岔五"请喝茶"，时不时来我单位拜访我老板的状况下，依然在网上发表犀利的时评。我的《上海女囚》，载着我的爱恨交加，载着我的喜怒哀乐，载着我的理念驶向彼岸的伊甸园，纵然江水凶险江波叵测，我，绝不回头！

六

世博会即将开始，这个耗资巨大的工程，是政治秀的傀儡，是撅起国的脂粉。纵然它富丽堂皇千姿百态，但是它只是一个宫廷戏子，一个下三滥的戏子。

为了确保戏子表演的成功，撅起国砸下大把大把的银子。这些银子，可以让全中国的儿童都能上学，全中国的病人都能就医，全中国的草民都有住房。

世博会中的同学聚会，气氛显得及其诡谲。朱会长在接到一个电话后，神情肃穆；别的同学见我都眼神闪烁，表情怪异。而他，更是见我如见麻风病人，避之唯恐不及。突然，我又接到老板的电话，问我现在究竟在哪？匆匆而打，急急而挂。无处不在的监控如一团乱麻，缠得我透不过气。我在不解中小睡片刻。

回家时，警察拦下车，要求我们出示身份证。空气中充满火药味，朱会长握着方向盘的手在颤抖……

到家后丈夫告诉我，国保已经请了我所有的同学去"喝茶"。鉴于此，在我小睡期间，同学会通过一项决议：封口！封笔！否则全体同学和我绝交！

期间，他的反应最激烈。他明确表示，他绝不希望受到我的株连。

"二十一年前，他就是这副德行。"我冷笑道。

"二十一年前，为了仕途还可以理解。可二十一年后的他，下个月就要退休了。"

"懦夫的恐惧，融化在血液中，镌刻在条形码上。"我拎起电话，电话里传来一个冷冰冰阴森森的声音。

"解释权在朱会长手里。我们只是极一般的同学。"他在"极一般"上加重了语气。

"我没有和你套近乎的愿望。我只想说一句：二十一年前我都没株连你，何况今天？"

"可你已经株连我了！已经！现在！"他"砰"地挂了电话。我瞠目结舌，简直不敢相信自己的耳朵。

第二天，我主动联系国保。见面后我郑重声明：好汉做事好汉当——别再找我的老板；别再找我的同学；别再找我同学的女儿。

国保说，只要世博会期间不写文章，不出版《上海女囚》，不接受外媒采访，即可。如果你不答应，那就考虑一下你的儿子。

我沉吟片刻，最后咬着牙答应了。

二零一〇年国庆前夕，三个国保和一个片警赶到我单位。一个国保处处长说："孙老师，你的每一篇文章我都看了。从现在起，把你写好的文稿发到我的邮箱；还要把你尚在构思的，未完成的文稿也发到我的邮箱。"我说："你是否要劈开我的脑子，检视我脑细胞的活动情况？"

他冷冷地看着我。

我说："……你们在我出狱后，监控了我二十年。你们是否准备监控到我死？"国保处长的回答是一串冷笑。

就在这一瞬间，我突然冒出一个念头："逃！我一定要逃出中国，把这一切告诉全世界。"二〇一一年一月底，我和丈夫流亡澳洲，四十九天后拿到保护签证；五月底，我在香港出版了我的回忆录《上海女囚》。

出走澳洲后，我给所有的同学打了电话，唯独没给他打电话。他对我来说，是一个符号，是一个病人，是一个背叛，是一段惨痛的历史。从他的身上，可以看到中国知识分子从最初的思索、觉醒、抗争到最后的匍匐、下跪，投降所走过的路。正因为中国有无数个苟且偷生的"他"，这才有了独裁专制一个甲子的苟延残喘。

我衷心希望每一个中国人，都不要成为他的缩影。

蓄势待发的新嫁娘

一、明天的新娘

　　韵虽然优雅地坐着，但胃一点也不优雅，它如一个吸盘，死死地吸着所有的思维。口水一波一波地涌来，又被舌头死命地压下去。咽一口唾沫，再咽一口。咽，使劲咽。反刍与反反刍的拉锯战，在嘴里，在舌尖，在食道，不屈不挠地打响。胃痉挛着，伸出尖尖触角，一点点地朝食道逼近，逼近。快压下去！快！快！韵恶狠狠地把视线从米饭上移开。她瞪着眼，耸起肩，弓起腰，如上弦的箭，如出鞘的刀。坚持！再坚持！绝不能功亏一篑！我要用意念，用精神，死死地坚守在上甘岭的阵地上。

　　她像一朵美人蕉，虽扬颈而歌姿态傲人，其实枝蔓俱损满身伤痕。

　　从什么时候起，她过上了这种半死不活生不如死的日子？从什么时候起，美国成了中国人心目中的天堂，戴着宽毡帽的牛仔成了普度众生的观音娘娘？以前一提美国鬼子，哪一个不是咬牙切齿有生吞活剥状？现在一提美国鬼子，哪一个不是痴痴发笑有亢奋之状？这年头，蛮夷成了世界之都，成吉思汗后裔成了走私犯的代号。今天倾家荡产找蛇头，明天把性命押给集装箱。十年的河东河西还不到，昔日亡命的淘金工，今天是衣锦归荣的侨胞；昔日的文盲农村妇，今天是招商引资的座上宾。这才是偷渡客不知亡国恨，直把美国当汴洲。不！这才是龙女不知爱国情，直把汴洲当做圣·弗兰西斯科洲。想到这，她呸了自己一口。

　　她咽下一口唾沫，又赶紧挺直了胸。她知道自己个子不高，挺胸能最大限度地弥补不足。她不但挺起了胸，还眯起了眼。她眼睛很大且炯炯有神，但她眯起眼，却别有一番风情，迷离的风情，缱绻的风情，具有异域的风情。

　　想到这，她捋了捋头发。虽然她还没登台，但在台下做足了功课。不鸣则已，一鸣惊人。这个"鸣"就在明天。样板戏是十年磨一剑，她的异国情是三年磨一剑。这不是普通的"剑"，这是改变人生棋盘的大事，要事，重中之重的事。

　　她眯着眼开始环顾四周。十六平方的屋子，家具叠家具，箱子码箱子，连半个旮旯都放着一个痰盂。房间里唯一的空间是天花板，唯二的空间就是沙发前的两平方。既然天花板上不去，她只能在这两平方里做她金色的梦，于是她开始前后左右地摇晃身体。

听说左右摇摆能减少脂肪，她就来个立地大钟的摇摇摆摆；听说前仰后俯能减少赘肉，她就来个不倒翁式的后仰前俯。生命在于运动，运动在于消耗脂肪，消耗脂肪在于减少赘肉，减少赘肉等于保持曲线。有了曲线就有惹火身材，惹火身材再加上"人比黄花瘦"的小脸盘，一定能牢牢拴住美利坚伙头军的心。

她一边扭动身体一边朝墙上瞄去。镜框里是一个小男人，头发中分，鼻梁塌陷，眼睛既不黑也不白，就像老人穿了一辈子的旧军装。虽然眸子有些黯淡，但狡黠却明明白白地藏在里面。当眸子黯淡如油灯快要熄灭时，一朵智慧的火花绝对会跳出来。

小男人叫密斯特汪，是个地道的福建农民。除了脸朝黄土背朝天地耕耘，就是一亩土地一头牛的追求。就在他追求了半辈子也没有追求到时，住在旧金山的姐姐寄来了机票，于是他放下锄头，套上皱巴巴的西装上了飞机。

上飞机后，他死活不肯把行李放在行李架上。经过一系列的说理和斡旋后，他掏出一根绳子，对行李箱进行五花大绑的加固。

当他的目光还盯在行李架上时，餐车推过来了。他惊喜地发现，人民公社的大食堂又回来了。他吃了一盒餐饭又吃了一盒，喝了一杯牛奶又喝了一杯，就在他抚摸肚子加速消化以便继续吃喝时，肚子不争气地膨胀了。他抱着鼓鼓的肚子冲进盥洗室，拉开拉链踮着脚尖，心满意足地把一泡尿撒到盥洗盆里。这件事情实在怪不得他，因为他从未见识过抽水马桶，也不知道如何使用这玩意。

到旧金山后，老板安排他到饭店的厨房洗碗。一星期后，厨房发出臭味。循味探源，发现一只放满了鸡头鸭爪的泔桶藏在橱柜里。他怯怯地说："说不定哪天大饥荒又来了，吃观音土还不如吃鸡头鸭爪……"

碗是不让他洗了，免得他睹泔桶发思乡之幽情。现在他管烧烤，一星期后煤炭日渐减少。循迹探源，发现一包包煤炭都藏在柜子里。他忧虑地说："说不定哪天大炼钢又来了，与其砍树不如用煤炭……"

经过一番苦口婆心的教育，他终于明白自己已不再是中国的农民，而是美丽坚的厨师，于是不再藏煤炭于泔桶。可吃饭时仍东张西望，一副贼骨头的模样。吃着吃着，黄油朝口袋揣去；嚼着嚼着，面包朝怀里藏去。又经过一番苦口婆心的开导，他终于明白，原来观音土在美利坚不是粮食而是泥土；原来饿殍千里在旧金山不是现实而是电影。他先仰天长叹，接着仰天长啸，泪珠前仆后继地滚出眼眶，打湿衣襟。

"改造他，犹如改造狼孩。给他娶个娘子吧。"姐夫终于气馁了。

"找谁？"

"找白种女人，那是癞蛤蟆想吃天鹅肉；找黑种女人，那是两条岔道上的两部车；找留学妹，他只是一条摆渡船。他只能找大陆妹，而且是农村的大陆妹。"

"我来介绍一个女孩。"老板笑眯眯地取出一张照片。他一瞅照片立马酥了半个身子：一双大眼，摄人魂魄；一打电话更是热了整个身子：一口闽南话，说得呱呱呱。乡音就是天籁音，立马擦出爱情的火树银花。

一辈子面朝黄土的他现在可以煲电话，而且煲的是家乡话，而且煲的对象是妙曼女子。最最重要的是，电话煲对象还不用出一个铜板，这让密斯特汪乐开了怀。唯一不足的是在煲电话粥时，老板让他用免提，于是情意绵绵的电话粥成了工友共享的资源，成了饭店免费的实况转播。每一个字如大珠小珠落玉盘，叮叮咚咚落进店员耳膜，迎来了讪笑和快乐，迎来了共鸣和乡愁，同时也迎来了新的工作效率。一句火辣辣的情话，像一半含在嘴里一半拖在嘴外的面条，欲吃还休，欲罢不能，遐思无限，意境悠长。电话粥是催化剂又是凝聚力，催化了他们的爱情，凝聚了工友的乡恋，同时为饭店带来滚滚财源。

为了让上海和旧金山的爱情终成正果，在老板的授意并拨款下，密斯特汪每月寄一百美元到上海，逢年过节另加五十美元作为婚姻的先期投资。密斯特汪抹着泪花说："都说我们要解放世界上三分之二的人民，想不到却是美利坚的老板解放了我。"

二、小黑哥

门"吱呀"一声，一个黑黑的小男人走了进来。他趿着鞋，咬着牙签，满意地打着饱嗝。刚才的盛宴，妹妹不敢吃，母亲没有心思吃，他不吃谁吃？

小黑哥果然黑，黑得贫瘠，黑得散乱，有锅底黑抹布黑之嫌。妹子也黑，但黑得光泽，黑得滋润，有貂皮绸缎之美，黑中透出雍荣华贵。

小黑哥开始收拾桌子。他不是先把碗端走再擦桌子，而是让抹布游弋在碗的周围，如狭巷里的捉迷藏，螺蛳壳中做道场，锲而不舍优哉游哉。以至于三十秒就能搞定的事，在十分钟后还没 OK。

不 OK 就不 OK，我一无所有但有的是时间，他依然咬着牙签拿着抹布优哉游哉。看着他的熊样，韵十分恼怒，难怪没人肯用你这个窝囊废。

小黑哥原是厨师，虽十年不动地徘徊在切配的位置，他依然神闲气定不慌不忙。当听到下岗时，他兴冲冲地离开烟熏火燎的厨房，踌躇满志地来到另一个空间。长期和锅盆碗瓢打交道的他，对窗明几净的办公室特神往。一连几星期，他频频叩响 OFFICE 大门，但"落花有意流水无情"，不是这个不待见他，就是那个不钟情他。无奈他只得应聘营销这个职位。可是每面试一次就被毙一次，命中率达到了百分之一百。咋啦？这是咋啦？他搔着头皮，想不出错究竟出在哪？当保安把他请出大门时拍他一掌：年轻轻的，说话咋带这么多脏字？

我怎么啦？我杀人放火了吗？四十年我都这样过来，不是过得好好的吗？难道为了一个破工作把我四十年的习惯连根拔起？就在他悲愤之际，朋友介绍他去工厂工作。在流水线干了三天，第四天就被淘汰了。"年纪轻轻的，咋有这么多的屎尿？八个小时里你去了八次厕所。"朋友把三天的工资扔给他。

我怎么了？我犯了哪门子的法？我不就是去上个厕所抽根烟吗？难道为了个破工作把我当犯人？他愤怒地点燃了一根烟，吐出一条长长的烟雾。看他整天猫在角落和老头老太一起晒太阳，邻居动了恻隐之心，把他介绍到超市。

让他干啥活？这问题让经理绞尽脑汁。做店员吧，黑脸一挺，彻底破坏了他人的购买欲；送货吧，三轮车溜溜地转，就是不前进一寸；收银吧，不是多算就是少找，顾客的投诉比他头皮屑还多。左思右想，决定让他做外勤。这工作既不要亲和力，也不需要体力。现在好了，早上去西区查货，下午去东区进货，叼一根烟，插一支笔，捎带还在裤袋里装一瓶酒。一个湿漉漉的雨天，醉醺醺的他把发票当手纸擦后就扔，他终于失去了这个工作。

后来他又做了灯具营业员。在这一个月里，他的营业额是一个大鸭蛋。就在鸭蛋如大红灯笼高高挂时，家里的电话连上了美利坚的电话，于是他如痴如醉四处奔走相告：我现在的工作是保证中国和美利坚电话的畅通。承蒙不弃，我是美利坚的国舅。

自从妹子和美利坚接上关系后，家里的经济结构有了颠覆性的改变。大块肉排代替了肉屑，整条鱼取代了小鱼。至于喝水，更是西风压倒东风——尿一般的可乐代替了有漂白粉的自来水。说千道万，准妹夫每月的一百美元，让这个家发生了天翻地覆的变化。

小黑哥没有工作，自然免交生活费。每天吃了睡，睡了吃，日子过得比神仙还逍遥。可是新的问题又来了，中国有五千年悠久的烟文化酒文化，外加一个茶文化。要是对烟酒茶没品味，那还是龙的传人吗？

他开始高谈阔论三个文化。妹妹虽对高论敬佩有加，却没有传承三个文化的意向。他虽然热爱二个文化，但瘪瘪的钱包，如何承载这博大精深？龙的传人，竟为铜板断了龙的精髓，想到这，他很是羞愧难当。

羞愧也好，悲壮也罢，铜板终究是迫在眉睫。他想出了借贷法，可是没有一个人肯借钱给他。他又想出了统筹法，可是口袋空空如何统筹。他又想出了边缘法，可他已经被社会边缘到不能再边缘，所以这条路又堵死了。活人还能被尿憋死？他气愤地一拍脑袋：再怎么说，我也是美利坚的国舅！哇塞！一个金点子果然跳出来。

第二天，他罢免了母亲买菜的工作，自己亲自上菜场。母亲老了，应该颐养天年；小妹正在恋爱，应该守在电话机前。准妹夫的电话，既没有迁徙的规律，也没有时钟的准点，只有鬼子进庄打枪的不要。昨天是深夜，今天是凌晨，明天就在暮色中不期而来。这福建佬有鬼子的诡异，农民的狡猾，奸商的踩点，还有刁民的防不胜防。

上一次菜场就是上一次数学课，一加一减一乘一除大有学问。质量上的以次充好，数量上的以少充多是基本原则。至于其他的小谋略，则是数不胜数。价格上扬要做到水过无痕，支出膨胀要做到雁过无声。讲究聚沙成塔，推行集腋成裘。不露痕迹的克扣，是他每天要做的数学作业。

邻居见他整天叼着烟，优哉游哉地吐烟圈，忍不住就有啧言。他头一扬眼一翻：皇帝还有几门草鞋亲，最亲的就是国舅亲。承蒙不弃，怎么说，我也有个挣美元的妹夫。

三、父母亲

满头白发的母亲走进来。她脚步蹒跚，行动缓慢，像病榻上被扶起的小中风。在韵的记忆里，母亲永远怯生生地迈着小碎步，永远怯生生地搓着手傻笑。对丈夫这样，对儿女这样，对邻居这样，甚至对窜来窜去的野猫也这样。和平时期母亲还能正常地说几句话，一遇风吹草动，不但结巴还成了半个哑巴。

母亲的眼睛很大，可空荡荡的眼神中却一丝不挂。婴儿也一丝不挂，但她的一丝不挂却是劫难后的一贫如洗。说是心灵之窗，一没涟漪二没湿气，就像党报的大而无当。窗子终年有一层翳，不是白内障的翳，也不是老眼昏花的翳，而是说不清道不明的翳。这翳浓而稠，如阿尔卑斯山终年不化的雪。

按照辩证法的规律，任何事物都是相对而非绝对。只要有合适的目标，翳也能神奇变化。或变成钩子，比钢铁还坚韧；或变成水蛭，咬定血管不放松；

或变成焊点，风刀霜剑仍坚固；眼不眨，眸不动，天塌地崩不游离，儿头老牛拖不回。

韵虽然身后没长眼，背上却是热辣辣的。她知道自己是翳的焦点翳的目标。她不敢回头，翳是准星翳是钩子。准星能瞄准自己脆弱的心房，钩子能刺激自己敏感的神经。她唯一能做的，就是加大摇摆的速度和力度。

韵虽然摇摆着身躯，目光却停在墙上。墙中央挂着一把吉他，油光锃亮，棕中带褐，有意大利名琴的气息，有琴中之王的范儿。吉他，是狭屋里唯一的饰物，流淌着高雅气息，渗透着温馨情怀。

从她问世的那一刻起，吉他就高高挂在墙上，如仙女俯视尘世，如佛祖悲悯凡人。除夕刷墙时，吉他终于被请下神龛，但她即便下来也绝不落地，她高傲地躺在父亲的怀里，接受主人朝圣般的爱抚。主人的眼睛是温柔的梳子，一遍遍梳理着它的弦；主人的手是细腻的砂纸，一遍遍抚摸它的身子。目光柔柔，能融化千年雪山；手指轻盈，能唤醒沉睡的美人鱼。

每当这时，韵就嫉妒得发狂。"你不是说我是你一生的宝贝吗？究竟它是宝贝，还是我是宝贝？"她瞪眼撅嘴，两道细眉几乎成了两把匕首。父亲不说话，只是静静地把她搂在怀里，享受和吉他一样的待遇。

母亲进来了。父亲冷冷地看着她，目光冷漠而陌生。父亲的眼光越过母亲，移出窗外，移向一个非常遥远的地方。这地方，她够不着也摸不着；这地方，她看不到也看不透。这是什么地方她不知道，她能知道的就是，父亲的灵魂在这一刻出窍了。

母亲端着茶向父亲走来。父亲的眼光"訇"然落地，如半空中炸响的烟花，留下一地灰烬。他的灵魂是回家了，但他的脸僵硬而死板，犹如一具死尸。

"爸！你怎么啦？"看着失神的父亲，小小的她感到心酸。

"没啥……爸就是累了。"

"弹一首歌吧，刘叔说你能拉会唱，能歌善舞。"

"不……"父亲挥了挥手，又颓然垂下。他的变化总在一刹那间。变得迅速，变得离奇，变得乖张。他惊慌地躲闪着什么，又执着地坚守着什么。眸子时而黯然，时而明亮；表情时而沮丧，时而亢奋；神色时而圆滑，时而羞涩；动作时而慌张，时而自若。父亲成了个能进退，能前后，能阴晴，能正反的双面人。他用自己的矛，攻击自己的盾；他用自己的盾，防御自己的矛。她看到一个简单而复杂，单纯而诡谲，高尚而卑下，年轻而衰老的父亲。这一瞬间，她看到父亲的前半生，也看到了他的后半生；她看到了幸福的父亲，也看到了痛苦的父亲。她突然没有了妒忌，有的只是惶恐。

"爸爸，不愿弹就算了。"

"爸爸只是在心里弹，一分一秒也没停止过。"

"那我怎么听不见？"

"这是天籁之音，它只活在爸爸的心里。"

"为什么不能同时活在爸爸和妈妈的心里？"她尖刻地问。爸爸的眸子一闪，如灯芯爆炸前的辉煌。眸子一闪又一灭，接着就是长久的黑暗。

这不是吉他，这是诅咒，诅咒锁定了父亲的痛苦；这不是吉他，这是陵墓，陵墓埋葬了父亲一生的热情；这不是吉他，这是银河，割断了柴米油盐的夫妻情；这不是吉他，这是利剑，生生斩断了父亲母亲的欢乐。这个吉他是幽灵，把这个家搅得家无宁日，周天寒彻。

小黑哥又过来了。桌子擦完，接下来是战略转移，也就是把碗送进厨房。他一手端碗，一手鼓捣牙签，一边端碗一边把垢物朝地上吐。就在他呕声连天时，"乓"地发出一声巨响。

她惊异地回过头，看见母亲的嘴张得很大，衣襟上有几条菜叶，还有流淌的汁水。

"没长眼？"小黑哥吼道。

"……"

"这么大一个人也看不见？"小黑哥拔出牙签挥舞起来，"两只眼睛派啥用场？"

"我……"母亲惶恐着，像个做错事的孩子。

"我来！"她急忙从桌上拿起抹布。"搞啥？端个碗也不让我安生。"小黑哥骂骂咧咧地出了门。

母亲依然惶惶然地站着，任凭汤水沾湿了整片衣襟。她把母亲扶上沙发，母亲撩起袖子擦了擦眼。

都说三个哥哥的眼睛像母亲，唯独她除外。母亲的眼，没有云的洁白，没有雾的轻灵，只有实实在在的漠视。这漠视不是居高临下，不是生性慵懒，不是闲云野鹤，而是漫无边际大而无当的范畴。她一辈子仰视丈夫，仰视儿子，仰视不值得仰视的人。虽然她漠视，但是她没有漠视的权利，也没有漠视的能力。她的眼，是荒芜之草，是大漠之沙，是阳光下的蜡烛，是镜子里的翠绿。

墙上挂着父母的结婚照。父亲高大魁梧，一身制服，既有周恩来的英俊，又有梅兰芳的儒雅，还有张学良的倜傥，以及徐志摩的桀骜。剑眉如刀，寒光四射；悬鼻一根，挺拔傲然。母亲虽然穿一套布拉吉，透出的却是窑洞婆娘的土味；虽然短发刘海，折出的却是木讷拘谨。虽浓眉大眼但清汤寡水；虽五官端正但索然无味。

父亲是远洋船上的大副，母亲是街道工厂的工人；父亲出身书香门第，琴棋书画样样精通；母亲出身书香门第，却连自己的名字都写不来。父亲的父亲，是黄埔军校的弟子；母亲的父亲，是疯癫一方的戆大。她实在不明白，世上怎么会有这么奇异的婚配？

母亲摇摇晃晃地朝外走，又摇摇晃晃地走进来。这不是走路，这是惊涛中的舢板，大风里的蜡烛。父亲走路，却是山谷里的疾风，草原上的烈马。天呐！要是父母做器官配对，从抗原到血型，怕是没一个点能吻合。天呐！但他们却做了整整四十年的夫妻。

母亲把一个碗递给韵，碗里是去皮去核的苹果，苹果切得又细又碎，如布丁上的点缀。她皱了一下眉，母亲突然惶恐起来，怯怯地，偷偷地觑着女儿的表情。母亲趔趄，但不是中风；母亲结巴，但不是口吃。她终日操劳，家里总不见整洁；她相夫教子，但丈夫不幸福，儿女们也不优秀。她畏缩着，是家的主人又是家的仆人；她操劳着，是孩子的母亲又是孩子的保姆，是男人的婆娘又是男人的老妈子。

韵看着细碎的苹果粒，仿佛看到母亲被斩碎的血肉之躯。她不是完整的，带着自我的母亲，她只是传播花粉的工蜂，她只是提供蛋白质的奶牛。她的使命就是劳动和奉献。当翅膀无力时，当牛奶告罄时，寿终正寝就来了。想到这，韵很沮丧：她宁愿母亲不是工蜂而是屎壳郎，虽然苟苟地营造粪球，至少为自己活了一回；她宁愿母亲不是奶牛而是蝴蝶，虽生命短暂，至少有过辉煌的爱情。心一阵阵隐痛，这痛不是一天两天，而是经年累月年复一年。

八岁时她发高烧。混沌中，母亲如蚊子般萦绕着，飞舞着，旋转着发出嗡嗡声。声音越来越大，越来越响，在"嗡嗡"中，她身子一点点升腾，升腾到蓝天白云的怀抱。她在白云中追逐，她在蓝天里奔跑。她有了无拘无束的快乐，她有了真正的童年。突然有一只手朝她扑来，掐着她的人中，打她的脸，于是她从幸福的云端坠落，坠落在冰冷而坚实的地上。

痛醒了她，看到一双红肿的眼。"我的宝贝，你终于醒了。"父亲的眼湿润了。

"我不要醒。"她生气地撅着嘴，"我在蓝天白云里，玩得开心又幸福。"

"难道不在蓝天白云下，你就没有幸福吗？"

"我有幸福吗？"她扑闪着睫毛思索，犹豫地点了点头，最后还是摇了摇头。

"你有这么多爱还不幸福？你这个贪心的孩子。"父亲刮着她的鼻子说道。

"我有幸福吗？"她茫然地问。

"父亲最大的愿望是让你幸福，为了你的幸福，我抛弃了我的幸福。"

父亲脱口而出。

"你的幸福是什么？"她睁大眼睛，眼里装满了疑问。

"……爸和你开玩笑呢。"父亲笑着，但笑容有些怪异，像是嘴里含了一把盐。

"告诉我，你一定要告诉我，什么才是你的幸福？"她摇着父亲的手，命令道。

"你真是个淘气鬼。"父亲勉强一笑，笑中溅出两滴泪花。

"你哭了？"

"……你差一点毁了我仅有的幸福。没有你，我还不如死。"父亲一把抓住她的手，把自己的脸埋在她小小的发烫的手掌中。"一会哭，一会笑，两只眼睛开大炮。"她拉着父亲的耳朵。

父亲依然把脸埋在她的手掌里，一滴滴滚烫的泪水滴落在她的手掌里。

"三床好点了吗？"小护士拿着盐水瓶进来。

"好多了。"父亲偷偷擦去了眼泪，"要是晚来一步，有你哭不完的时候。"

"是啊！"父亲像个孩子似的，连连点头。

"四十一度还不送医院？没见过这样的父母。"护士板着脸走了。

"……我回家时你已经昏迷。"父亲歉疚地说。

"我妈呢？"

"你妈把风扇开到最大一档，说这样能使你降温。爸晚来一步，你就没命了。"父亲一把搂住她，搂得她瘦弱的身子生疼。

"为什么妈妈不送我去医院？为什么要等爸爸送我去医院？"

"你妈她……"说到这，父亲哽住了。他的眼里，有很深很深的痛楚，痛楚如一根针，扎进她的心里。

母亲拿着碗又进来，这次碗里放的还是苹果，不过是完整的苹果。她对母亲微微一笑。母亲抓起碎苹果就朝嘴里塞。嘴被塞得鼓鼓的，但她还是使劲地塞。

她拉住母亲的手，母亲突然嚎啕起来，苹果渣喷了她一脸。她紧紧抱住母亲，抱着她颤抖的肩膀。母亲有太多的痛苦，需要发泄，需要倾诉，需要嚎啕，需要不顾一切。

"你马上要走了……你把我的心带走了。"母亲扑在她怀里，哭得一塌糊涂。"你父亲扔下我走了，现在你又要扔下我走了。"

"我不……走。"她把自己的头靠上去。

"我是个笨女人傻女人呆女人疯女人，不但失去丈夫还要失去你……"母亲哭得上气不接下气。"你没有失去丈夫，更没有失去我。"

"我心里清楚，我心里什么都清楚。"母亲怕起头，死死看着她。一层薄薄的翳浮上来，如清晨的雾。虽然只是一层薄雾，却承载了半个世纪的风刀霜剑。

父亲有一只大大的书柜，书柜里放着一本本砖头般的书。书有的发黄发脆，有的发霉破损，还有一些竟用线串起来。母亲有一只针线笸，笸里有许多线，有红有绿有黄有黑，还有一个银的顶针箍。但父亲从来不碰母亲的针线笸，母亲也从来不碰父亲的书。

有一次，线装书散了，父亲拿起顶针箍穿针引线。母亲红着脸，一点点蹭上来。她喁喁着，喏喏着要求让她干，但父亲冷冷地拒绝了。

母亲愣了一下，又呆了一下，又尴尬了一下，又挣扎了一下，最后带着寂寞走了。她踩着碎步，如踩在碎玻璃上的裹脚女。看着母亲趔趄的背影，她知道什么叫心如刀绞。晚上睡觉时，父亲照例来和她道别。她冷着脸，拒绝了父亲的吻。她还是个孩子，只知道撒娇，不知道啥叫"冷脸"。现在她学会了"冷脸"，她用父亲给母亲的冷脸，回报了父亲。父亲愣了一下，又呆了一下，又尴尬了一下，又挣扎了一下，最后带着寂寞走了。他踩着乱步，如踩在高跷上力不从心的杂耍。

父亲有一张宽大的写字台，这是她的摇篮，也是她戏耍的平台。她要是哭，就躺在上面蹬脚；她要是笑，就在上面跳跃。母亲拿着抹布，擦着写字台的四条腿，擦着写字台的两侧，却不敢擦桌面。她是粗使的丫鬟，而不是老爷的贴身婢女。她只能洗刷浆补，沾得了油腻气，沾不了文房的纸味墨香。她是围城外的民工，只提供围城需要的粮食，上不了围城里的观光台。

有一次，玩耍的她从抽屉深处掏出一张照片。照片上的女人妩媚而清纯，端庄而甜美。父亲一看，悬着的毛笔顿住了，他的眼光如胶水般，严丝合缝地粘在照片上。母亲端着茶走进来，一看到照片就抽搐了。母亲放下茶杯，默默地看着父亲，仿佛在等一个说法。父亲头也没抬，眼光依然盯在照片上。母亲愣了一会，又呆了一会，然后踽踽朝外走，背影佝偻，脚步孤寂，如一张活动的皮影人。

父亲突然喊了一声，母亲惊喜地转过身，她仰起脸，扬起手臂，眸子在闪烁，嘴唇在翕动，如土地对甘霖的呼唤，如枯树对春风的祈求，如空谷对信天游的等待，如盲人对光明的渴望。

父亲上前一步，母亲一头朝父亲怀里扑来。父亲后退两步，用手臂制止着。"请你把爱……分一点给我。"母亲勇敢地直视父亲，这次不是漠视而是直视。

"这是个巨大的错误。"父亲低下了头，"错不在你，也不在我。"

"我知道这是个错误。"母亲倔强地看着父亲，"难道不能将错就错？"

"不能！绝不能！"父亲决然地说。母亲眼里渐渐有了水，又有了雾，接着有了浓重的翳。从此，翳如秋天里的枫叶，颜色愈来愈深。

后来，书柜没了，书房没了，知了蝈蝈没了，红花绿草也没了。他们从山阴路的小别墅，搬到同心路的杂院。从此结束了并不美好的童年生活，开始了更糟糕的少年生活。

四、大哥大嫂

她在有节奏的扭动中，再一次把眼睛朝墙上瞄去。墙上有一张全家福。站在父亲旁边的是大哥。

大哥的五官依稀有着父亲的影子，但影子模糊，有其形而无其神。如果说父亲是一个活生生的人，那么大哥，就像是一个蜡制品。

大哥是家里的外貌和读书状元，酷似父亲。高中毕业后，他接到大学的录取通知书，却撕了通知书，坚持到工厂工作。父亲知道后勃然大怒，但他微微一笑："我是长子，我有责任。"父亲举起手要打他，却一个趔趄倒了下去。他把父亲扶到床上，坚定地对父亲说："你现在的责任就是养好身体。"从此，弟弟的球鞋，妹妹的书包全由他包了。

大哥很喜欢摆弄电器，他搞了能飞翔的航模，能声控的灯光，还安装了能接收敌台的半导体收音机。他三年学徒后转正，工资从十六元提升到三十六元，就在他事业爱情双丰收时，一场灾难击倒了他。

大嫂是大哥的车间主任，外号"女卡"。"女"当然指性别，"卡"则是巴黎圣母院里敲钟的怪人"卡西摩多"。也难怪别人这么称呼，孙悟空从炼丹炉里蹦出来的模样就是大嫂的模样：皮黑还夹斑，斑里还带焦。焦就焦吧，焦黄的锅巴也讨人喜欢，但她的焦，却是焦炭的焦。焦也就算了，问题是她还蜕皮。蜕了一层焦一层，焦了一层蜕一层，这是循环往复永无止境啊！"焦"的主旋律一奏就是若干年，一点不受荷尔蒙潮起潮落的影响。

就因为这，虽然她是八代单传的红五类，虽然她是一车间之主，虽然她有大学文凭，但一朵焦花硬生生地挂在枝头上，年过三十依然无人采摘。

某一天，车间里突然出现了一条反对无产阶级文化大革命的反动标语。因缺少靶子而懈怠慵懒的造反派激动了，因没有新靶子而冷却沉寂的群众沸腾了。保卫科来了，调查组来了，公安局来了，就连文盲的老工人，也戴着老花镜，拿着纸和笔，一个个对笔迹猜疑点。全民运动，全民排查，全民参战果然了得。一个虱子，终于在一轮轮的"梳头篦虱"中落网。

三天后，也就是除夕夜，厂里召开公判大会，大哥以反革命罪被判十五年。就在大哥被推上囚车的一瞬，他听到一声大吼："顶住！坚决顶住！我一定来救你。"他惊慌地回过头，看到女卡镇定的眼神。

"我是冤枉的。"大哥喜极而泣。

"滚进去！"他被专政的铁掌扫进了囚车。

囚车呼啸而去。大哥拉住后窗的栏杆，死死看着女卡。他的眸子不是眸子，而是一块烧红的铁。"顶住！坚决顶住！我一定来救你。"这句话成了大哥在监狱活下去的支撑点，也成了他日夜盼望的启明星。

大哥走了，厂里又恢复了原貌。白天，女卡抓革命促生产精神抖擞；晚上，写动向搞揭发斗志昂扬。一个月过去，她没动静；一年过去了，她还是稳坐泰山。止水无澜的她仿佛把自己的诺言忘了，把狱中的大哥忘了。

这天是大年除夕，她翻出家中的集邮册出了门。

年关是天涯人落泪时，也是咫尺人怀旧时。长相思，摧人肝，到了除夕痛断肠。哪怕他是铁面包公，哪怕他是当朝天子，一到年关，总是柔情四起，舐犊情深，百感交集唏嘘不已。是啊！无情未必真丈夫。

女卡胸有成竹地把集邮本揣在自己一马平川的胸口上。年三十出征，正应了天时地利人和。不蹲大牢，怎知牢狱之苦自由可贵？早了，没切肤之痛；早了，不知道没齿不忘；早了，不知道涌泉相报。这三百六十五天，让男人的野性消磨殆尽；这三百六十五天，让男人的风花雪月消磨殆尽；这三百六十五天，够男人咀嚼一辈子消化一辈子；这三百六十五天，够男人还一辈子都还不了的债。

表弟正在家中画画，画的是《毛主席下安源》。确切地说，他不是在画画，而是在改画，他要把刘少奇的脸改成毛泽东的脸。

她的手一扬，表弟的眼一亮。他可是个铁杆集邮迷。

"要吗？"

"要！"

"东西可以归你，但需要你父亲的证明。"

"我父亲早死了。"

"既然没有父亲，那我走了。"

"慢！我跟你走罢。"

他们来到福州路上的市公安局。表弟的父亲是最早被打倒的走资派，也是最早被解放的老干部。五年前，他抛弃发妻，找了个女儿辈的新娘。有了女儿辈的新娘，他就失去了唯一的亲儿子。

既然解放，玉玺重回他宽厚的手掌。有了玉玺，果然有了帝王之相。一绒眉，万人噤若寒蝉；一跺脚，百里杳音不绝。不是阎罗王，却攥着人间生死薄；没有金箍棒，却把世界搅得天翻地覆。炙手可热，热得是乾坤颠倒；权倾一方，倾得是鲜活性命。戎装一身，不怒自威；摩托开道，行人避之不及。

他可以夜夜武斗，也可以夜夜笙歌；他可以天天抓人，也可以天天盛宴。但盛宴也有吃厌时，笙歌也有唱倦时。等到曲终人散，夜深人静时的滴答滴答，就让他陷入悲凉悲伤的漩涡。不孝有三，无后为大。不！我有儿子，但儿子不认我这个爹。我可以换妻换妾换娼，就是换不到亲骨肉。女人是衣，一年可换三百六十五件。亲儿只有一个，血管里有我的血红细胞，肌肉里有我的肌纤维，基因里蕴藏着我的条形码。没有取代品，没有复制品，更没有赝品，他就是我的重生。没有儿子，寻欢作乐是黄连树下的拉琴；没有儿子，权倾朝野是端着金碗乞讨。没了儿子，幸福是水中月镜中花；没有儿子，我就是坐上金銮殿也膝下尤虚。今天是除夕，我要在祖宗前燃一支香，但我的列祖列宗能饶我吗？

女卡和表弟过五关斩六将才走进大院，上楼时被秘书拦住。"何人如此大胆？"

"我是吴主任的儿子。"

"大胆骗子。据我所知，首长根本就没有儿子。"

"他不认我这个儿子，我还不认他这个爹呢。"表弟扯了女卡就走。

"慢……"秘书一把拦住女卡，上上下下打量。这女人不是女人，而是黑黝黝的炸弹，这炸弹钻进白虎堂，这还了得？

"不能走。"他奸笑一声，"上贼船容易下船难。"

"你准备干吗？"

"干吗？不通过政审这一关，休想走出大门。"秘书狞笑着。

"老不死的还不滚出来！"表弟对着楼上一声吼。躲在柱子后的黑影一哆嗦。"再不滚下来，今生今世休想见到我。"二声吼叫，地动山摇胜似海啸。

二吼刚落，老不死一骨碌从楼上滚下来。不但滚得快，眼角还带着两行老泪。"儿子！真是我儿子！儿啊儿，你终于认我这个爹了。"老不死一把拽住儿子，儿子把他得手一摔。

"吴叔啊……"

"你是……"

"我是你侄女啊！因为长得丑，怕见您。"

"今天你就是西施，就是观世音娘娘。不！是送子观音。有什么事尽管说。"

"……我的男友被诬陷进大牢，还请您断案。您看看这二张纸，这是反动标语的复印件，这是嫌疑人的笔迹。吴叔明鉴。"女卡打开包。

"你找我可是找对了。"首长嘴里敷衍着，趁势抓住儿子的手。儿子使劲挣扎，女卡使个眼风，儿子停止了挣扎。于是冰凉的小手，安安静静地躺在热乎乎的大手里。

"吴叔，请您明鉴！"

"别说了，就是他写的，我也能放人。来人啊！马上把两个笔迹做鉴定。"首长的吩咐言简意赅。

"是！我这就去办。"秘书点着头退下。"哎呀！只知道叔是慈父，原来还是个可亲可敬可崇拜可敬重的包青天。"

"青天还是黑天，全凭我高兴。儿啊，我们去吃饭，除夕夜好好喝几杯。"

"恭敬不如从命。"女卡用邮集敲着表弟的肩膀，于是表弟如牵线的木偶乖得很。到饭店后，首长点了满满一桌菜。膳用到一半，秘书满头大汗地奔进来。"首长伟大啊，光荣啊，正确啊！鉴定结果证实，这是两个完全不同的笔迹。"

"通知监狱放人！"

"是！是！是！"秘书一溜小跑走了。表弟惊诧地扶着滑落的眼镜，女卡的嘴张得老大。半小时不到，一个人的命运就能发生天翻地覆的变化。一句话能杀人，一句话能救人，唇齿间定生死，一念间定福祸，带去的材料没有翻，申诉的理由没有听。有鉴定改变一切，没鉴定照样改变一切，黑的根据需要可以说成白的，白的根据需要也可以说成黑的。没有生死簿，我就是阎罗王。没朱笔，不杀人也偿命；有玉玺，杀了人也能捞出来。天哪！这究竟是怎么样的社会？

一小时后，大哥走出了提篮桥监狱沉重的七道铁门。他带着失去的三百六十五天，带着失去的健康回来。要不是首长膝下犹虚需要亲儿，他再关二十年也无人问津。

大哥在家足足养了三个月才恢复，但腰还是有微恙。三个月里，女卡端茶送药，衣带渐宽终不悔。此情此景，不能不说是泣天地惊鬼神。所有人都指着天说：大哥不娶女卡，定遭天打雷劈。

女卡救了男人，也把自己从无望的闺阁中救了出来。从此，女卡不但成了大哥的恩人，还成了全家的恩人。

五、二哥二嫂

　　大哥旁边是二哥。如果说父亲是海洋，大哥是长江，那二哥只能说是洞庭湖也就是内陆湖了。内陆湖无论规模还是气势，都不能和长江相比。

　　中学毕业后，二哥插队到崇明农场，接着从农场跳到农场的工厂。中国的事就这么怪，从城市到农村，从农村到城市，既没有"因为"也没有"所以"。一切的一切，凭的是一句话，一句伟人的话。

　　想当初，一声"光荣妈妈"，该出生的出生了，不该出生的也出生了；想当初，一声"大串联"，该闯荡的闯荡了，不该闯荡的也扒在煤车上了；想当初，一声"文化大革命"，该读书的不让读了，该升学的不让升了；想当初，一声"上山下乡"，该上山的上了山，不该下乡的也下乡了。只要一句话，可以让五十六个民族一齐闯关东；只要一句话，可以让骨肉分离天各一方。月有阴晴圆缺，听令于指示的起伏；人有悲欢离合，取决于政治的潮汐。

　　今天下乡明天进厂，朝令夕改；上午是座上宾下午是阶下囚，翻云覆雨；东边阴谋西边阳谋，一切我说了算；十亿个脑子不思索了，十亿根舌头不发声了，十亿双眼睛有白内障了；十亿双耳朵失聪了。

　　二哥是塘里的鹅，随波逐流；二哥是湖里的草，随风漂流。今天是农民，扛好锄头背上粪筐；明天是工人，戴上袖套管好机床。什么三纲五常三贞九烈，什么孔子孟子老子墨子，一概不晓得也不需要晓得。肚子饿了就吃，管他粗粮还是细粮；人困了就睡，管他是炕还是床。有斗争对象，挥手臂吼口号；有红头文件，表决心献忠心。拳头里有关节但不硬，脊梁上有钙但不直。有老酒，呷二口；没口粮，饿一宵。不让坐就站，不让站就蹲，不让蹲就跪，跪得吃不消，就偷偷捶一捶腿。有锣鼓跟着拍手，有秧歌跟着闪腰。一见领导，马上恭恭敬敬；一有了肾上腺分泌，立刻明白女人的好。

　　他有了性冲动，于是他有了女人；有了女人，就有了革命接班人。这一切是水到渠成一气呵成。接下来呢？接下来当然是老婆孩子热炕头，虽然没有三亩土地一头牛。炎炎夏日，一根铁丝钩知了；雷雨后，一只小笼逮蝈蝈。热了，窜下河大仰八叉极目楚天舒；渴了，举大瓢张喉咙冷水从上爽到下。午饭吃了等晚饭，梨花谢了等白雪。高兴了，锯几根板子整个小板凳；烦了，倒背双手看别人车马炮。省心的事省着心，不省心的事避着躲着也要省心。雷打不动，工资奖金统统上交；风雨无阻，一年为儿子换个新书包。形式上一丁半点不落下，精神上吐故纳新浑然无知懵懵不晓。

　　二哥旁边当然是二嫂。二嫂虽是单眼皮，但单得干净利索。单边框里的眸子转得比风车还快，比累赘沉重的双眼皮精神十倍。两片嘴唇薄薄的，切卜米最多装满一小碟。别看男人不咋地，本人绝刘是农场一颗星。崇拜毛时，她是伟大思想的宣传者；抓生产时，她是活力四溅的小分队；春耕时，一首小诗掀起竞赛高潮，冬至时，一曲高歌让挖渠人忘风寒。歌喉不算一流但绝非末流，高处能绕梁低处有共鸣。就是即兴秧歌，也能舞出赤道战鼓的激情；就是即兴小诗，也能写出马的悲凉炭的炽热。不但能歌善舞，还能填词赋曲，情书不但打动二哥，连掩护他们的二传手，也绝望地无可挽救地爱上了她。奇女子，比阿庆嫂多了诡异少了胆识，比江水英少了豪气多了人情味。她若生在南方，定是甜桔一只，生在北方，必涩枳一个。战乱时，一定是木兰从军；有权时，绝对不让武媚娘。有桃园，也能三结义；有黑幕，绝对是搅水女人。有容貌，必学安娜私奔一回；有戎装，火枪手一个没商量。给她一个合适的杠杆，说不定就能撬起地球打转转。

二哥有了这个老婆，不要说修身养性治国平天下，就是日常琐事，也以她马首是瞻。在家，基本职责是领旨；在外，虽将令有所不听，但不超过两小时就改弦易辙，重新回到革命队伍里。

这个家，除了儿子有些乖戾，应该说是小安即小康，也是稳定社会里稳固的氮分子。然而，树欲静而风不止，就在夫妻二人合力奔中康时，厂长和他的小蜜也完成了原始积累。产品有下家，薪水却断了源头。领导阶层不是下岗就是内退，工人阶级为改革开放正在承受巨大的阵痛。不是说伟大的躯体里不能承受生命之轻吗？只可惜，一面高高飘扬的三八旗，就这样陨落在尘埃里。

二哥二嫂加入了找工作的滚滚洪流。一没文凭二没年龄优势三没专长，找工作只能是无头苍蝇徒然打转。固然一不怕苦二不怕累，但能和外来民工比吗？他们不但不怕吃苦，还不怕死呢。不怕不识货，就怕货比货，一比之后他们从武松变成武大郎。

二嫂的父母都在冰天雪地的吉林。即便有权也鞭长莫及；即便有势也不能恩泽崇明。于是二嫂把眼光投向申城的方向。

公公原是远洋轮的大副，只差踮一踮脚就是船长。可运动来了，运动一来就把他的老底兜出来：公公的弟弟是鬼子翻译，工作地点不在亚洲非洲拉丁美洲，而在可恶的小台湾。因为这，船长的大盖帽丢了；因为这，全家从山阴路扫地出门。搬到大杂院后，没有了书柜和写字台的公公，犹如没水的桉树一点点枯萎。公公因为忧郁，因为自责，因为说不清道不明的原因开始借酒消愁。只知道"杯酒释兵权"，其实杯酒也能起祸殃：公公终于得了肝癌，这才是"问君能有几多愁，恰似一江春水向东流"。

婆婆虽有退休金，但里弄厂的退休金是鹤腿上的肉，一塌刮子也没一两肉。大叔从监狱回来后，风声鹤唳胆小如鼠，小叔则是烟酒茶的〝二代表〞。小妹呢，则是今天有工作明天丢工作。这家就是座金山，估计也被愚公挖空了。这次第，怎一个"愁"字了得？哎呀呀！就在她万念俱灰时，传来了天大的喜讯：一颗小小的爆竹冲上云霄，火树银花竟撒在自由女神的肩膀上——跨国婚姻是希望之声，准妹夫是救命菩萨。

为了摆脱经济危机，更为了沾西方之气，一家人隔三岔五来上海，周末是小休，寒假是小节，暑假则是狂欢节。省一天就是二十四小时，省一星期就是十四个半天。虽夫妻俩有坚韧的心理素质和象一般的皮肤，但架不住小黑哥阮籍一样的白眼。白眼先是一束束，后来是一道道，再后来则和大屏幕一样宽。宽到无限无垠时，三人踏上回乡路。

回乡后，夫妻二人连夜揣摩红头文件，学习三五九旅的精神，在屋前房后开展轰轰烈烈的大生产运动。这里松一片土，那里撒几颗籽，封了抽水马桶改尿壶，休了三餐搞二顿。一摊屎，也要深挖洞埋在小苗旁，一泡尿，也要湿润一平方的地皮。虽精心伺候，小苗如侏儒不肯发育，虽精打细算，还是没发饷就断了顿。

夫妻同心，其利断金。一番商榷后金点子又蹦出来：董永拎着鱼竿上河塘，仙女弄个磨子磨豆浆。有了豆渣就有了下饭菜，有了小鱼就开了荤。一碗豆渣拌着蒸着炖着吃，一条小鱼中午烧头晚上烧胸脯。大灯泡卸了换小号，水龙头关小搞"滴答"，就连打入冷宫的黑白电视机，也取代了大彩电的位置。现在除了没把嘴绞上，该做的基本一个没落下。

唉！从啥时起，社会对没文凭，没青春，没权势，没后台的人这么苛刻？唉！从啥时起，社会对巾帼绝情，对巾帼的丈夫冷脸，对巾帼的后代断了同情心。这社会一定是疯了。想来想去，思量万千，跨国婚姻是这个一穷二白家里最大的含金点。

六、娘家人

二嫂旁边是小黑哥。父亲的遗传到此，如黄河断流长江断脉，不但神韵无存，连"周正"二字还差一大截。母亲的遗传到此，倒是发扬光大。也是眼眶大大，也是薄翳一层。虽说三兄弟都有翳，但翳的深浅浓淡有很大的区别，越到后面越浓愈深，很符合秋深枫叶红的规律。

他脸绝对不酷但嗓门很酷；他皮肤黑黑心也不白。四书五经看不进，倒练就一双势利火眼。仁义道德无一分，坑蒙拐骗有长进。给根鸡毛当令箭，给个牙签当棒槌。有吃的，绝不落下，有占的，绝不后退。能发泄尽量发泄，不能发泄也要骂骂咧咧。在外，一缩头乌龟；在家，一螃蟹将军，不但横行霸道，嘴角还有白沫点点滴滴。他没有父亲的睿智却有父亲的专横，他没有母亲的善良却有母亲的拖沓，他没有狗的忠诚却有狗的咆哮，他没有猫的伶俐却有猫的偷腥。他是马又不是马，他是驴又不是驴，应该说他是马和驴交配的结果，可惜他竟没有骡子的优点。他究竟是谁？他究竟像谁？

父亲好客，对朋友抱着"不亦乐乎"的热情，唯独对母亲的娘家抱有天然的敌意。他既不许母亲回娘家，也不许孩子们去外婆家。父亲很儒雅，但在这点上极其霸道，而且一霸道就是若干年，大有基本国策坚持一百年的决心。孩子们可以上公园，可以上影院，可上九天揽月，可下五洋捉鳖，就是不能去水帘洞探亲。

正月十五那天，韵正在放鞭炮，一对乞丐突然停在她面前。虽然人都站不直，但二对眸子四只老眼却比直线还直。一根直线上串起四只眼珠，简直就是荒山野岭中的四点鬼火。

鬼火一闪一闪，带着无穷的渴望，贪婪地注视，顽固地定格，卑微地怯意。韵忽然感到惶恐又有了敬畏，有了恻隐又有了不舍。她摸出铜板递过去，递到那双黑黑的有着污秽的手里。"不给要饭的。"小黑哥抢过铜板，塞进自己的口袋。"快滚！不然我把鞭炮朝你们脸上扔。"

母亲闻声出来，她惊慌地环顾四周，先把乞丐拉进院子，又把孩子扯进院子。"快给他们磕头。"母亲慌慌张张地说。韵刚想拒绝，突然看见母亲的眼里不但有惊慌还有乞求。她心一软，"扑通"一声跪在地上，响亮地磕了三个头。

"我才不给叫花子磕头，我还要把这事告诉爸爸。"小黑哥大声嚷道。母亲随手拽他一把，小黑哥就地一扑打起滚来。他叫着嚷着嚎着，声音嘶哑，如破肚开膛的老母猪。

门被推得"嘎嘎"响，门外站着治安巡逻员。母亲吓得直搓手，乞丐吓得抱成一团。韵突然捧出储蓄罐朝地上摔去。瓷片飞溅，零钱四散。小黑哥一个鱼跃朝钱扑去，震耳欲聋的嚎叫戛然而止。

"……十五，十六。"小黑哥跪在地上数着。

"不要告诉爸爸。"母亲抚摸着他的天灵盖。

"这事已经结束。"小黑哥攥着钱朝外冲。

三月后父亲回来。小黑哥把这事添油加醋告诉父亲，语音不但惟妙惟肖，还伴有大幅度的肢体语言，最后他伸出了爪子等待父亲奖励。

父亲突然站起来朝外走，他破门而出摔门而去，门在他身后发出痛苦的呻吟。所有人呆呆地看着父亲的背影，只有韵看见了父亲的眼泪，这是眼角溅出的泪，也是心窝溅出的泪。

从这天起，父亲就佝偻了；从这天起，父亲更忧郁了。虽然小黑哥成功做了眼线，但父亲更憎恶他了。上级看不起下线这点让他极其愤恨：羊肉没吃到，反惹一身骚。

一天，她在书房玩耍，玩着玩着在写字台下睡着了。一阵说话声惊醒了她。

"这次春节，让孩子们回家一趟吧。"

"不行。"父亲冷冷地说。

"就一次。"母亲坚持着，用她罕见的勇气。

"你就这么喜欢回娘家？"父亲皱着眉，像嘴里含了一只苍蝇。

"他们盼了这么多年。"母亲勇敢地挺直身体。

"你可以让他们看照片啊。"父亲冷冷地说道。

"我求你了。"母亲突然直挺挺地跪下，跪得笔直。

"快起来！让孩子看见成何体统？"父亲沉下脸来。

"我还有什么体统？你不答应，我就一直跪下去。"

"妈！"她从写字台下爬起来，朝母亲扑去。父亲皱着眉，做了个手势。

"你爸答应了，我们终于可以去外公外婆家了。"母亲搂着她，欣喜的泪水点点滴滴。

"什么时候去？"韵兴奋地搂着母亲的脖子。

"快了快了，还有一个月。"母亲伸出一根手指。

"你真棒！"韵翘起大拇指，为母亲的勇敢和无畏欢呼。

一个月后，探亲小分队出发。父亲大步追上，从母亲的手里夺过了她。她在父亲的怀里捶打父亲，尖尖的指甲在父亲脸上留下一条条伤痕。多少年后韵才明白，这是父亲用特殊的方式保护她。父亲脸上留下了伤痕，但是父亲的心上，更留下了伤痕。

"父亲啊父亲，你的心太苦了。"她凝视着父亲的照片，恍惚中父亲变成了鲁迅。父亲有鲁迅的凝重和沉思，父亲有鲁迅应该有的隐痛：鲁迅拒绝了母亲塞给他的礼物，冲破包办婚姻，呼吸到自由的空气。但父亲没有拒绝组织上塞给他的礼物，没有冲破包办婚姻，没有呼吸到自由的空气。他在内疚的圈子里徘徊，他在悔恨的笼子里挣扎。品味痛苦，咀嚼痛苦，吞咽痛苦，反刍痛苦。他一辈子窝在自己营造的苦巢里，在烟雾和酒精中消耗自己鲜活的生命。

　　门"砰"地一声被踹开，一个男孩大大咧咧闯进来。男孩最鲜明的特点就是他的上唇。说它是兔唇吧，又不完全是；说它不是吧，却又有几分不平整。有了不平整就有了沟壑，有了沟壑就有了怪异，有了怪异，后面就是乖僻乖张乖戾。

　　男孩的后面跟着他的爸爸，刻满沧桑的脸上，重复着一脸的沧桑。照说他是个随遇而安，能省心就省心的主，能刻出一世纪的沧桑，看来一定是兔唇惹的祸。

　　二哥后面是二嫂。二嫂没有太多的沧桑，倒是眼下有几条水渍。水渍不在瀑布下而在眼睛下，这说明，是泪水把水渍冲刷出来的，泪水是瀑布之源。三口之家，老公不敢，自己不能，不是兔唇还能是谁？

　　母亲突然朝男孩扑去，一把将兔唇搂在胸前。兔唇显然没有这份热情，他踮起脚尖，把眼睛转向电视机，整张脸就露出一对小眼珠。

　　"快叫姑姑！"二嫂把他从奶奶的怀中解放，亲手交到姑姑手里。

　　"姑姑！"兔唇心不在焉叫了一声，眼睛依然盯着屏幕。

　　"这次考得好吗？"

　　"呃……"兔唇答非所问。

　　"你看你，在家吵着要姑姑，到了姑姑面前连一声问候也没有。"二嫂在儿子头上拍了一下，神色既不安又讨好，就像刘姥姥面对着琏二奶奶。

　　"让他看电视吧！"韵淡淡地说。一听这话，兔唇如获大赦，朝前一窜，稳坐电视机头把交椅。

　　"你侄儿在家姑姑长姑姑短地念叨……"二嫂的余光朝小姑觑去。"现在不要说同学，就连邻居，都知道他有个好姑姑。"

　　"吃水果吧。"韵抓起苹果朝二嫂手里塞，其实她恨不得抓起苹果朝二嫂嘴里塞，塞住她的恭维，塞住她的谀语，塞住让人起腻的巴结话。

　　"你吃！你吃比我们吃更重要。"

　　"谁说我比你重要？"她依然把苹果塞过去。

　　"哎呀呀！我有这个姑是我福气……"苹果虽然塞过去，依然没能堵住二嫂的嘴。从啥时起，二嫂成了现在的二嫂：通身上下，透出市侩圆滑烂熟的小家子气。一看到她，就仿佛看到油光铮亮的算盘。

　　母亲又朝兔唇走去，一把搂住他，不但耳鬓厮磨，还头对着头，脸对着脸，嘴对着嘴。韵一凛：这动作在哪见过？她思索着，记忆深处的闸门渐渐打开。

　　那是……那是她第一次去外婆家，也是最后一次去外婆家。她和父亲乘看三轮车，穿过泛着污水的小沟，穿过臭气熏天的狭弄，来到一间平房前。她看到门楣上贴着一张红纸，上面写着"烈属之家"。推开门，一屋子的烟雾，一屋子的怪味，屋里有很多人，个个眼角带屎，头发蓬乱，就像聚在土地庙里的灾民。

一张门板放在中间，上面盖着一块白布，母亲正跪在白布前哭泣。

突然有个老太朝门板冲来，一把将门板上的死人搂在怀里。不但耳鬓厮磨，还头对着头，脸对着脸，嘴对着嘴。父亲扭过头，也扭过女儿的头。但是韵还是看见死人有一双墨黑的脚，有一头蓬乱的白发。

许多人拥上来，拉开老太太，让死者躺下，又用白布遮住。父亲对着白布磕了个头，又让韵儿也磕了个头，然后领着她走了。泛光的皮鞋踩进脏水，笔挺的裤缝拖在地上。父亲沉着脸上了三轮车，一直到家，他一句话也没说。

从此，一双黑脚板和一头乱发成了外公的符号；耳鬓厮磨，头对着头，脸对着脸，嘴对着嘴的姿势，成了外婆的符号。原来乞丐就是韵的外公外婆，原来山神庙就是母亲的娘家。她突然明白了父亲的霸道，明白父亲为什么不让母亲回娘家，明白父亲为什么不让她去外婆家。同时，她也看到了父母亲中间隔着的不等式。

为了这个不等式，母亲用一生缝补着一分为二的衾被；虽然衾被还盖在身上，但早已是千疮百孔，透风渗寒。说什么相敬如宾，那是聋子的耳朵；说什么家庭和睦，那是瞎子的眼睛。一张"五好家庭"的纸永远挂在门上，挂着母亲无奈的笑，挂着父亲寂寞的笑。这强颜走啊走，走过了若干个年头，还要走，还要继续走，一直走到生命的尽头。就是到了阴曹地府，也不能填补这巨大的不等式。

"今天有电话吗？"二嫂靠近韵，体己地问。神秘和兴奋，像涂在两颊的胭脂，红得蹊跷，红得怪异。

"电话电话，为了等这神出鬼没的电话，我成了全天候接线员，我成了足不出户的寄生蟹。再这样下去，走路的功能都要退化了。"韵哀怨地说。

"没有春耕哪来秋收？修成正果后你就不用走路了。"

"不走路？"

"你就坐奔驰，坐凯迪拉克了。"

"看来饭都要人喂了。"韵冷笑道。

"他姑真逗！"二嫂有些讪讪，"我说的是……"

"把东西拿出来！"二哥恼怒地说。这恼怒既是对自己，也是对婆娘。要是自己有本事，婆娘就不是巴结婆；要是婆娘有本事，自己就不是杨国忠。拖家带口来蹭饭，还涎水三尺朝前凑，就是大象皮也承受不了。在家我不敢发声，在这里怎么也要挣个脸。想到这，他大着嗓门又叫了一声："还不看看鱼是死是活？"

"大喜的日子，不许说死不死的。"二嫂赶紧拎起蛇皮袋。"看！这黑鱼多大。你哥钓了一整天终于逮到它。黑鱼煲汤，可是养颜润色的一绝。贵人有福啊，连极品黑鱼都争着向您进贡。"

"快别这么说。"韵急忙打断肉麻话。

"你侄子吵着要吃，一听说要送姑姑，马上不吵了。傻小子现在也知道孝敬您了。"

"让孩子吃吧。"韵百感交集。自己既不是美籍华人，也不是华籍美人，不就是嫁给异邦的伙头军，凭什么就成了一家之尊？

"我翻了书，说鱼汤不放盐吃了更养颜。让我看看你的皮肤。"二嫂凑过去，不但面对面地瞅，还用手摩挲着韵的脸。

"没事。"她一扭身让开，同时感到一阵恶心。"……最近崇明有什么消息？"她强迫自己挤出半个笑。

"崇明下岗人比蝗虫还多，找活比登天还难。"二嫂苦着脸说。"唉！"她也苦着脸叹了一声。"听说上海的工作好找，但是一没户口二没住处……"二嫂声音很沉滞，但眼眶里的眸子，滴溜溜转得比风车还快。

"你们原来的厂子多么好，真可惜啊。"韵叹了口气。

"可惜啥？老产品十几年如一日，客户能不腻吗？"二哥虎着脸说。

"我也是十几年如一日的老产品，你也腻了？"二嫂贼忒兮兮地问。

"早腻了，可惜没有替代品。"二哥气呼呼地说。

"是你腻了还是我腻了？你也不拉泡尿照照镜子，三尺肠子倒有二尺半是瘪的，还想黄昏恋，还想包二奶，是否还想怀里抱着革命的下一代？"嫂子如一挺愤怒的机关枪，"劈里啪啦"地就是一番扫射。

"我不就打个比方开个玩笑，你咋这样？"一看婆娘发火，二哥急忙举起白旗投降。

"一个不能养家糊口的男人，发什么声音？"二嫂厉声喝道。

"我不发……我不发还不成？唉！"二哥长叹一声，抽出"飞马牌"香烟点上。

"哎！"韵也跟着二哥叹了一声。二嫂眸子"刷"地一亮。"他姑！"她亲昵地把身子靠过去。"其实我们吵，不是感情出岔，而是半路上杀出个程咬金。"说到这，二嫂撩起袖子擦擦眼。

二哥风一样朝外刮去：横竖要说，早说早拉倒。皮薄的避嫌，皮厚的冲在前。

"你侄子高中没考上，想复读一年。崇明的教育质量一塌糊涂，想来想……"说到这，二嫂把头枕在臂弯，一道余光拐了两个弯，朝韵觑去。

"这……"韵倒吸一口凉气：侄子可不是一盏省油的灯。

"别人都在通路子，只有你哥没路子，只能眼睁睁看着你家的一根独苗烂在泥里……"说到此，二嫂哽咽，让省略号和泪水同时登场。

"你儿子要在这里读书？"看电视的小黑哥趿着鞋冲过来，可惜牙签掉在地上了。

"他姑没叫，你叫个啥？"二嫂微笑着说。

"他住这，出事谁负责？"既然没了牙签，小黑哥只能用手臂来加强语气，增强力度。

"出事？偷还是抢？杀人还是放火？你这个叔叔不会咒侄儿吧？"二嫂笑得更甜了。

"你们都管不了他，我们怎么管得了？"

"要是他亲姑说不行，这事拉倒。"二嫂在"亲姑"二字上加重了语气，加强了力度。韵沉吟着，一时难做决断。

"我告诉你，请神容易送神难。你千万不要因冲动而悔恨一世。"小黑哥气势汹汹地说。韵依然沉吟不语。

"你有本事管他吗？你有这个本事吗？"小黑哥的爪子干脆伸到韵的鼻子上。俗话说，一句话能让人跳，一句话能让人笑。小黑哥说话的艺术就是让人跳，让事物朝着他的愿望背道而驰。如果说刚才韵还在犹豫，现在却痛下了决心。她站起来，拎着黑鱼朝厨房走，脸和黑鱼一样黑而僵硬。

小黑哥一跺脚，知道这事又完了。他又成功地进行了"为渊驱鱼，为丛驱雀"的壮举。在跺第二脚时，他看见二嫂的窃笑；在跺第三脚时，看见了母亲的傻笑。在这个家，经济是麦克风，是法庭上的槌子，是总统的赦免令。这再次证实了"经济基础决定上层建筑"这一格言的伟大。

"咚咚！"有人敲门。

小黑哥气呼呼地把门打开："你是谁？有啥事？找啥人？"

"我送东西。"

"东西？啥东西？究竟啥东西？"小黑哥咄咄逼人地问，他需要转移愤怒。

"我是照相馆伙计，不是贼！"来人终于也愤怒了。

"请您把东西交给我。"韵微笑着接过信封。

"啥东西？"二嫂热情地迎上来。初战告捷，二嫂的精神面貌为之一振。虽胜利在望，但要防止夜长梦多节外生枝。下一步，就是巩固革命的根据地。

有了根据地，就不怕小黑哥这个窜匪。接下来该说啥，说话的范畴，深度，尺度，寸度已经在肚里揣摩了八九分，基本框架已定，现在是蚕蛹吐丝时。

"啥东西这么厚？"她朝姑子坐得很近，距离近得如同跳贴面舞。

"我的照片。"

"您的玉照怎能让陌生人拿？"她把大大的问号递过去，也把自己的忠心递过去。

"这不需要认识，他是送快递的。"

"照片交给他，我就是不放心。"

"照片又不是皇帝诏书，就是诏书也不见得皇帝亲自送。"小黑哥对明显的马屁表示强烈的义愤。

"送一次要多少钱？"

"十五元。"

"早知道我去拿。十五元可抵我磨一星期的豆腐。"二嫂撇着尖尖的嘴皮。大胆言穷才能引起恻隐，有了恻隐就能收到扶贫款。课本上不是有"穷则思变"这句话吗？

"其实干快递也挺不容易。"韵淡淡地说。

"您真是菩萨心肠，内心美和外貌美达到高度统一。"

"快别这么说。"韵难受地转过身。

"哼！"小黑哥一跺脚出去了，再听下去，他就要揭竿而起了。

"他姑！难道我流露的真实感情你也不信？"二嫂有些伤感。

"是不是人穷志短马瘦毛长？"

"不！我绝不是这个意思。"韵忙摇手。

"难道我们不是荣辱与共，肝胆相照的关系？"

"胡说什么？难道你们的关系，是共产党和八大民主党派的关系？"二哥忍不住笑了。

"在野党的一切要仰仗执政党，我们的一切也要仰仗小妹。"二嫂斩钉截铁地说。

"话不能这么说，兄妹之间应该互相帮助。"韵淡淡一笑。

"他姑！有时我真后悔嫁……你哥。"高音猛地滑落两个 C，伤感重新复出，哽咽再次登场。

"我知道……所以我在尽我的力。"韵也伤感地哽咽：她被二嫂的表演打动了。

"我的亲姑啊。"二嫂一把搂住她。这次头碰头的聚会，有百分之五十发自肺腑而非事先预谋。

　　"看照片吧！"韵赵紫把照片倒在桌上。照片有荤有素，有正有侧，有顺有逆，有动有静。五彩缤纷集一身，千姿百态皆一人。

　　"太美了。"二嫂惊叹道，"咋不把照片寄过去？"

　　"早寄了。不然能煲这么久的电话？"

　　"太美了。回眸一笑百媚生，六宫粉黛无颜色。啧啧！"

　　"啥媚不媚，只怕买椟还珠。"韵无精打采地说。

　　"注重外貌是男人的特色，我相信，他一定会由外而内真正地爱上你。马上挑一些放大上墙。"二嫂果断地说。

　　"你看着办吧！"韵懒懒地说。

　　"这张有意境。"二嫂拿起一张黑白照，画中人一头乌发一袭白裙，面容清瘦神情忧郁。"好一个'寒塘渡鹤影，冷月葬诗魂'。虽意境幽远但有落寞意。有大喜的吗？"

　　韵抽了一张递过去。画上人双目炯炯，神态迫切，霓衫薄衫，飘飘欲飞。"好一个'凭借好风力，送我上青天'的造型，但是咱不能步宝钗的后尘。还是这张好。"

　　这是一张侧面照。韵坐在一块巨大的礁石上，四面环水，波光鳞鳞，于无声处，兀影独身。"好！好！'孤舟蓑笠翁，独钓寒江雪'。这韵味可遇不可求。可是……还是不行。"

　　"为啥？"

　　"'孤舟蓑笠翁，独钓寒江雪'的前两句是'千山鸟飞绝，万径人踪灭'，这太冷清，不喜不庆。"

　　"……我已经习惯了。"

　　"正因为习惯更要忌讳。这一张……"二嫂又拿起一张。这是一张黑白照。一身仔衣一个行囊，有出游者的决断，有远征者的沧然。河在身后发出埋埋寒光，发在颈后飒飒飘扬。一束逆光打来，画中人有刀凿斧斫的峻嶙。

　　"风萧萧兮易水寒，壮士一去兮不复还。"二嫂字正腔圆，一口标准的普通话无懈可击。韵沉默地把眼睛移到窗外，窗外有一株凋零的海棠。

　　"把这张照片送给他，绝了他的想头，定了你的念头，有一石二鸟之效。"二嫂快人快语。韵无语，紧绷的脸上布满生硬的线条。

　　"旧的历史已经过去，新的生活正在展开。问妹何所思，问妹何所忆？"二嫂亲切地问。

　　"女亦无所思，女亦无所忆。"韵勉强一笑。

　　"既然无所思，那就咬定青山不放松。哇！这张很独特嘛！"二嫂激动地抽出一张。画上人披盔戴甲，戎装一身，手抚寒剑，有杨排风之态。

"古代化木兰，现代女巾帼。"二嫂抚掌击节。

"木兰是'愿为市鞍马，从此替爷征'。"

"我送你一副对联：昭君出塞，定匈汉和睦之大局；淑女负笈，缔中美合作之姻缘。横批是殊途同归。"

"你抬举我了。"

"要是父亲还在那有多好啊。"二嫂充满感情地说，"父亲一定为你们祝福，祈祷，你实现了父亲的遗愿。"

"大喜日子，啥遗愿不遗愿的？"门被推开，大嫂扶着大哥走了进来。

"大哥怎么了？"韵关切地问道。

"老毛病又犯了。"大嫂把大哥扶到沙发上，接过韵递来的水一饮而尽。躺在沙发上的大哥显得苍老憔悴，一件紫色外套更显得他老态毕现，犹如黄脸婆穿粉红连衣裙。

"你躺下，我替你按摩按摩。"大嫂脱下外套，又推又捏又捶又敲。黧黑的脸愈发丑陋，要不是眼珠间或一转，整一个盲人按摩师。

"不是说好点了，咋又犯了？"二嫂关切地问道。

"这腰是六月天说变就变，昨晚还哼了一夜。"大嫂皱着眉说。

"腰在监狱被打坏了……"大嫂叹了一口气。

"腰可是男人的大事，男人没好腰那就是废人。当心烫手。"二嫂递给大哥一杯冒着热气的茶。

"谢谢！"大哥一骨碌爬了起来。

"大哥咋起来了？"二嫂高声嚷着，神情紧张，"腰不是不能动嘛？"

"快躺下！快躺下！"大嫂也尖叫一声，神情亦很紧张。"哎呀呀！我给大哥一杯水，他就一跃而起，这礼数忒是周到。"二嫂笑得前仰后合。

"……你亲自端水，他就是撑，也要撑起来。"大嫂涨红了脸。

"能撑就好，男人要是撑不起，那就完喽！"

"又不是死人，怎么会撑不起来？"二哥笑了。

"大弟，啥话可以说，就这话不能说。"大嫂连连摇手，"不吉利！不吉利！"

"就你这货多嘴多舌多是非。"二哥碰了一鼻子灰，只好把怒气撒向老婆。

"我好心给大哥倒水，现在倒成了猪八戒照镜子——里外不是人。"二嫂很委屈。"大哥，你说我冤不冤？"

"冤……不冤……我起来看电视。"大哥一骨碌从沙发上翻身下来。

"大哥，腰不好还是躺着吧。"二嫂似笑非笑。

"大哥喜欢看电视就让他看吧。他真有病的话，早就躺下了。"二哥说。

　　"女人就是事多，身体好不好，其实目己最有数。大嫂，你说是不是？"
二嫂笑着问。

　　"就你事多。"二哥抢白老婆，"大嫂，别理她。"

　　"嘿嘿！"大嫂一笑，笑中有恼；"呵呵！"二嫂一笑，恼中有笑；大
哥有些尴尬又有些悻悻；二哥有些恼怒又有些狡黠。四个人四种表情，整一
个舞台上的生旦净丑。

　　韵绷着脸，没有一丝笑意。

　　"我去厨房看看。"二嫂朝二哥使个眼风。片刻，她端着热腾腾的鱼汤
进来。

　　"黑鱼汤趁热喝，这样才养颜。大嫂！这是我带来的野枣，浸酒驱寒给
大哥喝。这膏药是老中医秘方，治腰疼可灵了！"二嫂从包里掏出一包东西。

　　"难为你了。"

　　"都是一家人，有事吱一声。不是说血浓于水吗？"

　　"那是那是。"

　　"刚才可把我吓了一大跳。"二嫂捂着胸口，"我还以为大哥又有啥大病，
好在虚惊一场一场虚惊。来来来！坐坐坐！站着说话腰会酸。"二嫂拉着大嫂，
亲亲热热坐在沙发上。

　　腰啊腰，大哥的腰是这个家的神经中枢，可谓牵一发而动全身。一提到腰，
伶俐的变得口吃，丑陋的成了天使。大哥的腰，时好时坏时轻时重，这一切
取决于大嫂的耳提面命，苦肉计一演多年屡试不爽，想不到今天破了绽。唉！
祸起萧墙的不是黄雄酒，而是二嫂献的一杯热茶。

　　"小妹！这是澳洲的绵羊油，擦脸效果最好。"大嫂取出一瓶子。二嫂
眉毛一挑：自认为"他姑"是最亲昵，最体己，最体现零距离的称呼，想不
到和"小妹"一比，有小巫见大巫的汗颜。

　　"你留着自己用吧。"韵有些感动，"你的脸都皲了。"

　　"粗人要这干吗？好钢要用在刀刃上。"大嫂淡淡地说道。

　　"水开了！"有人在走廊里叫着。

　　"来了来了。"韵急忙拿着围裙上厨房。

　　厨房三家合用，脏兮兮又黑乎乎，正应了"三个和尚没水喝"的哲理。
再加上今天是星期天，各家蒸溜煎炒十八般武艺齐上阵，把一个没有脱排油
烟机的厨房，弄成硝烟弥漫的战场。

　　"明天的事都妥了？"大嫂踅进厨房。

　　"差不多了。大哥啥时开刀？"

　　"争取年底吧。我存了一些，献血奖励了一些，娘家给了一些。还要准

备红包，红包薄，就怕手术不到位。"

"是啊！"韵低头择菜，脑子里满是大哥的影子。从橡皮筋到红头绳，从捉迷藏到复习功课，大哥的好点点滴滴涌上心头。影子越来越远越来越模糊，脸愈来愈近愈来愈凸现——干涸无神的眼如枯井，疲乏疲倦的神情如老人。不就十来个春秋，涟漪的池塘咋变成开裂的土地？

"大哥啊大哥，纵然齐眉举案，终究意难平。"她想起父亲的一声长叹。父亲痛苦，大哥也痛苦，两代人的痛苦，一个走到尽头，一个还在走，还有一个我正在整装待发。为什么？为什么？

"只要大哥身体好……大哥……你大哥。"大嫂絮絮叨叨，满耳都是"大哥"这两个字。声音一点点远去，而枯井射着死寂的光，一步步逼来。她猛地打了个寒颤，手上的菜叶撒了一地。

韵踅出厨房进了屋，打开抽屉拿出一只盒子。盒子里有一块玉。这玉又纯又净，仿佛把全世界的绿，都浓缩起来。韵抚摩着玉，嗅到一股俨俨的味道。这是父亲雪茄烟的味道，这是母亲身上油腻的味道，这是神秘人香水的味道。一块沉甸甸的玉里，有多少不一样的味道。

"她姑！我出去一下。"二嫂打着招呼出了门。

"我也出去溜一圈。"小黑哥也跟着出了门。

"给！"韵赶紧踅进厨房，把两百美金塞进大嫂口袋。"不行！这无论如何不行。"大嫂坚决摇着头，以至于鼻翼上的蜕皮跟着舞动。

"自己人客气什么！"

"我的小妹啊！"大嫂感叹道。

"好亲热的姑嫂啊！"二嫂推门而进。大嫂愣了，韵也愣了：明明看她出门，怎么又杀回来？

"我的小妹啊！"二嫂模仿着大嫂的声音，神形兼备，惟妙惟肖。"我……"大嫂惊慌不已，如当场被逮的扒手。

"我……我们正在谈大哥的腰。"韵大声嚷着，口气里透出不耐烦，"难道我的私房钱我就做不了主？"

"大哥的腰子，侄子的升学，这是家中的两件大事。"二嫂拿起刀，对着案板上的鱼就是一刀。鱼头落地，鱼血溅得满地开花。

"霍霍！"菜刀在水斗边来回摩擦，红红的血，寒寒的刀，外加震耳欲聋的磨刀声，厨房顿成战场，刀光剑影中弥漫着浓浓的血腥味。韵不禁倒抽一口凉气。

"大哥的腰解决后……"二嫂拖长声音。"当然解决侄子的读书事。"气急心慌的韵，竟有了流利和流畅。

"有这话我放心。"二嫂抽出刀，"噼里啪啦"把鱼剁了，脸上溅血的她，有五马分尸的果断。"侄子的学费……"

"交给我。"韵脱口而出。话一出口她马上后悔：怎么上赶着讨好献媚进贡？

"亲姑就是亲姑。"二嫂美美一笑，韵也跟着一笑。"我这是咋啦？"韵很恼怒，恼怒得想抽自己两个大嘴巴。

"好啊！躲到厨房开三国四方会议？"小黑哥沉着脸走进来，"是不是躲着我？"

"啥会不会，不就是琐事。"韵沉下了脸：眼觑着眼，牙咬着牙，舌顶着舌，胳膊拽着胳膊，这不是过日子，这是在火堆上跳舞，刀尖上舔血。

"琐事还是钱事？"小黑哥不耐烦地嚷道，"再怎么，我也是国舅。"

"谁说你不是国舅？"大嫂和二嫂异口同声地说。

"那还藏着掖着？"小黑哥的分贝高了一倍。走廊上响起脚步声，厨房的门推开又掩上，走廊上轻微的窸窣声如耗子在奔跑。

"我只剩这个。"韵褪下手表摔了过去。

"你不怕摔坏表面？"小黑哥拿起表，朝亮光处凑去。

"他叔！这是女表，不是男表。"二嫂轻柔地提醒着。

"我不是瞎子，当然知道这是女式坤表。"小黑哥用袖子使劲擦着表盘。

"你也戴女式表？"二嫂甩出问号。

"我不戴，难道还不容许女友戴？"

"您什么时候有了女友？"

"现在没有，就不兴以后有？"

"这么说，这表是为若干年后准备的？"二嫂冷笑道。

"你们有伞都在备伞，就不兴我也备一把？"说着他把表揣进口袋，哼着小调走了。

三人一前一后进了屋。二嫂得意地朝老公眨眨眼。老公一喜，知道老婆又有了收获。夫妻俩使个眼色，一前一后窜进卫生间。卫生间不是独用包厢，而是三家共享的茅房。一脏二臭三杂乱是茅房的"三个代表"，有了"三个代表"，就是最佳掩护点。

"快说！"关上门，二哥直奔主题，"只有短平快，才不会暴露接头地点。"

"儿子的学费搞定了。"

"啥？"二哥的眼睛睁大了，"就是偷也要伸手，就是抢也要时间。"

"复读的学费OK。"二嫂打了个响指，阿庆嫂自信满满。

"哪来的？"

"觑虚使招，然后杀个回马枪。"

"啥……和啥。"二哥听不懂，因为《孙子兵法》里没有这两招。

"难怪儿子这么笨，真是有种出种。"二嫂没了高兴，反倒有了痛心疾首。

"究竟咋回事？"

"我假装出门然后返回，杀进厨房活掐正逮。"

"活掐正逮？谁被你活捉？"二哥眉毛高挑——婆娘一向是捉奸的行家里手，但这是家不是农场，这里除了三兄弟再没别的男人。

"你究竟捉了谁的奸？"她不耐烦地问。

"你啊你，永远都是单一思维，我不是捉奸，而是捉住把柄。"

"难道是小妹的把柄？"

"笨啊笨。正面通不过就不能迂回？"二嫂把嘴凑过去。

"……小妹已经够可怜了。"二哥喜是喜，终究有些犹豫。

"能养小哥就不能养侄子？能贴大哥就不能贴二哥？"

"大哥是这个家的功臣，小弟还没娶媳妇。"

"可你儿子是这个家唯一的后代。既然'唯一'，就要享受'唯一'的待遇。告诉你，我狠招还没使出来呢！"

"还有狠招？"

"我要一招一招地使。不榨干甘蔗，糖水就流到别人嘴里了。"

"我知道娘子能干，但是……"

"怎么啦？"

"昨晚我梦见父亲了。"

"死鬼把藏宝图告诉你了？"二嫂冷笑道。

"父亲说……小妹为了这个家违心地嫁人，她好苦啊。"

"马上要吃黄油喝牛奶还苦啥？其实这个家最苦的就是我。"二嫂一把揪起男人的耳朵。

"出门前和你说的话记住了吗？"

"记住了。"

"不该说的话一个字也不要说，该说的话一个字也不许漏。"

"领旨。"二哥一闪身把耳朵解放出来，

就在这时，门被擂响。"再不滚出来，老子一斧子劈了门。"

"撤！"夫妻俩急不择路破门而逃。

"他妈的！床上肩并肩肉连肉，拉屎也要肩并肩肉连肉。"有人追骂道。

大哥斜躺在沙发上抽烟，又长又臭的肥皂剧告一段落，他要休息了。

"你就不能戒烟？身体重要还是烟重要？"大嫂趋前一步，在男人腰上按摩着掌捏着。虽戏演砸了，但观众还在，撑也要把戏撑到结束。

“不赌不嫖，除了抽烟没有其他爱好，再说这烟就一块钱，一个月最多也就三十元。”

“我不是心疼钱，而是心疼你身子。”大嫂一脸慈祥，口气不像婆娘倒像老娘。

“不抽烟，活着更没意思。”大哥一脸索然。“实在想抽那就抽。”大嫂微笑着，比老母还溺爱三分。

“大嫂对大哥真好。”二哥羡慕地说道。

“大哥大嫂可是黄金搭档最佳组合。”二嫂笑着说。

“当年你也是阿庆嫂，咋不演一出‘智斗’？”二哥反诘。

“我现在是过时黄花。跟大嫂比，有天壤之别。”

“知道有距离，那就迎头赶上。”

“我怎么有大嫂的贤惠？”二嫂接上口。夫妻俩你来我往，一唱一和，几分是真几分是假，几分是侃几分是秀，几分是羡慕几分是牢骚。演戏的时间一长，都分不清台上还是台下。

八、节外生枝

小黑哥抽出一根烟，美美地吸了一大口。这不是牡丹也不是红双喜，而是精装的“上海”。既然是精装，只能装在内衣袋里，在僻静处一人细细地品尝。党的政策不也有“内外有别”这一条吗？

这烟味道就是好，没有我的加加减减，哪来烟档次的提升？没有我对买菜的全方位综合性了解，哪来烟档次的提升？初中文化的我，照样有数学天赋；失业在家的我，照样有生财之道。想到这，他又美美地吸了一大口。

前面是小马路，马路旁边就是小饭店。小饭店里有他的红粉知己，虽不是朝奉，却绝对识货。

早知道小妹袒护大哥，但无名之火就是发不出。大哥是这个家的功臣，就是篡改历史的老手，恐怕也篡改不了这一条。不为弟妹就不会进厂，不进厂就没无妄灾，没无妄灾就不会娶一个焦炭女。焦炭女只能暖炕不能上炕；焦炭女只能做肥料不能做主菜。她理财，有晦气之嫌；做厨娘，食欲肯定不振。想不到她……她竟然躺在大哥身旁，共饮一江水共盖一张被。她要是睡在我身边，一辈子的阳痿怕是逃不掉。想到这，他深刻无比地同情大哥。

大哥有病不假，但三分肉体七分精神。精神上的恹恹引起身体上恹恹，身体上的怏怏加强了精神上的怏怏。这话咋说米着？这叫马太……什么效应，就是恶性循环的意思。循环的结果，大哥成了年轻的老头，健康的病夫，瘸脚的壮马，歪斜的大树。这一切究竟谁造成的？当然是逼良为娼的年代。但这个年代不是我造成的，所以这一切绝对不关我的事。想到这，他轻松地耸了一下肩。

大嫂！有人说大嫂有孔明妻的韬略，有梁红英的胆识。依我看她什么都不是，只是一个成功的商人。与其说她救大哥，不如说救了自己，没大哥，她就是一年复一年晾着的老菜皮。如果说啥买卖能进吉尼斯，就这买卖能进去。想到这，他为自己的新探索新发现而骄傲，于是他挺起了并不坚实的胸膛。

我是火眼金睛，能觑个一清二楚。可傻妹看不出玄机，一头撞进黑洞，奉献了自己还埋葬了爱情。大哥的债是磨盘，一辈子压着她，世世代代还不清。说什么"滴水之恩涌泉相报"，也不看看水和泉的区别，滴下来的是自来水，涌出来的全是牛奶。妹妹傻我不傻，今天是凯旋日，我要好好犒劳自己。这个狗眼看人低的社会说我百无一用，但我却用一只表，证实了我非凡的智慧。

今天全家团圆，水陆道场一起上。有水陆道场就有好戏，有好戏就有玄机，有玄机就有人表演。二嫂虽是个人精，就是白骨精也难逃我的火眼金睛。她觑个空卖个绽，然后杀个回马枪，空得一笔赞助费。我也觑个空卖个绽，然后杀个回马枪，赚得一块小坤表。这叫啥？这就叫螳螂捕蝉，黄雀在后。

此表是美利坚原装货，垂涎此物非一朝一夕。明要，有榨取之嫌；暗拿，有偷窃之意，最好让小妹自觉自愿地进贡。不费三寸舌不演苦肉计，但是表已经装在我口袋。这叫啥？这叫兵不血刃，心想事成。想到这，他又美美地抽了一大口。

大哥的意兴阑珊死气沉沉，是因为婆娘的丑陋；二哥的无欲无求百无聊赖，是因为婆娘的尖酸。我年过四十，至今未钓到生猛美女。有了手表的钓饵，不愁钓不到好鱼。此外，我还有无形资产的附加值，别的不说，"美利坚国舅"这五个字就是一笔巨大的财富。想到这，他脚步飘飘然。怪不得有人要吸毒，这飘飘欲仙的滋味果然好。想到这，他不但飘飘然，还有晕乎乎之感。

一群人围着一块布告牌，看着说着议论着。小黑哥杀开一条血路冲进去，一张拆迁布告赫然在目，他家的门牌号码也赫然在目。

"小黑哥！双喜临门啊。"有人拍了他一下，"妹子嫁到美国，住房改善有望。"

"不是双喜临门而是三喜临门。"小黑哥稳稳地说，颇有道家"不为物喜，不为己悲"的风范。

"还有一喜是什么？"

"无可奉告。"小黑哥捏着口袋，一脸庄重。

韵把一锅鱼汤端上桌，"他姑！你头上有一根白头发。"二嫂慌张地嚷着。

"我怎么会没有白发呢？"韵长长地叹了口气，神情甚是凄凉。这哪像明天的新娘，分明是童养媳抵债的前夜。

"一头乌发就是一匹缎，可惜这一根煞了风景。"

"拔了吧。"韵疲倦地说。

"不能拔，绝对不能拔。拔一根长一百根，而且长在头顶中央。"

"一个毛囊只长一根头发，一个毛囊不可能长一百根头发。"大嫂笑了。

"这不是我说的，而是老年人说的。宁可信其有，决不拿秀发冒险。"二嫂一脸果断。

"绝不能出现一丝一毫不稳定因素。别的不说，就凭两年的足不出户。"

"这……倒是。"韵唏嘘着，水盈盈的眼里有了一层雾，"二年里，我生活的核心就是接电话，全天候的电话。"

"你有哭的权利，更有笑的权利。你终于熬到这一天了。"二嫂高高举起食指和中指，做个大大的 V。"你是个成功的马拉松运动员。"

"我成功了吗？"韵苦笑着问。

"你不成功谁成功？上海滩哪一个女人不想把自己嫁到美利坚？上海滩又有几个女人能把自己嫁到美利坚？"二嫂捏紧拳头，声音极富磁性。

"二嫂做啦啦队队长，一定实至名归。"大嫂笑道。

"当年我就是农场小分队的队长。琴棋书画吹拉弹唱首屈一指。把染发膏给我。"韵拉开抽屉，一抽屉的大瓶小罐。

"哇！这么多高级化妆品，都是他寄来的？"

"我除了煲电话，就是打理这零点零零零一平方的小脸。"韵苦笑着说。

"以后你要买保险。伊丽莎白·泰勒为自己的蓝眼球保了一亿保险；马拉多纳也为自己的脚保了一亿美金，你也应该为自己的脸买保险。"

"你看我保多少？五千万还是一亿？"

"不想当将军的士兵，不是好士兵。"

"你真会打气，要是车胎早爆炸了。"

"士可鼓而不可泄。你想想，美利坚是多少人心中的梦？这个梦明天就实现，难道还不高兴？"

"……是啊！"韵有些感慨。既有终成正果的轻松，又有终成正果的沉重。

二嫂把染发剂挤在刷子上，然后拎起白发。她捋起袖子，倾着身，睁大眼，兰花指高翘。既有理发师的娴熟，又有科学家的谨慎。这一根毛发是挑子，一头挑着中国，另一头挑着美国。从这个意义上来说，这不是毛发而是金发。

不！这不是金发而是钻石发。不！不是钻石发而是纳米发，最近不是最流行这玩意吗？

"不行。"就在刷子和毛发亲密接触的瞬间，二嫂放下刷子。

"为啥？"

"没做对比。要是染料和头发不配，这一根就是害群之马。现在做对比。"

"用 pH 试纸，测试酸碱度是否一致？用显微镜，观察质地是否一致？"大嫂笑了。

"你不要笑。我们面对的是跨国婚姻，有百分之一的瑕疵也不行。坚决把……"

"把不稳定因素扼杀在萌芽中。"大嫂娴熟地接上口。

"明白这道理就好。有目标就有行动方向，有行动方向就有行动准则，有行动准则就有行动细则……"

"我发现二嫂最适合做报纸的编辑。既能鼓动，又能把关。鼓动时是一面锣一面鼓，把关时是天堑壕沟，是万无一失的防线。"大嫂佯笑着。

"不要做马其诺防线就行。"二嫂爽快地说。

"马起怒？"大嫂皱起扫帚眉。

"连'马其诺'都不知道？"二嫂一脸轻蔑。

"有机会再跟你谈。现在最大的任务是染发，让一根头发和一头秀发水乳交融浑然一体。"

"快染吧，没时间了。"韵有些恹恹。

"没时间？姑父什么时候到？"

"从现在起……还不到十六小时。"韵习惯地伸出手，但腕上没有手表，只有一条淡淡的印痕。

"那就染。要不是时间不够，我绝不将就。"二嫂重新拿起刷子。

"你含苞欲放的花，一旦盛开真美丽……"二嫂哼起小调。异域小调带着异国情调，带着咏叹调的旋律，带着和声的共鸣，带着斑斓的回忆一点点飘来。韵绷紧的脸一点点松弛，心被拨动，如苏醒的蝴蝶张开翅膀。

沙发旁有一套崭新的卡拉 OK，功能齐全音色一流，不逊于一个乐队的功能，但韵从来不使用它。确切地说，韵已经失去了歌唱的欲望。以前的她，可以趴在昏暗的灯下，一笔笔地抄着歌谱。本子再皱，被幸福的熨斗熨得平平整整；歌谱再破，被欢乐的针线缝得密密实实。黑黝黝的五线谱，是池塘里活泼的小蝌蚪，溅起欢乐的涟漪。

现在好了，不需要一张一张地觅歌谱，不需要一笔一笔地抄歌曲。音响代替本子，盘片代替歌谱，只要按一个钮，就会飘出喜欢的旋律，只要打开屏幕，就会打开世界的窗口。现在什么都有，但欢乐的涟漪没有了。留下的只是惆怅，留下的只是伤口的痛。

现在才知道痛的含义。这不是淋漓尽致的痛，这不是排山倒海的痛，这不是明目张胆的痛，这种痛是阵痛，短痛，能熬，能挺，能和它一决高低。现在的痛，看不见摸不着，遮着盖着藏着掖着，只是心一点点被腐蚀，灵魂一点点被抽走，最后只留下一个空壳。

韵从抽屉深处抽出一本子，一行字映入眼帘："歌声是快乐的源泉，歌声是幸福的翅膀。"字形端正而刚硬，有郑板桥"六分半书"的骨子。其实他的为人，何尝不是板桥的缩影？个性的自由和心态的孤独共舞，不阿的骨子和极度的贫困一色。他啊他……他们在一起时，一杯白水就是琼浆，一个眼风就是神会，男女声二重唱就是心和心的碰撞。用两颗心唱歌，低音的小溪潺潺，次音的泉水叮咚，高音的翻腾呼啸，中音的回肠荡气……唱完后她才发现，晶莹的泪水已经打湿了他的衣襟。透过泪水，她看到了一颗纤细而敏感的心，不甘又不屈的心。他腼腆而倔强，柔弱又坚强，他有传统更有逆反。他的泪水，是思想的分泌物，他的沉默，是灵魂的守护者。她忧郁着他的忧郁，她感动着他的感动，她咀嚼着他的贫困，她品尝着他的无奈——她把自己的手，交给了他。

他的手柔软而有力，修长且布满疤痕。这是拉小提琴的手，也是劈柴搬煤的手。这是艺术家的手，也是劳动者的手。优美的旋律从他指缝间流淌，他用琴声舒缓内心的忧结；粗重的活计磨砺他的手，他用劳作为母亲搭一方凉棚。她的手安安静静地躺在他的手里，指纹对指纹，手指扣手指，这一刻她知道什么叫心心相印。没有肌肤相亲，只有灵魂的会合，心灵的碰撞。

他们就这么静静地坐着，坚硬的石头是他们的神坛，荒芜的田野是他们的伊甸园。没有霓虹灯的迷离，只有月亮的清辉；没有咖啡美酒，只有萤火虫的呢喃；没有拥抱和接吻，只有大手紧握着小手。

韵用手摩挲着五线谱的本子，就如父亲用手摩挲吉他一模一样：一样的爱，一样无望的爱，这是两代人传承的悲剧。

韵深情地抚摩本子，突然从本子里掉出一张纸，这是他的剪影。剪影最传神的是头发，那一绺发随意地搭在脑门，像婴儿湿漉漉的胎毛。

韵猛地把剪影放在唇边，贪恋地亲吻。透过纸，她闻到了熟悉的味道，这不是雪茄味，不是油耗味，不是香水味，更不是世俗味。这是淡淡的，苦苦的，涩涩的中药味。

中药伴随了他半辈子。他在散发苦味的药罐旁，复习着枯燥的数理化；他在枯燥的数理化里，煎着母亲的中药。

韵突然感到巨大的悲哀，她爱了他一辈子，却从未吻过他，能吻的只是他的剪影，只是一张纸。她含着眼泪抬起头，看着墙上的中学毕业照。亲爱的，你在哪？

他考上了大学却辍了学，因为他需要用劳动为母亲挣医药费。工厂不能给他带来领导阶级的尊严和温饱，却给厂长带来滚滚的财富。股份制成了厂长的股票，领导阶级成了贫病交加的下岗工人。听说他现在在卖蔬菜。拉提琴的手拿起秤杆，奥数奖得主却和大妈们谈斤论两，这个社会一定疯了！

"你咋啦？"二嫂推推她。神游的灵魂"訇"地落地，只留下一地灰烬。

"长相思，摧心肝。是不是想他了？"二嫂问。

"没……有。"

"咋一点也没有新嫁娘的兴奋？"二嫂认真审视着她。

"用你的脑神经来调动五官，用你的脊髓神经来调动四肢，你的生活是羞答答的玫瑰刚绽放，你要抓住这千载难逢的机会。为了自己，也为了我们！"二嫂急切而热烈地说。

"是……吗？"韵敷衍道。

"我给你念首诗。"二嫂话锋一转。

"你是一缕春风，我愿跟你吹遍天涯海角；你是一盏明灯，我愿跟你燃遍穷乡僻壤。"二嫂说得抑扬顿挫，发音吐字干净利索，胸腔共鸣一应俱全。

"你写的？"

"这是十五年前，我写给你哥的情诗。现在听听，多幼稚！"

"有幼稚才有诗的真诚。现在的诗，不是朦胧就是呻吟，不是作秀就是装嗲。用洗衣机甩后只剩下一堆渣。"大嫂丝丝入扣分析着。

"好诗应该发自肺腑。"韵一声感叹道。

"这才是自己人的体己话。"二嫂眼圈一红。

"当年我的诗，不但打动你哥，还得了农场一等奖。可现在有谁管我们？"话未落，泪珠已落地有声。

"下岗不是你的错，再说这社会又不是你一个人下岗。"大嫂亲热地搂着二嫂的肩膀。

"人一下岗就没底气没硬气，这才是贫贱夫妻百事哀。"二嫂愈发哽咽。

"好在他姑已经鲤鱼跳过了龙门。佛争一炷香，人争一口气。"

"香是给别人闻的，气是冲别人争的。个中滋味有谁知？"韵凄凉一笑。

"二嫂知道你为这个家，'春蚕到死丝方尽，蜡炬成灰泪始干'。"

"不能这么比喻，什么灰不灰泪不泪的。"大嫂急忙摆手道。

"那就是老马，就是煤炭，就是小桔灯，就是大堰河。"就在二嫂眉飞色舞卖弄文学功底时，小黑哥一脚踹开门冲进来，接着拉开一只只抽屉。

"找啥呢？"二嫂关切地问。

"户口簿呢？我要看户口簿。咦！户口簿上怎么多了一人？"

"你说啥？"大嫂猛地站起来。

"还没拆迁就多了一人。"

"真要拆迁？"二嫂激动得不能自已。

"这是阴谋！这是十足的阴谋。"小黑哥一捶桌子，"我是户主，竟不知道增加了一个户口。"

"你侄……"

"谁让他进来？谁同意他进来的？"小黑哥攥紧拳头逼上前，二嫂忙后退几步。

"说！是不是你同意的？"小黑哥攥紧拳头逼上前，母亲忙后退几步。

"这是阴谋，这是二十一世纪最大的阴谋。"小黑哥一跺脚，松动的地板有些晃动。"谁策划了阴谋？想得到啥？究竟想干啥？想干啥？"

"谈不上阴谋：凡知青的后代，户口都可落户上海。"韵忍不住说道。

"落户就是抢劫。本来十六平方米的房子属于三个人，现在却属于四个人，这不是打劫是啥？"他攥紧拳头朝妹子逼去，"说！谁的主意？"

"……既然是政策，就谈不上谁的主意。"

"你！"小黑哥高举着拳头。

"我总归要走，我的名额让给侄子总可以吧。"韵稳了稳神，也稳了稳脚步。

"我是户主。"小黑哥一扬脖子说道。

"你是户主不假，但他占了我的名额和平方。"

"为什么瞒我？究竟耍什么阴谋？"小黑哥依然嚷道。

"崇明的教育质量没上海好，所以……"母亲紧张地搓着手。

"上海的教育质量也没有美国好，何不把他带到美国去念书？"小黑哥冷笑道。

"按说嘛，这件事确实应该通过小弟。"大嫂站起来，"毕竟他是户主。"

"长嫂如母，听见没有？"小黑哥的喉咙又响了。"明天就去公证处走一遭，把你们所有的话公证下来。他奶奶的！"小黑哥把浓痰吐进痰盂，却把户口簿揣进怀里。

"他叔！照例应该公证。但姑父明天到上海，这事能否先搁置一下？"

"结婚重要，还是房产重要？"小黑哥仰起了头。

"他叔，你就听大嫂一句话：房子的事我作证。这几天先忙妹子的婚事。

你看行个？”大嫂恳切地说。

“还有啥事？”

“明天怎么去接？接好后是先吃饭还是先领证？是办酒席还是去旅游？这么多的事……家丑外扬，鸡飞蛋打就亏大了。”大嫂黧黑的脸如一口大铁锅般。

“那……就先挂着。”小黑哥犹豫着终于松了口，“等婚事办完马上去公证。”

“好！这事包在大嫂身上。”大嫂爽快地一拍胸脯。

“大嫂就是大嫂。”二嫂亲热地拍着大嫂的肩。母亲也长长地舒了一口气。韵朝大嫂感激地一笑，果然是长嫂如母。

“他叔消消气。”大嫂端上一杯热茶。

“我全身都在燃烧，现在需要的不是热茶而是冷牛奶。”小黑哥打开冰箱的门。“咦！牛奶呢？两只盒子都在，但里面的牛奶却没了。”

“你喝牛奶了吗？”大嫂问侄子。

“唔。”全身心沉浸在游戏里的侄子心不在焉地答道。

“喝了奶就吱一声。”

“喝了。”

“盒子已经空了，为什么还用夹子夹住？”大嫂亲切地问。

“不扔盒子就不会暴露身份。吃东西就和鬼子进村一样……”兔唇嘴里说着，眼睛还盯着屏幕。

“鬼子是怎么进村的？”大嫂亲切地摸着这小子的天灵盖。

“悄悄地进村，打枪的不要。”兔唇虽打着游戏，回答比电影里的台词还利索。

“聪明见长。”大嫂笑着对二嫂说，“简直是一点就通。”

“你这混小子。”二嫂脸上笑着，脚下却一记凌射。

“我的妈啊，谁打黑枪？”兔唇跳起来。

“满满的二大盒牛奶你怎么喝得下？”小黑哥余怒未消。

“喝得下要喝，喝不下也要喝。”兔唇一甩头。

“为什么喝不下也要喝？”大嫂摸着他的脑袋，愈发亲切。

“有吃不吃猪头三，有喝不喝猪头三。”

“混账东西！”小黑哥一摔冰箱门，“谁这么教育你的？”

“叔叔喝的，难道侄儿喝不得？”侄子一歪头，本来就不俊朗的五官挤成一团。

“这孩子人小鬼大。”大嫂摇头道。

“孩子的嘴是敞开的垃圾桶。还不向叔叔道个歉？”二嫂恼怒地推了儿子一把。

“道歉就道歉，不就是嘴皮一翻？要不是我要复读，睬你一个屁。这叫能忍则忍，能退则退，能钻狗洞能跳龙门。妈，你说是不是？”

“闭嘴。”二嫂闹了个脸红耳赤。

“要不是明天大喜，肯定和你没完。”小黑哥横了侄子一眼。

“要不是明天大喜，肯定和你没完。”侄子模仿着做了个鬼脸。这一刹那间，韵看到两张不分伯仲的脸谱。二十年前，小黑哥就是今天的侄子；二十年后，侄子就是今天的小黑哥。这是轮回，这是宿命中的轮回。

“三代不出舅家门。”韵想起父亲说过的话。说话时，父亲蹙眉怒目，痛心疾首。小黑哥继承的是舅舅的条形码，侄子继承的是小黑哥的核糖核酸。条形码是幽灵，生生死死跟着你；核糖核酸是菌种，世世代代在复制。它狞笑着，你逃得了初一逃不过十五；它狞笑着，你能逃避老婆但不能逃避儿子和孙子。这连绵不绝的悲剧，是杀人不见血的刀子，在它畸形的花朵里，孕育着一代又一代的苦果。

每当父亲看着一个不如一个的儿孙时，眼神里的怨，眼神里的痛，眼神里的悔，眼神里的自责呼之欲出。究竟谁之过？谁之过？带着这问号，韵走过小学中学，走过高中，一直走到父亲临终那一刻。

“叮铃铃！”电话铃响了。大嫂和二嫂不约而同跳起来。二嫂一个箭步冲去关电视，大嫂则一眨不眨地盯着电话，仿佛那是魔盒。

韵缓缓拿起电话，几句简单的对话后就说了声“yes”。

“咋说？”二嫂上身前倾，如一张拉满的弓。“到底怎么说？”她的声音因紧张而发飘。

“他已经到了机场，马上登机。”

“终于成功了。”二嫂猛地一弹跳，头被天花板撞了一下，“这屉馒头总算蒸熟了。”

“你怎么比当事人还激动？”大嫂笑着问道。

“我没城府，掩饰不了‘一荣俱荣’；大嫂有涵养，能做到喜怒不形于色。”

“普天同庆！普天同庆！”大嫂高兴地说。“他姑！明天穿哪一套衣服？”二嫂“啪”地打开橱门。

“随便。”

“绝对不能随便。我先把所有衣服熨一遍。”二嫂手脚麻利地拿出熨斗，熨斗还没接上电源，整个人已热浪四溅。

“这套淡绿的清纯得很，但颜色太飘；这套奶黄的显得水嫩，但衬得皮肤黑丁点；粉红的嫌喜气不够；大红的嫌喜过头；咖啡的呢又太压重。"二嫂一边熨一边评说。

"还有别的吗？"大嫂把头伸进橱门问道："就这几套？"

"不对。半月前陪你做了一套，说好月底交货。"二嫂把熨斗往桌上一放。

"咚咚。"有人敲门，"衣服送来了。"

"说曹操曹操到。快！快试衣服。"二嫂拿起衣服比划着，"多好的身段。加一分嫌宽，减一分嫌窄，添一寸嫌长，去一寸嫌短。啧！啧！"二嫂拉着扯着，捋着掸着，如鸿翔里的红帮裁缝。

"把裙子穿上，再穿上皮鞋看效果。"大嫂摆出参谋长的架势。

"咦？怎么还有一套？怎么多了一套？"二嫂惊讶地问。"哈哈！他姑果然有头脑，未进国门已备好西装。西装深色，套装浅色，这才是郎才女貌相得益彰，珠联璧合浑然天成。啧啧！多好的料子。"

"这不是姑爷的西装，而是国舅的。"侄子嚷道。

"国舅？怎么是国舅？我被你搞糊涂了。"二嫂皱起眉头。

"你糊涂我不糊涂。"小黑哥一把夺过衣服，"总不能让我破衣烂衫去接妹夫吧？不就走过路过，顺手做一套？"

"可你……总要先打声招呼。"

"你迁户口和我打招呼了吗？"

"迁户口是党的政策。"

"党的政策规定，妹妹不能给哥做衣服？你要我请示你，难道是你掏钱？"小黑哥冷笑着，"掏钱的不发声音，不掏钱的乱发声音，这家还没有规矩？"

"算了，这衣服我掏钱。"韵一挥手道。

"你总是心太软。"二嫂尖叫道。

"……你总是心太软心太软，独自一人流泪到天亮。"小黑哥套着衣服哼着歌，神情比新郎还欢欣。

九、闺中密友

"小妹！听说曹姑回国了。"大嫂拿起刷子擦皮鞋，"她回来，就能参加你们的婚礼。"

"真的？"韵惊喜万分，"你怎么知道的？"

"我姨夫不是她邻居吗？最近她父亲升为市长，她也硕士毕业了。"

　　"有权就是好。"二嫂带看四分羡慕三分嫉妒。"牛吃草鸭吃谷，各人自有各人福。"大嫂把擦好的鞋放进抽屉。"命中注定。"

　　韵的眼睛不在衣服上，她的眼睛又开始朝墙上的照片看去。她既要追忆往事，又要埋葬往事；既要躲避将来，又要憧憬将来。一颗心已劈成两半。

　　曹站在她的旁边，苹果般的脸庞又红润又饱满。都说文如其人字如其人，其实最重要的就是脸如其人。圆形的脸庞，宛如一个取之不尽用之不竭的聚宝盆。曹有永远不落伍的服装，有永远不干瘪的钱包，有永远不枯竭的欢乐，有永远不消失的童心。究竟是她的欢乐带来好运，还是好运跟随着她的欢乐？究竟是童心带来吉兆，还是吉兆跟随童心？

　　曹能蹭她半碗面，也能拽她去西餐馆大吃一顿；曹能缩进她的小被窝，也能拉她开一夜的总统套房。看电影时，悲剧让她嚎啕，喜剧让她闪腰。见色狼，骂他个祖宗三代；见儒士，赞他个神采飞扬。倾情时，挖出心肝一并呈上；仗义时，一把刀插在肋骨上。恨就恨个咬牙切齿不共戴天，爱就爱个天翻地覆江河倒流不回头。

　　有段时间，曹天天上她家蹭饭，夜夜猫在她被窝。曹骂自己老不死的爹，曹骂自己不争气的妈。她只是听着笑着，从来不问究竟。有一天曹说："要是你爹停妻另娶，我一定赞同。"韵说："你的爹不能停妻另娶，倒要我爹停妻另娶，你是美帝国主义双重标准。"曹严肃地说："你父亲是世界上最苦的人，我恨不得嫁给他，把他从水深火热中解放出来。"

　　"是大陆人民解放台湾，还是台湾人民解放大陆？你先把这个问题搞清楚。"

　　"报纸上说是大陆人民解放台湾，现实是台湾人民解放大陆。"曹冷笑着说。

　　曹住哪？曹高堂干嘛？韵全不知道，也不想知道，她只知道她有一个好友。有一天，有个军人把曹接走。小黑哥尾随来到高安路，看见曹进了有岗亭的院子，有军人行礼的门楼。

　　高中落榜后，二人同时进了纺织厂。早中夜的三班，倒得韵头昏脑胀，好在有了曹的陪伴，生活才有了一丝绿意。第四个月曹不见了，等再见到曹时，她已是美国的留学生。

　　一月后，韵从车间调到厂部，这不是她辛勤工作的结果，而是曹爹发挥的余热。韵虽然不倒三班，但依然头昏脑胀：难道自己的努力抵不上一条后门？于是她报了夜大苦读，就在毕业证书朝她招手时，父亲患肝癌住进医院。

　　"最多还有半年，尽最后的孝吧。"医生说。于是家里召开紧急会议，安排了值班表，哥哥们轮流照顾，母亲衣不解带。父亲麻木着，不肯吃饭也不肯吃药。只有看见韵时，眸子里才会闪出生命的眷恋。

　　韵知道父亲早有死的心。他的笑，是模特的姿势，演员的妆容，戏子的眼泪，媒婆的脂粉。是强颜，是无奈，是需求，是附加物，只属于真皮的牵动，而非骨子里的欢乐。

　　我要陪父亲走过最后一段路，我要在他生命倒计时减少他的痛苦。于是我请了假，日日夜夜陪在父亲身边。父亲像个温顺的孩子，吞下我递来的药，吃下我喂的每口饭。曹隔三岔五寄东西来，不是最好的止疼药，就是最好的蛋白粉。

　　"你为什么这么帮我？你并不欠我的！"韵对着电话嚷道。

　　"我不是帮你，而是帮助一个可怜的老头。在他忧郁和痛苦时，我无可救药地爱上了他。"

　　"你疯了。"

　　"让这么优秀的人和一个傻婆子结婚，这社会才疯了。"

　　"你不要再……说了。"憋着的泪水如洪水一泻而下。韵放声大哭，嚎啕大哭。只有在曹的面前，她才撕下所有的伪装。"你为什么不在我身边？不然我可以把哭泣的脸，埋在你的手掌里。"韵哭得上气不接下气。

　　"我可以用我的胸膛容纳你的泪水，但莫斯科不相信眼泪。"

　　"我会勇敢，我会勤奋，我会努力，我会坚强。"韵边哭边承诺。

　　"哇！"一声惨叫，打断了韵的回忆。小黑哥拧着侄子的耳朵冲进来，侄子的耳朵被拧得老高。

　　"怎么啦？这是怎么啦？"二嫂惊慌地问道。

　　"问他自己干啥？"

　　"干啥？我啥也没干，只是模仿电视里的小动作。"侄子竭力挣脱外来的武力。

　　"小动作？再不管就进监狱了。"

　　"今天不是愚人节啊！"二嫂脸上带笑，话里却带着冰碴。

　　"到底咋啦？当着你姑的面把事说清楚。"

　　"我没干啥。"

　　"没干啥？你搂着小芳亲嘴，小芳反抗，你说我有个挣美元的姑父，以后想亲的话，怕也轮不上你了。"

　　"真有这事？"大嫂把侄子拉过来揽在怀里，"谁教你这么说的？"

　　"这事还用教？电视上不都这样。"兔唇满不在乎地说道。

　　"电视上有好的怎么不学？"

　　"那我不学电视学姑妈。"兔唇做了个鬼脸，"姑妈为了美元，一脚蹬了小林叔，然后嫁了个美国佬。”

“放肆！”二嫂一个货真价实的巴掌抽上去，“越来越不像话。”

“这话不是你说的吗？你让我以后也学着点……现在装好人了？”

“啪！”又一个耳光抽上去。“你给我滚。”

“滚就滚。”兔唇拖着鼻涕出了门。

“回来！还不向姑妈道歉。”二嫂厉声喝道。

“罢了。”韵也一声厉喝。现在她体会到，什么是心灰意冷意兴阑珊。

“小妹，孩子正在发育期，有逆反心理和偶尔的出轨行为只是暂时现象。你大人大量，不和他一般见识。下面说明天的事。把姑父接来后，是先开结婚证还是先吃饭？”大嫂拿起纸和笔。

“先开结婚证！越快越好！”二嫂迫不及待地说，“就怕夜长梦多。”

“那就这么定了。下面是接人。接人当然用出租车去接。”

“我是说，几个人去接？”二嫂问得很仔细。

“小妹一个，小弟一个，你家一个，我家一个，正好四个。”

“去时是四个人，回来时只有三个人，还有一个是姑父。”二嫂扳着手指计算着。

“那我不去了。”大嫂说。

“大哥大嫂总要去一个，不然成何体统？”小黑哥横了二嫂一眼，“长者为尊。”

“二嫂想去就去，大不了回家时打出租车。”大嫂说。

“打的可以，钱自己掏。我的计划里没有这笔额外费用。”小黑哥翻着账簿。

“要不然，二嫂坐公交车？”大嫂一拍脑门，提议道。

“不要说乘公交车，就是乘黄鱼车也没关系。问题是他姑父怎么想？一家人怎么有两种待遇？难道二哥是庶出？”

“数出？这是啥意思？”小黑哥摸了摸脑袋。

“庶出就是小老婆养的种。既然大哥二哥三哥是同一个父亲母亲，那他们的地位就同等。”二嫂斩钉截铁地说。

“这倒也是。”大嫂一点头，“多出来的一个人咋办？总不能塞进后备箱吧？”小黑哥抖着腿朝二嫂一撇嘴。

“大嫂，飞机是明早五点，这么早头班车还没开，你看……”

“今晚是小妹的最后一夜，我一定要陪陪她。”大嫂坚定地说。

“你是说不回去？不回去你睡在哪儿？”二嫂赶紧环顾四周。

“地上铺一张席一条被就行，我睡得不好没关系，重要的是陪小妹。晚上姑嫂好好聊聊，我真不舍得……把妹子嫁了。"大嫂伤感地抽着鼻子。

"昨天晚上我熬夜缝了肚兜，戴着避祸驱邪。"大嫂掏出一只红肚兜，"你一定要贴身戴上。这鸳鸯寄托了我美好的祝愿，愿你们恩恩爱爱，白头偕老。"

"这鸳鸯真好看。大嫂眼睛不好还绣这些。"韵脸上飞起红晕。

"这锁片是我姥姥传下的。前天正月十五，我去玉佛寺排了通宵，让老法师开了光。"

"谢谢！"韵把锁片贴在胸口，感受着大嫂的一片赤诚。

"我没大嫂细心，我只知道黑鱼养颜。"二嫂讷讷道。今天不是儿子露丑出乖，就是被大嫂占尽风光，这街亭一失再失，再失下去，怕是没立锥之地了。

"明天究竟谁去？"小黑哥不耐烦了，"先把这事定了再说。"

"需要定什么事？"侄子大咧咧地推门进来，出去才十分钟，鼻涕干了，又神气了。

"出租车只能坐四个，看来看去装不下你爹妈。"又气又恼的二嫂借题发挥。反正今天就是鼻子里插葱，也装不了大象。

"你跟孩子胡诌什么？"大嫂皱起眉，"我们在讨论怎么接姑父。"

"不就是多一个人的事？我来解决。"兔唇一拍胸脯说道。

"你解决？"小黑哥冷笑着，"自己的屎还没擦干净呢！"

"要解决就两个字。"兔唇一抹鼻子。"哪两个字？"大嫂感兴趣地问。

"抓阄。"

"对啊！抓阄！"几个声音异口同声，这可是空前的一致。

"你们抓吧！反正国舅不在抓阄范围。"小黑哥一扬脖子，"我先去方便一下。"

"抓阄喽！"侄子把两个纸团扔在桌上。大嫂二嫂相视一看，两只手同时伸出。就在这时，门被敲响了。

十、此恨绵绵无绝期

"你找谁？"兔唇跳起来打开门，一个带有农村气息的年轻村姑站在门口。

"你是什么人？你找谁？你究竟有啥事？"侄子一连三个问号甩过去，这点和他黑叔有异曲同工之妙。

"我找……孩子他爹。"

"两个孩子的爹都在，你自己认吧。"兔唇热情地说道。

"没有！"村姑一番扫视，失望地摇着头。

"不是没有，而是还没生下来。"

"可他亲口告诉我，说他有个美丽国的妹妹和妹夫。"

"不是美丽国而是美利坚。"兔唇的反应很敏捷。

"他还说啥？"二嫂紧张地走向村姑。

"他说妹妹去美国后，这房子就是我们的爱巢。"

"不是爱窝是爱巢。"兔唇再一次纠正她。

"对！就是这意思。还说以后我们也移民，也是美丽国的人了。"

"做他的大头梦。"二嫂咬牙切齿地说，"他还说什么？"

"我也说他做梦，他说这不是梦而是……地图。"

"不是地图是蓝图。"兔唇快人快语。

"对！你这孩子真聪明。"

"我是美利坚的侄子，当然聪明喽。"兔唇骄傲地抬起了头。

"这么说，真有此人？"村姑激动地问。

"你激动啥？八字没一撇，九字没一钩呢！"二嫂轻蔑地说。

"我咋不激动？我有理由激动。"

"谈谈你的理由。来！先坐下喝杯水再说。"大嫂和蔼地让座并敬茶。

"现在我们不是实现地图，而是实现人口繁殖。"说到这，村姑有些忸怩。

"你说什么？"大嫂惊讶不已。

"土松了，种子撒了，小苗已经在我肚里了。"村姑骄傲地拍着自己的肚子。

"我的妈呀！这事搞大了。"二嫂尖叫一声。

"是搞大了，是要搞搞大。他说这孩子不是中国公民，而是美丽国公民。他还要给我一个美丽国手表。能放在火里烧，能放在水里煮，能放在脚下踩，能放在茅坑里沤。"

"咱当兵的人……有啥不一样。"小黑哥哼着歌推开门。

"孩子他爸，我可找到你了。"村姑一头扑向他。

"你？"他下意识地后退了两步。

"你把她肚子搞大了？"二嫂沉下脸来。

"你胡扯啥？"小黑哥拽着村姑就往外拖。

"美丽国的国舅你干啥嘛！"村姑挣扎着。

"你这个乡巴佬想讹诈。"小黑哥咬着牙，使劲把她朝门口推。

"你想赖账？怕没这么容易。"村姑转身就是一个变脸。羞涩和忸怩消失，冷笑和阴鸷浮现出来。

"我不想讹诈。我只想让公安局检测一下胎儿的 DNA，再告你一个强奸罪。你真以为我是不谙世事的小服务员？告诉你，我十三岁闯天下，光保姆就干了五年，光东家就被我告了六个。要是你愿意做第七个接班人，我一定奉陪。"村姑冷笑着。

"……手表肯定给你，你用不着打上门来。"

"你以为老娘稀罕那戴过的破表？哼！老娘一是占房结婚，二是西渡美利坚合众国。"

"等妹妹这头成功，再蒸我们的饺子。"小黑哥轻轻地说。

"可孩子不等人。"村姑使劲拍着肚子说。

"他婶！先喝杯茶。"二嫂把热茶端来，迅速地改变了称呼。

"你是聪明人，当然知道春耕的重要性，不到节气，就是撒下种子也不会有收获。"

"看来你懂节气？"村姑毫不掩饰自己的冷嘲热讽。

"你想想，农民讲究择时撒种。早了不行，晚了也不行，只有不早不晚才能大丰收。肚里的种撒的不是节气，绝对成不了美国公民。"

"你是说时分不到苗不好？"

"哎呀呀！都说上海人聪明，我看你这丫头最聪明。都说漂亮的人不聪明，聪明的人不漂亮，我看你是又聪明又漂亮。"

"别阿谀奉承。"村姑很冷静，"你要我拔了这苗然后择时而种？"

"哎呀呀！你真是我肚里的蛔虫，真是个人精，真是个人才。"二嫂一拍大腿。

"应该说是天才。"村姑平静地说。

"对！你就是天才。你想想，明天他姑父就来了。你要是在这节骨眼上一闹，他姑的婚事就黄了。她一黄，老姑娘就嫁不出去，嫁不出去，她就是一颗没人要的老菜皮。"

"她就是烂菜皮也跟我没关系。"村姑一翻眼。"烂菜皮怎么能说和你没关系？这关系大着呢！"二嫂一拍大腿。

"怎么个大法？"村姑翘起二郎腿。

"她嫁不出去就赖在家里，她赖在家里你就娶不进来，你娶不进来，别说美利坚合众国公民，就是上海户口都报不进。等哺乳期结束，他叔一脚蹬了你，那时你就是寡母，那时孩子就是孤儿。"

"这……"

"要是你现在不闹，等小妹嫁了，把你明媒正娶然后跟着去美国。到美国后，想卝化就卝化，想撒种就撒种。一个种也行，一对种也行，两对种更行。"

"二对种更行？"村姑咀嚼着二嫂的话。

"二对种就是四个美利坚公民，四个美利坚公民就等于四份国家津贴，而且是美金津贴。到时你不工作也是大富婆。"

"嗯……"村姑沉吟着，欣喜之情溢于言表。

"听二嫂的没错，不到节气的种子颗粒无收。"小黑哥在一旁敲边鼓。

"他婶啊，凡事有个轻重缓急，'欲速则不达'这话你知道不？"

"没吃过猪肉，还没见过猪跑？不就是越急就急不出来的意思？"村姑翻着白眼。

"高人啊！你不但是农村一宝，也是上海一宝。他叔找了你，真是我家烧了高香。"

"宝贝！今天的事先搁下。等妹子的事结束再考虑我们的。"小黑哥朝村姑挤了挤眼。

"他婶是聪明人，一点就通。现在是北京时间三点三十分，对面就是第一人民医院。先把不合时宜的苗拔了，再种下美丽坚的小苗。"二嫂笑得如一朵晚菊。

"废话少说，先给五百。"村姑伸出手。

"先把化验报告给我。"大嫂也伸出了手。

"什么报告？"

"你不是说你怀孕了吗？把妊娠报告给我。"

"我今天……没带。"

"你这个骗子……"小黑哥终于明白了，也终于暴跳如雷。

"你这可是讹诈。讹诈罪一般判五年。"大嫂伸出一只手掌伸过去。

"我……我不怀孕也能告你个强奸罪。强奸者判个五年没问题。"村姑也把一只手掌推过来。二人像打太极拳的师姐妹。

"你没证据。"小黑哥嚷道。

"你怎么知道我没证据？别看我是村姑，莱温斯基的一套我背得滚瓜烂熟。那书你看了没有？"

"啥……啥书？"小黑哥有些结巴。

"就是莱温斯基写的书，上面有一整套的借鉴。"

"天呐！她连借鉴都知道，她是个文化人啊。"二嫂紧张地说道。

"你……你有什么借鉴？"小黑哥颈上的一根根青筋现了身。

"我什么都没有，但有一条内裤，上面不但有精斑还被撕破了。"

"过了二十四小时，强奸罪不成立。"大嫂冷静地说道。

"短裤上的精斑很新鲜，还没有超过二十四小时。"

"你是说……昨天晚上？"二嫂更加惊讶了。

"为了保证罪证的新鲜度，应该说是今天凌晨。"村姑口齿非常清晰。"我还有身上的淤青。"她卷起袖子，一块又青又紫的淤青赫然在目。"虽然自制，一样管用。"

"你……"虽然小黑哥还在张牙舞爪，但显然没了底气。

"先拿五千过来。"村姑有了底气，"不然派出所见。"

"我没有钱。"小黑哥沮丧地抱着头，"我是下岗工人。"

"没钱你还抽'精装上海'烟？说！哪来的钱？"

"这是每天买菜揩的油……只够抽烟。"小黑哥紧紧抱着头。

"你没钱，但你妹妹有钱，她不会看你坐牢而不管。"村姑冷笑着说。

"你！"韵又气又恼地站起来，脸阴着晴着，冷着热着，黑着白着。

"不给钱就看你哥坐大牢。"村姑肆无忌惮地威胁着。韵虽然全身颤抖，但还是颤抖地拿起钱包。

"一分也不给。"大嫂一把按住她的手。

"现在就去派出所。"村姑威风凛凛喊着。

"我奉陪。"大嫂也威风凛凛地站起来，"我还要拿上这个。这是录音机，我已经把你所有的话一字不漏地录上了。你要为你的讹诈蹲几年大牢。"

"大嫂……"

"我不是你的大嫂。正好派出所李所长是我同学，公安局局长是我表舅。"

"……有事好商量。"

"这不是家事，而是犯罪。昨天里弄治安员还传达了保姆讹诈东家的事。要是有今天的活典型，派出所就立了大功。"

"……早晚都是一家人，切莫伤了和气。"村姑边说边退。

"抓罪犯啊！"兔唇大吼一声，踢开门。村姑一个猫步朝外窜，走廊上响起鼓点般的脚步声。

"臭婊子站住……"小黑哥虚张声势地嚷道。

"人走了，不用造声势了。"大嫂笑了。

"银枪蜡烛头。"二嫂轻蔑地说。

"臭婊子想讹诈我，做她的大头梦。"小黑哥一挺胸一昂头，溜走的底气又回来了。

"此一时彼一时。"二嫂冷笑道。

"此怎么了？彼怎么了？我还是我，我还是原来的。"小黑哥把胸脯拍得咚咚响，"想诈我？没门！"

　　"是啊！她怎么是你对手？这不是一个级别的对手。"二嫂朝大嫂挤了挤眼。

　　"没有金刚钻还想揽瓷器活？"小黑哥抽出烟，美美地吸了一口。

　　"现在怎么不是'精装上海'而是'牡丹'香烟？"二嫂锐眼一扫，"你搞内外有别？"

　　"既然一国能两制，凭啥不能内外有别？"小黑哥朝天吐出一个烟圈。

　　电话响了，韵拿起电话说了一句就挂了。"怎么了？"大嫂和二嫂异口同声地问。

　　"因为暴雨，飞机延误了。上飞机前他会来电话。"

　　"可恶的暴雨，你早不来晚不来，怎么这时候来？"小黑哥愤怒地说。韵懒懒地拉开抽屉，把钱包放了进去。

　　抽屉里有一副立轴，这是父亲临摹唐寅的《山路松声图》。整幅画随山势变化，或用长线直皴，或作曲线弧皴，偶尔在皴笔线之间，留几道空白，更突出山石的硬峭质感。整幅画率意而充满活力，飘逸又洒脱。画上题诗一首：女几山前野路横，松声偏解合泉声。试从静里闲倾耳，便觉冲然道气生。

　　父亲啊父亲，你何曾有过率意和活力？你何曾有过飘逸洒脱的情致？你何曾有过道家的神清气爽？你何曾有过静听天籁的闲适？你不过借临摹发泄心中的块垒罢了。你不是寄蜉蝣于天地，而是寄忧郁于天地；你不是渺沧海之一粟，而是曾经沧海而痛苦一生。孤独跟随你，忧郁陪伴你，你是面壁思过的苦行僧。

　　韵打开另一幅立轴，"天道酬勤"四个字映入眼帘。布局平稳匀整，保留了颜筋柳骨的结构。运笔方圆兼施，笔墨敦厚稳健，既有柳体的浑厚，又有楷书的开阔。下方有行小字：赠女共勉。这是父亲留给她的遗言，也是她的处世准则。我会勇敢，我会勤奋。韵想起了她给曹的诺言，也想起了自己走过的路。

　　父亲走后厂子突然倒闭，这么大的单位一夜倒闭实在匪夷所思。伍子胥固然能一夜白头，但这是头发而不是工厂。罗马不是一天建成的，但罗马却在一夜消失，这是个显而易见的谜。中国有这么多专家学者，破什么谜都热情高涨前赴后继，唯独破这个简单的谜，却没了勇气和力量。

　　谜破不了但饭还要吃。韵翻开报纸取出存折，买了计算机参加会计学习班。一年后，她不但拿到了会计证，还拿到了中级计算机证书，她有了重新就业的资本。

　　她来到劳务市场，发现财务招聘不过是另一轮的婚托房托。有招聘没有职位，有广告没有意图。镜中花水中月，这不过是宣传手段和促销方案。除非她有曹的老爹做背景，不然她这个杂牌军走不进嫡系圈。

一周后，她去卖皮鞋，不是真正的营业员，而是营业员的帮手，也就是俗称的"翘边模子"。她的工作就是把人造革说成意大利真皮，把假皮鞋说成水晶鞋。卖一只提成一只，卖两只提成一双。她的工资不是劳动的成果，而是坑蒙拐骗的成果。这不是工作，而是诈骗；这不是销售，而是犯法。虽然急着等米下锅，韵还是毅然离去。

她决定自己做自己的老板。经过一番马不停蹄的奔走，发廊终于闪亮登场。开门仅十分钟就有人上门，然而上门者不坐理发椅，却扬着一张派司：请订一份《人民日报》。开门大吉，钱没赚到先要付钱，这算什么道理？付也得付，不付也得付，这就是中国特色。无奈之下，她只得拿出买米的钱，买了政治上的上方宝剑。这边上方宝剑还没捂热，那边街道管理处的红袖章又来了。

现在的街道不再是婆婆妈妈的代名词，而是小一级的地方政府，此政府上连国务院下连老百姓。管理处管理的是安国治邦社稷大事，稳定是政权的第一要素，请交治安费。

挖空口袋交了治安费，白大褂又来了。检疫站要查老鼠苍蝇，卫生和计划生育委员会要查病毒病菌。一张张公文递过来，一只只手伸过来，几座大山压得她喘不过气来。整整干了三十天，赚得还不够交的，果然苛政猛于虎。又撑了三个月，存折上的整数渐渐变成小数，最后只得含泪关门。

天黑了，韵沿着马路漫无目的地走。她有家，但十六平方米里不但有老母还有小黑哥。她甚至不如一只兔，兔不但有窝还有另外两个窟；她甚至不如一只鼠，鼠能趴在洞里舔伤口，而她，连一个黑黝黝的洞都没有。

走过一家寿司店，看见在招服务员，于是掏尽所有钱交了押金。此工作时间长薪水低不算，最可恨的是搞跪式服务。穿着和服踏着木屐，浓装艳抹端茶送酒。为人民服务倒不怕，怕的是为鬼子服务还是跪式服务。本来穷归穷膝盖是直的，现在穷不算，还要加上软膝盖。

夜深了，客人喝醉了，纷纷卸去假面具。一个鬼子越喝越放浪，最后竟把魔爪伸进她的胸口，她毫不迟疑地把酒朝他脸上泼去。一顿"叽里哇啦"的投诉后，老板来了，押金没了，她被逐出店门。

那是一个阴雨绵绵的晚上，淋成落汤鸡的韵，痛苦地朝林家奔去。她要扑进他的怀抱，痛痛快快地哭，酣畅淋漓地骂。林家的门关着，邻居告诉她，林背着母亲上了医院。淋成落汤鸡的她，继续朝雨中奔去，朝家中奔去，她要扑进母亲的怀抱，痛痛快快地哭，酣畅淋漓地骂。她一头撞开门，迎接她的不是温暖的怀抱，而是萧杀的坟墓：母亲在咳嗽，大哥在呻吟，二哥在叹气，小黑哥则在练习吐烟圈。电灯是暗的，气氛是压抑的，声音是嘶哑的，表情是绝望的，整个家笼罩在一片愁云惨雾中。

"下……班……了。"母亲迎接女儿，一句话里竟有三个顿号。

"你工作找到了，我工厂倒闭了，夫妻双双下岗把家还。"二哥的脸比苦瓜还苦，比苦瓜还皱。

"你们就算下岗还有健康，而我的健康却丢了。"大哥呻吟道。

"管他娘的！活一天混两个半天。挣的工资，连抽烟喝酒都不够。"小黑哥朝痰盂呸了一口。

咳嗽，呻吟，叹气，呸声，不同的声音融合交汇，比盲人卖艺还惨，比凤阳乞丐还苦，比丧家犬还沮丧。没一个肩膀可依靠，没一个洞穴可躲藏，没一个小巢可疗伤。生活啊，为什么这么惨淡？我不是攀附的藤本植物，我不是依偎的宠物小猫，我努力，我奋斗，但我为什么活不下去？栽下花种，收获的却是虱子；撒下汗珠，收获的却是耻辱。在中国，劳动不能改变贫穷，骨气只能带来灾难。我究竟是人还是兽？韵尖叫一声。

十一、二代人之痛

"把你的钓饵让我开开眼。"兔唇贼兮兮地问。"就是钓美女的手表。"

"滚！"小黑哥大吼一声，一腔怒火总算找到了发泄口。

"用妹妹的表换女人的欢心，是英雄还是狗熊？"二嫂笑着问道。

"管他英雄还是狗熊，不管白猫黑猫，捉到老鼠就是好猫。"小黑哥掏出手表，朝表面上吐口唾沫，就地取材用袖子擦。

"一个小人。"她突然想起林对小黑哥的评价。

那天早上，林买了滚烫的豆浆去医院看父亲。拐角处被人一撞，豆浆杯飞了出去。一个乞丐站在面前，花白的头上洒满了豆浆。林赶紧掏出手绢去擦乞丐的头。"哐啷铛"，一只手夺去乞丐的碗然后一摔，硬币碎币撒了一地。

"挡道的老狗赶快滚。"小黑哥气势汹汹地嚷着，嘴角喷出点点白沫。林冷冷地看着小黑哥，然后蹲下身子，把分币碎币拾进碗里，最后又在碗上郑重地放上五元钱。

"穷得叮当响还充大好佬。你除了买豆浆，还有啥能力？"小黑哥冷笑着。从此，这事成了林的八卦，成了他无能，软弱，迂腐的八卦；从此，这事也成了小黑哥的轶事，成了他无畏，勇敢，豁达的轶事。父亲知道后长叹一声：果然是三代不出舅家门——母亲面前，他是凛凛的金刚；侄儿面前，他是倚老的长辈；哥嫂面前，他是美丽坚国舅；邻居面前，他是中美友好的使者。小善不为，小恶不断，恃强凌弱，见利忘义。大哥虽懦弱但还本分，二哥虽窝囊但还循矩，只有他，啥手艺没有，有的是烟酒茶文化；啥本事没有，有的是吃喝嫖赌经。小时候，耍赖郎；中年时，泼皮猴；晚年时，为老不尊的瘪三。

"你简直就是你舅的翻版。"看见他，父亲嫌恶地闭上眼。

她从未见过舅舅，只知道舅舅是个烈士，只知道舅舅给外婆家带来政治上的殊荣和经济上的补助。听说舅舅的英雄事迹还上过报纸广播，成为这个城市的骄傲。为什么一提舅舅，父亲就深恶痛绝？为什么舅舅的闪光点，竟成了父亲的耻辱源？这是父之错还是舅之耻？这是家之污还是社会之辱？

舅舅虽然去世了，但他的脱氧核糖核酸还在，他把特定核苷酸传递给他的外甥，让在染色体上呈线性排列的基因发挥作用，通过复制把遗传信息传递和表达下去。三个哥哥就是九斤老太所说的，一个不如一个。遗憾的是遗传并没有在这一代戛然而止，特定核苷酸继续复制直扑下一代：侄子的身上，也有舅舅的影子。正因为此，父亲对唯一的孙子有了双倍的憎恨。

天呐！有不爱妻子的，没有不爱儿子的。天呐！有不爱妻子的，没有不爱孙子的。父亲就是一个既不爱妻子，也不爱儿子，更不爱孙子的人。

一个阴沉沉的下午，父亲艰难地坐起来，喘着粗气："我死不瞑目。大儿懦弱，二儿窝囊，三儿猥琐，你妈不识一个字。"

"虽不识字，却是个好母亲。"

"我和你妈的结合是个错误。"

"这点我早明白。问题是谁造成了这个错？"韵冷冷地问。这问题困扰了她几十年，这阴影缠绕了她几十年，她绝不想把答案带进坟墓。

"是我……又不是我。"父亲犹豫着说。

"既然不爱为什么还娶？总不会有人用枪逼你做新郎。"韵的话尖酸而刻毒，话一出口自己也一愣。

"不娶你母亲，我只能下船；娶你母亲，从大副到船长。由于运动，我没能爬到船长的位置；由于错配，我消耗了自己的生命。"

"咎由自取。"韵大声嚷着，"你这是咎由自取。"韵生平第一次对父亲嚷道。

"孩子！"父亲一把抓住她的手，"这不是我的初衷。"

"那是谁的初衷？"

"这是组织的初衷……不！应该说，这也是他的初衷。"

"他？他是谁？"

"他就是我的仇人——你的舅舅。"

"有杀父之仇还是夺妻之恨？"她握住父亲的手。

"既没有杀父也没有夺妻，相反，倒是他送我一个妻子，这正是我恨他的原因。"

"你完全可以拒绝这门婚事。"

"正因为拒绝不了，所以才恨。他酿成了我终身的痛苦，也酿成了下一代的痛苦。"

"你可以抗婚，实在不行你可以一头撞成一只蝴蝶。"韵尖刻地嚷着。童年的阴影没有随童年的消逝而消失，相反延续到她的少年青年，现在还要随她一点点步入中年。

"孩子，你能听我说下去吗？人之将死其言也善。……参加了航海学校的毕业典礼后，我热血沸腾。驾着巨轮，从好望角到太平洋；从红海到波罗地海，这是多么崇高的职业。遨游七大洲是我的目标，周游四大洋是我的梦想。巨轮是我的庙宇，指挥台是我的神殿。为了这，我愿意付出我的一切，甚至生命。"

"多幼稚的语言。"韵不禁笑了。苍老的父亲，当年也是热血青年。

"毕业典礼结束得很晚。当我到家门口时，听见夹竹桃的阴影里有动静。我走过去，看见一个男人把一个姑娘摁在地上。"

"于是你英雄救美？"

"我一拳上去，男的惊慌地逃了，月光下只看见两只很大的眼眶，还有眼眶里那两片黯……"

"难道是舅舅？"韵惊悸地嚷着。

"这个男人是我一生的仇人，这个姑娘是我一生的爱人。"

"她就是吉他的主人？我恨她，她夺走了你对母亲的爱。"

"……我承认我不是完美的丈夫。"父亲大口喘气。韵突然有了恻隐之心，她用调羹把水一口一口喂到父亲干涸的嘴里。

"……一个阳光灿烂的日子，我俩正在山阴路上散步，突然一个黑影挡在面前。他冷冷地说：'我诅咒你。'他死死地盯着我，白黯散发出死亡的气息。他恶狠狠地说：'这辈子你注定娶不到你爱的女人，这辈子你注定有你不爱的儿子和孙子。'"

"……不幸而言中？"她冷冷地看着父亲。

"我只知道印地安巫婆的咒语有效，没想到他的话一语成谶。"

"你完全可以不娶母亲，你完全可以避开这个悲剧。"韵嚷道。

"我面对的不是光明磊落的决斗，而是肮脏无耻的算计。"说到这，父崇疲惫而痛苦地闭上了眼。

"难道你一个文化人算计不过……舅舅？"

"我面对的不是小流氓，我面对的是领导，是至高无上组织。书记找我谈话，说你的女友政审通不过。你要么弃船上岸脱下大副制服，要么娶个烈属并准备做船长。"

"于是你为了事业舍弃了爱情？"

"那时我还年轻……如果现在让我重新选择，我宁可用生命换取爱情。"一声叹息，从胸膛深处挤出来。"我不爱妻子，她只是能漂白我身份的染料；她只是能跳上船长的跳板。婚后，我才知道我娶了仇人的妹妹。你舅舅在一场火灾中成了英雄。弥留之际，他请组织完成他最大的心愿，那就是把他妹妹嫁给山阴路上的一个大副……我是婚后才知道这一切的。"父亲一把攥住她的手，攥得她生疼。

"儿子一天一天成长，白白的翳也一天天成长，我这才明白我上了圈套。老天爷太残酷，它把仇人的眼睛移植到我儿子身上……"

"哦！你毁了自己也毁了这个家。"韵痛苦地呻吟着，"既然不爱，为啥不离婚？"

"我分分秒秒都想离婚，但你母亲是无辜的，你哥哥也是无辜的。我不爱他们，但不能伤害他们。"

"你已经伤害了。"

"我掩饰不了自己的感情。一看到大大的眼眶，一看到白白的翳，我会发疯。我只有把自己关在书房，在烟雾和酒精里麻痹自己。就在我下决心准备离婚时，你睁开黑白分明的眸子来到人间。看见你，我悲喜交加。喜的是，终于有了不像仇人的孩子；悲的是，婚更离不成了。你是老天给我的礼物，也是老天捆绑我的绳索。"

"既然不爱母亲，为啥还要和她……生育。"韵费劲地吐出这句话。

"我把自己灌得醉醺醺的，错把你母亲当成了她。女儿！父亲是人不是神。我是网里的猎物，愈挣扎绑得愈紧，于是我在恶性循环里直到死。"父亲费劲地吐出这最后三个字。

"你知道我在梦中梦到谁……他狞笑着说：'我的诅咒生效了，我得不到的女人你休想得到。为了让你痛苦一辈子，我宁可搭上自己的命。'"

"这是啥意思？"韵死死攥住父亲的手。

"火灾源头在虹镇老街，也就是你母亲的娘家。"

"难道……自己纵火自己救火，最后用生命的代价报复了你？"

"孩子！有些话只能放在肚子里，它一出口就是祸。还记得那个陈医生吗？”

“就是一直陪你下围棋的那个？”

“是的！他陪我走过了漫长的寂寞路。”

“他不是死了吗？”

“他在临终前把真相告诉我：你舅舅已经是白血病的后期。”

“就是说，舅舅不救火也会死？”

“他用垂危的生命来赌我的人生。他赢了，赢了我儿子，孙子。陈医生一直瞒着真相，他怕我疯了。”

“我可怜的父亲。”韵扑过去抱住他。

“我的女儿，这辈子有买卖有输赢，唯独这婚姻不能输。我的女儿，千万不能把婚姻当买卖。押上婚姻就是押上终身幸福，还押上下一代的幸福。”

“哦！”韵呻吟着。

“我和心爱的女人连吻都没有，却和不爱的女人生了四个孩子，这是何等的残酷。记住！千万不要走我的老路。”父亲紧紧握着她的手。

“我记住了。”

“有你这句话我就放心了。死对于我来说是解放解脱，是放飞放生。能和她在天堂会合有多好。”父亲欣慰地笑了，“我要去了，但我放心不下这个家。”

“你放心吧，这个家有大嫂在呢。”

“傻孩子，你什么都不懂。”父亲欲言又止，“你真傻……”

“这个家还有我呢！我会尽我所能。”

“你柔弱的肩膀怎么挑得起这副重担？”父亲皱着眉。就在这时，林推门而入。

“我把女儿托付给你。”父亲拉住林的手。“我没把财产留下，倒把我的孽留下了。”父亲把他们的手握在一起，头一歪，咽了气。

父亲走了，因为走错一步而遗恨终身。我也要走了，我会不会走错一步也遗恨终身？韵想啊想，想得太阳穴快要爆炸。这时电话响了。

“您好！”韵拿起电话说道。

“忘了两年前我们的见面？”一个糯糯的声音。

“你是陈姨？”韵大喜过望。两年前，一个陌生的女人要和她见面，约定在希尔顿酒店见面。

“希尔顿？这可是五星级宾馆。啊！灰姑娘的梦就要实现了。”小黑哥暗淡的眸子刷地一亮。全家人暗淡的眸子，也刷地一亮。

她来到了希尔顿，一个雍容华贵的女人向她走来。女人打开一个盒子，丝绒盒里躺着一枚祖母绿。翡翠带着细腻，带着坚韧，带着润滑，带着冰凉。她的心狂跳不已，凭直觉，这一定和父亲有关，这一定和父亲一生的痛苦有关。

"我叫陈姨。姐姐在临终时，让我把这东西交给你。她曾是你父亲的初恋，但你父亲抛弃了她。后来她去了美国，终身未嫁。"

"后来呢？"

"后来她忧郁而死。"女人的脸痉挛着，"这是你父亲送她的定情物，还给你也算完璧归赵。"

韵抓住陈姨的手。"她死了，父亲也死了；她忧郁了一辈子，父亲也忧郁了一辈子；她痛苦了一辈子，父亲也痛苦了一辈子。他们之间的帐，平了。"

"我恨你父亲，他给了她承诺，又违背了承诺。"

"他在忏悔中走完他的路，那不是他的错。"

"那是谁的错？"女人尖叫道。

"他不娶国民党上校的女儿，他娶了白痴后代的女儿，因为她是根正苗红，三代城市贫民，因为他的媒人是党组织。"

"那是体制之错，那是历史之罪。"

"可他毁了我姐。听说儿子不像他，倒像他大舅；听说孙子不像他，倒像他舅老爷。苍天有眼，帮我姐讨回公道。"女人恶狠狠地说。她惊惶地看着那张刻毒而狰狞的脸。

"哈哈！苍天有眼！""够了！"韵大吼一声，"两代人的痛苦还不够吗？"

"可他欠我姐姐一条命。""他已经用自己的命偿还了。父债女还，你要不要我来还？"

"你……你不知道我姐的苦。"她一把攥住韵的手。"你也不知道我父亲的苦。"韵把自己的脸埋在她的手掌里。"我们和解吧！"

第二天，韵去机场送她。临上飞机前，陈姨给她拍了照。她把电话给了韵，但韵却一直没拨那电话。然而今天，她却打来了电话。

"密斯特汪马上登机，明天就是你们的大喜之日。祝贺你们白头偕老。"

"陈姨……"话音未落，电话挂了，门却被叩响了。

十二、水落石出

"他姑，你看谁来了？"二嫂喊道。

"原来是小曹啊。稀客啊稀客！"大嫂忙站起来迎接。小曹是吴叔的邻居，又是小妹的死党，因此有了双层交情。

“几年不见愈发俊秀了。”大嫂上上下下摇着小曹的手。

“有你妹妹漂亮吗？”

“环肥燕瘦，各有千秋。”大嫂笑着把曹朝小妹推去，“你们好好聊，我们出去兜一圈。”大嫂手一挥，呼啦啦一帮人涌了出去。

“祝贺你啊，新嫁娘。”曹一把拉住韵。

“你终于来了？”韵冷冷地抽出手，“我说过我们的友谊天荒地老海枯石烂都不变。”

“为什么不接我电话？为什么不和我联系？难道你不知道我……需要你。”泪水猛地涌出眼眶，大滴大滴地溅在地上。

“不接电话是拉开距离，有了距离才能看清一切。”

“看我人品？”

“看看你们的爱情，是否天荒地老海枯石烂？不经过淬火的爱情靠不住。”

“你终于看到……我一步一步滑下去。”

“这是你的选择：为了满足父亲的临终遗愿。”

“可是……”泪水如断线的珠子“劈里啪啦”朝下掉。“你说过，你会勇敢，你会勤奋。既然给了我诺言，为什么不实现诺言？”

“我勇敢过勤奋过，但失败了。”

“于是把自己的命运托付出去？与其说你把命运交给不了解的男人，不如说你把命运交给阴险的女人。”

“阴险的女人？”

“寄美元的不是你要嫁的那个男人，而是他老板，你的红娘，也就是你父亲初恋的妹妹。”

“她？”韵惊慌地按住太阳穴。

“每一封情书，都是她捉刀；每一个电话，都是她策划，爱情电话煲成了她定期的消遣。她用了免提，一边吃瓜子一边听情话。顺带说一句，不是她一个人听，而是全饭店的员工一起听。”

“你……天呐！”韵一把捂住脸。他说的那些令人耳热心跳的话，他说的那些暧昧火辣的话，竟成了酒店的娱乐节目。

“她恨你父亲，只有毁了你，才能让你父亲的亡灵继续痛苦下去。”

“我们不是……和解了吗？”韵呻吟着。

“你怎么知道这一切？”韵猛地抓住曹的手。

“我在洛杉矶就餐时，听到了这则在华人圈子里广为流传的轶事。”

“你为什么不告诉我？”

　　"第一，你们只是电话里谈婚论嫁而非以身相许；第二，我想看看你的智商究竟有多高；第三……"

　　"来不及了。"

　　"没有来不及。飞机遇上暴雨正在延迟起飞，你还有一个机会。"

　　"我还有机会？"韵仰起头，痛苦地看着天花板。

　　"为什么要重蹈你父亲的老路？"曹严厉地问，"告诉我，你的隐情是什么？"

　　"没有隐情。因为我喜欢钱，因为我想出国，因为我……贱。"韵依然死死地盯着天花板。

　　"看着我的眼睛……你的眼睛告诉我，你在撒谎。"韵低下头，用手托住下巴，波光粼粼的眼睛合上了。她一动不动，只有粗重的鼻息如战马带来战场上的硝烟。

　　曹静静地看着她，看着痛苦的她。韵目睹了父母的不幸，目睹了哥哥的不争，目睹了侄儿的不孝。三代人如三座大山，压在她肩上。她想让自己成为红细胞，给贫血之家补充造血功能；她想让自己的乳汁，给贫瘠之家添加营养。但这个家，缺的不仅是物质还有精神。韵的无私，推动了巧取暗夺；韵的宽容，助长了尔虞我诈。韵宁可亲人负她，她也不负亲人，但亲人却津津有味地分享她用牺牲换来的食粮。

　　二人静静地坐着，昏暗中，四颗瞳仁如同四颗流动的萤火虫。她们什么也不说，但心里什么都清楚。心与心的交流不需要语言，心有灵犀不点也通。

　　有人敲门，林站在门口，修长的身姿，一簇短发搭在脑门，一张很干净的脸，干净到没有烟火气。

　　"你来了。"韵慌慌张张站起来，衣角带动椅子，椅子带动桌子，水杯翻了。她惊慌地搓着手，如同作弊的学生，犯规的运动员。

　　"听说你要结婚了。"他擦着额头的汗，窘迫地说。

　　"快坐。"韵急忙搬起椅子。她不是请客人坐椅子，而是用椅子去迎接客人。这动作着实怪异，搬椅子和坐椅子的同时一愣，接着不约而同笑起来。笑到一半又低下头。

　　"一对活宝。"曹也扑哧一笑。

　　门开了，涌进一群人。"他姑快吃！曹姑快吃！"二嫂举着油炸臭豆腐，热情地嚷道。

　　"大哥大嫂！二哥二嫂。"小林恭恭敬敬地叫道。

　　"林叔。"兔唇冲上来抱着林的脖子。这脖子曾是他睡眠的摇篮。多少次，长长的口水从颈上淌下，把林的衣服都弄湿了。

"林叔！这么多日子一直不来，找叫想死你了。"

"快下来。"二嫂吆喝着。"我不下来，我就是不下来，吊在上面好舒服。"兔唇双脚一缩，干脆把林的脖子当秋千架了。

"既然想我，怎么不来找我？"林刮着他的鼻子说。

"我有了挣美元的姑父，还要找你这穷瘪三干吗？"林摸着兔唇的头，神情有些尴尬。

"免费荡秋千，有荡不荡猪头三。"兔唇加大摇摆，愈发来劲。

"下来。"二嫂的脸沉下来。兔唇忙松开脖子，跳下地。

"考上高中了吗？"

"要是考上，我就不能在上海复读。所以从另一个角度说，考上未必是好事，考不上未必是坏事。"

"放肆！"二嫂大喝一声。

"林叔！继续做我的辅导老师吧。这次不是义务辅导，而是有偿辅导，姑姑可以付你美金。"

"还不滚！"二嫂一声吼。

"滚就滚，我还怕沾了林叔的穷酸气。"兔唇一挤鼻子，把一张脸皱成一块抹布。

"孩子说话没轻重，您不要介意。"大嫂端着茶递过来。

"谢谢大嫂，我不介意。"小林接过了大嫂手上的茶。

"你—不—介—意—我—介—意。"小黑哥冷着脸。"此次前来有何贵干？"

"我只是和你妹妹告个别。"

"难道就这么简单？"小黑哥把问号拖得很长，"怕是黄鼠狼给鸡拜年吧！"

"拜就拜，咱可不怕。"二嫂阴阳怪气地接道。

"林叔！我查到了美利坚的方位。"兔唇高举地球仪扑过来。

"大人说话你插什么嘴？"二嫂一拳过去，"也不看看自己的德行。"

小林的脸突然涨得通红。

"朋友一场，同学一场，坐下来好好说说话。小林能来，也是他的情意。"大嫂把橘子递给林，又把橘子递给曹。

"我不吃。"小曹似笑非笑。

"据我所知，你最喜欢吃橘子。"大嫂干脆把橘子剥了皮，递给小曹。

"我平时最喜欢吃橘子，但今天顾不上吃，因为我正在看一出闹剧。"说着，曹朝沙发上一靠，以便坐得更舒服些。

"你看我家笑话？"小黑哥瞪起眼，"你什么意思？"

"小黑哥，你翻脸比翻书还快。半年前你是怎么求我的？"

"求你？他有啥事求你？"二嫂紧张地问。

"你问他啊，自己说比我说更精彩。"小曹朝后一仰，闭上了眼睛。

"他叔！有难事说出来，有困难大家一起想办法嘛！"二嫂说得委婉，眼神却是冷冰冰的。

"笑话！我能有什么事求她？"

"好在我留了一手，不然说不清道不明。"小曹从口袋里掏出一张纸。

"我来念。"兔唇一把抢过纸，"今借小曹人民币伍仟元整。"

"小弟，究竟啥事要借钱？"二嫂问道。

"不就是女人的事。这屎那屎全是屎，不就是撒错种要拔苗的事。"小黑哥一副死猪不怕开水烫的样子。

"你怎么这样？"二嫂气愤地说。

"怎样？窈窕淑女君子好逑。古人都这么说，我为啥不能这么做？"小黑哥一扬头，有引颈就义的慷慨。

"明天大喜，先说家事。至于其他的，以后再说。"大嫂觑着闭目养神的曹。

"我这就走。"林急忙说，"一来送别，二来想告诉你，我已经本科毕业，终于圆了我的大学梦。"

"终于圆了我的大学梦。"小黑哥模仿着林的口吻，"不就是范进中举吗？"

"林不但获得了律师资格证书，而且是四达集团的律师。"曹睁开眼说道。

"大律师，请。"小黑哥做了个送客的手势。

"我走了！你一定要多保重！"林深情地看着韵，一步步朝门口退去。

"你……"韵看着他，眼里充满了绝望。

"有事给我打电话。"林把名片递过去。韵接过名片并不看，依然绝望地看着林。林慢慢地朝门口走去。

"希望这是最后一次。"小黑哥对着背影大吼道。

"希望你不要破坏小妹的幸福。"二嫂追到门口补充道。

"等一下！"曹站起来尖叫一声，"把林叔叫回来。"

"遵命。"兔唇一个箭步冲了出去。

"你准备干预内政？"小黑哥沉下脸来。

"你们赶他走也行，赶我走也行，不过走之前我要弄清楚一件事。"小曹转过身，"我现在只问你一句话，促使你破釜沉舟的原因究竟是什么？"

"事过境迁，不必追究。"韵勉强笑着。

"要是你尊重我的感情，请告诉我究竟为什么？"林大步上前，热烈而迫切地问道。

"明天她就是新娘了，现在问这还有意思吗？"大嫂笑着说。

"可现在还不是新娘，我们活在今天而不是明天。"小曹凶狠地说。

"对！姑姑一定要说。"兔唇举起胳膊。韵沉默着，只是使劲咬着嘴唇。

"为六年感情做个总结，这要求不过分吧。"小曹一声厉喝。韵的脸，阴着晴着，冷着热着，黑着白着。虽全身颤抖，手却一点点朝抽屉伸去。她拉开抽屉，取出一张照片。曹只瞥了一眼就把相片递给林。"这是我和我表妹。"林说。

"你表妹？"韵的脸抽搐了一下，又痉挛了一下。

"这照片从哪来的？"林问。"我不……知道。"韵的声音一点点轻下去，两片唇如风中颤抖的枯叶。

"又是你的杰作。"小曹朝大嫂逼近一步，"这不是第一次，也不是最后一次。"

"你说啥？"大嫂使劲地笑着。

"这照片是你替他兄妹拍的，怎么到她手里？"曹冷冷地看着大嫂，两束探照灯定定地照着焦黄而蜕皮的脸。

"我……只是留个纪念。"大嫂咳嗽了一声。

"难道你没解释他们只是表兄妹关系？"

"我说过，可能小妹没听见，这点我疏忽了。"大嫂带着歉意说道。

"疏忽还是蓄谋？"曹冷笑着问道。

"报告曹姑！姑姑看了照片后哭了一夜，这点我可以用人格向队旗发誓。"兔唇举手敬礼。

"你还不解释？"曹逼进一步逼问。

"这是一场误会！"大嫂笑着说。

"有了误会，就和美利坚接上关系，蹬了没价值的林？"

"难道我是这样的人？咱们好歹是姐妹，是邻居，是朋友。"

"见过无耻的，没见过你这么无耻的。"此言一出，全场顿时沉默。

"小曹，你冷静点。"大哥从床上坐起来。

"难道你不关心你妹妹一辈子的幸福？误会可以谅解，蓄谋那就是天打雷劈。"

"你怎么能这么说？"大哥皱眉道。

"吃点水果冷静一下。"二嫂窃喜道，"大嫂为人……咱清楚。"

"误会！误会有什么不好？妹夫准时寄钱，妹妹马上出国。"小黑哥兴奋地说。

“全家把亲妹当摇钱树，你就不考虑她的感情？”

“感情这东西算个屁！”小黑哥一挥手。

“感情可以培养，我们要用发展的眼光看感情。”大嫂满脸春风。

“你以为感情是酵母？请问你培养多年，培养出丈夫对你的爱吗？”曹冷笑着反问。

大嫂的脸色变了，一缕缕的白烟从鼻孔里逸出：“请您遵守最起码的道德，这是我们的家事也是私事，您没有权利说三道四。请自重！”

“自重？哈哈！下面我来变个戏法。小子！愿不愿意帮曹姑？”

“帮曹姑有好处吗？”兔唇问道。

“好一个龙生龙凤生凤，这一千元拿去买游戏机。”

“哇塞！”兔唇兴奋地跳了起来。

“我问你，现在你靠姑，姑走后你靠谁呢？”

“谁有钱靠谁。不过看来看去你最有钱，所以我决定靠你。”兔唇说的很爽快。

“你姑在，曹姑一定帮你。你姑走后……”

“现在的人，没有起码的道德观念，翻脸不认人是他们的本色。”兔唇老气横秋地说道。

“可是曹姑也未能免俗。”

“不过我有办法制约你。”兔唇挥出一记拳。

“不许用这种口吻跟曹姑说话。”二嫂打了儿子一下，眼角眉梢全是笑。

“你有什么办法制约？”曹赞赏地问。

“口说无凭，立字为据，然后去公证处公证，这样想赖也赖不掉。”

“你真聪明。”

“现在就立字据。要是你以后翻脸不认人，我就把你告上法庭。字据可是铁证。”

“好小子！具备丰富的法律知识，将来定是个大人物。”

“笔墨伺候！”兔唇拉长声音。声音尖而高，高而亢，完全符合小太监的特征。

二嫂急忙从包里掏出纸和笔。“我来写。”

“让你大婶写，我喜欢她的字。”

“我不写。”大嫂虽带着笑，口气却十分坚定。

“现在讲究有偿劳动：给你两百元润笔费。”

“有润笔费也不写。”

“让我写。我只要一半价钱。”小黑哥兴奋地举起手。

“我不要你写，就要大嫂写。”

“侄儿字好就让侄儿替我写。”大嫂摸着兔唇的脑门说。

“我一定要你写。”曹的口气十分坚定。

“我要是不写呢？”大嫂的口气也十分坚定。

“我可以逼你写。”曹锐利地扫了她一眼。

“我可是宁死不屈的刘胡兰。”大嫂冷笑着。

“她不写我来写，价钱嘛可以打四折。”兔唇娴熟地讨价还价。

“二折也可以考虑。”二嫂挤到儿子身边。

“我就喜欢大嫂的字，二十元一个怎么样？”

“哇！二十元一个，这可是一流书法家的酬金。”

“快写！这么好的买卖上哪找？”大哥赶紧凑过来。

“我不写。”一丝惊慌掠过大嫂的脸。

“既然大嫂不肯写，字据就别立了。”

“不立就不立，我才不相信这字据能有多大作用。”大嫂朝小黑哥一挤眼，又拽了拽大哥的衣角。

“小孩就喜欢闹，他的话也能当真？”大哥重新躺回床上。

“二嫂你点子多，谈谈明天的事怎么安排？”大嫂轻松地拍着二嫂的肩膀。

“对！咱先谈自己家大事。”二嫂在“自己家”这三个字上用了重音：既然儿子赚不到润笔费，那谁也甭想赚。

“我们这就走。”曹站起来。

“吃了饭再走吧！”大嫂热情挽留，眼角眉梢全是盈盈地笑。

“我们走了，你自己保重。”曹拍着韵的肩膀说道。

“这里马上要拆迁，下次来就是一片废墟了。”

“等一等。”二嫂一把拉住曹，“听说知青后代在拆迁问题上可以享受优惠？”

“这是我父亲管辖的范围，他现在负责市政动迁。”

“哎呀呀！听说你父亲升市长了，我咋把这事忘了。来！坐！”二嫂热情万分。

“现在问动迁为时还早，以后再问吧。”曹拉着林往外走。

“人走茶凉，现在不立字据更待何时？”二嫂一把拉住曹。

“曹姑！写了字据再放你走。”兔唇跳起来堵在门口。

“对啊！以后找你，说不定也翻脸不认人。先写字据再走人，一个字据抵一个厅长。"大哥一拍脑袋说道。

"对！要是你出国，就凭字据找市长。"小黑哥跳起来，"差点放跑了财神菩萨。"

"大嫂不肯写字，所以我也不想立据。"

"拆迁可是百年一遇，大嫂啊大嫂，你别坏了我们的大事。"小黑哥向大嫂鞠了一躬。

"大嫂，我求你了，你写几个字关系到我们一生。"二嫂拍着大嫂的肩膀。

"写写写！"大哥起床一把拖住老婆。

"听命于人必然受制于人。"大嫂正色道，"难道你做了亏心事？"

"笑话！我堂堂一车间主任，下敬弟妹上孝长辈，年年'三八先进'，岁岁'五好家庭'。"

"既然这样，写几个字怕啥？再说我还付你钱。"曹微笑着说。

"我说不写就不写。君子一言驷马难追。"大嫂态度很坚决。

"吃的是粳米，发的是糯米嗲。我第一次看见你这么不爱财。"大哥气愤地说。

"鉴于你尊贵的身份，我现在把价格提高到每个字五十元。"

"哇塞！"兔唇一跳老高。

"我的字能不能……献丑？"二嫂忸怩地说。

"我一个字只要五角，是大嫂的百分之一。这可是我的跳楼价。"

"我什么人的字都不要，单要大嫂的，我也是君子一言驷马难追。"曹坚持着，没丝毫的变通。

"小曹，一共要写多少个字？"

"二十五个字外加两个标点符号。"

"标点符号也是这个价？"

"OK。"

"二十五加二等于二十七。二十七乘五十……快把计算机拿来。"大哥嚷着。

"要什么计算机？两千七的一半是一千三百五。天哪，写这几个字要一千三百五十元啊。"这次不是兔唇激动，而是兔唇的爸爸激动了。

"快写！这下开刀的红包有了，不用明着暗着问小妹要了。"大哥直率地说道。

"就是！免得一次次施苦肉计。"既然大哥说到这份上，二嫂更是直言不讳。

"快写！"大哥把笔塞进婆娘手里。

　　“我不写！我就是不写！这点事我都做不了主，我真是白活了。”大嫂露出罕见的固执。

　　“银货两讫。”曹掏出钱，朝桌上一摔。

　　“我就要你写。要是这点事我也做不了主，我白活了。”大哥露出罕见的固执。

　　“你为了钱就把老婆卖了？”大嫂的眼圈红了。

　　“我有了钱，就能把欠你的情买回来。”大哥的眼圈也红了。

　　“你？”大嫂哽住了。

　　“我有钱就可以还你这份情。十年来，这债压得我好苦。”大哥仰着头，不让泪水流下来。

　　“这么说你还是不爱我？你娶我只是为了还我的情？”大嫂泪眼婆娑地问道。

　　“小曹说得对，爱不是酵母，不能在任何一个母体上培育。”

　　“你！”大嫂捏紧拳头，全身都在发抖。“难道我们之间，只是债务和债权的关系？”大嫂死死盯着大哥。

　　“现在你只管写字。”大哥把钱揣进口袋，把笔塞进大嫂手里。

　　“既然这样我就写。”大嫂的眼睛又红了。

　　“写几个字也要掉泪，你也太秀了。”大哥含着泪笑了。

　　“我伤心的是……你对我的感情。”

　　“有些东西够不着，有些东西求不来，有些东西就是生根也绝不发芽——你这是何苦？”曹冷笑道。

　　“我现在只要你一句话。”大嫂直直地看着大哥，“这么多年，你对我有没有一丝一毫的感情？”

　　“现在不谈感情，现在只要你写字赚钱。”大哥的目光落在纸上。

　　“写什么？”大嫂一仰头，有了破釜沉舟的决心。

　　“无产阶级革命派坚决反对人走茶凉，提倡五千年悠久大文化。”曹一字一句地说。

　　“就写这？”大嫂的眸子狐疑着，像走近陷阱的猎物。

　　“不对！”小黑哥嚷起来，“这字据是空的，里面没提我们。”

　　“那就写：无产阶级革命派坚决反对人走茶凉，提倡五千年助人为乐的中国大文化。有了‘助人为乐’这四个字，就有了字据的立意。凭这四个字，我父亲一定会帮你们，我也一定会帮你们。”

　　“无产阶级革命派坚决反对人走茶凉，提倡五千年助人为乐的中国大文化。”小黑哥反复咀嚼，最后一点头：“行。”

"不行。"大哥又跳出米，"无产阶级革命派坚决反对人走茶原，提倡五千年助人为乐的中国大文化。现在是三十个字。你应该再给我两百。"

"行！"曹抽出两张大票扔过去。"一千五百啊！"二嫂又嫉又恨。

"曹姑应该把标点符号算进去，那就不是一千五百元了。"兔唇计算得很精确。

"对！还有两个标点符号。"大哥一拍大腿，"标点符号就算三十元一个，两个六十，四舍五入就是一百元。"

"行！"小曹随手抽出一张百元大钞。

"天呐！一个标点符号等于我磨豆浆两个月的收入。"二嫂舔着嘴唇，眼神如钩，恨不得把笔钩到自己手里。

"快写！"大哥把钱放进钱包里。

"写就写。"大嫂一咬牙说道。

"慢！用你左手写，我知道你会左右开弓。"曹冷笑着说。

"胡说啥。"大嫂把笔一扔。"我怎么能左右开弓？"

"我只需要你用左手写。"小曹坚持道。

"要是我不写呢？"

"说明你心里有鬼。"小曹皮笑肉不笑。

"快写！写下来她想逃也逃不了。"小黑哥把纸一摊。

"啥？"大嫂跳起来，焦炭般的脸都冒热气了。

"我是说，只要你写了，小曹就是逃到天涯海角也能凭字据说话。以后有急事，拿真迹跟格格换银子。"小黑哥乐不可支。

"我……左手不行。"

"快写。"大哥沉下脸，"发什么嗲？"

"既然这样，我胡乱应个卯。"

"应个卯应个卯。"曹把纸朝大嫂面前移。

"那我献丑了。"大嫂嘴里说着，眼睛却死死盯着小曹。

"有字据我就被你们套牢了，我可是看在小妹的份上。"曹耸了耸肩。

大嫂沉吟着，然后一咬牙下了笔。最后一个句号刚合拢，曹抽出纸，把纸一撕为二。

"既然这样还要我写啥？"大嫂一扫阴霾，大声笑着，笑容灿烂辉煌如日中天。小曹只是撕纸，确切地说，把一张纸撕成一个个字。

"曹姑！孩子喜欢撕纸你也喜欢？你这不是撕纸而是撕钱，可惜了这把银子。"兔唇直摇头。

"这抵我磨五年的豆腐。"二嫂啧啧道。

“拿白纸和糨糊来。”

“好嘞！”兔唇翻开抽屉，拿出纸和糨糊。

“现在帮姑姑把纸一个个贴上去，贴完去吃肯德基。”

“不吃肯德基也帮姑干活。”

“为啥？”

“因为姑有能量，有能量的就是依靠对象。在我们家，小姑是依靠对象。”

“说得好。早半个世纪，《湖南农民运动的考察报告》就是你执笔。”

“我写文章不行，但瞅人还行。我妈说了，不识字不要紧，不识人头可不行。”

“将来是个人物。”小曹摸着他的头说。

“水往低处流，莫学小叔；人往高处走，要学小姑。曹姨，我这对联如何？”

“贴完了？把这纸念一下，然后给你大婶看。”说着，曹朝沙发上一仰，闭上了眼睛。

“坚决反对无产阶级文化大革命……曹姑，大婶不用看了。”

“为什么？”

“她人抖了，嘴也歪了，看来是病了。”

“她抖她的。现在把纸给大伯看。”

“……曹姑，大伯也不用看了，他人也抖了，嘴也歪了。”兔唇准确地报告着最新动向。

“现在给你姑姑看。”

“我姑也不行了，手也抖了，嘴也歪了。”

“啊……”一声尖叫。“曹姑！不得了了，我大伯正揍大婶呢！你把事情搞砸了：他们是恩爱夫妻模范家庭。”

“让他们打。”

“曹姑，现在形势又变了，不是一比一，而是二比一了。”

“二比一？”

“我爸和大伯一起揍大婶……又不对了，现在是三比一，小黑叔也冲上去了。”

“让他们打。”

“不行啊，三比一要打出人命的。这力量太悬殊了……现在形势又起变化了。”

“又有啥变化？”小曹依然闭着眼。

“林叔冲上去把他们拉开，看来看去还是林叔好。”

“让林叔不要多管闲事。”

"又不好了！姑发呆了，妈也傻了。曹姑你是坐婆，一张鬼画符就把我家搅乱了，不是小乱，是大乱。"

"乱得好，乱得好。"曹拍手道。

"曹姑，大婶是共产党员。她一边哭一边说……"

"说啥？"

"你们使劲地打，有种把我打死。丈夫不爱我，我活着也没意思。我承认为了得到丈夫，使了计谋用绊子。曹姑，这是哪跟哪？"

"她在交代自己的罪行，让他们继续打。"曹姑翘起了二郎腿。

"……报告曹姑，战争已经平息。大伯在擦汗，我妈在揩鼻涕，我爸在捋头发。只有大婶，还像刘胡兰一样昂着头。我仔细看了，她现在没有一滴眼泪，她是真正的共产党员，你的奖励没有错。"兔唇认真地说。

"不要脸的焦炭。先栽赃，然后上演英雄救美。"二嫂叉着腰，气愤地说，"今天还骗了她姑两百美元。"

"不是英雄救美，而是丑女救夫。"小黑哥一边挥舞拳头一边嚷着，半截牙签从牙缝里掉了下来。

"不对啊！焦炭这么精明，怎会拿自己的性命开玩笑？"二嫂皱着眉头。

"这不是开玩笑，这是豪赌。赢了，就赢了男人。"曹冷笑着，"这叫拼死吃河豚。"

"要是输了呢？"

"大不了坐几年牢。写标语时是'文革'末期，她知道强弩之末的道理，再说用左手写字，是她的秘密。"

"你咋会知道？她不会傻到把秘密告诉你吧？"二嫂揉着太阳穴。

"我和她是邻居，时不时看到她用左手练字。开始我还以为她是双枪老太婆练书法，等我明白一切时，她已嫁作他人妇。"

"……你为啥要捅破这秘密？为什么不君子成人之美？"韵伤心地问。

"你有诺言，我也有诺言。我答应你父亲，一定要保护你。其实你父亲早知道这件事。他瞒着你，不想让你受到伤害。"

"原来……是这样。"韵的脸变得灰白。她想起父亲临终前的话："傻孩子，你什么都不懂。"

"本来我想把这个秘密永远埋藏。毕竟她是为了爱才这么干……"

"那你为什么还要说出来？"韵的嘴唇颤抖着。

"但她为了美元，再次设计把你推进火坑。一个男人已经苟活在她的手掌，我不能再让你苟活一次。"

"这么说，双人照是焦炭挖的陷阱？"二嫂揉着太阳穴。

　　"她先制造证据，然后让小妹见到假证据，小妹受伤于是把终身托付给陈姨。这女人让小妹成为她报复的棋子。"

　　"曹姑，你功过参半。"二嫂突然冷下脸来。

　　"功过参半？"

　　"大嫂干了一件坏事，同时也干了一件好事，所以说你功过参半。"

　　"对！宁拆一座庙，不毁一桩婚。这么好的婚事，绝不能砸在你手里。"小黑哥嚷道。

　　"你有什么目的，什么企图？"二哥突然冲过来，手如匕首直戳曹的脑门，"毁了这婚事，对你有什么好处？"

　　"好处？为什么要好处？难道人是狗，做任何事都要一块骨头？"曹冷笑道。

　　"你为什么要害我？"大嫂披头散发地冲过来，此刻她的脸像蓬松的黑面包。"为什么？"

　　"你害了大哥又害小妹，你必须为你的罪恶付出代价。"

　　"你应该感谢我，你不是一直想得到林吗？"大嫂咬牙切齿地问。

　　"我爱林，非常非常的爱。但我绝不用下三滥的手法去套猎物。爱他就要尊重他，爱他就希望他幸福。君子爱财取之有道，君子爱人得之有道。"

　　"说！你是不是受人指使？"小黑哥横了林一眼，"说出你的幕后指使人。"

　　曹轻蔑地转过脸。"韵！现在你该表态。顺便说一下，林就职的四达集团董事长就是我。林年薪十万，要是你愿意，随时可以到我公司上班。"

　　"不能去。人民币怎能和美金比？"二嫂嚷道。

　　"不能去。美利坚怎能和中国比？"小黑哥也嚷道。

　　"我尊重你任何的决定。"林微笑着，但眼睛不争气地红了。这时电话响了，所有人都跳了起来。

　　"让他打道回府还是飞上海，决定权在你手上。"曹郑重地说。韵慢慢站起来，把手朝电话伸去。

　　突然一只乌黑的手抢先抓起话筒："婚礼如期进行，你马上登机飞上海。"

　　"咔嚓"一声，大嫂挂了电话。

　　"你越俎代庖？"曹倒抽一口冷气。

　　"既然已经越位，那就一越到底，我不能让精心设计的方案流产。既然真面目已暴露，就不惜把'逼宫'进行到底。"

　　"你这个无耻的丑八怪！"小曹甩了她一记耳光。

　　"打得好！打得好！这辈子能得到我爱的男人，死也值了；这辈子能把小妹送出国，我死也值了。我对我做的一切无怨无悔。"大嫂昂起头。

"我支持大嫂。"二嫂率先表态。

"我也支持大嫂。"小黑哥嗷嗷叫着。

"既然已错点鸳鸯，那就将错就错。"二哥朝大哥瞥了一眼。

"既然事已至此，那就将革命……进行到底。"大哥沉吟良久，终于发话。

"我现在只听你一句。要是你改变主意，我承担他飞往上海的所有损失。"曹死死地盯着韵，"你千万不能重蹈你父亲的老路。"

"对不起……我辜负了你，也辜负了林。"韵低下头。

"什么都可以赌，但千万不要用自己的婚姻赌。这是你父亲一辈子未能愈合的伤口。"

"难道我的伤口还能愈合？"韵凄凉地问。"如果说以前我不愿意，现在我愿意了。与其被这个家抛弃，还不如被他抛弃；与其被亲人算计，不如被他算计。说什么血浓于水……"韵顿住了，点点泪花沾在她长长的睫毛上。

"真好！比莎士比亚的喜剧还喜，比莎士比亚的悲剧还悲。父女二人同时走上这一条路。一条因为政治，一条因为金钱。哈哈！丑陋之家。"

"你不要饱汉不知饿汉饥，站着说话不腰疼。"二嫂一撇嘴，"你处在我们的位置试试看？"

"我知道你们穷，但你们的穷不仅是物质的穷，更是精神的穷。人穷可以志不穷。但你们的穷，从骨子里透出来，从脊梁上渗出来，从血液里流出来。这种穷才是真正的穷，原始的穷，本能的穷。给座金山还猥琐，给座银行还卑微。这种穷与生俱来，烙在骨子里，融在血液中，贴在额角上。这种穷让人恶心。"

"你……"众人面面相觑。

"希望你们一个个把脊梁挺直，为未成年的孩子留一张薄薄的皮吧。你们可以一无所有，但没了皮，那才是真正的一无所有。小林，我们走！"

小曹挽着林的手臂大步出门，他们走到阳光下。一轮夕阳给他们的背影镀上了一层薄薄的金。韵追到门口，绝望的眼睛里蓄满了泪。她张了张口，最后还是严丝合缝地闭上了。

二〇〇七年六月四日写于上海

么妹的幸福生活

中国悲剧的历久不衰，民众麻木是一个重要的因素。"秦人无暇自哀，而后人哀之；后人哀之而不鉴之，亦使后人而复哀后人也。"

一、獠牙

窗口伸进来一只锅子。锅子又大又阔，就像河马的嘴。"你应该扛一口棺材进来。"么妹扯着嗓子嚷着。从早上九点到下午五点，切碎的猪肠子，鸡肠子堆成一座山，可自己的肠子，百分之一百是瘪的。正饥肠辘辘时又冒出这么个大家伙，她不愤怒谁愤怒？

"牌子！"她嚷道。

"我是李经理的妹妹。"一个女人满脸不耐烦。

"李经理有 N 个妹妹 N 个哥哥，我知道哪是真货哪是赝品？"么妹把刀朝案板上一砍，全身力量倚在刀柄上。

"这么说，你不准备做生意了？"

"生意当然要做，拿牌子来。"

"我是李经理的妹妹，没有牌子。"女人傲慢地耸了耸肩。

"没有牌子不发货。"么妹也傲慢地耸了耸肩。

"你胆子忒大。"女人冷笑道。

"老娘的胆子早被吓破了。"么妹嘴上冷笑，脚尖却勾过半张残报，把肿胀的脚从鞋里移到残报上。

"你把经理叫来。"

"老娘的工作是切禽兽的下水，而不是电话传呼。"么妹把锅子朝外一塞，"砰"地关上了玻璃窗。

"哎呀呀……"胖厨举着勺子奔过来。"大妹子，别生气啊！"一只油腻腻的手抓住锅子，另一只油腻腻的手推开窗子。"快！快！快！"

么妹冷冷地看着胖厨，任凭胖厨表情夸张挤眉弄眼。胖厨只得闪进冷菜间，两把大刀上下翻卷，舞成一条密不透风的银链。接着，白肚子，红门腔，鸭丫子，鸡蹂骨雨点般砸进锅里。接下来，连锅带人请出大门。出门后，还频频举起熊掌做告别仪式。

"你这个贼汉奸。"么妹横眉怒目挡住胖厨，"你以为你是二把菜刀闹革命的朱德？"

"得罪李麻子，你死定了。"胖厨耐心解释着。

"死就死，反正活着也不痛快。让李麻子根据嫡出，庶出，远近，亲疏，侄的，姨的排个名单给我。"

"她既非嫡出，也非亲姨，她是李麻子情夫的元配。"

"见过无耻的，没见过这么无耻的。李麻子睡了野男人，然后用店里的禽兽下水来讨好野男人的女人。"么妹愤怒地举起菜刀。"大刀向李麻子的头上砍去，受苦受难的同胞们，反抗的一天来到了，反抗的一天来到了。前面是生存的艰难，后面是索命的医药费。我们万众一心勇敢前进，看准了贪官，把他消灭，把他消灭。冲啊……"么妹的嗓子又尖又硬。

"歌唱得再雄壮也没用，你是齐天大圣她就是如来佛，认命吧！"胖厨叹了一口气。

"你可以认，我却不认。"么妹嚷道，"这么好的饭店，就让她糟蹋了。超级蚂蝗，昼夜吸血。告诉你，这是国家饭店，不是御用厨房；我们是工人阶级，不是她的家奴。"么妹柳眉倒竖，钢牙咬得嘎嘎响。

"你还不了解形势？李麻子马上要承包饭店，这叫深化改革。"

"美其名曰深化改革，其实就是巧取豪夺。这种政策，既当婊子又立牌坊。"

"九百六十万平方公里，尽在小矮子的股掌中。"胖厨叹了一口气。

"不是小矮子，而是邓矮子。除了叹气，你这个狗奴才还有什么？"

"我严正声明：我不是狗奴才，我是狗奴隶。"胖厨举手。"滚！"么妹抡起菜刀，胖厨落荒而逃。

门外的霓虹灯亮了，一闪一闪，像诱惑的血唇，像欲望的眸子。五彩的光反射到冷配间，么妹在玻璃上看见自己的尊容。尖尖的脸，翘翘的嘴唇，雪白的牙像两排仪仗队。遗憾的是，仪仗队前横着一只大模大样的螃蟹，这是虎牙也是獠牙。么妹伸出手深情抚摸：她对獠牙又恨又爱。恨的是它破坏了自己的尊容；爱的是它酷似自己不羁的精神。

"说虎牙不如说獠牙；说獠牙不如说气牙。"胖厨走进来，"我刚认识你时，根本没有獠牙。这獠牙是被你的怒气，活生生顶出来的。"

"应该说是被无耻的社会，活生生顶出来的。"么妹笑着说。

"你什么都好，就是女人味不足。"胖厨搓着手说。

"想齐眉举案，没有暖男；想琴棋书画，没有楼榭；想相夫教子，没有银子；想贤淑温柔，没有发巢。说来说去，找不该生住中国。"

"你这次不是市切配的状元吗？"

"状元个屁！我就是李麻子吸盘下的一根血管。"

"莫谈国事，一谈我就阳痿。"胖厨沮丧地抽出一根烟，"咱是脚踩西瓜皮，滑到哪算哪。莫不成我们还能改变天下？"

"就是不能治国平天下，也要独善其身。"么妹一拍案板。

"真以为你能出污泥而不染？"

"不信咱走着瞧。"么妹自信地说道。

大厅里一阵阵嬉笑，一阵阵起哄，间或还有猜拳声，碰杯声，呕吐声。喜筵到了高潮，也接近了尾声。

么妹用抹布擦着冰柜。今天是熬过去了，明天还有三十五桌宴席。三十五桌的冷盘，想一想都双腿打颤。明天！明天！明天家里没米了，明天丈夫要上医院，明天儿子的学校要交杂费，明天儿子要英语测验。歌词里说"我们的明天比蜜甜"，可除了苦我连糖精味都没尝到。

么妹的手，随着揩布在动。雪白的手指上，戴着一只翡翠戒。手指珠润玉圆，丰腴无骨；翡翠绿玲珑剔透，叹为观止。翡翠戒套在白皙的手指上，好一个珠联璧合浑然一体。凡是见过这双手的，无不为之惊艳。

"我是先爱上这双手，然后才爱上你的。"胖厨总是深情地瞅着这只手。獠牙和手，是么妹身上最大的亮点。亦圆亦方，亦黑亦白，亦正亦邪，亦丑亦美。

"丑陋的我，咋有这双夺人魂魄的手？"这问题是么妹的百慕大之谜。

"乓"一声，一只碗摔在地上，打碎了么妹的遐想。她抬起头，看见收银员沾着唾沫在数钱。钱很厚很厚，就像……就像现代人的脸皮。

"现代人的脸皮。"么妹咧开嘴，为自己丰富的词汇笑了。读书时，她的想象力喷薄而出，作文成了年级中唯一的范文。不知从何时起，高产井不再喷发，活火山被埋葬在灰烬中。

"我是窒息的火山，火热的岩浆，只能蜿蜒于地壳深处；我是噤声的百灵，嘹亮的歌喉，只能吟唱于……"诗构思到一半，吃饱喝足的人簇拥着新娘出了饭店。新娘身穿白色婚纱，一脸幸福。新娘的笑刺伤了么妹，她构思的诗戛然而止。

四川路上人流如织，车流如织。么妹如蛇，游走在稠密的人群中。突然，一个人直挺挺地站在她面前。

"今天不行。"么妹带着歉意说，"明天儿子要考试。"

"就算拐个弯歇个脚吧。"胖厨用了孩子般的撒娇口吻，这让她动了恻隐之心。拐进武胜路，就是一幢幢石库门。一进门，么妹脱了上衣，挽起袖子，收拾丁锅盆碗，接着洗衣掸灰扫地，片刻后，屋子已焕然一新。

"你什么都好，就是脾气不好。"胖厨爱怜地看着她，"不谈国事，你是天使；一谈国事，你是女巫。"

"我愿意做女巫。"么妹把围裙一甩。

"我不让你走。"胖厨从后面抱住么妹。

"放手！"

"我不放手，我离不开你。"

"我只是你妹妹，只是你纯粹的妹妹。"

"……没有你，我就是行尸走肉。"胖厨的泪一滴一滴落在么妹的肩膀上。

胖厨的老婆死了好几年，虽然身材发福，但房子宽敞，又没一男半女，加上精湛的厨艺和不菲的薪水，所以还算半个钻石王老五。老五不沾烟酒，就喜欢么妹；老五不碰麻将，就喜欢么妹。和么妹说话，成了他最大的精神寄托，这寄托里甚至有海洛因的瘾成分。

"不要这样。"么妹转过身，用袖子擦去他的泪花，"我把我的姐妹介绍给你。"

"我不要……我谁都不要。"滚烫的泪一颗接一颗涌出眼眶。

"你应该结婚生子。我答应你，在你没有妻子前，我一定照顾你。"

"给！"胖厨一边抽泣一边掏出钱。

"你当我啥人？"么妹一拳出手，钱洒了一地。

"你需要钱。"胖厨嗫嚅道。

"我需要钱，但'君子爱财，取之有道'。"

"既然是我妹，为啥不能接受哥哥扶贫？你男人失业，儿子读书……"

"你不要用钱来亵渎友谊。"么妹把钱拾起，塞进他的口袋。

"我们的友谊纯洁无瑕。"

"我这辈子离不开你。"胖厨眼又红了。

"没你……我死定了。"

"我们这辈子只做兄妹，下辈子再做夫妻。"么妹努力笑着说。

"来世！来世！来世在哪？"胖厨吼道，"我的存折给你，我的工资给你，我的房产留给你。我只有一个要求，绝不要离开我。"

"我咋会离开你？你这傻子。"么妹拍着他的脸说道。

"我们做秘密夫妻吧——你不但不幸福，你甚至没有性生活。"胖厨抓住她的手。

"我可以不幸福，但我不可以卑鄙。"

"卑鄙？相爱的人在一起是卑鄙？除了那张纸，我们什么都有。"

　　"我虽然不爱他，但我不能背叛他。"

　　"我等，哪怕等到世界末日。"

　　"不必。你不必为我浪费时间。"

　　"你这是殉葬！这是毫无意义的殉葬！"胖厨绝望地嚷道。

　　"儿子让我失去选择幸福的权利，就是殉葬也值。"幺妹苦笑着朝门口退去。

　　前面就是人山人海的四川路，小时候背着书包走过；年轻时背着挎包走过；中年时背着负荷走过。这么多年，街道变得宽阔，商店变得漂亮，人流变得密集，唯一不变的是心情：少年的阴影，青年的阴霾，中年的阴郁。虽然每天迎着太阳上学，上班，却有实实在在的水深火热感。

　　不对！世界上三分之二的人们生活在水深火热中，我们的任务就是解放他们。为了解放他们，一车皮一车皮的粮食出去了，我们却勒紧裤带；一车皮一车皮的白糖出去了，我们吃的却是糖精片。他妈的！自己都没幸福感，还要去解放他们。家对面的阿三从非洲回来，都说非洲人民的生活要比我们好一百倍。

　　走过虬江路，拐进"简陋里"。中国有许多名不副实，但"简陋里"绝对名副其实。在这里拍摄《地道战》和《地雷战》，绝对不需动一铲子土，搭半个景棚。苏联老毛子的党报叫真理报，人民日报为啥不叫真理报而叫人民日报？人民日报还是日人民报？这个社会太虚伪，虚伪得让人恶心。

　　上楼走几格楼梯，拐角处有一扇门。推开阁楼的门，就是卧室，起居室，书房，餐厅兼盥洗室。复合性爱巢有八点五平方，东西塞得满满的，不要说老鼠，就是蟑螂想安营扎寨，恐怕也没有半寸空间。

　　一个男人坐在破椅上喝酒，酒兴正酣，两颊酡红，飘飘然逸逸然的神情，可以和李大仙媲美。下酒菜倒也简单，就一碟黄泥螺，却是"邵万生"的品牌。

　　"又灌尿水？"幺妹进门就夺过杯子。

　　"不灌尿水能干啥？"

　　"就不能帮儿子复习英语吗？"

　　"英语认识我，我又不认识它。"男人夺回酒杯。

　　"今天的烟卖得怎么样？"

　　"要不是我跑得快，外烟就落进警察的口袋了。"

　　"不要做流动的游击队，应该有自己的井冈山根据地。阿六在北站宾馆卖了五条外烟。"

　　"我一身破烂走不进宾馆。这五条烟是赊来的，说好利润一人一半。"

　　"明天赶紧和他结账，免得夜长梦多。把今天的钱交出来。"

"交钱？我问你，烟缸里的烟头是谁的？"

"谁的？我大哥，你大舅。"

"他三天两头到我家，有什么目的？有什么动机？"

"你这个畜生。"么妹一拳挥去，可惜像访民一样，半道上被拦截了。

"嫁鸡随鸡，又不是嫁哥随哥？"男人又呷了一口酒。

"你是人吗？"么妹夺过酒杯朝他泼去。男人头一歪，酒泼在桌上。男人低下头，"吱溜溜"把酒舔得一干二净。这动作倒把么妹震住了：一个人到了这地步，还能说啥？

她爬上阁楼时，发现儿子的睫毛在动。这一刻，她希望儿子有特异功能——能随时随地关闭耳朵。她叹了一口气，侧身躺下。阁楼很小很窄，母子俩基本达到肉贴肉的程度。看到电视里外国母亲临睡前和孩子吻别，她惊讶得说不出话来。一人一间睡房？我的妈啊！我只需要一人有一张床。想仰天就仰天睡，想俯身就俯身睡。对了！还能在床上翻个身。多好！

一只小脑袋蜷缩在她腋窝下，脑袋上覆着一层软软的黄毛，像胎毛又像茸毛。一张小而尖的脸，小得像枣核，尖得像苦瓜，皱巴巴的，没一点生气。这个鬼东西，一点也没有继承父母优秀的基因。小眼睛下是塌鼻子，塌鼻子下是一口牙。牙总算整齐，但下端像打磨的利器，尖尖的，锐锐的，让他有了小兽的气息。

小兽，小野兽。在这个家，就是天使，也要堕落成野兽。想到这里，么妹眼红了。新婚的第二天，战斗就拉开了帷幕。导火线源于老父亲上门，格斗源于醋海生波：丈夫竟然吃岳父的醋。虽然原因说起来可笑，但吵架惊天动地，打起来更是鸡飞狗跳，最重要的是里三层外三层的看客，堵塞了巷子的里里外外。因为这，格斗后她不让他近身；因为不能近身，他不交饭钱；帷幕有拉开时却没有落幕时。恶性循环，循环恶性；反复循环，循环反复，东海有不落的潮水，家里就有不停的战斗。

有时，么妹克制着最大的恶心来个"舍身饲虎"。可老虎吃饱后却说："你不是说要找个爱你的人吗？我就是太爱你才要独占你；我不能容忍你和任何男人说话，包括你亲爹亲哥。"

"啪！"一掌过去，新一轮的全武行上演了，"舍身饲虎"打了水漂。

"不要离婚……"一个柔软的身体扑到她怀里，么妹的睡衣湿了一片。"不要离婚……"儿子的睫毛眨了一下又一下，滚烫的泪珠一滴又一滴。

这是她今天第二次看见眼泪。都说富人钱多，穷人泪多，这话一点也不假。

"妈听你的。"她搂住小脑袋，摩挲着软软的茸毛。"妈一定听你的。"她郑重地重复了一遍。

父亲！母亲！都说可怜天下父母心。她知道父亲爱她，爱得很深。有学问的父亲，深知成分带来的致命伤，于是向苏联老大哥学习米丘林的"人工杂交理论"，学习他的"有机体定向培育理论"，大搞品种嫁接和改良，铁了心娶了一个三代赤贫的后代。孩子出生后，他把所有的爱都给了孩子。他带着孩子听交响乐，观话剧，看画展。有一次，么妹在安格尔的名画《泉》前停住。"爸！这罐子里流下来的不是水，而是石灰水！"

父亲的脸猛地抽搐了。

母亲在粉刷屋子时，上班时间快到了，但她还是一刷接一刷地不停手。父亲阴沉着脸走上去，拎起桶把石灰水朝母亲头上泼去，孩子们吓得哇哇大哭……从此，这一幕镌刻在么妹的大脑皮层。

长大后，她最喜欢的画是毕加索的《梦》。少女摸着肚子，下巴拉成一个圆柱体，闭着眼睛陶醉在梦幻世界。她就是那个女孩，一直在编织美丽的梦。父亲走时拉着她的手："我很爱你，爱得很深很深……"她也拉着父亲的手："您很爱我但是伤了我，伤得很深很深。你们的战争，比苏美之间的冷战还要长，还要残酷。"父亲歉意地说："我本意想给你们一个红出身，想不到烙下永不褪色的黑印。"

父亲的悲剧落幕了，但她的悲剧上演了。都说孩子只继承父母的基因，想不到我还继承了父母婚姻不幸的遗产。

天没亮么妹就醒了。陋巷的最大特点，就是"这里的黎明没有静悄悄"。清晨，咳嗽的，吐痰的，解手的，倒马桶的奏起了黎明大合唱。傍晚，喝酒的，唱歌的，猜拳的，揍人和被揍的奏起晚霞交响乐。么妹憎恨这环境，可又不能拉住自己头发飞到月球。月复一月，年复一年，她忍着恶心忍着憎恨，她忍下一切但獠牙却破土而出。

她小心地抽出又酸又麻的手臂，轻轻放在儿子的脖子下，既节省了空间，又多给了他一份爱。如今儿子长大了，她对这份爱的付出感到有些力不从心。晨曦从一道缝似的窗子里透进来，照着她的胳膊，胳膊没有妇人的珠润玉圆，却有着柴禾般的干瘪。看着胳膊，她叹了一口气。

晨曦逐渐从淡到浓，但她还是赖在床上。她喜欢在晨曦中想心事，淡淡的忧伤，隐隐的伤感，幽幽的怨恨，长长的憧憬。在自怨自艾自怜自悯中，为自己戴一顶头盔；在漫无边际的遐思中，为伤口敷一块纱布。

时钟敲了六下。她下了阁楼，坐在痰盂上，身体却蛇一样地弓起。昨晚忘了倒痰盂，让痰盂的水平面升到最高点，于是屎尿和臀部有了亲密接触。她撅着湿淋淋的屁股，无奈地站起来。

太阳出来了，家家在明媚的阳光下刷洗溺器。"哗哗哗""咣咣咣""铛铛铛"声不绝于耳。没有黎明的鸟语花香，没有黎明的薄雾迷纱，只有粗鲁的撞击，粗暴的回音。陋巷的黎明，像巫婆的黑外套，像乞丐的打狗棍，像残疾人的躯体，像卸妆的卖淫女。敞着肚皮的倒粪站，趿着鞋的蓬头女，挖着鼻的哈欠男，还有溅着唾沫的肥婆娘，让她的神经颤栗不已。她像贼一样地逃出小巷。

她一甩头，头也不回地朝前走。朝前走，前面就是虹口技术协会。没有军号嘹亮，没有彩旗飘荡，没有灿烂辉煌，只有两个脏兮兮的教室等着她打扫。扫一个月有七十元报酬。想到儿子吃肉时的狼吞虎咽，麻木的心涌起一丝欣慰。

二、脑壳碎了

职工午饭开始了。虽然么妹饿得前胸贴后背，可一点食欲也没有。中午十五桌祭奠死者的豆腐饭，晚上二十桌庆祝新婚的宴席。地要拖，肉要切，冷盘要拌，杂事要干。她冲了两包速溶咖啡，希望用咖啡因来提神。

办公室有她的电话。电话是婆婆打来的，让么妹赶紧去医院缴纳她的医药费，不然就拨管撵人。么妹婚礼的第二天，婆婆把自己嫁了，然后把好吃懒做的儿子交到媳妇手里。一生轻松的她迎来幸福的梅开二度，迎来幸福的夕阳红。幸福了七年后"七年之痒"没来，她的老头却走了。婆婆像一只苍蝇，兜了一圈又回到原地，却把一盆已泼出去的水，回收后交到媳妇手里。

"我不能和她共享幸福婚姻的果实，却要承担她的养老送终。"放下电话，么妹很是愤愤。你幸福时，我何曾幸福着你的幸福？你有病时，我却要痛苦着你的痛苦？我就是砸锅卖铁……思绪还在天马行空，眼珠子却不动了：她看到营业报表，看到昨天的营业额数字。

"不可能！绝对不可能！昨天有二十五桌酒席，营业额怎么可能这么低？就是贪污，也应该贪污整数后的小数点；就是抢劫，也要脸上戴一块黑头罩。他妈的，这不是巧取豪夺，而是明火执仗。"么妹气愤地冲出办公室。

"这是贼窝，这是狼窟，这是抢劫，这是剪径……"么妹把一只肥母鸡朝案板上扔。刀是重的，手是酸的，胳膊是肿的，头是昏的。她仰头吞下感冒片，当胸扎一皮带，用冷水浇一把脸，只能卷起袖子挥刀上阵。

"我不能……我不能……我应该揭发她。"一刀下去，肥肥的鸡屁股溅到玻璃上，又反弹到她手上。

"揭发要有证据。我的证据呢？财务和收银，都是李麻子的心腹，连仓库保管员，连打更守门的老头，都是李麻子的眼线。知道苛政猛于虎，想不到卧底也猛于虎。他妈的！这里不是饭店，是东厂又是西厂。我拼上性命，也要和蚂蟥斗到底。第一步先接近收银，不过收银是嫡系部队，要突破有很大难度。那么从薄弱环节下手，先拉拢看门老头，用忆苦思甜来激发他的革命意志。告诉他，他闺女不是死在病上，而是死在没钱看病上。没钱看病的局面是谁造成的？是贪污犯造成的。一口古井，我就不信我的莲花舌翻不起浪花……"就在小算盘打得"劈里啪啦"时，有人冲进来嚷着："么妹！不得了了！"

"啥不得了了？"

"你男人脑浆被摔出脑壳了。"

"啥……"她晃了两下，刀掉在地上，她又晃了两下，扶着墙壁走出去。再后来，她戴着油腻的围裙，在四川路上狂奔疾跑。

么妹坐在走廊上，软得像根面条。男人的手术正在进行，吉凶未卜。

"我弟咋了？"男人的大姐气呼呼地跑过来问道。

"他叫阿六还烟钱，阿六不肯。二人打起来，他的后脑正好磕在一块尖石上。"

"他再没工作，也不能让他贩烟卖烟。你是间接的凶手。"

"我是凶手，我是罪人，我十恶不赦，我死有余辜。"么妹机械地说道。

"我秦家就这棵独苗，他要是有个三长两短，我和你没完。"男人的大姐气呼呼地冲了出去。

医生从手术室出来。么妹绞着衣角，眼神呆滞，像个没生气的玩偶。

"谁是病人的家属？""我。""病人颅骨碎了，要用塑料接上。""那就接吧……""病人大脑淤血，不排除成为植物人的可能。""植物人就植物人吧……"

"如果你同意治疗方案，在这签字。"么妹机械地签了字。陆续有亲友来，听到这结果，唏嘘一番，安慰一番，鼓励一番，然后风一样刮走了。

男人从手术室推出来时，全身插满了针。么妹吓坏了，也吓醒了。她扑到男人身上嚎啕大哭，被护士一把拖开。"哭啥？赶紧去筹医药费，今天我们破例了。"

么妹拖着眼泪和鼻涕，戴着油腻腻的围裙，冲出去筹措医药费。

筹款不是一件容易的事，这比不得融资，融资有回报，而筹款弄不好就收不回。上海人著名的格言是"亲兄弟，明算账"。除了自己大哥送来私房钱，连婆婆都攥住养老费不撒手。么妹把没到期的国库券贱卖了，又把从小陪伴她的集邮册贱卖了，又把儿子的储蓄罐砸了个粉碎。就在她褪下手上翡翠戒指时，胖厨拿钱来了。

"……我想等你来求我，我想让你来求我……"胖厨的喉结上下运动着。

"我就是卖身也不求你！"

"为什么？"

"卖身银货两讫，谁也不欠谁。"

"你不求我，我自己来求你收下这钱。"

"只要还有一口气，这钱我一定还。"么妹舔着嘴边长长的燎泡。

"你的命真苦……我看你还是跟了我这个厨师长吧。"

"不要趁人之危，这很不道德。"么妹眼皮也没抬。

"你怎么这么迂腐？尖锐时像一根矛，迂腐时像堆豆腐渣。"胖厨很是悻悻，"是否还要跟我说贫贱不能移？"

"我绝不为三斗米折腰，没腰还是人吗？"

"你就做大写的人吧，可惜水中月，梦中花。"胖厨气愤地走了。

"回来。"

"你终于改变主意了？"胖厨惊喜不已。

"拿着！"么妹递上一张借据。

从这天起，么妹就成了一双红舞鞋。上班，下班，陪夜，护理，端屎，煲汤。她像疾风一样刮过，像螺旋一样旋转。不知道劳累，不知道饥饿，像一颗卫星，忠实地围绕着行星；像一个机器人，没有喜怒哀乐只是不停地工作。

男人出院后，她才去找肇事者。然而，她发现已经认不出阿六了。

"我没钱，只有烂命一条。"阿六对她吐了一个大烟圈。

"我没有报警，没有让司法介入，我知道你妈病了，我甚至都没让你先垫钱。难道你没有良心吗？"

"我不认识'良心'这两个字。你算个屁！"阿六把一个大大的烟泡喷在么妹脸上。

"你没钱买烟，她男人给你赊账，你却把他的脑壳撞碎了……"邻居阿婆看不下去了。

"我哥从部队复员回家，现在大小也是个官。"

"官怎么了？当官就能不讲理？"

"你们算个屁！是个闷屁，是个不响的屁，是个不臭的屁！"阿六一踩烟头，扬长而去。

"都说法院黑，我倒想看看法院黑到什么程度。"忍无可忍的么妹终于递上了诉讼书。半年后，法院判决下来：被告过失伤人，赔偿九千元。

"这不是草菅人命吗？一个真脑壳就值九千？换小半个塑料脑壳也要

五十。”幺妹气愤地击扣着判决书。判决书像风中的旗帜，被击扣得很飘逸。判决书上的黑字嘲笑地看着她，一点也没有怯意。

幺妹冲到法院。法官乜着眼："赔钱不赔人，赔人不赔钱。"

"这话咋说？"

"要么判被告缓刑一年，你得不到一个铜板；要么判被告无罪，你拿着九千元回家。"

"你们官官相护，一手遮天。"

"有意见请上诉，中级人民法院的大门向人民敞开。"

"衙门八字开，有理无钱莫进来。被告的哥哥是区政府的，被告明确告诉我他通了路子。"

"当心我以诬告罪起诉你。"

"你们还是人民的法官吗？你们比黑社会还黑！"

"当心我以妨碍公务罪起诉你。在中国，你可以上诉，你可以信访，你可以上访，条条大路通罗马。"法官一摁铃，幺妹被请出法院。

雨"哗哗"地倒着，仿佛天漏了一只角。幺妹弯腰顶着一把破伞，趿着凉鞋朝前走。幺妹沮丧地看着脚下。要不是男人脑壳破了，她一定能拿到月奖，就能买一双高跟雨鞋。趿着拖鞋，让本来就不完美的形象，增添了几分拾荒婆的猥琐，这让她的信心更是一落千丈。但是，一想到"驳回上诉维持原判"这八个字，幺妹就怒发冲冠。这八个字，深刻刺激着幺妹的视神经末梢。幺妹铆足劲，一定要做当代的杨三姐。

"秋菊打官司"的电影她看了五遍，越看越有信心。秋菊是个未开化的村姑，她是个能言善辩的城妞；秋菊的法院在穷乡僻壤，她的法院在大上海；秋菊的男人只是裆里被踢一脚，她的男人是脑浆四溅；秋菊违反了计划生育的国策，她男人是单位的下岗工人；秋菊的男人只有小小的治疗费，她男人有巨大的开颅费；秋菊大着肚子不气馁，她身轻如燕志更坚。

法院的大楼在雨幕中隐隐约约。大楼形状怪异，不像一条大裤衩，倒像一条镶着蕾丝的内裤，性感中带着诡异和妖媚。幺妹找了个最佳地形躲藏起来：要是被保安看见，那就落得个"出师未捷身先死"。

一辆辆轿车驶过来，有流线型的，有豹头型的，有玲珑型的，有巨无霸型的。幺妹最熟悉的是禽兽的下水，对形形色色的车辆没一点研究。她得到的最新情报是，法院今天召开重要会议，将有新时代诞生的包青天出席。可惜情报提供者没有包大人玉照，有素描功底的幺妹，根据口述搞了一张模拟像。按图索骥，就是傻子也能做。

又一辆铮亮的轿车朝门口驶来。凭直觉，幺妹认定就是包大人的车。她从潜伏的角落一跃而出，利用门卫室的死角做掩护，怀着黄继光堵枪眼的一腔热血，敏捷地朝车子冲去。"吱"！车子一个急刹车，她离死亡咫尺之遥。

黑色的乔其纱窗帘撩起，露出一个男人不耐烦的神色。么妹剜他一眼，再剜一眼模拟像；盯他一眼，再盯一眼模拟像；就在唐伯虎的"三看"即将取得决定性胜利时，她的双脚离开了地面——她被一双大手像拎小鸡一样拎了起来。

"放我下来！"么妹义正词严。但是大吊车又升高了一尺。"放我下来！"么妹声嘶力竭地喊道，开始反抗。遗憾的是，在挣扎中，她那破兮兮的凉鞋掉在地上，严重损坏了她的光辉形象。

她一急，腿蹬得更厉害了。一只大手摁住她的颈部，这下么妹就像是被砍了脑袋的母鸡。雨点如箭般射下，头发全湿了，她成了货真价实垂下头颅的落汤鸡。

"放下她！"一个威严的声音在耳边响起。么妹被摔在地上。她一落地，就势拽住那条腿："包青天啊！秦香莲有冤啊！"

几个保安冲过来摁住么妹，就像摁住恐怖大王本·拉登。么妹眼睁睁地看着那条腿钻进车子，车门关上，车子冲进法院大门。

眼见拦轿鸣冤的计划破产，么妹扯开嗓子大骂："狗腿子！你们凭啥对我动粗？我是良民，我是共和国的公民，我是共青团员，我是单位先进分子……"她的骂声还未结束，已被拖进警卫室，脸上挨了 N 记老拳。

"……地址，姓名，单位，目的。"一个穿制服的人拿出了钢笔。

"目的？你们是逼上梁山，你们是逼良为娼。这里是人民法院，不是黑社会衙门，不是家族祠堂，不是纳粹的集中营，不是……"

"和她啰嗦什么？"一个男人打着哈欠走过来，"通知派出所关她几天，只要尝到看守所的滋味，她就激动不起来了。"

"罪名？"

"手上的模拟像就是罪名：跟踪首长，图谋不轨；妨碍公务，气焰嚣张；正值严打，顶风作案；情节恶劣，影响极大。"

"好！出口成章，章章都是法律。"半小时后，骄傲的么妹成了阶下囚。

么妹坐在地板上，不停地揉眼睛。她不相信自己会被关进看守所。以前只在电视和报纸上看到冤假错案，想不到自己成了从理论到实践的见证者和实践者。如果平反，这双重身份倒是能引起学者专家的关注。

"你！报一下家庭地址和电话。"一个管教拿着本子站在栏杆外。

"为什么要报？"么妹还没有从悲愤中走出来。

"你以为这里免费提供吃喝？让家属送钱来。"一听到钱，么妹的脑袋

“嗷”地一声大了。

“快说。”管教不耐烦地敲着本子。

“我男人脑袋上绑着纱布，我儿子小学还没毕业……”

“我只管收钱，快把送钱人的名字报上来。”

“我家人都死光了，没钱！没钱！”么妹一边跺脚，一边叫嚷着。

“瞧你这寒酸样还闹啥？你也不想想，自己有闹的资本吗？”管教奚落道。

“我有冤……我有冤。”么妹的眼圈红了。

“冤的又不是你一人？牙一咬，咽下去不就得了！”

“我咽不下……我咽不下。”么妹的眼泪终于滑出了眼眶。

“小不忍则乱大谋。”管教的口气缓和了。么妹不说话，只是抽泣，瘦弱的肩头一耸一耸。

“今天我要下班了，明天再问你地址。”管教合上本子走了。

“张艺谋你这个大骗子！”么妹突然大吼一声。

“装疯卖傻也没用，拘你一星期，就交七天食宿费。”管教厉声说道，“坐到你的位置上去。”

“你这人忒怪，不怪自己没好爹妈，不怪自己没好男人，你咒张艺谋干嘛？”一旁角落的老女人问道。

“张艺谋你这个陈世美！张艺谋你这个始乱终弃的骗子！张艺谋你这个卑鄙无耻，奸佞谗言的小人！张艺谋你这个绝子绝孙的阉货。”

“他怎么你了？难道他强奸了你？”此话一出，一屋子的人都笑了。

“想当年，他流着三尺长的口水，让他老婆去求人。求爹爹告奶奶，终于进了中央美院。可发迹后马上蹬了妻子女儿，他比陈世美还陈世美。”

“莫不是吃不到葡萄就说葡萄酸？你也想傍这棵大树出名？”

“呸！我是这种人吗？我恨他是因为看了他拍的鬼电影：《秋菊打官司》。”

“想不到官司没打成，自己却进了号子。”老女人做个鬼脸，于是大家又笑了。

“说要关我一星期，这七天日子怎么熬？家里病的病，小的小。”么妹如困兽在监狱踱步。两个圈还没踱完，就被老女人一掌劈在地上，又气又悲又愧又怒的么妹就这么糊里糊涂睡着了。

半夜，她被异样的声响惊醒。借着走廊上的囚灯，看见老女人的手在芳邻的被窝里折腾，而且折腾得很厉害。“报告管教，她们在折腾！”么妹响亮的声音，撕破了深沉的夜。

第二天一早，么妹提前六天迈出看守所大门。鉴于她检举揭发，一颗红心向党靠拢，一夜食宿费由政府买单。

三、行贿

出了看守所，么妹有了生吞苍蝇的感觉。恶心，肮脏，还有说不清道不明的……被侵犯感。这辈子她没被人强奸过，怎么会有这种感觉？

被强奸者不也是先挣扎反抗，接着默认顺从，最后配合迎合着施暴者吗？对这种可怜的被害者，我永远嗤之以鼻。可是……可是我怎么也有了似曾相识感？不！不！不！我是不屈的受害者，我怎么可能逢迎施暴者？如果那样，我还不如死！我是有思想的人，我是能抗争的人，难道我忘了"富贵不能淫，威武不能屈，贫贱不能移"的祖训？可是……可是我毕竟配合了政府，这从某种程度上来说是曲线的逢迎。不！我不是逢迎，我只是对丑恶事进行揭发而已。可是不对啊！释放我时，承办人嘴角分明有冷笑。他不但似笑非笑，还阴阳怪气地说：钢铁之躯在看守所走一遭，也成了豆腐渣工程。这不是嘲讽我吗？我真是自轻自贱，为了早出去六天，就把自己贱卖了。不！我一定要用实际行动让他们明白，么妹不是豆腐渣做的，而是合成钢做的。对了！我不能欠看守所的钱，这债会一辈子压在我身上，压得我喘不过气来。我这就用行动来洗刷自己的不堪。

么妹打开瘪瘪的钱包，里面只有几枚硬币。昨天为了省钱去法院，她足足走了四站路。她赶紧回家拿钱，把典当的灵魂赎回来。

刚拐进巷子，就看见儿子眼巴巴地站在巷口。一见她，梨花带雨地扑到她怀里。"妈！你怎么一夜不回来？"么妹叹了一口气，把要说的话咽回肚子：你不是凯旋归来的勇士，你只是胳膊上缠着白布的残兵。

"爸爸呢？"

"吓死我了，他身体蜷成一团，脸上白沫比螃蟹还多，所以我逃出来了。"

"啊！"么妹尖叫着，撇下儿子朝家里冲。推开门，痰盂朝天，臭气熏天，男人人事不省地躺在水里。么妹一脚踩下去才明白，这不是普通的自来水，而是屎和尿的混合液。

她扶起男人，男人满脸白沫，牙关紧闭，全身抽搐得像一只烧熟的虾。么妹想起邻居发羊癫风时也是这模样，于是把筷子撬进牙关，又把调羹塞进去。她知道，羊癫风发作得厉害，会把自己的舌头咬断。

她和男人就这么定格在粪水中。过了一会儿，抽搐停止，嘴角的泡沫也减少了。她把男人扶到椅子上，然后给他脱衣裳。

她的手碰到一块滑腻腻的东西，她以为是肥皂，再一看，是一根麻花样的大粪。黄黄的，粗粗的，腻腻的，里面还嵌着一根菜叶。么妹失声尖叫，接着呕吐不止。尽管她的尖叫超过了一百五十分贝，但是回音壁反弹过来的，只是她孤独的尖叫。

地板上的水，现在不再是简单的屎尿液，还增加了胃液和隔夜食的成分。黄黄的粪水和黄黄的胃液和谐地混合在一起，达到了高度的统一。

把自己的胃最大限度地清空后，接下来是怎么把男人冲洗干净？上海有无数的洗浴中心，但这是官员的后花园，不是老百姓的踏青地。再说，她还没银子能把发病的男人交给服务员。鉴于特殊的国情和病情，么妹决定走红军三五九旅的自力更生路。

么妹家的沐浴很有特色。天冷时，浴盆上方挂一顶塑料蚊帐，蚊帐四周放几只热水瓶。弓身撅臀钻香衾，湿身打胰加搓洗。动作的幅度一定要小，绝不能超过浴盆的直径；添的热水要少，不能超过浴盆的海平面；手脚要轻，不能扯到薄脆的蚊帐。沐浴进行曲中，耳朵一定要竖起，聆听澡盆底座是否发出木板的爆裂声；沐浴畅想曲中，眼睛一定要睁大，谨防水花飞溅到地板上。由于爱巢的地板像更年婆稀疏的牙齿，所以么妹一直把"漏水的因素消灭在萌芽中"。由于严防死守，多年来一直未发生重大的"漏水事件"。

但今天完了，屎尿混合液和胃液一定会沿着地板的缝隙漏到一楼。第三次世界大战的爆发，必在今天。

"他奶奶的！解放几十年，拉屎洗澡的问题都没解决，还今天支持黑非洲，明天免了日本鬼子的侵华赔偿款。你们喜欢以世界领袖自居，可苦了我们这批老百姓。"么妹边洗边骂，边骂边洗。正骂得酣畅解气时，突然听见有人叫她大名。

她把头伸出窗外，看见小文捂着鼻子："你怎么旷工了？李麻子让你快去。茅坑造在你家吗？怎么这么臭？"

"我……"

"快！我在下面等你。"

么妹把男人扶出澡盆，又把污水拎下楼换了新水。连续往返三次，被洗者和洗浴者还是臭烘烘的。她顾不得进一步深化洗澡的成果，急忙奔下楼。

小文像遇到麻风病者，躲她一丈远。她无精打采地跟在后面，心里如十五只吊桶七上八下：全家就靠我饷银生活，千万别丢了工作，虽是鸡肋样的工作。

四川路像过节一样热闹。游行的队伍，演讲人和观看者把街道挤得水泄不遇。学生神情悲愤，脸色憔悴，他们也像她男人一样，头上扎着白布。有区别的是，学生的白布上有鲜红的大字。

么妹的心一颤。她摸了摸钱包，依然是孤零零的几枚硬币。她买了两瓶矿泉水朝学生怀里塞去。"你们辛苦了！"她激动地嚷着。"国家兴亡，匹夫有责。"学生用嘶哑的嗓音回应着。看着学生娃年轻而疲惫的脸，看着学生娃嘴边一长串燎泡，么妹突然嚎啕起来。她的哭就像黄梅天的雨，来得迅速，来得猛烈，来得猝不及防。她哭得一塌糊涂，她是哭学生，也是哭自己。哭学生是五分真，哭自己是十分真。"我的妈啊，工作还没丢你嚎啥？"小文不敢近身只是远远跺脚。么妹猛地收了嚎啕，一个百米穿杨。她屁颠屁颠跑得快，活像小文的跟屁虫。

鉴于最近饭店的生意奇好，鉴于么妹一流的切配，鉴于厨师长的力挽狂澜，李经理没有开除她，只因旷工扣了两个月的奖金外加警告处分。

现在么妹很蔫，蔫得像暴晒过的茄子。投降吧，心有不甘；不投降吧，已经有了画押认罪的事实。究竟是接受屈辱的事实，还是用自己的小命做搏击？她站在十字路口没了方向感。这时，突然传来北京的枪炮声。枪炮声后，万籁俱寂，天地一片萧杀。

么妹突然豁然开朗。仿佛长长的炮筒，拨开了乌云；仿佛沉重的履带，碾碎了羞愧。既然屠夫都能在电视里亮相并慷慨陈词，既然屠夫都能召开庆功会并昭告天下，我哪来的罪恶感？既然报纸都能指鹿为马义正词严，既然电台都能颠倒黑白理直气壮，我哪来的脸红耳赤？我真傻，为什么要自己和自己过不去？我只是吞下一只小苍蝇而已嘛！小苍蝇早已消化成粪水，流出肛门，造福土壤。这些丰富的有机物，已变成红红的西红柿，绿绿的青菜，肥肥的南瓜。

"不争议，朝前走。"领袖的话给了她最大的核动力。有了能量的她，变得精神抖擞，变得娇媚动人。她很现实地接受了法院判决：既然所有的人都能接受血淋淋的事实，我为什么要"知其不可而为之"？我为什么要做中国的异类？

九千元一滴一滴地从手掌中流走，男人的病也一天天好起来。他的头发长出来了，他的脸色红润了。只要不发羊癫风，他和正常人没有区别。

这期间，么妹去了男人的前单位——集体服装加工厂。恋爱时，她根本没尝过恋爱的滋味。她深知父母冷战的原因是父亲不爱母亲，所以她决定找一个爱她而不是她爱的人。一个爱她的人，加上八点五平方的蜗牛壳，加上他的裁剪手艺，这就够了。不是说荒年饿不死手艺人吗？至于爱情，那是有钱人的玩偶，她还没奢侈到那个程度。

"我的男人你们不管了？"么妹一进门就开门见山。

"社会主义的国家能不管人民吗？"老主任热情地说。

"他脑壳开刀……"

"据我们所知，脑壳开刀不是工伤，而是烟贩子的下场。"

"你们让他失业，才造成了今天的局面。"

"记住！社会主义国家没有失业，只有下岗。"

"不要巧立名目，谈实质性的问题。"

"你可以找社会救助。反正改革开放后的中国，绝不会饿死人。"

"你放屁！我家都快揭不开锅了。"

"放心！改革后的上海饿不死人，就是乞讨也能盆满钵满。政府主张自强自立，再就业有多种渠道。你男人可以带着裁剪刀，为别人修脚挖鸡眼，我保证绝不会发生性骚扰事件；你男人可以买架照相机，说不定能拍到稀有动物华南虎，我保证他能上头版头条；你男人可以设摊修理自行车，兼做政府线人，我保证他能得到公安局奖励；你男人可以参加里弄巡逻队，小脚缉私队需要中坚力量，我保证津贴和灰色收入能让他吃饱；你男人还可以挨家送报，让党的光辉洒满每一个角落。这是一份很神圣的职业……"

"你是吃饱了撑的？我男人一不做修脚工，二不制造假新闻，三不做贱卧底，四不昧自己的良心，五不做吹喇叭抬轿子的走狗。你不但不解决我家困难，还说三道四，输出一通屁话。"

"不是输出屁话，而是输出活路。你这个女同志不讲精神文明，开口闭口一个屁。"

"毛主席说：'不须放屁，试看天下翻覆。'他能说屁，我咋不能？我要说，你是屁官我是屁民，我们生活在一个屁话连篇的国家。"么妹拿起杯子朝地下摔，玻璃全面开花，碎片四溅后，她一跺脚走了。

怎么办？怎么办？积蓄没了，赔偿款没了，这个家庭该怎么办？带着新时代出现的新问题，么妹拐到菜场。一进菜场，么妹的眼珠子骨碌碌转个不停。别人买菜，都瞅着水淋淋的新鲜菜，但她的眼珠子，却直直地盯在发黄发蔫的蔬菜上。一分价钱一分货，黄自有黄的价格，蔫自有蔫的价钱。锅里一炒，青菜心青菜皮一个味，老黄瓜和嫩黄瓜一样吃。

于是她花了两块钱，买了一大堆的黄青菜和蔫茄子。

对了，男人的水果没有了，于是她的眼珠又落在有洞的苹果上。不但盯着洞，还盯着货架下面的旮旯。下脚水果一般不放在货架，而放在地上，当然也为了接地气嘛！这是她从革命实践中得到的革命理论。果不其然，她在一双大脚丫旁终于看到一堆充满沧桑感的苹果，于是又以二元钱成交。

她蹲在地上，把苹果住口袋里装，低廉的价格让她很满意。突然，自己的手被另一只手攥住。"干吗？"么妹抽出手，又使劲甩了几下，但是她的手再一次被抓住。

"放开！不然我喊人了。"么妹怒发冲冠。

"大水冲了龙王庙。你不认识我了？"

"你是……"

"我是你儿子同学的家长，我是公交公司的王场长。"

"……王场长，对不起！"么妹赶紧打招呼，可手还攥在对方的手里。

"您干吗拉我的手？"么妹有些不快。

"我的钱包掉在地上，就在捡钱包时看见你的手。这辈子，我从来没见过这么漂亮的手！天呐！太美了，美得把我怔住了。"

"言重了。"

"这是什么戒指？"

"我母亲传下的翡翠戒指。"

"我女人十个手指戴了三对戒指，手腕上，脚踝上，耳朵上套得满满的，如一只套满项圈的铃铛狗。你的手太美了……"王场长深情地抚摸着么妹的手。

"对不起，我要回家煮饭，有空再聊。"么妹抽出手，一溜烟走了。走到无人处，还"呸"地吐了一口。她想起一句诗：仰天大笑出门去，我辈岂是蓬蒿人？

天亮时么妹醒了。都说黎明时思维敏捷，但是多年来从未有过金点子在黎明时蹦出。但是今天，一个金点子横空出世。

么妹推出尘封已久的自行车，不但打气还把刹车皮紧了紧。在这个家，她主内又主外，当爹又当娘，身兼董永和七仙女的双重身份。

她骑着破车摇摇晃晃地上路，今天要到大哥的单位去。

她对大哥的印象很深，深得久远。她只记得大哥的过去，不记得大哥的现在；只记得大哥未成年时，不记得大哥的成年期。大哥在她眼里，不是电影《小花》里的大哥。她看过北宋画家王凝的一幅《子母鸡图》，她的大哥，就是《子母鸡图》里的那只母鸡。当父母发生双殴事件时，大哥第一个反应不是冲上去拉架，而是扯着她和妹妹逃出屋子。她和妹妹惊恐地躲在大哥身后，如雏鸡躲在母鸡的翅膀下。母鸡怒目圆睁，俯首向前，冠发俱竖，拼死保护雏鸡的情形，定格在久远的时光，定格在幺妹的大脑皮层。

她对大哥的感情被浓缩也被封存，如美丽的蝴蝶被做成标本。在她梦中，曾千百次地出现那只母鸡，出现母鸡护雏的一幕。后来她看了弗洛伊德的书才明白，她把对父亲的爱，转移到了大哥身上。童年的噩梦，让大哥成了她的图腾。这图腾一直延续到她送大哥去部队，一直延续到她从部队接回大哥，一直延续到她为人妇为人母。

最近的图腾突然褪了颜色。大哥变了，变得冷漠，冷淡，冷冰冰，冷酷酷。有次大嫂向她诉苦："你哥现在变得我都不认识了，他整天沉溺在麻将里，曾经的爱心已经烟消云散。"但是她一直不相信：难道封存的标本会变质？难道盐罐里能爬出蛆？

但事实胜于雄辩。她不得不承认，大哥是变了。他呷着酒，通宵达旦；他搓麻将，日夜兼程。对母亲，不孝不敬；对妹妹，又冷又漠。他原有的朝气，如太阳下的露珠消失得无影无踪。究竟是什么魔鬼，让心爱的大哥变成这样？

车子到了杨浦区区政府，大哥复员后在区政府开小车。

"啥事？"工友叫出大哥，大哥一脸不耐烦。

"哥……我想问你借两百块钱。"

"干啥用？"大哥用一张纸擦着手。

"我想买礼物送人。"

"为啥？"大哥依然没抬头。

"我想托人给你妹夫……找份工作。"

"拿去。"大哥恹恹地掏出两张纸币。

"大哥……你不高兴？"

"无所谓高兴，无所谓不高兴，就这么活着呗！"

"大哥！你以前不是这样的。"看着大哥神情索然，么妹的心有点疼。

"以前是以前，现在是现在。"大哥掏出一支烟叼在嘴上，是中华牌。

"你以前抽'飞马牌'香烟，但神情比飞马还振奋。"

"这不是吃什么，喝什么，抽什么的问题。"大哥烦躁地一挥手走了，她呆呆地看着大哥的背影。

饭后，么妹坐在儿子的写字台前。由于房间小，她没有自己的梳妆桌。专家说，女人不化妆就不能出门，这是对自己的尊重，也是对他人的尊重。么妹觉得专家又在放屁了。专家的智商越来越低，品格越来越贱，就如多如牛毛的文学家，艺术家，歌唱家，影评家一模一样。

中国专家的话，就是放屁！放屁还有点异味，但专家的屁没一点异味。异味！异味！么妹咀嚼着这个词。异味有什么不好，至少能刺激鼻黏膜。在中国，没有异样的声音，没有异样的文章，没有异样的见解，就连拍马屁的方式，就连鱼肉百姓的模式，就连腐败的过程，就连谎话的版本都一模一样。他妈的！纵做鬼，也寡味。

　　她拿出儿子用过的痱子粉，朝脸上扑，又把敲图章的红印泥，抹在唇上。粉粘在皮肤上，像领导的假牙，红涂在嘴上，像首长的假发。无耻的东西！么妹猛地摔了粉扑和印泥，一拳朝桌上擂去。一旁的儿子惊恐地看着她，单薄的嘴唇在颤抖。她一把搂住儿子，又伤感又悲愤，又无奈又无聊。

　　她觉得自己像双面人，不！是双刃剑，又伟大又无耻，又重情又寡义。算了，我不是哲学家，没必要对自己进行剖析；我不是诗人，没必要搞罗曼蒂克。我的任务是把乳臭未干的儿子抚养成人，我的责任是让塑料脑壳的男人活下去。

　　她跳起来抽出毛巾，把脸擦了个干干净净。天生丽质的皮肤，容不得脂粉的侵蚀。质本洁来还洁去，不教污淖陷渠沟。寒塘渡鹤影，冷月葬花魂……

　　你又在胡扯什么？她嘲笑着自己。我不为三斗米折腰，儿子就要受罪，男人就要受苦。为了他们，折就折吧！譬如杨柳垂腰，也没见八大山人破口大骂嘛！

　　最近，她阅读了一系列关于性心理的书籍，了解到性取向对男性至关重要。一个恒定的，特定的，历史性的，突发性的目标，能够激发男性的性兴奋性勃起。吸引王场长的是她的手，尤其是她的手指。难怪胖厨也喜欢这双手。他妈的！我的脸蛋没能吸引男性的眼球，一双劳动的手倒能勾魂摄魄。这是老天对我的垂青，还是对我的捉弄？

　　一个月后，男人接到公交公司的电话，让他去面试。男人的职务是公司浴室管理员，主要负责收票，冲地，洗厕所。虽然工作不重，但能享受公交员工的待遇。这天，么妹把男人打扮得比新郎还整齐，亲自送到公司门口。半小时后，男人垂头丧气走出大门。

　　"咋了？"

　　"他们说我戆得很。"

　　"王场长呢？"

　　"他不在。他们说我戆得很，让我走。"于是，么妹牵着男人的手回家了。

　　当晚，么妹躲在黑暗处窥视。她不是参与躲猫猫的游戏，而是等待胖婆娘的离去。自从王同志担任了场长后，胖婆娘披挂上阵，全身金属叮当响。脸上白粉，抹得比南京城墙还要厚。一眨眼，就掉下来一块墙皮。几块墙皮一掉，脸就成了斑驳的，未竣工的烂尾楼。

　　她终于等到了胖婆娘出门，洒着一身花露水的婆娘去棋牌室打麻将。她敲了门，王场长看到她，态度冷淡。

　　"你说你男人是国营企业职工，但不是。他是集体企业，而且还是小集体。"

"不管是国营还是大小集体，都是中华人民共和国公民。"

"你认识这个公民，我们却不认识。他不是人，他是木头，而且是榆木的料。"

"他的工作不是公关，也不是攻关，他的工作是冲洗厕所。"

"就是掏粪，也要有关系。"王场长沉下脸说道。

"是吗？"么妹拖长声音，翘起兰花指。灯光下，白得愈发雪白，翠得愈发嫩翠，晃得人眼睛都花了。

"男人都喜欢女人的三寸金莲，我却喜欢你冰凉的小手。"王场长涎着脸凑过来。

"难道我是波西米亚人？你是普契尼？"

"你也懂这个？"场长一把攥住她的手，攥得很紧很紧。

"清歌剧，花腔女高音，意大利发声法，还有那个胖子帕瓦罗蒂。你还想知道什么？"

"好一个红粉知己啊。我的胖婆娘，除了筒子，束子，东南西北风，啥都不知道。你知道吗？我在婚姻的坟墓里快窒息了。"他一耸肩，一摊手，颇有老帕的遗风。

"这还用说，你的气质明摆着。"

"知我者么妹也！明天……不！今天，现在，马上，我们立刻去开房。"

"我不会和你上床的。"么妹冷冷地说，"我们只做一般贸易，不做人肉生意。"

"那你男人一辈子甭想进公交公司。"王场长沉下脸。

"说好面试，你为什么不在？"

"难道我的去向要向你汇报？"他的鼻孔喷出了一缕热气。

"……这么说，你虚位以待？"

"你来实我也来实，你来虚我也来虚。"他的回答斩钉截铁。

"我走了。"么妹懒洋洋地站起来，走过他身边时，用腰撞了他一下。

"这是什么？硬邦邦的。"

"放心！不是手枪，女人也没有手枪。"

"那是什么？"他紧张地问道。

"这只是一只学外语的录音机，不过录音效果交关好。"么妹吐了句吴侬软语，又飞了个媚眼，但王场长的脸色变了。

"应该是六宫粉黛无颜色，王大人怎么也面无血色了。"

"你……"

"这是购物单。"么妹抽出一张纸。"年月日写得忒清楚，不过还加上用途。"王场长一把抢过纸。这是一张上海统一的服务性发票。日期金额一清二楚，用途栏里还写着：调换工作，购买礼品。

"你……""这是行贿的公证文书。""你太……不像话。""王场长！您的大恩大德我永远不忘。这笔帐先记着，总有还你的那一天。"么妹用雪白的手拍了拍他的脸，飘然而去。

王场长颓然地倒在椅子上。这辈子他开了无数的空头支票，今天也收到了一张空头支票。

三天后，么妹的男人走马上任，他做了公交公司打扫浴室清扫厕所的头一把交椅。

四、揭发

么妹手拿钢笔，坐在写字台前，她不但怒发冲冠，还有"风萧萧兮易水寒"的悲壮。

"妈！"儿子抹着嘴唇，也撅着嘴唇。今天他破天荒吃了方便面，吃完后，矮小的他更有侏儒的神似。

"干吗？"么妹恶狠狠地问。

"我要做作业。"儿子用牙咬住下唇，牙齿的下端打磨得很尖。这一刹，么妹觉得儿子就是标准的啮齿动物。

"要是用尖齿咬住蚂蟥，'吱'一声，肯定溅出半人高的血浆。血浆流啊流，最后如喷射的高产油田干枯，于是肥腴的蚂蟥，成了扁扁的青虫。'格格！格格！'"二声怪笑。

"妈……"

"格格！格格！"她兀自怪笑，沉浸在属于个人的遐思中。"妈……你怎么了？"受惊的儿子缩成一团，如皮影戏中隐匿的黑影。

"我……"么妹突然用手捂住脸，从指缝中发出低沉的呜咽。爱巢在呜咽声中颤栗。

"妈……你不要吓我。"儿子一个后退，碰到父亲的头。躺在沙发上的父亲，疼得一声嚎叫。于是儿子也嚎啕起来。呜咽，嚎啕，呜咽，嚎叫，三种声音，混合成阴森瘆人的分贝；三种声音，混成有层次的音区。

么妹第一个停止呜咽。她放下手，脸上没有泪痕，只有诡异的红霞。眼睛赤红，如兴奋的兔子。

"快做功课。"她站起来，把唯一的正座让给儿子。她环视四周，寻找自己的文案。小小的餐桌上，放着一包包中药和锅子。巴掌大的空间，放着一包苞米。听说最近大米要涨价，于是她搞了一次突击活动。米是买了，但空间没有了。

她略一沉吟，拿着笔果断地坐在米袋上。刚写了"敬爱的领导"，不争气的肚子就放了两颗蛋。注意！这不是导弹，也不是原子弹，而是臭臭的屁蛋。屁蛋一出她坐不住了：把臭屁放进大米，怎么也不符合胡书记提倡的"五讲四美"。她东瞅西看，想找到自己的坐锥之处。但是，没有。

要不，爬到睡觉的阁楼秉烛而写？不行！秉烛，是一笔不菲的开销。要不，站在门口的街灯下写？不行！事情还没撇捺，已走漏风声。要不，凿壁借光？你蠢。我需要的不是光而是立锥之地。想啊想，她眉头一皱，果然计上心来。

她家是阁楼，要爬上睡觉的阁楼，需要配栈道一样窄的楼梯。这楼梯平时放在阁楼上，用时才抽下来。栈道虽窄，还能容纳半个臀部。只要有屁股的立足点，就有人的根基。想当年，没有井冈山的立足点，哪来中南海的金銮殿？想到这她士气大振。

她抽下梯子，一头搁在阁楼上，一头搁在米袋上，然后人就坐在楼梯上。这叫啥？这叫借天不借地。没有立锥处，照样能写万言书。坐的问题一解决，思路像泉水一样奔涌。

"摸着石头过河"，这是伟人的实践，也是伟人的遗嘱。她决定摸着诸葛亮过河，按照"前出师表"的模式写揭发信。

她咽了一口唾沫，考虑怎样写才能一鸣惊人。现在贪污犯像春笋，破土而出，节节拔高，四处抽芽，茁壮成长。当局忙着抓暴徒，肃异议，整队伍，清流毒，对此不但视而不见，还有推波助澜之功。这封信，不但要让领导醍醐灌顶，还要有振聋发聩之效。怎么写？……对了！既然马列主义和中国革命一媾和，就能诞生出一条共产主义小龙人，那揭发信和"出师表"一结合，也能诞生一个有中国特色的小太子。对！她一拍大腿，差点一个筋斗从栈道上翻下去。她定定神，也定定屁股，郑重在纸上落下第一行字："尊敬的领导，您好！我是四川饭店的么妹。么妹言：组织创业未半，而中道崩殂，今国家饭店，窟窿百出，此诚危急存亡之秋也。然赤诚之心，不懈于内；巾帼之女，忘身于外者……"后面应该写什么？应该晓之以理，动之以情。但是不能说我家的拮据，那显得没有政治高度；不能写李麻子的风流韵事，那显得没大气没底蕴。我应该写：天降大任于工人阶级，必先劳其筋骨……不对啊！我们已经被蚂蟥吸得一干二净，再这么写，不是左脸打肿又送右脸吗？我不是基督徒，领导也不是牧师。我……应该写，我们是城市的中坚力量，是改革开放的主力军，工人阶级完全能承受改革开放带来的阵痛……不对啊！我这么写，不是承认贪污，默认下岗，支持当局把工人阶级变成待业阶级？

我……应该写，伟人南巡后，我们的生活发生了翻天覆地的变化。十三亿人民沐浴在党的阳光雨露里，膜拜下跪在菩萨的香火中。也不对啊！共产党是无神论者，怎么能写菩萨？

我这人跟不上形势。一会儿洗礼，一会儿膜拜，这全是要不得的。隔壁张三在母亲忌日时请了菩萨道士，结果被片警训了一顿，说他搞封建迷信。对门老太在圣诞夜，领了密友在卧室划十字，结果进了看守所。可惜她没有反戈一击的揭发材料，一星期过去还不见她踪影。

我的揭发信，绝不能搞成不伦不类，怪模怪样，非马非驴，不人不兽的四不像。我要调整思路，不该定格在二报一刊的窠臼里，不该根植在小农的自留地里。我的揭发信，要像飞出既定轨道的流星，突破，飞跃，上升，这才是我的"不鸣则已，一鸣惊人"。

一声巨大的"当"打破了她思路。她茫然抬起头，痰盂仰面朝天，男人躺在粪尿里，嘴角的白沫，犹如"大江东去，浪淘尽千古风流人物"里的浪花。

她扔了笔朝男人扑去。只顾构思"前出师表"，忘了把痰盂的不稳定因素消灭在萌芽中。平时她把痰盂的海平面时刻挂在心里，落实在行动上。男人一上痰盂，险情迭出，稳定有恙。男人便秘上痰盂，一屏息，再屏息，一用力，再用力，接下来就是虚脱。一虚脱，羊癫风应时而发，绝无商量的余地。她不能控制他的羊癫风，但是可以控制痰盂的海平面。就如国安，虽不能窥探他人思想，但是能钳制他人行动。自己这么个智能型人物，连这个浅显道理都不懂。她一边责备自己，一边用没有污垢的手背甩了自己几个大嘴巴。

现在手掌上满是滑溜溜的有机肥，一圈又一圈的泡沫又从男人的嘴角涌出。"小豹子！小豹子！"她大声嚷着，顾不得自己许下的诺言：天塌了有妈顶着，你只管做你的功课。

本来她不想破坏诺言。古人说：一言既出，驷马难追。诺言是什么？是人格的招牌，是品德的标签，是做人的准则，是行动的纲领。这个点，是基点也是良心；是良心又是天平。没有了这个点，男人没了根，女人没了乳，民族没了魂，国家没了纲。但是……既然政府说话都不算数，我的诺言又值几个钱？

政府在电视里信誓旦旦地说：学生爱国搞游行，政府绝不搞秋后算账。秋天还没到，新账老账前账后账大账小账统统算了。我的诺言只对儿子一人说，他们的誓言可是对全世界人民说的。说了就赖，说了就毁，也没见他们羞报？也没见他们向人民道歉？想到这，她底气更足了："小豹子！小豹子！你这个天杀的赶快过来……"

虽然她声如洪钟气壮如牛，但小豹子稳若泰山地坐着，头也没回一下。他耳朵里没塞助听器，怎么就没反应？她真想一个耳光抡过去。但是不行，手上倒是没有鲜血，但有屎尿。既然不想把屎尿蹭到儿子身上，只能用脚去踢儿子。她左腿扶住男人，右腿去蹬儿子，由于地板上有肥料，她一个趔趄打滑，于是光荣地倒下了。但她很坚强也很敏捷，在倒地时用肘子撑住身体，逃过了四脚朝天的下场。她半跪在地，身上还压着男人沉重而臭烘烘的躯体。她知道自己的形象已经遭到毁灭性的打击：要强了一辈子的她，最后在粪水中完成单腿下跪。他妈的！这辈子没享受到男人的单腿下跪，倒是自己为自己上演这一幕。

沮丧的她发现，儿子把一双脚搁在写字台的搁板上，全身则扑在台子上。原来他也借鉴了"借天不借地"的原理，让自己成了粪尿中的"孤岛"，成功地躲过了有机肥的侵蚀。

"他妈的！老娘叫你小豹子，是让你像个顶天立地的男子汉，想不到……你不是豹子，而是一只偎灶猫。"么妹虽然为儿子的智慧喝彩，还是气不打一处来。面对老妈的叫骂，儿子演绎了"徐庶进曹营——一言不发"的版本。

"我撒下的是龙种，怎么收获了跳蚤？"么妹又气又急地骂着。话一出口，就发现自己错了：把雌雄的主体颠倒了，这才是急不择言。

儿子回头朝她一瞥。一瞥中，她感到儿子深深的鄙夷。在儿子的鄙夷中，她清理粪尿，再一次走上了三五九旅之路。

么妹走出家门，看见一位妇女背着一行囊走过来。她的背佝偻着，脸憔悴不堪，花白的头发如凌乱的钢丝。

咦！这不是隔壁弄堂的王嫂吗？王嫂是这条文盲巷的老九。她家没有鸡飞狗跳殴打辱骂这一道风景。她为人谦和，做事低调。夏天乘凉，别人口吐莲花，飞流短长，她总是戴着眼镜看书报。儿子高大轩昂，一点也不像棚户区出来的跳蚤，倒像西康路出来的高干后裔。么妹很想和她攀一门干亲，以便让儿子耳濡目染和谐之风。可搭讪了几次，均无功而返。王嫂不卑不亢，一点也没有结党营私的恶习，也没有一统天下的嗜好。

么妹非常奇怪。一个风韵犹存的女人，怎么一夜间就成了伍子胥？她就是乔丹，也没有这么快的速度冲进更年期队伍啊？奇怪的么妹有些窃喜：你不是高傲的天鹅吗，怎么坠落到丑老鸭的地步？看着"人比黄花瘦"的王嫂，她还是动了恻隐之心。

"我帮你拿。"么妹伸出一只手。突然传来一声咳嗽，么妹马上停止行动。经年累月生活在运动中的她，能清晰地分辨蛛丝马迹。可惜英国不招零零七，不然她也一定能闯荡英格兰影展。

发出咳嗽声的是阿三娘。当年她不肯上山下乡，死死地赖在上海，确切地说，死死地赖在居委会。今天抢着发通知，明天抢着敲铃，戴着红袖章，举着柴禾臂，鞍前马后，谀言媚笑，唯街道马首是瞻，以领导格言为则，比朝圣者虔诚，比向日葵方向感还强。皇天不负有心人，经过九九八十一难，她终于成了党的基层工作者，吃了份皇粮。

"你以为你是首长，发言前要先咳嗽？"么妹白了她一眼。

"好心当成驴肝肺？我这是为你好，让你避嫌。"

"难道她是麻风病人？"

"她要是麻风病人倒好了，可惜她有个暴徒儿子。"阿三娘撇了撇嘴。

"你说什么？"

"她儿子能啊！"阿三娘大笑着露出半口残牙。"为了抗议屠城，她儿子自寻棺材睡，竟然去放汽车轮胎。好！放一只轮胎的气判二年，放两只就是四年，放六只就是十二年，要是放……"

"太可怜了！太无耻了！"么妹失声嚷道。

"你说什么？"阿三娘凑过来，"谁可怜？谁无耻？"

"太可怜了……太无耻了。"么妹喃喃着，兀自喃喃着。

"你说谁可怜？你说谁无耻？"阿三娘下垂的眉毛上扬，就像猫突然竖起尾巴。"我说我可怜，我无耻。"么妹狠狠白了她一眼。

"你不要好了伤疤忘了疼，公安局来调查你时，要不是我替你兜着，你死定了。"

"我不是已经谢过你了吗？"

"几条烟，几瓶酒能抵几年牢狱？我看你依然是豹子胆，难怪你儿子小名是小豹子。"

"……你孙子的毛衣，最近怎么不打了？"么妹命令自己挤出一个笑容。

"下星期我孙子满周岁。忠不忠，看行动。"阿三娘用"文革"中的格言结束了对话。

么妹上楼时在拐弯处看见一面大镜子。据说，街道，区政府等衙门都有这设备：公仆一定要给公民一个完美的形象。

"放屁！放屁还有臭。"她"呸"一声走上三楼。她看见一个男人，一个玉树临风的男人。

"薛老师！"么妹激动地冲进去，比琼花看见党代表还激情澎湃。

"你是……"

"我是么妹啊！全市切配冠军的奖状不是你颁发的吗？我们有过交流，有过心有灵犀的长谈。您的至理名言我一直记在脑海里。"

"哦……原来是你这丫头骗子。坐！找我什么事？"薛老师把她迎进办公室。

"薛老师，我有一肚子的话要跟您说。为什么我的揭发信寄给上级，上级不但不处理贪污犯，反而还把我打入冷宫？"

"什么样的冷宫？"薛老师笑容可掬。

"等等！"么妹跑出去又回来。"我看了牌子，确实是纪委办公室。我找得没错，你就是纪委书记。"么妹开心得不得了。

"说，什么样的冷宫？"书记的笑又慈祥又和蔼。在这一刹那，么妹还以为他是从宣传画上走下来的领袖。

"李麻子缴了我的切配刀，让我冲厕所搞清洁。这比冷宫还冷。"

"你这个同志啊，革命工作不分贵贱高低。张思德虽然烧炭，但他和毛主席的地位一样高。"

"张思德在延安时也一天吃一只鸡？"

"当然……不！"

"请问张思德的纪念堂在哪里？他的水晶棺材在哪里？"

"那……只是一种仪式，不必当真。"

"那就请你去扫厕所搞清洁，让我来做书记。"么妹微笑着，眼睛却冷冷地看着他。

"我很想把纪委书记的位置让给你，但你不行。"薛书记笑容灿烂。

"是我不能说，还是我不能写？"

"你能说会写，才气洋溢。但你……你是一个漏网的暴徒，或者说，是暴徒的支持者。"

"此话怎讲？"么妹大口吸气，然后气沉丹田。"镇静！镇静！"她捏着自己的手腕。

"你是否给暴徒买过矿泉水？"

"他们不是暴徒，只是学生。"么妹沉痛地说。

"戒严令一出来，他们的身份无可挽回地变了，已经从学生变为暴徒。你给暴徒喝水，还在暴徒面前失声痛哭，这是什么性质的问题？"

"不要上纲上线；不要莫须有；不要罗织罪名；不要颠倒黑白。"么妹嚷着，声音如高音区的 C，但是不透明；声音如飞机在云层中航行，但是不稳定。

"要不是看在你丈夫面子上，你就栽了。一个塑料脑壳的男人，需要妻子照顾。家庭是社会的细胞，我们需要稳定，稳定压倒一切。这是江总书记说的。"

"这么说……"

"你还有问题吗？"薛书记看看表。么妹机械地站起来。

"……你长得和你哥一点也不像。"

"原来……是我哥救了我？"

"应该说是党给你新生之路。"薛书记热情地送客。"当然喽！一个部队的模范党员，苦苦地跪在区长脚下，也难为他了。"

"我……我……"么妹张了张嘴又闭上，就像躺在沙滩上濒死的鱼。

回家时，巷口又碰上阿三娘。想起被迫侵吞的烟酒，她觉得自己就是韩信。有了胯下之辱还不能伸张，这才是"辱"的倍数。

阿三娘深究地看着她，眼神里满是鄙视和怜悯。么妹低下头，钻进阁楼。

一进门，就看见小豹子站在镜子前梳头，男人在桌子前喝酒。小豹子的头发是微型的溜冰场；男人的脸是蒸熟的猪头。

唉！学生不像学生，男人不像男人，领导不像领导，我不像我……这是怎样一个畸形的社会？么妹一屁股坐在凳子上，把脸埋在手掌中。

有人敲门，是胖厨。么妹不用问，已从他脸上看到了答案。

"不行就算了。"她先替胖厨叹了一口气，"现在的人真势利。你得奖后，好几个饭店要来挖你；现在去求他们，一个个躲得比耗子还快。"

"你怎么跟他们说的？"

"我说你同情学生，送了几瓶矿泉水，组织就整你……他们一听，吓得魂飞魄散。"

"你不要说六四……"

"是啊！后来我改口，说你揭发贪污遭到领导报复，他们一听吓得屁滚尿流……"

"你不要说了。"么妹捂着脸。

"听说薛书记是包青天。"

"一党专政下，还会有包青天？"么妹大吼一声。

"你这个脾气不改，早晚吃大亏。"胖厨嘴里劝着，肥腴的身子仿佛有了牵引，一点点离开她朝门口退。么妹的眼睛终于红了。

"你怎么了？"胖厨发现了她的异样。

"友谊在高压下不堪一击。"么妹伤感地说。

"苦了几十年，悬了几十年，压了几十年，怕了几十年，任是钢铁之躯，也成了豆腐渣。"胖厨抹了把汗，羞愧地退下。

"妈！我肚子饿了。"小豹子直挺挺地戳在她面前。她的视线越过他头顶，穿过窗户朝外飘。她看见一个轩昂的小伙子，小伙子戴着手铐脚镣，凄凉的笑挂在嘴边。

"妈！我肚子饿了。"儿子眨巴着小眼睛，眼里带着怯生生的渴望。

"与其做出头椽子，不如做家用筷子。"么妹的脑子里刚跳出这念头，就把小豹子一把搂在怀里。"还是怯生生的好……咱不做男子汉大丈夫，咱就求太平求平安。"

"我也饿了。"喝得酩酊的男人嚷道。

"我这就去做饭。"么妹跳起来，系上围裙，兴冲冲地下楼忙碌。这天夜里，么妹睡得很香甜，多日的焦虑一扫而光。半夜，一个头颅压在她脸上，她惊慌地张开嘴，一只手捂了上来。

"你下来……"男人把她从地铺上朝下面拉。为了不惊醒儿子，么妹顺从了他。男人把她摁在沙发上，然后朝她扑去。么妹本能地抵挡着。但男人成了小豹子真正的父亲，变成了一只雄豹。

"你这是强奸。"

"随你去告，你甚至可以告到联合国。联合国算个球，再放屁也不伤中国领导人一根毫毛。"

"你咋变得能言善辩？塑料脑壳给了你灵感？"么妹继续挣扎。

"你再不从，我就喊醒儿子，然后当着儿子的面强奸你。"

"你疯了？"么妹大骇。

"我现在知道枪杆子里面出政权的意义——先奸了再说。"

"你这个死畜生。"

"先奸了再说。我死后，哪怕洪水滔天。"男人的身躯像山一样压下。么妹的喊叫堵在喉咙口，最后一点点咽到肚子里。

第二天，饭店召开职工大会，李麻子承包了饭店，每年她只交很少的钱给上级。现在她成了饭店真正的主人。集体的财产，落到个人的口袋，这就是中共的改革开放，这就是有特色的社会主义。

"不是说我们是国家主人吗？"么妹赶到公司。

"李经理也是国家的主人啊！"

"这不是让国有资产流到个人口袋吗？"

"让一部分人先富起来，这是伟人的指示。"

"不如说，让八旗和八旗后裔以及他们的爪牙先富起来。"

"'一部分'这个主语中包括你，我，他。既然有你，我，他，就包括李麻子。"

"不要美其名曰，打劫就是打劫，强盗就是强盗。这个社会是一个巨大的，残忍的，没有人性的，没有游戏规则的金字塔。"

"所以你们要拼命朝上爬，争取做塔尖上的一块砖，而不是塔底下的垫脚石。"

"当年革命的宗旨是什么？"

"我们是转型社会，有别于封建社会和资本主义社会。"

"还不如说是奴隶社会。"

"就是奴隶社会，也是为共产主义大厦打基石——大厦下面需要垫底的桩头。"

"这是狡辩，这是指鹿为马，这是谎言的重复。这使我想起戈培尔。"

"改革需要人民支持，也需要交出学费。你不要忘记自己身份。"

"我什么身份？"

"至少你不是政协，人大。他们没发声音，你发什么声音？你应该学你哥，沉默是金。"

"沉默是对罪恶的妥协，我绝不！"

"那咱骑驴看唱本。"和薛书记的谈话再一次失败。

第二天，么妹被请出饭店，她的档案放在街道，她成了为祖国分忧的"三十""四十"工程的一分子。

<h2 style="text-align:center">五、残了</h2>

晨曦一出来，么妹迎光而起。以前她喜欢在晨曦中想心事。漫无目的的遐想，让疲惫的心得以松弛，让绷紧的神经得以舒缓。现在，她唯一的嗜好也被剥夺。这嗜好太奢侈，她消费不起。

现在，"寻生活"是她的当务之急。以前听老辈人说这话时，她哈哈大笑：这是旧社会的专利，这是蒋家王朝的罪孽。社会主义国家，读书工作有保障，生老病死有依靠。可是她现在仰望社会主义大厦，得到的不是可栖身的房间，却是海市蜃楼的幻影；她渴望得到改革的果实，但得到的却是下岗，也就是失业。

"寻生活，寻生活，应该把'生活'换个头，叫'寻活生'。寻不到'活'怎么'生'？中国文人该做的文字事不做，一窝蜂全去做了宫廷小丑：扭着屁股抚龙鳞，谀言媚语悦龙颜。"么妹愤愤地朝一块石头踢去。

"真不明白，母亲为啥要把我养出来？"她曾就这个问题问过母亲。母亲苦着脸说："我准备引产，但是不行。"

"为啥不行？难道自己拉不出屎，还怪茅坑没吸力？"

"国家不让啊，毛主席让我们做光荣妈妈。"

"和一个不爱你的丈夫养了一串孩子，这不是光荣而是耻辱。你苦啊累啊，终极目标就是把孩子拉扯大。但孩子并不幸福，因为孩子不是爱情的结晶，而是本能的产物。"

"么妹……以后你会明白了。"母亲用手捂脸，无法面对她。

"这是你的狡辩。"她依然不肯原谅母亲。直到昨天，她才明白自己步了母亲的后尘——昨晚，面对桌上的清汤寡水，儿子直瞪瞪地看着她："你为啥要把我生出来？"

天哪！真是报应，真是轮回。昨天她谴责母亲，今天儿子谴责她。悲剧的轮回在重演。母亲步了外婆的后尘，她步了母亲的后尘。我不是弱智，咋也重蹈覆辙？她抽了自己一耳光。

鉴于她想逃出"冷战之家"；鉴于"荒年饿不死手艺人"的古训；鉴于"躲进小楼成一统，管他冬夏与春秋"的愿望，她匆忙离开父母，嫁给不爱的小裁缝，把自己关进"围城"。

她在单位拼命工作拿奖状，却依然穷得叮当响；她持家勤俭相夫教子，但只有斗殴没有幸福。"好日子"在 CCTV 里，不在她的字典里。男人换脑壳后，胖厨加快了追求的步伐，众姐妹也为她做红娘。她说：与其做新时代的陈世美，不如做改革中的新愚公。挖山不止，上帝一定会被我的坚韧坚忍坚守坚持所打动，我一定会苦尽甘来终成正果。

早上的二十一路电车很空，这让她有了审视自己，鞭挞自己的空间。她审视啊审视，鞭挞啊鞭挞，最后的结论是六个字：莫莫莫！错错错！

车站到了，一个女人走上来。"小文！小文！"么妹激动地嚷着。小文冷笑着，径直越过她，坐到最后一排座椅上。么妹的脸涨得通红：你揭发了我，然后火线入党。现在我用海一样的胸怀宽恕你，你却以怨报德。他妈的，究竟谁欠谁？

以前，你不是最爱和我聊天吗？一见婆母上楼，你赶紧把嗑的瓜子藏在屁股下。不妥，又藏在胸口。不妥，又藏在被子里。当婆母抱着被子去晒太阳时，瓜子当即"天女散花"……当你诉说这一切时，我说：勿以恶小而为之，婆母就是你母亲。于是你羞愧，你颔首。

以前，你不是最喜欢让我出妙计吗？你公公得了癌症，疼得满地打滚。亲人束手无策，孩子吓得大哭。我陪你到公公单位，扬言再不报销药费，就把病人搬到厂长办公室。结果你公公在临终的日子里，靠着报销的药费买了杜冷丁，让他体面地，有尊严地离开世界。于是你感谢我，多次感谢。

"政府和学生对话"的实况上电视后，你生气地说："这哪是国家领导人，这简直是黑道老大。不！比老大都不如。今晚我一定要到人民广场去捐款。"

我说："你家比我家还困难，这十元我帮你捐了。"你紧紧握住我的手："么妹，你不是女人是条汉子。"

现在我这条汉子，就压在你这个女人的手下。你揭发我，让我这只耗子陷入人民战争的汪洋大海，连爱我到地老天荒的胖厨，都"敬鬼神而远之"。我们这么多年的友谊难道是尘埃？是草芥？固然有高压，也不用这么迅速地土崩瓦解；固然有淫威，也不用把自己卖得这么贱。想到这，么妹痛苦地闭上眼，她从喉咙深处发出低吼：拿什么评价你，我的同胞？

清扫完学校的两个教室后，么妹赶到大八寺的办公楼。她要在早上九点前，搞好办公室的清洁工作，月薪一百五十元。

这个工作是一位女律师为她介绍的。一年前，她聘请律师为男人的脑壳打官司。官司结束后，么妹对残疾男人的不离不弃打动了律师。当么妹下岗时，律师介绍了这份工作。

商务楼的清洁工作完成后，她还要到另外的商务楼去做接线员。晚上七点后再到夜排档掌勺，这样她有了四份工作。

男人换脑壳后有了变化。变化之最就是从醋缸跳到酒缸。蜜月中，么妹想参加单位组织的旅游。男人先好言相劝，再翻脸相逼，接下来大打出手，直打得婆娘脸上赤橙黄绿青蓝紫，直打得婆娘的小单眼，换成重彩浓墨的熊猫眼。

以前一回家，男人就像阿拉斯加雪橇犬，竖起耳朵，耸起鼻端，嗅啊，看啊，刨土啊，张望啊，就怕床底下飞出一顶绿帽子。现在一回家就学李大仙，察看酒的量，今天的，明天的，库存的，储藏的，真有"泛舟漂流，对酒当歌"的胸怀。

以前他是否交工资，取决于"肌肤相亲"的次数。如果次数少，绝对不交；如果数字一般，酌情考虑；如果数字大，可以抽出一张大钞票。这样畸形的特色的关系，竟维持了十个寒暑。对此，么妹也有阿Q式的答案：拿到男人的钱，我是物质上的胜利者；拿不到男人的钱，我是精神上的胜利者。人有悲欢离合，月有阴晴圆缺，此事古难全。

自从胶原蛋白，弹性蛋白，钙质的骨头脑壳换成合成树脂的塑料脑壳后，男人从一个遮遮掩掩的半无赖，变成了彻彻底底的大无赖。合成树脂给了他"我是流氓我怕谁"的气概，现在他干脆一分钱也不上交。么妹四份工作的薪水是六百五，扣掉儿子的学杂费，扣掉开门七件事，所得收入就是分币加碎币。虽然她连棒冰都舍不得舔一下，虽然她取消所有的休息天，但存折里的数字还是像脑瘫儿一样，一点不见长。

一个女人，能打四份工，不是穆桂英也是杨排风，么妹常用她们俩来激励自己。电话接线生，是二分之一的白领；保洁工，是个折不扣的监领；掌勺大厨，是有技术的蓝领，又称灰领。有谁能兼顾白领，蓝领灰领于一体？赤橙黄绿青蓝紫，我就占了一种半颜色。屁民如此，妇复何求？

如果，如果能在四份工外再兼职一份就好了，么妹兴冲冲地想。可想到一天是二十四小时而不是四十八小时后，她有了苦恼。

霓虹灯把四川路这个姿色平平的山村妹，打扮成埃及艳后。有了浓妆，就有登台的资本；有了登台资本，就有了结识首长的可能。只要能结识首长，就是天上的银河都能踩在脚下。看那个村姑宋妹子，自从首长搞了爷孙情后，演唱会就搞到资本主义维也娜了，连焰火都在澳洲的上空爆炸。我没李嘉诚的爸爸，我没林豆豆的男人，我只是洗洗刷刷外加接电话……么妹一边洗碗一边神游。

"最近回头客多了一倍。你昨天拌的水饺馅，客人吃了都赞不绝口。"老板娘一改凶狠，对么妹很是和蔼。

"我和你的关系，就像宣传部和文人，就像猎人和猎狗，就像渔夫和鹈鹕，就像老鸨和妓女……"么妹脑子里跳出一串排比句。

"么妹！从今天起，工资加百分之十。如果干得好，加百分之五十都没问题。"老板娘一拍胸脯。么妹笑了。"你笑什么？"

"我笑……我能给儿子买白球鞋了，再不用粉笔在鞋面上涂啊抹啊了。"

"你什么都好，就一点不好：痴不痴，呆不呆的模样。我知道你在想心思。老百姓有什么好想的？能吃就吃，能捞就捞，能骗就骗，能和男人睡觉赶紧睡一觉。"老板娘挤着眼飞了个眼风。

么妹淡淡一笑。

"越剧《红楼梦》里我最喜欢的一句词是'花开堪折直须折，莫待无花空折枝'。我理解的就是，能享受肉体刺激时就要及时把握，不要等到错过了才后悔。"

"你这个半文盲，还能说出中国人生活的哲理。"

"别想那些没辙的事。我在这摆了十几年大排档，啥人没见过？两年前，学生吵啊闹啊，我就知道是秋后的蚂蚱，蹦不了多久。"

"你放屁！"么妹气愤地说。

"共产党的手段我见多了。一句话：无所不用其极。"

"你……还有点意思。"么妹的脸色缓和了。

"你以为我以前也这么庸俗？六十年代，一首'我们新疆好地方'的歌把我骗到新疆。什么'马奶子葡萄一串串'，什么'白白的酸奶大口灌'。到了戈壁滩才知道骗局一场。现在我不再受骗，抓紧赚钱奔小康。"

"你往变质肉里加香料，往变质鱼里加酸菜，真是'无所不用其极'。"

"政府能，我为什么不能？你连上行下效都不知道？"老板娘双手叉腰，笑声朗朗。

"沦亡，一泻千里的沦亡；溃烂，彻彻底底的溃烂。"么妹叹了一口气，拿起了铲子开始炒菜。

四川路上的"服装节"终于降下帷幕。熙熙攘攘的人群，像潮水一样散去。么妹解下饭单时，已经深夜十二点。

她拖着疲惫的脚步，远远看见小阁楼的灯光。推开门，就看见喝得红光满面的男人。么妹连正眼都不看他，扯了一条毛巾下楼。

么妹家的洗浴方式很有中国特色。冬天，她撅着屁股钻进狭窄的蒙古包；夏天，则就着水斗洗冷水浴。沐浴前，她会冲楼上楼下吼一声："我洗澡了。"洗完后，再冲楼上楼下吼一声："我洗完了。"困顿的生活让么妹忘记了自己的性别，也忽视了"偷窥"的概念。有一次，一位异性不慎闯进浴室，么妹只是下意识地把毛巾挡在私处，绝没有发出嗲嗲的尖叫。

她觉得自己不是小鸟依人的女性，而是一头母马，拖着家庭的犁辕，奋蹄向前。没时间梳理鬃毛，没兴趣对镜自怜，一个药用的开塞露，就是她全部的化妆品，一个黑黝黝的水池，就是她的沐浴房。

她打开龙头放水，水很凉。她拎起热水瓶，水瓶是空的。于是她咬着牙，把冷水从头上浇下去。水接触皮肤的刹那间，她发出"嘶！嘶！"的单音节。连着浇几下，感觉好多了。摸摸头，有点油腻，随手抓起一块肥皂，抹了满头的泡沫。她不用沐浴露，也不用洗头膏，那玩意耗钱耗水还耗时。

当她甩着满头水珠上楼时，疲倦一扫而光，红扑扑的脸像苹果。男人放下酒杯，死死盯着她。"明天你上中班，你到大八寺去做清洁，我到小豹子学校去一下。"男人没接口，喉头却发出蹊跷声。

"你怎么了？"么妹转过头，看见两只红红的眸球。

"明天要早起，我歇了。"么妹扔了毛巾赶紧上阁楼。就在她的脚踩上第一格楼梯时，一双熊爪伸过来。么妹加快上楼的步伐，但是，来不及了。"不！"么妹一脚踢去，但男人敏捷地躲开了。都说疯子和天才只有咫尺之遥，果然不谬。她被男人抱起，重重地摔在地板上。

么妹挺起身，又被按下，继续挺起，继续被按下。在"按起葫芦浮起瓢"的搏斗中，多次发生暴力行为。么妹左冲右突，奋力反抗；男人使出蛮劲，力图制服。么妹见硬来不行，于是卖个破绽，趁男人全身扑来之际，一闪身抢了一只酒杯。

当男人再次扑来时，她把酒杯朝他头上砸去。男人低下头，酒杯从他头顶飞过，碰上橱门然后落地，引发一串"铃儿响叮当"。男人摁住她，又是扇又是踢，又是脚又是手，五分钟后么妹连喘气的份都没了。男人气喘吁吁地坐在她身上。

么妹闭上眼，气沉丹田。男人开始解纽扣。么妹一个鲤鱼打挺，双臂一挥双脚一蹬，男人一个狗吃屎倒下。么妹站起来拉开抽屉，抓住结婚证一撕为二："现在我们已经不是法律上的夫妻，你再动，就是强奸。"

男人愣住了，合成树脂的脑壳，让他想不起对策。

"明天就办手续。老娘不和你离，就不是人养的。"么妹朝结婚证上啐了一口。

"妈……"阁楼上的小脑袋探出栏杆："别打，别离，我怕……"

"你……"撕碎的结婚证从么妹手上滑下来。

"过来！"男人把她摁在地板上："今天，同意要执行，不同意也要执行。你不从，我就当着儿子的面……"男人狞笑着。

"……我可以答应你，但等儿子睡了以后。"两颗豆大的泪珠，滑出么妹的眼眶。

"我可以等。"男人站起身，重新拿起酒瓶。么妹爬上阁楼，把小脑袋搂在怀里。她很平静，也很从容，像一根线拽着的木偶。

"妈……佳佳的父母离婚后，他留级了，学也不上了。"

"妈答应你……不离。"么妹把脸贴在儿子的脑门上。五分钟后，儿子响起了鼾声。么妹恍恍惚惚下了楼，下意识地拿起一把刀。她要做尤三姐，用刀抹脖子。就在她昂起头时，又看见阁楼上伸出的小脑袋。

"你做了母亲，就要忍辱负重，就要对孩子负责一辈子。"她想起母亲的话。既然母亲能为孩子牺牲一切，我为什么不能？

"谁让我生了他？谁让我生了他？有了他，我就没有退路，没有选择。这才是'自古华山一条道'……"

男人脱下裤子，夺下她手上的刀。他的手蹂躏着她的乳房，么妹觉得自己快死了。要是死了有多好……但死前，她还要挣扎，还要反抗，还要抓住一根稻草。

"你要可以，但一次一百元。"

"太贵了，外面三十元就能搞定。"

"那你到外面去。"

"外面不安全，只要一天不离婚，我就有享受你的权利。"

"那就打对折：五十元。"

"成交！"男人站起来，光着屁股，从裤子口袋里掏出一张纸币。么妹也站起来，她披头散发，衣衫凌乱。她觉得自己是娼妓，标准的娼妓，既然是娼妓，就把娼妓的工作一步不落地做好。她打开钱包，把纸币的角抹的平平整整，放进钱包后，她平静地拉灭了灯。

让罪恶在黑暗中进行，让罪恶在黑暗中进行……这一刻，她想到天安门广场，想到熄灯后的天安门广场……她的心碎了，根本不在乎肉身再受一次蹂躏。

天亮了，她从噩梦中醒来，发现男人还躺在地上呼呼大睡。"快醒醒！七点了，你快去大八寺。"

男人翻个身又睡了。离九点还有一小时，来不及盥洗了。么妹用半干的毛巾抹抹脸，拿起包就下楼。她突然发现包的拉链开了，皮夹里的五十元纸币不翼而飞。么妹推开门，对准男人就是几记耳光："不要脸的东西，又把钱拿走了。"

"你给我睡，天经地义。拿钱才不要脸，才是娼妓！"

"你出尔反尔！"

"我出尔反尔怎么啦？我就是出尔反尔，你对我有什么办法？政府也出尔反尔，他们能，我为什么不能？"

"政府……"

"政府说对学潮绝不秋后算账，现在秋后的帐不是算得清清楚楚明明白白？"男人乜着眼，挥着手，理直气壮气壮如牛。么妹傻了，她真的傻了。从啥时起，男人变得这么寡廉鲜耻，这么卑鄙无耻。以前他固有不是，但底气不足心虚胆怯，只能"犹抱琵琶半遮面"。现在是明火执仗的寡廉鲜耻，现在是肆无忌惮的卑鄙无耻。我的大忍，大恸，我的大辱，大耻，竟成了他炫耀的资本，成了他卖弄的招牌。这才是空前绝后的前无古人，后无来者。

"昨晚的一页，已经翻过去。我们要朝前看，要与时俱进，要和世界接轨。"男人翻个身睡去。他睡得安详，睡得香甜，嘴角还挂着一丝笑。他的表情不像罪犯，倒像个胜利者。

这一刻，么妹的心，仿佛被挖去一个窟窿。

下午四点没到，么妹的眼睛就直直地钩在挂钟上，她在等待下班时间。

上班路上，她碰到了前同事。鉴于多次冷遇的结果，她自觉转过头。但这一次，前同事没有躲闪，反而凑上来。"小云的母亲去世了。"

"是……吗？"

"听说老太太走前一直念叨你，说你是个好人，你好幸运：活着的权贵记得你，死去的老太太牵挂你。"

"活着的权势？"

　　"就是李麻子。她说找了一百个切配工，没一个人刀工比得上么妹，没一个人手脚比得上么妹麻利。她情人问：为什么不把么妹请回来？她说怕犯大忌：她的嘴了得，她的笔了得，外加还有支持暴徒卖矿泉水的案底……"

　　"那你今天怎么敢跟我说话？"么妹直视着她的眼。

　　"连死人都记着你，说明你是好人。我也知道你是好人，但我怕。"

　　"你不是公仆，怕仕途？你不是商人，怕利益？你不是金领，怕失去办公室？你不是金碗，再怕，你这个服务员也成不了金銮殿的女主人。"

　　"这不是我的问题……历朝历代，不都这样？"

　　"正因为历年历代都这样，我们悲惨的命运永远也改变不了。说起李麻子，人人义愤填膺。一有风吹草动，个个反戈一击。"

　　"你说得没错。但你现在有米吗？"

　　"没米，宁饿死也不乞讨。宁可站着死，也不跪着生；宁可鸣死，绝不默生。你们这群把头颅伸进裤裆的小人。"

　　"你不能怪我，连爱你爱得地老天荒的胖厨都躲着你……他现在和收银的小刘好上了。"

　　"她不是李麻子的眼线吗？她不是有男人吗？"

　　"她男人只要有钱打麻将，从不在乎她床上的伙伴是谁。胖厨跟她上床前哭了……"

　　"哭了？"

　　"他说：'么妹是个好女人，但她不符合国情。我爱她，但我不要灾祸，只要过太平日子。小刘不是好玩意，但她能满足我。我要人品干吗？我不是组织部部长，不需要考察人品。'"

　　"这头肥猪。"么妹冷笑道。

　　"谁让你拒绝他？你拒绝得太久了，饭店所有的人都赞成胖厨的选择，胖厨也对小刘的床技写了好评。"

　　"你怎么知道这一切？"

　　"家喻户晓，人人皆知。每一个人都生活在玻璃房里，连性都一清二楚，透明得很。"

　　"靠谈性来调动群众积极性？"

　　"你果然有病，而且病得不轻。不谈性，谈什么？谈六四，马上被政府灭了；谈冤屈，马上被警察灭了；谈腐败，马上被李麻子灭了。既然谈性，政府不灭警察不拦李麻子不管，那就是唯一的谈点，唯一的热点，唯一的焦点，唯一的百无禁忌。"

　　"你们太……识时务了。"

"不识时务吃人营。你弄堂里的那女人，真惨！"

"就是她儿子放了轮胎气判二年的？"

"那天她跟我说：'都是我不好。我不让儿子看武侠小说，不让儿子看琼瑶小说，我让儿子只看中国和世界近代史。想不到儿子剑走偏锋，走火入魔。我真傻啊，我真傻啊……'一个高贵的女人，竟成了絮叨疯癫的祥林嫂。"

"谁之罪？谁之罪？"么妹嚷道。

"许洪英知道吗？现在她发大了。"

"一个靠刮鱼鳞的菜场营业员，能发到什么地步？"么妹冷笑着。

"她现在是三角地菜场的总经理。"

"一个初中没毕业的小学生……"

"没毕业政府可以让她毕业啊。她进了党校拿到大专文凭；现在又进了财会速成班，下一步就是保送到复旦大学学管理。"

"又一个 MBA。"么妹冷笑道。

"你知道她怎么上去的？六四时，学生设路障，她骑着自行车穿街走巷，胜利地完成组织交给她的高干特供菜的供应。平暴后，她随英模团去演讲。你们是同学加同桌，一个在六四中倒下，一个在六四中崛起，真是冰火二重天。"

么妹站在太阳下，全身发冷抽搐。"这个杀人不见血的社会。"

"上面来调查每个人在六四中的表现，李麻子主持会议，谁敢不发言？她挥三拍，马上跳华尔兹；她挥二拍，赶紧跳桑巴；她挥四拍……"

"别说了。"么妹直摇头。

"不是我说你，你算啥？连一颗葱都不是。那个大科学家叫方什么之的……"

"方励志。"

"励志个屁。政府一抓人，马上躲进大使馆，把学生扔下不管，让市民成了暴徒，最后在美国人的保护下到美国。就你傻，你这个冤大头。"

"别说了。"么妹觉得自己快虚脱了。

"我要说。别以为我们对不起你，最对不起你的，是你可怕的思想。要思想干什么？能吃还是能喝？我只要正常地吃喝拉撒睡，别的一律不要，让思想，让情操，让血性见鬼去吧。"前同事撇开么妹，雄赳赳气昂昂地走了，突然她转过身子说："小云妈的大殓，今天下午五点在西宝兴路殡仪馆举行。"

么妹呆呆地看着她走远的背影。阳光下，她的大盘头活像原子弹爆炸后的蘑菇云，蓬蓬松松堆积在一起。蘑菇云的下面，是两条细羊腿，羊腿呈一拐一拐的外八字。头颈很短很短，但是在颈肉的皱褶中，有一道金光透出来。

金坝链的光反射着太阳的光，把太阳的光压下去了。

这一刻，她觉得世界很丑陋，连太阳也很丑陋。

"小云的母亲走了，我一定要和她见最后一次面。"幺妹的心激烈地跳动。她不停地看墙上的钟。多少次，当幺妹被丈夫痛殴而挂彩到小云家去，小云的母亲，永远是最有耐心的听众。她一边听幺妹介绍战况，一边递上香茗，递上纸巾，有时还递上一碗酒酿圆子。在最好的听众面前，幺妹有了信心。她从容地清洗伤口，包扎伤口，让心重新回到胸腔。

下班的时间终于到了。幺妹背着包冲下楼，她敏捷，迅速，如狡兔。但是，她的鞋跟突然卡在楼梯的嵌条上，她一个倒栽葱从楼梯滚下去。本来她还要"多米诺骨牌"般地翻滚，但背包缓冲了翻滚速度。她伸手拉住栏杆，中止了翻滚。

"越忙越出事。"她拾起鞋套上去，这实在怪不了她。这鞋不是她的，而是别人丢弃的。卓别林鞋虽大了点，但聊胜于无。她只想废物利用，却不料被"废物"所累。她赌气地穿上鞋，拾起挎包。但挎包背不到肩上，松松垮垮地垂在手里。幺妹又努力了一次还是失败了。"他妈的！骨折了。"幺妹丧气地拍打着自己的脑壳。

她走到公用电话亭，给闺友打了个电话。闺友是她奶妈的女儿，在上海第一人民医院做办公室主任。还有什么情分能超过同母乳哺育的姐妹？还有什么外伤，能比绑石膏的事还小？

有了闺友的金字招牌，绑石膏在第一时间内解决，石膏绑得干净利索。只是被绑后，胳膊有些疼。闺友问："微疼还是中疼？"

微疼！

"那就对了，不疼不正常，微疼才正常。"闺友把她送到医院门口，还热情地拦了出租车。"不！不！"她赶紧摇头。从横浜桥到虹江路，这么几步路要十元起步费，这不是折我的寿吗？时间已经过了五点，小云妈的最后一面是见不到了，想来想去，还是回到掌勺的大排档。她再三表示一只手干活不碍事，而且工资可打半折，但老板娘还是把她赶走了：不要影响客人的食欲。

晚饭她没吃，因为"微疼"正向"中疼"一点点靠拢。

在她的微呻吟中，男人照样"起舞弄清影，把酒问青天"。呷着，斟着，喝着，乐着。虽呻吟渐高，但一点也不影响他酒欲。

碟子里的黄泥螺一只不剩，一只酒瓶底也朝天。男人咂着嘴，为"最后的晚餐"接近尾声而惋惜。然后他抹了把凉水脸，拿着包去上班。

呻吟的分贝一点点上升。男人下了楼，又上了楼，把敞开的窗户关得严严实实。

"你不能影响别人。"

"可是……我疼。"

"疼就忍一忍。自己疼是小事，扰民可是大事。"

"公务员也没你这么尽职。"

"虽然我不是国家公务员，但也是国企管理员。我们尽量做到不扰民。"他拎着包蹑手蹑脚地出门了。须臾，楼梯上又响起了耗子般的脚步声。"你实在睡不着，给你一颗止痛药。"他把药亲自送到么妹嘴里。药到果然病除，半小时后，疼痛中的么妹进入梦乡。

天亮了，梦醒了。梦醒后还是剧烈的疼痛。就在么妹思量是否上医院时，一奶同胞的闺蜜来看她。看到她疼得泪都下来了，她风一样刮出去，然后带着止疼针来了。

一天两次，她尽心尽力给么妹打止痛针。她真蠢，么妹也蠢。就是不识字的村姑，都知道疼来得蹊跷，来得鬼鬼祟祟，这就不是骨折的问题，而是石膏对不对的问题。

第三天，熬不住疼痛的她到了医院。医生赶紧用刀锯开石膏，但为时已晚。由于石膏绑得太紧，血流堵塞造成神经萎缩，她的一条胳膊废了。

堂堂的上海第一人民医院的办公室主任，竟愚昧到这个地步，她活活折杀了幺妹的一条胳膊。能说会道，有思想，有观点的么妹，没在生活的高压下低头，却折杀在自己的愚昧中。姐妹俩，联手折断了一条完整的胳膊。当然，间接的凶手有么妹的男人，有主刀的医生。

如果上海这么一个国际大都市，都能发生如此低级的医疗事故，可想而知，全中国的庸医杀人，一定是天文数字。庸医可以堂而皇之地杀人，但病人的索赔却难上加难，简直难于上青天！

六、索 赔

么妹的哥哥赶到医院后，医生严肃地说："胳膊已坏死，只能锯了，不然的话……"

哥哥"扑通"跪在医生脚下："我妹妹的命太苦了，您救救她吧。"

哥哥长跪不起，这是生平第二次。第一次是为了不让妹妹吃官司，第二次是为了保住妹妹的胳膊。一个成年男子，一个部队英模，只能用这种最原始，最古老，最没出息的方法来保护自己的亲人。都说男儿膝下有黄金，但没有人权的公民，还能有膝盖吗？他是"子母鸡图"里的母鸡，为保护雏鸡，怒目圆睁，俯首向前，冠发俱竖，毫无惧色。他可以把雏鸡藏在翅膀下，却不能解除"人祸"给妹妹带来的伤害。

他跪在水泥地上，直挺挺地，像戳着的半根桩子。头如垂柳，沉甸甸地垂下去，有垂柳的造型，却没有垂柳的飘逸。医生扶起哥哥，凝重地说："用高压氧舱的办法试一下吧。"

护士拦住大哥："先把费用交了。"大哥吼道："医院毁了她胳膊，你们还好意思催药费？"纷争一出，领导露面。领导一耸肩："我们本着高度的人道主义精神，药费可以先欠。但高压氧舱的费用，没得商量。"大哥咬着牙，瞒着老婆，把国库券贱卖了。

接下来哥哥像个贼，上班一有时间就把妹妹拉到医院的高压氧舱。一星期两次，一次两小时。他要做出极其精确的计算，才能保证不失手，才能保证把全勤奖交给妻子，一分一厘都不能少。

两个月过去，情况明朗化了：虽然胳膊上的神经不能起死回生，但胳膊的坏死已经阻止，不需要再截肢。虽然胳膊的功能不再，但比一只袖管空荡荡的要好一百倍。

这是一个风和日丽的日子。么妹从病床走到阳台上。天这么蓝，蓝得像海水，云这么白，白得像冬雪。她伸出手，什么也抓不住，抓住的是一条残肢。

我不是屠夫，怎么就遭报应？我不是凶手，怎么就遭诅咒？都说头上三尺有神灵，神灵啊神灵，你究竟在哪？

么妹朝前走一步，这是一小步又是一大步。只要再走半步，就能永远脱离苦海。不用筹措米钱，不用忍受男人的蹂躏，不用忍受李麻子的奸笑，不用在残肢上做无益的治疗。但是，她想到了未成年的儿子。

她俯视脚下。脚下是蚂蚁一样的人群。为蝇头小利，熙熙而来；为锱铢必较，攘攘而去。虽披着人皮，干的却是蝼蚁的营生。不！比蝼蚁还不如，至少蝼蚁还知道团结同类一致对外。说人是万物之灵，还不如说人是欲望的载体。

以后我该怎么办？一家二残，雪上加霜。我早就失业，却美其名曰下岗。这种下三滥的文字勾当，当今世界，独此中共一家。

今天……今天是休息天。对了！今天小豹子不上学。她躲进厕所，换了衣服溜出医院。

太阳下，满街的人显得兴高采烈。她像隐形人，冷冷打量着笑容后的沧桑，艳服里的躯壳。笑容很廉价；躯壳很干瘪。沿街搭了一个舞台，彩旗猎猎，丝竹弦乐。戏子在献艺，疯子在拍手。女人翘着兰花指，男人淌着臭口水。

一个麻木的民族，上演了疯人院里的一幕。

终于到家了，她上了楼，终于看到小豹子。她站在门口，眼也不眨地看着他。小豹子远远地看着她，又近近地看着她。他没有扑来，他像一条随时准备逃跑的丧家犬，冷冷观察着她。他眼光如牙齿，尖尖的，锐锐的，是人眼，又是兽眼。么妹受不了这眼神，她下意识地把残肢放到身后。"你爸……呢？"

小豹子没启动嘴，只是一努嘴。她看见男人躺在桌下，旁边有一只酒瓶。她一点一点倒退着下楼，走得很慢很慢，但后面没有脚步声。

她站到巷口，等待着，翘首着，渴望拥抱，渴望最后的温情。但是，她等到的只是一阵阵躁风。她用没残的手揉着眼角，然后大步走了。

她站在大八寺的商务楼前。受伤后，她在第一时间通知了律师，丈夫会接替这份工作。律师沉吟着说："我尽力而为。"她让男人又配了一把钥匙，现在她口袋里就有办公室的钥匙。

她站在熟悉的办公室里，恍如隔世。两个月前，她是贫穷的健康人；两个月后，她是贫穷的残疾人。她趴在桌上，痛痛快快地大哭了一场。现在她除了眼泪，一无所有。

索赔的事，果然比上青天还难。虽然么妹做好了八年抗战的思想准备，但情况比她想象的还要难：一个庞大的医院律师团，就是一个庞大的流氓团，无赖团，诉棍团，黑帮团。现在么妹才理解，为什么有这么多访民死在上访路上，为什么有这么多访民被关进劳教所。

我不能让我的胳膊白白地残了：我一定要拼个鱼死网破。她对自己说，因为没有一个观众，也没有一个听众。

她乘十七路到了人民广场。隔着宽阔的隔离带，她就看见人头攒动的信访站。媒体在一天二十四小时里不停地说"中国形势一片大好"，难道这就是好的"特色"？

她先排队登记，然后领表格，接着排在像长城一样长的队伍里，等待公仆觐见主人。一个面容悲戚的女人在抹眼泪。"我一到这，就想到了屠宰场。"

"你是什么事？"

"十年前，我在垃圾桶旁捡了一个女婴。当时别人都说我心好，救人一命，胜造七级……"

"我知道你是好人，我想问你上访的缘由。"

"女儿读书要户口，派出所不报，又找了街道……"

"还是不报？"

"现在不是报不报的问题，而是要把女儿还给孤儿院的问题。十年了，我把先天性心脏病的女儿治好，我一把屎一把尿地拉扯她，我已经和女儿融为一体，他们现在却要把我们一劈为二。"

"理由？"

"不符合独生子女政策。既然这样，为什么十年前不提出？十年了，我们的生命已经连在一起……"女人的肩膀剧烈地耸动。

幺妹打了一个冷颤。当官的，哪一个没私生子，政府管了吗？一个穷困潦倒的女人，用爱心救了一条命，现在却要母女分离。政府人为地制造一次次的悲剧，这悲剧还要延续多久？

"你是……新来的？"一个女人怯生生地问。只一眼，幺妹就认定她是索马里难民：干裂的嘴唇，破旧的衣衫，明显营养不良而弱不禁风。

"你啥事啊？"幺妹渴望从上访群里，找到刁民，暴民，歹民，找到有精神疾病的访民，以便让自己的案子因泾渭分明而一举突破。

"六年前，厂长要非礼我，被我拒绝……"幺妹扑哧一笑。"我知道你看不起我。"访民抽出一张照片，幺妹一看，不笑了。照片上的女人貌若天仙。仔细端详，她就是眼前的访民。

"六年来我已经被摧残得不成模样。我一说案情就遭到嗤笑，只能用照片来验明正身。"

"后来呢？"

"厂长在严打中，勾结民警捏造罪名把我送进劳教所，在劳教所我患了肺结核。出来后身体垮了，工作也没有了，只有一顶劳教释放人员的帽子。"

"你上访几年？"

"三年劳教，三年上访。结果一碗豆腐，豆腐一碗。你看……"访民捋起袖子，上面布满了青紫的淤血。

"他们打你？"

"他们不在光天化日下打你，他们搀扶我时，朝死里摁，朝死里揪，朝死里捏，朝死里戳，有时还用橡皮棍子来对付我。一年前，我被橡皮棍子捣得胃出血，可去验伤，一点也看不出有外伤，这叫杀人不用刀。"

"无所不用其极。六四时，他们用国际上禁止的达姆开花弹来对付同胞。"幺妹气愤地说。

"你看看这……"访民指着墙上的布告。这是一张上访站的规章制度。密密麻麻的黑字，黑压压的黑字，如一堆堆苍蝇叮在白纸上。不！是一群苍蝇叮在粪坑上。幺妹只看一眼，就窒息得透不过气来：不许喧哗；不许哄笑；不许三人成团；不许交换案情；不许打横幅；不许呼口号；不许胸贴状纸；不许跪在地上；不许拦首长的轿车……

"他妈的！连秦香莲都能拦轿鸣冤，公民就不能问责公仆？"幺妹气得浑身发抖，突然胳膊一阵剧痛。

"我盯你很久了。"一张放大的脸朝她凑来。狞笑，肆无忌惮地狞笑逼过来。

"你放手！"么妹嚷着。但剧痛进一步加剧。"放手！"么妹像临刑前的刘胡兰，发出惊天动地的尖叫。

有几个访民凑过来，却又怯怯地退回去。

"你这个流氓。"么妹的话刚出口，脸上就挨了一巴掌。很重很狠，打得她眼冒金星。

"这社会还……讲不讲理？"么妹愤怒得气都喘不过来。"有本事你到联合国去告啊？你找安南告啊？告诉你，这是共产党的天下。"狰狞的脸凑过来，连鼻毛都在一根根耸动。"进去。"他像拖死狗一样，把么妹朝里拖。虽然是手拽胳膊，但巨大的疼痛传遍了么妹全身。"朝死里摁，朝死里揪，朝死里捏，朝死里戳……"访民的声音还在萦绕，么妹已尝到真正的滋味。

半小时后，么妹的片警来了，要不是片警解释，么妹就要第二次进看守所。这样她就是重犯，就是屡犯，就是二进宫。么妹明白了，中国为什么每分每秒在产生罪犯，或者说，每分每秒在生产罪犯。老的，小的；旧的，新的；女的，男的；明的，暗的；过去方程式的，现在方程式的；正在消灭的，正在滋生的；以前是"现行反革命犯"，现在是"颠覆政权犯"。几何级的递增；化学上的连锁反应；核装置式的聚变爆炸，癌细胞样的扩张扩散。

么妹被请上警车时，气呼呼地问片警："我犯了什么罪？"

"你干扰信访站秩序，打探访民案情，妨碍公务。"

"果然莫须有。"

"你还有防扩散材料的泄露，这个百分之百要吃官司。"

"什么叫防扩散？"

"关于……开花弹的事。"

"毛主席不是说，有则改之，无则加勉。没有的事怕啥？难道掩耳盗铃就没有铃声了？"

"我看你是白活了三十年。我警告你，今天我把你捞出来，这是第一次也是最后一次。"片警沉下脸说道。

"难道中国真的没有法？"么妹气得嘴唇发抖。"不要跟我谈这么幼稚的问题。你有本事逃出中国，没本事就乖乖地趴着。不要说你这么个残疾人，就是国家主席，让他死，他也活不了，死时还赤着脚。"

"难道……难道……"么妹还在咕哝，但声音一点点低下去。除了满胳膊的瘀伤，么妹还在警署写了"绝不上访"的保证书。至此，么妹的上访以失败告终。

　　这期间，么妹走访了医院。第九人民医院说赶紧住院，给残肢做整容手术，先缴纳大洋三万；这期间，么妹走访了虹口区饮食公司。在她力争下，饮食公司报销了她一丁点的医药费。

　　天一点点冷了。西北风从窗户里钻进来。家里冷，餐桌上更冷。萝卜炖青菜，青菜炖萝卜的日子，让小豹子的脸都青了。男人就着咸菜依旧喝得醉醺醺的。

　　么妹开始收拾家。她把洗净的衣服放进抽屉，把洗净的碗放进橱柜。她把儿子扔下的红领巾折得方方正正。折了一半，她停了下来：从小我就戴红领巾，现在儿子也戴红领巾，我们热爱红领巾的政权，但政权热爱我们吗？她对我们有爱，有回馈，有奉献吗？她伤感地站起来，注视着镜子里的女人。一只獠牙顽强地戳着，示威地站在二排仪仗队前。獠牙的上端尖尖的，锐锐的，像唐吉诃德的矛。

　　我没有向政权挑战，我只是向渎职挑战；我没有抱怨政府，我只是行使索赔权。为什么我这么低调，他们还是不放过我？信访站不是政府设立的吗？怎么一上访，就成了"颠覆国家政权"？就成了"反华势力的利用工具"？草菅人命你们不管，官官相护你们不管，奸佞无耻你们不管，贪污腐败你们不管，你们究竟管什么？

　　我的手残了已经半年，不仅没有得到主治医生的道歉，也没有获得任何赔偿。我是"出师未捷身先死"上访不成先被迫害。现在我知道，那个沟壑满脸的老谋子，是共产党统治人民的工具。他这个现代版的陈世美绝不是个玩意。他捧着国际奖牌，搂着"菊豆"这个情妇，竟不实现自己的诺言：拍完"菊豆"电影，就让"菊豆"里辍学的孩子重新上学。

　　天哪！见过无耻的，没见过这么无耻的。无耻的西门庆和无耻的潘金莲媾和成奸，哪有武大郎的好日子？

　　"要是妈……今晚回不来，这是你明天的饭钱。"她掏出三元钱。"你上哪？"小豹子一把夺过钱。"我到……报社。"

　　"你到报社反映问题，又不是到银行抢钱。"

　　"在他们看来，冲报社就是冲了金銮殿。妈上次去找法院院长就被抓……不！"么妹赶紧刹车，已经来不及了。

　　"你只是去反映问题，凭什么抓你？难道你……"儿子抽动鼻翼，像警惕的兽。"我是正常上访，能有啥事？"

　　"是吗？"小兽嘴上这么说，一双眼却绝对狐疑诡谲。"但是……"

　　"但是什么？"么妹热烈地问，一双眼炯炯地看着儿子。"我希望你不是去报社反映情况，而是去银行抢劫。这样，至少找还能吃香喝辣享受生活。"
儿子抬起头，炯炯地看着母亲。

晴天里的一个霹雳，扎扎实实打在么妹的脑门上。么妹疯一样地冲下楼。
她绝望地捂住自己的脸……

昨天，她又和丈夫开战。原因是男人在喝得不亦乐乎中，把米和水直接
倒在电饭煲里，而不是倒进电饭煲的内胆，结果电饭煲毁于一旦还差点失火。
怒火中烧的么妹正和男人打得难分难解时，儿子放下笔转过身。

"小豹子你来评评理……"么妹一喜，儿子终于成了联合国维和部队的
一员，儿子再也不是冷血动物了。"小豹子……"

儿子走过来，他不是走到三八线，而是走到窗口，"砰"一声，他把窗
户关了个严严实实，动作酷似他老子。么妹一愣。

"继续打吧，只要不扰民。"儿子扔下这话，戴上耳机，继续去做功课。
么妹没了打斗的劲，一屁股坐在地板上。

她痛苦地反省，反省她在教育上出现的问题。她反省了很久，终于明白
"南为橘，北为枳"的道理。六四后，最疯狂的当属中宣部。它们登堂入室，
攻城掠地，所向披靡，无孔不入，利用"温水煮青蛙"的效应，把活蹦乱跳
的小青蛙煮成一锅蝌蚪粥。躺在温水中的小蝌蚪，是一群没生命力的蝌蚪，
是民族的死灵魂。在这里，不要钦差大臣出一个铜板，就能买到半死的，苟
活的，腐朽的，濒死的灵魂。

天黑了，伤心的么妹出发了。新民晚报大楼大咧咧地盘踞在汉中路。么
妹依靠地形，一点点接近大楼。突然，她感到羞愧。黄继光靠着地形舍身堵
枪眼，我靠着地形接近报社大门。究竟是我对不起先烈，还是政府对不起老
百姓？突然，她又感到愤怒：这么多先烈牺牲，难道就是让一小撮人骑在老
百姓头上拉屎撒尿？中国老百姓帮共产党打败蒋介石，共产党就用镇压来回
报老百姓？

因为愤怒，么妹的动作愈发敏捷，身姿愈发矫健。既然追悼会上的名言
是"化悲痛为力量"，那么妹的愤怒，一定也能产生能量。不出意料，报社
果然只开一扇门卫室小门。门虽然小，灯火倒是大放异彩。方圆五十平方米里，
估计潜伏不了一只苍蝇。

么妹躲在暗处，飞出去一个小石头。门卫"刷"地冲过来，弓起身子四
处搜索。电话响了，门卫放弃搜索接电话。又一个石头飞过去，门卫扔了电
话冲出来，又一番搜索。如此三番两次"狼来了"，两个门卫终于倦了，两
个保安也打着哈欠。

么妹以百米穿杨的速度朝报社冲去，她冲进大厅按电梯然后闪进女厕。

当保安赶来时，电梯里空无一人。保安冲进电梯，又乘坐电梯上上下下地搜索。

么妹从厕所出来，从拐角楼梯走上去。她走走停停，躲躲藏藏，终于在十八楼看见灯光，也看见一个面善的男人。她冲进去，直挺挺地跪在男子脚下。"我订《新民晚报》十多年，想见记者却比登天还难。"这时保安赶到，他们一把拽住么妹。

"难道记者和读者之间，真有不可跨越的鸿沟？"情急之下，她大声嚷道。声音又急又脆，像头顶上炸开的小鞭炮。

"你们放下她。"面善的男子挥挥手，两个保安悻悻退下。"我只有三十岁，已经成了残疾人。我不是先天性残疾，而是人为制造的残疾。"么妹一边说，一边捋起袖管。一只疤痕累累，触目惊心的残肢暴露在灯光下。男子不由得倒吸一口冷气。

"我家里有个十岁的儿子，还有个换了脑壳的残疾丈夫。请包青天为我做主。"

"这……"

"我的手残了七个月，肇事的医生没来道歉，肇事的医院没赔一分钱。请包青天为民女做主，不然死在你面前。"么妹掏出一把雪亮的剪刀，顶在自己喉咙上。

面善者沉吟了很久，然后拿起电话："这是第一人民医院吗？我找乌院长听电话。他下班了？那就找总值班……我是新民晚报记者，有人投诉你们的医疗事故。一个年轻的母亲从此失去了健康的肢体，你们却敷衍，推诿，扯皮，耍赖……我不要解释，只要行动。"他"啪"地挂了电话。"明天你去医院，有事找我。"他掏出一张名片递给么妹。

么妹的泪"哗"地流下来。"我不是无冕之王……我只是尽自己的力。"他痛苦地挥着手，那只手僵硬而无力。

第二天，么妹聘请了原来为男人打官司的律师做她的律师。在和庞大的医院律师团打官司时，他们的有恃无恐，他们的奸猾无耻，他们的凶猛强悍，让也是同行的律师不寒而栗。他们有鹰犬的凶猛，却没有人类最起码的同情心。几番拉锯，几番对弈，依然呈胶着状态。面善的记者拍案而起并扬言要曝光，他们这才有所收敛。在索赔价格上，也是一波三折，久悬不决。么妹的律师含着眼泪说："我愿意跪在这里向你们磕头。我只希望赔偿款不要再低于八万。八万，只是医院利润表上的一个小数点，对于她来说，却是整个人生。"

对方冷笑着。

"我做律师二十年，从来没求过任何人。为了这个不幸的女人，我求你们了。"女律师挤着笑，弯着腰，双手合十，作揖连连。

"看在你是我同学的份上，就给你一个面子。"医院首席律师抚掌大笑。笑声尖利，箭一样戳进么妹的心里。

"莫斯科不相信眼泪，我也不相信眼泪。哪一天我发迹了，一定把这些狗娘养的踩在脚下，再踏上一只脚，让他们永世不得翻身。"么妹的牙咬得"格格"作响，她的五官扭曲变形，痉挛抽搐。

"但是，这八万元里，还包括伤者在医院的费用。这笔钱，要在结清所有费用后才能给她。"医院首席律师用一记重拳，结束了旷日持久的拉锯战。

七、拆迁

当她从律师手里接过索赔款时，不是八万而是六万。另外二万付给第一人民医院，也就是毁了她胳膊的医院。一只胳膊只值六万。六万里，还要扣掉以后为胳膊的植皮，矫正，修理，整容等一系列善后医疗。这样算起来，一只胳膊一文不值。

这就是中国的法律！这就是中国有特色的索赔！不服可以上访，上访的大门几十年如一日地敞开着。敞开的大门里，是拦访，截访，遣返，关押。当然还有最后一道大餐：或劳教，或劳改。

"你的每一分钱，都沾着血沾着肉。"么妹的律师摇着头拒绝了律师费。么妹定制了一幅锦旗，又根据律师身材，买了两件羊绒衫。她从律师身上，看到了浓浓的仁义心；律师从她身上，看到了稀有的品德。

伤疤还没有结痂，么妹就开始找活。先搞"安利"推销。一个终年搞螺蛳加工的老奶奶，手被水浸得发白脱皮。么妹先赠送一副橡皮手套，接着肩并肩地谈"护手"的重要。老奶奶终于被说动了："这水多少钱一瓶？"

"九十八元。"

"难道是金水？"老奶奶尖叫起来，"我每天卖螺蛳，剪螺蛳，最多只能赚个饭钱。这九十八元，我能买五袋米，够我吃半年。"

买卖打了水漂不算，还搭上一副手套，外加若干喷溅的唾沫。么妹叹了一口气：我不应该把冰箱推销给爱斯基摩人啊！

但她还不死心，她相信"心诚则灵"。她先在传销大会上发表慷慨激昂的讲话，大有"登高一呼，应者如云"的气势；然后拿着产品进行六国游说，大有"水滴石穿"的坚韧。但皇天还是辜负了她，她的业绩以零的记录收场。

她沉默了半个月，又开始寻找商机，不气馁的她，做了保险公司推销员。

她抱着"咬定青山不放松"的气概，勉励自己"脸皮要像大象皮，肚子要像蛤蟆肚，嗅觉要像藏獒鼻，辛苦要像老黄牛。"只要有一条缝，就要拱出一座万里长城。她搜集了许多电话号码，打电话时，声音又糯又嗲，间或还夹杂着童音，嗔语，娇声，莺啼。电话后，基本能约定见面的日子。

但是一见面，形势急转直下。客户需要的是电话里的处子，娇女。看到一脸沧桑的么妹，避之唯恐不及。么妹急忙伸出一清二白的手指。平心而论，手指也能勾住不少眼球，但是当眼球转到另一只残肢上时，么妹就像斗败的母鸡，客户就像逃逸的公鸡。

一个月后，电话局账单来了：两百零一元。天价的电话费却连一个客户都没拉到，折腾一圈她又回到起点：继续清扫教室，继续清洁办公室，用一只手在大排档洗碗。

清晨，么妹用泡饭酱菜填饱肚子。她要上男人的单位，此行的目的是兴师问罪。男人的单位在提篮桥，为了节省车钱，她不乘车而走路。一小时后她进了办公室。

"您们答应的补助，为啥不兑现？说好一月二十元，我连两分钱都没拿到。"领导不接她的话，只是拉开抽屉取出报表。她在领款人这栏看到男人的名字，看到他签名的真迹。

"你不来找我们，我们还想找你呢。有人反映你男人频繁进出发廊，我们提供的是粮食而不是嫖娼。"领导沉下脸，"现在，我们正在考虑是否取消他'最惠国'待遇。"

么妹沉痛地向领导表示深深的歉意，发誓要把"嫖娼"问题提到家庭的议事日程上。最后她和领导约法三章，每次补助由她亲自来领。

她像个折翼的大鹏，灰溜溜地回家。推开门，男人正躺在沙发上看电视。今天是月底，没钱沽酒的他就靠看电视打发时间。月底，也是么妹家最敏感的日子。在敏感的日子里，不但要枕戈待旦严防死守，还要在睡觉时睁一只眼：倒不是怕歹徒搞暴动，而是怕丈夫偷钱。

昨晚，么妹的枕头在梦中被抽去，好在她狡兔三窟，分别把钱塞进文胸袜子和鞋底。她和中共一样，要保存革命实力就要搞潜伏，搞地道，就要化装成老百姓，还要和老百姓打成一片。她把臭烘烘的袜子和鞋子，大模大样扔在男人眼皮底下。她知道，台风的中心没有风，漩涡的中心没有风；她知道"大隐隐于市"的道理；她还知道"声东击西"的战术。这不是从《孙子兵法》上学的，是从毛主席语录里学到的。

最近，她又学到许多真知灼见。比如：打得过就打，打不过就逃；敌退我进，敌逃我追；伤其十指，不如断其一指。她和丈夫正面的交战少了，更多的是帷帐里的交锋，拉锯，迂回，蹲守。现在，政策和策略是她的生命。

“你这个不要脸的！”么妹用包击打男人的脸，“单位给你的补助呢？”

“……我用了。”

“用在什么地方？”

“你不让我碰一下，还不让我碰别的女人？告诉你，我有性权利。”

“你连自己的伙食费都不交，还谈性权利？”

“荷兰政府给残疾人嫖娼买单——这事不是我编的，而是登在报纸上的新闻。”

“报纸的话你也信？除了天气预报……不！除了日期，什么都是假的。”

“报纸说外国政府坏我不信，说外国政府好我信。我有选择性地看：从反面中看出正面的东西，从丑化中看出美好的东西。这叫逆向思维，又叫歪看歪读真理现身。”

“你还有长进了？”么妹又气愤又好笑。“容你们与时俱进，就容不得我与时俱进？”男人振振有词，“我也要和世界接轨。”

“既然你接轨，就和你说轨道上的事。俗话说，饱暖思淫欲。现在儿子学费都没着落，你还有心思想下流事？”

“第一，这不是下流事而是人的权利；第二，等到儿子大学毕业，我已丧失了性功能。老舍说：有牙时没有花生米；有花生米时没有牙，他说的就是这个理。”

“你……你还能言善辩？”么妹不停地咽唾沫，从啥时起，无赖成了有文化的流氓，还是有文化的流氓被无赖收买了？

“如果你现在从了我，这月我交一百元。”有文化的流氓，现在说话果然极斯文，他把“搞”换成“从”。估计再进化十年，又一个“文化苦旅”，又一个“余眼泪”。

“你？”么妹冷笑道。

“君子一言，驷马难追。”男人把胸脯拍得砰砰响。

“我……信不过你。”么妹想起“引蛇出洞”的最高指示。

“我立字据。”男人撕下日历，当即写了个纸条。

“你不会写白条吧？”

“我是言必行，行必果。不像那些肮脏的艺人文人，虚报捐款数，其实一分钱都不交。”男人得意地翘起二郎腿。

“五十步笑百步，你忘了上次的五十元风波？”

“你这人就喜欢耿耿于怀，睚眦必报。连‘反革命政治风波’，都可以降低为‘政治风波’，最后一点点贬值到‘学潮’二字，既然政府能自己打自己的目光，我凭啥不能？"男人义正词严。

"中共政府是世界上最无耻的畜生。"么妹脱口而出。

"谁都知道它无耻，但它还是执政党。我也无耻，你能把我吃了还是把我休了？说来说去，你还是老子身体下的一摊肉。"

"放屁！"么妹大怒，獠牙也气呼呼地探出头来。

"坐下，坐下，我们来算笔帐。我到外面搞，一是'肥水流进他人田'，不符合中国国策……"

"错！这不是中国国策，而是日本国策，这是松田的名言。"

"不管白猫黑猫，抓住老鼠就是好猫。如果我到外面乱搞，沾染了艾滋病，就害了你害了这个家。危害了家，就是危害社会，危害国家社稷。爱小家就是爱中华，爱国家，爱五千年文化，爱龙的民族。"男人侃侃而谈，大有"百家讲坛"之遗风。

么妹沉默着思索着。男人的话，激起了她强烈的爱国主义情愫。她忘记了自己曾受过的迫害，曾受过的凌辱。

"俗话说：儿不嫌母丑，狗不嫌家贫……"男人点上一支烟。

"错！我不是一条狗。"

"其实人和狗有啥区别？狗要吃喝狗要窝，狗要主人宠爱狗要主人的拥抱。这点，和人有啥区别？"男人字正腔圆，说得极其抑扬顿挫，要是再戴条花围巾，就是专喂鸡汤的于丹婆。

么妹扑哧一笑："狗皮膏药倒是卖得呱啦松脆，你应该广招学子建私塾。"

"相信不久，就会有一个由于丹建立的孔子学院。现在言归正传。你从了我，这个月交一百，以后视你的服务质量逐步加码。这点和公务员的工资一样：消灭上访者，必然有重赏。"

么妹抓起一把雪亮的剪刀，在头上挥舞："说话不算数我就剪你的孽根。我也要借鉴政府'一手软，一手硬'的战术。"么妹威风凛凛地嚷着，颇有武则天的治国韬略。

"行！"尽管雪亮的剪刀在头上挥舞，男人还是急迫地宽衣解带。就在他准备进入实质性状态时，窗外有人喊："么妹！饮食公司来电话，让你下午去一趟。"

么妹一骨碌爬起。"不行……"男人抓住她肩膀，么妹双脚一蹬，塑料脑壳飞出去，撞到桌角，发出一声凄惨的尖叫。"你怎么了？"么妹忙摇他肩膀。男人猛地抱住她，发出一连串的奸笑："你想'抗日'，但逃不出我手心。"

么妹一愣。她不明白，合成树脂的脑壳，怎么有这么大能量？每看到六旬淫官生龙活虎在买"处"时，她就像吞了条毒蛇。现在明白了，不是她吞丁毒蛇而是淫官吞丁毒蛇。一旦毒素入血，邪念入躯，就有满身的邪劲。这邪劲有惊人的核爆力，能破坏一切，能摧毁一切，绝对有"顺我者昌，逆我者亡"的疯狂。

么妹走出巷子，阿三娘冲过来，结结巴巴地说："终于等到这一天了，终于盼到这一天了。"

"难道是第二次解放？"么妹反应很快。

"我们这里要拆迁了。"

"真的？"

"真的！你要发大财了。一个残疾加两万，两个残疾就是四万。"

"还有啥情况可以加？"么妹急切地问。

"参加抗美援朝的；市一级劳模；烈士家属；军人家属……你不会也把这囊括进去吧？"阿三娘乜着眼。

"我获得市烹调切配的冠军，这算不算？"

"有国务院政府特殊津贴吗？"

"……没有。"

"我想也没有。要是市劳模，还能让你下岗？"阿三娘冷笑着走了。

一块石头，终于激起满池的涟漪。"老天为你关上一扇门，一定为你打开一扇窗"。么妹咀嚼着这句话，心花怒放。

"第一，赶紧把男人的残疾人证开出来；第二，赶紧把我的残疾人证开出来；第三，赶紧把婆婆的户口迁进来；第四，赶紧把我妈的户口迁进来。快！快！快！兵贵神速，时不我待。"么妹一边走一边哼歌，五音不全是她最大的亮点，现在，亮点里发出心灵之歌。

她走进饮食公司的大门，思忖有什么馅饼砸在自己头上。自从邓公子坐上残疾协会的头号交椅后，么妹明显感觉到政策在倾斜。现在的残疾人证，虽不能和荣誉军人的证书相提并论，但含金量像中共的 GDP，升上去不少。山不在高，有邓大公子则有名；水不在深，有八旗后裔则有灵。今天是不是要落实残疾人的待遇？

办公室里坐了三个巾帼，三巾帼是用三个不同的手段爬上来的。女一号是靠脱衣脱上来，由于脱得寸缕不存，理所当然坐上总经理这把交椅；女二号靠她老子上来，由于老子盘根错节的人脉关系，坐上了人事科长的宝；女三号既没有一号外貌，又没有二号背景，但是她知道扬长避短的道理，果断地委身退休的老太爷。老太爷手上没玉玺，但他的儿子孙子手上有玉玺。既然红灯要传下去，她就是当仁不让的办公室主任。

"三位巾帼，您们好！"么妹一进门就先声夺人。

"都说你么妹能言善辩，果然如此。"女一号来个后声夺人。

"我能言善辩的话，能落到今天这地步？"么妹知道来者不善，决定以守为攻。

"你欺骗组织，赢取同情，玩弄我们的感情。"女二号生气地说，"要不是你声泪俱下捶胸顿足，我们怎么会给你报销医药费？"

"说！还有什么重大的事隐瞒组织隐瞒党？"女三号拍着桌子。

"有！我一定老实交代。"

"坦白从宽，抗拒从严。说！"女三号举起钢笔。

"我在十年前杀了人；我在五年前放了火；我在三年前卖了身；我在三天前……"

"你还不老实。"女一号把杯子一摔，"你说你下岗后从家里的楼梯上滚下来，而不是从事第二职业时从楼梯上滚下来。"

"这难道有区别吗？"

"这是最重要的区别。滚楼梯后，你应该找从事第二职业的单位报销医药费。你受伤不在本单位，本单位当然不负责。"

"还有……"女二号冲过来，"你说你家穷得揭不开锅，需要单位扶贫。现在知道你不是贫困人员是大款，你有八万元索赔费。"

"你这个诈骗犯，赶紧把报销的医药费吐出来！"女三号一跺脚。

么妹沉默着闭上眼。但她透过眼角余光偷觑对手，思忖着最佳的突破口。

饮食公司有规定，凡在外从事第二职业而患病的，一律不报销医药费。这条政策作为规章制度，挂在墙上——我就是李斯，也翻不了案；饮食公司又有规定，报销的医药费，是指实际发生的支出。现在我得到八万元索赔，那医药费确实不在报销范围里——我就是苏秦，也改变不了事实。

么妹知道自己处于不利的形势，但"以静制动"是伟人的准则。从遵义会议到庐山会议到反右，全都是"后发制人"。想到这，她干脆闭了眼，连眼角缝都休息了。

三个女人你一言我一语说得正酣，见么妹沉默，知道打到了七寸，点到了软肋，于是指责的，嘲笑的，辱骂的愈发来劲。半分钟后，么妹响起了鼾声。

三个女人一起上前，又是推搡又是拉扯，把么妹从梦中拽回来。"你想装疯卖傻？快把吃进去的钱吐出来。"

"吐钱可以，但我有个小要求。"

"什么要求？"

"我不想把钱送到公司……"

"你也知道羞耻？好！你说送哪？"势如破竹的局面让女一号很高兴。

"我想送到你家，现在把地址给我。明人不做暗事，我申明钱不是找还，而是我男人送。"

"你送和你男人送，有区别吗？"女二号冷笑着。

"我和男人送的区别就是，他出什么事，我不负责。"么妹也冷笑着。

"能……出什么事？"

"他的脑壳是合成树脂做的。如果出现突发事件，精神病人不负法律责任。"

"你男人怎么成了精神病？"

"合成树脂造成的脑蜕变，能让我负责？快给我地址，不然他发起病来连我都要砍。"么妹站起来伸了个懒腰，一副神闲气定的从容。

"把你家的地址给她。"女一号对女二号努了努嘴。

"把你家的地址给她。"女二号对女三号努了努嘴。女三号苦着脸写了个地址："我声明，最近我不在家。"

"我也声明：我家两把菜刀最近失窃。要是某一天，我男人挥着两把菜刀，那是他听从朱总司令的号召参加秋收起义。"么妹说着扭了一下腰，把腰扭成一个大大的 S。三个女人的嘴张得很大，估计比大嘴美人朱莉娅还大。么妹扭着腰走出办公室。

大获全胜的么妹回了趟娘家。弟媳说，老娘的户口可以迁，但要给三十万迁移费。候鸟迁徙，都要消耗身上脂肪，老娘迁徙，怎能不进行人道主义赔款？么妹想，我能把三个巾帼打得落花流水，我不信对付不了结巴子弟媳？她选了个月黑风高的日子潜回家。蒙头，眼罩，外加假胡子。

"别翻了，你弟媳早把户口簿放进单位的保险箱。"老娘"啪"地开了灯。么妹又气又恨，扯下道具窜出门。

现在，最重要的事就是为男人办理残疾人证，办理残疾人证有三大步骤：一是到居委会申请，二是医院的核实评估，三是经过残联的审核。卡住一关，全部泡汤。怎么办？怎么办？么妹通过同学的姐姐，又通过姐姐的情夫的小兄弟，打听到对面弄堂有个在区残联工作的同志。经多次接头、斡旋、商榷、谈判，虽双方都有良好意愿，终因价格分歧而功亏一篑。

"他要我给两万，我用这两万换动迁时残疾人的两万，我可是一分钱都没捞到。"想到这，么妹决定另辟蹊径。

她分析了闺蜜零零七发来的线索，知道漫天要价的同志具有"万善孝为先"的遗风。于是，么妹制定了下一步的行动方案。

她每天在特定的地点转悠，密切掌握"贾母"的出行时间。在一个下麻花雨的下午，撑着伞的老太踩到一块香蕉皮，当即折了腿骨。扔香蕉皮的么妹在第一时间出现，又在第一时间把她送到医院，端汤倒水鞍前马后，衣带渐宽终不悔。在朝朝夕夕的端屎端尿中，除了以血为盟，她们走了"桃园三结义"的程序。在地上磕了三响头后，幺妹终于有了干娘。

这次，"皇天不负有心人"，一月后，幺妹拿到了男人的残疾人证。

在动迁时，凭着两份残疾人证，凭着幺妹的下岗，动迁办分给她十五万元人民币。幺妹通过中介，打听到虹口区广灵四村有一间房出售。有了导向仪，还怕找不到路？幺妹在酷热的骄阳下四处奔波，很快打听到房主。她一个电话打给片警，说自己是海归人员，回国是找旧友偿还当年的恩情。这可是和谐社会里的和谐事，居委会大妈一边唏嘘好人善举，一边穿针引线，于是幺妹有了房主的电话。

幺妹一脚蹬开了中介公司，亲自出面和卖房人跑了一趟房屋交易所。于是，房子以十二万五千元成交，省去了一笔不菲的中介费。等片警和大妈知道事情原委后，一切都已尘埃落定。幺妹用余款买了家具装了空调，从此结束了"痰盂海平面"观察员的身份，也结束了钻蒙古包的生涯。

她把阳台打通，一室成了一室半。她买了两只可折叠的沙发，一个给男人睡，一个给儿子睡。为了守身如玉，她搭了阁楼让自己栖身。阁楼的梯子还是窄栈道，但使用权掌握在女主人手里。

八、外遇

房子问题解决后，幺妹长长地舒了一口气。"总算尝到改革的果子，虽然小又涩而酸，但聊胜于无嘛！"解决了"拉撒"就解决了粪水中的博弈，有机肥的浸淫，幺妹顿觉心情舒畅。但矛盾是绝对的，老问题解决新问题又出来，好一个"才下眉头，又上心头"。

新问题出现在尖牙锐齿的小豹子身上。中学毕业后，幺妹让他读中专或技校，但他立场坚定，宁死不屈。贫寒出身的他，对贵族学校一往情深，但贵族学校不收双残后裔，于是他屈身于民办高中。民办高中收的雪花银比官办多几倍。幺妹的"庚子赔款"，去掉被男人偷走的，去掉二次手术后的，去掉开销补贴的，所剩无几。这期间，儿子又以乔丹上篮的速度和国际接轨。今天买电脑，明天在耳洞里塞 MP3，后天又要买手机。

"小豹子，舅舅有个九成新的手机，你暂时过渡一下。"

"我们从社会主义过渡到共产主义，不是从共产主义过渡到社会主义。希望你别开历史的倒车。"儿子捋了捋头发，然后极潇洒地一甩。

"我们的困难是暂时的……"么妹破天荒地用了祈求词。

"我并没让你生我。养不教，父之过；养不给，母之过。"扔下这话，他骑着最新款的山地自行车走了。么妹气愤地看着他的背影：寒假里，儿子是冬眠的北极熊，除了下床补充能量，其余时间就是戴着耳机龟缩在沙发床上；暑假里，儿子是坐月子的产妇，除了吃喝拉撒，其余时间就是坐在电脑前打游戏。

么妹去了菜场，眼睛什么都看了，手里却啥都没买。家庭余款只有三位数，窘迫的日子来到了：儿子高中学杂费咋办？

她一个个摊位地走，一个个摊位地问，期望能觅到打折菜，但这种概率和中奖一样可望不可即。她一咬牙，买了五元油炸小黄鱼，买了两个拳头大的西红柿，又买了外壳破损的鸡蛋，这些够儿子吃了，自己嘛，泡饭里撒点盐吧。

么妹还没进门就看到门缝上夹着的电费单：二百五十元。她惊恐地张大眼，"二百五"嘲笑地看着她。她拿了账单，杀气腾腾撞开门。男人赤膊坐在电视机前，儿子梳着三七开的小分头坐在电脑前。空调温度都在二十四度上，一大一小两个风扇正高速旋转。她冲过去，先关空调后关风扇。"要死人了！要死人了！二十六度还开空调？"

"我胸闷。"男人跳了起来。

"你没有交因胸闷而产生的电费。"么妹也跳起来。男人一记勾拳，女人一个耳光，一幕"武家坡"隆重上演。

这出折子戏上演了三十分钟。在一千八百个滴答中，小豹子没眨眼皮，更没回一下头。他灵巧的手指，一秒也没有离开键盘，游戏机里的鏖战，和家庭鏖战一样精彩纷呈。

"你这个小兔崽子。"么妹无心恋战，草草结束。"你这个没良心的小兔崽子。"

"我又怎么啦？"魔兽大战正好结束，小崽子在战争间隙接受母亲采访。"我又怎么啦？"他伸个懒腰站起来对镜理妆。油光光的头发一丝不苟地贴在头皮上，苍蝇上去肯定摔个大劈叉。

"现在是暑假，你应该结束坐月子的生涯，出去挣钱交学费。"

"生在这样的家庭是我的不幸，有您这样的母亲更是我的不幸。"儿子冷笑着说。

"有这样的儿子是我的不幸，有读民办高中的儿子更是我的不幸。"么妹冷笑道。

"我绝不去打工，我要把月子坐到底。"儿子转过身，开始第二轮的游戏。幺妹肩膀高耸，肌肉僵硬，就像愤怒的老猫。男人趁此机会又开了风扇。幺妹想阻止，又怕他坚硬的拳头。这时她想起领袖的教诲：打得过就打，打不过就跑。于是她冲过去关了电扇，然后朝楼下奔去。奔到门口时，她拖了一只蛇皮袋。

她托着一个蛇皮袋去废品站，虽蛇皮袋身躯庞大，但只换了五毛钱，买一斤鸡毛菜都不够。幺妹穿着拖鞋快快走着。"上哪？"有人和她打招呼。

"能上哪？"她心不在焉回答着。"给！"一瓶酸奶塞到她手里。奶瓶凉凉的，冰冰的。看着牛奶，她突然想哭。小豹子出生后，她为他订了一瓶牛奶。每天，她拿牛奶送奶瓶，挣钱又付钱，但却没喝过一滴奶。

"你的眼睛怎么红了？"

"管你啥事？"幺妹没好气地说。老洪是新疆返沪人员，一张黑黢黢的脸，几根稀稀疏疏的头发。远看是卖炭翁，近看是卖奶翁。幺妹最喜欢和邻居搭讪，但老洪绝对没进入她的视野。

"心情不好，更需要喝奶。"老洪递过来一根麦管。"喝就喝！"憋了一肚子气的幺妹使劲吮着，一瓶酸奶立马被灭。

"别的新疆人都到市里争取待遇，你咋不去？"

"前人种树，后人乘凉。他们闹得到福利，我跟着沾光；他们如果有风险，和我无关。"

"你真是一只老狐狸。"

"我不是狐狸是泥鳅，在政治池塘里滚了一辈子，鳄鱼也成了泥鳅。"

"你就是毛主席说的从峨眉山跑下来摘桃子的国民党。有好处不落下，有风险紧缩头。"

"不缩头还等着挨一刀？半月前，风声鹤唳通宵达旦，警车出动全副武装，这教训还不够？"

"你指的什么教训？"幺妹明知故问。

"你忘了六四？"

"我怎能忘？为了两瓶矿泉水，老娘受尽迫害。六四后，英雄虎胆没了，满大街全是病猫，缩头猫，瞎眼猫，偎灶猫。"

"想不到你还是女大侠？从明天起，一家三口的三瓶牛奶，包在我身上。"

"难道天上真的会掉牛奶？"

"你只管一天来拿三瓶牛奶？"老洪语气铿锵有力。

"你有啥事求我？"幺妹干脆点破。

"我……能有什么事？"老洪支支吾吾地说。

"老娘走了。"幺妹放下奶瓶就走。

　　"别……既然这样，我就把话挑明。听说你手眼通天，能开到残疾人证。只要你帮我女儿开出证明，从此你家的牛奶包在我身上。"

　　"要是开不出呢？"么妹冷笑道。

　　"开不出……我们也是好朋友。咦！你脸上怎么挂彩了？"老洪关切地问。

　　"他妈的！中国人装得起空调，用不起空调。一个月两百五，真是标准的两百五。"

　　"我可以让你的二百五变成二十五？"

　　"啥意思？"

　　"电表水表煤气表尽管让它转，它能正转，也能倒转。"

　　"……这不行，这是偷窃。"

　　"谁窃取了我们的权利？谁让我们用不起水电煤？"

　　"头发没几根，说起来倒头头是道。"么妹睨了他一眼。

　　"我绝对保证质量，讲究售后服务。"老洪庄重地承诺。

　　从这天起，么妹家再没发生因费用而产生的"武斗"。夏天未到，小豹子就享受空调带来的凉爽；冬天未到，么妹的洗衣洗菜一律用上热水。幸福的生活，终于拉开了帷幕的一角。

　　一早，么妹就在热水里浸泡右手。经过热水的浸泡，玉手成了葱指，一翠二白煞是可爱可人。

　　一位胖胖的姑娘站在医院门口，她一只腿长，一只腿短，这是小儿麻痹带来的结果。按规定，两条腿相差五厘米才能纳入残疾人范畴。可胖姑娘却只差三厘米，因此被拒之门外。这一拒，拒出了许多不利因素。

　　"咦！阿姨让你带的拐杖呢？"

　　"我……不需要用拐杖。"

　　"可是残疾人证需要。"么妹斩钉截铁地说。

　　"那……怎么办？"

　　"现在回去拿，肯定错过鉴定。上午的医生我调查了，是个很有同情心的人，而且另一医生正好请假。机不可失时不再来。"

　　"要是被我爸知道办不成……"胖姑娘慌了。胖姑娘的老子就是卖奶翁。自从残联的孝子发现干妹子是"贸易未遂人"后，封锁了一切渠道。么妹明白"干妈"招牌只是一张单程车票后，只能另谋良策。

　　么妹的眼珠骨碌碌地转。这一转，果然转出了门道：一个挂拐的女人，正倚在墙上晒太阳。"阿姨！您的拐杖能否借我一用？时间不多，半小时酬金十元人民币。为了不发生"携拐潜逃"，我再付一百元押金。"么妹掏出一大一小两张票子。

"酬金太少，起板价三十元。至于押金倒够了。"

"那就舍命陪君子。"么妹一咬牙，又掏出两张小票。女人接过钱笑着说："我可是守株待兔，感谢你这个兔子。"么妹这才明白"螳螂捕蝉，黄雀在后"的道理。

上楼时，么妹亦步亦趋地扶着胖丫头。胖丫头赶紧摇头。"你以为我喜欢挨着你？我们这是在做戏。"么妹愤愤地说。

胖姑娘躺在床上，医生拿起卷尺。么妹用残手摁住胖丫头的天灵盖，翘起了葱白手。雪白的手指，连血管的经络都一清二楚，更兼还有一道翠绿在闪烁。医生不停地揉眼，估计他也中弹了。

"三厘米……四厘米不到。"医生一边测量一边说。么妹使了个动作，胖丫头的"大"人形，像比萨塔一样斜出去，两腿之间的距离拉大。"四厘米过了……哎呀呀！正好五厘米。"么妹的声音又脆又亮又嗲，医生的手在诊断栏里下意识写了一个"五"。

"医生啊！早听说您德艺双馨，为人和蔼。今日一见，果然如沐春风。能遇到您这个白求恩，真乃三生有幸……"青葱的手指在晃动，悦耳的声音在萦绕。医生在写诊断结果时，有了飘飘欲飞的感觉。

接下来，么妹又陪胖丫头到区残联。"中国现在头等大事是稳定。我跟表哥说了，你不要跟着新疆人瞎起哄，我们要相信政府相信党。既然你女儿患了小儿麻痹，残联的同志一定执政为民，心系于民……"么妹撅起的嘴愈发鼓了，不安分的獠牙，一进一出，一上一下，一起一伏，煞是热闹。

一个月后，胖丫头拿到了残疾人证，她被四川路上的灿坤电器商店录用，工资一千五百元，外加缴纳社会保险金。灿坤商店因为招了残疾人，免去了一部分税金，于是用工者和被用工者皆大欢喜。老洪因为解决了女儿的工作，乐得合不上嘴；么妹现在不但一天三瓶牛奶，另有瓜果晕菜不定时地进帐，她也乐得合不拢嘴；小豹子因为顿顿有肉，开始叫她"妈妈"；酒鬼男因为有了下酒菜，也开始叫她"老婆"。现在的局面，不是"几家欢乐几家愁"，而是大赢双赢大乐双乐的局面，于是"维稳"之花在虹口区广灵四村灿烂绽放。

最近么妹很忙。老洪每天没卖完的牛奶，要放进她家冰箱。她还要干一些杂事，譬如"翘边"。虽然三百六十行里没它靓影，但不妨碍它的生存。什么叫"翘边"？就是有人发现牛奶过期变质时，有人从中斡旋，调停，解释，平息。文学上，这叫帮闲，帮忙，帮凶；生意上，这叫连档模子，搭讪朋友，翘边户头。

干这活，么妹得心应手，干得风生水起，好几次把重大的索赔事件消灭住萌芽中。么妹还与时俱进地发明了"新科技"——把奶瓶上的日期来个偷梁换柱，以绝后患。老洪对她的敬慕与日俱增，他甚至有了肌肤相亲的渴望。但么妹就是么妹，绝不越雷池半步。后来么妹的工作，又根据新形势有了政策性的调整。从设摊到收摊的钟点工，发展到全日制工。她见人就问候，见人就微笑。做婆母的，谈儿媳的代沟；做母亲的，谈育儿大全；未嫁女，谈择偶要素；黄脸婆，谈房中术。不过做到蜻蜓点水，浅尝辄止，留下空间让人遐思，也留下再次光临的机会。一颗獠牙，带着女性的体贴，带着婆婆妈妈的琐碎，俘虏了一大批人。一只玉手，拍拍鳏夫的肩，揉揉寡妇的脸。几声娇笑绕梁不绝，几道眼波火辣生猛。难怪，她的摊位总是盛况空前。

这段日子，虽然么妹没中彩票，但活出了自己的价值。然而新的矛盾又来了，矛盾还是源于小豹子。么妹靠着节省开支降低成本，又靠着友情馈赠，总算把三年的学杂费应付了。想不到，对贵族学校一往情深的小豹子，又荣幸地被民办大专录取。别的且不论，光一学期六千元的学费就让么妹傻了眼。

"家里这么穷，你还考私校？"么妹的手指戳上来，"民办高中连民办大专，你以为你是二连冠？"

"这分数不是我最佳分数，我的潜力还很大。"

"那你为什么不发挥？"

"我需要氛围——我没有独立书房，没有私人空间。"小豹子把摩丝抹在头发上。

"你这个孽子。"

"我一不抽烟二不喝酒，是这个草窝里的金凤凰。"

"我为啥不在生你时掐死你？"么妹咬着牙。

"你为啥不在生我时掐死我？这样我就能投一个好人家。"儿子冷笑着。么妹摔门出去借钱。

她先到敬爱的大哥家。她一进门，嫂子的脸就拉了下来。"你大哥现在沉溺于麻将，再这样我们就离婚。"

"大哥！你怎么变得这么厉害？"么妹问。

"社会在变，所有的人都在变。我不搓麻将还能干什么？"

"以前你喜欢看书，喜欢练书法，喜欢摄影，喜欢写生。"

"我现在是官员的一条狗。狗还能有什么抱负？"

"我……我让你下跪了两次。"

"这是肉体上的下跪，至于精神上的，则举不胜举。"

"我知道你辛苦……星期天还加班。"

"你知道我加班的意义吗？我加班，不是为灾区雪中送炭，不是为希望小学送温暖，我只是送首长去淫乱……”大哥哽住了，像一只馒头塞住嘴里，也塞在他心里。

“我知道你苦……”

“我知道你来借钱，我没有钱，我还欠别人的钱。贱卖国库券的事让大嫂知道，她差点和我离婚。你应该找民政部门，不是说学生是民族的未来吗？”

大哥就这样走了，只留下一个背影，一个瘦削，佝偻的背影给她。

么妹展开强大的人肉搜索。她搞来了小学中学同学的花名册，又搞来了“前邻居”和“现邻居”的名单，她按图索骥，一个个地去找，一个接一个地倾诉她的遭遇。其中收获了不少惊讶，惊奇，惊慕和敬佩，但没有收到一分钱人民币。

于是她调整了下一步的行动纲领。现在不谈祥林嫂的遭遇，而是奏起自强自立，自尊自爱的交响曲。这是贝多芬的《命运交响曲》，也是《英雄交响曲》。曲终人散，她还是没收获一分钱人民币。她知道，六四后人心都散了，一盘散沙里，焉能榨出一瓶油？

万般无奈中，她去找胖厨。想不到信誓旦旦从一而终的胖厨，又搞了个外来妹，现在正为胎儿的DNA做检验，搞得鸡飞狗跳。于是，她狠下心找小云。由于小云被丈夫捉奸在床，导致丈夫脑中风，现在正推着轮椅满世界找灵丹妙药呢！

听从高人的指点，么妹又去找银行，准备把房子抵押。由于房子历史悠久，势利的银行对它不屑一顾。现在么妹的资产，只剩下手上的翡翠戒指了。么妹摸着戒指，知道分手的时刻已到，心中既有悲戚，又感到悲壮。这时，门被敲响了。

“准备卖戒指？”老洪一进门，就猜到了她的下一步动向。

“阿三娘一直垂涎这戒指，她准备出……”

“给！”老洪把一叠钱扔进么妹怀里。

“你……”

“有钱就还，没钱欠着。我带来一盘DVD，特别精彩。”

“美国大片？”

“中国大片。这是中国最有名的歌星演出的实况。”

“你咋有时间掏粪坑？这可是越掏越臭！”

“粪坑里有学问。”老洪打开电视，舒舒服服地把脚翘到椅子上。屏幕上出现一个妖娆女子，妆化得贼浓，表情也忒丰富。

“像人妖。”么妹脱口而出。

“你看过人妖表演吗？”

"我仙摸人妖就是这模样。人妖靠身子，她也靠身子。"

"天壤之别。人家是将军，不但在美国大都会演出，还年年上春晚。那'好日子'唱得是刮刮叫。""不要脸！"么妹骂道。

"这盘MTV，聚集了中国一流的音响师，一流的作曲家，一流的化妆师；一流的策划师；道具一流，音响一流，录音棚一流……"

"还有一流的马屁精。"

"美人展喉，美人相伴，再加上美酒……"老洪拿出一包卤菜。"这巨大的竖起来的贝壳，就是悉尼歌剧院。演出结束，乘坐游艇，发射……"

"烟花爆竹。"

"不是江西小作坊里生产的烟花爆竹，而是用外币买的五彩焰火。能个人出资燃放焰火，一般只发生在白金汉宫，也就是英国皇室，也就是维多利亚女王。"

"小人得志，淫妇上天。我看见她就恶心。"么妹起身要关电视，却被老洪一把抱住。

"我只是借你钱，没有出借我的身子。"么妹严肃地说。

"没我的钱，你儿子就毁了。以后有钱可以读书，但不是应届毕业生，也不是全日制毕业生。难道你连'远水解不了近渴'都不知道？"

"但……"

"不要耍清高。你身价总大不过她吧？"老洪朝电视一努嘴。"女人的身体是本钱，是为仕途前途服务的。我和你搞，这不是'痛苦并快乐着'，而是成全儿子，成全你自己。你再干净，也得不到贞节牌匾。你应该在及时行乐中，得到最大的利益。"老洪的头一点点逼下来，几根头发落到么妹脸上，么妹憋了很久，最后还是打了个喷嚏。喷嚏一响，老洪捂着私处跳起来。

"平安无事喽！平安无事喽！"么妹模仿电影里的台词，借以发泄自己的不满，挽回最后的自尊。

有了肌肤之亲，二人的关系如熊熊大火，激情燃烧。先是老洪给她加工资，接着又把隔三岔五的馈赠编成制度性档案，写进中国共产党章程忠实执行：一星期去一次农贸市场，购足两家的荤菜水果。现在么妹不但食有鱼，饭后有水果，睡前有酸奶。如果说这样的日子还不幸福，那她的良心一定被狗吃了。

鉴于"红粉知己"到"性伙伴"的伟大转折，收摊后的小广告发送，由老洪的个人单干，发展成二人互助组。晚饭后，么妹轻盈地跳上老洪的助动车，一路笑声，一路歌声，把爱的广告传遍大街小巷。由于老洪酷似老爸，么妹酷似少女，老少搭配联袂出动的一幕，吸引了许多木讷的眼球，小广告产生了最大的轰动效应。不久，又揽到一笔笔的广告活。

乐极生悲，就在二人沉浸在幸福中时，街道通知老洪异地设摊。老洪问了十万个为什么，答复只有一句话：整顿市容，不许在学校附近做买卖。

老洪易地后，生意清淡了许多。更让老洪生气的是，在原来的摊位上，又来了一个卖牛奶的摊位。经打探，确定此人是街道主任的亲戚。

"他妈的！难怪山西矿主要拉官员一起入伙入股，这才是朝中有人好做官。"老洪气得胡子都翘起来。"么妹，凭你的口才和水平，你应该从政。"

"你不会让我这个下岗女工向政坛进军吧？要知道，这不是曼哈顿而是上海。"

"知道我们下一步的模式吗？"

"模式？难道你指的是四项基本原则？"么妹冷笑着。

"我们的模式，就是犹太人的模式。有钱的犹太人，资助有能力的犹太人进军政界。然后有权的犹太人，回报有钱的犹太人。钱是权的依托垫底，权是钱的中枢神经，这就是珠联璧合相得益彰，扬长避短各取所需。"

"我也知道，但是……"

"进不了政府街道，咱就进居委会。这是政府机构下最小的单位，却是金字塔的底层，社稷的奠基石。不要小看它，千里之行始于足下。"

"新长征，从哪里开始？"么妹急切地问。

"昨天已经发了小广告。今晚属于我们，也属于我们的未来。"鉴于牛奶摊位前有人走动，老洪压下了吻么妹的欲望，只是在她的屁股上狠狠拧了一把。么妹幸福地笑了。有情人手拉着手，朝一个既定的目标奔去，这不是幸福又是什么？

收摊时，二人一击掌，以"拉钩上吊，一百年不变"的手拉手，把这事定下。

九、人选

么妹出门前，朝耳朵后面和领子里喷了几滴花露水。这廉价的花露水还是儿子出生后为驱赶痱子而备的。想不到在新的历史时代，它被赋予了新的使命，这让么妹有了新的骄傲。

走到门口，么妹又折回来。她拉开抽屉，拿出印泥。这印泥原是为儿子的学生手册准备的，现已退居二线闲置多年。么妹挖了一点涂在唇上，也算旧物利用，不辱使命。她在镜子里端详自己，也端详镜子里的男人。男人拿着酒杯，宽宏大量地看着她。么妹突然有恍然隔世之感。以前的男人，是分分秒秒与风车作战的唐吉诃德；现在的男人，是安娜·卡列尼娜的丈夫卡列宁：

只要杯里有酒，绝对忍辱负重。

　　她看着红艳艳的嘴唇，突然有了犯罪感。深深的犯罪感，像蛇一样窜进她心里。但是鹰隼来了，蛇逃走了，犯罪感像严打下的敌情，消失得无影无踪。她顿觉心旷神怡。她朝手心洒了点小儿爽身粉，朝脸上抹去。白的脸，红的唇，一闪一闪的獠牙，闪着诡谲的光。她对自己双面人的角色很满意，双面人的生活太刺激了。

　　她拐出广灵路朝虹江路走。在虹江路她家的旧居上，建了一座公园，这就是著名的四川北路大型绿地。

　　昏黄的灯光下，绿树婆娑；音乐喷泉正在吟唱；恋人躲在黑暗中接吻；孩子绕着假山奔跑。多迷人的夜晚，么妹坐在椅子上痴痴地看着。

　　在她记忆里，不曾有过这样惬意的时光。小时候没有，恋爱时没有，结婚后更没有。生活和感情的重负，压得她透不过气来。委身老洪后，有经济的依托，有感情的滋润，这才有了这等良辰美景。难怪歌星要委身于首长，难怪演员要投抱于导演，难怪孙女要扑进"诺贝尔"爷爷的怀里。没有咒语，阿里巴巴山洞就是一座弃山，无数座弃山，埋葬了多少忠骨，多少英烈。

　　她咂巴着嘴，咀嚼人生，感慨人生。心一阵阵抽紧，又一阵阵松弛。脸白了又红，红了又白。她像个风向标，骨碌碌地顺时针转，又骨碌碌地逆时针转。

　　有一双大手蒙住她的脸。她没有拿开手，也没有扑过去。"我的宝贝。"一张热乎乎的嘴凑下来，一阵臭烘烘的气息扑过来。

　　"要是被你女人看见，怎么办？"么妹冷冷地问。

　　"我马上让她去找你男人，现在市面上最流行的就是'换妻换夫'的游戏。这游戏体现了社会的和谐，维稳的需要。"

　　"我们……很肮脏。"么妹用手捂住脸，"以前胖厨死命追我，我都没背叛。"

　　"我给你读一段词：'会当临于阿尔卑斯山侧兮，滑雪于雪花飞舞之穹下……深知妾之愚钝兮，然君已窃妾心；妾当不可漠然兮，黯然彷徨。妾亦尝忘君兮，恐失之交臂。愚于处子之婚盟兮，窃纵意于君之诺。白雪皑皑兮，君挽妾身；妾意甚欢兮，聆圣诞钟鸣。然钟声忽止于急雨兮，但闻撒旦之欢声笑语……'。"

　　"撒旦不是魔鬼吗？"

　　"这只是文学辞藻上的'借代'。"

　　"开口闭口一个妾，这不是贱人是谁？"么妹愤愤地说，"不要以为用了文言文的格式，我就看不懂里面的恶心。谁写的？"

　　"这是二十八岁的女人写给八十二岁老人的情词。你说它恶心？这'恶心'的词，马上就要面世。"

　　"面世？"

　　"就是出版。出版意味着得到主流媒体的承认，得到中共官方的认可，得到……"

　　"凭什么？"么妹大怒。

　　"凭她是诺贝尔奖得主的妻子，爷爷和孙女的玉照，马上要印在邮票上，流行于中国，流通于世界。"

　　"接下来，这些肉麻的恶心的书信，被少男少女疯狂地阅读；被空虚的中年男女反复咏诵；被狗屎样的教材书采用。以几何级的递增，化学式的反应，中子式的聚变，鼠疫式的扩散，进入到社会每一个角落。于是道德，一日千里地溃退，于是社会，无以复加地沦亡。"么妹嚷着，大声嚷着。

　　"你疯了。"老洪沉下脸，"你以为世人皆醉你独醒？告诉你，二十年前的老洪，也是条铮铮铁汉。"

　　"为什么……现在不做铁汉？"

　　"做铁汉，就要把自己钉在十字架上。我上有父母下有妻儿，不能为了看不见摸不着的信仰，让几代人一起受苦。我们只活一辈子，而一辈子很短很短。"

　　"我们只活一辈子，而一辈子很短很短……"么妹失神地念叨着。

　　"现在什么都不要想，只想着怎么活好每一天。"

　　"活一天，就要快乐二十四小时。"

　　"对！我们已经失去很多很多，让我们拽着残余的尾巴，尽情地享受人生。"

　　"说！你让我干啥我就干啥？"么妹猛地站起来。

　　"跟我来。"老洪拉着么妹，爬上一个小山丘，躲在树后面。一个工人拖着水管在浇水。老洪又换了一个角度，动作比袋鼠还轻盈。么妹站在山丘上，凝视着远处的四川路。接着转个身，凝视着下面的喷泉，雕塑，景盆，曲径。星火点点，灯火点点，花香扑鼻，泉水叮咚，好一个人间仙境。

　　老洪弯下腰，拉着她朝下冲。这不是笔直的下冲，而是迂回地，曲折地，借助地形掩藏，依靠树木遮盖的潜行。潜行的目标，是一个女人。借着昏黄的灯光，么妹看到一个有气质的，戴眼镜的中年妇女。

　　"你莫不是看上她了？"么妹酸酸地问。老洪没有计较她的醋意，只是盯着目标。目标看似闲庭信步，却在"信步"中掏出东西，迅速塞进游人手里，然后迅速离去。

老洪一个百米冲刺飞到她面前，甚至伸出了手。目标猛地停下，却没有掏东西。老洪像钉子样，钉在她面前。目标冷冷地看着他，转身离去，小碎步轻盈得像"水上飞"，片刻就不见了人影。老洪朝么妹打个手势，脚不落地跟上去。么妹不敢怠慢，一紧裤腰跟上。大街上人山人海，幸亏老洪的秃顶在灯火下很醒目，再加上他不停地回头打手势，么妹这才没落下。过了四川路拐进欧阳路，目标和老洪都不见了。

么妹倚在大树上喘气。突然，一张纸被放在她手里。

"传单？"

"这就是她散发的传单，这是我抄写的她家的地址。明天交给街道，居委会一职非你莫属。"

"这……"

"量小非君子，无度不丈夫。"从老洪齿缝里透出一丝冷气，么妹不禁打个寒颤。

二天后，街道召开大会。上级先表扬了街道卓有成效的业绩，接着表彰了"反邪教"的有功人员。会议结束时，街道讨论了居委会增加新鲜血液的问题。就在快达成共识时，主任发声了："么妹绝对是组织上依靠的对象。但鉴于生活上的瑕疵，建议先考察后使用。当然，要在生活上最大程度地体现党的温暖。"于是，广灵四村低保的名单上，写上了幺妹的名字。

么妹是个爱清洁的女人。公用楼梯的保洁，基本落在她肩上。这两天由于兴奋，地扫得更勤。牛奶收摊，也比平时早了半个时辰。她从冰箱取了隔夜牛奶，装好后朝外走。阿三娘像一尊金刚，站在楼梯口。

"早啊！楼梯我拖过了。"么妹赶紧打招呼。现在是组织考验期，更要注意自己"伟光正"的形象。

"每天一早楼梯踩得咚咚响，还让不让人睡觉？"

"你睡你的，我走我的。"么妹侧个身，从她旁边绕过。

"站住！你每天扰民，太扰民了。"阿三娘再一次拦住她。

"对！你又不卖牛奶，凭啥不让我们早睡？"三楼冲下一个女人。

"就是！每天搞什么名堂！"二楼又冲出一个女人。三个女人，形成一个合拢的包围圈。

"半路上杀出三个程咬金。"么妹冷笑着说，"不要说三个，十个我也不怕。"

"墙内开花墙外香——不给自己的男人睡，倒给野男人睡。"阿三娘冷笑道。

"说这话要负法律责任。"

"小秦你过来，把你对我们说的话再说一遍！"么妹一回头，看见醉眼朦胧的男人。

"小秦，别怕，三个大姐为你撑腰。"

"你……你不和我睡觉。我一上班，你就把新疆人领回来。"男人结结巴巴地说。

"你！"么妹气得龇牙咧嘴。

"现在讲和谐，和谐不是让你轧姘头。"

"对！路见不平一声吼，你既拿情人的钱，又拿街道的低保。"

"既要做婊子，又要立牌坊。"三个女人的辱骂，像头皮屑纷纷扬扬撒下来。

"太放肆了！"

"太不要脸了！"

"太不把豆包当干粮了！"

"哈哈！哈哈！"楼梯上挤满了看热闹的人。所有人用表情和语言，表达了对么妹高度的仇视和轻蔑。"冰冻三尺，非一日之寒"。奸夫淫妇放浪形骸的举止，早就激怒了广大群众。慑于老洪的凶狠蛮横，慑于么妹的能言善辩，群众忍了。但忍得了一时，忍不了一世。当塑料脑壳哭哭啼啼鸣冤叫屈时，一盘散沙的群众终于团结起来，团结在以"三巾帼"为核心的党中央周围。

手臂如林，唾沫如海。么妹这个耗子，淹没在人民战争的汪洋大海中。么妹惊得瑟瑟发抖，她明白，"有理有利有节"不但是统战政策，还是她行动的指南。当务之急不是扬汤止沸而是釜底抽薪。只有让后院熄火，才能反败为胜。这一招，是她跟老一代革命家学的。不择一切手段先灭火，哪怕死后洪水滔天。在形势不利于自己时，做到不争论，不扩散，不说话，关起门来韬光养晦。

于是她窜到男人身边，附在耳边嘀咕。才耳语几句，男人的表情就起了巨大的变化，他咧开嘴大笑大嚷："散了吧！这是我们夫妻间的事，你们不要瞎掺和，瞎掺和不利于维稳，国家重中之重就是维稳。"说完男人趿着鞋甩着手进了家。三个巾帼，狠狠地看着这个戴绿帽的刘阿斗——刘阿斗不发声音，别人再起哄，也激不起浪花。

"我男人都这么说了，你们还想制造不稳定因素？"么妹尖叫一声，四周刷地安静下来。"你们这是干涉内政，你们这是说三道四，你们这是输出革命，你们这是瞎折腾。"么妹声色俱厉。于是群众唏嘘着，叹息着，摇着头，一场声势浩大的反轧姘头风波，就这样平息了。

事后，么妹绘声绘色向老洪汇报她的"平波"功绩。老洪问："你究竟说了什么，让塑料脑壳来了个一百八十度的大转变？"

"我说：'从今天起，我保证你每顿有酒，每月有三十次的性生活。'"

"这话就能让他抹去大耻奇辱？"

"许以蝇利，必定乾坤。既然被通缉的学生领袖都能忘记六四，媾和中共，塑料脑壳还能铭记耻辱没齿不忘？"

"哈哈！早生一千年，你就是武则天！"

么妹正沉浸在自己"舌战群儒"的战绩里，公交公司来电话，让她去办理男人的下岗手续。原因是上班不但喝酒打赤膊，眼睛还死死盯着女性的敏感部位。公交公司的半边天一直认为，让他管理浴室有引狼入室，监守自盗之嫌。么妹急了，马上在第一时间汇报给老洪。

"我们不理睬他。"老洪模仿着斯大林的口吻，"第一，上班前把酒藏起来，坚壁清野；第二，给他买两条全棉汗衫，杜绝赤膊；第三，先满足他，让他没精力再瞅女人的私处。"

"第四呢？"

"赶紧想办法打入居委会。一是夺回我们的摊位阵地；二是堵住闲言碎语；三是用居委会公章保住你男人的饭碗。"

"我也想打入，这不但有经济帐，还能打政治上的翻身帐。上次没通过，是因为我们的关系……"

"这样吧！兵马未动，舆论先行。我先做革命的老喇叭。"老洪果断地做了个下劈的手势。

"我的妈啊！你不但能模仿斯大林，还能惟妙惟肖地学列宁。"么妹敬佩地看着他。

"这是马克思理论和中国革命实践相结合。"

"后面还有四项基本原则，还有"三个代表"，还有科学管理，还有三大纪律八项注意……"

"不是三大纪律八项注意，而是社会主义荣辱观。就你这思想怎能进居委会？要加强学习，加强理论学习。"

第二天，牛奶还没有卖完，广灵四村的人都知道么妹要进居委会的消息。收摊后，么妹戴着老花镜在树荫下写东西。

阿三娘端着垃圾畚箕，在么妹身边转悠。么妹眼皮都没抬，手握钢笔兀自写字，端的是一副好架势。

阿三娘走了。么妹和周围群众亲切地打招呼，神态怡然，面容自得，像即将入主白宫的总统。阿三娘凭窗远眺，神情焦躁。她男人刚失业，不能为了憋一口气，种下无穷后患。她满脸通红，从楼上奔下来，像破世界纪录的运动员。

"么妹，今天有重大情况。"

"是嘛！"么妹眼皮不抬，"溜子要上访，情报很确切。"

"上访到哪？"

"第一步市里，第二步北京，第三步是联合国……"阿三娘半是请功，半是幸灾乐祸。

"我们一定会把不稳定的因素扼杀在萌芽中。"么妹冷冷地说。

"听说你要做主任了……我们虽然有过不愉快，但'与时俱进'是最大的精髓。"

"这个自然。"么妹合上本子。

"要是扼杀了不稳定因素，别忘了有我一份功劳。"

"这个自然。"么妹拎着凳子到居委会。主任正在伏案办公，办公室显得很安静。

"报告主任，有重大情况。"么妹身板挺直，声音洪亮，显得威武。

"你能有什么重大情况？"主任白了她一眼。上次的"反邪教"情报居然越过她，直接放在街道主任的桌上，这让她怎能不恼火？

"溜子要上访。"

"政府的上访大门永远对人民敞开。"主任声音朗朗。

"这次不是去单位，而是去市里。市里一去，区里扣分；区里扣分，板子打到街道的屁股上；街道的屁股肿了，居委会的脸也会肿。"么妹抽丝剥茧地分析道。

"看来你很熟悉这一套流程？"主任冷笑道。

"你怀疑我觊觎此位置？告诉你，我在乎的不是位置，而是我的赤诚心。"么妹用手按着胸口，神态比麦加朝拜者还虔诚。

"我知道了，你下去吧！"主任一抬下巴，动作比皇阿玛还威风。

"他妈的！你要是削职为民，连我脚下的尘埃都不如。"么妹气呼呼地回家，开始削残次品的土豆。

夜幕降临，么妹翘着二郎腿看电视，她知道好戏上演了。"咚咚！咚咚！"门被敲响，如期而至地敲响。分贝很高，像警匪片里制造的音响效果。么妹站起来，打开门时恰到好处地伸个懒腰。"哎呀！我的大主任啊，您怎么挂彩了？"

"溜子简直是亡命之徒……"

"所以说穷寇莫追嘛！"

"再不追，他就到市里了。我还有重要会议，你去拦一下。"

"保证完成任务。"么妹响亮地回答。

出门前，么妹费尽心思地打扮了一番。儿子的爽身粉已经退休，现在用的是正式的粉底霜；印泥已经下岗，现在用的是品牌的口红。一只残手，套上一只袖套。另一只手，光鲜玉润。出门时，她在鞋底敷上两块磁铁，于是有了玉树临风的感觉。

说起溜子，她和他还有一段渊源。在她和男人打得翻天覆地时，溜子多次表示极大的关注。么妹谈不上绝色，借着年轻，借着思维，借着口才和一个女人不曾有的坚韧，留下了撩人的风姿。这风姿，撩起了溜子的欲望。溜子摆出拼命三郎的架势穷追猛打，但么妹心如止水不为所动。在绝望和悲愤中，溜子和外来妹拜了堂。

么妹推开门，溜子家如酣战后的战场。地上有滑腻的土豆丝，有零碎的瓷片，有底朝天的痰盂；有散乱一地的筷子。穷人家的搏斗或震慑，讲究的是低成本。溜子的妻女，一脸菜色；廉价的白酒，倒让溜子的眼睛燃起了一堆煤炭。

溜子的妻子是山沟妹，不识字也没有生产技能；溜子的女儿虽有健全的四肢，但大脑发育滞后。养家的重担，落在溜子并不宽阔的肩膀上。两年前，他在上班时突然中风，左边的手臂到现在都抬不起来。狠心的单位，竟不给工伤待遇，一脚把他蹬到社会。溜子的老婆，每天捡菜场的下脚料；溜子的女儿，每天穿别人的淘汰衣。溜子发了狠心，既然一次次跑单位无效，干脆上市里寻找包青天。实在找不到包大人，就上北京，就上联合国。

"你来干吗？"溜子把酒杯一摔。

"乡里乡亲，邻里邻居，就不兴串个门？"么妹飞了个眼波。可是这个眼波正好被溜子老婆逮着，于是她借着走路狠踩了么妹一脚。

"你看我胳膊上的伤疤。"么妹挽起袖子说道。

"这是医生造的孽。"溜子头也不抬地说道。

"我这块小伤疤是上访后留下的。他们死劲掐我，摁我，戳我，捏我，但却没留下任何证据。"

"就像城管手册：杀人一定要兵不血刃。既然这样，那我抄家伙去上访。"

"你看这张纸。"

"拘留通知书……难道你被拘留过？我怎么不知道？"

"又不是考上状元探花，有什么可炫耀的？"

"这是公安造的孽。"

"孽是他们造的，但后果要自己承担。要是你也收到这张纸，以后你女儿招工，读书，参军，做公务员全受影响。"

"我不怕，我有嘴。"

"我跟你说个故事。两个人在森林里遇见熊。一个和熊搏斗，最后死在熊掌下；一个装死躺倒，逃过一劫。你要做搏斗的死英雄，还是做装傻的大活人？"

"毛主席说：只要死得其所，就会重于泰山。"

"你轰轰烈烈死了，我一定来参加你的追悼会。追悼会结束，你进了焚尸炉，你妻子带着女儿改嫁，你女儿成了不打折的拖油瓶。"

"……拖油瓶……拖油瓶。"

"人要审时度势，让你钻狗洞时就钻，让你跳龙门时就跳。抗日时，还讲曲线救国呢！"

"我上访……是宪法赋予我的权利。"

"这样吧，我给你妻子介绍一个工作。"

"什么工作？"溜子的眼睛一亮。

"拿着扫帚，模仿'黛玉葬花'，东一榔头西一棒，扫着，舞着，唱着，跳着。既锻炼身体愉悦心情，又有四百元大洋，何乐而不为？"说到最后一句话，么妹眉毛上扬，如飒爽的江水英。

"……真的？"

"巾帼一言，驷马难追。上访路上荆棘丛生，幸运地留下些小伤疤，倒霉的还要劳教三年。老百姓的当务之急就是安全，没有安全就没有一切。"说到这，么妹的手有力地朝下一劈，溜子的身体一抖。

么妹款款地站起来，溜子情不自禁抢着去开门，后面跟着溜子的妻女。相送，相送，十八相送，情真意切情意绵绵。

么妹边走边窃笑：居委会决定让她做小区保洁员。不是夫妻，却开着夫妻的牛奶站，怎么也有损先进人物的形象。现在让溜子的妻子做保洁员，一是灭了近火，二是扔了烫手山芋，三是得了让贤美名。这才是一石三鸟。

溜子的撤访，让主任的血压回到了标准线。主任知道，奥运会马上要召开，有千头万绪的工作要做。让么妹挡在她面前冲锋陷阵，这是对自己的保护。出于投桃报李，她爽快地给公交公司打电话：如果让么妹的男人下岗，这是对双残之家的打击，也是破坏奥运会的大好局面，还给反华势力制造了佐料。

从此，么妹再没接到让男人下岗的电话。相反，在领取补助时，她发现多了十五元。至此，么妹坚定了从茧到蝶，从奴隶到奴才的蜕变。

十、好日子

　　由于迎奥，么妹现在很忙。街道的歌咏班需要她，街道的秧歌队也需要她。倒不是她歌喉堪比百灵，舞姿赛过天鹅，而是她有政府需要的凝聚力。指挥唱歌时，单臂高举，把残臂藏在身后。虽手势僵硬，动作怪异，但这是保尔的化身，钢铁的佐证。扭秧歌时，前脚踩后脚，后脚没踩到拍子上，但这是海迪的靓影，坚韧的象征。

　　她五音不全地唱歌，在简谱中发泄满腔的热情；她邯郸学步地跳舞，在韵律中完成未竟的渴求。尖锐的獠牙隐隐约约，像控诉更像炫耀；白皙的手指泛着诡谲，像哭泣更像宣誓。歌声尖锐，尖锐中带着嘶哑，嘶哑中带着热情，说热情还不如说是歇斯底里；舞蹈奔放，奔放中带着剧烈，剧烈中带着兴奋，说兴奋还不如说是亚神经质。她大声唱着，有画蛇添足的高音；她剧烈舞着，有南辕北辙的步伐。比南郭先生更能混；比阿 Q 这小子，更吸引眼球。

　　"人怕出名猪怕壮"，么妹这头瘦猪，终于冲出广灵四村走向虹口区。慕名者络绎前来，求贤者轮番而上——伟大的盛世，孕育了不平凡的残疾人。在残疾人火热的胸膛里，跳动着一颗金子般的心。

　　为了进行生动而不落俗套的爱国主义教育，某小学找到她。演讲的题目是：我的赤诚之心；为了迎接千年一遇的奥运会，某居委会找到她，演讲的题目是：我心中的梦想；为开展市容整顿，街道找到她，演讲的题目是：我是一名幸福的残疾人；为了从娃娃抓起，幼儿园找到她，这次不是演讲，而是玩"丢手帕"的游戏。游戏结束，么妹拉着娃娃的手说："手帕能丢，但祖国永远不能丢。"在图书馆的演讲中，么妹成了"岳母"，虽没替儿子纹身，但"精忠报国"讲得涕泪四溅。在医院为孕妇传福音时，胎教的第一课就是"火烧圆明园"。

　　在居委会的演讲中，么妹成了江姐。她说在睡梦中，听到悲壮的国歌，还看到鸟巢的雏形——她差一点就要绣五星红旗了。在街道的演讲中，么妹成了上海的"金晶"。她激昂地说："谁想让我从'迎奥'岗位上退下，除非从我的尸体上踩过去。"

　　最让人意外的是，儿子的学校也找到她，让她谈谈改革开放中的"教育产业"。么妹觉得这主题立意不高，于是自作主张改了题目。她演讲的题目是："敬爱的党，让残疾后裔成了天之骄子。"当她含着泪花，讲述儿子在红旗下宣誓在红旗下拼搏时，下面响起了暴风骤雨般的掌声。

　　在迎奥的日子里，么妹成熟了。她从一台二八六的计算机，升级到双核的手提电脑。有了内存，就有了巨大的能量源。开大小会议；传达中央指示；

整顿小区容貌兼画黑板报；清理脏楼道并写广播稿；在街上搭台鼓舞士气；在公园唱歌加扭腰；慰问鳏夫寡女；寒暄走卒贩夫。见革命的小苗苗，塞一颗甜甜的糖果；看耄耋老者，揣一把爆米花。风一样的行动，火一样的热情，比"湖南农民运动"更活色生香；比"南昌起义"更精彩纷呈。虽然也有小瑕疵，但主旋律的激昂，激越，高亢，向上，这点绝对不容置疑。

为了让自己的形象更加高大，她拒绝在牛奶摊露面，也终止了小广告的派发。么妹的爱国热情感染了革命群众，当即有人请缨担当"买汰烧"，全方位包揽她的家务活。么妹先窃喜，后摇手。

"咋不行？这辈子你服侍过别人，何曾有过别人服侍你的时候？"老洪问道。

"一上门，怕漏馅。"

"才做几天就患了领导恐惧症？"老洪有些不屑。

"用热水，煤气表不转；用冷水，水表不转；用灯，电表不转……"

"好一个百密不疏的睿者。从今天起，我做全职保姆，从此入后宫如履平地，看谁还敢闲言碎语？"老洪抚掌大笑。

明天街道有个会议，么妹作为群众代表要在会上发言。晚饭后，么妹开始构思发言稿。动笔前，她先沐浴身体，然后焚香祈祷。她希望发言稿能成为敲门砖，敲开居委会的大门，坐上主任宝座。虽然她心里看不起这座小庙，但是，进不了庙的菩萨就不是菩萨，只是江湖郎中，只是马路上制造牛皮癣广告的老中医。

她怀着激动的心，郑重地拧开笔帽。明天是感恩节，也是复活节，是母亲节，也是父亲节，是圣诞节，又是狂欢节。什么节并不重要，重要的是七月一日这个日子。七一，特殊的日子里七一，这是节日的复数，是平方数，也是立方数。她怀着朝拜的虔诚，一步一磕头地写着，写着寻找光明的困难，写着跋涉山水的不易，写着灵魂的升腾，写着身心的合一。写着写着，自己被自己打动了，自己被自己感染了。她唏嘘着，有苏武牧羊的一往情深；她感慨着，有蔡文姬归来的急不可待。结束时，她决定用诗来表达自己澎湃的感情："啊！伟大的党，你该知道我的前身，不会嫌弃我黑奴般的模样。在黑奴的胸中，有着火一样的心肠。"

写完最后一个句号，她扔了笔一跃而起。她站在镜子前端详自己：一副平光眼镜，镜架小巧且为珐琅质地。平庸的她，戴上这副眼镜，平添了雍容和雅致；一套裁剪合身的套装，让躯体有了凹凸的线条。看来看去，总觉得哪里不对劲。她打开所有的灯，终于发现瑕疵来自獠牙：这是眼里的一根钉，这是肉里的一根刺。

以前见獠牙，爱恨有加；现在见獠牙，气不打一处来。她伸出铁拳砸过去，镜子有了裂缝，于是一只獠牙，成了一对姐妹牙，姐妹牙挑衅地看着她。么妹恶狠狠地说："我就不信我治不了你。"

晚上约会时，老洪发现她情绪低落。"好办！拔了獠牙，装三只烤瓷牙。"

"我当然知道，问题是要两千元。"

"你知道外交部李肇星吗？"

"你扯远了，现在我们不谈政治。"

"我们不谈政治，只谈经济。既然他为了革命的外交事业，整容拔牙换牙，你为啥不能？"

"你……开什么玩笑？"

"这怎么是玩笑？奥运是千年大事，是最大的政治。罗京同志查出患癌，但他坚决要求奥运后再治病，这说明社稷之重，民族之重，世界之重。"

"可我……怎么说？"

"打个报告给街道：鉴于本人的獠牙严重损害迎奥形象，强烈要求换人。"

"问题是……街道有这笔经费吗？"

"五十六个民族的经费，全部掌握在党手里。你只管写报告，组织能理解孰轻孰重。"于是么妹怀着忐忑的心情交了报告，并在忐忑中度过了二十四小时。

第二天领导找她谈话。"我不管你是獠牙还是龅牙，你只管写个补助申请上来。"

"可是……"

"政策无情执行有情。再说，政策掌握在党手里，具体情况具体处理。比如说，六四暴徒坐牢前的工龄，我们统统作废一律消灭；对居住在国外的同胞，只要他们是我们的人，我们就承认工龄，为他们办退休手续。"

"真的？"

"真的还是假的，就看你的心想着谁。经济为政治服务，政治为经济把关，党不会忘记有功之臣，赶紧回去写申请。"

出门时，么妹向党代表鞠了一个躬，货真价实九十度鞠躬。

这两天么妹更忙了。她的模拟圣火传递设想得到了街道的认可。领导认为，山不在高，有仙则名；水不在深，有龙则灵。在模拟圣火传递中，一字排开各居委的黑板报，一字排开老年秧歌队，一字排开中年歌咏队，一字排开少年锣鼓队。这是爱国的熏陶，爱国的演练，爱国的集结号，爱国的总动员。还要加上一点，这是对反华势力最有力的打击。

鉴于么妹睿智火花的再次爆发，街道把总策划师的头衔交给她，大有"我劝天公重抖擞，不拘一格降人才"的宽广胸怀。现在么妹成了第二个郎昆，负责街道迎奥的全部策划，指导，排练和预演。鉴于自己的公众形象，她添置了若干夏衣。老洪甘当红花的绿叶，根据夏衣的颜色，缝制了若干袖套，以便左右手臂"天人合一浑然一体"。现在老洪到么妹家，可谓师出有名，名正言顺。他雄赳赳地拎来一篮子菜，气昂昂地拿来剪刀一把，尺一条，布料若干，隔了三丈一呼一应，一问一答，绝对是艄公的号子纤夫的爱。

"袖套的颜色要和衣服一模一样！"

"这个我明白。"

"绝不能让残手冲淡喜庆的气氛。"

"当然！"

"不要太窄，也不要太松，不要画虎不成反类犬。"

"事关奥运，焉能马虎？"

"一定要赶在排练前完成，给首长吃一颗定心丸，让首长睡个囫囵觉。"

"OK！"老洪把黝黑的，有着污垢的手指捏起来。

"时不我待，我不待人。一万年太久，只争朝夕。"么妹如一匹黑马，冲出马厩驰骋万里；么妹如一颗流星，冲出轨道灿烂辉煌。拔了獠牙的嘴一马平川，新装的烤瓷牙闪着白光。瘪瘪的嘴唇，酷似唐老鸭。"呱呱！呱呱！"走到哪，说到哪；走到哪，笑到哪；走到哪，乐到哪，满世界是耳熟能详的"呱呱呱"。两条细瘦的罗圈腿，走街串巷，既做示范，又摆 S 造型。说是赝品唐老鸭，赝品中不缺几分真迹。

那天街道召开大会。她先指挥大合唱，又在领导步入会议室时，敲起锣鼓，把会场的气氛烘托得如同桑拿大浴室。人人红光满面，个个汗流浃背，白腾腾的热气中，红旗愈发显得鲜红如血。

在领导宣读表彰名单并颁发奖状时，么妹跳上主席台。正当么妹鞠躬时，有个声音嚷着："么妹！你以前是狗奴隶，现在是狗奴才。"万籁俱寂中，这声音如寺庙里的钟声，雄浑而悠远。

沉寂！绝对的沉寂。突然，一个尖嗓子划破了沉寂："你想做狗奴才，恐怕主子也看不中。你是吃不到葡萄就说葡萄酸。"现场瞬间安静。五秒钟后，掌声如训练有素的乐队般爆发。掌声热烈，为么妹的急中生智，为么妹的处变不惊，为么妹的睿智，为么妹的口才鼓掌。在一浪高过一浪的掌声中，么妹接过大红奖状。

"谢谢领导！谢谢群众！呱呱呱！呱呱呱！"她笑着，像唐老鸭一样地笑着，会场所有的人，全都呱呱呱大笑起来，会议取得了预期的效果，也取得了意料之外的胜利。这一刻镌刻在许多人的脑海里，成为共和国诗一般的隽永。如果你不信，可以到广灵街道的宣传栏去瞅一瞅，么妹的玉照现在还贴在橱窗里。

很多人不但折服于么妹的能力，还折服于她的漂亮。"我漂亮吗？"么妹大笑，露出了洁白的牙齿，二排仪仗队泛着动人的光泽。鉴于她在申奥中的表现，组织决定把策划"世博会"的任务也交给她。她现在真的可以和郎昆血拼到底。郎昆，不就是一个削尖脑袋的走穴者？背靠中央电视台这棵大树，舆论鸣锣，媒体开道。靠着潜规则，靠着御用戏子，靠着形形色色的变色龙，靠着男男女女的朝拜者，打遍中国无敌手。披黄袍坐辇车，挺枪举矛杀过来。所到之处，江河肃静高山回避，五十六个民族叩头请安，十三亿人俯首称臣。这与其说是春晚演出，不如说是第三次世界大战；不如说是世界级的换芯片大战。换芯片，意味着洗脑成功；换芯片，意味着社稷的千秋万代。

郎昆是什么？只是劫持了十三亿人的一场政治秀而已！么妹轻蔑地一撇嘴。我这个草根女，照样可以玩政治，照样把政治玩弄于股掌中。给我一个支点，就能撬起地球；给我一个平台，就能演绎盛世盛况。没文凭，照样知道封锁信息的重要性；没上党校，照样知道"谎言重复一百次就成为真理"的道理。

么妹见人就笑，见人就侃。笑的核心是迎奥；侃的重点是盛世。她手臂上戴着红袖章。红袖章上么妹加了两行字：迎奥宣传员，盛世宣传员。

这天，街道主任和领导召开了一个短会，讨论么妹加入居委会的事宜。短会上，民主派和保守派展开了激烈的讨论。民主派认为：么妹是个复合型全方位的人才，能带来强大的凝聚力，是和谐社会的不二人选；保守派则指出：么妹不但情绪化，还恃才傲物。最重要的是，她具有名人才会有的绯闻。

民主派说："金无足赤，她有一颗赤子之心。"保守派说："赤子之心不假，但容易转变为野心。"民主派说："不想做将军的士兵，就不是一个好士兵。"保守派说："防止赫鲁晓夫式的人物，是重中之重。"陈云说："把政权交到儿子孙子手里，百年后不会发生'掘祖坟'事件。"民主派冷笑着："那就让高干后裔坐镇居委会，可惜落花有意流水无情。"保守派搔搔脑门，一时没了对策。

街道主任不但求贤若渴，还闻过则喜。他当即一拍桌子说："这事就这么定了。"突然，会议室门被推开，有个小厮模样的人送来一份绝密情报：……七月七日，是牛郎织女的团聚日。这天，我的警惕性更强更锐利。下午来了一对父女。男的秃顶，肤色绝对的黑，和非洲土著有得一拼；女的娇小，肤色绝对的白皙，瘪瘪的嘴简直就是唐老鸭的翻版。

在父亲强烈的要求下，他们霸占了小饭馆唯一的包房。两分钟后，谍报员兼服务员带来最新情报：他们不是父女而是一对奸夫淫妇。证据之一：秃顶老头捧着瘪嘴鸭的手狂啃乱咬。那手滑若无骨，上面还有一枚绿色的戒指。（这戒指，公安应该立案调查其来龙去脉）。

瘪嘴鸭说："今天是坐山雕的百鸡宴和庆功宴。"

于是秃顶咽着口水问："还有别的犒劳吗？"

瘪嘴鸭微笑不语……半小时后，两人结账出门。

谍报员兼服务员在跟踪后，发现奸夫淫妇直奔小旅馆。谍报员蹲点守候，终于在两小时后，再次发现他们的踪影。二人出旅馆时，带着深深的慵倦和高度的满足。

情报是承包街道饭馆的老板娘送来的。主任当即一拍桌子说："这事就这么定了，幺妹不能进居委会。"

主任就是主任，知道怎样把不利的因素转化为有利因素。隔天他就找幺妹谈话。"你的工作能力我们有目共睹，但是……"

"我还有什么没做好？"幺妹费劲地舔着嘴唇，"知道宋庆龄吗？"

"她是国母。"

"你知道荣毅仁吗？"

"他是大资本家。"

"你知道周信芳吗？"

"他是京剧院的院长。"

"你知道张学良吗？"

"他是西安事变的始作俑者。"

"对！他们四个人都不是共产党员。虽然他们一再要求入党，但党认为他们不入党比入党作用更大。党外人士往往能起到党内人士起不到的作用。"

"……我明白，你不让我去居委会工作。"

"街道认为，你不在居委会，能发挥更大的作用。"

"你不用安慰我。"幺妹的脸一点点黯淡了。

"你有四十五岁吗？"

"我知道你们嫌我年龄大。"

"最近有个新政策，残疾人四十五岁就能退休。退休后，你就能全身心投入到党的事业中来。"幺妹的眼睛一亮，但是她不说话，继续咬着嘴唇，扁扁的嘴，瘪瘪的嘴，再咬下去就要扯到耳朵根了。

"你要为党分担忧愁。现在很多人下岗了。现在不是治理四十岁五十岁的下岗工程，而是三十岁四十岁的下岗工程……"

"也就是失业工程，下岗只是美其名曰。"幺妹带着情绪直言不讳。

"你这个同志嘛……"主任遗憾地看着她。

"恕我直言，他们下岗不是我造成的，我这个残疾人的下岗，还不知道怪谁呢？"幺妹不冷不热地说，主任的脸有些尴尬。谈判要不冷不热不卑不亢，这是幺妹从中美谈判中得到的精髓。

"……这不是怪谁的问题，这是改革中的必然，是分娩时的阵痛。"主任斟酌着语气，也在斟酌下一步该说的话。

幺妹的伶牙俐齿众所周知，她敏捷的思维也有口皆碑。如今下岗者如星星点点，一个火星就能引发燎原之势。虽然政府有武装到牙齿的军队，但一个人的上访，就能让街道努力了一年的红旗被拔掉，所以绝不能大意失荆州。

"……你虽然不在居委会，但你是政府依靠的对象，我们可以……"主任深知恩威并用的怀柔神功，所以在这里停顿了一下，"你们可以用补助的形式……"

"对啊……一直补助到你儿子参加工作为止。"

"真的？"幺妹跳了起来。

"你儿子以后的就业，也离不开组织。希望你做好下一步的'申博'工作。"主任用一个意味深长的眼神结束了谈话。

幺妹如老鸟，唱着歌奔出去。退休可以拿一份钱，补助又可以拿一份钱，卖牛奶又可以拿一份钱，发送小广告又可以拿一份钱。老洪本着多多益善的精神，又揽下停车库的值班工作。要是没意外，从晚上十一点睡到早上五点半，就有五百元的收入。五百元虽不多，但是省下开旅馆的房钱。从此，一张脱离了羁绊的"和谐之床"在等他们。幺妹如老鸟又唱开了，现在她唱的不再是："大刀向李麻子的头上砍去，受苦受难的同胞们，反抗的一天来到了，反抗的一天来到了……"。她现在唱的是精美的MTV中宋美人的"好日子"："开心的锣鼓，敲出年年的喜庆，好看的舞蹈送来一天的欢腾。今天是个好日子……"她兀自唱着，旁若无人地唱着，扁扁的嘴，把尖锐的声音拉宽；瘪瘪的嘴，把高亢的音符拉平。风把她的歌吹出去，吹得很远很远。

"叮咚！"门铃响了。"……打开家门迎春风，赶上了盛世咱享太平。"幺妹一边哼歌一边开门。门只开一条缝，一个油光光的脑袋挤了进来，他抱住幺妹就是一顿狂吻。

"干嘛？"幺妹挣扎着。

"你不是唱'打开家门迎春风，赶上了盛世咱享太平'吗？"老洪一脸淫劲。

"我唱我的，管你啥事？"

"别忘了，有事找大哥。大哥能给你带来好日子。"

“别闹！这首歌我准备在‘迎世博’大会上演唱。我们一起练歌。”

“行！你能唱这首歌，说明你在政治上成熟了。一，二，三……开心的锣鼓，敲出年年的喜庆，好看的舞蹈送来一天的欢腾。阳光的油彩涂红了今天的日子哟，生活的花朵是我们的笑容。今天是个好日子，心想的事儿都能成……”于是，楼上楼下，方圆十里，都能听到这段男女声的二重唱。

写于二〇〇九年六月四日

幺妹的幸福生活

二呆

一、姐弟俩

　　婚车鸣着喇叭，试图在破砖烂瓦中杀出一条路，但破砖烂瓦死死地挡在前面，司机叹了口气，一踩刹车关了油门。

　　一对新人下车朝小巷走去。蜿蜒的小巷深邃又曲折，如幽深的羊肠。鞋跟敲打着土路，扬起灰尘，也敲出了节奏。突然，黑暗中窜出一只猫，新娘躲闪不及，一个趔趄朝地上扑去。新郎一个海底捞月，将新娘揽在怀里。

　　"不许走。"一个声音在头上炸响，接着一条黑影从天而降。"不给喜糖别想走。"黑影嚷着，粗重的气息裹着一股大蒜味。

　　"喜糖可以给，只请好汉留下姓名。"新娘正笑着，却发现前后左右，一道道黑影已围成铁壁铜墙。

　　"不留下买路钱，休想走。"大蒜味更强横地说道。

　　"妈！二呆又闯祸了。"有个尖嗓子嚷着。大蒜味一挥手，包围圈散了，一群黑影消失得无影无踪。

　　"好一群训练有素的高手。"新娘捂住胸口，"让这小子操兵打仗，说不定又一个巴顿将军。"

　　"这一群小拉兹，是停课闹革命的红小兵。中国再这样的话，完了。"

　　"孩子完了，民族也完了。"新郎叹了一口气，和新娘拐了几个弯，拐进巷尾最后一间房。

　　婚房不大，只有十四平方米。三十六只家具的脚，把房间撑得鼓鼓囊囊。一色的水泥地，一色的石灰墙，活像军营里的宿舍。有一扇窗，但被外墙的厨房堵了个严严实实。说是新房，不如说是冲洗照片的暗房。

　　墙上有一幅画，是那个年代最简陋的油画。一只即将倾覆的船，在浪涛间挣扎。船的桅杆已经和大海在一个水平线上，可即将沉没的船，还在努力挣扎。

　　新娘坐在沙发上，一边揉着被高跟鞋挤压变形的脚，一边欣赏墙上的画。她觉得自己就像这条小舟，在波涛间颠簸，在浪峰里求生，生命充满了变数。"砰"的一声，门被撞开，一群孩子涌进来。有的蓬头垢面，有的衣衫褴褛，还有几个吸着鼻涕，活像凤阳县的乞讨团。

"我是二呆，把喜糖交出来。"一个大男孩双手叉腰，一脸蛮横。熟悉的大蒜味又飘了过来。

"你是讨糖，还是诈糖？"新娘认真地问道。

二呆的脸一点点地红了。他后退一步，一低头，一抱拳，一作揖，最后单腿跪下："新娘子，请给喜糖。"

"错！单腿跪下，是为了求婚。为了几颗糖，你竟委屈自己的膝盖，羞不？你要记住：男儿膝下有黄金。"新娘冷冷地说。二呆慢慢地站起来，一张脸已经成了大花脸。

"你这一辈子就记住这句话：男儿膝下有黄金。"新娘加重了语气。

"我记住了。现在请你给糖。"二呆也加重了语气。

"我要是不给呢？"

"不给就抢。"二呆脱口而出。新娘不说话，只是看着他。男孩约有十五岁，厚嘴，大耳，塌鼻，小眼，眼和眼之间有很宽的距离，眼梢朝下耷拉，这是典型的唐氏综合征。患有此症的儿童有四十七条染色体，而正常的儿童有四十六条。但他应该在四十七和四十六之间，也就是说他是半个唐氏综合征。

"给糖。"二呆的手伸过来，手掌很大，上面有一层厚厚的茧。新娘饶有兴趣地看着这双手。手的年龄不长，怎么就有了瘰疬疤痕，有了新伤和老伤？

165

"给糖！"

"抢糖的不是好人。"新娘子毫不客气地说。

"说话不算数的也不是好人。"二呆伶俐地反驳道。

"我怎么说话不算数了？"

"你说：喜糖可以给，只请好汉留下姓名。"二呆理直气壮地说，"我已经留下了姓名。"

"我说过吗？"

"你在弄堂口说过，天地可以为证。再说我们这是讨糖，而不是诈糖。"二呆语速极快，口齿清晰，整句话里主谓宾一个不落。新娘想起一句话：天才和疯子，只有一步之遥。

"孩子不能说谎，大人也不能说谎，特别是新人更不能说谎。"他一挤眼，分开的眼更开阔了，在开阔的平地上，鼻子就成了一个点。

"给！"新娘像扔高升一样，一把喜糖朝天花板甩去。二呆一个起跳，接住了，转身就是一个大撒把，糖果如绚丽的烟花，逐一朝孩儿们的怀中落去。再扔一把糖，再起跳，再转身，再撒把，一连串动作密不透风，一气呵成，活脱脱一个杂技表演家，硬生生一个孙大圣。

二
呆

孩儿们得了糖果，迫不及待地往嘴里送。他却两手空空，眼睛盯在墙上。顺着他的视线，新娘看到他在看画。嘴张得很大，眸子里却只有一个点，一个聚焦点。新娘把一包糖朝他扔去。他下意识接了，又下意识地扔给新娘。"干嘛不要？"

"你已经给了，额外的不要。"二呆的目光依然盯着墙上，眼神贪婪而急迫，锐利而疯狂。"这画……谁画的？"

"当然是我。"新娘骄傲地说，很是敝帚自珍。

"这画凶险，怎么放在新房？"二呆还是死死地盯着画。

"社会本来就凶险，我需要小船的拼搏精神。"新娘说着一愣。和他说这些，不是对牛弹琴吗？但是这头牛分明懂琴，这就奇了怪了。

"你不会……也要抢这幅画吧？"

"怎么会呢？"二呆心不在焉，两颗眸子一动不动，死死地盯在一个点上。

"想看，就拿下来仔细看吧。"新娘鼓励道。

"就这么看已经够了。"他痴迷地看着，痴呆中带着神迷意乱。一条细细的口水悄无声息地从嘴角流下。

"你莫不是想吃梨？"新郎觉察到什么，指着高处问。画的下面大橱顶上，有一个大大的，黄澄澄的梨。柔和的灯光，给梨披上一层橘黄的薄纱。新娘突然很懊悔：自作多情，滥施感情，对牛弹琴，乱找知音。

"梨？什么梨？"二呆依然看着画，盯着某一个点。

"衣橱顶上的梨，你拿去吧。"新郎希望他拿了梨，带着猴儿赶紧走。

"我不想吃梨……但是……"二呆有些慌乱，"她嘴唇全裂了。"

"什么你啊她啊，拿去就是。"新郎不想纠缠。

"她是谁？"新娘冷冷地问。

"她就是她。"二呆微笑着，呆滞的眸子有了活力，有了湿度，还有色彩。

"拿去吧！"新娘愈发索然。

"妈！二呆又闯祸了。"一声尖叫，一个女孩窜进来。左手一扯，右手一扫，男童女童手里的两颗糖已到手，一仰头，糖果扔进嘴，"呸！"糖纸吐出，动作绝对麻利。

"干吗抢别人的糖？"二呆冲过去，手指如剑，直直戳在女孩的塌鼻梁上。

"又咋了？"一个女人皱着眉走进来。

"妈！二呆诬陷我。"女孩一屁股坐在地上。

"我咋诬陷你了？"二呆气愤地问。

"妈不做主我不活了。"女孩就地打滚，滚动幅度很大，差点打翻一旁的痰盂。

"你就知道惹事。"女人一掌朝二呆挥去，打滚女乐了。

"妈！她真的抢别人的糖。"二呆委屈地说。女孩一骨碌爬起，先翻口袋后扯裤带，最后还伸出舌头转动几下，一套反审讯的程序，做得滴水不漏。程序做完后，二呆的前脑和后脑勺又挨了几下。

"滚！"女人一跺脚，孩子们一拥而出。

"对不起，新娘新郎，我的孩子不懂规矩。"女人连连道歉。

"没事，坐！"新娘拉出椅子。一条黑影窜过来，一个起跳，一阵风，橱顶上的梨不见了，黑影也不见了。

"谁啊？"女人揉着眼。"自己的犬子都不认识？"新娘憋住笑。"……唉！这里的孩子是'和尚打伞无法无天'。你叫新娘子，以后就叫我老娘子吧。"女人热情地说。"这里有花果山，你儿子是美猴王。"新娘笑着说。

"我刚嫁到这，哭了个愁云惨雾天昏地暗。眼泪哭尽但日子还得过，好在时间是治疗痛苦的灵丹妙药。"女人叹了一口气。新娘打量着她，不由暗暗喝彩：浓眉大眼，五官呼之欲出；黑发浓密，宛如一挂瀑布。笑靥中，风韵万千；举手间，大家闺秀。

"我养了两个讨债鬼。大女儿只知道疯痴，叫傻大姐；小儿子就知道打闹，叫二呆。一个家庭三出戏，够你们瞧一阵的。"

"一痴一闹，还有一出是啥戏？"新娘笑着问道。

167

"老娘子！老娘子！"一声急促的呼喊后，一个男人粉墨登场。

新娘饶有兴趣地打量着他。大冷的天，他只穿条背心，胳膊上全是腱子肉，一疙瘩一疙瘩地绽放。此公上身长，下身短，短腿粗壮结实，如沧海横流中的桥墩。

"原来老娘子在新娘家。"男人一掀帽，露出寸板头。头发根根竖起，活像只老刺猬。

"请坐，贵姓？"新郎急忙推出一把椅子。

"免贵姓王。叫王书记行，叫王主任行，叫王大盲行，叫王狗熊也行。"老男人把帽子往头上一压，热气腾腾地笑了。

"怎么有这么多称呼？"

"'文革'前我是王书记；现在是革委会王主任；因为不识字，有人叫我王瞎子；因为力气大，婆娘叫我王狗熊。"说着，他给婆娘飞了个眼风。这眼风火辣辣色迷迷，这不是文盲的眼风，而是西门庆的眼风。

"死样！"老娘子叱道，"出来五分钟，跟喊魂一样。"

"别说五分钟，五秒看不到你，我就是热锅上的蚂蚁。"老王挠着头嘿嘿笑了。

二
呆

"老大老妻还这样。"老娘子"呸"了一口。

"生姜愈老愈辣，狗熊愈战愈勇，我就是你身边的一条狗。"老王一摸脑壳，愈发有了幸福感。"走！回家吃饭。"

"整天就想到吃。"老娘子伸了个懒腰，浑身上下洋溢着慵懒和满足。

"没有上吃下吃，活着有啥劲？"老王使了个暧昧眼神，于是老娘子笑了。二人拉拉扯扯出了门。

"怎么不像夫妻，倒像嫖客和妓女。"新郎轻蔑地说道。

"你怎么这么刻薄？还没入乡就随俗。"

"话糙理不糙，夫妻哪有这样的？"

"既然世上有性冷淡者，当然也有性亢奋者。我只是不明白，这么个尤物咋嫁了这么个浊物？"新娘摇着头说。

"这是一个疯狂的年代：凡是存在的都是合理的。"

"又搬出你的黑格尔理论。我倒想知道，怎么个合理法？"

"既然不能推翻现实，只能迎合，或者说苟合。苟合形势，苟合男女关系，或者说苟合夫妻关系。"

"可我看那女的没一丝勉强，倒有点顺水推舟，顺路下坡。"新娘思索着。

"同化了，或者说是患了斯德哥尔摩综合征了。"

"他们不是迫害和被迫害的关系，他们是夫妻。"

"在夫妻这个框架中，完成受虐和被受虐，这种情况司空见惯。所以说，存在就是合理。"

"黑格尔说的是普世原则，你不要拿来主义。"新娘反驳道。

"如果你不同意苟合，那就是嫁接。遵循米丘林的技艺，把苹果嫁接到梨上。"新郎翻开一本书。

"不是同一基因，怎能嫁接？基因有遗传性，不能轻易改变。"

"基因有遗传，还有变异这一条。能变异的基因当然能嫁接。当年的恐龙不是变异成现在的蜥蜴吗？"

"当年的猴子不是进化成人吗？"新娘笑了。

"对达尔文的进化论，我始终心存疑惑，他的理论和恩格斯一样。"

"你否定无神论？"

"当然。"新郎冷笑着，"就在我们怀着最大的虔诚，在某些理论面前膜拜时，这些理论已经在它们的发源地被制成木乃伊，送进了历史垃圾箱，或者说历史博物馆。"

"外来的和尚好念经，可是请神容易送神难。"

"这神一请就是一世纪，这经一念就是一百年，给中华民族带来了深重的灾难。"新郎的脸色黯然了。

"我们还在蜜月，说点高兴的事吧。"

"对了，你那件事有进展吗？"

"今天《解放日报》的编辑和我谈了，他说诗写得不错，文学功底也好，就是诗的政治色彩不浓，没有很好地嵌在革命的形势中。"

"你为了苟合形势，把自己阉得面目全非？"

"为了跳槽，搞政治迎合，做宫廷小丑？"新娘一脸鄙夷。

"这才是我不为跳槽而折腰的好娘子。"新郎竖起大拇指。

"但是，如果一点也不改变自己，跳槽只是南柯一梦。我继续做三班倒的工人，你就不爱我？"新娘撒着娇。

"你在单位倒三班，这是扼杀人才浪费人才。贪污和浪费是最大的犯罪。"

"我想进报社想得发疯，但是……"新娘叹了口气。

"我相信我的老婆，伟大的工人阶级，一定会进驻上层建筑。"新郎拼命打气。

"我知道，革命的含义就是把文化人发配天涯，把没文化的人送进上层建筑。"

"这是'文革'初期的掺沙子，现在报社还是需要人才的。"新郎还在鼓气。

"我肯定不行。第一，我父亲有问题；第二，我舅舅有问题；第三，我腰有问题。"

"你的腰怎么了？你腰究竟怎么了？"新郎着急地问。

"我的腰患了腰椎间盘突出症，轻易不肯弯下来。"

"……你耍我，看我怎么收拾你。"新郎的手朝新娘胳肢窝伸去。

"我这是向毛主席学习，兵不厌诈！"新娘躲闪着说。

"告诉你，毛主席的谋略比孙子兵法多了去。除了三十六计还有：农民痞子，工人流氓，策反谋反，打进来，拉出去。人之搏，人整人，人杀人，与天斗，与地斗，与人斗。马列主义，中国革命，百花齐放，大鸣大放，引蛇出洞，反帝反修，荣辱与共，肝胆相照。今天是革命小将明天是下乡农民，今天是起义将领明天是卧底间谍。阳谋之阴谋，否定之否定，二者轮流玩。玩腻了，玩厌了，玩累了，玩倦了，统统朝绞肉机里塞。一有危机，马上制造臆想的外来敌。今天日本，明天印度，后天美国，如果需要，再加上八国联军和三十六国联军。一到困境，澳门特别行政区澳门全是外来势力的滋生地……"

"接下来，全党共讨之，全军共诛之，五十六个民族一起上。"

"于是，声讨，揭发，控诉，抗议，万众一心，同仇敌忾，最后胜利地完成了……"

"于是高山欢呼，河水歌唱，十亿人民弹冠相庆。"

"接下来，庆五一，颂七一，祝八一，迎十一……"

"除夕发个大红包，虽厚薄不一，皆大欢喜。最后在春节的爆竹声中，把反华势力送上天。"

"好！阿Q之乡做阿Q，阿Q精神代代传。士可辱不可杀，赖活就比死了好。实在活不下去，二十年后又是一条好汉。"

"临刑前喝妈一碗酒，浑身是胆雄赳赳。临刑前先画一个圆，然后大唱：我手执钢鞭将你打……"新娘说着笑着，笑着说着，突然用手捂住了脸。

"你怎么了？"新郎问。新娘不说话，肩膀一动一耸的，抖得厉害。新郎扳开新娘的手，掌心有一掬眼泪。

"你这个傻女孩。"新郎掏出手帕。

"我受不了了……"新娘啜泣着，肩膀抖动得更厉害了。

"你的感情陷得太深了。"新郎叹了一口气。

"为什么中国有这么多苦难？为什么老百姓这么麻木？"新娘哭着问道。

"杀贼有心，回天无力。我们能做的，就是独善其身。"新郎伤感地抽着鼻子。房里一片静谧，间或有一两声渐轻的抽泣。新娘新郎相依相偎，如一块石头上雕刻的一对男女。

二、苦妹

苦妹在被窝里撑起两条腿，于是被子像帐篷一样撑起。被子一撑起，肚皮上就有了空间。这空间就是她的餐桌，她要在属于自己的餐桌上，吃属于自己的东西。

她从枕头下抽出一只梨，放在鼻子下使劲嗅。清香味一点点吸进去，她满意地打了个喷嚏。窗外有脚步声。苦妹忙把梨藏在臀部下。脚步声远去，苦妹松了一口气。她把梨，一只黄澄澄的嫩梨，端端正正地放在肚脐眼上。

最近她老是咳嗽，有时还咳出血丝。这辈子，她只吃过一次梨。那是在一次高烧不退的昏迷中，她使劲喊着："梨！梨！"

梨送到嘴边，她也从鬼门关回来了。爹问她："你从来没吃过梨，怎么会在昏迷中喊梨？"她说："妈不是叫梨吗？"爹沉默了很久："你妈不叫梨，她叫丽。你一生下来就要了她的命。"

"所以我叫苦妹？"

"难道你叫甜妹？"爹叹了一口气，"为了你，爹熬了十年不娶妻。可是十年后找的媳妇，却比蝎子还狠，比蜘蛛还毒。你是中药店里的揩台布，揩来揩去全是苦。"

"爹！我已经苦了十三年，还要苦多久？"苦妹仰起尖尖的下巴问道。

"下个月，我去庙里为你求个签。"父亲的手，停留在女儿的脑门上。女儿的头发又稀又黄，活像冬天里的一把枯草。

"爹！这个签灵不灵？"苦妹拉着父亲的手。

"应该灵的。"父亲偷偷抹了一把泪。

"那你明天就去，早去早好。"苦妹眼巴巴地瞅着爹。爹的心一颤。他在苦妹的眼睛里看到了渴望，也在苦妹的瞳孔里看到了自己的恐惧。最近他老是恍恍惚惚，总觉得家里潜藏着一个幽灵。这幽灵现在要害他，将来要害他的女儿。他想抓住这个幽灵，把幽灵撕个粉碎。但他在明处，幽灵在暗处，他抓不到幽灵，幽灵却分分秒秒在监视他。白天他能感觉到幽灵的气息，晚上他能听见幽灵的脚步。但他就是抓不到它。怎样才能抓住幽灵？他白天想，晚上想，还没等想出办法，他就在扛大包时一个倒栽葱，一头扎进黄浦江。

到死，女儿的签都没有求上。他带着未完成的夙愿走了，留下克爹克娘的苦妹。

苦妹小心地咬了一口梨。梨有点酸，有点甜，酸的像醋，甜得像糖，这是梨的滋味，也是她自己的心情。从小到大，苦妹没有一个朋友，唯一的朋友就是二呆。为了二呆，她不知挨了后妈多少拳头。每次拳头落下来，她总是挺起胸。虽然她的胸又小又塌，连坟场上的坟头都不如。

二呆这个人，就像这又酸又甜的梨。酸时，能把整条巷子搞得鸡飞狗跳；甜时，能把自己的心挖出来送人。有一次，后妈打她时，不慎把伤口留在她脸上。二呆大怒，一脚把后妈摔了个狗吃屎。虽然没吃到屎，但骨头脆生生地断了。于是老党用一副手铐，把二呆铐了三天三夜。从此，二呆和老党成了仇人。

仇人！这世界怎么有这么多仇人？一个锅里掌勺是仇人，一个屋檐下住着是仇人，一个巷子里蹲着是仇人，就连夫妻也是仇人，就连死去的人也是仇人。后妈一骂她，马上扯到爸：老鬼，穷鬼，死鬼，潦倒鬼，窝囊鬼。她搞不明白，这鬼以前不是养活你吗？这鬼以前不是和你睡一个被窝吗？

现在后妈的被窝里，睡的不是死鬼而是活鬼。这个活鬼，就是人见人惧的老党。此刻，鼾声阵阵，如雷如涛。一听到鼾声，苦妹的眼前就竖立起两根烟囱。只有烟囱一样粗大的鼻腔，才能发出这样可怕的鼾声。

苦妹又咬了一口梨，这次尝到了苦味。苦妹把眼睛贴上去，发现梨核是黑的。这梨真怪，黄澄澄的外表多诱人漂亮，可里面却黑了烂了。这就像老党。

对！就是老党。苦妹为自己贴切的比喻感到兴奋。

这个老党，人高马大，威风凛凛，一身警服，一根皮带，简直就是复活的李玉和。不！不是李玉和，而是穿军装的杨子荣。那天，街道里开批斗会。老党又是打坏人，又是呼口号，最后还敲着麦克风发言。这等英武，这等气概，只有在样板戏里才能看到。就在会议达到高潮时，窜上来一个赤脚小子。

这小子脏兮兮的，鼻子下还挂着二条粉丝。民兵驱赶他时，小叫花子抢过话筒嚷着："老党是个大坏蛋，我看见他骑在地主婆的身上。"老党冲上来，重重甩了他几个大耳光。小叫花子捂着脸嚷着："昨晚我趴窗户眼，看得清清楚楚。你骑在她身上，她打你耳光。你骑在地主婆阿香的身上，我看得清清楚楚。"

有人嚷着："你这双蒙古眼，还能看得清清楚楚？"

"我是蒙古眼，但我不是呆子。我还看见老党的皮带扔在地上，皮带头是一条黄龙。"

这下，会场骚乱起来，有了极大的骚动。有人建议，让老党的皮带大白于天下；有人提议，让地主婆自己坦白。混乱中，民兵挺着长矛冲过去，小叫花子撒腿就跑，跑得比兔子还快。一边跑，一边把鼻涕朝民兵甩去。第二天，地主婆阿香就死了。有人说是畏罪自杀，有人说是被杀，还有人偷偷说，是老党吊死了她，这叫灭口。后来派出所来抓谣言，抓来抓去，把几个出身不好的人抓进去。当抓到小叫花子时，一个穿军装的男人，左手拿着打狗棍，右手举着菜刀："他奶奶的！谁敢上来，老子和他拼了。"拼命三郎的阵势吓住了民兵，于是小叫花子没有被缉拿归案。

街道成立了破案组，经过内查外调，发现那个拿着两把菜刀闹革命的果然是老革命。他是小叫花子的爹，他的爹，他爹的爹，全是叫花子出身。这老叫花子，曾拿着打狗棍参加了解放军。以前他是军工厂的党委书记，现在是军工厂的革委会主任。要不是文盲，他早就杀进中南海的军机处了。三代叫花子的他，勇猛异常力大无穷，是军队培养的现代李逵。若不信，屁股上的枪伤就是证据。调查结果让破案组惊出一身冷汗。从此，王大瞎成了泰山顶上不老松，二呆成了泰山顶上小青松。

阿香婆死后，二呆虽名声大震却变得沉默。很多猴儿慕名找他，要投靠他的山门，但被他一概拒绝。很长的一段时间里，他不是在纸上涂涂写写，就是仰望太阳仰望星星。有人笑他："二呆！你连自己的名字都写不囫囵，难道还能写揭发材料？"二呆一口浓痰呸过去，那人兔子般逃了。有人说二呆吓傻了，有人说二呆吓呆了。只有苦妹知道，他不傻也不呆，他和她一样心里装着黄连。

有一次苦妹说："我知道你心里苦，你就把苦水吐出来吧。"二呆什么也不说，呆滞的眼里滚出两颗滚烫而浑浊的泪珠。苦妹说："阿香婆死了，这不是你的错。"

"要是我不揭发，她就不会死！我傻啊我傻！"二呆掌掴自己的嘴，把嘴掌成一个大面包。苦妹一把攥住二呆的手，二人手拉着手，哭作一团。

有一次批判会后，反属婆被打成骨折。第二天一早，二呆把她家的水缸挑满，还从工地上偷来黄沙水泥，为她做了一个高高的门槛。从此，雨水不再灌到她家里。这事被傻大姐告发后，二呆被打得三天爬不起来。第四天是大暴雨，二呆端着脸盆爬上屋顶，说是为反属婆"接漏水"。老爹气得一跳三丈，操根竹竿追上去，把二呆撵得鸡飞狗跳。结果二呆从屋顶上摔下来，脚踝肿成一座山。

再后来，二呆越来越呆，越来越傻。联防队找上门，说他躲在反属婆的屋檐下，扬言要保护她。联防组赶他，撵他，打他，他都不挪窝。联防队跟他老爹说，再这样，就把他送精神病医院。一怒之下，他老爹用烧红的钳子烫他。一阵白烟后，烧焦的肉味窜起来。二呆不哭也不叫，只是把头抬得老高，简直就像"曲颈向天歌"的呆鹅。

二呆什么都好，就是喜欢钻牛角尖不好。你就是一身铁，又能打几个钉？你就是能保护反属婆，你也保护不了右派婆，四类分子婆啊！苦妹幽幽地叹了一口气。

"倒马桶喽！"弄堂里响起粪车的嶙嶙声。苦妹忙把梨藏在枕头下，又从枕头移到被窝里。就在手忙脚乱时，一阵"踢哒"声拎着粪桶朝门口走去。

苦妹知道，她承包的粪桶今天不用拎了。就在她庆幸地吐了一口气时，传来"锒铛"一声巨响，苦妹当即吓得魂飞魄散。她知道自己闯祸了，闯大祸了。

昨天刷粪桶时，苦妹发现拎手因为锈蚀已经断裂，但苦妹没告诉后妈。刷完粪桶，她依旧把它放在朝阳处。沐浴着阳光的粪桶犹如处女，初夜权一定要交给后妈，这是家规之一。有一次苦妹憋不住坏了规矩，于是挨了打，还饿了两天。

下午，她把晒得热乎乎的粪桶，小心地托回家，像请神一样，放在神龛上。神龛旁就是后妈的床。昨晚，老党摸到后妈床上，足足折腾了半宿。天亮时，后妈怕影响老党睡觉，于是亲自去拎马桶。不料拎手断裂，粪桶跌落，桶盖砸在腰上，粪尿溅了一头一脸。这才是一声爆炸，屎尿四溅。

"小婊子！看我不杀了你。"后妈一边骂一边跺脚，一条水蛇腰晃来晃去，就像一根花绳子。苦妹从床上爬起，像林黛玉一样，扛着拖把惊慌地朝屎尿扑去。她知道，这一屋子的臭是逃不了了，她这一身的皮肉挨打也是逃不了了。

三、画画

红日出来了，白云在红日中轻盈地舞动着腰肢。红日妖娆，多情地凝视着白云，于是白云越发妩媚了。

"哗啦啦！哗啦啦！"粪车一走，各家各户的刷马桶活动开始了。有人用小石头在马桶里搅，有人用贝壳在马桶里刷，有人干脆用狼牙棒在桶里胡捣一气。有人双臂挥舞，有人半蹲半撅，有人佝偻着腰。姿势怪异，分贝奇高，味道特臭，简直是一幅有特色的群丑图，绝对符合"群众性，自发性，大规模的革命运动"这一特点。

于是小鸟飞走了，清风飘去了，白云掩着鼻子逃逸了，红日冷着脸爬高了。

老娘子端着一只脸盆，肩上搭着一条毛巾，来到门口的瓦砾堆上。瓦砾是造房子留下的。星转月移，一晃若干年。但瓦砾堆依然屹立，依然雄踞，坚守着一百年不变的方针。

瓦砾堆现在成了老娘子专用的盥洗室。她站在瓦砾堆上，喝一口水，刷一下牙。动作张弛有度，手势优雅无比。有居高临下的睥睨，有高屋建瓴的傲然。雪白的泡沫喷在瓦砾上，仿佛海浪冲起的白沫。

随着"吱呀"声，二呆挑着水过来。扁担随着脚步一晃一荡，极有韧劲。带着艄公号子的雄浑，带着信天游的粗犷，带着十五岁少年的气息。

供水站在巷子深处的某一旮旯，水泥地坪约有二十平方米，中间盖个小窝棚，左右各有一只水龙头。戴斗笠的老头负责收牌放水。一只大牌换十个小牌，一只小牌可放两桶水。因为计量单位是"桶"而不是"斤"，所以各家各户的桶越搞越大，甚至有人把腌菜缸也搬来了。斗笠汉一怒之下，抡起扁担就砸，把自己搞成现代版的"司马光砸缸"。缸的主人也抡起扁担冲上来，双方发生激烈的冲突。激战中，斗笠汉挂彩，缸主人受伤。此事经过居委会，街道和派出所的斡旋，在一轮轮的三方四方会议中，双方终于达成和解：缸主人做检查，斗笠汉赔尿壶一只。虽然尿壶的面积小于腌菜缸，但价格却相差无几，于是二人握手言和，继续维系三十年的友谊。

供水站的作息制度是早上八点开门，下午五点结束。期间，斗笠汉严格按照政府机关的作息制度，午间雷打不动休息两小时。当斗笠汉睡醒打开龙头时，排队者蜂拥而上，你推我挤，你抢我夺，其情景比当年赈粥棚还盛况空前。

“妈！”二呆放下扁担，犹豫地叫了一声。

“扑！”老娘子喷出一口水。由于站得高，再加上嘴唇向上，所以水的起点很高。水在半空中化成一片雾，而且是乳白色的雾。雾朝四周扩散，形成一个水帘洞。雾绝对是乳白色，浑然是牛奶。面对半空中的牛奶彩虹，二呆看愣了。

“扑！”又是一口。水形成漂亮的抛物线，然后一点点朝下坠。现在不是牛奶，而是简单的水。二呆有些失望。他这辈子只喝过母乳，未曾喝过牛奶。苦妹老是问他牛奶是啥滋味？二呆只能回答：不知道。

老娘子又喷了一口，三口水喷完，她的刷牙程序宣告结束。老娘子的刷牙，是棚户区的一大景观。她不喜欢在脸盆里刷，就喜欢站在瓦砾上刷。有人把这归咎于她的出身：住在上只角也就是市中心的人，都喜欢这样。

老娘子婚前的刷牙，是在家里盥洗室内完成的。既然嫁到下只角，刷牙只能随乡入俗因地制宜。于是，站在瓦砾上刷牙，成了她变相的示威和宣言：落难的凤凰不如鸡，但鸡，永远没有凤凰的振翅高飞。

老娘子扯下肩上的毛巾扔进脸盆，十指如葱白在水中愈发晶莹剔透。

“妈！给我一块钱。”二呆鼓起勇气喊道。

“把缸挑满，把热水灌满，晚上我要洗澡。”老娘子带着自怜，依然注视着十根葱白般的手指。

“妈！给我五毛吧。”二呆一泄气，自觉把价钱砍了一半。老娘子开始擦脸，热腾腾的毛巾敷在脸上，愈发显得脸如满月，肤如凝脂。

“妈！”二呆诺诺着。老娘子端起脸盆，从左转到右，优美的旋转如同标准的快三步。她一扭身，盆里的水均匀地，从左到右地，扇形一样地飘出去。水在阳光下，形成半道彩虹。

二呆这次不是看愣，而是看傻了。母亲身上有许多东西让他着迷，甚至痴迷。她的举手投足，一笑一颦都与众不同。她吃饭的姿势，行走的步子，绝对不属于这个小巷，也不属于他的父亲。她不是一个人，而是一个美丽的女神。可是一到晚上，母亲就从女神变成女人。不！变成一个女兽。

想到这，二呆的痴迷消失了，取而代之的是憎恨，深深的憎恨，还夹杂着深深的鄙视。他不知道，母亲究竟是白天的女神，还是夜晚的女兽？

“我要钱。”二呆突然嚷道，声音十分粗鲁。

“没钱。”母亲淡淡地说。

“新娘子！”二呆吼着，声音粗哑，带着激动和怒气。新娘子的头探出门，二呆一把拽住她：“你说，你为我说话。”

昨天新娘出门时，看见二呆蹲在窗沿下。蹲，是这里的一大特点。男人喜欢蹲着抽烟，女人喜欢蹲着拣菜，就连小孩，都喜欢蹲在地上搓泥丸子坑。早听说北京皇城根儿的人喜欢蹲着晒太阳，想不到上海也有此嗜好，这让她有了"习俗无地界"的感慨。

新娘的鞋带松了，她蹲下去系鞋带，却发现二呆不在晒太阳，而是在画画。新娘只瞥一眼，眼珠就转不动了。她惊讶地扬起眉，再次体会到天才和疯子只隔着一张纸。

人们带着世俗的成见，把天才梵高当成疯子；新娘也带着超凡的预见，把二呆当成天才。虽然纸上画的是清一色的马桶，但笔力遒劲，轮廓鲜明，有力透纸背的粗砺。能把马桶画得栩栩如生并不难，难的是神似而非形似，这说明他心中即便没有沟壑万千，也成竹在胸。

马桶臭烘烘，脏兮兮，绝对是人世间最大的俗物。俗归俗，却是须臾离不了。本来政府完全能够让老百姓脱离苦海，过上"土豆加牛肉，抽水马桶加沐浴房"的共产主义生活。但是考虑到世上还有三分之二的人等着去解放，所以只能委屈上海人天天刷马桶了。

其实马桶和徐悲鸿的马，齐白石的虾，张大千的黄山，完全可以并称为中国四杰。马用来骑，虾用来吃，黄山用来欣赏，马桶用来排泄。中国有句格言：你不让我吃饭，我就不让你拉屎。这就说明吃饭和拉屎已经达到了同一个高度，达到"同一首歌"的高度。能做到"民以食为天"，当然也能做到"民以泄为地"嘛！

"新娘子！别笑话我。"二呆扯过画稿就要撕。

"你等等。"新娘回家取出一本素描递给他，"好好临摹，你有这方面的天赋。"

"啥叫天赋？"二呆急巴巴地问。

"天赋就是本钱，你有画画的本钱。"

"真的？"二呆搔着头，嘿嘿笑了。这一笑，竟笑了一整天。

"新娘子，你想说啥？"母亲端着脸盆，从瓦砾上跳下来。

"是这样的，二呆画画得不错。"

"你想培养他做画家？"老娘子眉头一挑。

"孩子有爱好，总比无所事事强。既然他有画画的天赋，我们就要努力为他创造条件。"

"我还有做总统的天赋呢！"王大瞎推出自行车，手里拿着打气筒。

"话不能这么说。"新娘努力笑着。

"我丈人是教授，可教授不能保护自己，早早翘辫子走了。我虽是文盲，却能保护娘子还能保护孩子。画画，那是封资修的一套。"老王虽带着笑，语气中却有不耐烦。

"作为父母，不能扼杀孩子的追求。再说，这对他也是一种陶冶。"新娘坚持着说客的身份。

"啥叫陶野？难道他野得还不够？"老王哈哈大笑。

"这冶不是那野。父母的言传身教，环境的潜移默化，就是孩子成长的菌种。"

"还霍乱呢！老娘子，好了吗？"老王使劲为御用车辆打气。

"妈！就给我二毛。我今天要挑水，要做煤球，要劈柴禾。对了，有空我去摸螺蛳，放把辣椒，保险你吃得满意。"二呆使劲笑着，肌肉被牵动得很怪异。老娘子眼皮也不抬，兀自拍着肩膀上的头皮屑。

"妈！就二毛。笔不买，就用短的铅笔头；纸不买，就在黄草纸上画。但颜料一定要买。价钱看过了，二毛，只要二毛。"

"我身上只有两毛，这是准备买早点的钱。"老娘子笑着说。

"你今天可以不吃早饭，你就给我吧。"一双粗大的手伸到母亲的眼皮下。

"如果我不吃早饭，就没力气干活；不干活，就不能拿工资；不拿工资，拿什么养你。究竟肚子重要，还是画画重要？"老娘子冷静地说。

"可我喜欢画画，我要我的颜料。"二呆急得快哭了。

"好了吗？"王主任取出一块厚实的海绵，放在车架上用绳子扎紧。车架上搁的是婆娘的肥臀。保护好婆娘，是他的重中之重。婆娘挎着包，一扭一扭地走在前头。小包色彩艳丽，和格子外套很般配。老王打量着婆娘的背影，满意地笑了。他推着自行车奔了两步，然后一个跳跃落在鞍座上。两条又粗又壮，犹如青蛙的腿，一蹬又一蹬，车子追上了婆娘。婆娘把小包朝肩上一甩，紧走两步，一个跳跃，稳稳地上了车架。老王一摁车铃，在众人的羡慕眼神中，车子七拐八弯驶远了。看着越来越远的黑点，二呆的眼红了。

四、老党

老党进门前先掐了烟，又朝外吐了几口气。母亲是顽固的气管炎，闻不得烟味，作为孝子贤孙的他，当然不能让她闻到这烟味。

"妈！"他顾不上挂上背包，径直扑到床前。

"儿啊，回来了。"老母睁开昏花的眼。

"吃。"老党打开包，把热烘烘的糯米粑粑递过去，"趁热吃。"

"哎！"老母张开嘴，美美地咬了一口。老党一看，也美美地笑了。他不是笑自己的母亲，而是笑自己的工作。俗话说，靠山吃山，靠水吃水。穿警服，果然人人敬而畏之。有了敬畏，就有了香火，有了进贡，有了膜拜。

当老党还在母亲的子宫里遨游时，父亲就去世了。父亲不是死于南昌起义，也不是死于爬雪山，而是死于一场莫名的斗殴。好在群斗中，有一个潜伏的共产党员，所以这场斗殴，后来定性为黄色工会和红色工会的较量。死者生前虽不伟大，但死后却很光荣，估计九泉下也笑咧了嘴：自己咋就成了什么的代表？一披上"三代表"的袈裟，儿子就成了"烈士之后"，婆娘成了"烈士遗孀"，不但有了丰厚的抚恤金，还为儿子开辟了锦绣前程。

"儿啊，有女朋友了？"母亲咧开没牙的嘴，殷切地问。

"快了！"老党朝地上啐了一口。

"啥时候带回家看看？"

"我不知道带哪个回来。"老党脱口而出。

"你的花花肠子太多。"母亲沉下脸，"要不是你的灵魂在庇护，你早进了大狱，说不定还吃了枪子。儿啊，早早娶个女人，把咱家香火传下去。"

"知道了。"老党敷衍道。

"那个阿香婆的事我都知道了。你不该搞了人家，最后还……"

"那是她活该。妈！我要睡觉了。明天还要批捕一批，斗争一批。"他急忙站起来，因为他无法面对那双浑浊的眼睛。

"不是说'文革'快结束了，怎么还要批捕一批？"母亲瞪着眼惊诧地问。

"革命永远不会结束，严打刚刚开始。"老党有了兴奋点。

"上次不是严打过了，咋又要严打？一严打，就有人死，有人坐牢，有人上吊，有人成精神病。我的儿啊，你可不能造孽。"

"妈！你只管养好自己的病，瞎操心干嘛？再严打，再刮十级的台风，也影响不到你儿子。"

"儿啊！使不得！使不得！人在做，天在看，头上三尺有神明。"

"我怎么看不到神明？"老党哈哈大笑，"也没见神明来惩罚我啊。"

"儿啊，人人都说你爹坏，坏到头顶流脓脚底生疮，但是我看你比他还坏。他除了吃喝嫖赌，从来不杀人。"

"我也不杀人。"

"儿啊！你看着妈的眼睛……你把十四岁的小云肚子搞大，让她流产，结果她大出血死了。于是你说有一个流氓集团，后来有人被枪毙，有人被坐牢。小云的娘疯了，小云的爹跳楼死了。"

"死有余辜，死得活该！"老党恶狠狠地吐了一口痰。"妈！你听谁说的？我一定要把这个造谣者揪出来。不把他（她）弄死，我就不是您养的。"

"儿啊！以前你喜欢打架，小学六年读了九年还没毕业。妈不怪你，但是你不能杀人。"

"妈！要是我杀人，怎能披上这套警服？"

"正因为你干了许多坏事，所以才套上警服。作孽啊！"

"作什么孽？干革命，就不能心慈手软。对敌人的仁慈，就是对革命的犯罪。"

"又胡说八道。"

"这不是我说的，是列宁同志说的。"

"他跟你一样，肯定也是个杀人犯。"

"妈！你这话要是说出去，一定会吃枪子。只要儿子在，包你吃香喝辣，延年益寿。"老党取出一叠钱。

"我不要你的脏钱，你给死去的人烧点纸钱，给阿香婆烧点纸钱……"母亲一举手，粑粑掉在地上。

老党出了门，点燃一根烟。阿香婆，又是阿香婆，连睡在床上的母亲都知道阿香婆，可见阿香婆是个留不住的祸患。阿香婆啊阿香婆，你都死了，还为我制造不安定的因素。

正因为你是"不安定的因素"，所以我要把你消灭在萌芽中，可惜了一个国色天香的美人。阿香婆从梁上被拉下来时，拖着一条长长的，鲜红的舌头，把看热闹的孩子吓得屁滚尿流。他们一定想不到，当年的你是教会学校的一枝花。校花在二十岁时，成了国民党空军中队长的娇妻。三年后，中队长在和鬼子的激战中牺牲了。从此，阿香婆成了不苟言笑的黑寡妇。

邻居收到一封信，横竖看不懂上面的蝌蚪文。阿香婆看后，让他把信交到统战部。不久，这家人就迁徙到国外，一头扎进帝国主义的怀抱。这件事，成了她的罪证之一。

小巷小而破，破而陋，陋而闭，闭而塞。孩子们天天玩泥巴，打土仗。玩累了，孩子缠住阿香婆要认字。她不是教孩子认"伟大，光荣，正确"这六个字，而是教他们说"好啊油，格的毛宁"之类的洋话。这件事，成了她罪证之二。

阿香婆学校的校长，几次三番找她谈话，让她与死鬼男人划清界限，砸了男人的牌位，扔了男人的骨灰，赶紧找个党代表嫁了。可她一巴掌把校长打出家门。为这，她不但丢了教员的饭碗，还成了她的罪证之三。

后面还有之四，之五，之六。罪名之多，拨拉着十个指头也数不清。老党一贯对数字犯忌，所以也懒得再计算，最后他总结出一句话：咎由自取。

怎么不是咎由自取？我想搞你，这是看得起你。解你裤带，又不是解你脑袋，咋反抗得像奴隶起义？要不是你拼死反抗拳打脚踢，怎会被二呆看见？二呆揭发后，我要和你订个君子协议，可你死活不肯。不要怪我心狠，你成了我心腹大患还能不死？你的死是冤了点，但话说回来，每到清明，我给你烧许多纸，这说明我还是个重情义的男人。

想到这，他有些感慨，于是抽出第二根烟。

阿香婆死后，流言四起。好在搜出一本变天帐，上面不但有中文，还有洋码。经专家认证，这是黑寡妇写给死鬼飞行员的情书，而且是英文情书。据说飞行员毕业于西点军校，为了打鬼子，告别美利坚来到中国。平时和娇妻对话，全是洋话洋屁。想不到死了，还用洋文来寄托哀思。经专家论证，最后一封情书的截止期，就在死亡前一天。

于是老党的嫌疑排除了，因为情书最后一页上写着："士可杀不可辱。"就凭这句话，黑寡妇的死，就是自绝于人民，自绝于党。

烧了黑寡妇后，新鲜血液流进公安血管。老党脱下便衣，穿上警服。曾对他作业本打叉的老师，给他剪个阴阳头；曾不让女儿和他来往的邻居，给他个满门抄家；对他横眉怒目的，戴一顶四类分子的帽子；和他泾渭分明的，寄一封匿名信。削平虎头山，填平大寨沟，把鲜艳的红旗插在上甘岭上。什么叫桀骜？戴斗笠帽，收水牌子的倔家伙，抢着把老党的水缸挑满。什么叫骨气？留洋的校长，争着把揭发材料让老党浏览。还有啥比做"人上人"更有滋味？还有啥比"人整人"来得更刺激？他在征服的过程中，尝到了做人的极致。他不是皇帝，却有编制外的后宫；他不是银行家，却有用不完的钱；他不是阎王，却拿着生死簿；他不是参孙，但一跺脚，方圆十里抖三抖。

为了解决"后"的问题，老党本着"打一枪，换一个地方"的原则，走到哪，就把种子撒到哪。无论是肥土沃田，还是穷山僻壤，绝不放过一寸土地。虽春耕夏耘，但没有一块土地能抽芽。

妈拉个巴子！老子在耕地时，没吝啬汗水，种子也大把地撒。怎么就不着床受孕？想到这，他很沮丧。

老党又抽出一支烟，这次思考的不是"子嗣"而是"晋升"。从联防队混到警察，这该是个破茧过程。三年前，他就从丑陋的蚕蛹蜕变成美丽的雄蝶。可因为档案不争气，让他的晋升推迟了。

不！与其说是档部不争气，不如说是二呆坏了他的大事。一想起这事，他就牙根痒痒，恨不得拔出枪"突突突"就是一梭子。

那天，酒足饭饱的他正在溜达，以便消化胃里的蛋白质。坏分子二嫂正在扫地，姿势优雅，一左一右，像毛笔字的左撇右捺。她的脸是个鹅蛋脸，美中不足的是中央部分凹陷，就像高原中的"海子"，"海子"的诞生完全得力十老党。在一次批斗会上，饱含无产阶级义愤的他，对准鹅蛋脸就是一拳。一拳下去，鼻梁塌了，"海子"也诞生了。

老党停下脚步，远远观察着二嫂。二嫂用毛巾死死裹着脸。脸是裹住了，但身材裹不住。"丰乳肥臀"，老党脑海里跳出四个字，他笑了。虽然自己识的字还不满一箩筐，怎么会跳出这一句成语？这说明自己虽是半文盲，倒是欣赏美人的专家。以前以为专家学者很了不起，现在知道狗屁一个。谁有权就傍谁，就如婊子，谁有钱就和谁睡。

虽然无产阶级的铁拳把二嫂的鼻子打塌了，但臀部不是鼻子，而是一个完整的，均匀的，上翘的，丰满的桃子，左右对称中间还有一条缝。我的妈啊！这哪是臀，这是王母娘娘的蟠桃，欲火就这样不期而至。于是他双掌合拢朝桃子扑过去。桃子刚到手，脸上却挨了厚重的一巴掌。"你搞阶级报复？"老党虽然语文老吃鸭蛋，口齿倒是出口成章。

"你要流氓！"二嫂愤怒地看着他。

"我就要吃你这口水蜜桃。"老党不但加强了手上的力量，还把嘴朝二嫂的奶子拱去。突然，后臀又挨了狠狠一脚。这一脚力度很大，老党一个俯冲，栽倒在地，摔了个狗吃屎。

不对啊！二嫂的身子搂在自己怀里，二嫂的奶子躺在自己嘴里，听说过有三只手，没听说有三只脚。

"大家快来看，老党又要流氓了。"嘶哑的声音喊着，嚷着。

"又是二呆！"老党一挺屁股爬起来就追，追着追着，看见前面有两条腿。

"原来是……队长。"老党抹着汗说。

"看看你自己的德行。"队长沉下脸。年底，警察队长退休。他写了一封信给领导，坚决不让老党接他的班。从此，老党的晋升搁浅。从此，二呆成了老党的宿敌。

五、郊游

苦妹把炉子拎到门口，先扒了炉灰，又取了半张纸，小心地放进炉膛。瞧她那小心的模样，仿佛她放的不是纸，而是人民币。

以前生炉子，绝对没有这么困难。自从老猛被抓走后，生炉子就像唐僧取经一样难。半个月前，一辆警车停在弄堂口，警察搜了老猛的家，接着，警察押着老猛和报纸上了警车。

老猛本来也是响当当的造反派，就在他政绩如日中天时，一封揭发信寄到军检法。信上说老猛在家里焚烧领袖头像，发泄反革命怨恨。一搜，果然人赃俱获，不但有半叠被撕烂的报纸，还有报纸被焚的灰烬。

老猛的母亲对纸有近乎异常的嗜好。她喜欢把捡来的纸撕成一条条，一丝丝，以便做引火纸。"文革"时期，报纸上不是舵手的头像就是副统帅的造型。这一撕，岂不让他们碎尸万段？

因为这，老猛坐了牢，队长的职务也让老党顶替了。老党也没想到，我一个半文盲的揭发信，还能毁了一个响当当的红五类。从这时起，老党就坚信一句话："没有做不到，只有想不到。要是给我一架梯子，我就能上月球。"

老猛进去后，家家户户生炉子变得难上加难。这里的家庭基本没有藏书，即使有藏书，也在月黑风高时处理了。学生娃又在停课闹革命，区区几个练习本能生几次炉子？

苦妹把纸拢在手里，点燃火柴，风一吹，纸又熄了。她转个身，把纸拢在袖管里，但是手一抖，火又灭了。苦妹想了想，把纸拿到家里点了，然后赶快放进炉子，可还没到炉子，纸已烧了她的手。她叫了一声，火又灭了。

苦妹叹了一口气。自从老猛坐牢，她又多了一件家务，那就是拣引火纸。拣时，要抱着最大的革命责任心，不但不能有领袖头像，还不能有二报一刊社论。可报纸上除了这两点，还是这两点，想要撇开这两点，简直比登天还难。因为这，苦妹撅着屁股，扒拉垃圾箱的时间比以前延长了几倍。每到大雨滂沱或月黑风高，苦妹就悄悄出发，悄悄行动。马路上有许多大幅标语，悄无声息地撕一条，引火纸就有了。她也知道，要是行动暴露，她就步了老板猛的后尘。可一想，自己现在过的日子，和关大牢有啥区别？

苦妹背过身，再一次点火。既然鲁宾逊能燧木取火，我就不信点不了这个火。本着胆大心细，这次果然点着了火。就在苦妹把燃火纸放进炉膛时，一阵风卷来一张纸。苦妹毫不犹豫地跳起，在半空中抓住了纸。突然，她的裤子滑落，露出了屁股，白白的屁股在阳光下，发出眩目的光。

苦妹急忙拉裤子，可是抓住的纸又吹走了。刚才点燃的纸，也因为没及时放刨花而熄灭了。这才是赔了夫人又折兵，偷鸡不成蚀把米。

赤裸的屁股，完完整整地落进一个人的眼中。眼睛在看到屁股后，露出了两点火花。确切地说，这不是火花，而是两点淫火。

水蛇腰正在阳光下嗑瓜子，现在这年月能弄到瓜子，说明她很有本事。水蛇腰的本事，倒是妇孺皆知，她是这条巷子里最大的风景点。她的妖娆风骚且不去评说，单是她伸出的十个手指，就让人吓一跳。十个手指涂满了红，在太阳照耀下仿佛能滴出血。

那天，老王推着御用自行车进了小巷。龙头左边挂着米，右边挂着油。

他是这个家的财务大臣兼总管。

"王狗熊，回家了？"水蛇腰朝他喷了一口烟，眼里带着嘲弄。"狗熊比不上老虎。"老王板着脸，"再说狗熊只玩苞谷，不玩水蛇。"

"你什么意思？"水蛇腰当即变了脸，"你这个文盲，还知道谁玩谁？"

"说填房不是填房，说女友不是女友，说姘头不是姘头，说野鸡又不是野鸡，那究竟是什么？"老王歪着头认真思索，四周响起一片会意的笑声。

"你……你这个文盲，一口气生了两个又痴又呆的货。"水蛇腰急了。

"那也比没有苗的地好。这么多农夫轮流上阵撒种，怎不见一棵苗？"

"你是不是也想做农夫？"水蛇腰冷笑着。"有这份力气，还不如留着耕自家的自留地。"老王也冷笑着，"我对属于全体人民的公用土地不感兴趣。"

"你这头狗熊。"两根红红的手指，戳在老王鼻梁上。

"我不和你一般见识。你们知道她爪子上涂的是什么？"老王一把攥住她的手。

"不是说指甲油吗？"

"这不是指甲油，这是文盲盖章用的红印油。"

"放开我的手。"水蛇腰挣扎着。

"王瞎子胡扯，这不是指甲油是什么？"

"你们看清楚了……"老王攥紧她的手，把手朝自己脸上摁，一摁之下果然有了五指山。众人大声喝彩。在一片哄笑中，水蛇腰窜进了家门。

太阳越升越高。从水蛇腰的位置望出去，只看到一只连一只逶迤不绝的马桶。马桶是向日葵，永远朝着太阳的方向。这里的人可以不晒被子不晒身子，但是一定要晒马桶。据说晒了马桶家里才兴旺，才能多子多福。所以，不到屎到了腚眼，一般人家绝不提早把马桶收进去。

每天下午，水蛇腰都坐在热烘烘的马桶上，虽然马桶的处女使用权给了她，肚子依然一马平川。由于腰细堪比赵飞燕，所以也和飞燕一样没后代。要说绝对没后代，那也不属实，有是有一个，不过不是自己子宫孕育出来的，而是死鬼男人留下的女儿。

丈夫死后，水蛇腰完全露出了后妈的本色。虽然苦妹有父亲的抚恤金养活，但水蛇腰一见苦妹还是气不打一处来。

今天，她要去亡夫单位拿抚恤金。趁此机会，散个心，为自己买几件衣服。她拍了拍手上的瓜子屑，进了房间。

她站在镜子前，端详着自己的"盘子"和"条子"，也就是脸蛋和身材。盘子不错，只是肉有点朝下坠，看来要加大冷水和热水轮流执政，这样才能减缓下坠的速度。

条子绷也不错，只是乳房往下坠。虽然冷水热水轮番上场轮流交替，还是无济于事。怪就怪地球这个狗东西，竟然有什么"引力向下"。因为这，有个糟老头还发明了"万有引力"。引他个鬼，引他个死，因为这一引，老娘身价打五折。想到这，水蛇腰敷粉的手停下，思绪也停留在某一个点上。

老党啊老党，你这个冤家。我把心捧给你，我把身体献给你，可你吃着碗里看着锅里。你的根子虽然插在我身体里，灵魂却在某一个点上游荡。冤家转正后为了晋升，路边的野花不摘了。老娘也警告他，要是再摘，就让你做第二个老猛。你能写揭发信，难道我写不得？

吓唬他后，我又在床上下功夫。没有一身过硬的本事，怎能保卫家园？我的技术本来就了得，再加上揣摩、临摹、调整、提高，本着精益求精的原则，本着"动作不惊死不休"的信念，终于把他的心牢牢拴在自己身上。

可是最近一段时间，他变得心不在焉，敷衍了事，甚至懈怠。他说是累的，可我知道他的底：越忙，越能激发他的情欲。一有运动一有严打，就能调动他所有的神经，激发他所有的肾上腺。阿香婆死后，他和我激战一宵；老猛被抓后，他挑灯夜战到黎明。

这个点究竟是什么？是什么点让他魂不守舍？

水蛇腰出门时，苦妹正撅着屁股擦锅子。煤灰撒上石碱，是最好的光亮剂。五个锅子已经擦完，现在只剩最后一个。二呆走来，朝她使了个眼色。

二呆是她同班同学，二呆的大部分作业都是她写的。要不是她的帮助，恐怕二呆要步老党后尘，连小学也毕不了业。

苦妹洗了锅子，又把家里收拾一番，慌忙穿过马路。马路对面是废品收购站，臭烘烘，脏兮兮，是地下交通员接头的好去处。

"我看见水蛇腰出门了，我们马上走。"二呆拉着她的手。

"你要死了。"苦妹急忙往后退。

"我太激动了。"二呆急忙左手搓右手，"今天，我带你去春游。从小到大，你都没走出过这三条马路。"二呆的手在半空中划了一个圈。

"可是我的鞋……"苦妹忙把脚朝后挪。苦妹只有一双鞋，今天洗了，她只能拖着拖鞋。拖鞋又黑又大，看样子是她父亲的遗物。

"没事，我把傻大姐的鞋拿来给你。"

"被她知道，又要闹一场政治风波？"

"就是政治暴动我也不怕。"

"你不怕，我怕！"

"那就穿我的。"二呆扯下鞋朝她怀里扔去，"十分钟后，在这里碰头。"

二呆使劲蹬着自行车。这辆老坦克少说也有十几个年头。载重车是自行车三厂的龙头产品，不但国内供不应求，还承担了支持业非拉的光荣任务。四十八寸的车不但能骑人，还能载人载货。昨天刚下过雨，泥泞的路像胶水，粘滑得很。二呆使出了吃奶的力气，车速还是不快。

这条路对二呆来说，闭上眼也能摸到。从小，父亲就带他到这里来捉鱼摸蟹。母亲最喜欢黑鱼煲汤，说女人就靠汤养颜保色。父亲最喜欢吃泥鳅，说男人就靠这补肾添精。傻大姐最喜欢吃螺蛳炒辣椒，吮螺蛳给她带来巨大的快乐。而他呢，什么都喜欢吃；苦妹呢，也什么都喜欢吃。有次他塞给苦妹几块河蚌肉干，苦妹足足吃了一个月，说是世上最好吃的水产。从此，二呆喜欢下河。河蚌能给苦妹带来快乐，也能给他带来幸福。

前面的路更泥泞了。二呆弓着身，如半圆形的弓。他整个人如气泵，不断地喷出蒸汽，又吸进空气。鼻子喷出白气，头上冒着热气，连那双套鞋里的脚，都在腾腾地冒气。

苦妹从车上跳下，掏出手绢给二呆擦汗。二呆抓住她的手，手上不但有伤口，还有瘰疬。伤口有时涂红药水，有时涂酱油，有时涂脚癣药膏，有时涂金霉素药膏，反正是逮到啥就涂啥。二呆会根据她的伤口，给她调制不同药。有一次她被烫伤，二呆抓过她的手，毫不犹豫就是一口唾沫。新伤，老伤，旧伤，陈伤，除了枪伤，她的手成了伤口博物馆。

苦妹做任何事，动作都很慢。她带着虔诚，带着赎罪，带着无可言状的惶恐。对自己，她一直有很深的罪恶感。一次，她和二呆一起看新娘的画册。当看到耶稣被钉在十字架上时，她突然嚷着："我就是他，我就是他。"四周人被吓了一跳，从来没听见她有这么大的嗓门。因为她永远怯生生，永远低着头，永远手足无措，永远有一张皲裂的脸。

"我就是他……我就是被盯着的人。"她涨红了脸，大声嚷着。

"胡说啥？"二呆一把捂住她的嘴，"他是赤膊的外国人，你是穿衣服的中国人；他是男人，你是女人。"

"我就是他，他就是我。"苦妹不顾一切地嚷着，嚷着嚷着她哭了。新娘子走过来，静静地看着她，突然也嚷道："孩子，你不要把社会的罪，揽到自己身上；你不要把制度的罪，揽到自己身上。"

苦妹不哭了，只是死死盯着新娘。新娘叹了一口气："孩子，你是无罪的。"苦妹突然朝新娘扑去，扑进她怀里放声大哭。新娘噙着眼泪，摩挲着她的头发。有人说这是一对疯子：一个克爹克娘的人，还有脸哭？一个新婚的女人，竟搂着一个克星？水蛇腰知道后把她们的话告诉老党。老党给她一个死命令：看着这个外来的新娘。

三月后，有人到居委会调查新娘情况。老党添盐加醋，把新娘的两句话，演化为一篇反党反社会主义的鸿篇巨著。于是，新娘调到解放日报的事，就这么黄了。

"她又打你了？"二呆扯着苦妹的手，小心地按着她的伤口。苦妹的视线越过他，直直朝前，接着身子也轻盈地越过他，飞了出去。

苦妹跑着，跳着，奔着，飞着。她张开双臂，朝绿地扑去，朝昆虫扑去，朝油菜花扑去，朝大地扑去。她叫着，尖声嚷着，疯样地笑着。她大口吸气，急剧耸动着鼻翼，贪恋地呼吸。草是绿的，空气是甜的，河水是清的，油菜花是黄的。世上怎么会有这样的洞天福地？在她的记忆里，在她的生活中，只有一条弥漫着灰尘的上学之路，一张凶狠的脸，一盏如豆的灯，还有数不尽的家务，吃不完的皮肉苦。

她从未有过春游，因为爹爹不带她去，后妈不让她去。她从来不知道，天这么蓝，水这么清，菜花这么黄。躺在大地的胸膛上，而不是躺在那个肮脏的，潮湿的，窒息的被窝里，这是多大的享受。

二呆的眼睛湿了，他揉了揉鼻子，就有酸酸的味道冒出来。他知道自己苦，但苦妹要比他苦一百倍。他的梦是能画画，能有新娘子这样的朋友；她的梦，一是能吃饱，二是不挨打。

苦妹又跳起来，朝大地的深处奔去。她奔啊奔，最后跪在地上，把自己的脸埋在一望无际的油菜花上，她的肩膀又耸动了。二呆知道她在哭。突然她仰起脸，于是二呆看到了两行晶莹的眼泪。这不是悲伤的眼泪，而是激动的眼泪。二呆扔了自行车，一点点朝前走。有一点亮，接着一丛亮，最后是一片亮，最后是浩浩荡荡的亮：一泓湖水展现在他面前，它盈盈无语，像褪去盖头的新娘。

二呆扑到湖边，双手舀起一掌水。他把水端到苦妹的嘴边，掌心中只有几滴水。苦妹仰起头，他把掌心中的水，一滴一滴灌进她嘴里。

"甜不？"

"甜！和牛奶一样好喝。"

"你吃过牛奶？"

"没有。我寻思就那味。"二呆又舀了一掌水，这次不是滴进她嘴里，而是泼到她脸上。苦妹用手捂住脸，无声地哭了。

"开个玩笑也哭？"

"在云南，男人泼女人一脸水，表示他要娶这个女人。"苦妹的声音很低。

"难道你要我娶你？"

苦妹放下手，露出了一对眸子。眸子清白透彻，就像身后的一泓湖水。

"我拿什么娶你？我只是个呆子，所有的人都叫我二呆。"

　　"可是我喜欢你。"苦妹认真地看着他，"因为你对我好。"

　　"嘿嘿！"二呆傻笑着。一只漂亮的蝴蝶飞来，盘旋在半空。苦妹仰着头，出神地望着它。

　　"我把它逮来送给你。"二呆扯下套鞋朝蝴蝶走去。蝴蝶一振翅膀朝前飞，二呆赤脚追了上去。

　　蝴蝶和二呆一点点走远，苦妹踮着脚看。她看到二呆摔倒了，接着爬起来；她看到蝴蝶飞远了，接着飞回来。她看啊看，眼酸了，脚疼了，后来她趴在地上睡着了。

　　有人捏她鼻子，她醒了。一睁眼，就看到斑斓的色彩，蝉翼般的翅膀，还有头顶上那对触角。触角在抖动，空气在它的触动下，发出嗡嗡的回音。

　　苦妹的手轻轻落上去，蝴蝶一动不动，仿佛睡着了，就连触须也停止振动。它一动不动，接受苦妹给它的爱抚。苦妹的眼睛成一条线，两排黑而密的睫毛，形成了一个扇面。皲裂的手按在薄翅上，显得很生硬，很不协调。

　　"我要做一只笼子，把它关起来，让它日日夜夜陪伴你。"

　　"不！"苦妹轻轻提起蝴蝶的翅膀，把它贴在嘴唇上。蝴蝶一动不动，苦妹也一动不动，人和昆虫进入了一个迷幻的境界，虚幻的世界。他们就这样一动不动，也许一分钟，也许一个世纪。

　　"你怎么了？"二呆推了推她。苦妹睁开眼，叹了一口气。她迷恋地看着蝴蝶，眼里浮上涵涵的雾气。"把它放在茶缸里，回家好好看。"二呆摸出一个杯子。

　　"不！"苦妹很坚决，"我没有自由，但是我要给它自由。"苦妹的手指松开，蝴蝶扇动着翅膀，一下，又一下，最后，张开翅膀飞走了。

　　"为了抓它，我脚都受伤了。"二呆不满地说。苦妹抓起他的脚，脚掌上有一条伤口，一道长长的伤口。从小到大，都是二呆为她清理伤口。今天，她要为他清理伤口。苦妹一点点跪下，把嘴唇贴在伤口上。

　　"别！里面有锈，我踩在生锈的铁板上了。"二呆躲闪着。

　　"正因为有锈，所以要把锈吸出来。"苦妹弯下腰，又把嘴凑过去。

　　太阳暖暖地照着，他们躺在一片金黄中，和金黄融成了一片。二呆的脚上扎着一条手绢，铁锈和铁屑已被苦妹的嘴唇清除了。地很松软，空气也很芳香。苦妹仰身躺着，这一刻，她知道什么叫幸福。二呆一点点朝她凑来，两只白多黑少的眸子紧张地看着她。苦妹突然朝他扑去，像一只母豹那样敏捷地把二呆压在身下。

　　"你干什么？"二呆惊恐地问。苦妹什么也不说，只是把嘴唇压下去。她的唇，像磨盘一样重；她的嘴，像炉子一样热；她的全身，如一个炸药包。

炸药包没爆炸，但炸药包里的引线点燃了二呆身上的雄性激素。二呆翻个身，把苦妹压在身体下。他呼哧呼哧，身上的每一个毛孔都带着硝化甘油。苦妹伸出一只手，解开了胸口的纽子，一道白光晃得二呆睁不开眼。"给你。我从小没吃过母亲的奶，但是我要你尝尝我的奶。"苦妹把雪白的乳房塞进二呆嘴里。

二呆成了一头野兽。他眼睛红了，胸脯像风箱，一起一伏。全身的肌肉绷紧，绷得裤子的线都崩裂了。

"我要你！我把我的一切给你。"苦妹褪下裤子，一具完整的身体呈现在二呆眼前。二呆已经不能呼吸，全身的血液流进脑子，又流进身体，最后集中在某一点上。这是一个聚焦点，聚集了男人全部的力量和血液。它伸展着，膨胀着，强劲着，扩张着，如发射架上的卫星，只差一个点火器。

"我把我的一切全给你。"苦妹嘶哑地叫着，脸颊通红，比西边的红霞还红。二呆失去了意识。恍惚中，他和苦妹合二为一。

"不！"二呆突然大叫一声跳起来，"不能啊，你会有小把戏的。"

"有就有！我一定要把我的第一次给你。"苦妹跳起来抱住二呆，二呆挣扎着反抗。一个要给予，一个拒绝给予，双方展开激烈的肉搏战。战斗中，苦妹愈战愈勇，二呆愈战愈馁。就在苦妹完全占上风时，二呆一个巴掌扇了过去。

"你！"苦妹捂着脸。

"我不能啊！"二呆上气不接下气地哭。他哭得一塌糊涂，活像耍赖的泼皮，活像骂街的泼妇。苦妹静静地看着他，不再有任何动作。长这么大，第一次看见他流这么多眼泪。苦妹抬起头，漠然地看着天空。脸上的红晕一点点消失，青灰一点点爬上来，就像太阳下山，月亮出来一样。

"你怎么啦？"二呆突然有了感觉。"你……一定有什么事。"苦妹依然漠然。蓦然中，一个黑影闯进来。黑影缠绕着她，跟踪着她，骚扰着她。半夜，黑影如兽，蹲在她床前；白天，黑影如鬼，时刻监视着她。她想起父亲临死前说的话："家里有一条幽灵，现在要害我，将来要害你。"她知道，自己早晚被黑影吞噬。与其被黑影吞噬，不如将自己的第一次献给二呆，但是二呆拒绝了。

"不是我不要你，而是我不能要。你的命已经这么苦，我不能再害你。"二呆跪在她身边，给她磕了三个响头。

六、回家

老娘子下了车，朝威海路的一幢小洋楼走去。老娘子真名叫唐蕴。若干年前，她是威海别墅的小公主。琴能弹几下，画能涂几笔，歌能唱几句，舞能跳几段。雪白的牙齿银光闪闪，银铃般的笑声能感染一大批人。要不是一场风暴，她就是名门之后的末代名媛。

父亲毕业于斯坦福大学，和门当户对的女人结了婚。四九年，领着妻女回国在大学做教授，也做学问。妻子是大学的图书管理员。

一场轰轰烈烈的"阳谋"运动来了。别人做右派，只是胡诌几句，提几条意见，所以右派做得特冤。可父亲做右派，不但有万言书，还有意见书，计划表，章程，纲领，活脱脱一个现代魏征。可领袖不是李世民，一个巴掌把他打出关外。没多久他一命呜呼，再也做不了牧羊的苏武。

天做被，地做床，一抔黄土掩没了他。图书管理员在他出事时，及时写了划清界限的声明。等前夫的噩耗传来时，已明铺夜盖和新男人旧相识闹得欢乐。新男人是旧男人的车夫，虽肚里没墨水，但腿上有肉身上有劲，让母亲有了枯木逢春感。

老娘子一步步走进来，走进曾经的唐蕴，走进以往的生活，走进记忆的深处。树还是这棵枇杷树，父亲曾抱住她，让她摘树上的果子。灌木丛里，依然有她和父亲捉迷藏的路径。一切的一切鲜活起来。她爱她的父亲，她恨她的母亲：你可以嫁任何男人，但是你不能剥夺一个女儿对父亲的爱。女儿不但没有父亲的一小撮骨灰，甚至还没有父亲坟上的一抔土。想到这，她恨不得扇母亲两个嘴巴。因为这，她轻易不到威海路，她不愿意撕开伤口上的纱布，就让纱布和伤口，天衣无缝，浑然一体地共生共长。

一进弄堂就看见一盆火。一个女人戴着黑纱，一边哭一边烧黄纸。两个戴着袖章的造反派奔过来，女人赶紧踩了火，拖着火盆冲进门。

火盆！火盆！又是火盆！又是烧纸的火盆，她的眼神散了，散到十年前的某个晚上。那天，她闯进父亲的书房时，就看见一只燃烧的火盆。"我苦苦守了十几年的活寡，只换来右派婆娘这个称号。"母亲披头散发，把一本本格子纸扔进火盆。

这是父亲的手稿，这是父亲终其一生的手稿。唐蕴尖叫一声，朝母亲扑去。母亲一挥手，把她推进父亲的怀里。父亲紧紧搂着她，一颗颗泪珠沉甸甸地砸下。

"你毁了我的前途，你毁了孩子的前途。我不让你回国，你偏要回国；我不让你管政治，你偏要管政治；我不让你提意见，你偏要提意见。现在好丁，你到山旮旯里去完成你的报国宏愿，你到塞外去完善你的治国大策……"母亲嚷着，把一本砖头样厚的书，敲在父亲头上。尖利的书角刮破头皮，一滴血从父亲头上滴下，滴在她雪白的衬衫上，也滴在她的团徽上。看着凶狠的母亲，看着赢弱的父亲，她的世界"轰"地垮了。

一星期后，父亲被发配到甘肃。接着她参加高考。她没在考卷上做题，只是在考卷上涂满了父亲的头像。

母亲很快就恢复了花容月貌，她甚至比以前更漂亮。车夫来了，带来了食品，也带来了母亲的春天。母亲下厨，一盆盆菜端上来，一瓶瓶红酒端上来。红红的酒，映得母亲的脸更红了。喝完酒，两个醉醺醺的人，关了灯拉了窗帘搂抱着跳舞。"呀呀呀"的留声机响了，关在亭子间的唐蕴，把棉花塞满了耳朵。

得到父亲死讯时，母亲没去甘肃，也不让她去。她说不能自取其辱。后来有人捎来父亲遗物，还有一本厚厚的日记。母亲翻也不翻，就用一把火烧了。她说这是最高的祭祀：让父亲安静地走吧。他不需要承上启下，他也没权利寻找接班人。

父亲死后，唐蕴自己把自己嫁了。既然母亲都嫁了，她还有什么理由不嫁？嫁得越远越好，嫁得越是门不当户不对的越好。

老王是驾驶员亲爹的远侄孙。上无公婆，下无姐妹，还带着部队转业的官衔。家里没薄田，倒有一幢上下二层的房子，虽在棚户区，倒也多了热闹。进棚户区后，唐蕴就让别人叫她老娘子。她要把唐蕴这个名字，像葬花一样彻底埋葬。

唐蕴进了门，母亲急忙站起来打招呼。唐蕴冷冷地看着她，一屁股坐在藤椅上。藤椅是父亲的藤椅，藤椅还在，可主人却走了。物是人非，恍若隔世。

"今天咋有空回来？"母亲斟了一杯咖啡。唐蕴死死地看着杯子，这是一只青花瓷杯，青青的釉发出幽幽的光，仿佛父亲深邃的眼睛。茶杯是父亲的御用杯，是爷爷的爷爷传下来的。当年，父亲隔山隔水把茶杯从美国带到上海。唐蕴抚摸着茶杯上的缺口，当年，她曾目睹了缺口的产生过程。

那是一个风雪交加的深夜。睡梦中的她，被异样的声音惊醒。她发现大房间的灯还亮着，便推门进去，一脚踢在一个物件上。这个物件，就是手上的青花瓷杯。

父亲用手捂着脸，瘦弱的肩膀在耸动。难道父亲在哭？

笑话！父亲怎么会哭？父亲不但是这个家的顶梁柱，还是学校的顶梁柱，更是社会的顶梁柱。父亲有教不完的学生，写不完的书稿。家里电话一响，就是出版社在催稿。父亲不在家，家就是一潭死水；父亲一回家，家就是一条小河，她就是河里一条沽泼泼的小鱼。

"爸！你怎么了？"

"你去睡吧，我没事。"父亲强颜欢笑，但惊慌的眼神，泄露了他的苦衷。

"小孩不要管大人的事。"母亲不耐烦地下了逐客令。唐蕴委屈地走了，走到门口摔在地板上。地上有一滩水，水里还有茶叶。这么说，爸爸的御用茶杯被摔了。摔茶杯的肯定是母亲，因为父亲连蚂蚁都不会伤害。

她坐在地上，没人来扶她，昔日的公主，就这么坐在地上。她想哭，想撒娇，想发泄，想表达她的不满。但是她看到两双不同的眼睛。一双眼睛里装满了悲凉，一双眼睛里盛满了愤怒。于是她知道，以她为核心的中心不存在了。她慢慢地爬起来走出门。她走得很快，没有一步三回头。她觉得自己就是那只茶杯，从桌上摔到了地上。

从这以后，家里又恢复了平静，平静得连一丝涟漪也没有。要说没有涟漪也不真实，现在的涟漪，就隐藏在母亲的眼睛里。

父亲书房里的灯，关得越来越晚，母亲眼里的幽怨，盛得越来越多。但唐蕴却有了快感，快感来自哪里她说不上，只是本能地觉得高兴，觉得窃喜，觉得幸灾乐祸。

唐蕴一直不喜欢母亲而喜欢父亲。父亲的渊博，睿智，慈祥让她着迷，让她崇拜。母亲是个漂亮得出奇的女人，眸子却是一汪幽怨的湖。湖水终年累月泛着涟漪，只有在跳舞时，涟漪才会散开，露出"解放区的天是明朗的天"。

母亲一直是学校的舞会女皇，也是学校的校花。舞会前，母亲翻出最好的衣服首饰，哼着歌，像春光外溢的少女般妩媚娇柔。一声喇叭后，母亲挽着裙裾冲下楼，轿车一溜烟绝尘而去。

舞会结束，母亲眸子里的星星消失了。星星像月亮，月圆月亏，潮起潮落。月圆等待下一个月亏，潮落等待下一个潮起。在周而复始的轮回中，唐蕴把母亲看成是莫泊桑小说《项链》里的女主人。

"怎么光看杯子不喝水？"母亲在咖啡里加了方糖，"日子过得不舒心？"

她狠狠地瞪了母亲一眼，一仰头，把咖啡灌进喉咙。母亲冷冷地瞥她一眼，继续熨衣服。

"难道你日子过得舒心？"她狠狠地白了母亲一眼，"不愿做教授夫人，宁可做工人婆娘。"说话时，她带着刻毒，带着怨恨，带着一股无名之火。

母亲吟吟一笑，眼中没有幽怨只有满足。她更愤怒了。从什么时候起，幽怨之火换成了满足之星？丈夫魂归夹皮沟，女儿嫁了个文盲，还生了两个智力不健全的孩子。就是母亲嫁的汉子，也只是父亲当年的车夫，学校的工友。唐蕴气呼呼地把茶杯摔在桌子上，由于用力过猛，桌子竟晃了一下。

唐蕴发现桌腿有个缺口，一只砚台正垫住缺口处。这只砚台，是父亲最喜欢的徽砚，现在却沦落到垫腿的地步，这不但是斯文扫地，还是奇耻大辱。

"家门不幸！家父不幸！"她抽出砚台，重重地放在桌上。

"咋了？"母亲不满地问。每次唐蕴回家，总要找茬寻事，借机发泄。

"为什么把砚台垫在桌子下面？"

"不用这垫，难道用黄金垫？可惜你父亲留下的不是黄金，而是这个。"

"你嫌父亲留下的遗产里没有黄金？"她更生气了。

"我没心情和你吵。我要把衣服熨了，他晚上要参加重要会议。"

"是三国四方会议还是白宫圆桌会议？"她伶俐地反诘。一到家，死去的灵魂回来了，沉睡的痛苦回来了，她又成了善战，骄勇的穆桂英。

"他现在不是车夫，而是大学革委会的副主任。"

"哈哈！"她尖利地笑着，"好一个副主任，还不如说是间接的刽子手。"

"住嘴！"母亲大声呵斥，"你没有攻击我婚姻的权利，现在我很幸福。"母亲挺起背，昂起头。

"你幸福？你的幸福建立在父亲的死亡上。"她冷笑着，声音很尖利。

"我追求自己的幸福，罪在哪儿？"

"你不提离婚，父亲焉能轻生？你就是真正的刽子手。"她脑门上的火，呼呼燃烧着。

"真正的刽子手不是我，而是你父亲自己。"

"你疯了！"

"我没有疯，因为他不自量力，因为他不是金刚钻。没有金刚钻，不揽瓷器活。没有钢铁般的意志，就不要触犯当局的神经；没有舍身饲虎的准备，就不要在老虎头上拍苍蝇。"

"父亲遭迫害，你还说他不是。"她又气又急，"你要不离婚，父亲能死？"

"你以为离婚是死亡的导火线？"母亲冷笑着，"真正的导火线，是理想的破灭。他一生都在追求理想，最后他为理想送了命。我从来也没有爱过他，他也没有爱过我。他爱的是他的理想，我爱的是实际的生活。"

"你疯了。"唐蕴攥起拳头，高高举起。

"打啊！朝我这里打。你打啊！你打啊！"母亲上前一步，犹如大义凛然的刘胡兰。"他不听我的话，他一点也不听我的话，所以走到毁灭这一步。"母亲突然捂住脸，肩膀一耸一动。唐蕴想起父亲，当年父亲也是这样：捂住自己的脸，肩膀一耸一动，像个无奈无助的孩子。

"嚎什么？"她低吼一声。她要用高亢的声音来提高自己的战斗力。

"我知道你看不起我。"母亲放下手，平静地抹去泪花。她看得真真切切，这是泪腺中的分泌物，也是母亲真实的情感。"我需要自己的生活方式，我需要爱，也需要被爱。"

"难道父亲不爱你吗？"

"我说过，他爱的是自己的理想。"

"你爱的，还不如说是情……欲。"她终于吐出了自己的块垒，吐出了对母亲的鄙视。

"说得好！继续说下去！"母亲逼进一步，"继续对你的母亲扔石头。"

"扔石头？"

"上帝曾对一群要惩罚淫妇的众人说：'你们中谁没有她的原罪，才可以对她扔石头。'于是所有的人扔了手里的石头。"

"你……什么意思？"蕴涨红了脸。

"你要是没这样的原罪，也可以对我扔石头。"母亲的脸朝她逼来，大大的，黑黑的眼睛里，有不顾一切的勇敢。唐蕴受不了她的眼神，受不了那咄咄逼人的眼神，她绝望地闭上了眼睛。

"为了追求爱情，我嫁给了他。爱情，不应该是虚无缥缈的空气，应该是一张支票。这张支票要兑现安逸的生活，丰富的精神，有质量的夫妻……生活。"说到最后两个字，母亲顿了一下，声音卡在齿缝间。

"说下去。"唐蕴疲倦地抚摸着砚台。

193

"四九年，他坚持要从美国回来，说要报效祖国，实现自己的人生价值。哈哈！"母亲轻蔑地笑着。"难道父亲一事无成？"

"他把自己的事业，建立在我的痛苦之上，这不啻于谋杀。"母亲的眼里，重新浮现出幽怨。那幽怨的眼神，如同一望无际的冰山。冰山里，埋葬着一个冰一样的女人。"我是个有血有肉，有情有欲，健康正常的女人。他为了自己的专著，为了自己的学术，把我打入冷宫，让我独守空房十几年。"母亲激愤地嚷着。

"可是父亲……有许多的建树。"

"我要一个实实在在的男人，我要一个有血有肉的男人，我需要的不是一串头衔，一堆著作。桃李满天下，没我的果实；桂冠等身，没我的性权利。"母亲大口大口地喘气。"要是他，一直在这条轨道上走下去，我也只能牺牲自己，做个从一而终的好妻子。可是他出事了，他滑出了固定的轨道。我不能，我不能和破船同归于尽，我不能被打入冰凉的海水。我要寻找，寻找我的诺亚方舟。"

"于是你撕下了最后的伪装。"

"……孩子！人只活一辈子，而一辈子的时光很短，很短。我已经把最好的光阴献给他，难道你要我做永远的殉葬？"母亲的胸脯一起一伏，像海面上的舟，像漩涡里打转的枯叶。唐蕴沉默着，长久的沉默。母亲笔直地站在她面前，像对垒的两军。

唐蕴突然站起来，踢翻了小凳，朝门口冲去。

"你上哪？"

"我……我去看看姚姚。她说她探亲回上海了。"

"你说的是三楼的姚姚。"

"当然！"

"你不用看她了，"母亲冷冷地说，"你刚才已经看到她了。"

"你疯了。"唐蕴冷冷地说，"你进门时看见一个女人在烧纸吗？"

"这又如何？"

"这是姚姚的母亲在烧给姚姚的纸钱——因为姚姚已经死了。"

"死了？为什么？为什么死了？"

"谁让她找了个反动权威的男人？既然男人死了，她也不活了。"

"这怎么……可能。"唐蕴失神地念叨。"这个社会，没有什么不可能的事。"母亲冷冷地说。

"这怎么可能……"唐蕴喃喃着，不停地摇头。当年自己和姚是威海别墅里的一对孔雀。自从孔雀下嫁乌鸦，她就断了和姚姚的来往。她不想在这面镜子里，看到自己的猥琐和堕落，也不想镜子里，折射出姚姚的琴瑟和谐。姚姚嫁的是教授，谈的是有关社稷的"之乎者也"；她嫁的是文盲，谈的是床上的耕地撒种。他们是大鹏展翅，比翼双飞；我们是双栖双宿，并蒂双莲。他们是灵魂的伴侣，我们是肉体的知己；他们是曲颈的天鹅，我们是交颈的野鸭。我们是畸形的寄体，我们是荒谬的嫁接。我们的婚姻是……是文明的倒退，还是兽性的提升。

结婚后，心灰意冷的她没看过一本书，当然，也没有弹过一次琴，因为棚户区里没钢琴。结婚后，文盲的臂弯就是她的避风港，没有批判批斗，没有掘地三尺，也没有寝食不安的惊悸恐惧。日子如一条粘稠的河缓慢流动，她在沉寂的流动中沉哉浮哉松弛松懈。不久大女儿降生，新的生命让她睁开睡意朦胧的眼，她的心开始剧烈地跳动。

女儿长得一点都不像她，倒像隔壁的老王。外貌暂且不论，但智商都有问题。女儿的注意力始终不在一个点上，教她认数，她只会啃手指；教她唱歌，她只会发出猪拱食的哼唧声。不要说五线谱，就是简谱也教不会，买钢琴的计划因此搁浅，而买复读机的计划却提上了议事日程。女儿一天天长大，恶习也一点点滋生，没学会走路，先学会就地打滚；没学会叫人，先学会骂人撒野；没学会数数，先学会朝人脸上吐唾沫。为了这个"狼孩"，她抱着女儿，走遍了上海所有的医院。医院在常规检查和家属史的询问中，终于得出了结论：酗酒过度造成婴儿脑发育不良。

她的心再一次沉到湖底。就在她痛不欲生时，她又一次怀孕了。这次怀孕她格外小心谨慎：不许老王抽烟喝酒，不许和她亲热。她晒太阳，听歌曲，甚至一整天待在公园看红花，瞅绿树，玩蚂蚁，放风筝。这个胎儿寄托着她全部的希望。

儿子出生后，她亲自哺乳，亲自调教，不让老王碰儿子，唯恐文盲的气质玷污了儿子。但是，儿子的两只眼眶，还是越来越远。鼻梁，越来越塌。她一查书，知道自己生了个唐氏综合征的孩子。

为什么？为什么教授之后，名门之后竟生了一对弱智？为什么？为什么？孩子父亲的酗酒固然是个因素，但曾外公的基因呢？外公的基因呢？难不成祖祖辈辈的基因随着运动一起终结？这不公平！这绝对不公平，因为这不符合达尔文的进化论。

弹钢琴的手，如今在打磨粗粝的螺丝；曾穿布拉吉的胴体，现在裹在肮脏的工作服里。曾经在地板上旋转的小精灵，如今成了油腻腻的大婶。下班回到陋室，迎接她的是长女的疯不拉叽，雏儿的呆不拉叽。上学后，姐弟俩的成绩都是傲人的冠军，可惜是全班倒数第一的冠军。

她又去咨询医生，咨询结果还是酒精严重损害精子质量。精子！精子！这两个字在她的心上剐着，一刀又一刀，剐得她鲜血淋漓。既然……既然……既然错错错，那就罢罢罢！

都说时间是最大的治疗师，这话确实不谬。现在的她如同温水里的青蛙，跳不动，蹦不起，只能在温暖的水中随波逐流。好在制造不合格精子的父亲，却是个合格的丈夫。他在床上的各种技巧，把她从痛苦的地狱拽到天堂，肉体的欢愉代替了精神上的痛苦。"作孽啊！"想到这她面红耳赤。但是，除了用性快乐来驱赶灵魂的痛苦，难道她还有第二条路？

恰逢此时，"文革"开始了。看着今天这个被游街坐牢，明天那个跳楼自尽；今天这个发配农村，明天那个押送边陲，她的心，竟有了一丝无耻的慰藉。

"文革"后，王书记稳当地做了革委会的王书记，虽目不识丁但饷银丰厚。由于是王主任的压寨夫人，她现在的工作是仓库保管员，不但安全且清闲，工资奖金却不薄。每天进厂出厂时就是她的高光时刻，哪一个见了她不是行注目礼？哪一个不是毕恭毕敬叫声王大姐。上班不用挤公交车，自有王主任御用的自行车，下班不用买汰烧，自有热腾腾的饭菜。他人的悲剧，如在剧场看莎士比亚的《李尔王》，虽震撼，毕竟没切肤之痛；他人的惨剧，如在剧场聆听《悲怆交响曲》，虽共鸣，也就是云里雾里。连续不断的悲剧在舞台上演，她却站在聚光灯的后面，用眼观而不是身临其境。聚光灯映出了他人的家破人亡，也折射了她的安逸安全。在聚光灯照射下，她目睹了悲惨和凄惨，她却在聚光灯的后面，找到了自己的优越感。她在金箍棒划出的圈子里，从容地埋葬记忆也埋葬父亲；她在金箍棒划出的圈子里，从容地埋葬理想也埋葬抱怨。她是小船，随波逐流不虑风浪；她如僧人，过一天和尚撞一天钟。

"既然刘少奇的妻子都不能幸免于难，我还有什么可抱怨，可求全责备的？"

除了上班，她过着衣来伸手饭来张口的生活。饭后，咬一根牙签，走东家窜西家，聊张三侃李四。平安是福；无病是福。大女的傻，小儿的呆，是她的不如意，但儿孙自有儿孙福，听天由命乃是理。东方第一美女秦怡，不也生了个傻儿；中国最强势的谢晋导演，不也生了两个呆儿。我活在今天而不是明天，就是明天又如何？父亲不是一直憧憬明天吗？憧憬他的著作他的规划，他的学生他的蓝图。可夹皮沟的一掬黄土，埋葬了爱因斯坦的脑干；夹皮沟的野狗，啃食了文天祥的身躯。不要思想，只要面对现实；不要蓝图，只要快乐地生活。白天的工作轻松而悠闲，晚上的生活生动而刺激。这是夜晚，又是狂欢节，又是圣诞节。老王虽不识字，却熟知女人的身体，他调动她所有的肾上腺激素，激发她所有的荷尔蒙。本能如沉睡的火山，苏醒了，爆发了。火山喷发后，等待下一次的喷发，等待下一次的能量积聚。她在周而复始的能量释放中，享受着沉溺于过程……

"最近家里还好吗？"

"什么……"

"最近家里还好吗？"母亲又问了一遍。

"好什么好？"她赌气地说。母亲的嘴一咧，唐蕴又生气了。都说母亲是个标致的女人，最大的标致就在樱桃小口。唇线分明的嘴红彤彤的，里面有白色的贝壳在闪光。从啥时起，她不喜欢樱桃小口，而且还憎恨母亲的嘴。咧嘴，是满不在乎的符号，是玩世不恭的姿态。都说女人三十岁前的外貌是父母给的，三十岁以后的气质是自己给的。母亲也有分水岭，第二次婚姻就是她的分水岭。

唐蕴气呼呼地站起来。

"你上哪？"母亲冷冷地说。"我要去看好朋友，我要送她一程。"

"你不要去打扰姚，她吃了两瓶安眠药，又穿戴一新，安安静静地走了，跟她的丈夫走了。走前她问我：蕴什么时候回来？"

"你怎么说？"

"我说，她活得很幸福，一直不回娘家。"

"你？"她恶狠狠地盯着母亲，"你又骗人了。"

"我骗人不要紧，要紧的是你还活着，你男人还活着，你孩子还活着。"

"只知道活着，活着。你知道我们像狗一样地活着吗？"

"能活着，有这一点就够了。"母亲平静地说。

"难道只要这一点？"她急切地嚷道。

"有工作，有家庭，有孩子，有安全，你还要什么？"母亲反诘道。

"我不要……我不要。"她孩子般嚷着，"我要去，我一定要去看看她的灵堂。"

"没有灵堂，反革命家属还能有灵堂？"母亲冷冷地说，"你赶紧回家去过自己小日子。"母亲把她买来的糕点重新放进她的包，又在包里塞了许多零食干货。

"我不要。"她抢过包，"我不是来接受你施舍的。"

"给孩子们吃。"母亲慈祥地笑着。

"你就知道吃。"

"那你还要什么？"

"我……"她一愣，这才想起她今天来的目的，"二呆……想学画，我想找点书给他。"

"乱七八糟的书都卖给废品站了。"

"你怎么把父亲的书卖了？"唐蕴又生气了。

"生命诚可贵，好书价更高，为了自由故，二者皆可抛。我不能等着让人抄家，等着让人给我安罪名。"母亲的脸冷飕飕的。

"你永远只考虑自己的安全。"她生气地说，"二呆画得很好。那些速写，素描，水彩画，可以把他引入门。"

"你父亲也是一个高超的画家。"母亲冷冷地说，"可是他还是死了。"

"我想找宣纸，我记得父亲有许多宣纸。咦！这不是宣纸吗？"她从垃圾桶里捡起一个纸团，纸团上有一层黑黑的鞋油。"你把父亲的宣纸用来擦他的皮鞋？"

"我不知道你要宣纸……你把这个拿去。"母亲抱歉地掏出一叠钱。

"我不接受你的施舍。"她还是嚷着。

"你想清高，可清高不了。要是没有我们安排的婚姻，你就是第二个姚。"

"你就说，我的生命也是你们给的。"她冷笑道。

"孩子！妈知道欠你很多。但我们会一点点地还给你。"母亲把钱塞进她口袋，又把她推出门。

她在威海路上漫无目的地走着，想寻找书店或文具店。然而，她并未发现书店和义具店，却意外发现了一家药店。她信步走进药店，发现里面有许多她不认识的药品。

一个长得猥琐的营业员走来。"这是海马，治疗作用十分明显。这种货'文革'一开始就断档，好多年也没有供应。你运气好，今天刚进货就被你遇上……"他声音越来越轻，语气也越来越亲昵。她的脸突然涨得通红。

"食，色，性也。这是普天之道。"甜腻腻的声音，直直地钻进耳膜。"买一点，试一下，不灵退货，不灵退钱。"

"可是……可是我还要到南京路上的朵云轩去。"唐蕴努力抵抗着巨大的诱惑。

"一个是精神享受，一个是肉体享受，只有二者结合，那才是最完美的神仙。"

"……我怕去晚了，朵云轩会关门。"

"我怕你明天来，海马已销售一空。"营业员仿佛看透了她的心思，阴测测地笑了。她摸摸口袋，口袋里的钱很厚实。摸着摸着，她把一叠钱递了过去……

当她回家时，已是华灯初上。二呆一见她撒丫子奔来。"今天书店关门，下星期再买。"她抱歉地说，口气和母亲一模一样。二呆的眸子亮了一下，又黯淡了。

"我的婆娘啊，快过来陪我喝酒。"老王嚷道。

"你整天就知道喝喝喝！你怎么就喝不死？"她把包一扔。

"喝了酒，我是神仙，你也是神仙。"老王拿起酒瓶，酒瓶很粗很大，里面浸泡着许多药材，还有蝎子和毒蛇。

"好辣。"二呆喝了一口就咳了起来。

"犯什么浑。"老娘子呸道。"我不浑，你能这么喜欢我？"老王乜着眼。"儿子，爸是武松妈是虎，武松的身手不好，就制服不了老虎。要让母老虎服服贴贴，就要打得她浑身舒坦。"

"又喝醉了。"老娘子抢过酒杯，说道。

"你妈是装给你看的，其实她最喜欢我喝酒。一喝酒，就有劲，她喜欢的就是我这身膘。"老王的舌头一点点大了，声音也越来越不利索。二呆又喝了一口酒，两只分得很开的眼，朝一个方向转。转啊转，比荷兰的风车转得还慢。

七、黑夜

新娘在梦中被隔壁的狗叫声吵醒。她看看表，一骨碌爬起来。

一年前，二呆把快断气的狗抱回家时，傻大姐像跳大神的巫婆，一蹦老高，唾沫星子溅了他一脸。王主任也发表严正声明：驱逐病狗，还我安静。又病又瘸的小狗，紧紧依偎在二呆怀里，褐色的眼珠，哀哀地看着他。

"今天我豁出去了，这狗我养定了。"二呆坚决地说。

"今天我也豁出去了，这狗我扔定了。"老王解开裤子，抽出皮带，这时老娘子进门。她新理了发，短短的刘海，蓬松的发型，绝对像个朝气蓬勃的大学生。手拿皮带的老王不动了，他眨巴着堆满眼屎的眼，痴迷地瞅着她。

"花痴啊！"老娘子嗔道，"老夫老妻还这样？"

"你是我老婆，还是我女儿，还是我情人，还是我心尖尖，还是我……"老王一边咽口水一边说。

"死样！连忌讳都不知道。"老娘子使了个眼色。

"好！这话留着晚上说。"老王飞了个眼风，把眼屎甩下来。

"咦！哪来的狗？"老娘子蹲下来。

"妈！留下它吧，就吃我的口粮。"二呆热切地看着母亲，呆滞的眸子闪着光。小狗机灵地伸出舌头，使劲舔着老娘子的手指。她心一热，沉淀的母爱，荒芜的母爱，失落的母爱，被痛苦埋葬的母爱，重新从心头泛起。

"留下吧。"她淡淡地说。一句淡淡的话，让狗捡了一条命。从此，二呆除了画画就是和狗混在一起。

"我看你逃！我看你往哪里逃？"新娘打开门，发现狗叫的原因：傻大姐正在捆狗。

"干吗捆它？"

"二呆打我，我就打他的狗。"傻大姐一扬手，皮带在空中划了个弧后准确地落到狗身上。狗发出一声惨叫。

"放下！"新娘一把拽住皮带，"为什么要打狗？"

"为什么要打狗？"傻大姐模仿着新娘的口吻。"我喜欢。不要说狗，我连老师都抽过。"皮带又高高甩起重重落下。随着一声凄厉的惨叫，狗血溅在她脸上。

"豆蔻少女，怎么有这么重的杀心？"新娘愤怒地说。

"我是毛主席的红小兵，你管得着吗？"傻大姐横了她一眼，重新扬起皮带。

"妈拉个巴子！"一声怒吼，如天边滚来的惊雷，一个影子闪电样劈下来。

"我的妈啊！"傻大姐怪叫一声，扔了皮带，落荒而逃。

二呆追上去，被新娘一把拽住："四点整，我在对面马路的七十路车站等你。"二呆应着，又朝傻大姐追去。傻大姐一边跑，一边鬼哭狼嚎。二呆一边追，一边挥舞着手上的竹竿。各家各户门户大开，一批忠实的粉丝涌出来，他们笑着嚷着，啦啦队的分贝震耳欲聋。于是傻大姐叫得更欢，二呆也追得愈发起劲。

群众自觉地站在路边，为马拉松运动员加油呐喊。深邃的小巷，如看不到尽头的隧道，小巷连小巷，陋屋连陋屋。二呆赤脚挥汗，英武无比，喷出的鼻息，如小火车头的蒸汽。他终于在巷子的尽头，逮住傻大姐。

在众人的欢呼声中，他举起了竹竿。突然，他扔了竹竿，一跺脚："大妈，现在几点？"

"你问这干嘛？"巡逻的老太笑了，"你连今天是什么日子都不知道，还问时间？"

"我有急事，我有天大的急事。现在几点了？"

"你看太阳呗！"

"他奶奶的！"二呆一跺脚就朝巷口奔去。正好新娘子进来，撞了个满怀。"我……"二呆低下头，用左手绞着右手。

"你怎么没有时间概念？"新娘子皱着眉。二呆后退两步，用左脚搓着右脚上的泥。

"你还赤着脚？还不快去……"

"我这就去洗。"二呆撒丫子就跑。两分钟后，他顶着一只热腾腾的脑袋奔过来，脚上穿着一双黑不拉叽的球鞋。新娘虎着脸朝马路上走，二呆怯怯地跟在后面，时不时偷觑新娘的表情。

"咦！你的画呢？"新娘子终于发现了问题。"我……我这就回去拿。"二人转身朝马路上冲去，要不是新娘子拽得快，他就和驶过来的汽车接吻了。

"我的小祖宗啊！"新娘一跺脚，拉着他上了一辆出租车。

苦妹正在门口洗衣服。她的袖子卷到肩膀处，瘦弱的胳膊在搓板上来回蹭。身子前倾，就像准备跳跃的癞蛤蟆。

老党提着喇叭走进巷子，通知晚上的批判会。他声音洪亮，带着压倒一切的气势。宽阔的胸脯，圆滚滚的臀部，长得对称又性感。水蛇腰的瓜子含在嘴里，此刻停止了咀嚼，她迷恋地瞅着，贪恋地看着。

老党走出巷子，突然又折回来。浓眉中有压抑，有焦躁，还有溢出来的愤愤。他走到苦妹身边，恶狠狠地看着她。苦妹赶紧低下头，身体开始抖动，她抖动得很厉害，抖得肥皂落进水里，抖得刘海缩成一簇，至于人嘛，早抖成寒风中的一棵怙又草。老党满意地看着她，嘴角一咧，突然用喇叭朝她的腰部捣去。由于苦妹的身子前倾，露出白花花的一截腰，被喇叭一捣，苦妹惊慌地张开嘴，想喊，却声音全无，又努力地张嘴，还是没声音。她身体如麻花一样颤栗扭曲，她就这么定格在搓衣板上。

水蛇腰冷着脸走来，老党凶狠地看着她，眼神里有不顾一切的疯狂，有肆无忌惮的挑战。四只眼睛凶狠地对峙着。最后，水蛇腰垂下了眼帘。老党上前一步，把自己的裆部紧贴在苦妹后背。苦妹还是趴在洗衣板上，像被打了麻醉针的小耗子。老党用喇叭托起她下巴，下巴很尖，很窄，很白，很冷。老党一抽喇叭，下巴掉下去。老党怪笑一声，昂首挺胸地走了，步子迈得很大，很有力，绝对是革命者坚定的步伐。一束太阳，照在警服上，映得她的身影更魁梧伟岸。

新娘下了七十路汽车，穿过马路拐进辽宁路。雨一丝丝地飘着，显得很悠闲，很有耐心，也很阴险。新娘抹了一把脸上的水，她不知道这是雨水还是泪水。

今早八点，她正在交接班。昨晚，除了酒精罐液面计不准，酸性油出渣情况不畅外，操作上一切正常。她下楼时，有人让她到办公室去一下。办公室就在车间对面，是幢二层楼的建筑。一楼是会议室兼吸烟室，二楼才是掌握每一个人命运的革委会办公室。

她还没上楼，已经看见一双眼在窗后闪烁。她情不自禁打了个颤，仿佛看见一条潜藏在草丛里的毒蛇。

葛书记眼睛不大，还喜欢眯着。就是这双眯眼，让车间几百号人时刻生活在恐惧中。批斗会上，有这双眯眼；逮捕书上，有这双眯眼；眯着时，露出两道毒光；不眯时，露出两道寒光。这不是人眼，而是涂满毒液的剑，一剑封喉，有死无生。

"葛书记，找我有什么事？"进门后，她直奔主题。

"坐吧！"葛书记和蔼地说，眯眼针一样看着她。她忙移开眼，以免和他对视。这次结婚，喜糖撒了很大一圈就是没撒到他身上。她知道自己已经得罪了他，但……安能摧眉折腰事权贵，而且还是乖戾暴虐的权贵。

"夜班很累吧。"眯眼越发和蔼了。

"有什么事就说。"新娘如芒刺在背。

"哦！"葛书记咳嗽一声，"昨天，解放日报的同志来了解你的情况。"

"咋说？"她腿一软，跌坐在就近的凳子上。

"外查内调，例行公事嘛！"

"可是……"

"一颗红心，两种准备。能到解放日报工作，这是天大的好事。退后一步说，组织上让你战斗在石油战线，也是好事……"后面的话听不真切，只看见二排牙齿上下来回，来回上下。牙齿尖又细，带着锐利，带着得逞后的得意。她不知道自己是怎么下的楼，她只知道一切都完了，又完了。因为有个做翻译的舅舅，大学梦完了；因为有个自杀的父亲，上调梦又完了。她深一脚浅一脚地走着，五脏六腑全被掏空了，就像……就像祥林嫂被狼掏空五脏六腑的儿子。

雨大了，带着诡谲，带着快意，穿过头皮，渗进皮肤，进入血管。她知道，当活动的脑干不再思索，当流动的血液不再沸腾，当心弦不再奏乐，当灵魂不再呐喊时，她的痛苦才能结束。可是这，还不如杀了她。

她麻木地走进小巷，头上流着雨水，湿衣服裹在身上。"你咋啦？"躲在屋檐下画画的二呆跳起来。"手上有伞咋不用？"新娘子没有反应，她依然机械地走着，僵硬地走着。二呆奔进家，扯出毛巾，朝她头上脸上擦去，新娘依然没有任何反应。

"你不要难过，也不要痛苦。"二呆凑近她，一双白多黑少的眸子，悲悯地看着她。新娘子抓住二呆的手，突然哭了。二呆的肩膀耸起来，就像准备逃跑的老猫。但老猫没逃跑，他依然耸着肩膀，从喉咙深处滚出一声叹息："你不要把社会的痛苦，揽到自己身上；你不要把体制的痛苦，揽到自己身上。"新娘惊讶地抬起头，她曾和苦妹说过的话，现在二呆原封不动地还给了她：他看上去呆，其实一点不呆。她握住他的手，突然有了一份默契，有了一份心心相印。

新娘躺在床上，有人敲门。敲门声又轻又有节奏，十足的绅士味。新娘起来开门，进来的是二呆。他先伸出头，紧张地看了看门外，然后轻轻地关上门。他解开衣服，把藏在怀里的东西掏出来。

这是一叠纸，不是宣纸，不是铅画纸，也不是道林纸，而是小学生练习簿上撕下来的纸。上面有人物素描，山水速写，还有一个女人的肖像。

"你把苦妹的苦，苦的神韵都画出来了。"新娘赞叹着，二呆搔着头，嘿嘿笑了。

"廖画家说你有画画的天赋，但要加强素描的练习。我当初学画也是这样。为了让你跟廖画家学，我可是跟他说了你许多好话。希望你珍惜这次机会。"

"可他们都说我……呆。"二呆搔着头，嘿嘿一笑。

"你的呆不假，但有天赋也不假。你整天打打杀杀，应该学点东西。给！"新娘拿出一叠纸，"赶紧藏好了。"

“姐……姨……姐。”二呆语无伦次地说。

“胡叫什么，就叫我新娘子吧。”

“我想不通！”二呆嚷着，声音又粗又哑，“为什么我娘不像你，我爹也不像你。我爹说，我外公就是写字写死的，画图画死的。新娘子，这是真的吗？”

“唉……”

“只听说吃不饱会死，太老了会死，打死人会死，杀死人会死，怎么写字画画也会死？我问我娘，外公究竟怎么死的，我娘说，你就听你爹的。可爹除了喝酒，什么都不知道。”

“一朝被蛇咬，十年怕井绳啊！”新娘感慨地说。

“二呆！二呆！”外面有人嚷。二呆赶紧把纸藏在怀里，开了门兔子似的窜出去。

老娘子穿着睡衣，一脸慵懒。脸，由于满足而显疲惫，又由于满足而显幸福。老王朝她脸上拧了一把：“羞！睡到这么晚才起来。”

“今天是星期天嘛！”她伸个懒腰，“还不是你整的？”

“白天和敌人斗，晚上和你斗，这日子过得有滋有味。”老王拍手笑了。

二呆踩着蒲扇大脚，拎着蜂窝煤进来。他把一格一格的煤放在水缸和炉子中间。这间房分上下两层，楼上一分为二，二呆和傻大姐各一间。楼下也一分为二，前面放桌子凳子水缸和炉子，后面放竹床一张，马桶一只。竹床具有悠久的历史，一有动静立马发出“吱啊啊”的怪音。老娘子曾经就“分贝”问题多次提出动议，但老王没把这事放进议事日程。于是“吱啊啊”的床一响就是十几年。最后老娘子也习惯了，如果没有“吱啊啊”的小夜曲，还觉得夜晚很冷寂。

老王把燃着的炉子拎进来。炉火通红，火苗朝上窜。“傻妹打酱油，二呆去挑水。”老王朝锅里撒把辣椒，螺蛳一炒一翻就出锅。

“今天吃什么？”老娘子一边梳头一边问。

“一流的水产品，保证你绝对满意。”

“这要多少钱？”

“一分不要，这是你儿子抽干水塘的功劳。”老王喜滋滋地说。二呆擅长捕鱼捉蟹，尤其是烤浜。烤浜就是把河的上下两头截了，把河水舀净，然后把河里的水产品捞上来。这办法虽有“斩尽杀绝”之嫌，效果却非常好。

“听说学校快复课了。”老娘子淡淡地说。

“就是早上报个到，然后就散了。”二呆说。“老不念书，也不是个事啊！”老娘子皱着眉说。

"老念书，也不是个事啊！"老王接口接得很快。老娘子的嘴动了一下，又动了一下，结果还是闭上了。她坐在晃动的椅子上，用红木梳子来回地梳头，来回摩擦头皮。

"儿子读不进书，咱就做工人，没见教授的日子比工人的好。"老王拿起小刀，兴冲冲地挖蚌肉，蚌肉又肥又嫩。朝锅里一扔，用酒一喷，五分钟后，雪白的汤沸腾了。

"爹！怎么还不烧鲫鱼？"傻大姐撅着嘴问道。

"现在就烧。"老王把鱼在油里一炸，葱姜一烩，鲫鱼出锅时满屋都是香。"吃饭喽！"桌子拉到中间，酒摆上，菜端上，空气里充满过年的喜庆。

老王为婆娘倒了一杯酒。老娘子呷了一大口。"妈！你酒量越来越大了。"二呆不满地说。

"酒是解除痛苦最好的良药。"老娘子又呷了一口，"靠了它，才能一天天地涯。"

"你能有什么痛苦？"二呆嘴一撇，"除了上下班，就是吃饭睡觉。你有痛苦？"

"你懂啥？"老娘子又呷了一口。傻大姐突然朝二呆扑去，二呆闪身避开。

"爹！东西就在左口袋。"傻大姐嚷道。

"把东西拿出来。"老王威严地说道。

"他不拿我来拿。"傻大姐再次扑去，又被二呆一掌推开。

"爹！你不管他，我也不活了。"傻大姐就地打起滚来，"他要给我们惹祸的。"

"闺女起来。二呆，你把东西拿出来。"老王威严地说道。

"他还有一本书，上面全是封资修的东西，还有光屁股吊起来的男人。"傻大姐一骨碌爬起来。"我监视他，可不是一天两天。"

"闺女真是爹的小棉袄。"老王亲热地摸着傻大姐的脸，"二呆再不拿，我动手了。"

"不用你动手，要拿老子自己拿。"二呆掏出一张纸，朝桌上一拍。这是一张揉皱的宣纸，纸上画着一排马桶，从小到大，从低到高，形态各异。老王突然大笑起来。

"你还笑？"傻大姐生气地说。

"我笑他……哈哈！"老王笑得更厉害了，"我笑他果然是我的种。有种出种，就是搞画也像我。不画树不画草，不画天不画地，专门画拉屎撒尿的粪桶。"老王得意地笑着，露出一口结实的牙。

"不愧为我的儿子。"老王举起手，二呆本能地遮住头。"哈哈！"大手在空中划个圈，最后落在二呆头上——不是敲打而是摩挲。

"再买两块豆腐，两瓶酒。"老王掏出钱。傻大姐拿着钱，欢蹦乱跳地走了。火炉发出"噼啪噼啪"的欢叫，泥鳅在锅底发出"扑哧"的跳跃。

"豆腐烧泥鳅叫什么？"

"叫豆腐烧泥鳅啊。"二呆说道。

"不对，这叫孙悟空钻进铁扇公主的肚子，有进无出。泥鳅这玩意活性重，补性重。"

"爹！我为你倒酒。"二呆站起来，趁老王不备，把宣纸重新塞进口袋。

"爹！二呆又把画藏起来了。"傻大姐进门就尖叫。

"我没喝醉。"老王迅速从二呆口袋里掏出纸，飞快地塞进火炉。

"这里还有。"傻大姐从水缸下面摸出一本书。

"什么乱七八糟的。"老王抢过书，胡乱一卷塞进火炉。二呆扑过去，火炉窜出一股黑烟，撩到他脸上。他把手伸进炉子，抢出烧焦的书。老王一把抢过书，重新塞进炉子。傻大姐递过来一把火钳，于是老王用火钳压住燃烧的书。

"这是新娘子借给我的书。"二呆嘶哑地嚷道。

"你怎么不早说？"老王一跺脚。

"这是新娘子借给我的书。"二呆嘶哑地嚷着，一遍又一遍。

"没事，咱买了还她就是。"老王对儿子做了个鬼脸。

"外面买不到这本书。"二呆吼着。

"这新娘也真多事。买不到的书就是坏书，就是黄色书。这书给儿子看，就是教唆犯。"老王把水壶放在炉子上，举起酒杯喝了一口。

"砰！"二呆对准自己的脸就是一拳，接着一拳又一拳，脸被砸得通红。

"你看看你的脸，又是黑，又是红，还不去洗一把？"老娘子厌恶地说。二呆沉默着，用仇恨的眼光看着母亲，又看着父亲。老王也冷冷地看着他，猛地从二呆口袋掏出笔，朝腿上一磕，塞进炉火中。笔在火中挣扎，火苗托起它的身子，沉沉浮浮了几次，最后还是被火吞噬了。一股异味从炉里飘出。有点甜，有点腻，甜腻中带着股腥气。二呆只是看着炉子。

"哭丧着脸干吗？又没死了亲娘亲老子。"老娘子叱道。

"不画就不画。"二呆抢过酒杯，喝了一口，很大的一口，他被呛得咳起来。

老王的手落在他肩上："这才是我的儿子，这才是我的种。"掌声很重很厚，带着工人阶级的力量，带着父亲的力量。

老娘子呷一口酒，继续吃。她拣鱼的眼珠子吃，拣雪白的蚌肉吃，拣泥鳅的卵吃，拣大的螺蛳吃。碰到螺蛳上的膜，就用牙签挑出来。她吃得很仔细，挑得更仔细，像公土在吃法兰四大餐。

她终于吃完了，扔下筷子，拣起牙签。她翘起兰花指，剔除牙缝中的垢污。她的脸又红又亮，眸子又黑又深。她坐在高高的凳子上，伸着雪白而优美的颈脖。

"儿啊，咱不画画，不整那个没用的玩意。你要是高兴，爹给你置个板车，让你走街串巷收旧货，这活又轻松又没风险。"老王"吱"地喝了一口。"再过几年，爹给你娶个媳妇，你给爹养个孙子。咱爷俩喝着小酒唱个曲，日子过得忒滋润。"

二呆沉默着，又喝了一大口酒。

"儿啊，你是我的种，就要走我的路。爹虽没文化但是没风险；虽没思想但是没烦恼。儿啊！你知道啥是福？"

"爹！你说啥是福？"傻大姐拉着他的袖子。

"平平安安就是福。爹就一个想头：三亩土地一头牛，老婆孩子热炕头。批斗挨不到咱，坐牢轮不到咱，这就是我最大的幸福，也是我的胜利。"

"这是你的胜利？"二呆用红红的眼睛瞪着他。

"儿啊，你妈嫁给我时，天天抹眼泪，想法比天上的星星还多。可现在呢？啥想法也没有，啥烦恼也没有。人养得又白又嫩又水灵，人人都说我捡了个大美女。"

"人人都说妈这朵鲜花，插在你这堆牛粪上。"傻大姐撅着嘴。

"牛粪就是比花盆好。养人啊，肥人啊，滋润啊！"老王得意地笑道。

"看什么看？"傻大姐突然大吼一声，然后抓了一把螺蛳壳朝门外扔去，一条黑影一闪而过。

"谁啊？"

"就是那个狐狸精。"傻大姐愤愤地说。二呆推开桌子奔出去，外面已经没了影子。他又冲到苦妹家，发现门窗都关得紧紧的。

暮色一点点降临，炊烟四起，各家各户的锅盆碗瓢奏响了。二呆在门口修自行车。手上干着活，眼睛却看着对门。昨天，当他骑着自行车回来时，正遇上苦妹。

几天不见，苦妹的下巴更尖了。二呆抓了把河蚌干朝她手里塞。苦妹没接，只是巴巴地看着二呆，眼神笔直的。

"骚狐狸又打你了？"二呆把自行车一扔，"我找她算账去。"

"没有……我就想看你一眼。"苦妹直勾勾地看着他，眼神很吓人。

"想说啥就说，老子为你做主。"二呆不耐烦了，他最烦的就是她苦巴巴的模样。

"你能为我做什么主？"苦妹死死咬住嘴唇。

"哪个人敢欺负你，老子一刀劈了他。"二呆把胸脯拍得"啪啪"响。

"你劈了他，你不也得死？"

"死就死，老子不怕死。"二呆一跺脚。苦妹看了他一眼，这不是看，而是剐，她死死地剐了二呆一眼就跑了。她跑得很急，就像鬼在撵她。

"她究竟咋啦？她究竟发生了啥事？"二呆一边卸轮胎一边嘀咕。

老王抽出一把菜刀，在砖上磨着，刀被磨得锋利无比，寒光四射。他拿出一只大碗，放点清水，又蹲下身子，紧了紧鞋带。

"干吗？"老娘子用小勺掏耳屎。

"今天露一手给你看。"老王抓起一条黄鳝，一刀下去，拎着黄鳝的尾巴朝下抖。黄鳝扭动着，挣扎着，一滴滴的血流进碗里。四刀下去，四条黄鳝命归黄泉，碗里的血也满了。老王扔了黄鳝，拿起筷子在血里搅。然后端起碗，"咕嘟咕嘟"喝下去。血又浓又稠，顺着下巴滴下来，滴在衣襟上，滴在地上。老王的喉结像电梯，急剧地上上下下。二呆惊讶地看着父亲，看着父亲在喝血。父亲的手上，身上都是血。

最后一滴血灌进喉咙后，老王摔了碗冲出门。风在耳边呼呼地响，狗在身后汪汪地叫。老王什么也不管，什么也不顾，一头冲进雨幕中。

浓浓的血涌上来，被他用舌苔压下去。全身的血，如海潮哗哗地涌上来。他眼珠暴突，血脉贲张，大有"四腑翻腾云水怒，五肺震荡风雷激"的气势。他妈的！你是闪电，我就是巨剑；你是海啸，我就是堤坝；你是地震，我就是万里长城。老子还不信压不下一碗血？

革命已到了关键时刻。退一步，脑血管溢血，老命休也；进一步，通经化淤，返老还童。他不敢怠慢，加快脚步的进度，加快奔跑的力度。风来了，吹凉躁动的血管；雨来了，打湿沸腾的血液。五百米一千米，老王像马拉松运动员，前进再前进，冲刺再冲刺。用革命者的意志，制止山呼海啸，平息火山喷发。他跑啊跑，在奔跑中体会生命的力量，体会男性的力量。

这是一个黑色的夜晚。这是一个诡异的，颤涷的，疯狂的夜晚。这一个夜晚，让二呆看到了一个肮脏的，丑陋的世界。

二呆酣睡着，他陷入了深深的梦境。他在广袤的田野上奔跑，大脚插进柔软的草地，脚丫里沾满晶莹的露珠。这里没有一排排粪桶，也没有孩子的哭泣和大人的吼叫。这是一片静谧的世界，只有露珠滴下的轻微声响。

他撒开脚丫朝前跑，这里没有残墙断壁，没有旮旯磕绊，一望无垠的草地，绿成一片波浪。他在波浪上翻跟斗，他在波浪上跳跃。一个男孩坐在草地上，手上拿着笔和画夹。他母亲坐在身旁教他画画。他有好多纸，他有好多笔，他有好多书，他和他的母亲一脸幸福。

一条宽阔的河泛着银光，垂钓者正在垂钓。一条小鱼上钩了，垂钓者把小鱼从钩子上取下来，轻轻地扔进水里。一条大鱼上钩了，垂钓者把鱼放进水桶。临走时，垂钓者把水桶里的鱼倒进河里。二呆呆呆地看着：这是人间还是天堂？

蓝天白云，河水清冽。二呆扎进河里，在水里打滚翻跟斗。鱼儿包围了他，轻轻地咬着他的伤口，他的瘰疬，他的全身。这感觉，痒痒的，麻麻的，通身舒坦。他一个猛子扎到河底不动了。他愿意变成一条鱼，他愿意变成一只虾，他甚至愿意变成一棵水藻，随流逐波，渐行渐远。手指浸在清波里，心也浸在清波里，在银子一样的清波里，他看见自己一颗透明的心。

突然地动山摇。潋滟碎了，清波混了，鱼儿惊慌地沉入河底，水藻惊慌地俯下身子。一股巨大的漩涡把他卷上岸。岸上没有青草，也没有绿意，只有一排排的马桶蜿蜒逶迤，如十里长的蛇阵。

他醒了。

地板在摇，床在摇，地震了。他惊慌地扑到窗前。外面一片黑暗。就在他准备跳出窗口时，发现地震不是来自土地，而是来自楼下。他扑到楼下，竹床在摇，竹床在动，地板在摇，地板在动，墙壁在摇，墙壁在动，两头怪兽在床上翻江倒海。怪兽一丝不挂，它们纠缠着，翻滚着，撕咬着，咒骂着。怪兽喘息连连，抽动连连，如一辆没有刹车的火车头。铁轨下，卧着另一个怪兽。怪兽的脸变了形，头发如海藻，贴在狰狞的脸上。尖利的牙，咬住另一个怪兽的肩膀，发出震耳欲聋的嚎叫。二呆被这一幕震撼了，看着两具纠缠在一起的怪兽，恶心他"哗"一声，把一大堆秽物朝怪兽喷去。

八、杀狗

瓢泼大雨从天而降。新娘坐在车架上，新郎穿着雨衣推着自行车，送新娘去上夜班。

半月前，葛书记找新娘谈话，让她在车间大会上批判某人。某人生着斗笠般大的脑袋，言必谈三点四一，谈近似值，谈圆周率，谈密率。谈得高兴时，还大谈"大明历"的始作俑者。听者一片迷茫，他却唾沫四溅说得不亦乐乎，绝对和革命形势有离心离德之态。鉴于此，葛书记决定把祖冲之的后裔，发展为蜕化变质的坏分子。

葛书记是老党务工作者，深谙运动精髓，明白整人中"舆论开道"的重要性。于是他找新娘谈话，让她做批判的旗手。谈话不欢而散，有了身孕的新娘厌恶无休止的整人运动，也厌恶曾经的"自我"。鉴于此，葛书记继续把孕妇留在有毒有害的二氧化硫工段，继续倒三班。

弄堂黑幽幽的，唯一的一盏路灯，已被砸个稀巴烂。虽说学校要复课，但那是瞎子的眼睛，点缀而已。无所事事的孩子，只能把浑身的劲放在"打一点，砸一点，抢一点"上。

车子推过巷子，突然惊醒一条黑影。黑影窜起来就跑，慌乱中把新娘撞倒。就在新娘即将摔倒在泥地时，黑影一个鱼跃下扑，托住新娘沉重的身子。

"这么大的雨，你躲在这里干嘛？"新娘既气愤又感动。

"我……"二呆有些尴尬。

"又在等苦妹？你听我一句：你们二人都小，不适宜谈恋爱。"

"没有啊！"二呆嚷道，"我怕她出事。我做了个梦，梦见她挺着个肚子在哭。"

"胡思乱想！难道她后母会吃了她？"

"现在情况很复杂。一是人不见了，二是所有的门窗都关了，连一只苍蝇都飞不进去。"二呆沉重地说。

"别做你的业余侦探了，回家吧。"新娘叹了口气说道。

"回家？你告诉我，我回家能干啥？"二呆瞪着新娘，新娘哑口无言。一个整天监视他的傻姐，一个整天酗酒的老父，一个不称职的母亲。他的家，没一本书，没一支笔，没一张纸。这不是家，这只是一个遮风挡雨的蚌壳而已。

新娘默默地看着二呆，她正在孕育一个新生命。如果新生命步二呆的后尘，还不如现在就把新生命扼杀了。

天渐渐凉了，巷子里的孩子却多了。课是上了，但灵魂的工程师已经伤痕累累。他们再也不能流畅地朗读唐诗宋词；再也不能侃侃而谈"牛顿定律"。孩子们依然在瓦砾堆上战斗，在马桶和马桶的间隙里厮杀。小巷是壕沟，巴黎公社新生的社员们，在炮火中成长。

二呆现在却有了沉默。自从父亲焚书后，他再没脸去问新娘借书。他蹲在墙角，手上却没了纸和笔，他总是定定地盯着一个点。点里的门窗关着，苦瓜脸也消失了。他依然每天挑水，扁担没了"咿呵呵"的节奏；他依然劈柴，手臂失去运风的力度。他总是搂着二黄狗，呆滞的眸子，散发出忧郁的气息，散发出痛苦的气息。

这天，老主任到家时比平时早，他拎着口袋，里面是一群欢蹦乱跳的泥鳅。

"二呆呢？"

"他现在愈发呆了，整天搂着那只死狗。"傻大姐生气地说。二呆蹲在墙角晒太阳，整个脸被不均匀的阳光晒得红一块，黑一块。他抿着半根鼻涕，根本没有收回鼻涕的打算。老王揪着他的耳朵进门："赶紧生炉子打酒。"

"家里没肉。"

"没肉？这不是最好的肉？"老王的手落在二黄的头上。

"你说什么？"二呆跳了起来。

"冬天的狗最补，狗鞭子加泥鳅，绝了。"老王挽起袖子说道。

"啥叫狗鞭子？"傻大姐问。

"爹现在不能告诉你。等你结婚，爹也用这个来补补我女婿。"

"爹！"傻大姐尖叫着，"二呆跑了，他和狗一起跑了！"

"他奶奶的！他能逃出老子的掌心？"老王拎着菜刀冲了出去。

"咦！人呢？"

"他在左夹弄，我看见狗尾巴了……不对，又窜到右旮旯了。"傻大姐不断地发出指令，老王则根据指令变换和调整着追捕方向。

虽然有雷达系统，但老王没有抓到俘虏。老王气得脱下鞋和衣服，抓了根麻绳赤脚狂追。"朝南，窜进小门朝北了……不得了了，又窜过马路了。"傻大姐上窜下跳，用战地记者的忠诚，翔实地提供第一手数据。

一小时后，老王终于班师回朝。当他押着二黄进来时，小巷两边，挤满了欢迎的仪仗队，活生生一个棚户区的凯旋门。

"他奶奶的想跟我斗。"老王一面磨刀，一面朝磨刀砖上吐唾沫，四周围满了老的少的，男的女的铁杆粉丝。

"爹！二呆回来了。"傻大姐尖叫着，汇报最新消息。

"爹！"二呆扑到老王的脚下，"你就放了二黄吧！"

"傻儿，养狗不就为了吃狗肉？这么多粮食出去，难道不收回？"

"你可以从我口粮里扣。从明天起我吃半碗，甚至可以不吃。"

"你口粮里有狗鞭？"老王哈哈大笑。

"我去烤浜，我去捉鱼，我去捕虾，我只求你……"二呆急急巴巴地说。

"起来！"老王用手指试了试刀刃，"快烧热水准备褪毛。"老王踢了二呆一脚。二呆从地上爬起来，慢慢朝二黄走去。

二黄的头被套在绳子里，爪子能动，头不能动。二呆把头凑上去，二黄停止挣扎。它伸出舌头，热情地舔着二呆的手。二呆的手上，有一道没痊愈的口子。

"爹！"傻大姐尖叫着，"二呆又摸狗的头了，狗头上又没金子。"二呆站起来，一步步朝傻大姐逼去，傻大姐杀猪样叫起来。

"二呆，你杀还是我杀？"老王在刀上吹了一口气。

"找杀！"二呆咬牙切齿，腮边的肌肉凸出一大块。

"手脚麻利点。你娘等着吃狗肉。"

"知道了。"二呆从老王的手里夺过刀，高高举着。"大刀向鬼子们的头上砍去……"傻大姐一边唱，一边拍手。四周有了呼应，有了和声，有了共鸣，有了大合唱。在波涛汹涌的歌声里，二呆的刀始终定格在一个位置。"快劈啊！快劈啊！"稚嫩的声音狂热地嚷着。二呆咬着唇，宽大的下巴阖动，隐约可见的喉结突兀地清晰。"快劈啊！快劈啊！"叫嚷越发喧嚣了。二呆把刀一扔，搂住二黄的脑袋。二黄一动不动地闭上眼，像温顺的波斯猫。

"瞧你这没出息样。"老王的手落在二呆头上，手下生风，带着一股蛮劲。二黄睁开眼，生气地朝老王吼叫。二呆把手放在二黄嘴上，二黄停止叫朝他怀里扑来，但绳子勒住脖子，它发出一声惨叫。

"咱不叫咱也不哭。"二呆拍着二黄的脑袋，一颗硕大的，浑浊的泪珠挤出眼眶。二呆从口袋里掏出绳子。这是一根红头绳，是从苦妹的辫子上捋下来的。二呆只要一甩绳，二黄就在绳子甩出的空间里跳啊跳。一个甩，一个跳，二黄和二呆心照不宣配合默契。这个节目，是这条巷子里最受欢迎，最有含金量的节目。

二呆用绳子把二黄的前爪扎起来，二黄兴奋地眨着眼，就像上舞台的演员。绳子一圈圈地扎，扎得很整齐，一点也不凌乱。二黄眨着眼，饶有兴趣地注视着，发出"呜呜"的欢叫。"死到临头还高兴。"傻大姐冷笑着。

二呆一个转身，出击又快又狠又猛。只一下，傻大姐就杀猪般叫起来。老王也是一个转身，出击得又快又狠又猛，像尽职的高尔夫球手一竿进洞。二呆的脸上，立即印上了五指山。二呆眼也不眨，只是抹了一把脸。

"你不干我干。"老王阴沉着脸说。

"我干。"二呆吼着，像爆发的火山。他眼也不眨，加快捆绳子的动作。现在，二黄的四只爪子全被捆起来了。

"把它吊起来，不过是倒着吊，下面放一只盆，狗血养人。"老王吩咐道。

老娘子进门时，狗肉已经焖得差不多了。浓郁的香气飘出窗子，飘进鼻子。"妈！你真漂亮。"傻大姐拉着老娘子的袖子。老娘子穿着件格子外套，格子的颜色有黄有黑，浑然是二黄的一身皮毛。

老王的手上脸上沾满了血。"死狗！蹭我一身的血。"他把狗鞭放进酒瓶，抱着酒瓶欢快地晃动。

天黑了，红彤彤的火更红了。大铁锅"咕嘟咕嘟"冒热气，老王掀起锅盖，撒了一把辣椒，又把活蹦乱跳的泥鳅扔进去，这下锅里更热闹了。孩子们围着铁锅转，眼里有迫不及待的喜悦。

"一人一小块。"老王掀开锅盖，往每一张小嘴里送了一块。这晚，二呆吃了很多肉，也喝了很多酒。傻大姐直朝他撇嘴：不是舍不得杀狗吗，怎么吃得比谁都多？

天还没亮，二呆就醒了。他的头很疼，还闻到了一股怪味。他睁开眼，发现自己的鞋子浸在呕吐物中。他揉揉眼下楼，经过床边时发现了一个半圆形。

半圆型又大，又白，又圆。在晨曦中，显得很突兀。圆一点点膨胀，一点点升腾，散发着惨淡的白，就像十五的下弦月。圆扭动着，前前后后地扭动。圆的下面有一条线，一条线也在前前后后地波动。点和线就这样相映成辉，相得益彰，形成一幅动态的画。二呆摸着口袋。口袋里没有纸，也没有笔，他懊恼地搔着头。突然，从动态的画里钻出一张脸。

这张脸清晰而朦胧，可爱而可憎。小时候，他对这张脸充满了依恋，这张脸也对他充满了爱。他凝视着这张脸，吸着乳汁，听着歌谣，在摇晃中进入梦乡。后来，乳汁没有了，歌谣没有了，只有这张脸上的泪，一滴滴地砸在自己脸上。再后来，眼泪没有了，这张脸离他很遥远，遥远到成为一个符号，一只冰冷的符号。他一直努力寻找昔日的脸，现在他终于找到了。可这张脸，没有了慈母的悲悯，只有饕餮者的贪恋；这张脸，没有圣母的清辉，只有纵欲者的贪婪。一个镀金的观世音，金粉一点点褪去，露出里面枯黄的土色。

点和线还在动，动态的画，慢慢还原为躯体和四肢。躯体伏在床的中央，四肢散落在床的周围。晨曦中，躯体和四肢又一次张牙舞爪。点，不再圆润；线，不再平直。躯体带着秽气，四肢带着罪恶，就像肆无忌惮缠绕在一起的章鱼。他朝章鱼狠狠地吐了一口痰。他的脚无情地践踏着地上的衣服。他一拉门，闯了出去。

西北风呼呼地刮着，打在脸上生疼得很。他大口呼吸着新鲜的空气。四周静悄悄的，静得阴森，静得死寂。没有了……再也没有二黄喷出热热的，浓重的鼻息。二黄没有了，可这个世界，这个丑陋的世界依然存在。

他跳起来朝前冲。前面是什么，他不知道；后面是什么，他也不知道。他就像一个企图拔着自己的头发离开地球的蠢人，只是一个劲地奔跑着。

"吱呀呀"的声音来了，"吱呀呀"的声音近了。一辆装着牛奶的车过来了。从小到大，他没喝过一口牛奶。苦妹老问他，牛奶是啥味？可是他也不知道。车子近了，就在车子和他擦肩而过时，二呆从车上抢了两瓶奶。蹬车人跳下车冲过来，二呆随手把瓶子朝她头上一磕，跑远了。

他一口气奔回家，取出一只馒头，一掰为二，然后把牛奶倒在馒头上。他拿着馒头窜到苦妹窗下。一推窗，居然开了。他把馒头扔进去，风一样地跑丁。

　　苦妹的被子上，放着一个湿漉漉的馒头。她的耳边回荡着两个字：快吃。

九、抢劫

　　二呆重新上床进入梦乡。"二呆，不好了。"傻大姐摇醒他，"外面正挨家挨户地搜查：有人抢了一瓶牛奶，还砸了一瓶牛奶。"

　　"不就是两瓶牛奶？"二呆转个身。

　　"你懂啥？昨晚刚传达毛主席最新指示，今早就有人抢劫。这不是两瓶牛奶的事，而是反革命报复的事。"傻姐一把掀开二呆的被子。

　　"抽什么疯？我要上马桶。"二呆下楼时趁她不备，把奶瓶塞进马桶箱。马桶箱方方正正，家家都有，户户必备。最大的功能是防止粪水外溢。这里夫妻斗殴出其不意，孩子群殴司空见惯。有了这匣子，就能最大限度地守住粪水。

　　"我要去配合老党搜查。"傻大姐趿着鞋出门。

　　"别去。"二呆在身后嚷道。

　　"我是毛主席的红小兵，我不去谁去？"傻大姐迈着大步走了。二呆眼珠一转，捡起一块木柴劈薄，又敲打一番装进马桶：奶瓶藏在有夹层的马桶箱里，万无一失。

　　搜查工作还在进行。根据当事人的描述，犯罪嫌疑人的画像上了墙，垃圾桶也被翻了个底朝天，连阴沟洞都通了三个来回。

　　受害者王大妈又一次被请进审讯室，又一次讲述案情："这天清晨，雾特别大特别浓。就在推车过马路时，有人从车上抢走两瓶牛奶：一瓶朝我砸来，一瓶抢着跑了。"

　　"抢劫犯朝哪个方向逃了？"老党锐利地问。

　　"当然朝你管辖的棚户区逃。"

　　"啥特征？"

　　"两只眼睛一只鼻子。"

　　"废话！说具体点。"

　　"一副身躯，两只手两只脚，一双大脚'哒哒哒哒'跑得欢。"王大妈笑着说，"我看这小子是喝多了。"

　　"这么严重的政治事件你还笑？"老党严肃地说，"昨晚十一点传达指示，今早五点发生抢劫。仅仅过了六小时，敌人就跳出来对抗无产阶级专政。"

"这……"土大妈不笑了，她的神色和老党一样凝重。

"从现在开始，挨家挨户查，不查出来决不罢休。"老党庄重地掸了掸袖子。

这两天傻大姐很兴奋，老党不但让她参加了搜查，调查组竟也让她列席会议讨论。这样的政治待遇对她可谓破天荒。因为这，她白天巡逻，晚上则搞蹲守。这一晚，她的蹲守果然有了结果。

一个人影蹅出门，探头探脑走过来。幽暗的月光下，脸又小又尖，简直就是枚苦瓜。苦瓜出了门摸索着朝前走，两只脚在月光下移动，一小步又一小步，像在地雷上摸索的工兵，像在钢丝绳上跳舞的艺人。

"不许动！"傻大姐摁亮电筒，箭一样射出去。

"妈啊！"苦瓜撒腿就跑，"乒"地弹进黑暗深处，一个人影却闯进手电筒的光圈。

"你出来干啥？"傻大姐气呼呼地问，"你和谁碰头？"

"我又不是特务，又不是反革命。"二呆大咧咧地说。

"你的一举一动，全落在我眼里。"黑暗中闪出老党，"你就是十恶不赦的抢劫犯。"

"捉贼拿赃，拿出证据来。"

"证据就在这里。"老党高举着手，如自由女神攥住火炬：他手上举着一只牛奶瓶。二呆一愣，仿佛被雷击中。

"二呆！毛主席教育我们要立场坚定，要爱憎分明。不要说你是我亲弟，你就是我娘老子，我一样大义灭亲。"

"说得好。"老党的手庄重地落在傻大姐的肩上。"把他押走。"老党撅着腚走在前，傻大姐挺着胸，押着五花大绑的二呆。

抢劫牛奶的事很快有了结论。现在还有一个重要的问题是，老党控告二呆强奸了苦妹。

"绝没有的事。"二呆死也不认账。老党亲自上阵，拳打脚踢，皮带呼啸，最后还戴上手铐脚镣。除了中美合作所的老虎凳，十八般武艺基本上全用了，但二呆还是不招。

月亮出来了，惨淡的月光懒懒地洒着。老党披衣出门，四下打探。确定无异样后，迅速钻进一户人家。

苦妹撅着屁股在擦木盆。水蛇腰的洗澡程序和慈禧太后一样，先把躯体浸进去，然后搓，捋，擦，洗。这当中，要保持水的流动性，尤其是水的温度。苦妹在澡盆里放了水，又把热水瓶一字排开。她捋起袖子，抽上一条毛巾。她已经从烧饭女佣，上升为澡堂擦背工。

　　一套干净的内衣搁在凳子上，一条松软的浴巾搁在床上。裸体的水蛇腰在镜子前审视自己的玉体。除了丰腴，自己完全是现代版的杨贵妃。

　　贵妃扭着腰肢，跳进华清池。苦妹用涂着肥皂的毛巾，使劲擦后背。水蛇腰闭上眼，享受毛孔改革开放所带来的舒适。

　　门帘一掀，老党挟着一股风进来。水蛇腰一见，乐滋滋朝老党扑去。苦妹像个懂规矩的宫女，赶紧退到外屋。里屋传来了淫声，乐声，还有水的"哗哗"声。苦妹顾不得擦手，赶紧从被窝里掏出一本书。这是一本撕得七零八落，面目全非的书。苦妹这辈子除了教科书，从未摸过别的书。在她十五年的生活中，所有的信息来自两点。一是教科书，一是喇叭里。教科书里有冰心的《小桔灯》，但她的心从未有过光明；喇叭里有"与人奋斗"，但她的心从未有过快乐。

　　这是她第一次的课外阅读，虽然书来自垃圾桶，却强烈地吸引了她。有的字不认识，有的内容不理解，可是她还是在囫囵吞枣的阅读中，看见了另一个世界。

　　这肯定是封资修的书，可这书写得太好了。书里的人，一个个全是天使。好人是天使，就是坏人也能变成天使。好人能帮助坏人，坏人也能成全好人，好人能反思自己，坏人也能忏悔自己。好人，不必把坏人踩在地上再踏一只脚，坏人，也不必全党共讨全国共诛。好人不是英雄，坏人也不是不齿于人类的狗屎堆。好人和坏人，没有不共戴天没有你死我活。世界上怎么有这么奇异的人类？这究竟是神话小说还是科幻小说？苦妹把书翻到扉页，上面写着"九三年"这三个字。

　　"原来如此。"她摇着头。现在是七三年，作者写的是九三年，也就是二十年后的事，二十年后的人当然不像现在的人。二十年后我三十五岁，三十五岁时能过这样的生活，还不美死了？她把书抱在胸口，憧憬着二十年后的生活。

　　二十年后，没有辱骂，没有鞭打，没有无休止的批斗。二十年后，我和二呆养了一群孩子。我们不让孩子赤脚去烤浜，我们不把孩子的纸和笔扔进火炉。我们要带着孩子去放风筝，去游泳，去画画，去翻跟斗。想到这，她咧开嘴笑出声来。

　　"咣铛"一声巨响，苦妹吓得跳起来。这是什么声音？答案还没出来，自己的脚已浸在水里。上次是粪尿四溅，污水横流。这次马桶会不会又出问题？苦妹赶紧奔进去，又尖叫一声蒙上眼：水蛇腰一丝不挂地站着，老党寸缕不遮地站着。

　　"快拿拖把。"水蛇腰用浴巾裹住身子，老党却裸着躯体，毫无惧色地

二呆

站着。苦妹进也不是，退也不能。

水蛇腰手一扬，一把剪刀贴着老党的屁股扎在桌上。面对利器，老党眼也不眨，依然威风凛凛地站着。苦妹撒腿就跑。

"站住。"老党威严地说，"用毛巾，把我的身子擦干。"

"不！"苦妹大声嚷着。老党雄赳赳地上来，一把拎起她的后领。苦妹如出土的萝卜，孤零零地悬在半空。水蛇腰一头朝老党撞来，老党岿然不动。水蛇腰的粉拳雨点般地砸来，老党突然有了不耐烦，大手一挥，水蛇腰跌出一丈远。

"把自己洗了。"老党手臂一转，和苦妹来了个面对面。他的手一松，苦妹跌在地上。老党套上衣服，抖搂着走了。

苦妹浸在宽大的木盆里。木盆很大，是洗被子的木盆。十岁那年，她实在洗不动沉重的被子，就把被子中间的接缝处拆了，洗完后再缝起来。

一个寒冷的日子，她拿出剪刀准备拆线时，二呆来了。他在盆里放上水和碱，然后在被单上跳起赤道战鼓。跳得正欢时，老王挥舞着竹竿冲来，二呆赤脚就跑，老爹举着竹竿在后面追。小巷两边，挤满了兴奋的观众。他们如忠实的啦啦队队员，狂呼大叫：木盆！木盆！木盆！

从此，木盆成了小巷的文化遗产，也成了群殴的宣战书，但是苦妹一直没享用它。她洗澡，不是打半盆水擦擦身，就是猫在小盆里，象征性地和水亲个吻。现在她坐在宽大的木盆里，有了流浪汉栖身总统套间的感觉。

最近，她发现水蛇腰对她的态度变了。不是拳打脚踢，而是阴恻恻地瞅着她，觑着她。她知道危险朝她逼来，但她无法阻止也没有退路。她唯一能做的，就是把自己的第一次献给二呆，但是二呆拒绝了。

苦妹浸在水里，第一次正视自己的裸体。小小的乳房，平坦的腹部，腹部下的伤痕，苦妹用手捂住脸，浓浓的罪恶感再次袭来。罪恶感不是突如其来地来，突如其来地走，而是安营扎寨，年复一年占据她的心灵。那种来自身体的罪恶，来自灵魂的拷打，来自肉体的噬咬，让她一直生活在绝望中，通身散发出小寡妇的气息。她只活了十六年，却有了六十一年的感觉，有了世纪老人的沧桑。

当她从澡盆里爬出来时，身子剧烈地颤抖着——老党直挺挺地站在她面前。

夜很深了，风在呼啸，门窗发出"咯吱"声。老党裸着身子，一条条伤痕布满全身。"我早就提议，把她的爪子扎起来。"水蛇腰把红药水擦在他的伤口上。

"不野不香，野味才有嚼头。"老党猛吸一口烟。"呦！轻点。想不到波斯猫成了一头野兽。"

　　"是你让她成为野兽的。"水蛇腰又妒又恨，"要不是老娘助你一臂，你尝不到这一口。"

　　老党猛抽一口，又把烟塞进水蛇腰的嘴里。"看紧她，不许她出门半步。"

　　"你准备怎么对付她？"

　　"妻妾同床，普天同庆。共妻共妾，盛世乐事！"老党淫笑着。

　　二呆落网后，公安局嘉奖了有功之臣。傻大姐做了红小兵团长，还被评为草原英雄小姐妹式的人物。大红花戴在她胸前，把脸映得红彤彤的。要不是老王一巴掌下去，大红花还要继续绽放下去。至于老党，更是风光无比。他是英模报告会的发言人，风头直逼黄继光和邱少云。

十、破案

　　两个月后，苦妹怀孕的事传遍大街小巷，可谓石破天惊。最早发现这秘密的，竟是傻大姐。

　　傻大姐有个嗜好，就是蹲在墙角下，窃听里面的一言一语。高尔基说社会是个大学校，成天在巷子里摸爬滚打的团长，当然在学校里练就了一身好本事。

　　二呆进去后，傻大姐把聚焦点对准苦妹。可苦妹足不出户，就是有尾巴也攥不住。于是傻大姐继承小脚缉私队的光荣传统，做了共和国的夜猫子。

　　首夜就捷报频传，她听见苦妹在呕吐。呕吐对于她来说很熟悉：夜猫子一叫，呕吐声就来。她很老练地向组织汇报。

　　这几天，老党又是欣喜又是焦虑。欣喜的是种子已经扎下，焦虑的是替身还没找到。抓到二呆时，他就在这桩普通案件上下足功夫。他虽是半文盲，绝对知道未雨绸缪的道理：一定要把赃先栽好，然后再下蛆下卵下虫。

　　这两天，他简直成了渣滓洞的毛人凤，眼睛都快燃烧了。巨大的喜悦，伴随着巨大的恐惧；巨大的恐惧，伴随着巨大的暴怒；巨大的暴怒，伴随着巨大的严刑拷打：革命不是请客吃饭，不是做文章，不是绘画绣花，革命是一个阶级推翻另一个阶级的暴力的行动。暴力是绝对的暴力，但二呆就是许云峰：任你把牙齿一个个扳下，他也绝不从牙缝里透露出一个"是"。

　　阳光从窗子里透进来。一小束，一小簇。二呆死死地盯着阳光：咋这么窄，窄得像苦妹的下巴；咋这么细，细得像苦妹的辫子。公安拿着钥匙，哗啦啦地过来了。二呆撑着墙壁，费劲地爬起来。他的手成了膨胀的熊掌，手腕处流着白色的脓，手心流着浓稠的血。

他坐在凳子上。前面是栏杆，后面是栏杆，他像一头被关进笼子的困兽。

走廊上响起了脚步声，声音很轻，脚步很小。二呆笑了。苦妹总是拖着一只硕大的盆，一点点朝前挪。声音很轻，脚步很小。当她拖不动时，整个人就倚着木盆喘气。这时二呆就跑上去，抢了木盆朝前奔。苦妹跳起来跟着木盆走，木盆犁出一条沟辙，沟辙唱着歌，犁向远方的水站。

一个小小的人，从甬道的末端出现了。声音很轻，脚步很小，她怯生生地，一步一步地朝二呆走来。二呆跳起来：一绺刘海覆在脑门；瘰疬的手紧拉衣角；平坦的腹部有了凸突。天呐！梦中的情景真实地出现了。二呆被这个事实，击得目瞪口呆。

"谁的？"二呆拉住栏杆，栏杆发出"咯吱"声。苦妹不说话，只是看着他。

"究竟是谁的？"二呆摇着栏杆，怒发冲冠。苦妹只是无声地流泪，一滴滴的泪，比黄河里的水还多。

"你说，老子出去后一定为你报仇。"

"你报不了仇。"苦妹闭上眼，吐出这句话。她的眼皮在跳，她的眼皮在剧烈地跳。薄薄的眼皮如蜻蜓的翅膀，蝉翼般薄。

"你啊！"二呆一拳砸在栏杆上，疼得五官都挪了位。苦妹拉着他的手，放在嘴边吹啊吹，一滴滴的泪珠滴在手指上。

二呆抽出手指，朝苦妹脸上呸了一口，唾沫从她的鼻子上滑下。小而翘的鼻梁，阻止了唾沫的下滑。苦妹没有抹去唾沫，她只是看着他。她像望夫岩上的石女，等了一百年。既然等来了，那就使劲看，使劲瞅，把他的面容篆刻在石头上。

"你为什么不反抗？"二呆气呼呼地说道。

"我是个罪人，到死都是个罪人。"苦妹淡淡地说。她的眼睛如一口井，泛着黑光，泛着死亡的气息。二呆从栏杆里伸出手，重重地抹去她脸上的唾沫。

"你不能死，你等我回来。"二呆转过身，朝监房走去。他走得很慢，也很沉重。老党站在拐角处悄悄地看着，阴阴地笑了。

当新娘知道这个消息时，木已成舟：二呆招供他强奸了苦妹。

"绝不可能。"新娘愤怒地说，"如果他们之间的关系是强奸和被强奸的关系，那么世界上所有的男女关系全都是强奸和被强奸的关系。"

"可是他……已经招认了。"老娘子无奈地说。

"杀了我的头，也不相信这个事。"新娘匆匆出门。她有个同学在公检法，她需要知道案卷的第一手数据。同学见了她，先骂她多管闲事接着去翻案卷。半小时后她出来："甭费心了，这是铁案。"

"为什么是铁案？"新娘气呼呼地问道。

"不但有他本人招供，还有两个证人证词。"

"哪二个？"

"一个是作案者的亲姐傻大姐，她多次看见他纠缠被害者；另一个是被害者的继母，她多次看见他搂着被害者亲吻。"

"亲吻？这说明不是强奸，而是恋爱中的举动？"

"不过她还有第二份证词。在第二份证词里，她把'亲吻'改成了'强啃'。这一改，就把恋爱中的亲昵举动，改成了强奸的前奏和伏笔。"

"好阴险。"新娘冷笑着，"中国文化果然博大精深，推敲之间就有了'罪'与'非罪'的界限。"

"我估计她身后有个老手，不然，第二份证词不会衔接得如此天衣无缝。"

"我知道他们的关系，绝对是青梅竹马两小无猜。"新娘果断地说，"我愿意做证人。"

"公检法根据需要，筛选需要的证人。"同学缓缓地摇着头，"你一个人，敌不过强大的国家机器。"

"难道你冷漠地看着又一个窦娥诞生？"

"我爱莫能助。"同学冷漠地说。

三天后，街道召开公判大会。除了杀一批，还判一批。鉴于案发时二呆还是未成年人，所以判处有期徒刑十六年。先在少教所蹲三年，十八岁后押到提篮桥监狱。

公判那天，万人空巷。老党穿着崭新的警服，押着二呆走进会场。二呆抬起头四处搜索，黑压压的人群里，没有他魂牵梦萦的苦瓜脸。他只看到两张脸：一张是傻大姐，她又亢奋又沮丧；还有一张是水蛇腰，她又得意又失落。最后，一张狰狞的脸朝他压来，这张脸上写满了亢奋和得意。

三年后，就在二呆转到提蓝桥的那天，傻大姐去看他。她虎着脸，鼓着一肚子的气。

"苦妹好吗？"二呆犹豫着，终于问了这个问题。"都是这狐狸精害你坐牢，你还问她？"傻大姐愤怒地说。"我不承认……她就成了破鞋，一辈子的破鞋，她一辈子就完了。"

"可她没有完，她现在是一个骄傲的母亲。"傻大姐的腮帮子鼓成一个大包，二呆叹了一口气，沉默了。

接见的时间到了。傻大姐气鼓鼓地朝门外走。走到门口时，她突然嚷着："老党做爹你坐牢，这社会没公道。"

"你说什么？"二呆急切地问。"老党是孩子的亲爹，你这个冤大头实在太兔。"傻大姐冲出去，但她的声音却像利剑，直直地刺进二呆的胸膛。

十一、尘埃落定

十六年后的某一天，新娘下了车，朝辽宁路走来。她走进熟悉的小巷。

"你找谁？"戴袖章的人警惕地问。

"这里的变化太大了，房子全变了个样，我都摸不着北了。"新娘打量着四周。

"外面为了面子，里面该是啥还是啥。你究竟找谁？"

"我找二呆的家。二呆现在还好吗？"

"好！好！他家能不好吗？一天几场麻将能不好？"红袖章冷笑着，"他家朝里，右转再左拐。"

新娘左转右拐，来到一座楼房前。"哗哗"的洗牌声一浪高过一浪。其间，还夹杂着吐痰声，嬉闹声，咒骂声。真是牌声，笑声，骂声，声声入耳；屁事，琐事，天下事，事事关心。新娘敲门，门开了，二桌的麻将友，十六只眼睛齐刷刷地盯着她。

"妈！新娘子来了。"有人嚷着。新娘听出来这是傻大姐的声音，就是那个喜欢打滚，喜欢打报告，喜欢蹲守，喜欢呼口号的傻大姐。

一个女人从牌桌上站起。眉眼依旧，只是发福了，衣服也花里胡哨得很。"哎呀呀！哪阵风把新娘子刮来了？傻大姐，你顶我的座。你能来看我太高兴了。"老娘子拉着新娘子的手，上上下下抖动着。新娘子环顾四周，房子二上二下很是气派，家用电器殷勤地摆了一圈，小康生活初具雏形。

"退休了寂寞，搞点麻将增加点生活质量。"老娘子笑着把新娘迎上楼。一进卧室，迎面就是一面镜子，转身，又是一面镜子；再转身，又是一面镜子。除了窗子，这房间就是镜子的天下。

"这不像卧室，倒像舞蹈学校的练功房。"新娘感慨道。镜子纤尘不染，擦拭得十分干净。

"这是老王搞的，他就喜欢镜子。"老娘子有些羞涩，"……他说，床上的动作映在镜子里，能起大性。"

"大性？哦！"新娘淡淡地说。

"你别说，这效果真不错，真是一大发明，特棒！"老娘子又笑了。

"中国现在增加了一大发明，应该是五大发明。"新娘冷笑着，"还是夫唱妇随的老版本。"

"他啊……一辈子就好这一口。"

"你呢？"新娘锐利地看着她。

"我想开了。人活一世，不就是满足一上一下二口子吗？"老娘子笑了，笑得暧昧而淫秽。"人活一世，图的就是这二口。什么思想，什么信仰，全是假的。"

"你比以前又进步了。"新娘冷笑着，"彻底和你的男人同化了。"

"满人还被汉人同化了不是？"老娘子神采奕奕，"不是甲同化乙，就是乙同化甲，这就是辩证法。夫妻关系也好，满汉思想也罢，谁能让人活得惬意，活得快乐，它就是谁的主子。"

"你也懂辩证法了。"新娘子冷笑着。"我懂得很多东西，却是不实惠的东西。现在我埋葬了它，接受男人给我的思想。"老娘子朝沙发上一靠，抽出一根烟点上。

"与时俱进了？"

"我进步小，他进步大。"老娘子喜滋滋地喷了一口烟。"他退休后做居委会党支部书记，挺会做人的思想工作。小夫妻吵架闹离婚，只要他夹荤夹素说一段，马上和解回家睡觉。街道年年评他为最佳调解员，还为他发了奖状。有人说他是黄书记……"

"管他黄书记还是红书记，只要能消除萌芽中的不稳定因素，就是党的好书记。"

"谁说不是这理呢？现在条件好了，生活安逸了，谁不想让床上的交流更活色生香？"老娘子用手掩嘴"吃吃"笑着。

"不错！不错！"新娘子嘴上敷衍，身子却一点点凉了。

"这房子不错吧？现在楼上楼下，电灯电话，我知足了。"老娘子把腿搁在床上，十分惬意的模样。"后间住着傻大姐，有时'吱'一声，'三缺一'立马顶上。"

"二呆呢？"新娘打断了她的话，"十六年刑期已经到了。"

"二呆……"

"我去了提篮桥，他们说没这个人。我又写了几封信，都没有下落。上半年我来找你们，说你们出去旅游；上个月我来找你们，又说你们不在。"

"哦！"老娘子左手拨弄着右手。

"这次，我无论如何要找到你们，找到二呆。他现在还好吗？"

"二呆死了，他死得活该。"傻大姐风风火火地冲进来。

"你说什么？"新娘手上的杯子落在地上。

"我不是说他真死，而是说他呆死了。谁让他越狱？不越狱的话，他已经出米了。一颗老鼠屎，坏了一锅汤。"

"越狱？为什么越狱？"新娘用牙咬住自己的嘴唇。

"他是神经病，他是呆子，他是傻子，他是冤大头。听说自己成了老党替身，一定要冲出监狱问个究竟，辩个明白……"傻大姐径直地骂着，嘴边涌起白花花的泡沫。

老娘子一直沉默着。她用一把镊子钳，把指甲打磨得锃亮无比。她神闲气定，一副事不关己高高挂起的冷漠。

"老党呢？"

"他从片警升到政委，最近要升到局里了。不过他对我们倒很客气。"傻大姐得意地说。

新娘子黑着脸出门，老娘子翘着兰花指殷勤地送到门外，然后"砰"地关上门。

一九八九年五月，在学潮中，新娘参加了浩浩荡荡的游行队伍。她举着两块牌子，一块上写着："反对军费无限上升，要求追加教育经费。"另一块牌子上写着："建造图书馆，遏制监狱扩张。"字很大，很粗，也很浓。红字在艳阳中，仿佛一滴滴黏稠的血。

飘荡的幽灵

一、下放

　　谢泉到家时已是下午，上午的会，如女人的裹脚布又长又臭。不就是所谓的"走文艺工作者和工农兵相结合的道路"？确切地说，不就四个字："下放改造"，下放就下放，我就不信我过不了这一关。京剧团的台柱子，不是吹出来而是摔打出来的。都说条条大路通往梅花奖，可我一不靠身子，二不靠老子，靠的是浑身伤痕，一条嗓子。她一甩辫子，昂然走进大院。警卫见她"啪"地敬礼，她的心突然一颤；一进内院，保姆见了她"咚"地鞠躬，她的心又是一颤。平时接受敬礼鞠躬，受之无愧安之若泰，今天怎么会有内疚？是否因为我马上也要被流放？

　　警卫员来自革命圣地井冈山，小保姆来自革命老区沂蒙山。想当初，没有井冈山的奉献，没有沂蒙山的支援，李自成焉能登上金銮殿？一个扛枪的，一个帮助扛枪的；一个发射炮弹的，一个运输炮弹的；一个冲锋陷阵的，一个送小米给伤员的，都是一条战壕里的战友。是鱼和水的融合，是子弟兵和父母亲的关系，是小河和大海的互通，是丘陵和平原的依托。就是断了骨头，也连着筋；就是撕了真皮，还连着肉。用共产党的话来说，这就是公仆和主人的关系。

　　可公仆掌权后，这个确凿无疑的关系立马变了，变成主仆，变成君臣，变成奴隶主和奴隶，蹂躏者和被蹂躏者，施虐者和被虐者，掌控者和匍匐者的关系。不是说革命就是消灭不平等吗？怎么革来革去，差距越来越大，等级越来越森严，最后主人的身家性命，都攥在公仆的手里？既然这样，还革啥命？牺牲了这么多鲜活的性命，毁灭一个个幸福的家庭，糟蹋了中国的疆土山河，最后还是回到奴隶主统治奴隶的秦朝。

　　辛亥革命推翻了帝制，消灭了八旗。可现在依然是八旗的天下，只不过换个名称而已。平心而论，有的老革命只是挥几次旗帜，扭几次秧歌，斗了几次地主，华丽的转身后就成了有功之臣，就成了永远吃俸禄的诸侯。光他们吃也就算了，可是他们衍生的无数后裔，后后裔都被封了诸侯吃饷粮。这"世袭罔替"哪是尽头？那个生着鹰钩鼻的华盛顿，反英有功开国有勋，最后硬要求卸甲归田，做了闲散的陶渊明。咋没听说过他的儿子，孙子，孙孙子，水远霸占着白昌鱼肉人民。

泉子皱着眉思索，皱着眉走进客厅。

一个女人正捧着一只精美的瓷碗喝汤，一边喝，一边发出只有猪大爷才有的"啪嗒"声。泉子厌恶地瞥她一眼，眼光自然而然扫到墙上。墙上有她母亲的遗照，她可是不折不扣的大家闺秀。

挂在墙上的镜框不见了，取而代之的是一幅油画。泉子的怒火被点燃，她"啪"地把包摔过去，喝汤者惊慌地放下碗。这是一个年轻而丑陋，丑陋而年轻的女人。就这么一个滞销货，竟成了她的继母。

"文革"开始后，老爹领着武警部队进驻上海炼油厂。油脉掌握在军队手里，就如玉玺掌握在自己的裤腰带上。让你们去打去闹去斗去杀，充其量，就是泥鳅闹海而不是哪吒闹海。老爹就在打打杀杀时认识了顾大姐，她原是研究所的大学生，"文革"一起她也揭竿而起。她能言善辩能写会画，能舌战群儒，也能"革的猫令"。要是早一千年出生，活脱脱就是有 MBA 文凭的一丈青。

谢泉实在想不通，老爹怎么会找了这么个水泊娘子？自从绝色的母亲归西后，有许多准绝色，次绝色，亚绝色，逊绝色的美女飞蛾般扑来，可无一例外都成了灯下的冤魂。至此，老爹成了军中闻名退迩的"柳下惠"。

想不到六十岁的柳下惠一到炼油厂，竟和二十五岁的一丈青擦出火花。更让人惊讶的是，火花还未燃亮夜空，鳏夫已将革命的种子播在滞销货的子宫里。从此，一丈青金盆洗手，解甲归田，住在康定路的别墅里，定神，保胎，喝汤，养生。在接受柳下惠的呵护时，同时接受士兵的敬礼和保姆的按摩。

"墙上的照片呢？"泉子恶狠狠地问。

"……我真不知道，昨天还在墙上。"一丈青委屈地说。

"泉儿，这事怪我。"老爹从葡萄架下走进来。"你先去卧室休息。"老爹搂着一丈青的粗腰，如搂着一块和氏璧。

"首长，我来。"保姆扶着孕妇走了。

"泉儿，照片是我取下的，你姨怀着孩子。"老爹歉疚地说。

"照片妨碍她继续妊娠？"泉子冷笑道。

"我怕她有思想负担……她一见照片就说无地自容。"

"一张照片也能刺激她，造反队队长咋当的？"泉子冷笑道。

"此一时彼一时嘛！你姨……"

"不要一口一声姨，她只比我大十二个月。"泉子怪笑着，"我看还是叫姐姐。"

老爹的脸色变了，慢慢又恢复正常。几十年的政治运动，养成他荣辱不惊喜怒不露的习惯。这算啥？就算恶毒攻击，也是人民内部矛盾嘛！他剥了一根香蕉，递给女儿。

"爹！鳏夫再娶我不反对，问题是为什么娶她？难道只是因为她年轻？"

"这……"老爹抽出一支烟，连擦几次，火还是没点着。看着他颤抖的手，泉子有些不忍，她接过打火机。

"本来我不想再婚。"老爹狠狠地抽了一口烟，"但是……"

"但是什么？"

"我不能让自己打下的江山让别人坐。"老爹的喉结有力地滚动着，"我应该有一个，甚至有几个，几十个儿子。"

"周总理不是说，全国的孩子都是他的孩子吗？"

"扯淡。"老爹轻蔑地说，"我的首长，我的战友，我的部下，全把自己的孩子塞进部队的各个关卡。"

"应该说关隘。"

"对！泉儿你要理解我。"老爹抓住女儿的手，"八大军区司令的调防，调来调去，还是八大诸侯的天下，基本上是一荣俱荣，一损俱损。"

"你们的宗旨不是解放全人类吗？"

"修身齐家治国平天下。不把自己的家治理好，怎么能治国平天下？"

"我理解你。自己挖出来的粪坑，一定要自己的后代守，这叫肥水不流外人田。这是不写在中国共产党章程里的中国共产党章程，这是不写在宪法上的宪法。你希望有自己的接班人。问题是你干吗要娶一丈青？"

"这……"

"你说我有'逆反心理'，我说你有'逆向择偶'，或者说是'颠覆性择偶'。她和我妈，绝对是两个不同的版本。你怎么能把这出连续剧演下去？"

"泉儿，你只知其一不知其二……"老爹呷着嘴，显然在斟酌句子。

"时代变了，择偶的标准也变了。我知道你需要的不是小鸟依人，红袖添香的女人。你需要强悍的，暴戾的，甚至带有血腥味的女人，生一个能搭弓射箭纵横天下，所向披靡的小成吉思汗。"

"你……"

"你的后代，绝不是食草类的，偶蹄类的，反刍类的动物。你的后代，应该是鹰隼，是雄狮，是食肉性动物。他们能够驾驭和征服动物，保持动物王国铁一样的秩序。说得好听点，就是接过红旗，让江山不变色；说得透白点，就是让八旗子弟，世世代代做统治者。因为这，毛主席亲自签字，把'反血统论'的遇罗克枪毙了。"

"你啊……"老爹摇着头，"美貌像娘，智商像爹，可惜你投错胎，颠倒了性别。"

"我可以做花木兰。"

"你什么也别做，趁我现在有权，找个好靠山把自己嫁了。这么多年我算是看透了，升天堂还是下地狱，都在大人物的一句话。"

"你知道这是什么原因吗？这是因为中国没有法治，无法就无天，无法就无地，无法就没有权益的保障，无法就让人生活在恐惧中。这是一个污染源，一个放射源。培根说：'一次不公正的司法判决，比一千次犯罪还可怕。'源头污染，流出来的水还能干净？"

"这个我当然知道，但法制牵涉到体制。而体制，这是捅破天的大问题，就是借一百个胆，我也不敢碰这高压线。爹只在自己管辖的范围内，种好自己的自留地，栽好自己的小苗苗……"

"养一群后代，然后把后代塞进政府的各个要害部门，为自己寻找最大的安全系数，为家族谋取最大的利益。这，就是你们革命的宗旨？"

"泉啊！咱不谈政治好吗？"老爹缓缓地摇着头，"政治太血腥，太无耻。你很聪明，不过中国不需要聪明的人也不需要清醒的人……"

"只需要执行命令的木偶。"泉子冷笑着。"对了！今天京剧院开啥会？"老爹忙转移话题。

"美其名曰下放，实际上是流放。"

"什么叫流放？这叫文艺工作者和工农兵相结合，这叫……"老爹斟酌着措辞。

"不要再卖狗皮膏药了，一卖就是几十年。"泉子没好气地说，"在家还戴着假面具。"

"这不是狗皮膏药，这叫策略。政策和策略是党的生命。"

"不要满嘴仁义道德，一肚子男盗女娼。"泉子狠狠瞪了老爹一眼。

"我看你还是到我管辖的领地去吧。"

"我才不去炼油厂呢。"想起父亲就在那里和一丈青勾搭成婚，她的气不打一处来。"你不去就不去，最近那里一直不太平。"

"又是武斗？"

"武斗倒不怕，我半个小指就灭了。我是说有……幽灵。"

"幽灵？什么样的幽灵？"泉子饶有兴趣地问道。

"一个白色的幽灵在塔上穿梭，在罐区飘荡。一会儿点燃一把火，一会儿打开蒸汽阀，有时还贴几张鬼画符，搞得人心惶惶，工作和斗争都没了心思。"

"我要去。说不定我能和幽灵做朋友呢！"泉子兴奋地说。"你以为是舞台上的李慧娘？真要抓住一定砍头。"义宗把手朝下一劈。

"砍头不要紧，只要主义真。"

"又是革命的浪漫主义。这是生活，不是舞台。"老爹沉下脸，"反正我一定要去。"

"你一定要去的话，一不许接触异样的人，二不许发表自己的观点，三不许仗义执言，四不许把内参内容说出去，五不许……"

"那我去安徽得了。"泉子懒洋洋地说。"……既然你一定要去炼油厂，明天让司机送你去。"

"不！"泉子冲进闺房，十分钟后背着铺盖出来了。

"背铺盖干嘛？"

"我住宿，一星期回家一次。让你们过二人或者说是三人的生活。"泉子抢白道。

"草高路到了。"售票员用票夹敲打着窗玻璃。泉子费劲挤到门口，随人流下车。车站，整一个敞开的钢筋碉堡，水泥墩上堆满了垃圾，地下也是垃圾成山。车站对面有一条河，河水在缓缓流动，如一江粘稠的柏油；星星点点的农舍，如一群更年期妇女，晦暗而没有生气；高耸的烟囱，翻滚着一条条火和烟的赤龙。

天呐！还没到塞外，已是一派蛮夷之风。

八月的艳阳，懒洋洋，热辣辣地照下来。泉子一紧铺盖，大步朝前。身后有个影子随着她，她快，他也快；她慢，他也慢。她干脆停下，于是影子越到她前面。一双眨巴眨巴的眸子，如苍蝇从上身叮到下身，又从下身移到上身，最后一不做二不休，干脆定格在她高耸的胸脯上。泉子忍住恶心瞥了影子一眼，发现影子只有一只耳朵，另一只耳朵残缺不全。泉子忍住恶心又瞥了影子一眼，发现影子猥琐到极点。让他演娄阿鼠绝对是最好的人选，想到这，泉子笑了。

她一笑，影子也笑了。不但笑，还把身子朝她蹭来。泉子把铺盖转到胸口，憋着一股劲带着一股风朝他撞去。影子趔趄着摔倒在地。绸裙曳起一股疾风，鞋跟溅起一团火星，泉子从影子的身上傲然跳过。

一辆军用吉普车，带着一道绿闪电般劈来，车里跳出一个军人，朝泉子敬个礼。泉子把铺盖朝车里一摔，一个跳跃闪进车，吉普车转个方向绝尘而去。影子爬起来，搔着残缺的耳根。

"癞蛤蟆想吃天鹅肉。"

"而且还有军人保护的天鹅。"身后响起了讪笑声，影子沮丧地拍着身上的尘土，眼里却闪着凶狠的光。

车子停在炼油厂大门口，一个军人警卫上来检查证件。放行后，古普车开进生活区。生活区很大，左侧有小卖部，浴室，篮球场；右侧就是日夜翻腾的黄浦江。宿舍坐南朝北，面对篮球场。宿舍后面有一排排木屋。木屋里有玄关，拉门，还有榻榻米。这里曾经是日本鬼子的爱巢，现改成职工宿舍。木屋后面有两个高大，宽敞的食堂。

车子沿着球场转弯向前，前面又是一道大门，荷枪实弹的门卫上前。司机把口袋里所有的东西掏出，逐一检查后，警卫拿出一个黑家伙，司机接手后钻进车子尾部。

"这是什么？"泉子好奇地问。

"防爆器。装了防爆器就不会产生火星，生产区绝不能有一点火星。"司机说。

车子进了生产区。鳞次栉比的油罐，在蓝天白云下异常巍峨。一排排粗大的管线，犹如蟒蛇的身子，蜿蜒着隐入远方。铁塔，烟囱，厂房，吊车，组成一幅写实的油画。

一座铁塔如一头黑熊般耸立，戴着安全帽的工人打开铁塔下面的阀门，又将一根铁棍伸进去上上下下地舞动，"哗"一声，从黑熊的肚子里泻出一座黑山。黑山越积越高，越积越大，突然黑山坍塌，黑色的石头如滚雪球般滚了一地。

"这是啥石头，怎么没有半点灰尘？"

"这是黑金子焦碳，是炼油的最后一道工序，最后一个成品，也是最好的出口产品。"

"国家创汇的拳头产品。"

"你真聪明。"

"国家出口石油产品不假，赚取外汇也不假。可国家的外汇派什么用场？"

"造炮弹，造氢弹，造原子弹。"

"这个蛋那个蛋的真不少，可老百姓连鸡蛋都吃不起。"

"莫……谈国事。"司机的脸色都变了。

"放心，我绝不会揭发你。"泉子哈哈大笑。

"你有铁券证书上方宝剑，我除了一条小命，什么都没有……不是小命是狗命。"司机一踩刹车。

泉子跳下车，仰视着巨大的厂房，这就是炼油厂的检修车间。检修车间就像被撑开了肚皮的巨鲸，又高大又宽敞。氧气瓶一排排竖着，电焊机一排排站着，钢板一块块躺着。巨大的鼓风机发出震耳的轰鸣，吐出滚滚的热风。

工人穿着厚实的工作服和沉重的工作鞋，有人在打哈欠伸懒腰，有人在写大幅标语，还有人百无聊赖地走过来又走过去。偌大的工厂间，只有一管焊枪"吱吱"地尖叫，火树银花，绽放得煞是美丽。

一个矮男人走过来，五官挤成一团不算，还在塌鼻梁上架了一副厚厚的眼镜。啤酒瓶底般的镜片挂在眼上，就像双筒望远镜。泉子笑了：这细细的镜架，焉能承受瓶底的重量？

"你是谁？"矮男人蛮横地问，"把证件掏出来。"

"我找闵主任。我是京剧团的……"

"原来是小谢。"啤酒瓶一把攥住泉子的手，"欢迎欢迎！热烈欢迎！文艺工作者走与工人阶级相结合的道路，是政治上的大事，是开天辟地的……"

"还是中国的第五大发明。"泉子毫不客气地打断他的话。

"说得好！就是五大发明。我是你的铁杆观众，看过你演的《拾玉镯》，你把那小丫头演活了。"

"不要谈封资产修的东西。"泉子又一次打断他的话，顺带抽回被拽疼的手。

"小谢啊！听说你要来，我们可高兴坏了。革委会经过讨论，决定让一个英雄做你师傅。"

"英雄？"

"他不但是全国劳模，还被周总理接见过。知道五六年的群英会吗！魏子！魏子！"啤酒瓶大声嚷着。火树银花熄灭了，烧电焊的面罩推上去，露出一张脸来。

好一张脸，泉子的心一动。面如满月眉如漆，鼻梁高耸眼如星，五官呼之欲出，英气扑面而来。要是披一斗篷，就是哈姆雷特；要是举一柄刀，就是关羽；要是戴副墨镜，就是佐罗；要是骑匹马，就是西部牛仔。

"魏子，这是京剧团的小谢。从今天起，她就是你的徒弟。"

"你好！"他放下焊枪伸出手，他的手很大很温暖，他的人很高很魁梧，要是脱掉那套工作服，裸体的他，绝对是第二个"大卫"。

"魏子是石油部的神焊……"

"还是根正苗红的红五类。"泉子伶俐地接上去。"你咋知道？"一对鼓鼓的眼珠子，从啤酒瓶后面瞪出。"不是根正苗红，早打倒在地。师傅你说是不？"

"哈哈！到底是文艺工作者，看问题就是犀利。"啤酒瓶抚掌大笑，酒瓶随着笑声而上下颤动。突然，酒瓶不动了，目光聚焦在一个点上。

　　一个矮矮的女人正在扫地。宽大的工作帽遮住她的脸，宽大的工作服遮住她的身子。除了高度，啥也看不清。但酒瓶却贪婪地看着。扫帚到哪，酒瓶转到哪，如准星对准靶子，如向日葵跟随太阳。

　　"师傅，我今天学点啥？"泉子朝巍子美美一笑。

　　"随便……随便。"巍子的眼越过她，落在扫地者身上。泉子很生气，自从她发育后，所有的男人见了她，眼睛无一例外地直了。但是今天碰到的两个男人，却都把视线死死地盯在清洁工身上。

　　"师傅！"泉子清脆地叫着。

　　"嗯……"巍子的眼珠都没有转过来。

　　"师傅，随便是什么？"

　　"你说……什么？"巍子转过头。

　　"随便是什么？"泉子微笑着问，两排牙齿，泛着贝壳的光泽；唇边的两个酒窝，装满了葡萄美酒。

　　"随便就是……"巍子的目光又越过她，追逐到清洁工身上。

　　"黑皮！你他妈给我站住。"酒瓶大喝一声，巍子的身子一抖。

　　"师傅你咋啦？"泉子恶作剧地问。师傅踮起脚，失神地看着小黑点拖着扫帚走远。

　　"师傅，这清洁工叫黑皮？"泉子带着破碎的自尊，继续问师傅。

　　"啥……"师傅很不情愿地收回目光。泉子知道眼是回来了，心还在远方游荡。

　　"师傅，我想学电焊。"泉子蹲下身子。

　　"……拿焊枪时要注意角度。不同的钢板，决定不同的角度；不同型号的焊条，决定不同的温度。角度决定焊缝的质量，温度决定焊缝的质量。一切的一切就是保证焊缝的质量，也就是炼油厂的安全。"师傅认真地说着，热情地比划着。泉子突然笑了。"笑啥？"师傅也笑了，露出雪白而整齐的牙齿。

　　"我笑你干嘛这么认真？"

　　"我认真吗？"

　　"你看上去很认真，但你整个情绪却沉浸在一个思念中，一个深深的思念中。"

　　"是嘛！"巍子又笑了。这不是敷衍的笑，而是紧张的笑。他虽和泉子对视，眼角的余光却转个弯，落到酒瓶身上。

　　泉子是何等人物？三岁学师，五岁登台。眼睛在她的概念中，就是眼风，眼波，眼神，眼韵，眼线，眼色。眼睛在她眼里，就是河流，就是老井，就是灵魂，就是精神世界，就是所有的喜怒哀乐。梅三芳对眼神的运用，够她揣摩一辈子。正因为此，她在师傅眼里，看到了他巨大的隐私，巨大的痛苦。

下班的汽笛响了。泉子拿了钥匙朝宿舍走。一号宿舍面对球场，西靠黄浦江。八人一间的宿舍，只有两个铺位上有被褥，宿舍显得很安静。泉子铺上草席，挂上蚊帐，拿出罗曼·罗兰的《约翰·克里斯多夫》。这本书看了半年还没看完。在团里，练功，开批判会，搞巡回演出，她比贼还忙。她决定在镀金的日子里，她准备给自己充电。

躲进蚊帐，苦读经典，应了鲁迅的那句话："躲进小楼成一统，管他冬夏与春秋"。

二、惊魂

书只看了一页，一个圆滚滚的身子推门进来。"我叫冬英。"来者开门见山毛遂自荐。泉子"扑哧"一声笑出来，"你应该叫冬瓜……对不起。"

"冬瓜就冬瓜，我喜欢你的直率。现在的人太虚伪了。"冬英亲热地坐在泉子身边。

"宿舍里住的人不多嘛！"

"人家有老公，当然回去圆鸳鸯梦。我也有老公，可惜在远洋轮上。"冬英一脸苦恼。"我没有老公，我和你做伴。"泉子爽快地说。门开了，一张甜美的脸探进来。"我叫雪妮，是三车间的操作工。"

"我叫泉子，是京剧团下放劳动的。"

"欢迎文艺工作者走和工人阶级相结合的道路。"雪妮亲热地拉着泉子的手。

"快！雪妮快！"冬英看着窗外，紧张地嚷着。"干嘛？"

"快！赶快行动，不然来不及了。"冬英抽下毛巾，雪妮也惊慌地拿起脸盆。

"究竟怎么啦？"泉子诧异地问。"我们快走……浴室在闹鬼，晚了有危险。"

"我是专门打鬼的钟馗。"泉子不紧不慢地说道。

"不听我们的话，吃亏在眼前。"一对耗子慌慌张张去洗澡。

"又是幽灵又是鬼，这里真热闹。"泉子说着，出门朝江边走去。

浑浊的黄浦江如一条巨蟒，懒懒地躺着。波涛拍打着堤岸，溅起一朵朵小雪花。西边的太阳拖着沉重的身子，将坠不坠摇摇欲坠，虽然半个身子浸住水中，还住努力挣扎。

挣扎！挣扎！挣扎！泉子一连念了三遍。为什么有这么多挣扎？难道一个国家，一个民族，一个人，就不能心平气和地发展着，前进着，生活着，享受着？为什么要如此苦苦挣扎？

泉子坐在堤坝上，看太阳西沉，看倦鸟回巢，听海涛拍堤岸，听海鸟啾啾叫，她的心，一点点沉淀了。

天黑透了，江风阵阵，繁星点点。巨轮鸣着汽笛，月亮洒着清辉。泉子沉浸在漫无边际的遐思中，整个人如升腾的云，飘向无垠的苍穹。

"你是什么人？"一声吆喝当头响起，泉子从云端落到地上。"你是什么车间的？"声音粗鲁而无礼。一个戴红袖章的男人站在她面前。

"我有义务回答吗？"泉子冷笑道。

"我们观察，跟踪你很久了。"

"凭什么？"

"希望你不要自绝于人民，自绝于党。"男人凶巴巴，干巴巴地说。

"神经病。"泉子站起来，一甩辫子走了。

浴室在球场南面，球场后面还有一个热水站。热水站和浴室一样，二十四小时全天候开放，而且实行共产主义分配原则：尽管用，不用掏一分钱。

一个女人把龙头开得最大，滚烫的水冲击毛巾，溅出一串串水珠，冒起一股股白烟。女人没有理由地笑起来，脸上洋溢着高度的，无耻的满足。泉子冷冷打量着她，这种粗陋的女人遍地开花，俯拾即是：哪怕有半分权利，也要挤着，压着，榨着，最大限度地使用。一块压住小草的败石，俨然是主宰生死的大自然。中国有这么多"败石"，所以小草永远也甭想茂盛。远远地，有人嚷着。女人捞起毛巾就跑，一双白薯脚，踢哒踢哒打着后臀，眼睛一眨就没了影。

泉子越过锅炉房，转进小巷。有个披头散发的女人冲出来，和泉子撞个满怀，她招呼也不打，慌不择路地逃了。"见鬼了。"泉子嘀咕着走进浴室。一阵风，卷起飘逸的裙袂。突然，一只箩筐从地上弹起，结结实实压在泉子头上。泉子用手一顶，半只脑袋探出箩筐。几条黑影合力扑来，叠罗汉一样硬生生把泉子压在下面。

"抓住了！终于抓住了！"

"快押到灯光球场！"

"保卫科的人来了吗？"

"李科长来了。"

泉子被压在箩筐里，又气又恨。什么角色都演过，就是没演过娄阿鼠。

恨通红的烟头伸进箩筐，把烟头摁在她手上。泉子飞起一脚，把点烟者踹出一丈远，接着一个下蹲一马步，一个起跳一挥手，箩筐咕噜噜飞出去。她猛地跳起来左右开弓交替出拳，一个接一个的少林拳扫出去，立马扫倒一片人。

"哎呀呀！疼死我了。"

"搞错了，搞错了……怎么是个女的？"

"哇塞！好身手好拳脚。"四周响起一片惊呼。泉子一甩辫子，一个漂亮的趟马造型，英姿飒爽瞬间震住所有人。

"你是什么人？"人群中走出一个武大郎。他倒背双手，一双贼眼挑衅地打量着泉子。"你这是扰乱公务行凶殴打破坏文化大革命……"

泉子微笑着，突然伸手拎着他衣领，大郎双脚离地，人被攥在半空。"放下！放下！"他死命挣扎，像一条被钓出水面的黑鱼。

"黑旋风碰到穆桂英了。"四周响起了响亮的笑声。

"谢泉，快放了他。"啤酒瓶挤进来，连连作揖。

"来而不往非礼也。我是被迫上梁山。"泉子莞尔一笑。

"他是保卫科科长，他是革委会副主任，他是……"

"就是天王老子也没用，除非向我道歉。"

"我这一辈子……从没向人道歉过。"大郎吊在半空，依然钢嘴铁牙。泉子美美一笑，手腕一抖，大郎像荷兰风车"呼啦啦"转了起来，四周的笑声更大了。

"谢泉，看在我面子上放他一马。"啤酒瓶加大了作揖的频率。

"你有啥面子？"

"我们是师兄妹，师从同一个师傅。最近阶级敌人搞破坏……"

"怎么个破坏法？架机枪还是放炸弹？"

"这个倒……没有。但是流言四起，谣言满天，严重破坏了革命的大好形势。"

"干吗要抓我？"

"敌人穿一套雪白的裙子，长发披肩飘飘逸逸，玉树临风的架势和你一模一样，所以才造成'大水冲了龙王庙'的局面。"

"去你的吧！"泉子一举手又一挥手，大郎被摔出一丈远。他爬起来，像耗子一样朝外窜去，四周再一次响起快乐的笑声。

"幽灵来无踪去无影，身手敏捷技术高超。再说他在暗，俺在明，所以我们只能严防死守，蹲坑伏击，想不到……"酒瓶懊恼地搔着头。

"守株待兔吧。"泉子轻蔑地哼了一声，捡起脸盆朝浴室走。

"哇！你听说了吗？"泉子洗完澡回宿舍，就看见两张激动的脸。"精彩啊，太精彩了！今天在浴室门口，上演了一出全武打。"

"这点破事，也值得你们高兴？"

"李科长这杂种，害死多少人啊！今天花木兰横空出世为民报仇，我们怎能不高兴？"冬英抓住雪妮的手，使劲摩挲。

"可惜我迟到一步，没有亲眼目睹。"雪妮惋惜地抽回自己的手。

"花木兰是军委派出的条子，专门调查冤假错案。这女人了不得啊，是英国的福尔摩斯。"

"可惜我迟到一步，没看见她。但她今天为我们报了仇。那个武大郎，害死了多少人。"

"莫谈……敏感的事。"冬英朝雪妮使了个眼色。

"今天我很高兴，你给我讲个鬼故事吧。对了，今天他给我塞了一张纸条。"

冬英一把抢过纸条念道："亲爱的布尔什维克，亲爱的阿廖沙战友，我们要团结起来并肩作战，将伟大的苏维埃战斗进行到底。不要怕富农分子的挑拨，不要怕白军的离间，不要怕美帝国主义，不要怕修正主义……"冬英笑得念不下去了。

"他是谁啊？"泉子笑着问。

"他是钻石王老五。年过五十，独眼一只。最喜欢唱苏联歌曲，最喜欢叫我瓦西里，最喜欢和我说：'面包会有的，一切都会有的。'"雪妮笑着说。

"你知道这封信的意思吗？"冬英紧张地问。"当然是让我做他革命的战友啊！"

"这是求爱信：以革命的名义。"

"真的？"雪妮惊慌地跳起来，"把信给我，我明天赶紧交给葛委员长。"

"这是私人信函，没必要交给组织。"泉子掀开蚊帐。

"不行！委员长可厉害了，他宣布了最高指示：工人阶级不能和革命小将谈恋爱，农民兄弟不能和插队知青谈恋爱，谁谈谁死，没得商量。"

"他最多管你们，还能管到农民身上？"泉子哈哈大笑。

"哎呀呀！你轻敌啊，你麻痹啊，昨天批斗那个小四眼，后来还去内查外调。这事情搞大了！搞大了！"雪妮惊慌地嚷着。

"为什么批斗？"泉子问道。

"也怪小四眼自己不好。他告诉别人说他已有女友，女友在安徽插队，于是葛委员长派人去安徽调查。女友害怕，就把所有的信上交。昨天的批判会，就是让我朗读他们的情书……"

　　“私人信件受法律保护，他们这是践踏法律。”泉子生气地说。

　　“我的妈啊！你是吃了豹子胆……咱不谈这！不谈！”雪妮的手像癫痫病人般狂乱舞动。

　　“你明天一定要把信交给组织。”冬英严肃地说，“他这是腐蚀，企图把革命小将拉下水。”

　　“不就几句革命口号，谈得上腐蚀？”泉子说道。

　　“这是你的盲点，你需要在这方面补课，不然你惨了。”冬英认真地说。

　　“我是补课，不过不是补中国的课。”泉子淡淡地说。

　　“上次的鬼故事讲到哪了？”雪妮问。“今天不讲鬼故事，今天给你讲个带荤的故事。”

　　“啥叫带荤？”雪妮不解地问。

　　“……话说有个农村姑娘，正在大队的农田干活。突然她想小便，于是一路狂奔向家里跑去。”

　　“沟边田头，随便找个地方不就解决了？”雪妮不以为然地撇了撇嘴。

　　“因为她爹再三通牒：拉屎撒尿，一定要进自留地，绝不漏一滴尿在生产队的大田里。”

　　“为什么？”雪妮瞪大眼睛。

　　“肥水紧缺，当然要留着自己用。”

　　“他爹也太抠门了，屎尿又不是黄金白银。”

　　“没有屎尿，自留地就没有收获；自留地不收获，哪来的油盐酱醋？所以说自留地就是母鸡下蛋的屁股。”

　　“她在上工前就应该备好尿壶，然后把尿带回家。”雪妮很得意地说。

　　“每个生产队队员，上工前胸口都挂着一个尿壶，这情况被帝国主义知道，那还了得？”冬英说，“再说，大家都去大田里耕耘，却把各自的粪尿藏着掖着带回家，这是揩集体的油。”

　　“自己的粪尿，难道自己没有处理的决定权吗？”

　　“你的定粮是二十九斤半，昨天开会号召减粮时，你不是捐了三斤？你的定粮都不能自己做主，她的屎尿当然也不能自己做主。”冬英抢白道。

　　“不捐三斤粮食，我怎么入团？算了……说些高兴的事吧。”雪妮一脸疲惫。

　　“……就在姑娘往家里末路狂奔时，有个和尚走过来。他问姑娘为啥跑？姑娘说，我要把一泡尿拉到自留地里。和尚说：‘小妹妹，把我的一泡尿也带过去吧。’姑娘到家后赶紧跟爹报喜：‘爹！我今天大赚了。不是本对本，而是无本万利。我一分钱不出，就把和尚的尿带回家。和尚的尿很多，足足是我三倍。'她爹一听，白眼一翻昏过去了。"

"为什么昏过去啊？她女儿不是赚了吗？"雪妮睁大眼。看着雪妮傻乎乎的模样，泉子和冬英哈哈大笑。

"你们笑啥？"雪妮不乐意了。泉子摇摇头，雪妮已经二十多岁，还这么愚昧。性文化的愚昧，性知识的愚昧，同时也是社会的愚昧。一个性成熟的女人，竟连自己的生理构造都不知道。她放下书，揉揉发酸的眼睛，朦胧中进入梦乡。

"哇！"一声尖叫惊心动魄。泉子从床上跳起，拉开灯绳。她看到站在床边惊慌失措的冬英。冬英举着手，手指尖上有血。

她的心一涑。

"你为什么要睡在我床上？你为什么要亲我的脸？呜呜呜……"雪妮哭了。

"你不要哭……"冬英一边紧张地哄雪妮，一边紧张地看泉子。她的脸因恐惧而痉挛。

"你干了什么？"泉子冷冷地问。要是雪妮不发声，她也绝不发声；但雪妮哭了，她就有责任帮助她。

"我没干什么……我求你们不要揭发我。"冬英扑在地上磕头如捣。

"你耍流氓？"泉子严肃地问道。

"不……泉子你听我说。不是她处女膜破了，而是她月经来了。"冬英举起血指指天发誓。

"站起来说，我最恨的就是奴才相。"泉子厌恶地说道。

"你为什么亲我脸？我又不是你女儿。"雪妮"呸"了她一口。

"……我空虚，我痛苦啊。儿子被公婆接走，丈夫半年回来一次。除了三班倒的工作，就是无休无止地批判批斗。我收不到爱，也不能馈赠爱。既不能寄托爱，也不能发展爱。在单位，无休无止地批斗；在里弄，无休止地批判……"

"你可以寻找别的精神寄托。"泉子冷冷地说道。

"没有电影，没有书籍，没有音乐，没有娱乐，没有沟通，没有知心的朋友，没有爱我的丈夫。我厌恶运动，我厌恶整人斗人杀人。我的灵魂是孤寂的鬼，在黑暗中游荡。在和雪妮一起吃饭，一起游泳，一起讲故事的过程中，我不知不觉……爱上了雪妮。"

"你的爱，超越了人类基本道德的范畴。"

"我知道自己有罪……刚才我睡了，突然一个春梦把我惊醒。我控制不住自己于是……"

“天哪！我不会有孩子吧？”雪妮惊慌地跳起来。

“你不会有孩子的。”泉子掀起雪妮的蚊帐，发现席子上有一摊血。“你月经来了？”雪妮惊慌地点点头。

“我知道我不是人……欲望上来时我时常掐自己。”冬英卷起袖子，上面青一块紫一块有很多淤伤。“我求你们为我保密。我死不足惜，但儿子有个四类分子的母亲，他一辈子就毁了。”冬英掩面而泣。

“不给出路的政策，不是无产阶级的政策；株连九族的政策，也不是无产阶级的政策。我可以保持沉默，但你要答应我，这是你最后一次的不齿。”泉子严肃地说。

“我答应！这是我的最后一次。”冬英涕泪四下，不停地点头。关灯后，泉子重新躺下，但却失去了睡意，于是她爬起来上厕所。突然，大腿被什么扯住。泉子一惊：难道这里真有鬼？

“是我！是我！”

“你怎么了？”借着月光，她看见冬英跪在门口，宛如忠实的守墓者。

“我怕你们去告发，所以……跪在门口。”

“君子一言，驷马难追。我绝不会告密。”泉子把冬英从地上扶起，“我上厕所。”

“你不要去，厕所也有鬼。”冬英紧张地说道。

“天下本无事，庸人自扰之。”泉子拉开门走出去，冬英跟着她走出来。走廊上的窗户大开，汹汹的黄浦江水一览无余。窗下有一张木板，木板上停着一具死尸。惨白的月亮，惨白的木板，惨白的裹尸布，惨白的尸体。突然，尸体直挺挺竖起，并发出一串阴森森的笑。冬英和泉子同时尖叫起来，雪妮也赤着脚冲出来。死尸扯下被单，一跃而起。她披头散发，露着森森的牙，一步一步逼近泉子。泉子摁住胸口，死死地看着她。死尸的一只手搭在泉子肩上，热热的气息扑过来，长长的头发贴过来。泉子兀自站着一动不动。

死尸突然爆发出一串银铃般的大笑，又把披着的发撩上去，露出一张女人的脸。“对不起！因为太热，搬到走廊上睡；因为怕蚊子，就用被单把身子裹起来。所有人见了都会大声尖叫。知道吗！她们的每一次尖叫，都让我有了最大的满足和欢乐。”

“你把自己的欢乐，建立在别人的恐惧上？”泉子冷冷地问。

“我没有诈死，至于别人害怕，那是她的心理问题。现在的人既胆大如虎杀人如麻，又胆小如鼠风声鹤唳……”

泉子有些羞愧，自己是见过世面的人，怎么也被吓了一跳？是否心理暗示太多，造成了条件反射？

　　女人后退几步，用雪白的被单裹紧身子，再一次直挺挺躺下。她笑着说："你知道我在等什么？我在等待下一次尖叫，另一次惊魂。"女人把雪白的被单慢慢地拉到头上。泉子走进盥洗室，为自己的失态而羞愧——演李慧娘的她，竟被假李慧娘唬了个屁滚尿流，这才是贻笑大方。

　　盥洗室一分为二，外面是一排水龙头，里面是用木板隔开的一个个坐便器。泉子坐上去后突然发现隔壁有一双大脚。这脚很大，就像神农架的野人。巨大的脚板，巨大的一双胶鞋。

　　泉子揉揉眼。这双鞋，绝对不是绣花鞋，而是巨大的军鞋。早就听说"一双绣花鞋"的恐怖故事，从来就对这些嗤之以鼻。但现在千真万确看到了一双军鞋，巨大的军鞋怎么会出现在女厕？难道"聊斋"里的书生约会在厕所？泉子反复揉着眼，反复瞅着鞋。大脚千真万确地存在，而且近在咫尺，近到能闻到它的胶鞋味。突然大脚移动了，虽是慢镜头，但确实在移动。泉子拉上裤子冲出去拉隔壁的门。但胶鞋主人的动作快了半拍，门已被拴上。

　　"出来！出来！"泉子使劲拍着门，单薄的门板剧烈颤动，像一张舞动的纸。门里没有任何声息，大脚可耻地保持了沉默。泉子一个起跳，她在延伸的高度里，看见一个头颅，还有青涩的头皮。

　　泉子再次擂门，并发出最后通牒："再不出来，我把门踹了。"门栓响了，一头绿熊闯出来。泉子一把拽住，绿熊一个反手，泉子被撞在门框上。绿熊弓起腰，撒起蹄子就跑。泉子一个飞跃，一个"哪吒扑海"拉住他。

　　绿熊和泉子开始了零距离的格斗。泉子利用灵活的身躯，频频出击；绿熊利用高大的身躯，决一死战。两人基本不分伯仲，难分高低。

　　四周渐渐有了动静，绿熊不敢恋战，虚晃一枪匆忙出逃。泉子使出"擒拿格斗"的招式，一个背摔把他放倒，又把他的手腕扭到后面，一弹一压一摁后，绿熊丧失了战斗力。泉子见地上有根绳子，一抽一扯一捆，绿熊就成了绿粽。"走！"她押着俘虏走出盥洗室时，走廊上已挤满了观众。二排规范的仪仗队啪啪啪地鼓掌，齐刷刷地行注目礼，她成了奥斯卡红地毯上的女主角。

　　武大郎带着喽啰赶，一见绿熊，武大郎有仇人相见分外眼红的愤慨。他踮起脚跟"劈里啪啦"就是一顿巴掌。他要把在泉子身上受到的侮辱，加倍在绿熊身上偿还。绿熊低头缩脑，大郎还不解气，又是一顿拳打脚踢。

　　"别打了！要文斗不要武斗。"泉子看不下去了。战场上举手的就是俘虏，就要受到红十字会的保护。

　　"他奶奶的！"大郎揉着被打疼的手，兀自嚷着。泉子冷冷地看着他，看着这个虐待狂，看着这个抓贼无力只会打死苍蝇的猥琐男。

大郎上前一步，一把扯起绿熊的领口。他想学泉子，坑一坑荷兰的风牛，让绿熊在自己手上，像风车一样呼啦啦转个不停。尽管他踮起脚跟使出吃奶的力气，也没能把绿熊扯起来。于是他一掌朝绿熊的头颈劈去。突然，领口跳出一点白。这白，在昏黄的灯光下很醒目。大郎一掌后，这次扯出一个软绵绵的家伙。此家伙当中有两座喜马拉雅山，中间有一座柴达木盆地，连接高山和盆地的是一条玉带。武大郎眨眨眼，吃不准玉带是何方圣物。他拿起带子抖啊抖，众人的眼珠，跟着玉带转啊转。

"这女人包奶子的玩意！"有个粗嗓子嚷道。

"胡说！"大郎大喝一声，"不许干扰大方向，不许庸俗化，不许黄色化。"

"这真是包奶子的玩意。这纽扣我特熟，每次都是我给婆娘扣上的。"粗嗓子一点也不怯场。

"哇！这是我的文胸……"有人嚷道。

"真的假的？"

"我的文胸，怎么会在他领口里？"雪妮冲出人群，抢过自己的物品。"拿来！"武大郎一把抢下。"这玩意要登记，造册，立案，归档。哪能这么容易又挂在你胸口？"

"我自己的东西为什么不能要？"

"因为它经过敌人的手，就成了反革命的武器。"大郎话一出，笑倒了一批人：文胸成了利器。

"把反革命分子押下去。"武大郎推了绿熊一把。绿熊虽人高马大，却步履蹒跚，行动趔趄，像中风老头。

"情况有异。"武大郎毕竟是武大郎，他敏锐地发现了烧饼里的问题。"把衣服裤子脱了。"绿熊一听，赶紧把头缩进肩膀里。肥大的头颈不见了，只剩下一个脑袋在外面。远远看去，就是巨龟第二。

"脱！"绿熊耷拉着脑袋，一动不动。武大郎一努嘴，两个喽啰扑上去。三剥两剥，除了一条裤衩，绿熊基本纳入"裸熊"的范围。裸熊站着，像舞台中央的脱衣女郎。一个大旋转，撒下一个女性内衣商店——他的脚下，铺满了"赤橙黄绿青蓝紫"的彩虹：女人的内裤，女人的文胸。

武大郎弯下腰，从彩虹中捡起一道绿。这是一件货真价实的绿军装，军装上还钉着鲜红的领章。

"赶紧打电话给军代表。"武大郎的声音有些飘，脸也有些白。"赶快让他穿衣服。"于是，裸熊在众目睽睽之下，又成了绿熊。

五分钟后，吉普车载着首长来了。首长迈着军人坚定的步伐，威武地走到绿熊面前，他高举的手落下来，不是落在绿熊头上，而是落在绿熊肩上：

首长一把扯下鲜红的领章。

四周是难堪的沉默：军民鱼水情，这可是天天吟唱的歌曲。

"为什么要这样？"首长沉下脸，"我年底就要退伍……"

"退伍和偷内衣有什么因果关系？"

"……退伍后我要结婚。"

"结婚和偷内衣有什么因果关系？"首长更气愤了。"……我想给未婚妻送礼物。"

"送礼物和偷内衣有什么因果关系？"

"我想把偷来的内衣……作为礼物送给她。"

"你是说，把偷来的内衣当礼物送给她？"首长的眼睛直了，"可这是别人用过的内衣。"

"内衣太漂亮了……我一辈子没看见过，她一辈子没有穿过。"绿熊的声音很轻，但却是现场最大，最响亮的一个霹雳。

首长押着俘虏走了，缴获的战利品装满了吉普车。战利品有个最大特点：一是色彩鲜艳，二是规格各异。据说这是绿熊的高瞻远瞩：以后婆娘不管胖瘦，绝无后顾之忧。绿熊回到军营，又开展了新一轮搜查。从旮旯里搜出花手绢若干，还有若干条颜色各异的月经带。首长气愤地问："难道肮脏的月经带你也要偷？"绿熊说："俺老家的婆娘来月经都用稻草垫……俺想让婆娘像城里女人一样。"首长气得一顿脚。

首长在登车前，强烈要求见见为部队清除败类的女英雄，女英雄谢绝殊荣躲着不出。雪妮冲进去，在如潮的欢呼中把女英雄推出来。首长和她握手，微笑，并亲切慰问。除了没有激情的拥抱，该有的礼节全有了。

这是首长第一次在公众场合和女儿握手。握手的巨大意义不亚于基辛格的"破冰之旅"。因为这次握手，再次证明颠扑不破的真理：军民团结如一人，试看天下谁能敌。

三、晚会

绿熊被押走后，女英雄的心沉到井底。她想起一句话："窃钩者诛，窃国者侯"。为了这些像馍馍一样被嚼过的内衣，一个曾经的军人，一个现在的农民将永远生活在耻辱中。沉重的十字架，将忠实地陪伴他走到黄泉。

她凝视着自己的睡衣。丝质的睡衣，极柔极软极光滑，这是法国 Aubade 的牌子。一件睡衣，等于工人一年的薪水；一件睡衣，等于农民十年"脸朝黄土背朝天”的收入。想到这，她的鼻子有点酸。

我是权贵，为什么要蔑视权贵？我不是平民，为什么要同情平民？我不是文豪，为什么有托尔斯泰的情怀？我不是佐罗，为什么要行侠仗义？因为这情怀，我有了自责，有了罪恶感，有了救赎心，有了一轮接一轮自己对自己的拷打。拷打的结果就是忧郁，就是愤世，就是渴望变革，就是渴望振臂一呼。我不是红卫兵，却有了红卫兵想破坏一切，砸烂一切的愤怒。我为什么不像父母？母亲对极品奢侈品，有着与生俱来的嗜好；父亲对特权特供，有着神闲气定的从容。他们能，我为什么不能？

天亮了，通透的亮，但泉子的心，却浸在俨俨的墨汁里。"三零一谢泉电话。"窗外有人嚷着。泉子下楼跑到门卫室。

电话是闵主任打来的。他郑重通知她，今晚球场有一场军民联欢晚会，她是晚会的压轴。不过"小铁梅"还要和"李玉和"对戏。

"谁演李玉和？"泉子冷冷地问。

"台上父女，台下师徒……"

"我这就来。"酒瓶的话还没说完，泉子已经跳了起来。

天没亮，巍子就醒了。天实在太热了，朝北的房间没一丝风，一把蒲扇"啪哒啪哒"，时断时续时有时无地扇到天明。

今天晚上……今天晚上。他的思维固执地停留在这个点上。妻子在梦中咕哝，一条长长的涎水流下，他拿起毛巾轻轻去擦。妻子的脸很枯槁，除了皱纹没水分，她正以几何级的速度，朝衰老进行最后的冲刺。记得有句很流行的话：大干快上，提前进入共产主义。共产主义还没等到，妻子的衰老却提前来到。看着妻子，巍子长长叹了口气。

妻子原来是研究所的分析员。十年前，一场声势浩大的"阳谋"运动让她受刺激，从此她就成了活动的植物人。

说是植物人，因为她擦去了所有的记忆芯片，不认识孩子也不认识丈夫；说是活动人，因为她一直在活动，而且活动得很频繁：一见通红的炉子，兜头就是一瓢水。浇熄自家的炉子，然后冲出亚洲走向世界。哪里有火苗，哪里就有她的勺子；哪里有炉子，哪里就有她的浇水行动。她精于此道乐此不疲，确实是一个坚韧坚强的消防队员。女儿跟着她，也成了坚韧坚强的消防队员。不过她脸上溅到的不是泡沫，而是邻居的唾沫星子。

女儿从阁楼下来，拎着粪桶出去。十年来，女儿代替妻子承担家里的一切。她失去母爱，却扮演母亲的角色。每天，她要在母亲起床前，生好炉子烧好饭，然后开始严防死守。母亲消失的智慧，在巷战上完美地体现出来。有地雷战的死守，有地道战的坚韧。跟踪，反跟踪；看管，反看管；拦截，反拦截。

每一天，都是地道战地雷战的延续；每一天，都有"神龙见首不见尾"的苦斗。母子二人的巷战，成了棚户区一大景观，成了茶余饭后的谈资。悲惨的生活，荒诞的举动，竟以喜剧的方式演绎着。长达十载春秋的连续剧，让妻子一次次领受非难，让孩子们一次次饱受侮辱，让巍子的心，在一次次"开麦拉"中变成齑粉。

女儿慧慧轻轻朝他走来。巍子赶紧闭上眼，他不愿泄露自己的秘密。虽内心千疮百孔，外面还是合金钢一块。

"爸……"女儿把手放在他脸上。巍子沉默着，长久的沉默，女儿捂着脸走了。妻子突然爬起来，睁大眼兴奋地瞅着。巍子知道她的搜索引擎正对准炉子这个目标，于是赶紧让她洗脸，刷牙。

妻子喝着粥，发出响亮的声音。凌乱的头发直直竖向天。曾经丝绸般的黑发，已熬成一头枯发。巍子拿起梳子为她梳理，白发反射的白光，晃得巍子睁不开眼。这是一条惨白的长长隧道。不知哪是尽头，哪是彼岸？

不是巍子对妻子没感情，而是十年的风刀霜剑，磨钝了感情，磨灭了感情。感情像沙子，从痛苦的缝隙里漏走了。"执子之手，与子偕老"一直是他的信念，但为了这信念，必须付出一生的幸福。凡夫俗子的他，曾动过离婚的念头。念头一闪，惊雷劈下。组织说："你不能自己扯下英雄的光环。因为这光环不属于你，而属于党，属于人民。"

242

属于党？属于人民？巍子苦笑着：难道离婚就是罪恶？党和人民知道我的痛苦吗？

你知道一个男人的痛苦吗？恩格斯说："没有爱情的婚姻是不道德的。"但是没有爱情的性欲就道德吗？婚姻讲究忠贞，可是忠贞不等于从一而终。既然她没能力接纳爱情，为什么我不能择地而种异地开花？难道只有让爱情枯萎，凋谢，零落成泥碾作尘土，才是党和人民的需要？我是一个堂堂正正的男人，为什么我还不如一只鸟？鸟都有衔环结草构筑爱巢的权利。

婚姻讲究爱情，可爱情不等于同情。既然她没能力和我沟通共鸣，哪来的爱？大猩猩都知道交配前要搔痒，梳毛，捉虱子和互相拥抱，可妻子却是一具没思维的躯体。我是一个正常的男人，为什么我还不如一只猩猩？猩猩都能自由自在地寻觅自己的伴侣。这不是生活，而是生物学上的"活着"。这种生活是还债，是牺牲，是陪葬，确切地说是殉葬。

时钟"铛铛"响了，上班的时间到了。今天晚上……巍子的心抽紧了。今天晚上，心爱的女人就要下地狱，而我只能漠然地看着。我不是牧师，却比牧师虚伪；我不是政客，却比政客无耻。"呸！"妻子突然把嘴里的粥，朝他脸上吐去。巍子拿起毛巾，先擦她的脸，然后再擦自己的脸。他从包里取出几个咸蛋，厂里发的高温菜中有汤有蛋，咸菜汤他喝了，咸蛋却留给妻子儿女。

慧慧走过来，把一只咸蛋塞进父亲的包里。四十度的高温，又是在高温的炼油厂工作，干的又是最热最累的电焊工。父亲的体力透支已非一日。他省下每一顿饭钱，只为了让孩子的碗里有一点荤菜。

父亲在女儿的注视中出门，他推出那辆破破烂烂的自行车。那辆车如老人的骨骼，一骑上去就"咯吱咯吱"地呻吟。父亲突然扔下车，风一样冲进门，又风一样冲出门骑上破车：桌子上放着一只咸蛋。

"今天父亲……只能喝咸菜汤了。"慧慧把咸蛋紧紧地捂在胸口。

酒瓶正在开会，突然接到母亲电话，让他今天务必回家一次，任务是相亲。酒瓶掐指一算，已有月余没回家了。

他一进门，就被母亲推进盥洗室，盥洗室点了香。酒瓶按照程序，沐浴，梳洗，更衣，剃胡子，一切完毕后遵照母亲旨意，摘下厚厚的啤酒瓶底眼镜，戴上父亲的平光镜。

出了盥洗室，对面坐着一个二八少女，酒瓶施施然唱个喏。少女一瞥后，立马兴趣索然。

"请问，您哪个单位的？"酒瓶很绅士地斟茶倒水。

"国棉十七厂。"小女朝嘴里扔了一颗瓜子。

"王洪文你知道不？"

"我知道他，可他不知道我。"小女有些愤愤。

"我和他不但面对面地瞅了，还谈了话，握了手。"

"你的手不应该洗，要原汁原味保留着。"小女颇有几分幽默。

"他马上要去中央了。"酒瓶漫不经心地拍着手说。

"他走了，上海的位置谁顶替？"小女反应很快。

"市里正筛选最佳人选。一选大厂出来的，二选年轻能干的。炼油厂，可是石油部的第一块牌子。"

"……是吗？"小女慢慢地笑了。"今天天气真好，我们何不去公园踏青？"

"踩个屁？现在不是三月，而是七月流火天。"酒瓶在肚里骂着，但脸上带着笑："我很想陪美人在绿树丛中走一遭，但不行。"酒瓶看着腕上的表，"今晚有重要活动。"

"重要到什么程度？"小女嗲嗲地问。

"为了这次活动，我足足等了五年。"

"究竟是什么活动要等五年？"

"这是诺曼底的大转折，也是斗牛士的狂欢节。"酒瓶兴奋地说，"这么个日子，应该记入史册。"

"我还以为你进京参加党中央会议呢！"小女冷笑着说。

"从上海到北京，靠的是一点点的积累，千里之行始于足下。"

"你是说……你正在缩短从上海到北京的距离？"小女扬起眉。

"今天的粗茶淡饭，是为了明天的满汉全席。今天的行色匆匆，是为了明天的锦绣前程。"酒瓶不顾母亲的反对，把小女送到车站。

五年前，酒瓶和黑皮同一天进厂，同一天成为师兄妹。从看到黑皮的那一刻起，他的心就沉了下去。从此，他成了吞了钩子的鱼，随着钩子上上下下起起伏伏，或上龙潭，或下虎穴。拽千里，落万里，虽九死一生无怨无悔。

啤酒有两个最大的特点。一是没有腰，任凭皮带扣得死紧，但滑臀险情时有发生；二是瓶底重，虽时不时托眼镜，但下坠险情经常发生。有时正主持大会且渐进佳境之际，两个险情一起来，于是他一手拉裤子，一手托酒瓶，威严的主持人立马成小丑。

啤酒时常怨恨父母，你们是王八瞅绿豆对上眼，咋也不能给我这副臭皮囊。阎王给的长相擦不去，父母给的皮囊烧不掉，酒瓶痛定思痛，决定用后天勤奋来弥补先天不足。他苦读经典，苦练书法，苦练技术，苦练拳脚。还对着镜子校对口音。他的苏北口音与生俱来，挥之不去，抹之不净。要做中国的巴顿，必须全方位地脱胎换骨。

"文革"一开始，蓄势待发的他写了一张大字报，大字报面世后一鸣惊人，接着造反队应运而生。红袖章一戴，红领章一别，红彤彤的色彩果然把他的猥琐气冲去不少。虽谈不上飒爽英姿，倒也有几分占山为王的霸气。

黑皮是他的师妹，也是他心中的一个谜。她又黑又矮，又瘦又弱。飞进蓝天，就是一只小麻雀；落进大海，就是一簇黑海藻；插进植物，就是一朵马尾巴草；走进人流，回头率是零。她基本没有朋友，更没有男朋友。她基本沉默，就是说话也支离破碎，像一把拾不起来的水珠。她总是心不在焉，思绪带着她的思想，越过现实升腾而上，最后停留在缥缈的云端。她基本不正眼看人，就是看人也斜着眼。不是因为蔑视，不是因为张狂，只是因为漠视——眼神总越过眼球，冲出设定的轨道，冲向无限的苍穹。

她的皮肤，千真万确就是一块炭；她的眸子，千真万确就是一块炭。皮肤是黑貂的黑，黑的富贵黑的深沉；眸子是晶莹的亮，闪出流星的华美火树的璀璨。她有时着一条短裙，如欢快的精灵；有时套一袭黑袍，如虔诚的僧人；或刘海一排，如私塾女童；或短发西裤，假小子模样。但绝大多数时间里，她只穿着油腻腻的工作服，套一双沉重的电焊鞋。这时，她就是从云端里坠落的风筝，脏兮兮地躺在地上，纸破了，骨架散了。

她的电焊技术，除了师傅无人可及。每逢检修会战，她就是挑大梁的穆桂英，主焊的杨排风。她的篆行草楷，可称一绝。淡淡几笔，鲜活的虾跃然纸上；寥寥几点，驰骋的马呼啸而来。每逢书画大赛，轻松囊括所有的金牌。有时巧兮笑兮，银铃串串，如下凡仙女；有时粗声嘎语，心事重重，像世纪老妪。她从不谈自己的家事，也不问别人的家事。虽焊艺精湛，光荣榜上却无名次，因为她连团员都不是。

啤酒爱她爱得深，爱得切。他的爱，是一只蛹，默默埋在土壤深处，他在等待，等待有一日蜕变，有一日展翼，他足足等了五年。五年后，小焊工成了造反派司令。在炙手可热如日中天的日子里，他和她有了一次坦诚的交谈。她没给他答案，只是径直地绽放表情：或轻笑，或沉思，或冷漠，或遐想。她的轻慢，肆无忌惮的轻慢深深激怒了酒瓶，或者说激怒了他的征服欲。曾经的小猴子，今天的孙大圣发了毒誓：不征服黑皮，誓不为人。

魏子赶到会议室时彩排已开始，朗诵的正在润嗓，独唱的正在调音，说唱的正在练板，拉琴的正在调弦。泉子见了他，送上个妩媚的笑。

终于轮到他们了，胡琴一拉过门，泉子一甩辫子一个丁字步，清越高亢的西皮流水开始了。到底是科班出身，说唱念打，一招一式里带着节奏，带着韵味，当即就震倒一批。受了艺术的感染，萎靡的魏子也渐渐进入了"扳道工"的角色。他一仰头，一摔碗，一昂头，一个英雄的造型后面就是："临行喝妈一碗酒，浑身是胆雄赳赳……"。

会议室的门敞开着，泉子看见黑皮在太阳下干活。她把一只沉重的柏油桶朝竖起的架子车上拖。柏油桶又油又腻，里面是黑色的混着硫酸的油渣。只要沾一滴，衣服就是一个洞，皮肉也是一个洞。

可能手套太滑，也可能油桶太重，油桶像个酒鬼，摇摇晃晃朝黑皮撞来。黑皮急忙用肩膀抵住油桶。但油桶还是一点点倾斜，一点点朝黑皮身上压去。泉子情不自禁大叫一声。

一个黑影从她身边冲过。带着风，带着火，带着闪，带着雷，带着一个男人所有的热量和能量，他像一颗子弹朝前射。他推开桶下的女人，把自己的身体牢牢地铆在土地上。倾斜的油桶摇晃着，一点点地站直。溅出的小油渣洒在他肩膀上，冒出一股白烟。黑皮把架子车朝下一铲，油桶稳稳地竖在车上。

黑皮飞速地打开龙头，哗哗的水朝他身上冲。水冲走油渣，冲去白烟。黑皮扔了龙头，大胆地看着魏子，魏子也抬起头，深情地迎接她的目光。四颗眸子串在一起，串成四颗钻石，太阳在钻石的光芒中，黯然失色。

泉子打量着黑皮，发现她身上的野性，带着稀有的怪诞，带着罕见的睿智。燃烧的眸子里燃烧着火一样的情感，还有孤注一掷的疯狂。泉子在她眼里，看到她对世界的宣战。

酒瓶站在办公室楼上，咬着牙注视着一切。他觉得自己是一辆呼啸的火车，朝这对狗男女轰隆隆地碾过去。

自上次谈判失利后，他安置了眼线，布置了卧底，终于在一个月黑风高的日子里有了重大突破。喽啰呈上来一张纸，这是黑皮传给巍子的一张纸。天呐！皇天不负有心人，五年的潜伏终于有了进展。

五年了，他枕戈达旦，枕下放着长矛。当他成了唐吉诃德，除了巨大的风车他找不到任何对手。不是我不聪明，而是对手太狡猾。他一次次在心里安慰自己，现在，终于人赃俱获。他欣喜若狂地打开纸，纸上没一个字，也没一个标点符号。他看了又看，依然白纸一张。他妈的！他一拳砸在桌上，水杯翻了，纸条委屈地浸在水里。

"有情况。"葛委员长大声嚷着。他抓起纸，上面有一行字："今晚老时间老地方等你。"他捧着纸冲出去，又捧着纸冲进来，如此来回了几番。他像一架战斗机，俯冲，盘旋，上升，下滑，最后躲藏在云层里。

酒瓶终于胜利了，但是这个胜利让他更闹心，更愤怒。拷问黑皮后，她一口咬定是自己看上师傅，企图把他拉下水。她的供词不但无懈可击，她还承担了所有罪责，也心甘情愿接受惩罚。当她被戴上"破鞋"的牌子游走于各个车间时，酒瓶看到黑皮一脸地傲然，一脸地冷凛。她的眼睁得很大，里面装满了……里面装满了不是受辱而痛苦的表情，而是轻松而满足的表情——她不是乱搞男女关系的破鞋，她是为爱情宣战的卡门，她是爱的女神。

酒瓶气得差点发疯。如果以前二军对峙，他还是个输赢未定的绅士；现在战争结束，他却成了只剩底裤的赢家。他赢了战争却输了感情；黑皮输了战争却赢了感情。从此，被戴上"坏分子"帽子的黑皮，放下心爱的焊枪，坦然地拿起了扫帚。而巍子的照片，依然挂在光荣榜上——这，遂了黑皮的心愿。

六点一到，操场上的锣鼓敲起来，锣鼓让空虚的心更空虚，让颤栗的神经更颤栗。这不是锣鼓声，这是尖锐的冲锋号——冲锋号让一个个正常的人变成穷凶极恶的疯子。

今晚的活动分两部分，第一部分是文艺演出，第二部分是牛鬼蛇神现形。规定每个车间表演两个节目。独唱，合唱，朗诵，快板，一个个轮流上场。最热门的是三句半，三句半不但有澎湃的朗诵，还有史诗般的造型。尖头猴腮者有之，神情猥琐者有之，腆着肚子者有之，撅着屁股者有之。造型各异，怪模怪样，引得下面笑声不断。

一个彪悍的工人跳上台，朗诵自己创作的诗。他先吐一口气，然后大手一挥，颇有毛主席到安源的气势，台下顿时一片肃静。

"啊！中国是块大肥肉，啊！敌人看了口水流。啊！口水流得心里痒，啊！反华小丑跳出场。啊……"他还在气沉丹田抑扬顿挫，下面早已笑翻一批人。酒瓶跳上去，一肘子把他赶下台。

胡琴一响，泉子上台。"八年前，风雪夜，大祸从天降……"泉子一个造型一开腔，一个凄婉的拖音一个激越的上滑，赢得满场喝彩。当小常宝结束最后一个高音时，"哗哗哗"的掌声，几乎淹没了黄浦江"哗哗哗"的涛声。最后一个节目是《东方红》大合唱。领唱，伴唱，齐唱，合唱。强大的共鸣，产生了极大的效应。当指挥用优美的手势画上句号时，四周一片欢腾。

酒瓶跳上台，宣布晚会圆满结束。接着他大吼一声："把牛鬼蛇神押上来！"

当一长串被绳子串住的蚂蚱押进场时，人群中发出阵阵欢呼。这是古罗马斗兽场的欢呼，带着本能的肾上腺，带着兽性的邪恶，带着对血腥的崇拜，带着歇斯底里的狂欢。

酒瓶敲着话筒，会场静下来。他一扬手："革命的造反派们，党考验你们的时候到了。"于是一群造反派冲上台，个个操着家伙。此家伙不是刀也不是枪，而是墨汁和剪刀——他们剪下牛鬼蛇神的头发，然后在头上和脸上涂上墨汁。泉子呆呆地看着这一幕。这不是电影也不是噩梦，而是真实的现实，明明白白的现在。她张了张嘴想说什么，结果却"哇"地吐了个天翻地覆。

一长串被绳子串住的蚂蚱，又被押出会场。一边是黑发，一边是白茬茬的头皮；一边是正常的脸，一边却涂着浓浓的墨汁。阴阳头分外耀眼，墨汁脸分外刺目，黑与白形成极大的反差。"难道这就是革命？这就是革命？"泉子憎恨地看着这一切。

"同志们！"啤酒一挥手，"今天的晚会胜利结束。不过在结束前，我要让同志们欣赏……"说到这他停下。

"欣赏什么？"

"究竟是什么？"下面有了强烈的回应。

"欣赏我厂第一号大破鞋的阴阳头。"酒瓶做了个有力的手势。人群欢呼起来，有人拍手，有人跺脚，有人吹口哨，有人扔瓜皮。酒瓶一闪身，露出身后的女人。她跪在地上，背上插着一块大牌子，颈上吊着两只破鞋。两个红袖章把她胳膊朝上拽，又把她头朝地上摁：这就是著名的"飞机式"。

"同志们，战友们，今天我隆重推出的坏分子，不但勾引有妇之夫，还在英雄的脸上抹黑。这个英雄，就是敬爱的周总理曾接见过的全国劳模魏子同志。你们说，要不要打倒这个坏分子并在她身上踩上一只脚？"

"要！"回答很整齐，很洪亮。"现在，就让我们看看她的庐山真面目。"酒瓶微笑着抓住一个女人的阴阳头，猛地朝上一揪。于是泉子看见了一张非人非兽，非神非魔的脸。在这张五官扭曲的脸上，有一双熊熊燃烧的眸子。

"有个牛鬼蛇神跑了。"有人大声嚷着。泉子看见一只"蚂蚱"窜出队伍，飞快地朝女生宿舍奔去。

"抓住他。"酒瓶气喘吁吁地奔上去。"他上二楼了……他上三楼了。"

"快追！"

"……他在这里。"于是人群如潮水般朝前涌动。

一个人影出现在窗口，他仰头看看天，又俯首看看地，背后的追赶声喧嚣尘上。"我没有罪。"他大吼，声如裂帛。

"下来！老老实实接受专政。"酒瓶狞笑着，一步一步走上前去。

"士可杀不可辱！"一声怒吼，一个人影跃出窗口朝大地扑去。

"咚"一声，红的血，白的浆如飞溅的烟花，洒了一地。

"谁？"葛委员长挤进来，用鞋尖把死者的脸翻过来。"原来是汤呆子！哈哈！我只想教训教训他，免得他老是惦记圆周率的公式，想不到孬种死了。"

"马上打电话给殡仪馆。"武大郎挤进来。

"不！就着尸体召开批判会，这样更有震慑力，也更有教育意义。"葛委员长的鞋尖在死者衣服上来回地蹭。于是，又一轮的批斗会，就着死者还没冷却的身体，展开了。

四、批斗

夜很深了，但泉子就是睡不着。一闭眼，就是一片阴阳头；一闭眼，就是红的血白的浆。下放！向工人阶级学习！学习什么？学习践踏人，学习侮辱人？学习精神的凌迟，学习肉体的杀戮？这不是集中营，却集中了所有的刑具；这不是战争，却比战争还残忍。她从床上爬起，倚窗远眺。窗对面就是精神凌迟的球场，窗下面就是自杀者的着陆处。虽灯熄人走，但血腥味一点点沁出来，一点点飘过来。

突然，一道白光闪过，一个凌波仙子浮上来。她穿着白白的衣衫，挥着长长的水袖，举着白白的幡，戴着白白的花。泉子屏住呼吸：她简直不敢相信自己的眼睛。泉子揉揉眼。舞台上的眼，就是舞台下的 X 光。不会走水，不会走火，不会走光，不会走眼。从来不信鬼怪神灵的她，十真万确看到了李慧娘。

　　二条幡插在地上，飘飘扬扬，欲飞欲舞。冥纸燃起一柱青烟，青烟冉冉，升到树的顶端，升到云的怀抱。月亮出来了。青白的脸有了黄晕。湮湮的，濡濡的，湿湿的，朦朦的，像嫦娥的残妆。

　　青烟散了又聚，聚了又散，像贼心不死的龙卷风。一滴滴水洒下，闪着晶莹的，透明的，银子般的光泽。一圈又一圈，一滴又一滴，一点又一点。凌波仙子用自己独特的方式，祭祀亡灵。

　　"抓幽灵啊！"潜藏的民兵从黑暗中杀出。包围圈一点点缩小，合围一点点收拢，民兵朝幽灵逼去。幽灵一撒水袖，一拂水袖，一撩水袖，一翻水袖，白光一闪竟不见了。泉子再一次揉着眼：要不是冥纸还冒烟，要不是地上还有水，她一定以为这是个梦。

　　保卫科长武大郎来了，酒瓶来了，葛委员长来了。巡逻队兵分四路，把这一带围了个水泄不通。搜查从深夜一直到天明，可是连幽灵的一根头发都没搜到。

　　泉子赶到江边时，八点还未到。她昨晚回家拿换洗衣服，今天一早赶到炼油厂。黄浦江边聚了许多人在等登陆艇，八月骄阳洒下灼人的热量。泉子打量四周，除了一个破仓库，江边一片空旷。

　　"早啊！"巍子从自行车上跳下来。

　　"这里怎么没有一棵树，一棵草？"泉子不满地说，"这么多人，就这么直挺挺地站在太阳下。"

　　"五八年炼钢时，把树砍光了。"

　　"为什么不种？"

　　"谁敢种？谁知是资本主义的苗，还是社会主义的树？"

　　"那'前人栽树后人乘凉'里的树，属老修还是老资？"泉子冷笑道。

　　"你啊……童言无忌。"巍子抹了一把汗。

　　"没有心思搞建设，光有劲头戴帽子。"泉子打开伞，遮在巍子的头上。

　　"使不得。"巍子一个紧急后退，整个人闪出去，"一点太阳就撑花伞，这可是资产阶级思想。"

　　"天呐！遮阳还谈思想？"泉子大笑，"师傅，你究竟是高级焊工，还是高级党务工作者？"

　　"存在……决定意识嘛！"巍子无奈地笑道。

　　"笛笛！"随着喇叭声，登陆艇朝岸边驶来。登陆艇的雄姿英发，让人想起它在诺曼底的不朽功绩。登陆艇放下吊门，等候者一拥而入。钢丝绳缓缓转动，吊门渐渐上升，登陆艇就要离岸。

一个女人朝登陆艇奔来，她奔得很急，头上一朵白花在阳光下很刺眼。白花引起了驾驶员的恻隐，上升的钢丝绳开始下滑，离岸的吊门重回码头。女人一见，奔得愈发急了。突然脚一崴，鞋子嵌在石缝中，整个人朝前一扑。"啊！"船上的人全叫起来。一颗黑色的子弹头，飞快地朝码头射来。近了，近了，又近了。弹头射到女人身边，掌一拍，手一拎，一个鹞子翻身，弹头驮着女人跳上登陆艇。整个动作连贯，娴熟，轻巧，利索。一船的人看呆了。

一声汽笛，登陆艇渐渐驶向黄浦江心。子弹头放下女人，蹲在地上为她揉脚。女人头戴白花，一身缟素，眼睛红肿，面容凄切。子弹头穿着厚重的工作服，头戴一顶便帽。

"我以为是神兵天将，原来是黑皮女士。"一个男人喷出一口烟。"天下第一号的大破鞋。"一个女人朝黑皮吐了一口痰。"勾引劳模，天下一绝。"于是四周有了讪笑，有了窃语。

黑皮站起来，昂起头，迎着烟，迎着讪笑，迎着窃语，毫无惧色地迎上去。眸子在阳光下，燃烧得愈发炽热。灼灼的光射到哪，讪笑和敌视，如阳光下的雪人一点点融化。

葛委员长沉着脸过来。"你是汤呆子的女人，到厂里来干什么？"

"我……"戴白花的女人费劲地站起来，"我……没拿到丈夫的骨灰，我来拿丈夫的遗物。"

"你丈夫跳楼，死有余辜。"

"他就是背着天大的罪名，妻子也有权得到遗物。"泉子高声嚷着。

"你是谁？"委员长冷笑着，"谁让你发声音的？"

"嘴巴除了吃饭，还有说话功能。是良心让我发出声音的。"

"你是哪个车间的？"

"葛委员长，她是京剧团的小谢，我的徒弟。"巍子连忙解释。

"看来我还要把户口本和档案交给你！"泉子冷笑着。"这……"葛委员长眯起眼观察泉子。"师傅！你说我说的对不对？"泉子拉着巍子的袖子，半是撒娇半是抗议。巍子肩一缩，脸一侧，眼睛落在奔腾的江水上。

委员长转过身，目光落在戴白花的女人头上。他一扬手，白花被弹进江水里。

"你没有权利这么做。"泉子气愤地嚷道。

"悼念反革命，这是什么性质的问题？"委员长拍了拍手上的灰，"不要以为外来的和尚就可以放肆地念经。"

"你太没有人性了。退一万步说，她就是反革命的家属，也有悼念的权利。”泉子毫无惧色地说。

　　“你少说两句。”巍子悄悄拉了拉泉子。“委员长，您别和她一般见识……”巍子满脸紧张，满头是汗。

　　“哐当！”登陆艇放下吊门，沉默的人，惊恐的人，隔岸观火的人，皮笑肉不笑的人争先恐后涌上岸。人流，迅速蒸发在长长的甬道上。

　　红旗飘，战鼓擂，人来车往喇叭叫。这不是平型关大捷，而是催化车间的大检修。虽然炼油厂二十四小时连轴转，石油依然供不应求。亚非拉需要石油，世界革命需要石油。鉴于此，石油部要求催化车间设备全部更新，以保证年产八百万吨油的指标。

　　老朱坐在现场指挥部，眉头皱成一个大大的“川”字。一周前，首长来到上海郊区的五七干校，把他从猪圈里拽出来。“石油部向党中央下了军令状，远东炼油厂的产量要翻一番。如果你能临危受命统领三军，准时完成催化车间的设备更新，我向你保证，军管会一定解放你。”

　　老朱沉默着，只是用手擦去耳边的猪粪。

　　“我们都知道委屈你了……希望你能朝前看。”说到这，首长扒下老朱沾满猪屎的外套。

　　“好……吧。”老朱微微一笑。

　　“有你出山，大局已定。”首长的吉普车立刻载着老朱回炼油厂。

　　中华人民共和国成立初期，老朱从苏联回来担任总工程师一职。老朱这辈子，就是气象台的风信子。和老大哥度蜜月时，他是幸福的新郎；和修正主义决裂时，他是潜伏的特务；谈中国石油史时，他是一面红旗；反白专道路时，他是一只靶子。多年来的荣荣辱辱沉沉浮浮，他已司空见惯；半辈子的为云为雨为人为鬼，他已见怪不怪。

　　“我能否不穿工作服？”泉子穿上厚厚的工作服，戴上厚重的安全帽，很不习惯从小铁梅变成王进喜。

　　“安全第一。”师傅头也不抬地烧风焊，泉子看着他百感交集。这辈子，只有别人为她痛苦，想不到现在她为他而痛苦。

　　今天，要把催化车间最高的一个烟囱放倒，就在准备工作就绪时，巍子想起烟囱顶上还有一个氧气瓶。二氧化碳烟囱有五十多米高，上面沾满了烟灰和油。一个不慎一打滑，就会坠个粉身碎骨。

　　“我去！让大吊车送我上去。”巍子放下焊枪。

　　“吊车没这么高，只能吊到一半。”

　　“能吊多高吊多高，上面一段我爬上去。”

　　“不行！”酒瓶沉吟道，“你是焊接主力，绝不能有意外。黑皮，你爬上烟囱把氧气瓶拿下来。”

　　“不行！”巍子失声嚷道。

　　“怎么不行？”两颗凸出的眼珠凝视着巍子。

　　“梯子上都是油……要是出事，会给检修造成混乱。”

　　“师傅您忘了，黑皮是您高徒，也是石油部的技术花魁。”酒瓶奸笑道。

　　“但是她……”

　　“她身手敏捷，是爬烟囱的最佳人选。”

　　“梯子太滑，还要背氧气瓶……”巍子不断摇手，脑门上满是汗珠。

　　“你快上。”酒瓶声色俱厉地喊道。

　　“上就上！”黑皮轻蔑地扔下扫帚。

　　“套鞋绝对不行，套鞋滑脚……手套呢？”巍子嚷着，声音嘶哑而刺耳，“快换鞋……”

　　“时间来不及，上！”酒瓶把小旗挥得呼呼响，把哨子吹得呼呼响。黑皮蹲下身，用绳子扎住鞋，用绳子扎住腰，又套上马甲，然后朝烟囱走去。

　　巍子的身子晃了两下。“我跟你一起去。”泉子嚷着，待酒瓶要制止时，泉子已跟着黑皮上了烟囱。

　　蓝天白云下，有两个黑点。黑点越来越远，越来越小。阳光刺得眼睛发花，发胀。眼睛眨一下，又一下。

　　现在云层中只有一颗黑点，另一颗黑点在云层下面。“快！赶快把吊车靠上去，赶快把泉子吊下来。”酒瓶使劲地跺脚。大吊车朝烟囱靠去，吊臂朝黑点靠去，下面的人紧张地看着。吊臂一点点从云端向地面下降，泉子坐在吊臂的环扣上，双手抓住钢丝绳。

　　“梯子太滑太油了……”她焦急地看着云端，已花容失色。“我从小走台练功都不怵，但这不是梯子而是天堑。”

　　“你安全，我也安全。你早该下来了。”酒瓶讨好地笑着。巍子什么也不说，只是仰着头，死死看着上面。

　　一阵风吹过，白云飘走了，接着白云又回来了。白云撒下一颗黑芝麻……芝麻开始发酵膨胀，黑芝麻变成黑豆。黑豆开始发酵膨胀……黑豆变成黑瓜，接着黑瓜变成一个大大的圆，圆里有一个完整的人。黑皮穿着马甲，氧气瓶套在马甲里，她一步一步从云端降落，一步一步从梯子走下来。人民群发出一阵阵欢呼声。

　　巍子晃了两下，一屁股坐在地上。背药箱的医生赶紧把仁丹递给他。

　　烟囱放倒，巨大的油罐竖起，焊工拿着焊枪走上脚手架。焊工分三班，二十四小时不间断焊接。巍子一天一夜没下油罐，他承担了油罐的主焊。油罐是油厂的心脏，焊缝是心脏的血管。一个焊缝不合格，就能毁了心脏，毁了油厂，真是"牵一发而动全身"。

一星期后焊接结束，接下来就等 X 光结果。鏖战后的巍子终于病倒，泉子受组织委托，前去探望。

泉子下了七十路，朝地址上写的"烂泥塘路"走去。高跟鞋踩在沙砾路上，扬起一片灰尘。怎么会有这样的路名？应该把"烂泥塘路"改成"土坷垃路"才是。泉子暗笑着。

夕阳西下，看不到头的土坷垃路上，摆满了小桌小凳。对着路人，对着灰尘，抿一口酒，吃一口菜，拍一下蚊子，打一下蒲扇。就餐者的从容，把泉子看呆了。

一股异味飘来，巨大的垃圾箱矗立在路旁，被掏出的内脏撒了一地。旁边，就是桌子，就是就餐者；旁边，就是椅子，就是乘凉者。就餐者大快朵颐；乘凉者袒胸露肚。他们吃着，笑着，说着，乐着，高谈阔论旁若无人。泉子的心酸酸的：这样的生活，还能算生活？这样的生活，还能笑着乐着？

泉子边走边张望，家家门户大开一览无余。炉子挨着痰盂；床铺挨着水缸；厨房兼卧室，卧室兼盥洗室。一间房就是一个托拉斯企业，一间房就是四世同堂。穿短裤的，打赤脚的，倒痰盂的，挖鼻孔的济济一堂。女的蓬头，男的垢面，孩子们赤膊打巷战，男人们汲鞋吐浓痰。破旧的衫子里，是耷拉的乳房；粗壮的大腿上，是蚯蚓般的青筋。这里的粗陋，粗糙，粗野，粗鲁，粗卑，粗鄙，超过了泉子的想象。这是民风，民俗，民情，民况，民趣，但民风不淳朴，民俗不有趣；民情不剽悍，民况不蕴厚，民趣不雅致。说是游牧族，没空间没青草；说是关塞外，没有风吹草低见牛羊；说是边域，没清幽没空谷；说是贫民窟，没有贫民的奋起挣扎感。一个女人端着痰盂"哗"地倒进阴沟洞，溅起的水落到泉子的裙子上。泉子厌恶地闭上眼。

巷子的尽头有一个很大的阴沟洞，阴沟洞旁放着一张矮桌，五条矮凳。一家五口正挤挤挨挨，井然有序地吃饭。泉子睁大眼，像被人点了穴：就餐者中有个男人，他就是巍子。

五、起用

"X 光片出来了，除了巍子，没有一张合格。"老朱把照片朝桌上一摔。

"那怎么办？"军代表翻看着照片。

"这是压力容器，这是高压容器，一条不合格的焊缝，就是一场灾难。"

老朱愤懑地说，"养兵千日，用兵一时，这样的兵怎么用？"

"又来散布白专那一套。"葛委员长沉下脸，"工人阶级能在戈壁滩上造一个油田，难道还怕几个焊口？"

"这是技术问题，不是口号能解决的。"

"只要思想领先，小米加步枪就能打败敌人。"酒瓶把杯子一摔。

"有话好好说！"军代表忙打圆场。这次检修，他是拍着胸脯立下军令状保下老朱的，现在正是党国用人之际，切不可意气用事。

"死了你这个朱屠夫，照样不吃浑毛猪。"酒瓶愈发来劲。

"你有什么好方案吗？"军代表不理酒瓶，诚恳地问老朱。

"工期紧，现在只能向市技术协会求救借神焊。你们赶快打报告，我再去现场看看。"老朱戴上安全帽，一拉门，一阵炙热的风夹着一股油味扑面而来。

骄阳似火，三十九度高温已持续一星期。钢板躺在地上，踩上去脚底生烟。现场插着许多红旗，红旗和太阳相互映照，让空气更炽热了。现场静悄悄的，工人三三两两躲在阴凉处歇息。一贯横行霸道的喇叭，失去了往日聒噪，一贯横眉怒目的造反派，失去了往日的威风。

"刷！刷！刷！"这是什么声音？是蚕在咀嚼，还是雨打芭蕉？老朱转过身，看到一把挥动的扫帚。扫帚来来回回，带着舞动的节奏，带着起伏的韵味，带着无可名状的优美，带着不可言喻的动感。老朱一时看呆了：能把地扫到这份上，绝不是简单的人。

老朱站在扫帚面前，看见一张面熟的脸。他平时接触的都是技术人员和中层干部，怎可能对清洁工有似曾相识感？扫地者低着头越过老朱继续朝前扫。"我究竟在哪见过？在哪？"老朱思索着。"……哦，好像在一次表彰会上，我亲自给她颁发证书和奖品……她是市焊工比赛的冠军，部焊工比赛的亚军。"他的心欢快地跳起来：众里寻她千百度，她却在灯火阑珊处。

"有了！我们有神焊了。"他推开门大声嚷着，"手捧金饭碗，还在四处乞讨。"

"他是谁？"军代表问道。

"检修车间扫地女工，赶快让她焊几个口再拍 X 光，合格后马上启用。"

"她不行！"啤酒瓶冷冷地说道。

"为什么？"

"不行就是不行！"

"你说说为什么不行？"老朱失态地吼起来。

"她是个流氓，用美色把模范党员拉下水。"

"生活上的事，我不知道也不想知道，我只知道她焊技一流。"

"只看技术不看思想，还是狗改不了吃屎。"酒瓶重重地拍在桌子上。

"你！"老朱一把抓住茶杯，茶杯发出了呻吟。

"既然这样，还是催催市里。"军代表提起电话，老朱摔门而去。

打足盹的工地现在有了活力，有人在钢板上画牛鬼蛇神，有人用纸板做高帽子。喇叭里，一个亢奋的声音在读社论。一个青年人正在摆弄割刀，他手脚笨拙，动作僵硬，一看就知道是门外汉。"啪！"他打开割刀气阀，一串蓝色的火苗窜出。"啪！"火焰突然如乌龟头猛地缩进去。

"回火！快关火！"老朱嚷道。小青年拿着割刀，上上下下来回挥舞，好比关公舞偃月刀。"把气阀关了。"老朱嚷着。小青年朝他翻个白眼，把割刀一摔。老朱一个箭步冲过去，"啪"地关了乙炔气和氧气开关。"回火还不关气阀？"

"回火？回什么火？"

"回火不关气阀，会引起爆炸。"老朱愤怒地说。

"爆炸？爆什么炸？我看你是想搞爆炸。"小青年神情傲然，语气咄咄逼人。

"你除了扣帽子抢棍子，还知道啥？"老朱气得直打嗑。"这是炼油厂。一座座塔，就是一座座火药库；一座座油罐，就是一座座沉默的火山。一点火星就会发生火灾，一点疏忽就会发生爆炸。难道你没上过安全课？"

"可我上过政治课，上过阶级斗争课。我看想爆炸的人就是你。"小青年说着，一根手指戳上来。

"队长，什么事？"几个戴红袖章的人跑过来。

"有人在宣传白专，散布谣言，马上召开现场批判会。"

"好！我们正无聊得没事干呢！"小青年兴奋地把老朱围在中间。

"朱总！刚从牛棚出来就走回头路？"葛委员长阴笑着踅过来。

"他就是那个大名鼎鼎的朱总？"有人嘀咕道。

"这几天工人热情不高，正需要反面教员。"委员长一挥手，于是一切都因地制宜。钢板上画的牛鬼蛇神，是批斗会的道具；刚出锅的纸帽，戴到老朱头上，至于喇叭，更是分贝奇高，震耳欲聋。一阵鬼哭狼嚎的口号，一阵"劈里啪啦"的掌声，等军代表闻讯赶到，批判已进入高潮。

"向解放军学习！向解放军致敬！"欢呼声很热烈。"向工人阶级学习！向工人阶级致敬！"军代表满脸尴尬，只好举手呼口号。老朱眼睛喷火，牙关紧咬，浑然一座石雕……

第二天，市技协来电话：一个神焊出车祸，三个神焊支援坦桑尼亚，另一个神焊自杀，只有一个神焊还闲着，但高龄七十。"怎么办？怎么办？"放下电话，军代表忧心忡忡。

"不是有八个高级焊工吗？怎么还缺两个？"

"……一个在隔离审查中自杀，一个在武斗中被打死。"

"我们要走自力更生之路。"葛委员长把简报抖得哗啦啦响。"选一些政治上过硬的造反派学习焊接。列宁同志说：从革命中学习革命，从战争中学习战争。"

"工期来不及。"

"来不及就挑灯夜战。搞宣传的，被批斗的一起上，这样能激发斗志。"

"焊口质量人命关天，质量不是靠宣传和批斗能解决的。"老朱气愤地说。

"你又搞威胁要挟？"

"三年前，锦西炼油厂的爆炸案，就是由一只不合格的焊口引发的。"

"那是阶级敌人搞的破坏。"

"我作为总工程师，知道爆炸的真正原因。至于报上怎么说，那是政治需要。"

"就凭你散播谣言这一点，可以判你无期徒刑。"酒瓶冷冷地说道。

"这事我在内参上看过，确实是宣传需要。现在我们谈焊工问题。"军代表说。

"我看就让她上，她焊接技术一流。"

"不行！她是坏分子。"

"在其位谋其政——我要坚决把住质量关。"老朱铁青着脸说。

"搞阶级调和？我要坚决把住政治关。"酒瓶铁青着脸，二人剑拔弩张一触即发。

"叮铃铃！"红色电话机尖锐地叫着，军代表抓起电话不停地点头。

"石油部给了最后的时刻表，没退路了。"军代表放下电话，"非常时期紧急处理：对她，一边使用一边控制。"

黑皮一身戎装，英姿勃发。"这是特种焊条，有十个品种，八个型号。你要根据焊体，准备不同的焊条。"她详细叮嘱泉子。

"黑皮！要不是有人保驾，你还猫在厕所耍粪呢！"

"我们都是嫩鸭，经不住你勾引。"

"我们现在的任务就是管住你的裤裆。哈哈！"几个小青年在冷嘲热讽。

"杀人不过头点地，犯得着这样穷追猛打？"泉子冷笑着，"一个大男人，连合格的焊口都焊不出，还有脸说三道四？"

"你这个资产阶级的臭戏子。"有人轻声嘀咕。

"你再说一遍！" 泉子浓眉倒竖。这时一帮人拥着军代表走了过来。

"片子完全合格。"老朱兴奋地说道。

"现在我宣布：从明天起，你上油罐焊接。"军代表握住黑皮的手说。

"时间来不及了，我现在就上油罐。"黑皮淡淡地说。

下午，温度更高了，温度计放在钢板上，立马跳到五十二度。工人们一个个中暑倒下，指挥部只得命令停止工作。偌大的工地空荡荡的，太阳照着容器，反射出眩目的光。红旗彩旗无力地贴着旗杆，高低音喇叭沉默地趴着。灼人的阳光下，有一支焊枪不停地闪烁。一簇火花，一棵银树，逼得太阳失去光芒。这是一个人搏击的竞技场，这是一个人表演的武林会，这是一个人参加的高考。不是没有参赛者，而是没有对手。

傍晚时分，弧光停下。黑皮摘下面罩，她就像孙悟空从太上老君的炉子里跳出来，皮肤又红又黑又紫，眼睛肿成两只灯泡。

"天呐！一下午已焊好一只油罐。"老朱兴奋地推开指挥部的门，"现在在焊另一只。"

"进度总算有保证了。"军代表喜上眉梢。

艳阳高照，热浪翻滚，一只只油罐如雨后春笋般拔地而起。"从今天起，你们就在工地上接受改造，监督劳动。谁搞破坏马上送监狱。"委员长眯眼一扫，牛鬼蛇神肩膀一缩。"现在，我分配工作。"

五分钟后，牛鬼蛇神们各司其职。有人爬上高塔刷油漆；有人趴在地上除油垢；有人敲击氧化铁；有人抢扫帚奔厕所。

"那个冲厕所的瘸子看到没？"有人轻声问泉子。"他怎么瘸的？"泉子问。

"被打成瘸子的。五〇年回国，担任局技术革新组组长。新发明年年有，一口英文刮刮叫。现在，还不是为工人阶级冲厕所？"泉子苦笑着摇着头。

"看见那个铲油漆的老太太没？""一头白发的？""她是被斗白的，她是光谱分析的研究员，专著还上了外国杂志，子女一直催她回国。现在好了，不管光谱就管刷油漆。"泉子又摇了摇头。

""文革"就是颠倒颠覆：白的变黑，黑的变白。这叫三百年风水轮流转。哈哈！"有人龇开板牙笑了。

魏子拎着焊袋爬上罐顶。病好后，他更加沉默，挺直的背也有些佝偻。泉子对他的爱慕里，增加了深深的怜悯。那天，当魏子介绍丑陋的疯女人是他妻子时，泉子觉得这是世界上最残忍的事，比他坐在阴沟洞旁就餐还残忍。她不明白他怎么熬过这十年的。金属都会疲劳，难道他比钢铁还坚强？

"你太苦了。"她接过魏子手里的工具。

"人活着就是含辛茹苦。"魏子面无表情地说。

"你看过《简爱》吗？"

"我就是罗切斯特，一个永远不能脱离苦海的罗切斯特。"魏子重重叹了一口气。

"你为什么不能冲出藩篱？"

"谈何容易？"魏子一脸绝望。

"魏子，今天焊完这油罐有问题吗？"委员长提着电动喇叭走来。

"保证完成任务。"

"除了焊接，还要注意阶级斗争新动向。"

"我一定注意。"魏子加重了语气。

"这里的政治气氛不浓。"他眯眼打量着四周。

"泉子出完黑板报后再刷几条大标语，把政治气氛搞浓，让牛鬼蛇神害怕。"魏子搓着大手挺着腰。"唔！"委员长满意地走了。

"师傅！你有明显的二重性。"泉子不满地说，"在家里，你是好父亲好丈夫；在单位，你是好工人好师傅。谈感情，畏畏缩缩欲言又止；谈政治，满脸正气一脸亢奋。你活得痛苦，活得虚伪，你是个戴着假面具生活的傀儡。"

"我不这样……又能怎样？"一丝痉挛爬上他的脸。"你为什么不做自我？自我！自我！！"泉子大声嚷着，魏子又一次沉默了。

"不好了！不好了！有人摔下去了。"远处有人嚷着，魏子跳起来奔过去，泉子也奔过去，突然她止步了：一具尸体躺在脚下，花白的脑袋贴在地上，但手里，还攥着一把刷子。刷子上的油漆，在主人脸上留下一道黑痕。这是泉子在一个星期里，目睹的第二次死亡。

保卫科召开紧急会议，第一，传达高桥镇委会发来的协查通知。最近这一带发生多起强奸案，罪犯一直没抓到；第二，光谱研究员究竟是自杀还是意外。意外的佐证是，塔顶上发现一块西瓜皮。

"这是一起精心制造的伪意外案。"葛委员长眯着眼，"敌人狡猾狡猾地。"

"何以见得？"

"我问过所有的在场者，没一个人吃过西瓜，也没人把瓜皮带到油罐上。"

"……这么说，她不但自杀，还制造意外的假象？"酒瓶愤怒地说。

"她这样做，是为了不株连家属。"葛委员长得意地敲着桌子说，"鉴于此，一，组织结论是'她自绝于人民自绝于党'；二，取消她的丧葬费，收回炼油厂分配的房子。马上张贴布告，杀鸡儆猴。"

当泉子看到白布告时，她感到了极大的悲哀：当一个人准备舍弃生命时，考虑的不是自己的痛苦，而是减少对家属的伤害。为了不株连家属，她把悲壮的殉难伪造成自己的失足，这才是世界上最大的悲哀。

　　这天晚上，幽灵再一次出现在死者遇难的地方。二条幡，一炷香，青烟冉冉，白裙飘飘。巡逻者扑过来，幽灵又飘走了。委员长亲自蹲下身子，从现场提取物证若干。就在忙得不亦乐乎时，塔上又起火了。消防队十万火急赶到，发现不是油罐着火，而是罐和罐的中间地带有一堆火。火笔直地上升，既没有扩散，也没有引爆。它像荒野中的萤火虫，孤独地燃烧，昭示它的存在，昭示它的愤怒，昭示它对死者的祭祀。

　　"这好像是固体燃料。"老朱蹲下身子用放大镜观察。

　　"是我厂的产品吗？"酒瓶问。

　　"这不是一般的燃料，而是特殊燃料，市面上没有这种燃料。"老朱若有所思。

六、罪恶

　　太阳一点点西移，一点点钻进云层的怀里。看着坠落的太阳，邱八的心如捶击的鼓："咚咚！咚咚咚！咚咚！"从什么时候起，胸膛跳得如此有力，感官有了如此刺激？从那个傍晚，从那个太阳西坠的傍晚起，他的生活有了巨大变化——他从一个人，蜕变成一个野兽。但是，做野兽的感觉太好了。

　　"子非鱼，安知鱼之乐？"邱八想起庄子的话，于是笑纹蔓延到整张脸。他慢慢踱到镜子前，镜子里出现一张脸：下巴很短，基本属于兔子尾巴；牙齿暴凸，基本属于山魈口形；鼻梁下滑，基本属于准噶尔盆地；额头隆起，基本属于喜马拉雅山。说驴不像驴，没有驴的憨态；说羊不像羊，没有羊的柔美；说虎不像虎，没有虎的威猛；说人不像人，没有人的模样。他叹了一口气，把脸皮朝后扯，可是人样没扯出，却露出了耳朵。

　　天呐！耳朵太漂亮了。造型完美，耳垂肥大，绝对有一晃一荡的动态，绝对能和刘备的耳朵媲美。但是……完美的耳垂只有一只，形单影只的耳垂，让他成了维纳斯第二。邱八愤怒地攥紧拳头：他姓邱不假，"八"却是女人的馈赠。一想起女人，腮帮子就涨得发酸。这酸，不是陈年老醋，不是迂腐之味。这酸，属于稀硫酸的范畴。

　　从小到大，他受了女人多少气。白眼的，侧眼的，横眼的，乜眼的。既然这些眼从来不正眼看过他，他就在蹂躏她们时，把这些眼打红，打肿，打青，打紫，然后命令五彩眼看着他，一眨不眨地看着。

　　从小到大，他一直是女人"敬鬼神而远之"的目标。十八岁时，亲叔动了恻隐，把这座"神"送进部队，做了一名光荣的炊事员。炊事员需要手艺而不是脸蛋，只要就餐时他不出现，就不会发生集体的"倒胃口"事件。不久，精湛的厨艺让他坐上了炊事班班长的宝座。就在他向组织一步步靠拢时，一桩意外发生了。

那是春天的一个夜晚。含羞草露出美丽的脸，马牛羊撅起动人的臀。母猫兴奋地叫春，公狗狂热地追逐。自然界躁动，沿着生命的本能而躁动。邱八醒在半夜，醒在春梦时分，醒在他已经耕耘，却没有撒种时。他醒得突然，醒得懊恼，醒得悻悻，醒在功亏一篑的遗憾中。他捂着发胀的裆部，像一颗卡在枪膛里的子弹，欲射不能，欲罢不能。

窗外传来了一阵嚎叫，嚎叫又凄惨又兴奋，邱八爬起来朝外走。春风如水，月光如水，院子如水。在银白色的水中，有一对交配的猪爹猪妈。邱八怒从心头起，一脚朝猪踢去。猪爹惊慌地跑了，猪妈惊慌地抬起腿，露出肮脏的生殖器。邱八感到了恶心，也有了冲动。脑海中突然跳出四个字：聊胜于无。浑身的血被点燃，血又带着火朝脑门窜去。他猛地朝母猪冲去，用他的蛮力，用他的威武，用他贫农的力量，骑到母猪身上。母猪像四类分子，努力挣扎拼命反抗。邱八的信心，得到最大的膨胀值：他曾在地主锅里拉过屎，曾在富农缸里撒过尿，他虽丑，绝不温柔，因为他是所向披靡的红后代。

他和母猪在搏斗，在搏斗中，他找到了另一个自己。一个绝不懦弱，绝不自卑，绝不羞愧的男人。他褪下短裤，把阳具伸进去，母猪在他的暴力下屈服了。它一动不动，接受这个既成的事实。他在进攻中有了酣畅，有了复仇后的快感，有了强烈的翻身感。当他撒种时，他情不自禁地嚷着："无产阶级失去的只是锁链，得到的是整个世界。"就在他拥抱整个世界，拥抱母猪的臀部时，一阵剧痛朝他袭来。他尖叫一声倒下了：英雄遭到反击不是来自阶级敌人，而是老母猪的丈夫，一头愤怒的种猪。它在愤怒中，咬下了丘八的半只耳朵。

英雄的尖叫惊动了军营；英雄的事迹传遍了军营。本来八卦逸事会漂洋过海，传到联合国教科文组织，但首长出面了。首长是丘八亲叔的战友，战友见战友，两眼泪汪汪。虽恨得牙根痒痒，还是本着大事化小的原则，让他脱下军装遣送回乡。档案上的一笔绝非惊鸿一瞥，只是个小小的蜻蜓点水。

邱八灰溜溜地打道回府，没有衣锦还乡，只有残缺的五官。鉴于生产队的土地被征用，他成了炼油厂的征地工，档案进了镇革委会，钥匙由亲叔掌管，基本是"藏在深闺人不识"。

老乡围着他，问他当兵咋把耳朵当没了？他编了个故事，主体依然是老母猪，缘由却是母猪没有加强思想改造，以致发生群殴。他呢，当仁不让地制止了群殴，并在群殴中光荣负伤，损失了半只耳朵。在阵阵喝彩声中，盗版光盘代替了正版，他也成了闻名遐迩的西班牙斗猪士。

叔叔属于睿智型干部，极有远见卓识。他知道"堵塞不如开流"的泄水原则，要保住侄子的另一只耳朵，就要让欲火回归轨道。一番张罗后，一个女人进了门。五官虽不分明，身上零配件倒是一个不缺。尤其重要的是，女性特征绝对鲜明。邱八在狂喜中奋斗了一个月，三十天后他沮丧了：除了不啃耳朵，这运动进行曲和那运动进行曲，完全是一个调子一个主旋律。难道我要在叔叔设定的槽上，永远吃一个料？他想起性征服给他带来的快感，这种快感，不但是生理的，还是心理的。

那是一个夕阳灿烂的傍晚，他带着一个满满的胃出门散步，身后跟着他的婆娘。麦浪翻滚，一片金黄，在金黄中出现了一点绿。一个穿着绿衣服的女孩，犁开麦浪朝他走来。他使劲嗅着鼻子，嗅着麦子的清香，也嗅着女孩的体香，女孩朝他瞥了一眼后急剧地闭上眼。他的丑陋，刺痛了她的视网膜，她的闭眼，刺痛了他的神经。他如凌空雪豹朝她扑去。在夕阳的余晖里，在麦芒的翻卷里，在婆娘的惊愕里，他完成了对女人的征服。

事后他恐惧万分。只要她说出他的"维纳斯"的特征，他就死定了，但惊恐的女孩没记住这一点。虽然通缉令如天女散花，他还是躲过了一劫。从此，月黑风高，大雨滂沱的日子就是他的性征服日。他披着风衣，戴着手套和墨镜，套上女人的长筒丝袜，还带着一只药瓶出发了。出征前，先给婆娘喝牛奶，牛奶里不但有三聚氰胺，还有安眠药。出门前，他早有了小说创作的三大要素：时间，地点，人物。时间越晚越好；地点越冷僻越好；人物倒不是越漂亮越好，而讲究百花齐放色彩纷呈。猎物不是胖得像只球，就是瘦得像只猴；不是矮成三寸钉，就是高成一竹竿。越怪异，越能引起他的兴趣。性收藏者不但讲究陈年老窖，还喜欢不同的酒瓶。

他还为猎艳制定了四项基本原则：事毕赶紧回家，这是基本原则之一；到家后赶紧钻被窝，这是基本原则之二；钻被窝后赶紧褪下内裤，这是基本原则之三；钻被窝后赶紧褪下婆娘内裤，这是基本原则之四。事实很快证明，四项基本原则完全正确。有一次刚上床，搜查者破门而入。当掀起被子，看见两具一丝不挂的裸体时，嫌疑再次被排除。就这样，他在两年时间里屡屡得手无一失手。性征服的快感及和公安的斗智斗勇，给他带来了巨大的狂喜——他把这辈子和上辈子所受的气，完完全全地补回来。

冬英推开房门，看见雪妮嘴含钢笔正苦思冥想。"咋啦？"

"师傅顾福林被抓，我正写揭发材料呢。"雪妮苦着脸说。

"顾富林究竟犯啥事？"泉子放下书。

"说什么贝多芬俱乐部的……小喽啰。"

"又一个冤假错案。"

"你疯了，不要命了？"雪妮惊恐地看着泉子。

"她父亲给了她九条命，所以你不用担心她的安全。"冬英羡慕地说。

"他被抓进去了，我们不但要写揭发材料，还要写决裂书，还成立了'学习和批判'组。今天我夜班，可一分钟都没睡。"

"夜班不睡觉，谁来保证生产安全？"泉子皱着眉头说。

"我师傅也真是的，家里穷得要命，还喜欢狗屁文学，害得我也受牵连。"雪妮把笔一扔。

"雪妮，听说你正要求换宿舍？"冬英幽幽地问。

"我妈说，铁打的营盘流动的兵。"雪妮侧过身，避开冬英灼灼的眼光。自发生"摸乳"风波后，她一直避开冬英。冬英张张嘴，又无力地闭上。她走过去，用身体蹭雪妮，雪妮露出厌恶的神色。冬英拎起包走出门时，她看见雪妮如释重负舒了一口气。

"我不能再这么痛苦了，我不能再这样受煎熬了。"冬英嘱咐自己。江风"呼啦啦"吹进她的身体，吹进她的骨髓，吹醒她压抑的情感。她的欲望是饱满的麦穗，沉甸甸地垂下头等待收割。但是，没有收割，没有开镰，于是饱满的麦穗只能烂在土里，馊在泥里。"驿外断桥边，寂寞开无主，已是黄昏独自愁，更着风和雨……"

她是一条孤独的狗，有家，却没有温暖；有丈夫，却没有爱；有爱的目标，却没有爱的权利。家是驿站，宿舍是驿站，心是驿站。她不知道哪里是自己的港湾。

出了厂门，光线一下子暗了，电线杆安静地站着，灯泡却碎了。一束光远远过来，划个大大的弧，远去了。身后响起急促的脚步声。她浑身一激灵：是雪妮追上来了。是的，小碎步她再熟悉不过。脚步越来越近，近到可以闻到她的呼吸，听到她的心跳。咚咚！咚咚！脚步一点点上来。冬英转个身，幸福地闭上眼，朝喷着鼻息的她扑去……

桌上放着一张纸，葛委员长眯着眼，酒瓶沉着脸，武大郎双手叉腰，三张脸上盛满了愤怒，因为革命的权威，竟然遭到极大的挑衅。

战书是一张纸，纸上有一行字："昨晚我在草高路车站又强奸了一个。但她绝不会报案，因为我让她达到了幸福的巅峰。"

"猖狂啊猖狂！"酒瓶一拳砸下。

"昨天是幽灵飘荡，今天是强奸犯挑衅……"

"查！排查谁昨晚出厂门。查！就是一只苍蝇出门也要报上来。"葛委员长拎起红色电话机，"找请求市局旳拨助。"

魏子打开乙炔阀门，调节好氧气量。一点火，焊枪窜起一股绿色的火苗。在"嗤嗤"的绿光中，一张生动的脸浮出来：雕塑般的五官呼之欲出，深邃的眸子幽光涟漪。泉子屏住呼吸，入神地看着。手掌宽大胳臂有力，这是一个男人，又是一首诗，一首歌，一个传奇，一个中国的罗切斯特。

在"嗤嗤"的绿火中，若干根管子接成了一条巨龙。连接它们的不是一圈丑陋的疤痕，而是一圈平坦的水痕。"真漂亮啊！几乎看不出焊缝。"技术员敲打着钢管，钢管发出清脆的回音。魏子在一个法兰上焊了几个点，掏出水平仪测量。手时而舒卷，时而伸张。手指很柔软，指甲很干净，手势很优雅，手腕很灵活。泉子对这双手，这双有着茧子的手，有了图腾般的崇拜。"只要你愿意，我愿意为你付出一切。"泉子猛地把自己的手，放进魏子的手掌中。她炯炯地看着魏子，发出她的誓言……她的誓言不是对着鲜红的党旗，而对着魏子。

"……真是个傻丫头。"魏子抽出手，在她脑门上摁了一下。他拿起焊枪，把自己隐藏在焊花中，隐藏在面罩里。一滴一滴的泪，从泉子眼里涌出，初恋的花蕾还没绽放就夭折了。

"泉子电话。"有人远远嚷着。泉子用一块崭新的手绢，擦去了冰凉的泪，然后把手绢小心地放进口袋：这是她的成人礼也是她的洗礼。

泉子出厂时，看见一个女人跪在厂门口，另有三个小不点也跪在地上。"起来！再跪也没用。"雪妮跺着脚。"师傅人已到看守所，我这个小学徒有啥办法？"

"你是他徒弟，无论如何要救救你师傅。"女人披头散发，一个劲地磕头。

"阿姨！你能救我爸吗？"泉子的裤脚被扯住，她弯下身看见一个大大的脑袋。泉子抱起他，小不点庄重地看着她。眼里有惊慌，还有渴望，这不是一双稚嫩的眼而是一双沧桑的眼。这双眼里饱含运动带来的磨难，民族的磨难，人类的磨难。这么多中共引发的磨难，却要让稚嫩的孩子来承担。她凝视着这双眼，这双眼也凝视着，不但是凝视还在拷打。泉子的心一颤，她把小不点放在地上，头也不回朝车站走去。

还没进大院，就看见院子里外停满了轿车。红旗车，次红旗车，亚红旗车，还有名车，靓车，外国车。"恭喜！老年得子。"

"恭喜！又有一位接班人。"络绎不绝的贺客把小院挤得水泄不通。

"同喜！同喜！"军代表哈哈大笑，皱纹里盛开一朵朵晚菊。"咱去国际饭店小斟几杯。李秘书带路。"

"走！为我们的后继有人。"首长们嘻嘻哈哈地上了车。

"你回来了，你终于有弟弟了。"军代表拉着泉子的手说，"八斤八两，足份足量。"

"恭喜！恭喜！"泉子冷淡地敷衍着。

"是谁惹我女儿不高兴？"军代表浓眉竖起，"说！一切由爸爸为你做主。"

"顾福林的家属跪在厂门口，她们太可怜了。"泉子脱口而出。"原来是这样。"军代表拎起电话。"毛处长！赶快把顾呆子放了……你说名额咋办？再找一个顶上呗！今天是我大喜的日子的日子，你马上到国际饭店和老战友聚一聚。嗨！"放下电话，他朝女儿得意地一挤眼。

"谢谢爸爸。"泉子破天荒朝军代表鞠了一躬。

"前人栽树，后人乘凉；老子打天下，儿女掌天下，历朝历代天经地义。女儿咱们走，我给你介绍军长的儿子。"

"你先走，我要换衣服。"

"要得！"军代表典着肚子走了。泉子扑在床上，虽累，就是睡不着；虽有成就感，就是不安宁，她爬起来朝后花园走，看见一个女人在假山后抹眼泪。

"你是谁？"

"……我是新来的奶妈，一号奶妈。"

"难道还有二号三号？告诉我，你为什么哭？"

"我只是……沙子迷了眼，您千万别告诉首长夫人。"

"为什么要哭？"泉子加重了语气。

"……我儿子还未满月，他病得很厉害。"

"为什么要撇下自己的孩子，去喂别人的孩子？"

"我需要钱。我丈夫死了，婆婆病了，孩子也病了……"奶妈的话还未说完，泉子扭头就走。平等叫了几十年，平等究竟在哪？自由叫了几十年，自由究竟在哪？一个人的性命，一个电话就能取舍，人的安全系数在哪？如果没有安全系数，要祖国干吗？要宪法干吗？要公检法干吗？人不如狗，人不如狗的日子还要延续多久？

"泉子回来了。"继母抱着孩子，坐在洒满阳光的葡萄架下。

"真像头牛犊子。"泉子拉着弟弟的手，发现他两个拳头攥得很紧。"这么小，就知道握拳头抓权？"

"没有权，就没有一切。刘妈，为了保证奶水质量，奶妈们的菜里汤里一律不许加盐。"

"不放盐……我怕她们吃不下。"

"吃得卜要吃，吃个卜也要吃。找出钱头的是奶水，找需要高质量的奶水。你记住了吗？"继母声色俱厉。

"我知道了。"刘妈低着头讷讷退下。

"咚！"泉子一拳砸在石凳上。"横竖还是个不平等，还革个鸟命？"

"你说什么？"继母皱起眉。

"我说，你还没有变脸的资格。"泉子甩下她，愤然离去。

七、幽灵

魏子下了车，推着车子侧身进巷。二仞绝壁，当中只留一条窄道，这是棚户区的特色。半年前，这里遭遇一场火灾。消防队冲进来时消防车却冲不进来，结果烧毁几间房，烧死几个人。为此，里弄，街道，区委的三级班子决定打通天堑，开辟出一条社会主义康庄大道。大道开凿后，不要说消防车，就是滑竿也能横着走。可一场大雨后，蘑菇破土而出；又一场大雨后，蘑菇小屋占领了金光大道：二仞绝壁再一次卷土重来。

这几天天更热了，妻子的病情也上去了。现在她不仅是消防队员，还是打"红"队员，哪里有红，她就冲向哪。红标语，扯下墙；红旗帜，扯下地；红裤衩，剪成一丝丝；红被面，剪成一缕缕。虽被揍得鼻青眼肿腿脚有恙，依然无怨无悔九死而一傲。

女儿拎着炉子出门，在窄弄和魏子撞个满怀。魏子的大腿当即烫起一串泡。魏子接过炉子，夹出红彤彤的煤饼放在阴沟盖上。一勺水上去"哧"起一股白烟。透过白烟，魏子看见女儿闪烁的泪眼。

魏子心一沉，他踮起脚，在垃圾桶的空地上看见打石膏的儿子。一条白色的绷带，托住受伤的胳臂，也托住受伤的脸。

"妈妈今天闯祸，结果小弟被人打成骨折。"慧慧叹了一口气。"爸！你不要难过……你先洗澡还是先吃饭？"

魏子无力地摇着手。房间十二平方，一床，一桌，一缸，一炉，阁楼上是孩子卧室兼储藏室。家里没有盥洗室，他的盥洗室就是阴沟洞。提一桶水，穿一短裤，先打肥皂再冲洗，然后回家换短裤。洗澡时，夜深人稀是基本原则之一；时刻避让倒痰盂者是原则之二；合理计算一桶水的用量是原则之三；动作迅如闪电是原则之四。这期间，四个原则一个都不能丢。有一次，浴后忘了用毛巾遮羞，结果女儿惨叫一声落荒而逃：湿漉漉的内裤裹着一览无余的性器官，这是对女儿的亵渎，也是对女儿的侵犯。事后，魏子流下了羞愧和悲伤的双重眼泪。

"爸！吃饭吧。"女儿盛好粥端上来。巍子一伸手，从挂篮里取出鸭蛋。鸭蛋上端的蛋壳，破了一块。

"鸭蛋坏了？"

"没"女儿惊慌地抢过蛋，下意识地藏身后。

"咋了？"巍子拿起别的蛋，用筷子捣，发现鸭蛋里裹的全是咸菜，只在蛋的顶端压上一块蛋白。

"……爸！弟妹熬不住，中午就把晚上的蛋吃了……我们只能以假乱真，蒙混过关。"

"爸！你打我们吧。"小儿小女撅起嘴。巍子不说话，只是低着头一个劲地扒粥。

"你们还不快吃了去占领乘凉的地盘？"慧慧朝弟妹使个眼色。弟妹心领神会，吃了粥，拖了帆布床一溜烟走了。这里的乘凉要赶早占地盘，晚了只能在火炉边乘凉。

"爸，我今天去学校了。"

"学校怎么说？"

"我是六八届的初中毕业生，如果没有特殊原因，全部上山下乡。"

"老师知道你妈妈的情况吗？"

"老师说，因为一片红，所以不能照顾。我说你是全国劳模，老师说除非……"

"除非什么？"巍子猛地抬起头。

"除非你们单位能接受我。"

"这……"巍子缓缓放下碗。

"可是我想上农场，我想上农场。"慧慧失态地嚷道。

"为什么？"巍子大吼一声。

"这个家我住够了。"慧慧也大吼一声。巍子把碗一摔，冲出门去。

天黑透了，巍子还在街头徘徊，街灯一盏盏地亮了。这亮，照到他脚尖，却照不到他心里。他走啊走，不知道走向何方。他在一幢小院前停住脚。这是一幢独立的小院，庭院深深，芳草萋萋，藤蔓纠缠，落英缤纷。这是他梦中的伊甸园，也是他现实中的伊甸园。

三年前，他在检修现场昏倒。先被送医院，后被送回家。醒来时，他一眼看到葡萄架下的小精灵。小精灵身穿布拉吉，头扎花围巾，在皎洁的月光下起舞。舞姿轻盈，腰肢柔软。吉特巴，桑巴，狐步，踢踏，民族舞，芭蕾舞，看得他眼花缭乱目不暇接。他揉揉眼又闭上眼：她是凡人还是仙女？

　　当他睁开眼，看见一个仕女从云端降落。十指纤纤，轻抚古筝。丁丁冬冬，泉水潺潺；噼哩啪啦，大珠小珠。高山翩翩，江河低吟，林海展颜，雪原共鸣。他揉揉眼又闭上眼：她是凡人还是嫦娥？

　　当他睁开眼，看见一个男孩正在打拳。一招一式，中规中矩；一拳一脚，有板有眼。一转身如狡兔；一挪跃似飞鹰。筋斗，翻出五色涟漪；拳脚，踢出三千年门派。他揉揉眼又闭上眼：这是凡人还是少林童子？

　　当他再一次睁开眼，看见一个女人，裹在厚厚的帆布工作服里，脚蹬焊工鞋，头戴电焊帽。她矮小，朴实，平凡，甚至平庸。这不是小精灵，这是一个小凡人。

　　小凡人带他参观各个房间：书房，会议室，大厅，卧室。她拉开有密码的保险箱，拧亮能发信号的台灯，取出微型照相机，打开高清晰的投影机。橡木桌上，摊着淋漓的山水画；暗室里，挂着放大的照片；相坐地窖，共饮一杯红酒；驶着摩托，带他兜遍半个夜上海。最后，她爬上屋顶，静静地看着苍穹。

　　"你是谁？你究竟是谁？为什么独自住在阿里巴巴山洞？"巍子结结巴巴地问。

　　"八年前，一辆囚车押走了了父母。从此我就是一个孤儿。"

　　"你父母是做什么工作的？"

　　"我不知道他们的的职业，只知道他们的领导是潘汉年……哦！我没有吓到你吧？"

　　"从今天起，我……做你的父亲。"巍子费力地说。

　　"不！我只想做你的爱人。"她钻进他的怀抱。

　　"哦……你不能坏了我的晚节。"巍子使劲推开她。

　　"你不活在晚年，只活在现在。'现在'浑浊而丑恶，我想给你一个新世界。"

　　"什么样的新世界？"

　　"一个被爱的世界，一个给予爱的世界。太多的仇恨，仇视，敌视，敌意侵蚀了我们，浸淫了我们。我累了，你也累了。让我们卸下假面具，在世外桃源里活几天。"

　　"可我……有妻子孩子。"

　　"可我们有爱。"她抱住他，他的她的怀抱里陷落了。他得到了一份初贞，还得到了一个崭新的灵魂。从此，伊甸园成了他的避风港。船在这里整修，加油，补充能源，然后带着希望，起锚起帆，驶向另一个口岸。她把能想象的爱，能发挥的爱，过去的爱，现在的爱，储藏的爱，透支的爱全部给了他。

她是驿站，他在驿站里休整，然后奔向新的目标，直至登上荣誉的烽火台。

他们是一对寄居蟹，你中有我，我中有你；他们是一对蜉蝣，不分不离，不离不弃；他们是依偎的木棉树，枝连枝，根缠根；他们是一对联体情人，两个脑袋共一个身体。

"让我永远做你的女儿，你的情人，你的徒弟。"

"让我永远做你的父亲，你的情人，你的师傅。"二人凝视银河。星星受了感动，落进他的怀里；月亮受了感动，落进她的心里。

冬英到家时，天已经亮了。她洗了个澡，躺在床上。昨晚的一幕太刺激了，她有了巨大的满足感，同时也有了巨大的罪恶感。她开着台灯，看着天花板，也看着自己的良心。良心没看见却看到墙上一张奖状："上海市五好家庭。"

五好！好什么？好妻子，好丈夫，好孩子，好家庭，好公婆，好妯娌，好和睦，好互助。这"五好"能衍生无数的好；能扩张无数的好；能演变无数的好；能复制无数的好。好的平方，好的立方，好的 N 次方。什么都好，可惜这些"好"全是假的。

资产阶级的丈夫，有一个资产阶级的梦，梦里有一个纤细的身子和纤细的脸。无产阶级的她，有一个无产阶级的梦，梦里有一个壮实的身子和壮实的脸。既然彼此的梦中情人不是一个模子里的浇铸物，那梦就绝对圆不了。

既然圆不了，那就散。冬英决定追求自己的性福。当她提出离婚时，却遭到家庭，单位，街道，妇联的一致反对。组织顺藤摸瓜，找到离婚的"潜"理由时，她就成了靶子，靶子被利舌穿了个透心凉。鉴于唾沫，鉴于舆论，冬英不再提离婚。丘比特箭转个弯，在寻觅中射向雪妮。但雪妮没射中，她却被反弹的箭，又穿了个透心凉。既然已经透心凉，还有啥可顾忌的？当一个雄性的身体，带着浓烈的荷尔蒙，带着饱满的力量向她压下时，出于本能也出于报复，她不但接受，还发出温柔的呻吟。

啊！呻吟！性的呻吟！这是女人的权利，也是上帝的馈赠。我的器官属于我，我的器官不属于文化大革命。但是我的迎合罪该万死死有余辜，不但全党共诛，还要全国共讨。这是我的第一次，也是我的最后一次。她用手捂住发烧的脸，沉沉进入梦乡。

一阵猛烈的敲门声把她惊醒。她拉开门闩，一眼看见全副武装的公安。冬英被押进医院，提取精液。医生遗憾地告诉公安：即使验出血型，也不准确，因为罪犯在她阴道里放置了药片。

"马上检查她身上的指纹，臂纹，腿纹，胸纹。"酒瓶气急败坏。

"报告！受害者已经洗澡，把一切'可能'都毁灭了。"

"她为什么不报案？为什么？为什么？？为什么？？？"

"我们就这个问题，正在抓紧审讯。"

"告诉她，她现在已经成为四类分子中的腐化分子。"葛委员长冷冷地说，"她比破鞋还破鞋，她比婊子还婊子。"

高高的油罐耸立在蓝天下，粗大的管线盘旋而上，检修大会胜利结束。石油部决定召开全厂大会，表彰一批，解放一批，鼓励一批，打击一批。

大锣小鼓咚咚敲起；红旗彩旗哗哗飘起；大小喇叭瞿瞿响起。工人们呼着嘹亮的口号，意气风发进入大礼堂。"向工人阶级学习！向工人阶级致敬！"军代表振臂高呼。"向解放军同志学习！向解放军同志致敬！"葛委员长也振臂高呼。礼堂成了欢乐的海洋，成了军民鱼水情的海洋。

军代表发言，革委会代表发言，老工人代表发言，小青年代表发言，巾帼代表发言。大闸蟹一样长的发言后，会议达到了白热化程度。

"这不行！"老朱在后台一把拉住葛委员长，"表扬名单里为啥没有黑皮？"

"她不是坏分子吗！"

"没有她的日夜鏖战，检修就不能如期完成。她不上名单，这不公平。"

"你自己都没有解放，又翘尾巴？"葛委员长冷笑道。

"我们不能言而无信，难道承诺只是空谈？我愿意撤下我的名字，换上她的名字。"

"哈哈！我会给你一个惊喜。"酒瓶狞笑着，"一个大大的惊喜。"

酒瓶这几天快发疯了。他的发疯，不是源于案子没破，而是源于自尊心的重创。黑皮安静地烧电焊，安静地烧风焊，神态自若，安详娴静一如绣红旗的江姐。酒瓶躲在暗处，偷觑她的一颦一笑，捕捉她的一眼一瞥。他终于看见了黑皮的微笑。那美丽的笑，会心的笑，不是献给他的哈达，而是献给她师傅的花环。这笑，碾碎了他的梦，激起了他更大的狂怒。以前我是痛苦的唐吉诃德，现在我是复仇的奥赛罗。你可以不爱我，但绝不能爱别人。若这样，我还不如先杀了你，然后再爱你。

我知道爱的 system 安装在你脑海，删之不去，复制不得。但是，我有我的特洛伊木马。我的病毒，一定能摧毁系统，让你的系统全线崩溃。

军代表正在台上宣读解放者的名单，酒瓶踱下台，把一根鞭子塞到巍子手里。"组织让你挥舞鞭子，把牛鬼蛇神押上台。记着！一定要高举鞭子，切莫辜负组织对你的期望。"

"好吧！"巍子机械地接过鞭子。

"下面，把革命的对象押上台。"军代表一声怒吼，高亢的《义勇军进行曲》奏响。巍子一甩鞭子，牛鬼蛇神呼啦啦押上来，领头羊就是黑皮。巍于像被雷击中，整个人都软了，鞭子停住黑皮的头上。

黑皮昂着头，眸子里满是屈辱的泪水……

这天晚上，幽灵又出现了。在白色的蒸汽中，在璀璨的灯光下，在蜿蜒的管线里，在高高的油罐上，白衣白裙飘逸上升。最后一面白旗，停在珠穆朗玛峰顶。一根蜡烛点燃，蜡烛染成火炬，火炬染成红旗，红旗染成红云。最后，方圆五公里都被红云染红了。炽热的红云，热烈燃烧着。惊醒的人们，上班的工人，巡逻的民兵，瞭望台上的哨兵都被惊动了。他们尖叫着奔跑着，整个炼油厂沸腾了。民兵出动了，消防车出动了，云梯架起来了，人梯架起来了。路灯，塔灯，消防灯，防空演习灯，一齐大放光明。

白色的幽灵，在众目睽睽下飘走，只有一团火，还在忠实地燃烧。老朱不顾阻拦爬上油罐。市局的零零七上来了，红云是一堆固体燃料，燃烧在油罐中间，燃烧在平台，燃烧在油罐的保温层外面。是纵火，但没有任何的损失。

"没有损失？人心的损失，就是最大的损失；权威的损失，就是最大的损失。发动所有的力量，查出幽灵，查出纵火犯。"酒瓶一捶桌子。

保卫科给市局的报告中有这行字：幽灵，不明逃窜物。身高两米；瘦而长；有猿人特征，善攀爬，喜游荡，还有强烈的报复心理。

八、陷阱

"泉子，黑板准备好了吗？游行时一定要带着。"

"知道了。"泉子懒懒地说。

"把红旗和标语准备好，大锣小鼓准备好，毛主席的指示一出，马上行动。"酒瓶叮咛着，嘱咐着，像事必躬亲的长者。"泉子，'坚决拥护最高指示；坚决落实最新指示'的标语，一定要写魏碑，隶书显不出精神来。"

"你请便！"泉子把笔一扔。

"别任性了。"巍子捡起笔塞进泉子手里。"现在离广播还有十五分钟，抓紧点。"

"我们去拿锣鼓。"酒瓶领着巍子进了防空洞。

为了预防西方对中国实施核爆炸，炼油厂的会议室已经从地上转移到地下。自从领袖提出"深挖洞"的国策后，炼油厂的男女老少都成了绝版鼹鼠，短短的一年里，愣是把一片沉积平原挖成一个巨穴。巨穴雄伟壮观，气势浩大，功能齐全，蜿蜒百里，堪比希特勒的"狼穴"堡垒。

由于西方反华势力迟迟不敢动手，于是巨穴便成了仓库，而且是潦倒的仓库。今大放儿把铁锹，明大放儿杵红旗。巨穴纵深处是老鼠的四世同堂，关隘口是蟑螂的迪斯尼乐园。秋风秋雨敲打梧桐时，地下室整一个凄凄惨惨切切，闹一个滴滴答答潺潺。一座地下长城，成了货真价实的水帘洞。

"师傅！师妹分配了吗？"酒瓶摁亮洞灯，灯发出鬼火般的幽光。

"六八届毕业生，现在规定'一片红'，全部都要上山下乡。"

"可你家情况特殊。"

"可不是嘛！"巍子叹了一口气，擦去手提喇叭上的灰尘，"老师说只要有单位愿意接受，就不用上山下乡了。"

"师妹的事……包在我身上。"

"真的？"巍子的眼睛一亮，嘴唇也剧烈地哆嗦着。

"我说话算数。等游行结束你把黑皮叫来，我们师兄妹也该谈一谈了。"酒瓶故作轻松地一耸肩。

"今天太晚，要不……明天吧？"巍子委婉地问。

"要是明天，我还劳你这个驾？"酒瓶的语气十分强硬，雪白的牙，在昏暗中划出一道惨白的光。巍子一颤。他拿着旗帜走出防空洞，佝偻的背上驮着一圈不甚分明的灯光。

巍子接到电话赶到家里时，发现家里出奇地安静。三个孩子都不在，只有妻子在酣睡。米搁在箩里，菜放在盆里，就像祥林嫂曾经消失在河边一样。

最近妻子变成了一头疯狂的西班牙暴牛。他和妻子认识时，她是一个极其美丽的女郎，热情和爽朗深深打动了他。反右开始，她的热情和爽朗，成了组织御用"砖"：一拍一个准，一抓一个准。

拍"砖"后，引来一个个右派出洞。随着一个个苏武发配甘肃，随着一个个家庭分崩离析，随着百分之五的指标完成，热情和爽朗的妻子开始沉思，开始忧郁，开始烦躁，最后成了一名精神病患者。她就是成了精神病还是没逃出梦魇：一见到曾让她热血沸腾的"红"，她就成了一头冲向红布的斗牛士。

雨一滴滴下来，很有耐心地打在屋檐下。一只鸡穿过雨幕，钻到了他的裤脚里。巍子一动不动，用自己的体温，温暖这只落汤鸡。

这是一只漂亮的小公鸡，顶着红彤彤的鸡冠，踩着坚定的步伐，声音洪亮，羽毛斑斓，长长的脖子优雅地转动。半年前，孩子们用所有零花钱买了十只小鸡崽。在这个贫瘠的家，在这个丑陋的巷，这是唯一的欢乐源泉。

虽然孩子们献出了所有的爱，小鸡还是一个接一个相继逝世。孩子们托着鸡尸，带着铲子，来到垃圾桶的空地上，为小鸡举行了隆重的葬礼。追悼会后，孩子们神情肃穆沉默寡言。悲痛终于打动上帝，上帝发出最高最新指示：让最后一只鸡活下来。从此，孩子们紧密地团结在"鸡坚强"周围，而"鸡坚强"

也成了孩子的领导核心。

"格格！"小公鸡走出巍子的裤脚，甩着脑袋抖着翅膀，响亮地鸣叫。鸣叫完毕，开始梳理羽毛。梳理完毕开始散步，它闲庭信步，高视阔步，像农场主在巡视庄园。

妻子咂着嘴，咕哝着，长长的涎水流在下巴上。巍子没抽出毛巾却抽出一支烟。妻子现在不是他的另一半，而是他的一条义肢。经年累月，义肢长在肉里，成了他身体的一部分，成了他和孩子的桥梁。但是桥梁没让他到达幸福彼岸，却把他脊梁骨压弯了。

他是个健康人，但每天都在吃中药。苦涩的药，一碗接一碗，一碗又一碗。吃不完，饮不尽，丢不掉，扔不了。苦海茫茫，何时是了？他使劲呼了一口烟，把浓浓的烟喷到妻子脸上。

我是一只高压锅，下面的火炙烤着我，上面的气阀压着我。我是一只高压锅……我是一只濒临爆炸的高压锅。他喃喃着，咕哝着，自言自语着。突然他跳起来，操起刀砍下去，公鸡惊慌地跳到他肩上，他头也不回，反手抓住一把扭断了它的脖子。

他甚至没用刀，就夺走了一条生命。

失去脑袋的鸡还在扑腾，就像垂死挣扎的阶级敌人。血水顺着它抖动蹭了一地，溅了一墙。巍子把鸡扔在盆里，然后加了一百度的开水。

现在好了！巍子长长地舒了一口气。漂亮的小公鸡，不能再昂着脖子，涨红冠子，抖擞翅膀，得意地鸣叫。它现在是一具热水里的尸体。鼓囊的胃，苍白的身子，肮脏的肛门朝天的白眼珠，让他起腻让他恶心。小公鸡啊，你的闲庭信步呢？你的美丽傲慢呢？你的一唱雄鸡天下白呢？巍子怀着恶意狞笑着，先拔光斑斓的羽毛，然后把尸体肢解成一段段。

"爸！"慧慧推开门，身后跟着二个伤病员。一个绑着白色的石膏，一个留着鲜红的伤口。他们的受伤不是为了党的事业，而是为母亲代过为母亲赎罪。可母亲的罪，又是谁造成的？

巍子拧着眉思考。

妻子醒了，她尖叫着。慧慧拉开被单，床上满是鲜血。她扶起母亲，擦净她下身的血，换下污垢的床单，再给她系上月经带。妻子挣扎着，女儿单薄的肩膀晃动着，豆蔻年华的少女正需要母亲的呵护母亲的性教育。可慧慧却从八岁起，就开始清除母亲的污垢。看着女儿头上的雨水，看着女儿手上的鲜血，巍子再一次流下悲惨和羞愧的双重泪。

吃饭了。桌子上放着一盆青菜和一盆肉。孩子看到肉，眼睛都直了。筷子如雨点般急剧落下，脸颊像充气的皮球一样膨胀起来。"爸！这是啥肉……

人好吃了"。巍子没回答，只是低头扒饭。

"肉香，骨头一定也香。让小宝贝也开个荤。"儿子扔下碗，走到门口，"嘘嘘"叫唤他心爱的小公鸡。

"别叫了，它肯定躲在垃圾桶里刨食。"

"我一定要把它找回来。"儿子冒雨冲出去，急促的呼唤穿透雨幕。巍子依然低头扒饭。

"爸！"慧慧叫道，声音像飞机到了气流层，很不平稳。

"这究竟是什么肉？"她提高了分贝。巍子依然扒饭，动作僵硬得很。

"爸！"慧慧尖锐地嚷着，像玻璃划在另一块玻璃上。"你是不是杀了小公鸡？"

"我……只想清静点。"巍子放下碗。突然，一团黑影扑来，一口咬住他的手臂，巍子叫了一声，黑影松开口，狼一样嚎叫着。巍子使劲掐着伤口，任凭尖锐的痛，一点点沁到骨髓里。

嚎叫终于停止，巍子抬起头看见六只眼睛。六只恶狠狠的眼，如六只冒烟的枪口。巍子一眨眼，一颗豆大的泪珠滑下来。他抽泣着，缓缓张开双臂，三只鸡崽一同扑进宽大的臂弯，臂弯一点点合拢，形成一个漂亮的圆。

三个毛茸茸的头颅贴在他怀里，他能听到心脏的跳动，能触摸血脉的流速，能嗅到发根的气息，能感受到泪花的冰凉。他低下头，使劲嗅着他们的体味。突然，他看见一双含着泪水的眼睛，一双委屈的眼睛，一双怨艾的眼睛。他的心突然一颤。就在这一刹，曾经的气概，曾经的决断，曾经的誓言化成一股烟，从高压锅的气伐中，一丝丝一缕缕地漏走了。气走了，巍子的身子也掏空了。

"刷刷！"扫帚在黑皮手里，成了雪橇，成了犁头。滑出快乐的雪花，犁出丰收的喜悦。"刷刷！"扫帚左一撇，右一捺，水泥地上留下瘦金体：雄浑中带着柔和，刚劲中带着妩媚。

昨晚，院门叩响，门口站着一个军人。她打开脑海里的搜索引擎，马上跳出他的档案：某参谋部的参谋长，父亲不但是他的上级还是他的救命恩人。他的照片，存在父亲的第一套相册里。

"愿意去香港吗？"客人单刀直入。

"非常愿意。"她干脆地回答。

"也不问我是谁？我要是人贩子呢？"客人笑道。

"谍报学校五二年毕业照上，你排在第三行右起第八个。"

"知道你父亲是神人，想不到你也是神人，传言果然不谬。"

"你用什么办法把我送到香港？"

"你说呢？"客人饶有兴趣地看着她。

"给我三只油桶，从深圳漂流到维多利亚港口；给我一颗特效药，从沙头角的集装箱冬眠到铜锣湾；给我一根麦管，从罗湖出发，可潜可行到九龙。要是从机场走，我有化妆术。"

"将门果然无犬子。"客人赞道，"三天后我开车接你。这通天秘密，你一定要守住。"

"你还没告诉我，走黑道还是白道？"

"难道这二者之间有区别？"客人冷笑着，"只要出国门，条条大路通罗马。"

"您为什么帮我？"

"既然救不了你父亲，只能救你。"客人闪身出门，迅速消失在黑暗中。

"刷！刷！"扫帚欢快地起舞，一个纸团落下。她打开纸条："晚上七点，我在防空洞等你。"黑皮把纸条送到嘴边，用她的温存，给纸条一个深深的吻。

黑皮站在龙头下，痛痛快快地沐浴。热水穿过她的肌肤，温暖她的血管，温暖她的身子。浴后她穿上裙子，又用便帽遮住阴阳头。

夕阳渐沉，金光铺展在江水上，江水拍打堤岸，如母亲拍打襁褓中的婴儿。清风吹来，江水如金黄的绸缎，微微起伏。黑皮信步走来。她走下堤岸，走进江滩，走进江水。起潮了。江水滔滔，卷起千堆雪。她躲过一个浪头，撒下一片欢笑。她蹦着，嚷着，笑着，躲着，多日的阴霾一扫而光。

巍子走进防空洞，防空洞蜿蜒深长，神龙见首不见尾。黑皮从黑暗中跳出来。"为什么要约在这里？"

"八点我值班，这里进出没有人看见。"巍子把汽水递了过去。

"好甜啊。"黑皮仰头喝了一口。

"甜什么，这是盐汽水。"

"就是盐汽水，也是甜的。"黑皮又喝了一口。

"要是我给你蒙汗药呢？"巍子的声音很沙哑。

"就是蒙汗药，我也心甘情愿一饮而尽。"

"胡说……什么。"巍子踱了几步。

"师傅，我要告诉你一个秘密。"黑皮一脸幸福地看着他。

"什么秘密？"

"我父亲的战友要把我送到香港。"

"偷渡？这可是杀头的罪。"

"既然这里不能容我，为何不能换一个地方生活？我不杀人不放火，杀头之罪从何说起？"黑皮笑着，白灿灿的牙在黑暗中一闪一闪。

“你赶紧把这个重要情况向组织交代。”魏子紧张地说。

“为什么？”

“你这是抢跑道的最好机会。机不可失时不再来。”魏子兴奋得嘴唇都在哆嗦。

“你让我出卖他人邀功请赏？”黑皮惊诧地扬起眉，认真地看着魏子。

“这是……洗白自己靠拢组织的天赐良机。”

“你……你！”黑皮指着魏子，手指在颤抖。魏子的脸开始晃动，五官一层一层地重叠，“师傅……不能。”

魏子的脸一点点凑过来，他的五官开始痉挛，开始抽搐。一个滚动的，巨大的喉结向她逼来。黑皮的意识一下子凝固了：这不是魏子。

“宝贝！我终于得到你了！”一个滚烫的身子抱住了她。黑皮猛地睁开眼，两只沉甸甸的啤酒瓶向她逼来，她的意识一下子清醒了。她一个起跳，身子却如铅一样朝下坠；她一挥手，手臂却抬不起来；她一蹬腿，腿却不听使唤；于是她尖着嗓子叫喊，喉咙里却发不出一点声音。

她的意识非常清楚，她能感觉到一头野兽在蹂躏她，但是四肢不听她的使唤。清醒中的蹂躏，要比昏迷中的蹂躏更残忍更恐怖。她的泪，豆大的泪，一滴又一滴……

魏子跌跌撞撞地走着。腰佝偻了，腿软了，脚崴了，整个人成了秋风里的落叶。他走啊走，还是看不见洞口。一脚踩空跌倒后，他干脆手脚并用朝前爬。洞口到了，新鲜的空气吹过来，但他还是窒息得厉害。他捂住胸口拼命跑。“嘟当”，他被绊倒了。

地上有一只手电筒，很大很大的手电筒。这只手电筒是啤酒的御用品，也是造反队队长的必需品。夜间巡逻时需要它，抄家掘地时需要它，游行庆祝最新指示时需要它，批斗会公判会上需要它。它是造反的道具，它是施暴的象征，它是“文革”的见证。今天，它怎么也在这里？今晚，它怎么会在这里？

我做了什么？我做的事，除了天知地知，还有它知。天呐！我做了什么事？他把手电筒捂在胸口，紧紧地捂着。

远处有个人影，畏畏缩缩，抖抖嗦嗦。长长的颈，缩进肩膀。这是鸵鸟的动作，也是慧慧的动作。一起风，慧慧的咳嗽就排山倒海来了。这时，瘦弱的肩，就一点点缩进去，一直缩到狭小的胸腔里。这动作经年累月累月经年；这动作像一根刺，一点一点扎进他的肉里。他摔下电筒，撒开脚丫朝前奔。他要抓住这个人影。快了，到了，近了，他都攥住她的衣角了。不！这不是人影，这不是慧慧，这是一棵歪脖子树。于是他奔得更急了。他急于抓住风的尾巴，他急于拽住月亮的脚步。他急不择路，活脱脱一个越狱犯。

九、落幕

黑皮进门后没开灯，她站在黑暗中，瞳孔一点点扩张。白天，她的瞳孔闭成一条细线，晚上则张得很大。深邃的眼，根据光线自动调节瞳孔的开合。她的视野很宽，两眼既有共同视野，也有单独视野。单独视野在一百五十度以上，双眼视野在两百度以上。当一个著名的眼科专家看了她的眼后，差点把自己的眼镜从鼻尖上滑下来：这不是人眼而是猫眼。她应该做间谍，最起码也做飞行员。自从囚车押走父母后，专收高干后裔的贵族学校辞退了她，生活无着的她就进了炼油厂做了名焊工。特异的眼，让她成了最优秀的焊工，也成了最完美的 X 光。只需一眼，她就能看透焊缝的情况。她眼珠在转动，景物渐渐清晰。她从床下拖出一只箱子，箱子里有她的童年，也有她的现在；有她的痛苦，也有她的欢乐。

箱子里有一瓶水，一瓶纯净水。它能让写满字的纸，变成一张白纸；它还能让白纸，变成能自己燃烧的纸。箱子里有一块磁性铁，只要摁在鞋底，走路悄无声息，还能飞檐走壁。这是一双鞋，能缩小也能放大，能压扁也能拔高。这是一套衣服，时而是短装，时而是曳地长裙。这是录音机，能发出二十种不同的笑和哭。这是固体燃料，敲击分贝到七十，就会自燃。这是变色纸，根据明暗阴晴变幻七种色彩。这是牙套，尖尖的獠牙震魂摄魄。这是手枪，能放烟雾能射出鲜血，绝对有闻风丧胆之效。箱子虽大，没真刀没真枪，只是一堆有用的利器。黑皮穿风衣戴便帽着墨镜，又在靴子里放了把匕首。今天晚上，她不是防卫的盾而是进攻的矛；今天晚上，她不再是受害者而是复仇女神。

泉子这几天很兴奋，厂里正在选拔乒乓球选手，参加石油部的擂台赛。泉子的目标不但要做选手，还要做总决赛的冠军。这点她踌躇满志志在必得。

一轮又一轮的选拔赛开始了。这是一个公开赛，也是一个公平赛。不搞暗箱，不拉选票，不走床上路线，不搞肉体炸弹。冠军的产生，完全取决于球技而不是人体秀。虽然泉子的球技出类拔萃，夺冠还是打得十分艰难。她在接角球时，额角被撞出了一个大窟窿。她用手绢一扎，继续挥拍比赛。当她终于夺得魁首时，她的心像鲜花一样绽放。

"活活折煞了一等一的花容月貌。"酒瓶指着她额角的伤说。

"人生能有几回搏？"

"人生的红地毯已铺好，只等你走上去。"

"自己的人生自己走，走上红地毯的未必是好人。"泉子冷冷地说，"胡司令这两天很亢奋。是干好事，还是又干坏事？"

"呵呵！应该说是好事：偿还了我百年的相思千年的孽债。"酒瓶暧昧地笑着，乐着，走了。

黑皮进了生活区，警卫室对面是一间小屋。小屋的屋面是数块玻璃搭成的。一排排呈斜坡的玻璃上，平平整整放着一封封信，收信者只要把自己的工作证朝玻璃上一贴，屋主就把信从斜坡里递出来。这办法简单，直接，一目了然。收信的是一个布袋，挂在玻璃下方。

信差是个慈祥的老头，他把百分之九十的工资寄到乡下，用百分之十的工资，在火油炉上捣腾青菜萝卜。此刻他正弯着腰，在萝卜上撒盐。黑皮闪进屋，手指一弹，信落到布袋。信是写给炼油厂领导的："姑妈病危，我去南京探望，一周后回来。"黑皮估算一下，等领导收到信时，她已经在旅途了。今晚报仇后立马出发，这封信只是声东击西罢了。

她进了车间，寻找酒瓶的踪影，但怎么也找不到。突然，一个黑影从防空洞出来。她有些懊悔：早来一步，就能把酒瓶堵在防空洞。现在只能想办法，把他一点点地重新引回防空洞。

她打了声口哨，酒瓶的耳朵竖起，肩膀也耸了起来。呼哨转了弯消失了。酒瓶侧着耳，一点点追进防空洞。

酒瓶这辈子除了爱权，还爱鸟。他对鸟的种类，鸣叫，习性如数家珍。他有只雄斑鸠，一直想为它配个娘子。现在，他千真万确地听到了雌斑鸠的鸣叫。鸣叫引着他，一点点走进防空洞，走进他施暴的地方。鸣叫停止。黑皮从黑暗中闪出："脱下裤子。"

酒瓶迟疑着，一把闪亮的匕首顶在他的喉管。他慢慢解下裤子，寒光起，命根落。还没等嚎叫出口，一块抹布塞进他嘴里，一根绳索捆住他的手脚。黑皮窜出防空洞，穿过石蜡车间，穿过供应科朝油罐区拐去。油罐区比大观园还大，一只只油罐或蹲或趴。风吹来，齐腰高的草发出"咿啊啊"的吟唱。油罐区的尽头，就是炼油厂的后门。这里的墙比较低，翻墙出去不经过门卫，就不会留下任何蛛丝马迹。翻出墙前面就是高桥镇，高桥镇朝东就是东海口，东海口就是海阔凭鱼跃天高任鸟飞的自由口。想到这，黑皮腹肌一提，脚跟一收，人如蜻蜓，点着草丛朝前跃。快！快！快！

泉子下班前接到一个电话，炼油厂上届乒乓冠军要和她切磋球艺，并把祖传的球拍传给她。泉子很高兴。早听说这传奇人是将军之后，狗崽子之首。他饱读诗文，擅长琴棋，儒雅而不合流，倜傥而不风流。十八年的恋人因组织的棒打而天各一方。从此他不婚不语，整一个白眼朝天的嵇康，他的恋人则远走他国，从此没了音讯。

　　泉子下班后，匆匆朝约定地点走去。连日鏖战，让她的体力大大透支。她穿过石蜡车间，穿过供应科，朝油罐区拐去。她不明白，为什么要约在人迹罕至的油罐区。但是想到八大怪人一贯的怪异，也就释然了。

　　月亮隐到了云层，油罐区更暗了。一个黑影从草丛中升起并拦住了她："脱下你的裤子。"

　　"我要是不脱呢？"泉子在月光下打量对手。他虽蒙着脸，泉子还是发现他少了一只耳朵。泉子想起第一次到单位时见过的独耳人，以后多次看见他，她都会闭上眼：一双眼睛里的淫荡和邪恶，深深刺痛了她的视网膜。

　　"脱！"独耳人从牙缝里挤出这一个字。泉子后退一步并调整了脚步，她伸展双臂，全身如上弦的弓，蓄势待发。独耳人没等泉子使出拳脚，一条铁棍带着一股风劈面而来。泉子一个闪身，就势拉着了铁棍。一条绷直的腿，对准心窝踹过去：好一个黑虎掏心。

　　"沙沙！沙沙"，黑皮轻盈地跃过草丛向大墙冲。突然，一阵急促的喘息声传来，她一踮脚，发现了草丛中的异样。

　　"快走！不然赶不上接头者。"一个声音飘来。黑皮一紧裤带，走得更急更快，但喘息声和搏斗声更响了。她一踮脚，发现压在上面的黑影，正拉开裤子的门襟。曾经的耻辱历历在目，于是她带着复仇带着电闪雷鸣，朝黑影扑过去。

　　"抓坏人啊！抓强奸犯啊！"压在下面的黑影从地上爬起来，对着前面灯火通明的门卫室嚷着。"不要……不要。"黑皮赶紧制止，嘴唇哆嗦得厉害。独耳人趁机夺过铁棍，然后凌空劈下，"咔嚓"一声，黑皮的大腿被砍断了。

　　黑皮拖着断腿，朝独耳人扑去。她用手掐住他脖子，又在泉子的帮助下，用绳子捆住他手脚。然后，她拖着断腿朝大墙挪去。一步一步，她终于挪到大墙边，但是，她再也不能身轻如燕地爬上墙，再也不能一个猛子地翻出墙外。此刻，全副武装的民兵，正朝这里靠拢。无数的手电筒，亮晃晃地扑过来，现在，就是插翅，也逃不掉了。

　　"这是我家地址和钥匙，你让他赶紧回香港，别等我了。"

　　"你……"

　　"天亡我也！天亡我也！"黑皮闭上眼。清冽的月光下，泉子看见一颗豆大的泪珠滑下来。

　　"抓黑皮啊！抓杀人犯啊！"民兵们一个接一个扑进来，十里青纱帐，十里铁壁铜墙。

深夜。当泉子赶到小院时，一个穿便服的男人还在院外徘徊。"她走不了了。"泉子打开门，拖出床下的箱子。"把这带走，这是她最后的纪念。"

"箱子里是什么？"

"这是她父母留给她的礼物，也是她作案的道具。千万不能落在造反派手里。"

"撤！"男子刚把箱子扔上肩，门外就传来纷乱的脚步声。泉子拉开窗帘，发现领头人竟然是巍子。她像被雷击中，不能动弹。"噼噼啪啪"的声音响起，院门被踹得摇摇晃晃。男人拽着泉子钻出后窗，泉子殿后，让男人先走。男子敏捷地翻上院墙，突然，一块大石头不偏不倚地砸在他肩膀上，他一闪身，箱子落在地上。男子用脚钩住院墙，身子下垂，如倒挂的蝙蝠伸手去捞箱子，泉子赶紧捡起箱子朝他怀里扔。突然，一根绳索从天而降，男人一闪身，箱子又跌进院里。他一个起跳站在院墙，面对黑压压涌上来的的民兵，他一声悲鸣一个长啸，整个人消失了。

泉子拎起箱子还想朝墙外扔，一排红缨枪如丈八长矛，密密麻麻拦在院墙上。泉子一个起跳准备再扔，一块砖准确地砸在她手腕上。她的手一麻，动弹不得。

"好一个巍子！你的砖，可是又稳又准又狠。"泉子喘着粗气，恶狠狠地嚷着。在明亮的月光下，泉子的眸子和巍子的瞳孔撞了个正着。眸子如烧红的铁珠，喷涌而出，瞳孔却如下弦月，一点点青了，淡了。

泉子出了看守所，一束鲜花，一辆吉普车和一个车夫在等她。吉普车载着她进了军区大院。

泉子推开客厅的门，一号奶妈站在沙发后面正为继母揉肩；二号奶妈跪在沙发前，正为继母捶腿。滞销货敞着怀逗儿子，一旁坐着笑呵呵的老父亲。

"回来了。"首长热情地说，眼睛却直直地盯着肉滚滚的婴儿。

"爸！"泉子朝父亲扑去，"你一定要救黑皮，她是因我而被捕。要不是救我，她现在已经在香港了。"

"……你以为我是普渡众生的菩萨？告诉你，她既是纵火犯，又是杀人犯，还是偷渡犯。就是枪毙三次也不够。"

"她纵火是因为受到了不公正的对待，再说纵火也没造成任何损失；她割断酒瓶的命根，是因为他强奸她；她偷渡也是为了自救。"

"你现在赶紧写一份和她划清界限的声明。"继母冷冷地说，"请你不要玷污家门，亵渎家父，株连我和你的弟弟。"

"这里还轮不上你发声音。爸！你救还是不救？"

"笑话！难道让我站在阶级敌人这一边？难道要我晚节不保？"军代表

抖着腿，把儿子的手指放住嘴里舔。

"砰！"一拳出去，墙上镜框掉下地，"为人民服务"的条幅，躺在碎玻璃中，躺在泉子的脚下。军代表闪电般挥手，泉子脸上印上五个红指印。

泉子如闪电般一个鹞子出击，继母怀里的孩子已被她抓到手上。她跳上茶几，把弟弟高高举起。"今天，是鱼死还是网破？"

"别……别！"父亲惊慌地摆着手，又惊慌地摇着头。他的嘴瘪进去一抽一抽，腮帮子如秋天的枯叶在抖动。"他……是我的命根子。"

泉子不说话，只是冷笑着把孩子举得更高。孩子蹬着腿，涨红脸，像扑腾的青蛙。

"我给你跪下。"军代表扑到碎玻璃上，扑倒在女儿的脚下。

"不是说革命者宁死不屈视死如归吗？这辈子，你为黎民百姓下跪过吗？你为冤屈的亡灵下跪过吗？"泉子冷笑着。

"我可以救黑皮，只求你不要伤害他。"

"你的革命，究竟是解放全人类，还是恩泽子孙？哈哈！搞了几十年革命，却是挂羊头卖狗肉。哈哈！"泉子笑着，连眼泪都笑出来了。孩子在她的手里挣扎得更厉害了。

"我的女儿……我求你了。"凄厉的喊叫，如蜿蜒攀爬的藤，缠住了泉子的心，缠住泉子柔软的心。泉子不再冷笑，她痛惜地看着花白的脑袋，在她脚下一起一伏一上一下。泉子咬住嘴唇，克制着痉挛的肌肉，心在抽搐，心在一阵阵地抽搐。

军代表突然朝前一跃，如猛虎下山蛟龙扑海从泉子手里抢出儿子。"警卫！警卫！马上把这个疯女人关进后院。"马弁冲进来，扭住泉子的手臂。泉子低下身子，双拳护胸，一脚朝前蹬去，一个流星追月，一个火树银花，她已经窜到院子里。

"爸！你不是说，你要救黑皮吗？"

"那只是我的一个手段。"军代表怀抱儿子，威风凛凛。

"为了目的，不择手段。这是你的秉性，也是党的秉性。"

"手段永远为目的服务，为政治服务。我不想掩饰这一点。"

"从现在起，我彻底和你决裂。"

"抓住她！赶快抓住她！"军代表嚷着。泉子不等马弁出来，几个跨栏几个跳跃，人已飞出院子。空气中，只留下她嘶哑的余音。

半个月后，泉子在香港召开记者招待会。在长枪短炮和镁光灯下，她谈了她的偷渡，也谈了和父亲决裂的声明。

"文革"结束，在赵紫阳掌权的一九七八年，泉子带着资金回上海投资。

作为政府欢迎的爱国商人，她受到了隆重接待和最高礼遇。

到上海后的第二天，泉子就去了上海市公安局。档案里没有黑皮的下落，也没有黑皮的墓地，更没有黑皮的遗物。倒是黑皮居住的别墅，成了威海路居委会和居委会的"三产"。有人在一楼的居委会谈政治，有人在二楼的办公室谈生意，有人在三楼的阳台上唱革命歌曲。人来熙熙，人来攘攘，没人接待泉子，更没人谈到别墅的主人黑皮。

到上海的第三天，泉子去炼油厂看巍子。巍子在一次车祸后失去了了右臂功能，现在他不能拿焊枪而拿起了扫帚，像黑皮一样做了清洁工。关于车祸，有两种版本，正版说这是一次货真价实的车祸，把一个劳模生生给毁了；山寨版说这是人祸，是一次货真价实的"伪自杀"，因为巍子受不了良心的谴责。由于巍子战功赫赫，慧慧终于逃脱上山下乡的命运，进了炼油厂做化验师。他的妻子，依然疯癫痴狂，依然见"红"就毁，见"火"就灭。周末，巍子会领着妻子去买菜。他的明眸不见了，只剩下两口枯井，里面不但没有涟漪，就连半点的湿气都没有。他像周恩来，瘸着一只胳膊，瘸到东，瘸到西，瘸到单位，瘸到家里。虽然他的瘸胳膊没赢来周恩来的风光，但也为他赚来了百分之九十的回头率。

酒瓶在"文革"后清查三种人时，吃了两年官司，刑释后在金工车间做车工；葛委员长已经光荣退休，衣锦还乡；大郎从保卫科长降为门卫，依然睁着一双警惕的狗眼；邱八刑满释放，带着一只耳朵回家种田。

黄浦江依旧哗哗流淌；球场上依旧人满为患；雪妮成了一个痛苦而琐碎的母亲，因为她的儿子有自闭症；冬英则成了烙上"红字"的女人，接受儿子和丈夫的双重鄙夷。炼油厂从当初的三千人发展到五千人，他们乘着登陆艇上班下班，该吃吃，该喝喝，该乐乐，该干啥就干啥。球场的脑壳着陆处，没了红的血白的脑浆，它和周边的水泥地浑然一体，和谐和睦。球场依旧是热闹的球场，篮球比赛，歌咏比赛，朗诵比赛，各种各样的大会，依然在这里召开。群众依旧意气风发，口号依旧响彻云霄。

一九八九年六月四日，中国发生了震惊世界的天安门屠城事件。六月下旬，泉子再次返回香港，单方面终止了在上海的所有投资，并在媒体上发表犀利的"叛国言论"和"防扩散"的言论，让曾经冰释前嫌的父女关系，再一次降到冰点。

投资有方的泉子后来成了上市公司的董事长，但是她终身未嫁。有媒体问她为什么不谈婚论嫁？她说："我已经不相信世上还有'爱情'这个破玩意。

二〇〇三年六月四日写于上海

世博会中的上海人

一、巡逻队长吴光荣

光荣倒背双手踱出门，上衣口袋斜插笔，下衣口袋装簿子，胳膊戴一红袖章：迎世博，保平安。

他掏出手机，摁了一串烂熟于胸的号码，接着就是问候、寒暄、报喜。老爹死得早，全靠老娘把他们兄妹拉扯大。今天混了个人模狗样，一定要给老娘报喜。报完喜后，他点火抽烟，美美地吸了一大口。这可不是打工仔吸的"飞马"，也不是小白领吸的"双喜"，而是"精上海"呐！"上海"不算还加一个"精"，难怪婆娘见烟如见鬼："光荣，你哪来的钱？你可不能犯罪啊！"

婆娘这死脑筋，总把"偷抢"和暴富画等号，现在除了盲流，谁还搞这低级的敛财法？现在女人搞敛财，靠的是床上的男人；现在男人搞敛财，靠的是床上的女人。

光荣又美美地吸了一口，好一个与时俱进的盛世。以前的灰色收入气息奄奄，现在的红色收入如日中天。以前的公费旅游日薄西山，现在的红色旅游方兴未艾。那个频频出镜的啥杨澜，因和中宣部的紧密拥抱，一举成为央视广告的总承包商，赚得真金白银可买下Ｎ个"大裤衩"。还有那个以"巨鼻"闯天下的功夫王，因"拒绝人权"而成为首席广告仔，现在正谋划把卫生巾广告做到月球上去。活人说完说死人。央视导演那叫啥珉的，因闹出惊动联合国教科文组织的"自焚"纪录片，追悼会上的评价已超过思德兄，一命呜呼后还被塞进八宝山，和陈云这些老家伙平起平坐。所以说，女人被奸不重要，重要的是谁奸你？男人干啥不重要，问题是跟着谁干？

什么声音"沙沙沙"？光荣赶紧睁大铜铃眼。哦！原来是保洁工在扫地。

"咦！地上咋有红布条？难道是伪装的引信？"光荣眸子一亮。我要是发现并制止爆炸，我就是上海的男一号，想到这，一个美人鱼式的跳跃，一个江姐绣红旗的匍匐，一个董存瑞炸碉堡式的托举——他郑重地托起了一根布条。再仔细一觑，发现布条和扫帚是连体妹。他大喜：莫不是连锁式的爆炸物？

不对啊！这布条咋这么眼熟呢？我……我想起来了，原来这布条是红短裤旳一部分。

本命年时，婆娘给他做了红短裤，祈祷他在奥运会期间保平安。那时正值创建清洁小区，他这个拼命三郎七天扫破七把扫帚。在扎扫帚时，他撕了短裤做布条，期望红布带来好运气。小区上榜后，街道拿奖金，居委会拿麻油，可他连个屁都没沾到。八年抗战搞保洁，工资在原地跳伦巴。一气之下，他主动炒了街道鱿鱼。

什么声音"铛铛铛"？光荣赶紧竖起招风耳。哦！原来是废品车来了。

"咦！车上咋有根杆子？难道杆子里面藏着传单？"光荣肌肉一紧。我要是发现事故并把之扼杀在萌芽中，功劳一定超过五毛狗。想到这，他以欧阳海拦惊马的英武，以黄继光堵枪眼的无畏朝竹竿扑去。一扑之下，才发现竹竿和黄鱼车是连体兄弟。他狂喜：莫不是捆绑式的传单？

不对啊！这竹竿咋这么眼熟？我……我想起来了，原来竹竿是国旗的一部分。

自从收购废品后，他发现这不但是力气活，还是技术活。专家只论证中国缺水，却不论证水去了哪。蔬菜要洒水，猪肉要注水，牛奶要渗水，就连旧报纸也要浸水才能卖得出价钱。既要浸水又要水过无痕，这就是中国有特色的硅谷技术；一公斤报纸浸水后变成三公斤，这是中国有特色的 GDP 膨胀法。

那天收购废品要进某小区，门卫拦住并让他看牌子："野狗与小贩不得入内"。他说，外滩公园的"华人与狗不得入内"的牌子，是爱国主义朝圣的基点。朗读一遍，愤青发飙；朗读二遍，五毛跳脚。小区这块牌子的背后，一定也有反华势力的黑手。

"我是保安，又是业主豢养的狗。谁给骨头我听谁。出去！"保安摆出"一夫当关，万夫莫开"的架势。

"老子要是一定要进呢？"

"请你吃这个。"保安抽出电警棍。

"他奶奶的！老百姓买刀要实名，保安却配上电警棍。难怪现在警车升为装甲车。老子烂命一条，今天定要闯龙潭虎穴。"说完他脱了上衣，一身栗子肉外加六块腹肌尽情绽放。

"让他进去。"一个女人从轿车里出来，娇滴滴地嚷着。保安一缩脑袋，立即打开铁门。他跟她上了楼，扛了旧冰箱下楼后才发现没给钱，于是扛了冰箱又上楼。"我只收购废品，不接受施舍。"

女人没接钱，眼神直勾勾地落在他六块腹肌上。他扔了钱就走，"明天在废品车头插一面迎世博的旗帜，拿着这个。"女人追上来递给他一张名片。

他一瞅名片，原来女人是中原小区的街道主任。

第二天，他手持名片，车插国旗，到中原街道的范畴内收购。有了这把上方宝剑，果然一路绿灯，一路凯旋。满载而归后，他沽酒割肉，一醉方休。第三天，街道上门询问他家庭情况，得知他妻子有病后，立即让他填表格。一月后，他拿到某基金会的八万元，街道又补助五万元，于是肾衰竭的婆娘换了肾。

他买了水果去主任家感谢她。她把水果一扔，把自己扒得一丝不挂。他愣了一下，又愣了一下，就在他转身出门时，一张火辣辣的嘴堵住他的嘴。"这是……封口费？"他挣扎着。"老百姓为啥不知道有换器官基金款和街道补助款？"主任用手指着自己私处："政策和这一模一样，公仆想给谁就给谁。"他嚷着："这不是日后提拔吗？"话未说完，主人被公仆的她，扒了个一丝不挂。

第二天他制作锦旗一面："为党分忧，同心同德精卫填海；为民解难，兢兢业业夸父追日。"横批是"公仆如妻"。主任笑了："你还知道谐音字？'夸父追日'可是你说的，也是我做的。"接着纤手一动，把"公仆如妻"改成"公仆如母"。

锦旗挂在街道的会议室，迎接南来北往的客人。一星期后，采访稿上了党报的头版头条，写文章的记者勇夺新闻奖；电视台播音员勇夺金话筒奖；女主任勇夺杰出公仆奖；他扔下黄鱼车，荣登居委会主任的宝座。从此，他在公共场合总是涕泪四溅："感谢亲爱的党，给了我妻子第二次生命。"从此，他在卧室总是怒气冲冲地对妻子说："你丈夫的性功能，给了你第二次生命。我用我的肾，换来你的肾。"

主任的男人是市领导，专注于在外树立形象，漫山遍野的彩旗煞是漂亮，但家中的红旗却如松脂油，摇摇欲坠颤巍巍。光荣同志出现后，不但解决了"红旗还能打多久"的哥德巴赫猜想，红旗比彩旗还要迎风飘荡。光荣啊光荣，战无不胜的光荣，伟光正的光荣，不但维持了两个家庭，为天朝的维稳事业作出贡献，还为维护首长的公信力，作出骄人的业绩。

他曾经是拼命三郎，现在又成了拼命三郎，不是保洁工三郎，也不是收废品的三郎，而是帷帐中的三郎，被窝里的三郎。这次拼命终于拼出结果，贫困之家渐渐地朝小康之家过渡。想到这他很得意，一得意就把手指伸进鼻孔。主任对这动作颇有微词，认为不登大雅之堂。他说，这动作不是我发明的，而是江首长的特色。他在人民大会堂开会时习惯性地把手指塞进鼻孔，不是一次而是三次，和他的"三个代表"前呼后应，卯榫相嵌。这动作的意义，绝不亚于列宁同志著名的手势，可载入中国共产党章程载入史册。主任听了，一猛子从床上跳起，扭胯，甩头，耸肩，踢踏，风骚的造型赢来他热烈的掌声。掌声虽不能和党代会上的分贝相比，但绝对发自肺腑。激动的他模仿多明戈，单膝下跪，抓住小手深情激吻，并让摄像机摄下这隽永的一刻。

他正沉浸在五彩的遐想中，戴红袖章的姐妹走过来说："向队长汇报，一切都平安无事。"

"平安好，平安就是最大的政治。"光荣抬了抬下巴。

"吴队长，戴红袖章真好，当红卫兵的感觉又回来了。"胖妹喜滋滋地说。光荣不说话，只是死死地看着她。做保洁工时，她嫌他脏；收废品时，她嫌他臭。现在他不脏不臭，就是她的亲老子。

"吴队长，你气色真好。"瘦嫂谄笑着。光荣不说话，只是死死看着她。有次他陪妻子血透回家，她骂着"晦气"吐着唾沫绕道而行。现在她不但不绕道，还实行舍远求近零距离的政策。看着今天的姐妹昔日的冤家，旧仇旧恨涌上心头。于是光荣愤怒了："你们的袖章有问题。"

"啥……啥问题？"

"袖章上写着'保平安义务巡逻'，可你们不是义工，你们只是拿政府的钱财替政府消灾，晃荡五小时就是五十元！"他手指如剑，顶在胖妹胸口。"世博会举世瞩目，你却穿着黑色吊带衫，嘴唇抹得像死人血。要是照片上传，世人还以为妓女杀进巡逻队。还有你。"他手指转向瘦嫂，"你说，好希望上海年年举办世博。雷人雷语一旦上网，岂不给反华势力制造佐料？"

"我们……我们错了。"姐妹连连叩首。

"东道主要有东道主的水平，世博会的硬件无懈可击，软件也要跟上。软件就是思想，就是思维。要是在脑子里插一个芯片，就能做到十三亿人思想一致，行动一致。政府为了办世博会，花了四千亿。四千亿是什么概念？四千亿，能让十三亿人免费看病，不让病人因疼痛折磨而死；四千亿，能让失学儿童上学，不让家长卖血卖肾；四千亿，能让云南变成泽国，不再有人因找水而遇难；四千亿，能让结石宝宝痊愈，家长不再流泪到天明；四千亿，能让戈壁变绿洲，五十六个民族免受沙尘暴袭击；四千亿能……"他滔滔不绝地说着，嘴角泛起一层白沫。

突然，一阵粗重的喘息和娇滴滴的呻吟，如赤道战鼓呼啸而来，光荣惊慌地跳起来。姐妹们憋住了笑，然后作鸟兽散。喘息愈发重，呻吟愈发嗲嗲，光荣这才明白喘息声来自手机。手机是街道送给巡逻队长的，话费由公家报销。他气呼呼地打开手机："你疯了！咋把造爱的声音作为手机铃声？"

"我要让你明白，你生是党的人，死是党的鬼，绝不能忘恩负义。"主任凶巴巴地说。

"忘恩负义？你知道别人说我啥？说我是骆驼祥子，骑住虎妞身上。"

"放屁！祥子是下三滥，你是基层主任；祥子混迹于红事白事，你干的是维稳大事。"主任咆哮起来，雷霆万钧，床上却小鸟依人软绵无骨。

"……我……知道了。"光荣的语气突然软了下来。

"你现在不但是巡逻队长，还肩负着……"

"下一步，我要参加联合国维和部队，把红色种子撒到国外，结出红色高棉的果实。你同意我的输出革命论吗？"光荣奸笑着。

"别说废话。你马上赶到强强门口，盯死她，看住她，不让她出门。"

"强强……是个好女人，我遭难时，她给我柴米油盐……"

"还给你女人送药，给你儿子送书。可她就算是圣母玛丽亚，也是监控对象。"

"……我已经很无耻了，我不能更无耻。"

"学海无涯，无耻无涯。知道我联系党校校长，为你搞文凭的事吗？"

"你应该为我搞个 MBA。"光荣贼兮兮地说。

"你若需要，唾手可得。"主任斩钉截铁地说道。

光荣沉默了。他知道她无所不能；他还知道她男人为了"维稳"，能上九天揽月，能下五洋捉鳖。

"我不能……有奶便是娘。"光荣哀求着。

"没奶还算娘？没奶还认娘？"主任尖声笑了。

"上星期，街道讨论你入党问题，有人说你立场有问题。正因为此，我让你守在华容道，测试你政治上的忠诚度。知道游精佑吗？"

"他是谁？"

"应该说他是国家栋梁。可他不跟党走却跟着访民走，要追求事实真相。现在，事实真相出来了。"

"是什么？"

"就是抛——妻——别——子——坐——大——牢。"主任一字一顿。"别步他后尘，别好了伤疤忘了疼，再说你疤还没好。肾是换了，还要吃一辈子抗排异药。你想想，连身体都'拒异'，连身体都'排异'，政府怎能容忍'异议人士'？"

光荣沉默着。

"对异议人士，不是请客吃饭，不是绘画绣花。要做到政治上搞臭，经济上搞垮，肉体上消灭。"

光荣依然保持着高度的沉默。

"你不能因为同情'异议'而买不起'抗排异'药。最近，街道下属的单位要招人。你儿子……"

"真的？"光荣的喉结上下起伏。

"党的政策绝对兑现，组织说话一言九鼎。"

"当真？"

"当真！"

"那——好——吧！"光荣的牙缝里透出咝咝声，"我可以去，我甚至可以带着皮带去。"

"要注意韬略，别授人口实。"

"除了联合国，哪个国家敢说三道四？可联合国管不着啊！"光荣挂了电话，掏出笔，在本子上认真书写。手机又响了，是家乡的号码。

"你今天给母亲打了几个电话？"大哥气呼呼地问。

"早上两个，中午两个。以前不能尽孝，现在话费不用付钱。"

"你和母亲说了什么？"

"我说妻子换肾了，我换工作了，儿子马上有工作了。"

"以前一年打一次电话，还长吁短叹唏嘘不已……你痛苦时，母亲痛苦着你的痛苦。"

"所以我幸福时，也让母亲幸福着我的幸福。"

"可惜母亲在幸福着你的幸福时，永远地闭上了眼睛。"

"你胡说什么？"光荣勃然大怒。

"今天傍晚六点零四分，母亲因突发性脑溢血而壮烈牺牲。记着：六点零四分。我把钟摆停在这里，停在这永远不能忘记的一刻。"大哥撂了电话。

光荣摔了手机，一把揪住头发，死命死命地揪。他的脚下，躺着一条蛇。哦！这不是一条蛇，而是他准备对付异议人士的武器：一根皮带。

二、走钢丝的女人

1

阿佩刚把冰袋敷在眼皮上，就拿下；又敷上，又拿下。她就这么来来回回地折腾。

不敷吧，眼皮像座坟包；敷了，眼皮像走钢丝。钢丝跳啊跳，眼皮跟着跳，心也跟着跳。跳跳跳，难道这辈子她就是跳钢丝的命？

墙上挂着一只镜框。镜框与整座别墅的风格一致，是拜占庭式的。镜框呈拱形，颜色五彩缤纷，宛如圣索非亚教堂的五彩玻璃。镜框里嵌着一张黑白的集体照。镜框卜吊着一把放大镜。放大镜放在墙上，放大了客厅里旳艳俗和奢靡。男人多次要把放大镜驱逐出墙，遭到她坚决抵制："照片是我一生的骄傲，放大镜要放在唾手可得处。"男人笑了："你用错了'唾手可得'这个词，这是个贬义词。"

"你唾手可得的就是女人，连我影射你都浑然不觉？"阿佩冷笑着。男人笑了："如果用科学发展观来看的话，我已经够'以人为本'。我在和二奶三奶厮混时，同时兼顾大奶你的物质需要。"

阿佩拿起烟缸摔过去，男人一闪身，烟缸摔在地上四分五裂。"好在我换了赝品，不然损失一百万。"做古董生意的男人潇洒地耸了耸肩。

"你早晚要尝到苦果。"她一挥手，一盆花应声落地，"你撒下的孽种，一定会结出罂粟花。"

"好啊！罂粟花下死，做鬼也风流。"男人又一耸肩，昂首而去。

阿佩放下冰袋，拿起放大镜。她站在照片前寻找自己的童年。蹲在第一排里有一张稚嫩的脸，大眼睛夺人魂魄，令人过目不忘。

她三岁学杂技走钢丝，八岁随杂技团漂洋过海，多次受到国家领导人的接见。她眯起眼，仰视与杂技团合影的总理。伟人瘸着一只胳膊，笑容亲切得像流淌的蜜汁。闻名世界的"瘸胳膊"有两个版本，A版本说是与日本鬼子厮杀时所致；B版本说他和第一夫人调情时马受惊所致。由于B版本未经中宣部审核，所以像地下流通的猪肉，只能在草民嘴里咀嚼，而且是偷偷地咀嚼。电话响了，是闺蜜打来的。"世博会的票我让秘书定了。不管啥项目全买四套。想去就去，不去四人凑一桌。"

"我现在……真的没心思。"阿佩恹恹地说。

"尤物不是答应你，世博会一结束就放了你儿子？"

"可我还是不放心啊！"

"你一辈子就是走钢丝的命。男人不囚，能有今天的荣华富贵？儿子一囚，就是泥菩萨镀了金。放心，尤物后面还有我男人呢！"闺友挂了电话，阿佩的心也回到了胸腔。尤物？堂堂的上海市法院尤院长，竟成了尤物。院长！院长，百姓眼里的阎王，首长手心的玩偶。叫他尤物，实至名归。

2

阿佩兴冲冲地走到花园，花开得锦团簇簇，姹紫嫣红。哦！鲜花怒放的五月，世博盛会中的五月，她摘下一朵花放在掌心摩挲，一阵花香袭来，她惬意地闭上眼。在海峡那边的基隆港，在基隆港后边的小村庄，在村庄的别墅里，也有一个大花园。可花园里开的不是鲜花，而是瓜果蔬菜。夯实的南瓜，窈窕的丝瓜，娇媚的黄瓜，滚圆的西瓜，如得到集结号的士兵蜂拥而全热闹非凡。开镰了，一担担送到福利院；收割了，一筐筐送到敬老院。稚儿啃着西瓜，啃得满脸是汁；耄耋咬着黄瓜，咬得满脸是汁。义工席地而坐，抱着小儿，搂着老者，小的尖叫，老的咧嘴，说啊笑啊，闹啊叫啊，好一幅人间亲情图！阿佩举起手，凝视着掌心的茧子，这是耕耘后留下的茧子。茧子，曾经给她带来了快乐，但潜意识告诉她，这不是她追求的幸福。她不要菜园子的青翠，她只要绚丽的花园；她不要老人孩子的憨笑，她只要自己在镁光灯下的微笑。她不是摆渡的艄公，而是晒造型的美人鱼；她不是盗火的普罗米修斯，而是欣赏焰火的看客；她不是润物的春雨，而是名贵的香水；她不是别人头上的花环，而是独一无二的玫瑰。草活一秋花活一季，我只要活得灿烂辉煌……一阵暖风，撩起了她的头发，池塘里映出一头长波浪，波浪有层次，有风情，是南京路上百年老店的杰作。说来说去，还是上海好啊！在基隆港十年，竟没烫过一次头发，做过一次美容。除了素面朝地的耕耘，就是素面朝天的奉献。不是没钱，钱捐给基金会了；不是没时间，时间用在敬老爱幼上。搞慈善，做义工，做义工，搞慈善，比耗子打洞坚韧，比蚂蟥吸血拼命。台巴子！台巴子！难怪大陆人叫他们台巴子！阿佩叹了一口气，一屁股坐在秋千上。

　　一对蝴蝶从花丛里钻出，一前一后，一左一右地飞舞。突然，一只更斑斓的蝴蝶飞过来，于是花蝴蝶抛弃了前者，和更斑斓的蝴蝶飞走了。哦！看似不离不弃，原来若即若离；看似比翼双飞，原来貌合神离。现在，被抛弃的蝴蝶孤零零停在花丛，用触足一次次地抹着复眼，抹去复眼里的凄凉。"无情最是台城柳，依旧烟笼十里堤……"我就是那只见异思迁的蝴蝶，我飞出基隆港，飞离了他，他一定也用手，抹去他眼中的凄凉和眼泪。可是，这一切能怪我吗？阿佩用脚点地，停止了秋千晃荡。花开堪折直须折，莫待无花空折枝。一个阅卷无数的法官，竟清心寡欲无欲无求，心如止水一颗禅心。得！得！得！你只读你的圣贤书，我只闻人间的烟火味；你且做你的台湾佛家梦，我却做我的上海红尘人。红尘滚滚，其乐无穷……。究竟是其乐无穷还是灾祸无穷？想到这，她恶狠狠地撸下一把花，扔下，用脚碾着；采花，碾花，再采花，再碾花，直到乌黑的土地上留下一大片猩红，直到她筋疲力尽地瘫在地上。

　　二十岁时，她拒绝了所有人的劝告，嫁给素有"花花公子"之称的男人。"我能征服钢丝，也能征服他。"是的，她征服了钢丝，但没能征服男人。男人从上海调到深圳，刚担任某要职就传来绿杏出墙的捷报。

　　她大怒，领着一对儿女杀到深圳。到了办公室却找不到男人，原来男人和郭沫若一样，见原配杀来，一头钻进盥洗室，等待第三方来处理。一样的婚外情，但"第三方"却不一样。郭沫若请的是组织，男人请的是二奶。二奶神闲气定施施然来，她抡圆了巴掌杀上去，二奶身手敏捷一个飞毛腿，把她压在身下。她一个腾挪翻身而起，对方一个闪身扼住她锁骨。几番恶斗，一番厮杀，昔日的跆拳道高手把昔日的杂技之花打得一败涂地。

从此，她带着挂彩的脸，带着一双儿女开始维权。她找了党委办，市妇联，公检法，律师团，甚至找了男人顶头上司的小三，给法官的情人塞了红包，但依然黑幕重重，铁板一块。痛定思痛她这才明白，深圳是党的天下，法官是妓女的口红，法律是窃国大盗的罩袍，谁的拳头硬谁就是赢家，谁比谁更无耻谁就是老大。打得赢就打，打不赢就跑，这是毛老头的战略，也是中国人的战术。钢丝女没能免俗，她灰溜溜地坐到谈判桌上。谈判时，男人攥着帕克笔大摇大摆现身，半小时后三国四方达成协议：金钱，百分之一百交给妻子；肉体，百分之九十交给情妇，百分之十交给妻子。男人在深圳她在上海，这百分之十的性权利，犹如挂在墙上的宪法，可望不可即。协议签订后，她抢过协议加了备注：两个女人紧密团结在男人的一左一右，绝不许三奶四奶再插足。

"这就对了！"二奶兴致勃勃地说，"国学大师辜鸿铭是个怪物，他说一只茶壶可以配若干只茶杯。呸！一只茶壶最多只能配两只茶杯，这是一百年不变的基本原则。"阿佩冷笑着："你的基本原则是放屁，大大的放屁。不等一百年，再过十年你就是豆渣女，你就是和我一样的被弃女。"一听此话，二奶也灰溜溜地低下头。虽如此，大会还是开成了一个团结的大会，胜利的大会。

大会圆满结束，但她还是一肚子的屈辱。柔石写了"为奴隶的母亲"，现在谁来写"为奴隶的女人"。御用文人不是"情妇票子热炕头"就是"含泪规劝鬼幸福"。得！大会是我的耻辱，也是整个社会的耻辱；大会是二奶的胜利，也是宣传部的胜利。六四屠城后，有了坦克下的稳定，也有了铁蹄下的盛世，现在是十三亿人唱红歌：党的政策亚克西。我也跟着唱红歌：一家二制亚克西。但是，我不信乌云能永远遮住太阳！

不久，她就迎来了她的胜利，也迎来了她的失败。男人进了公家大牢，财产进了公家口袋。几次抄家，掘地三尺，连面包都被搜走了。她精神上胜利了，但物质上却失败了。她不笑也不哭，只是包里放着一瓶敌敌畏。

"我不是节女烈妇，又不准备殉葬，攥着药瓶为哪桩？"她摇摇头，不理解当年的义举。果然，她的唇还没碰到敌敌畏，就被妹妹撺掇嫁到海峡那边的基隆港。结婚时她发现，除了她没有处子身，接待的规格和第一次大婚一样。新婚夜，她没遭遇性蹂躏，相反，他倒是揍着干一脸歉意：你累了，洗洗睡吧。

他走后，她在镜子前端详自己，脸是红的，发是黑的，牙是白的，虽梨花凋谢也不是人老珠黄。她踅出卧室推开书房门，他正在灯下看案卷。原来三郎不是欢场公子，而是基隆市的法官。

"你为什么要娶我？"

"朋友说，你二十四小时攥着敌敌畏。"

"救人一命胜造七级浮屠。"

"听说犬子口袋里揣着刀，整天喊打喊杀。"

"脸上烙红字的孩子，就是混世魔王。"

"用爱包容，他就是天使。"

"天使？从什么时候开始？"她冷笑道。

"明天，从《道德经》开始。"法官合上案卷，将一张存折放在她掌心。天呐！存折上那一串像马尾巴一样长的数字，看得她喘不过气来。

新生活真的开始了。法官教儿子念《道德经》，教女儿唐诗宋词，读范仲淹，读《出师表》，读"大江东去"，临摹，拓片，《周易》，练帖，素描，甚至还参加教堂的唱诗班。哦！儿子成了谈经论道的学子，女儿成了琴棋书画的淑女。对！这是新生活。但是，这却不是她想要的新生活。

我的新生活是什么？她正思索着，园丁拿着剪刀过来。一见她，赶紧鞠躬打招呼。这是典型的"敬畏"，也是她最受用的化妆品。在台湾，只敬畏天，敬畏地，敬畏神，敬畏上帝，不敬畏政府，不敬畏公仆，更不会敬畏公仆的老婆。但在大陆，这一切的一切，完完全全转了个头。

我男人这辈子追逐的是各种各样的女人，从青涩到成熟，从燕瘦到环肥。女人是他的猎物，又是他的贡品：猎物自己享受，贡品送给上级。有时两者兼而有之：或把猎物变贡品，或把贡品换猎物。共产党人胸怀宽广，有容乃大，来者不拒，多多益善，怀里搂着下一代，脑里想的是解放全人类。

我这辈子追逐的是形形色色的奢侈品。从皮草制品到钻石玉器，从名牌到限量版，一概笑纳。奢侈品是生活基点，又是炫耀点。一管口红，是农民一年的收入；一件文胸，是工人六个月的劳作。人生苦短，唯钻石让生活熠熠发光；青春流逝，乃皮草让岁月缓慢。不懂享受的女人，绝不是上品的女人。

法官爱我，还爱我的一对儿女。但我不是观音娘娘，专为他人洒水祈福；我非唐僧，半辈子只为西天取经；我更不是居里夫人，活着就为了发现新的元素。台湾的卖菜大姐陈树菊，敬老爱幼仁爱慈悲，普度众生行善为乐。我敬佩她，但绝不步她后尘。听说她现在去美国领奖，可怜的婆婆，捐了千万至今还没乘过飞机。爱究竟是什么？爱是物质的标签，爱是享受的体现。法官对我的爱太纯粹，我消受不起也不想消受，"纵然是齐眉举案，终究意难平！"

"我为什么打道回府？我为什么打道回府？"她凝视着黑黝黝的土地，一遍遍地问自己："我是为自己，还是为儿子？"

那天，儿子正在朗读《道德经》，男人打电话说他已出狱，承包了市政府的餐厅，还兼做古董生意。他在电话里嚷着："儿子啊儿子，现在的父亲不是以前的父亲，虽丢了官但赚了钱。儿子女儿快回来，我不要你们做清教徒，我不要你们做苦行僧，父亲要让你们过人上人的生活。"她抢过儿子手里的话筒挂了，但男人不死心，一个接一个的电话打进来，最后还把电话打给法官，让他发扬革命的人道主义，让他们一家大团圆。

"我为啥要回来？为啥？不回来，儿子就不会走弯路而锒铛入狱。"她正自责反省，一辆宝马冲进大门。

3

"你害了我儿子。"阿佩风一样冲过去。"你这个大坟包害了我儿子。"她的手指向花园深处的别墅。这是一座拜占庭风格的建筑，屋顶使用"穹窿顶"，既高又大的圆穹顶，成为整座建筑的核心。拱顶下是一圈五彩缤纷的窗子。建筑物高大宏伟，内部金碧辉煌，巨大的水晶吊灯有白金汉宫的雍容。"就是这个圆冢，毁了我儿子。它是一座坟墓，埋葬了我的希望。"

"你胡说什么？"男人用手臂挡住她的粉拳。

"你说要我们家的别墅要模仿北京的大坟包，沾沾坟包的仙风道骨气，其实那坟包是江老贼送给宋婊子的礼物。你说自从坟包崛起，婊子一天比一天火，独唱音乐会都开到国外。现在我的儿子从坟包跳到监狱……"

"你不喜欢，儿子出来我拆了重造。"

"儿子快要判了，你还有心思出门？"

"我陪孙子王八蛋吃饭。"

"公检法不是都摆平了吗？"

"但是我忘了看守所，于是跷跷板翘起来，一翘，儿子就要吃苦。"

"摆平了吗？"她焦急地问。男人不说话，只是伸出两个手指。"V？已经胜利了？"

"不是胜利，是数字。"男人不耐烦地说道。

"塞了二万？"

"做你的大头梦，塞了二十万。老鼠拉木锨，大的还在后头呢！"

　　“救儿子咱不说钱。尤院长找你说什么？”

　　“他说，只要儿子在法庭上认罪，一切就 OK。”

　　“儿子有什么罪？”

　　“持有枪支罪，组织黑社会，贪污受贿，伪造租赁合同，强奸罪……”

　　“你这个天杀的！”阿佩如美洲豹扑过去。“持有枪支？以前他连玩具手枪都不要；组织黑社会？他从小跟我去孤儿院做义工；贪污受贿？他把压岁钱捐给台湾残疾人；强奸女人？他和教会女孩说话都脸红。他没有罪！这些罪是你的；这些罪是他背后推手的；这些罪是政治局委员的。天杀的！你害了我儿子。”

　　“我害了他，那谁害了我？”

　　“你们害来害去，现在终于害到自己后代身上。”

　　“你胡说什么？”男人突然镇静下来，“……有得有失，有失有得。”

　　“又让儿子顶缸？”

　　“……还能怎样？”他抽出一支烟，“先担下罪，然后押到新疆。”

　　“天呐！要到新疆？”阿佩倒吸一口凉气。

　　“一是天高皇帝远，诸侯能说话；二是成本低廉，五百万能搞定。上海司法局胃口太大，没有两千万甭想搞定。”

　　“儿子掩护他们捞了十几个亿，难道两千万也不肯拿？”

　　“急什么？当时我为他们顶缸，刑期只吃一半。扔个餐厅扔个铺位，撑得你半死。放心！新疆那边说好了，关个两三年就出来。”

　　“天哪！要两三年？”

　　“放心！监狱就是疗养院。牛奶尽管喝，马奶子葡萄尽管吃，我保证把白白胖胖的儿子交给你。”

　　“尤物不是说，世博会后放他出来吗？”

　　“最近形势不对……只能迂回。”

　　“怪来怪去，我不该回来。”阿佩一跺脚。

　　“没风险，哪来利润？你咋连‘祸福相倚’都不懂？不要以为你男人是冤大头。我已经想好，儿子出来后，我们收了顶缸费就走。”

　　“上哪？”

　　“上哪？你以为去基隆港？我们到加拿大，买矿产；我们到拉斯维加斯，买赌场；我们到纽约，买股票；我们到……”这时，手机响了。男人接了电话，又揿了电话，脸色有些发青。

　　“不会有事吧？”她紧张地问。

　　“那个……当然。”男人的眼皮眨了又眨。

"她早上来电话，说她男人已经和尤物说了，她订了世博会门票，还约我打麻将。"

"哦！"男人舒了一口气，"你放心！你儿子步的是老子后尘。收益更大，当然风险也大。儿子的审判长，就是当年我的审判员。要不是他三番两次被老婆堵在被窝，早就是院长了。"

"这么巧？"

"他笑着说：'好一出连续剧，一演就是三十年。'"

"他还笑？"

"三十年了，调子还是这调子，情节还是这情节，只是调子更离奇，情节更夸张，数目更惊人，推手更加黑。"

"啊！"阿佩变了色，"你切不可大意。连续剧虽历演不衰，但现在的人心更凶更狠更歹毒，现在的法律更无耻更卑鄙更肆无忌惮。"

"不能吧！二代人为他们坐牢顶缸，不但义薄云天还可歌可泣。"

"他们的承诺连屁都不如。六四屠杀前，不是说绝不秋后算账吗？"

"你不懂，那是政治，当然是你死我活。我们只是经济，只是经济而已。你不是说，她已经来过电话。"

"她的话，她男人的话，还能当真？"阿佩忧心忡忡地说。

"不管怎么说，他毕竟是市长，法院的绳子牵在他手里。不管怎么说，我们是一条绳上的蚂蚱，不过大小不同罢了。难道他们这么不念旧情……"

"公安局的表弟偷偷告诉我，最近为了稳定，要抓一批判一批杀一批。"

"现在是盛世！"

"盛世是杀出来的。土改杀人，合营杀人，立威杀人，稳定杀人，严打杀人，世博会杀人。他们能让儿子顶罪，难道不能让儿子顶命？"

"放屁！你这个乌鸦嘴……那我再去打探。"男人上了车，一踩油门绝尘而去。

男人走了，偌大的花园显得更空旷了。她感到冷清，于是朝厨房走去。猛然间，她看到一个黑影站在暗处，吓了她一跳。原来，黑影是打杂的李妈，因为男人患癌看不起病，只能拖回家等死。男人还没死，她已经成了游魂孤鬼，黑着脸到处晃荡。

"从明天起你别来了，晦气！"她掏出一沓钱扔过去。门铃响了。她一个箭步冲到花园，却发现没人。她摁住"咚咚"狂跳的心，一屁股坐在花坛上。回大陆！回大陆！朝思暮想回大陆。想不到回大陆后，第一个迎接她的不是亲戚朋友，而是两个国保。

"为什么要回来？"

"这里是我的根啊！"阿佩笑着说。

"除了根，还有什么企图？"

"树高千丈，叶落归根。难道树也有企图？"

"你回来，就归我们管辖。从你男人到你儿子，从精神到财富，从生到死。"

"我……"她情不自禁打了个寒颤。

"谈谈台湾。"

"……台湾的生活很枯燥。不过行政院开会倒是很热闹。吵架的，骂人的，甚至还有扔鞋子扔鸡蛋的。"

"是吗？"国保笑了，笑得很开心。

"啊呀呀！台湾真是土，土得掉渣，简直就是中国农村。没有金茂大厦，没有夜总会。最离奇的是，台湾的总统和副总统，都是有前科的。"

"前科？"

"前科就是劳改释放分子啊！那个吕秀莲，从监狱出来跳到总统府，简直滑天下之大稽。总统府竟成了劳改犯的大本营。"

"你能这样认识，我们很高兴。"

"还有那个狗屁竞选，简直就是闹剧。一方输了，竟给另一方拉小提琴。简直是没原则，没有四项基本原则。"

"说得对！"国保额首道。阿佩更兴奋了。

"中国有'成则为王败则寇'的名言。赵紫阳输了，就把他囚禁在四合院直到死，蒋光头也囚禁过张学良，不过没囚禁到死……"国保一声咳嗽，阿佩赶紧闭嘴。

"虽然你男人刑满释放多年，他依然是街道综合办的关注对象。"

"不该说的话不说……要说什么，先要取得政府的首肯。"

"很有悟性嘛！"国保笑了，"只要和党同心同德，什么人都能进入人大、政协。"

"那是！那是！说放你，就放你，哪怕杀人也放你；说抓你，就抓你，哪怕没罪也抓你。"阿佩侃侃而谈。国保不说话，只是冷冷地看着她。"我知道了。"阿佩突然嚷道："我不就是个统战对象？放心！我一定配合你们的工作。"

　　想到这，阿佩烦恼地叹了一口气，本以为这是最后的道别，其实这才是新轮回的开始。阿佩摸摸发烫的脸："我为什么要回来？我为什么要回来？"她的思绪走到这，就卡在瓶颈口了。落叶归根……不！这只是托词。为什么要回来？因为"人来熙熙，皆为利来；人来攘攘，皆为利往"；因为"人无横财不发，马无夜草不肥"；因为"人不为己，天诛地灭"。我究竟为什么要回来？……因为他们能发财，我们为啥不能？因为"莫等闲了少年头，空悲切！"因为"和尚摸得，我们当然也摸得。"她喃喃自语着走进客厅。

客厅空荡荡的，空得她的心能晃出水来。她赶紧上楼，走到儿子房里。什么东西在挠她的脚？原来是花狗嘴里衔着一张纸，"昔孟母，择邻处。子不学，断机杼"这行字跳进她眼帘。这是她的字，这是她到台湾后写的。纸上还有儿子的一行楷书："我的母亲，就是孟母。"她把自己的脸埋在纸上。她嗅到儿子的气息，听到儿子的喃喃：我的母亲，就是孟母。

"我的儿啊！妈错了，妈知道自己错了。你出来后，妈一定带着你迁徙，迁徙到香格里拉，迁徙到自由世界，迁徙到一个干干净净的地方。那里没有你死我活，那里没有谎言和杀戮……"她抱着书，如抱着儿子柔软的身子。在儿子的气息中，她沉沉进入梦乡。

4

当她醒来时已是夕阳西下，她已经半年没睡得这么香了。下楼时，客厅的电话响了。她一个踉跄，从楼梯上滚了下去。她爬到电话机前，电话里却没了声音。"喂！喂！"她大声嚷着，"咔嚓"一声，电话挂断了。

"咔嚓"，这声音多可怕，这声音就像砍头的声音。不！这声音就是砍头的声音。她捂着耳朵逃进花园。一声喇叭响，她跳起来冲过去。是轿车，不过不是宝马车而是"TAXI"停在门口。

"有人给我地址，让我送他回来，因为他自己开不了车。"驾驶员拉开车门，副驾驶的位置上坐着自己的男人。不！他不是坐，而是瘫成一团。他手里攥着一张纸。阿佩一把抓过纸，突然一阵风卷走了纸。纸在半空中飘啊飘，阿佩踮起脚去拉，去扯，去捏，就是够不着。急中生智的她一个弹跳，就在手碰到纸时，一阵风又卷走了纸。纸飘飘逸逸地卷上去，又飘飘逸逸地卷下来。阿佩跟着纸，跌跌撞撞地走，踉踉跄跄地走，披肩掉了，鞋子掉了，头饰掉了，她光着膀子走，赤着脚走，披头散发地走。纸又开始一点点上升，阿佩尖叫一声，拎起花园里的锄头朝纸扑去，纸却借着风，逶逶迤迤朝池塘飞。阿佩追到池塘，纸端端正正漂浮在池塘中央。她拎起一根竹竿，慢慢地把纸拖到池塘边。就在她双手捧起湿漉漉的判决书时，身后有一股力量朝她扑去，猝不及防的她，一头栽倒在池塘……

第二天，解放日报末版的旮旯有一条讣告："著名收藏家施霍概和他的妻子李阿佩，昨晚不慎滑倒在别墅的池塘……亲朋好友及民主党人士送了挽联和花圈。根据他们生前的遗愿，丧事一切从简。"

市政府挂满锦旗的会议室里，一个蛤蟆精样的男人戴一副蛤蟆镜，用他

三、杨牛皮

1

　　杨牛皮扶着墙，一点点挪到窗前。医院下有条一望无际的缎带，缎带上爬着一只只甲壳虫，甲壳虫的独角闪着荧荧的光。无数的荧光，把缎带染成一条彩带。彩带绚丽，像他追逐过的女人；彩带绚丽，像他一生追逐的梦。

　　杨牛皮啊杨牛皮，江湖上人都叫我杨牛皮。难道我真是"败絮其中"的杨牛皮？想当初我也是条汉子。小学时，航模得大奖；中学时，围棋得大奖；高中时，奥数得大奖。要不是我的准考证被偷，我就是北大的学子。杨牛皮？"仰天大笑出门去，小杨岂是蓬蒿人！"

　　"小杨！"一声娇语，一具滚烫的躯体从后面扑上来。嶙峋凹凸的骨骼，被肉裹得生疼。他使劲挣脱了"阿尔巴尼亚"兄弟式的拥抱，默默地爬到床上。

　　"小杨！"一束鲜花高高举起，一张鲜花般的脸藏在花丛中，分不清哪是鲜花哪是脸。小杨的下身条件反射地一动，一耸。身体有了反应，心却微澜不起，死水一潭。哦！我还有本能，我依然是本能的动物。在盛世盛况中，本能愈发敏锐，思维却愈发木讷。

　　"我们走吧！"笑靥凑近他，一头青丝拂过他的脸庞。

　　"我今天不舒服。"

　　"我们打车去。我和民政局说好一切过程简单化。"小娇嗲声嗲气地说。

　　"我不想去。"小杨一拉被单，把自己从头到脚裹起来。

　　"我可以搀你，可以扶你，可以背你啊！"小娇把头伸进被单里，"你只要坚持六十分钟，我们就可以领到神圣的结婚证。"

　　"咚"一声巨响，小娇惊慌地钻出被单，只见一壮女如擎天柱般立在床前。小娇夺路而逃，惊慌中落下一只鞋。壮女追着，骂着，诅咒着，最后扬起手臂，把鞋扔过去。鞋子击中小娇的背，围观者发出阵阵喝彩。壮女伸出二指，做了个胜利的手势，围观者又发出一阵阵喝彩。在喝彩声中，壮女笑吟吟地回了病房。

　　小杨依然把身子藏在被单里。

　　"小杨，我们走吧！"壮女也模仿小娇，把头钻进被单里。

　　"我今天不舒服。"

　　"我们打车去。我和民政局说好一切过程简单化。"壮女恳切地说。

“我不想去。”他翻了个身。

“我可以搀你，可以扶你，可以背你。你只要坚持三十分钟，我们就能领到大红的结婚证。”

“我不去！”他嚷道，扯过被子蒙住头。

“小杨，你纵然不爱我，但儿子是你唯一的骨肉，唯一的亲人。难道你眼睁睁看着财产落入那婊子手里？”

“我是个快要死的人，你不要逼我，你们不要逼我。”小杨掀开被单嚷道。

“又怎么了？”一个女人推着轮椅进来了。

“杨姐！要我宽恕他的前提，就是一张新的结婚证。”壮女说。

“我不需要你的宽恕。”小杨冷笑道。

“难道你也不需要儿子的宽恕？你离家多年风流在外，是我一手把儿子拉扯大……”

“我侄子怎不来探望他爹？”杨姐皱着眉。

“儿子说，没有结婚证，就没有名正言顺的父子关系。”

“今天先不说这些，今天是世博会的开幕日。我带他到浦东大道上观焰火。”杨姐扶着小杨下了床。一套西装上身，一根猩红的领带，把小杨黄匦匦的脸映得桃花般红。

滨江大道上已是人山人海。警察三步一岗，武警五步一哨，更有三三两两的红袖章穿插其中。马路旁，停满了警车，摩托车，城管车，甚至还有消防车。看这阵势，不像世博会开幕大典，倒像屠城前的戒严，所不同的只是增加了成千上万个活道具而已。

晚霞染红了云彩，绮丽中透出暴戾味；人群中爆发出欢笑，喧哗中掺杂着杀戮气。江风阵阵，吹不散狂热潮；绿荫层层，驱不散炽热风。宝马车在警戒线外停下，杨姐搬出轮椅，把弟弟推进红海洋中。

人群如钱塘江水，从遥远的地平线涌来，波澜壮阔，声势浩大。肥男挺着肚子，空虚的脸上满是欲望；靓女擦着脂粉，空洞的眼神中透着迷惘。他们说着，笑着，踮脚，翘首，活像被放大的皮影人。

“还有十分钟放焰火。”杨姐看着手表说：“据介绍，上海世博会焰火晚会总燃放量将达十万余发，超过北京奥运会开幕式的八万余发。这场盛况空前的焰火盛宴，将营造如诗如画的‘春江花月夜’氛围。”

“十万余发？这要砸下多少银子？”小杨扬起了眉。“办世博，非中国一家。弹丸之地韩国，西班牙斗牛士故乡都举办过，二战的战败国小日本举办过五次，也没见他们举国狂欢举国烧钱。”

“中国老百姓需要娱乐嘛！”杨姐一扬下巴说道。

　　"是老百姓需要娱乐，还是宣传部在打鸡血针？一个看病看不起，头房买不起，上学上不起的民族，有什么可喜可贺的？一个罂粟花下的太子党派对，却成为十三亿人的狂欢节。"

　　"你只管欣赏免费的焰火，莫辜负了良辰美景！"杨姐摩挲着他的头发。"密探倾巢而出，线人伺机而动，你不怕姐怕！"

　　"你怕啥？宣传部掌握着人民的脉搏，控制着人民的呼吸。"小杨冷笑道。

　　"咚！"随着第一束焰火腾空而起，四周一片欢呼。"耗巨资办奥运，耗巨资办世博，只为买一张证明啊！"小杨仰天长啸，啸声凄楚凄厉。许多人把头转向他，杨姐忙把轮椅转了个方向。

　　又一束焰火腾空而起，因为更亮，更大，更绚丽，欢呼声更加热烈。

　　"可怜的中国人啊！可耻的中国人啊！灾难深重的中国人啊！罪孽深重的中国人啊！你们的记忆呢？你们的良知呢？你们的血性哪里去了？"一声声撕心裂肺，穿云裂帛的吼叫，让欢呼的人群冷却下来：他们齐刷刷把眸子转向他。

　　"莫谈国事。"老姐把他的脑袋朝天上扳，"看！焰火多美！"

　　"哦！五彩缤纷的焰火！"他犟着脖子歪着头，像一头受伤的天鹅。"红的鲜血，白的脑浆；绿的坦克车；黑的人心……"

　　"啪！"一记热辣辣的耳光，打在他脸上。

　　"打得好！打得好！"小杨微笑着，像个真正的绅士。

　　"你疯人呓语，我失手失态。"杨姐抱歉地绞着手。

　　"我曾经疯人呓语，但没人说我疯人呓语。现在我说出真话，你却说我疯人呓语。到底是我疯人呓语，还是这个社会疯人呓语？中国，中国，一个前所未有的疯人院；一个撅起的疯人院，一个万籁俱寂的疯人院。"

　　"胡扯！中国盛世盛况，举世瞩目，万朝来邦。"

　　"瞩目，绝对是世界瞩目——主办权是骗来的，歌词是剽窃的，吉祥物是抄袭的，建筑物是模仿的。"

　　"你骨头有病，难道脑子也有病？"杨姐使劲把他的脑袋朝下摁。

　　"不是我一个人生病，而是十三亿人全生病。他们得的是'斯德哥尔摩症'；得的是恐惧症；得的是侏儒症；得的是软骨症；得的是太监症。屠夫用欢呼来掩饰惊恐，屠夫用焰火来掩盖杀人，十三亿病人就跟着欢呼，跟着喝彩，跟着鼓掌，跟着跳舞……"

　　"我让你说！我让你说！"杨姐掏出手绢，恶狠狠地塞进他嘴里。小杨眼珠暴突，呼吸急促，最终昏死过去。

小杨躺在床上，全身插满管子。"叫全市最好的专家来会诊。"杨姐捏紧拳头："用进口药！用进口针！不惜任何代价，坚决抢救。"

"院长已经通知我了。"医生谦卑地点着头，"您是……"

"我是他姐，也是他半个母亲——长姐如母！"杨姐嚷道。

"您弟弟虽然是晚期骨癌，但我们一定尽最大的努力。"

"我要看到结果，而不是承诺。"杨姐不耐烦地说。

"证！我的准考证……"小杨闭着眼，枯槁的手臂在空中扑腾。

"弟弟！弟弟！"杨姐扑过去，"你的准考证……找到了。"

"是吗……是吗？"他喃喃道。

"是的！是的！"杨姐的泪一滴一滴淌在弟弟龟裂的嘴唇上。

"姐……姐！"弟弟的手捏住她的手，指甲深深地嵌进她的肉里。

"姐在这，别怕！别怕！"她用另一只手拍着弟弟的后背，拍得非常非常温柔。

"姐啊……"他长舒了一口气，声音绵长，悠然不绝。

"你已经交卷了，你是第一个交卷的，你的高考，完美地结束了。"

"是嘛……是嘛……是啊！"他满意地咂着嘴，像得到糖果的孩子，咕哝着，喃喃着，带着笑容沉沉睡去。

她站起来，悄悄地抹去眼角的泪花。她又弯下身子，给弟弟掖了掖被角。当她拎起床边的西服时，"哒！"一张硬卡落下。这是弟弟的驾驶证，照片上的他浓眉高扬，英气逼人。

一九九二年八月，上海第一批驾驶员培训班在闵行区旗忠村开班。当弟弟接到通知时，抱着姐姐转了两圈。攥拳挺胸的他，决心用自己的劳动养活自己，也养活读研究生的姐姐。

培训结束那天，她在家烧了一桌子菜。菜都凉了，弟弟还没有回来。她赶到培训基地，偌大的宿舍空空荡荡，所有的学员都拿着驾照走了，只有弟弟一个人蜷缩在被窝里。

她去找培训部主任。主任倒也快人快语："只要你弟对我跪下，驾驶证完璧归赵。"

"为什么？"

"他抗议大路考中的受贿，他抗议小路考的索贿。难道他不知道受贿和索贿是中国特色吗？"

"我也……抗议。"

"抗议随你，但驾驶证握在我手心里。"主任悠然地点上烟。

“我能否代替弟弟……下跪。”她闭上眼，睫毛如受惊的蜻蜓翅膀，微微颤动。

“不！我只要他跪。”主任把一口烟喷到她脸上。门被撞开，弟弟铁青着脸进来。他一句话也不说，直挺挺地跪到主任脚下。这时，她看见弟弟眼角的泪花。

“十八年了，我已经忘记了这个耻辱，但弟弟没有忘。他贴身带着驾照，虽然早已不开出租车。”她的手指抚摸着照片，抚摸着弟弟黑白分明的眼睛。

“姐……姐！”弟弟嚷着，手臂在空中挥舞。

“弟弟！姐在这！”她攥住弟弟插满吊针的手，于是他又睡着了。要是弟弟一直这么酣睡那多好。只有在酣睡时，他才是她弟弟，他才是属于她的弟弟。他一醒来，依然是她的冤家，依然是她为他买单的冤大头。

她看着弟弟，深情地注视着他，一层层的汗涌上他的额头。她掏出花手绢，轻轻地擦拭，细细地擦拭，慢慢地擦拭。弟弟从小就是蒸笼头，脑袋永远热气腾腾，如永不枯竭的温泉。她为弟弟擦汗，从小学一直擦到大学。擦汗时，她带着虔诚，带着母爱，甚至还带着朝拜者的神圣。

有一天，她照例为弟弟擦汗。但他却急剧地扭过脸。这一瞬，她看到他眸子里的鄙视。虽惊鸿一瞥，却如一剑封喉！

从此，弟弟堕落了。他声色犬马，桀骜不驯，风流无耻，愤世嫉俗。他叼着烟，抖着腿，怀里搂着下一代。他是中国的唐璜，是杨浦区闻名遐迩的杨牛皮。她不敢诘问他，不敢责问他，在那双黑白分明的眸子里，她看见自己的肮脏。

“他一定知道我……干的事。”想到这，花手绢不动了。

电话响了！是远在澳洲的女儿打来的。女儿没遗传她的基因，不喜欢读书，不喜欢从政，不喜欢控制人的思想。女儿唯一的爱好就是消费，极度的消费。既然不能走留学定居之路，她就为女儿办了投资移民。顺便也把男人送走，断了他的问花寻柳，自己则做个干干净净的裸官。弟弟曾乜着眼问：“你天天抵制西方思潮，咋把丈夫和女儿送到反华大本营？”

“这……”素有莲花舌之称的她，竟失去了莲花舌的功能。

“你和袁木一个德行。袁木天天骂美国，却把女儿送到美国。你们这批人，吃的是米还是屎？”

“你……放肆。”

“这是我在夜总会的欠单，你去还。”

“你又去鬼混！”她大怒。

“我不鬼混还能做啥？还能做啥？还能做啥？”他咧开嘴，无赖地笑着，眼神却冷峻得能杀死一头大象。

铃声不耐烦地响着，她拎起电话。"快死了吗？"女儿急吼吼地问。因为着急，连主语都省略了。

"别忘了，他既是你的舅舅，也是我的恩人。"她冷冷地说道。

"我承认这一点。要不是他，你不能上大学，不能出人头地。但时代不同了。"女儿冷笑道。

"怎么个不同法？"

"现在不要说弟弟，娘老子都论斤卖。"女儿嚷道。

"你怎么这样冷酷？"

"不是我冷酷，而是社会冷酷。你曾欠他的，但已经还了，加倍地还了。给他用进口药，给他用进口针，给他买块好墓地，还给他买块好碑。一切扯平了。OK？"电话里传来一声响指。她的血往脑袋上涌，隔着电话，她都能感受到女儿的无耻。

"我们是手足，我们不搞交易。"她一字一顿地说道。

"你的任务，一是为他送终；二是变卖他的房产。我看中了一辆法拉利……"

"你已经有了两部。"

"那是旧版，我要新版。搞宣传的你，不是一直用新版本来覆盖旧版本吗？"

"够了！我准备把卖房的钱捐给失学儿童。"

"为自己塑个金身？"透过话筒，她听到女儿的嗤笑。

"你以为……你以为我生下来就是这样的？"她气急败坏地嚷着。

"这样有啥不好？良心值几钱一斤？老妈为党的事业，贡献了光辉的一生；也为我的事业，铺就了一条金钱大道。"女儿玩世不恭地说。

"你写悼词还是咒我？"她嚷道。自己心狠手辣，想不到女儿"青出于蓝而胜于蓝，冰出于水而寒于水。"

"没屠城，哪有太子党的好日子？没有你的釜底抽薪，哪有今天的炙手可热？当断不断，反受其害。"女儿哈哈大笑，她摁了电话，也摔了电话。

3

"姐……姐。"小杨在梦中喊着，大量的汗又涌出来。杨姐把干毛巾敷上去，一点点地擦，轻轻地擦，仿佛在擦拭名瓷。

"姐……姐。"

"姐在这。"她攥住弟弟的手。小杨一碰到她的手，再也不放松。他攥着，紧紧地攥着，死死地攥住，生怕松手，姐姐就会离开他。这是昏睡中的潜意识，这是潜意识中的主流意识。根据弗洛伊德的理论，潜意识是指潜藏在一般意识下的神秘力量。弟弟只有在昏迷和昏睡中，他的潜意识才出现——姐姐是他童年的亲人，年轻时的亲人，过去的亲人，曾经的亲人。她希望弟弟永远都在昏睡和昏迷中，这样，弟弟就永远属于她。

"姐！姐！"

"姐在这里，别怕！别怕！"她像个母亲，轻轻拍着他的后背。弟弟侧过身，把脸深深地埋进她的手臂中。弟弟从小就喜欢侧着身子，把脸深深地埋进她的手臂，听她唱摇篮曲，听她讲格林童话，听她朗读她写的诗和自己写的诗，然后在姐姐的手臂里沉沉睡去。

她的眼睛红了，她把弟弟的手轻轻放到唇边。泪水渐起，渐起。

恍惚中，弟弟变成一只大鹏，展翅冲向蓝天。狂风来了，暴雨来了，大鹏在风雨中愈发矫健。突然，一个霹雳击中它的翅膀，它从空中直直下坠，翅膀折断了。它躲在巢中，舔着自己血淋淋的伤口。当太阳出来时，它又飞上蓝天。但是，又一个霹雳击中了它，它再一次从空中下坠。

它再次躲在巢中，舔着自己血淋淋的伤口。当太阳出来时，它已经没有力气飞上蓝天。它能做的，就是朝巢穴深处钻去——它不再是搏风击雨的大鹏，它不再是翱翔蓝天的大鹏。它放弃飞翔，遗忘飞翔，它放弃蓝天，或者说它遗忘了蓝天。它在温暖的巢穴里挥霍着精血，透支着身体，在欲海中沉溺，沉沦，沉没。当曙光照亮它的眸子，遗忘的记忆复活了。它期盼再次翱翔，它扇动了沉重的翅膀，但翅膀已经折断……

他大叫一声，醒了。窗外没有曙光，窗外是墨黑的一片。

"弟弟，你怎么啦？"一个温柔的声音，一个魂牵梦萦的声音。这是他的姐姐，他曾经的姐姐——姐姐用一张白纸偷换了他的准考证，他用打工的钱，帮姐姐圆了大学梦。

4

小杨吃了半碗粥后，精神好多了。杨姐打开电视，清一色的世博新闻，绝对的清，清得容不下一根水藻，一条小鱼，真正的清汤寡水，清得能照见独裁者狰狞的面目。

医生翻开病历，抽出一张病危通知书。斜刺里伸出一只手。"我是他的同居女友，我来签。"小娇庄严地说。

"我是他的妻子，我来签。"壮女一把夺过病危通知书。"请你注意，你只是他的前妻。"小娇冷笑着。"表格和照片已经准备好，办事处的同志也来了。我要和他在世博会的第一天，举行一个隆重的重新结婚的大礼。”

“我是他唯一的亲人。”杨姐从壮女手里夺过通知书，刷刷刷签上大名。

“你下手真快。”小娇倒吸一口凉气。

“你是他亲姐不假，但他还有自己的骨肉呢！”壮女冷笑着，“我已经让儿子过来了。”

“你儿子过来也不能签——因为他是赝品。”杨姐微笑着说。

“赝品？”

“我所谓的侄子，只是你和另一个男人苟合的结果而已。”

“你颠倒黑白，栽赃诬陷。”壮女嚷道。

“请你看个明白，瞅个仔细。”杨姐取出一张亲子鉴定书。壮女一看，脸色大变，人都站不稳了。

“你这个坏女人，生前要小杨为野种儿子承担父亲责任，死后还想让野种霸占房产。歹毒不过妇人心。”小娇尖叫道。

“我……这不能全怪我。”壮女一扬头，“既然地震能搞假英雄，奥运能放假焰火，春晚能搞假唱，为啥儿子一定要货真价实？退一万步说，就是真儿子，假奶粉一喂，假疫苗一打，假文化一灌，真品也成了赝品！”

“你背叛丈夫，还把责任推到政府头上？”杨姐声色俱厉地问。

“我做婊子不假，但我绝不立牌坊。你呢？你做了婊子还要立牌坊。请你看个明白瞅个仔细。”壮女从包里取出一张纸，这是一张旧的准考证。杨姐一看，脸色大变，人都站不稳了。

“你用一张白纸，换走了弟弟的准考证。你弟弟在日记中写道：‘当知道是我最亲爱的姐姐，用一张白纸换走我的准考证时，我的世界坍塌了，我的人生残缺了……’你弟弟后来的堕落，源于你的背叛。你毁了他的一生，也毁了我们这个家。”

“祸起萧墙祸起萧墙——姐姐背叛了他，妻子背叛了他，两个亲人把他活埋了，难怪他一直说自己是行尸走肉。”小娇悲愤地嚷着，“医生！请你再出具一张病危通知，我才有资格在病危通知书上签字。”

“你是否准备在病榻上举行一个神圣的婚礼？”壮女冷静地问道。

“当然。”

“可惜你没有资格。”

“为什么？”

“为了得到‘老庙黄金’代言人的身份，你被‘潜规则’了。”

“胡说八道！”小娇杏眼圆睁。

“她没胡说。我有一盘针孔摄像带，可以交给法庭。”杨姐不紧不慢地说道。

“你雇了私家侦探？”

“法庭只承认证据。我以为你爱他，想不到你还是背叛了我弟弟。”

“我……这不能全怪我。”小娇一甩头发，“我承认被‘潜’，但我出卖的仅仅是身体，而你出卖的却是活生生的灵魂。你宁可沙尘暴，不许有一棵杂草；你宁可赤地千里，不许有一棵杂树。你宁可万籁俱寂，也不许有一丝异声；你宁可满天阴霾，也不许有一丝曙光。你这个封嘴封口制造万籁俱寂的女独裁者。”

“我可以告你诽谤。”杨姐冷冷地说。“我诽谤？屠城后，你设局设套诱捕你同乡，同桌，同学，同事野草。野草判刑六年，你连跳六级，官拜宣传部部长。除了自己，你谁都不爱，谁都可以出卖。”

“不！苍天作证，我爱我的弟弟。”杨姐悲愤难抑，“母亲去世后，我就是他半个母亲。”

“住嘴！”一声怒吼，让大家一惊。小杨大吼一声，从床上挺起身子。

“我最恨的，就是以母亲名义犯罪。母亲饿死三千万子民，说是自然灾害；母亲用达姆弹射杀学生，说是政治风波；母亲割断女儿的气管，说是让她安静；母亲把儿女投进精神病院，说是让家庭稳定；母亲打着‘爱’的旗号，说的是蜜语，干的是杀戮的营生……”小杨说得急，说得狠，说得怒，说得噎住了。

“住口！”杨姐大吼一声。

“莫谈国事，国事莫谈。”壮女扯着小杨的胳膊。

“不谈国事谈什么？”小杨的脸憋得通红。

“谈重新结婚。”壮女激动地嚷道。

“谈首次结婚。”小娇也激动地嚷着。

“重新结婚也好，首次结婚也罢，不就为了房子？”小杨冷笑着，“机关算尽真聪明，可惜房子已经不属于我了。”

“不可能！”三个女人异口同声嚷着。

“因为你和房产交易中心打过招呼，禁止我的房屋买卖，所以你说不可能。”小杨微笑着看向杨姐。

“我……要对你负责。”

“你的拦截确实成功。但道高一尺魔高一丈。有‘绿坝’就有破网软件，有‘金盾’就有翻墙技术。我卖不了房，但是我可以抵押房。我用抵押款买欢，买性，买欲望，买醉生梦死。”

“还剩多少？”壮女和小娇一左一右攥着小杨的胳膊。

“还剩五万。”

“你如何处理？”小杨的胳膊被两个女人拽成一字型，如钉在十字架上的耶稣。

“我把五万元捐给一个叫野草的男人，我枕头下有邮寄单。”

“你疯了。”杨姐脸色铁青。

“姐姐，我这是为你赎罪。野草进狱后，妻子走了，老父死了。我爱你，也恨你，正因为对你爱恨交加，所以为你赎罪。”小杨嘴角上翘，露出一个灿烂的笑容。笑容如一盏灯，照亮了他黑白分明的眸子，也照亮了他枯槁的脸。

“现在播报新闻。”护士走进来，打开了电视机。“……昨天下午，上海世博会事务协调局召开新闻发布会，宣布本届世博会一大创新亮点——网上世博会将于今天，也就是五月一日正式全面上线……”播音员声音圆润悦耳，富有激情。

小杨抓起杯子朝电视机砸去，朝播音员砸去。杯子跳起来，在半空中划了一条美丽的弧线，接着，杯子如折断翅膀的鸟直直下坠，在地上溅起一道清冽的水花。小杨深深叹了一口气，双拳紧握，怒目圆睁，就这么走了。

“……新闻发布会吸引了中外两百多名媒体记者，场面十分热烈。世博世博，中国人的骄傲！世博世博，举世瞩目！”

电视机里的声音，在病房里久久萦绕久久回响，像挥之不去，索命夺魂的黑色幽灵。

四、套中人

1

阿童出门前，摁了摁装钱的内袋。内袋缝在衣服的里面，瘪瘪的内袋里装了张百元大钞；钱袋鼓鼓囊囊，装的不是钞票是卫生纸。几十年如一日地收听中央人民广播电台，真理的声音一句没有听到，但宣传部“外松内紧”的真髓却被她借鉴挪用，于是依样画葫芦搞一出“挂羊头卖狗肉”的版本。

她关上门，又来回上下拉了几下。上海现在处在半戒严状态，海陆空严阵以待，狙击手蓄势待发，乞丐地遁，访者匿迹，形势如放在保险柜的旗帜，既红彤彤又万无一失。虽然她家除了一个“穷”外一无所有，她还是门窗关紧，火烛小心。

一个小孩正用脚踢可乐瓶，一见她，赶紧把可乐瓶踢了过来。瓶子砸在脚上，脚没受伤，心却受伤了，而且侮辱性很强：“我不是捡破烂的。”

“你就是个捡破烂的！”小孩做个鬼脸跑了。她一阵眩晕，赶紧拉住身旁的栏杆。栏杆一头细一头粗，这个是栏杆，而是轿车上的反光镜。

镜子里有一个白发飘扬，神态憔悴的叫花子，叫花子扛着一副破眼镜，让"祥林嫂"与时俱进地增添了新元素。她伤感地取下眼镜。由于镜片太墩厚，一根镜架已经扭曲，另一根镜架基本解体。好在橡皮膏五花大绑地大包大揽，这才让眼镜暂且苟活着。橡皮膏雪白雪白，眼镜架乌黑乌黑，白和黑的套餐，让眼镜极其瞩目，几十米外就能一睹芳容。阿童借了它，实实在在赚足了回头率。

前面就是红墙绿瓦的农贸市场。市场是卖东西的地方，又不是八大花瓶聚首的大会堂，干嘛搞得像嫁娘？粉妆新娘，只为索取彩礼。街道粉妆市场，也为索取脂膏。街道如蚂蝗，把吸血吮血的管子死死绑在摊贩身上，摊贩又把吸血吮血的管子，死死绑在顾客身上。她的思维兀自在天马行空，手却朝自己脸抽了一巴掌：三餐尚未周全，却在"先天下之忧而忧"，这不是隐形的访民吗？范仲淹啊范仲淹，你要是活在当今盛世，肯定也是饱尝老拳的上访户。

阿童走近摊位，拿起一块豆腐干，透过镜片观察豆干的厚度，高度，宽度和湿度。她反复目测，比划，丈量，活像纳米专家在研究电子、原子和分子内的运动规律。"看什么看？"摊主一把抢下豆腐干。

"隔夜豆腐干有吗？"阿童不急也不恼。

"隔夜没有，只有隔隔夜的。打四折。"摊主乜着眼。

"成交。"阿童淡定地从内裤内袋掏出四个角币。突然，一个戴袖章的人冲过来，阿童吓得一哆嗦。

"我上次吃了这豆腐干，结果拉肚子足足一个星期。"红袖章说。

"不碍事！不碍事！"阿童深吸一口气，镇静下来。

"这是变了质食品，不能卖。"红袖章生气地说，"你和我一起去投诉……喂！别走啊！"

阿童扔下角币，拿起豆腐干，像贼一样冲出门，走到僻静处，她长长地透了口气。"龙搁浅滩，虎落平原啊！当初我也是英姿飒爽一巾帼。可青春被典当，价值被利用，健康被透支后，我就是被榨干的豆腐渣。衣食住行，柴米油盐，毫厘必争，蝇头必究，活得战战兢兢，活得人不如狗。李鹏这刽子手说他正在安度幸福的晚年，可回沪知识青年的幸福晚年在哪？在哪里？"正悲愤不已，一辆警车呼啸而来。阿童大惊，一屁股瘫在地上。

"你？"一个红袖章以百米穿杨的速度朝她冲来，她大惊，一骨碌从地上爬起来大嚷："我没干坏事。"

"大妈！我只是想来搀扶你。"

"我不要你搀扶。"阿童捂着胸口。

"大妈，我认识你，你经常在这里捡枯叶剩菜。"

"我是贫民，又不是访民。"阿童又急又恼。

"没事就好，平安无事喽！"话音未落，又一辆警车警铃大作，绝尘而来。阿童紧张地看着警车，直到警车远去，这才深深地吁了一口气。喘息方定，这才发现自己浑身上下全湿透了。于是她明白警车的双重功能：不但能抓人，还能吓唬人。

2

手上攥着隔隔夜的打了四折的豆腐干，阿童赶紧回家。多年来，人们只知道秋香三笑让唐伯虎折腰的传奇，却无人知道阿童三吓让衣衫尽湿的八卦。衣衫湿了就要感冒，感冒了就要买药，买药就要掏钱包，本来钱包就瘪瘪如踩平的灯笼壳子，再破费买药，买米的钱就没有了。没有米吃就要饿死人，一旦饿死人的事被反华势力知道后张扬出去，"盛世"的脸往哪里搁？"世博会"的脸往哪里搁？维稳，维稳，这是全中国头等的大事，五十七个民族的社稷大事——所以说，"衣衫尽湿"不是一般的鸡毛琐事，而是维稳大事，社稷大事，一定要把影响维稳的不稳定的因素，扼杀在萌芽中。

阿童一进门，赶紧换了湿漉漉的衣衫。看着自己如唐老鸭瘪嘴一样的钱包，再看着房间里床铺叠床铺，桌椅压桌椅的"盛世盛况"，不禁悲从中来。

一九六八年，高度近视达一千度的阿童在母亲强烈的逼迫下，去安徽插队落户。从美国归国的数学博士，上海市澄衷中学的数学老师拉着她的手说："我不能说你就是华罗庚的最佳弟子，但你是我从教三十年里最优秀的数学家苗子，可惜要去和泥巴打交道了……"一九九五年，阿童带着丈夫和女儿从安徽返沪。由于她和女儿的户口落在母亲处，所以名正言顺地住在娘家七平方米的小房间，而丈夫却被母亲生生地赶走，做了一名更夫并日日夜夜栖身在工棚。伟大的中国户籍制度，与时俱进地衍生了新的牛郎织女。

阿童返沪后寻寻觅觅找工作，但满头白发兼扛着一副有"中国特色"的眼镜，严重影响了她的"寻工"政绩。在应聘"洗碗婆"工作时，老板娘竟然叱道："哪来的'祥林嫂'？"寻找工作的屡战屡败，严重损害了她的自尊心。开源不成只得节流，微薄的退休金要对付上海高昂的生活费，还要从牙缝里挤出几枚铜板，作为女儿大学的费用。月黑风高之际，妻子和丈夫，女儿和父亲只能相见在街头公园。大年三十晚上，阿童请求母亲能让丈夫回家吃个团圆饭，却被母亲一口拒绝。虽然三口之家都生活在繁华之都，却天涯海角海角天涯地向隅而泣。

　　不久，阴郁成疾的丈夫因脑溢血离开了她们，从此，母女俩如一朵苦又皇，挣扎在"盛世盛况"。她和母亲楚河汉界从不来往，但水电煤的表只有一个，水电煤的分摊，极其棘手。

　　母女虽俩虽然不认识法国的孟德斯鸠，却践行了他"三权分立"的模式——经济上分食而吃，水电煤的费用按人口平摊；地域上南北房间，井水不犯河水；政治上各行其是，各做各的"中国梦"。在三权分立的框架下又制定若干个小规则：每人一天烹饪的时间，掌握在二十分钟内，上下浮差不超过三分钟；沐浴一周一次，由于是盆浴，时间不限但一次只能用一壶热水一桶冷水；没有洗衣机，手洗衣服一周一次每次五桶水；坐便器的开关永远用铅丝锁定，冲马桶时，一律用自己的洗脸水洗菜水和洗衣水；若有人情来往红白之事，总原则是一分为二；家中有事，召开政治协商会议，开会时各抒己见畅所欲言，绝不容许出现橡皮图章八大花瓶的现象。实行"三权分立"后，家庭虽没达到真正的和谐，但殴斗绝迹，舌争不再，基本上实现了"维稳"的终极目标。

　　换了衣服后，阿童出门去街对面的饭店，应聘"洗碗工"的活。老板皱着眉让她明天再来。阿童兴冲冲地回家，一进门就摔了个狗吃屎。她揉着酸痛的屁股刚站起来，却又一个跟跄倒栽葱摔下。阿童就势躺在地上，伸出五指在地上摸索，十分钟后完成"摸着石头过河"的伟绩，重新戴上有特色的眼镜。眼镜戴上后这才痛心地发现，让她二次失足摔倒的不是反华势力，而是一辆倒卧的自行车。这一瞬间，阿童是"怒从心头起，恶向胆边生"，要是此刻手里有一把刀，一定痛痛快快剁了这老贼。

　　门外有声音，异样的声音。她悄悄走近，透过门缝朝地上瞅，门外有一双脚，小得不能再小的脚。"什么人！"她撕心裂肺大吼一声。脚不见了，空气里却传来一阵狗吠。她捂着"咚咚"的心跳又捂住发烧的脸："啊呀呀！从啥时起，我成了风声鹤唳的耗子？惊慌的我，竟把狗爪当人脚。"

　　羞愧的她一个跟跄倒在床上。房间只有七平方，一床一桌一凳后已没有空间。可是老贼违反了既定方针，竟偷偷放进一辆自行车而且是躺卧，害得我来了二次狗吃屎。她抬起头，揉着被撞伤的眼角，丈夫在镜框里朝她微笑："面包会有的！粮食也会有的！"

　　"你骗我！"她冲丈夫嚷着。"我被迫跟单位买断工龄时，你用这话勉励我；女儿结石疼痛无钱医治时，你用这话鼓励女儿；你栖身工棚餐风宿露打更值班时，你用这话激励自己。直到你猝死，我还用这话欺骗我，欺骗女儿。六十年了，这话欺骗了我们六十年。现在面包是有了，但成为太子党的囊中物；粮食是有了，但成为裸官的海外款。你的话是屁话，连屁都不如。要不是女儿，我真想随你去了，免得天天住苦难中熬熬……"她边嚷边抹眼泪。门外传来轻微的"咔咔"声，她又跳起来。

现在，异样声音，异议人士，异议文章，异域势力是政府重点打击的目标，是街道小脚缉私队监控的靶子。"异"意味着一级战备红色警报。又一声"咔"，阿童猛地拉开门，一颗花白脑袋，猝不及防掉在她怀的里。她的手指狠狠地戳上去："你这个老耗子，做克格勃太老，做盖世太保太丑，做红卫兵太衰，做摩萨德太瘟。"

"我怎么啦？"母亲不尴不尬不惊不慌从她的怀抱里挺直身子。"我只是在行使我的职责。拿人钱财，替人消灾。我没有退休金，吃政府的救济款，当然要协助基层监视你。"

"好一个大义灭亲的老东西。"

"要是你每个月给我四百五十元，我可以做你的女儿或者孙女。"虽门牙漏风，母亲的话一字字倒是很清晰。

"有奶便是娘的货！认贼作父的货！呸！"

"谁让你不幸成为访民？访民全部在监控名单上。亲不亲，线上分……"

"三十年前你揭发我不是一千度的近视眼，硬逼我上山下乡，三十年后你又揭发我发牢骚说怪话。"

"如果我的揭发能得到政府的嘉奖，我建议你也揭发我。"母亲说到这，竟骄傲地挺起了鸡肋胸。

"滚！"阿童使劲一摔门。"他奶奶的！古代都能击鼓惊堂，难道'执政为民'的政府不能接受冤民？"她端起茶缸大口灌凉水。

二年前，她去市政府信访站，以前只知道民工潮，现在才知道还有窦娥潮。接待窦娥的不是政府官员，而是一排排武警，巡警，交警，治安警。狼狗，电棍，刺刀外加警车倾巢出动，阵势比美国对付恐怖分子还声势浩大。天呐！都说中国写诗的比看诗的还多，现在才知道警察比上访者还多。中国军费世界第一，维稳费世界第一，就凭这二点，中国稳坐"勃起国"头一把交椅。

填了上访表格的她，挤在密密麻麻的人群里。她看到一堆堆黑黑的脑袋，墙上还有一排排的黑头苍蝇。这么干净的地方有苍蝇，说明这里是藏污纳垢处。这时，有个当官模样的人走来，于是访民潮成了汹涌的钱塘江潮朝前涌去。她被钱塘江潮推到墙边，一排排黑黝黝的苍蝇就在头顶上。她忍不住挥手朝苍蝇打去。半空中闪过一条黑影，阿童惨叫一声，用手捂住头跌在地上。

"凭什么打人？"一个老汉举起胳膊掩护着阿童。

"就凭你们是访民。"一声厉喝，警棍高高举起。"砰"一声，一棍子下去一颗眼珠飞出眼眶，眼珠在半空中划了个漂亮的弧线，然后直直摔下。

老汉惨叫一声，鲜血从他的眼里滑滑流卜。阿童又惊又急，昏厥过去。

醒来时，她已置身看守所。她拼命敲打栏杆嚷："我没罪"。最后，一根疯狂的电警棍，让她彻底稳定下来。

三天后，她被引渡到审讯室，片警让她在悔过书上签字。她说："我没有罪。"

"撕毁'信访条例'就是犯罪。"承办员奸笑着。"天呐！'信访条例'在哪里我都不知道。"阿童惊诧地说。

"就在墙上。"

"密密麻麻像苍蝇一样的，就是信访条例？我以为是苍蝇，所以去拍它。"阿童据理力争。

"她是高度近视，有一千多度。"片警小心翼翼地对承办员说。

"你们滥打无辜滥捕无辜。'秋菊'能打官司，我也要讨个说法。"阿童毫无惧色地说。

"你有现行！"

"现行？到信访站后，我没和任何人说过一句话，我知道'绝不授人以柄'的道理。"

"没说话不等于没现行，你用眼神煽动。"承办员恶狠狠地说。

"只知道以言治罪，想不到眼神也能治罪。请问，什么样的眼神不算煽动？"阿童冷笑着。

"你想待在号子里也行，马上让家属来交钱。"承办员点燃一支烟。烟抽了一半，阿童就在悔过书上签名：她不想让女儿，让可怜的女儿卷进这件事里。她以为签名后噩梦结束，想不到却是噩梦的开始：在此后一连串敏感的日子里，她享受了被严防监控的待遇。

中国为啥有这么多敏感日？只听说"一次行窃终身为贼"，想不到"一次上访终身监控"。文人企盼自己一不留神写出一部《红楼梦》，我却是一个上访就变成了"异议人士"。想到这，她觉得自己快要爆炸，赶紧从枕头下摸出药来。

"你吃什么药？"母亲破门而入。

"你还在监视我？"

"我是居委会的编外人员。"母亲不但神情自若还极其自得。"你究竟吃了什么药？"

"啥药？抗忧郁的药。"

"抗忧郁？谁让你忧郁？是政府还是党？"

"想不到你这个老耗子百炼成钢，炼成伶牙俐齿了。"阿童冷笑着。

"昨晚我贴在你门上，'吱吱吱'的声音响了很久，是个是又在收听美国之音？"

"谁听谁出门被车撞死。"阿童一捶桌子，歪歪扭扭的桌子发出"咯吱吱"的声音。阿童浑浊的眼睛一亮："昨天晚上女儿在桌子上做功课，声音就源自破败的桌子。"

"这笔帐以后再跟你慢慢地算。因为今天有大喜。"母亲一拍大腿。"市里为了犒劳世博会的东道主上海人，每家每户赠送一张交通卡，还赠送一张世博会的门票。"

"那我拿交通卡。"阿童迫切地说。"不行！交通卡实打实有两百元的面值，世博会门票面值一百肆拾元。"

"两百减去一百肆拾再除以二，我补给你三十元。"阿童麻利地说，说完还骄傲地一扬头：想当年，她是全校数学最好的学生，还代表学校去市里比赛。要不是文革……想到这，她叹了一口气。

"不行！我们还是根据世博会门票卖后的实际价格，再进行结算。你应该先去卖门票。"

"你去吧。我一动，他们以为我又去上访。"

"我去可以，如果票贩子给我假钞，怎么办？"母亲说。阿童沉吟着，老东西老眼昏花，要是收一张假钞，损失就要共同分担。一百元是一星期的伙食费。女儿要读书，要看病，值此生死存亡的紧急关头，决不能只顾个人安危而忘了"家稷"大事。

"我建议你到世博会门口卖，估计原价能出手。"母亲抽丝剥茧地分析。"要是碰到老外，说不定能给外币，一百美金就是八百人民币……"

"不行！这件事风险太大，要是搞出国际丑闻，我死有余辜不算，还毁了女儿。"

"风险大，利润也大。"母亲坚持着。

"我被抓，就说你指使的，你不怕政府给你的生活费泡汤？"阿童恶狠狠地说。

"那……就在附近卖。不乘公交车，没有一分钱的成本。"

"早上还是傍晚？阴天还是晴天？平时还是周末……"阿童忧心忡忡地问。

"晴天有很多的秘密警察，但阴天有更多的便衣；傍晚易遭怀疑，可早晨有更多的眼睛。综合各种各样的情况，取最大的安全因素，去最大的隐性危险，看来看去……"老东西扳着手指算啊算，神态酷似华罗庚。

"烦死了！烦死了！不就是求最大的公约数。"阿童嚷着。

"我早就听过这儿大的大气预报。明天有雨，这雨既非大雨，又非小雨，而是中雨。小雨路滑不好走，大雨看不清路况，中雨恰恰好。明天中午十二点整，你穿着雨衣出发。中午时执勤人在吃饭，是个空挡；穿雨衣的特点是能进能退。"

"怎么个能进能退？"阿童不耐烦了。

"要是情况有异，马上竖起雨衣领子头埋进去；要是真抓你，挣脱雨衣赶紧跑，这叫金蝉脱壳。记住！只许你穿那件有破洞的雨衣。"母亲在踌躇满志中，又关照细节小节微节若干，很有"智者千虑杜绝一失"的缜密。虽没有热烈的掌声，也没有闪烁的镁光灯，但家庭政治协商会议，还是开成一个团结的大会，希望的大会，胜利的大会。

3

阿童端起碗，就是咽不下，一张嘴，满嘴是黑白分明的眼珠子。阿童躺下睡，就是睡不着，一闭眼，满眼是黑白分明的眼珠子。老汉为了帮助我，才失去那颗宝贵的眼珠子。二年了，这个噩梦缠住她，这个现实拷打着她。天呐！秦香莲上访，也没把眼珠子访走啊！杨三姐告状，也没有把眼珠子告去啊！为什么在中国，访民却屡战屡伤屡伤屡败？

"睡吧！睡了就有力气，就有勇气。我没有杨佳的勇气，但有卖票的勇气。睡吧……"她终于慢慢睡着了。她在梦中跑啊跑，有人在后面追啊追，就在她雨衣被扯住时，她尖叫一声醒了，时钟正走到十二点上。

虽是中雨，还是有月黑风高之感。月黑风高是阿童的购物时间表，这时购物，往往有事半功倍之效。她在破雨衣上又戴了一顶破草帽，盛世盛况中，"破帽遮颜去卖票"。

一出门就初战告捷，一票贩答应以一百十五元收购。阿童却打起小算盘：货比三家不算比，货比十家才算比。现在时间还早，权当散步吧。虽现在"散步"有颠覆之嫌，我毕竟一个人，而且只赚个歪瓜瘪枣，谅"颠覆"也"颠覆"不到我身上。

她压低草帽，一紧雨衣，风雨兼程继续走。走着走着发现有"异"，身后有个影子，不近不远地跟着她。这影子啥级别？小脚类的？城管类的？红袖章类的？纠察类的？国保类的？一想起国保她就打寒颤。上次被迫在悔过书上签名是怕影响女儿的前途，听说好单位招人全看父母亲的档案。要是卖门票株连到女儿，我死亦不能谢罪。想到这，她全身打起摆子。

咦！前面不是女厕所吗？她"刷"地闪进去隐在门后，竖起耳朵聆听外面动静。突然，有人拍她一下，她尖叫一声跳起来。

"付钱，五毛钱。"

"凭……凭什么？"阿童捂住胸口。

"凭这个。"管理员一抬下巴。阿童推了推厚重的眼镜朝墙上看，原来这是一座四星级的公厕，用厕需要五毛钱。

我的天呐！买豆腐干只花了四毛钱，现在没有如厕却要五毛钱，这损失大了去，大了去了。这辈子从未进过星级宾馆，一不留神却闯进星级厕所。罢罢罢！险情当前，顾不得身外之物。她摸摸索索从内裤里掏出一枚小币，又从贴胸的口袋掏出几枚钢镚，凑成五毛钱后，十二万分不乐意地交出去。

既然已经交了钱，那就在星级厕所如厕一下。蹲在日本坐便器上的她，久久没有半滴尿出来。额的妈啊！尿意早就被吓跑了，磨蹭了半天，只能灰溜溜地站起来。啊呀呀！我怎么就忘记了头等大事，头等大事就是我的安全啊！想到这，浑身一激灵。她慢慢地走出来，假装洗手半侧着身体，余光却死死觑着门外。不好！目标不见了！有目标是看得到的危险，没目标才是潜伏的危险。阿童的汗毛"嗖"地竖起，竖得比旗杆上的红旗还直。怎么办？怎么办？怎么办？阿童突然一转身，箭一般从厕所里射出去，不是百米穿杨，绝对是千米穿杨。

"咚！"她劈面撞上一辆自行车。自行车倒下了，她也趴下了，厚实的眼镜"腾"地跳上半空，雪白雪白的橡皮膏在雨幕中，划出一道炫目的白光。

五、姚真真

1

当周扒皮的"半夜鸡叫"还没行动时，真真已经行动了。她先熬了一锅粥，又把昨晚捡来的下脚菜腌好，然后拉开抽屉，取出病历也取出钱包。

病历厚厚，像脑满肠肥的公仆；钱包瘪瘪，如四季流汗的民工。反了，一切都反了。该厚的不厚，该瘪的不瘪，难怪现在时兴逆向思维：坐主席台的肯定是罪犯；做主持人的肯定是半娼；搞文策的非流氓莫属；搞宣传的一定是帮凶加帮闲。

"啪"，一张厚纸掉地上。奖状！又是奖状！墙上有，桌子上有，抽屉里有，这个家穷得只剩下奖状了。她呼啦啦把所有的奖状搂成一堆，拿起一张就撕。"吱吱……"奖状尖叫着，仿佛在控诉不公正的待遇。

"你干嘛？"男人被尖叫声惊醒，一把抢过奖状，可奖状已一分为二，他悻悻地取出透明胶，透明胶在他极肥极厚的手指中很笨拙，几番努力未能把奖状合二而一。

“我那枚金牌呢？”男人气呼呼地问。

“换钱买药了。”

“换……多少？”

“现金一万，不够买三个月的药。”

“你！”男人瞪大眼，但未见威慑力，脸上的肥肉把眼睛挤成一条缝，“这可是亚运金牌啊！”

“奥运金牌也没用。”真真冷笑着。“你现在穷，现在病，政府管你吗？”

“金牌……”男人咕哝着。

“金牌？金牌大国的学校，没有体育设施；金牌大国的学生，没有体育场地。金牌，透支国民健康的金牌；挥霍民脂民膏的金牌。呸！呸！呸！”

“这也是……为国争光嘛！”男人挤出一丝笑。

“为国争光？乘早拉倒！榨干了利用价值，你连牧羊犬都不如，充其量是条看门狗。要是主子不高兴，看门狗立马成了丧家犬。”

“马家军中第一个拿到世界冠军的刘丽，现在想做看门狗都做不得……”

“咋了？”

“她得了狂躁症，下一步就是进精神病医院。举重冠军才力大哥现在连丧家犬都做不得……”

“咋了？”

“他已经猝死。不管是看门狗还是丧家犬……至少我还活着。”男人深深地叹了一口气。

“正因为苟活，所以更痛苦。”真真心酸地打开钱包，让所有的大钱小钱碎钱分币团结起来。她数了一遍又一遍，三遍数下来不是愁上眉梢，而是愁上天灵盖。

“咦！妈昨天不是发退休金吗？”

“对啊！我怎么把这事给忘了。”真真高兴地嚷着。

“耶！耶！耶！”男人伸出手指做了个 V。男人率真的孩子气，感动了真真。她把药递过去，男人吃后躺下，肥腴的身子，活脱脱是个巨大的足球。

球啊球，她以前玩球，篮球排球乒乓球羽毛球一应欢喜，一应玩出中高端的水平。想不到某年某月的某一天，她被时代的“绣球”砸中。

她上大学时，正是推崇“图腾”的时代。小小女排，竟成了中国的骄傲；乒乓球，竟成了推动地球的魔球。一场比赛，能让空气炙热到燃点；一场演讲，能引爆爱国主义的火山。

这天到校演讲的是亚运会举重冠军。冠军的他先谈夺金时的信念，升旗时的激昂，接着大谈"母亲"对儿子的哺育之恩。重中之重突出母爱的伟大光荣正确；首中之首昭示母爱的举世无双绝无仅有。这样的"母爱"在人类进化的几百万年过程中只出现一次，就是现在的这一次。想不到这绝无仅有的一次，竟幸运地降临到华夏大地。从此，五十六个民族十三亿人，从灵魂到躯体，全天候，深层次，三维立体地被"幸福"颠覆了。不信你看啊！电视里放的不是"媳妇幸福的年代"就是"迷人的往事"；不是生活像"花儿一样鲜艳"就是"党的恩情比海深"。"好日子"唱完唱"我们的生活比蜜甜"，一首首歌，唱得比挽歌还热闹，比丧歌还嚣张，好一个捶胸顿足如丧考妣哦！

台上的演讲渐趋高潮，演讲者带着朝拜的虔诚，带着祭祀的忠诚，动情地讲着。他被自己的演讲词所打动，渐渐融化在被塑造的角色中。他分不清是角色铸就他的光环，还是他赋予角色的光环。他当然分不清他是有眼睛的瞎子，还是有耳朵的聋子，他的思维跟着一个无可辩驳的声音，他的四肢跟着一个至高无上的指挥棒。他是一口被挖掘的井，职责就是喷涌，喷涌，再喷涌。

演讲结束，会场爆发出暴风骤雨般的掌声。掌声烘托出他的伟岸，而伟岸则来自于他有一个与日月同辉，与宇宙共存的"母亲"。他讲得热泪盈眶，真真听潸然泪下。她被感动，被感染，被感应。七窍从躯体逸出，三魄从丹田升腾，飘啊飘，一直飘到月宫的桂花树上。突然，指导员从桂花树上摘下一把花，让她代表全校师生为英雄献花。

这是献花，又是献美。美女配英雄，是"母亲"一贯的方针策略。从延安首长的组织配婚，到新疆生产建设兵团的组织配偶，从进城后千篇一律的组织换妻，到得江山后的后宫佳丽三千，无一不遵循这条金科玉律。就是妓女戏谑，就是嫖客发誓，就是巫师诅咒，就是盲人打卦，都没有这般的准确和高瞻远瞩。

虽然真真真切地爱党爱英雄，但她还是犹豫了：她的青梅竹马在同校，在穿开裆裤时就有了"拉钩上吊一百年不许变"的诺言。

值此关头，政治辅导员来谈心。或"劝君更尽一杯酒，西出阳关无故人"，或"一腔热血酬英雄，肠断只为七一花"；值此关头，敬爱的党委书记也发声音了："校花不嫁给最可爱的人，嫁谁？校花不嫁给为国争光的英雄，嫁谁？"

"我不下地狱，谁下？再说，这不是下地狱而是嫁英雄！"真真带着"士为知己者死"的情愫，带着"苟利英雄生死以，岂因小爱避趋之"的感怀，在一闪一闪的镁光灯下，把婚礼进行到底。

二十年前，婚礼是进行到底了。二十年后的婚姻，能否进行到底？想到这，她叹了一口气，戴着袖套系上围裙去做钟点工。

2

中午回家，婆婆还是不见人影。她不在，没钱就不能为男人配药。看着空荡荡的家和空荡荡的冰箱，她一狠心拿起一张五十元大钞出门。

一个女人拦住她。"大姐！世博会取缔了马路摊贩，我只能打一枪换一个地方。这是我摸的野生花蛤。"

"好大啊！"

"花蛤含有大量的锌，锌是肾的根本，肾是男人的根本。男人能固'根'，家庭幸福社会和谐。"

"让政府给每个家庭分花蛤，不就完成'维稳'的目标？"真真笑了。

"欲要稳定统治，只能收买贪官。欲要稳定家庭，只有收买男肾。"女人逼近一步，近距离地凝视真真。"大姐！动物活一春，植物活一秋。男男女女，不就图这点想头？"

"嗯……"真真被她说得脸红耳热，垂下眼帘。

"花小钱买和谐，值啊！"女人的声音带着一股磁力，热热地射来。真真的手指捏紧钞票。钞票受不了爱抚，从口袋里探出半个脑袋。

"你看，钱都按捺不住了！"女人大笑，"世博会是上海人的狂欢节。狂欢再狂欢，死了都不悔。"真真还在犹豫，她已把一袋花蛤塞过来。

一阵凉风，姹紫嫣红的花摇起了腰肢。真真一屁股坐在花坛上，好一个百味杂陈。地上有一摊水，她在水里看见红红的脸颊，也看见内心深处涌动的情潮……

结婚不久，男人的身体就"飞流直下三千尺"，他们成了名义上的夫妻。医生说，男人因服用过量的合成代谢类固醇。这病，只能延缓而无法根治。她查了资料，发现这是社会主义国家运动员特有的病症，从罗马尼亚到东德，无一幸免。从此，真真开始了筹措药费的新长征。长征路上，她尝遍共和国的炎凉，目睹红潮中的冷酷，看透"酱缸"中的无耻。

"我是一个正常的女人，却被不正常的体制夺去了属于我的权利。谁剥夺了我的性福？谁剥夺了男人的性福？谁之罪？谁之罪？"她在心里一遍遍地问。

答案还没出来，肚子却唱起了空城计。"母亲"提倡儿女爱她颂她赞美她，却从来不管儿女肚里是否有食，身上是否有衣，居住是否有屋，健康是否有恙。韭菜一茬一茬地割，却从来不浇水；鲜血一管一管地抽，却从来不施肥。"母亲"给儿女灌激素让他们夺冠，却从来不考虑这是饮鸩止渴，这是杀鸡取卵，这是隐形的谋杀，这是间接的刽子手。

真真想啊想，想得怒发冲冠脉搏加快，眼里突然冒起一片金星。再一想，她还没有吃早饭。突兀中，一条标语闯入眼帘："城市，让生活更美好。"

"屁话！连主语也没有的屁话！没城市，'桃花源'里的人活得不滋润？有城市，'纳粹党'统治下的人活得就美好？吃毒奶粉，打假疫苗的孩子在城市，生活就像花一样美好？狗屁！狗屁！"真真气呼呼地呸了一口，继续朝前走。

铺子里的录音机，放出喧嚣的声浪，旗帜在风中飒爽英姿："向党献爱心，商品打五折。"她眼一亮，停下脚步。家里的被褥如坦克车的履带，又沉又重又阴又冷，她早就想换了。

"大姐！走过路过不要错过，五折！五折！"

"为什么是五折？"真真还是不放心。

"今天是七一。为了庆祝'伟光正'的生日，不惜血本，还利于民。"

"品质好吗？"

"执政为民，哪能不好？"

"以前不是卖五孔被吗？"

"现在卖七孔被，因为在产品制造中贯彻了科学发展观，所以从'五'变成'七'，增加了两个百分点的 GDP。过了党的生日，就没有这等优惠了。"摊主不由分说把被子捆起来。真真还不死心，又费了一番口舌，压了两块钱。

回家后，男人喜滋滋地接过被子，她也喜滋滋地下厨。她暗暗祈祷，含锌的花蛤和轻薄的七孔被，能给男人带来一些"性"变化。可是花蛤一到盆里就露了馅：花蛤里放的是大大小小的鹅卵石。

真真大怒，操起锅子就往垃圾桶里倒，丈夫赶紧蹲下圆球般的身躯。

"你干嘛？"

"女儿从小就没有玩具，这些鹅卵石可以做她的玩具。"真真一把拽起丈夫，自己却蹲下来捡鹅卵石，一滴一滴的泪砸在鹅卵石上。

天渐渐晚了，婆婆不回来，女儿也不回来。打开电视，教育部领导正在参加祭拜孔子的仪式。

"不要脸！昨天批孔反孔倒孔臭孔，今天捧孔尊孔树孔献孔，果然是翻手为云覆手为雨。"真真"呸"了一口。

"孔子是他们的敲门砖。"

"既然祭拜孔子，为什么不整顿学校？上课时不授业解惑，课余时却搞辅助辅导。一节辅导课竟收五十元，这不是抢劫吗？"

门铃响了，婆婆和女儿同时回来。婆婆显得极疲惫，女儿却衣衫龌龊，整一个卖炭婆。

"死到哪去了？整天就知道玩玩玩！"真真的手指戳在女儿的额角上。女儿眼圈一红。

"别哭！别哭！"婆婆拉住孙女。

"……我没出去玩，我帮学校打扫卫生。"

"你就这么贱？母亲做钟点工不够，还搭上女儿？"真真大怒道。

"老师说了，共青团员要以世博会为荣……"

"难道要推销门票？"真真大惊。

"我说，我以行动支持世博，把学校所有的玻璃窗擦了，于是老师不要我买门票了。"说到这，女儿破涕为笑。

"我的好孙女啊！"婆婆一把搂住孙女，"婆婆惭愧啊……婆婆今天去了世博会。"

"去就去吧，权当散心。"真真赶紧劝婆婆。"这不是散心是闹心啊！"婆婆摇着头。"居委会说，政府对老人这么好，老人一定要用实际行动支持世博会。于是老人买了集体票，票打六折仅九十元。排队时才知道，单位组织的票价只要七十元。我心疼这二十元于是发了几句牢骚，当即有人给我扣上'抹黑世博会'的帽子。儿子夺金时，封我英雄母亲。儿子退役后，我是狗熊母亲。"婆婆伤感地擦眼睛。

"吃饭！吃饭！不开心的一页已过去。"男人打开电视机。"下面播报新闻。根据统计，今天参观世博会的人数达到五十万四千四百零四人。至此，世博会累计参观人数达到……"数字还没出来，真真冲过去关了电视。"从上骗到下，从里骗到外。十二亿人在作假，还有一亿在操练。不要脸！"

3

晚饭后丈夫抓起一张报纸。"家里这么困难，你还买报纸？"

"这是单位给我们订的，每人一份。"男人说道。

"这么说，你也'被看报'？"真真的冷笑还没消失，突然一拳出手猛击报纸。男人诧异地抬起头，一行大字映入眼帘："中国经济的崛起得益于中国领导人"。

"见过无耻的，没见过这么无耻的。中国崛起？谁崛起？工人还是农民？草民还是屁民？李鹏的子女先经商，混上外籍又杀回来从政，为永远不平反六四做组织上的铺垫。"真真击打着报纸，一打一个窟窿，一打一个黑洞。"中国，无原则的政治，不劳而获的财富，无良知的享乐，无品行的知识，无道德的商业，无人性的科学，无祭献的敬拜已开花结果，结出一个个毒果。"

男人抓住她的手："真真，我知道你苦，我们离婚吧！江老贼不是改变了中国，而是毁了中国；我也不是改变这个家，而是毁了这个家。我以离婚来谢罪！"

"你……"

"我的身体是你和孩子的累赘。"

"可离婚后，你是妈的累赘。"

"不能因为我一个人，毁了三个人的幸福。实在不行，我会自我了断。"丈夫一字一顿地说。

真真绝望地闭上眼睛。"离婚前，我问你两个问题。"

"可以。"男人认真地回答道。

"大量的合成代谢类固醇，无可逆转地损伤了你的身体。你为什么要服用？"

"我十岁进入训练基地，基地实行封闭管理，如同监狱。从吃什么到说什么，一律实行配给制。就连我喝的水，也经过教练的手。中国实行金牌战略，我们就是棋盘上的卒子。我就是再蠢，也知道服用类固醇就是饮鸩止渴。"

"这么说，你是'被下药了'？"真真的声音有些抖。

"如果我是孙悟空，组织就是如来佛。"男人淡淡地说。

"可怜的男人啊！"真真抓住丈夫的手，眼里充满了怜悯。

"你可以问第二个问题了。"

"第二个问题是，'英雄事迹'演讲稿是你撰写的吗？"

"任何一个冠军，身后都有一个庞大的写作班子，这是领导为我们配置的。要，也得要；不要，也得要。我到学校演讲，甲老师辅导我发声，乙老师纠正我语音，丙老师加强我的抑扬顿挫。我足足'被辅导'了一个月，这才粉墨登场。"

"我可怜的男人啊。"真真一把搂住他，男人像孩子般乖乖地伏在她怀里。突然，真真推开男人去翻抽屉。

"不用找户口簿，离婚协议我写好了。"男人冷静地说。

"我找户口簿，是因为我明天去派出所改名字，我要把姚真真改成姚假假。这是个撒谎成性的国家。假啊假，假到血液里，假到骨髓里。再这么下去，连基因都要改变了。"

"已经被改变了——民族不是以前的民族，人民不再是以前的人民。"

"咦！什么味？"真真的鼻子一翕一动。

"……是有股怪味。莫不是耗子死在床底？"男人打开所有的灯，真真钻进床底橱底，但一无所获。

"莫不是死在树顶？"于是真真钻出床底爬上树顶，依然一无所获。

"我一定要找到臭源，并把臭源扼杀在萌芽中。"真真耸起五官，抽动鼻翼，一点点地嗅，一丝丝地闻，如精于搜索善于篦发的五毛党。"找到了，臭源就在床上！"

"不可能吧！"男人摇着头。

"我的鼻子绝不会欺骗我。"她拉开被套，扯出新买的七孔被。七孔被上有拉链，她怎么拉，拉链都摆出一副"我是流氓我怕谁"的嘴脸，拽不开，扯不动。真真操起剪刀，猛地来了个开膛破肚——谁说只有职业病才能开膛破肚？

一剪刀下去，二剪刀上去，手抓棉被用力一撕，一大团黑色的棉絮翻上来。墨黑墨黑，黑得瘆人，黑得惊心动魄，黑得厚颜无耻。

一股恶臭无遮无盖滚滚而来。真真傻了，剪刀从她手上掉下，她被无耻的现象震傻了。突然，从黑心棉里钻出一只蟑螂，蟑螂大摇大摆耀武扬威地爬出来。雪亮的灯光下，它褐色的身体，呈现出金属般的沉重，反射出钢铁的光泽。它的触角，从身体的某个隐蔽部位，一点点伸出来。粗长的触角，宛如坦克的炮筒，笔直地，傲慢地，昂然地，有恃无恐地，肆无忌惮地伸出来。

真真嘴角上斜，肌肉痉挛，定格了。

蟑螂沿着床架子朝外爬。它大摇大摆，旁若无人。前面一马平川，前面空无一物。没有天堑，没有壕沟，没有阻挡物，没有狙击手——前面，就是它横行霸道的世界。

"哇！"真真石破天惊地嚎啕起来。憋了一天的悲愤，不！憋了二十多年的悲愤，如决堤的洪水，浩浩荡荡，一泻千里，一泻万里。

六、老鼹鼠

1

忠德到家时，三菜一汤已放在雪白的台布上。妻子酥胸微露，娥眉淡扫，撅唇卖萌，嗔兮媚兮。他避开她火辣辣的眼神，只管闷头扒饭。

他用秋风扫落叶的速度扒完饭，在火山爆发的临界点上钻进房间，迅速锁上三重门保险。现在，哪怕门外洪水滔天，他也不管了。他躺在床上，打开托尔斯泰的《安娜·卡列尼娜》。第一次读这本书，是在农场的被窝里。一口气，不眨眼，通宵达旦但精神抖擞，一目十行却过目不忘——被窝外，等候阅读的人在排队。

四十年前他喜欢安娜，鄙视卡列宁；四十年后他喜欢卡列宁，鄙视安娜。天呐！同一个大脑，却有天壤之别的思维。这社会诡异，这人脑果然也诡异。

墙上挂着结婚照。妻子身披白纱，妩媚，媚妩，全装在那双月牙眼里。月牙眼啊月牙眼，果然是成也之败也之，恨也之爱也之。为了这双魂牵梦萦的月牙眼，他走进婚姻殿堂，也走进了废墟，沼泽，沙漠。不！废墟上也能长出绿色植物；沼泽里还有浮游生物；沙漠亦有摇摆的红柳。他走进的却是坟墓，一座亲手打造的水晶坟墓。

"我可以冲出坟墓，为什么'不'？"抽搐的灵魂愤怒地嚷着。"因为我是……卡列宁。"麻木的肉身疲倦地应着，绕梁的余音如一条蛇，死死地缠着他。他痛苦地站起来，突然看见桌上有一张盘片：《窃听风暴》。"窃听"已不光彩，还来个"风暴"？他怀着好奇把片子推进机器。

他怀着窃贼的心态，带着犯罪感看完片子，直看得虚汗横流，心跳如鼓。作为多年的党务工作者，他恪守"非礼勿看，非礼勿视"的信条，高压线绝对不碰，雷池绝对不越。非宣传部推荐的书不读，非红歌赞歌马屁歌不唱，这是他的自律，也是他六十年如一日的宏观调控。

他一天看三次党报：晨报，日报，晚报。日报必颠覆晨报，晚报定推翻日报：与时俱进分分秒秒，与党中央保持零距离。一季度写三次工作汇报：周汇报，旬汇报，季汇报。旬汇报必更新周汇报的政治术语；季汇报必刷新旬汇报的敏感词。他的思想汇报，和人民日报同步，和红旗杂志比肩。他的格言是：与时俱进，与党中央实行零距离的拥抱。最绝的是每一次沐浴，定引吭高歌"东方红"。要不是妻子被他的破音激怒，操起菜刀猛击浴门，怕是湿漉漉的红歌潮还要泛滥下去。

他革命了一辈子。确切地说，他这个嵌在专政机器上的螺丝钉运转了一辈子，从未懈怠过，从未故障过，想不到今天却破了大戒犯了大忌，刷去了零的记录。啊呀呀！下月就要退休，一定要功德圆满，让晚节做到保湿保嫩保鲜。天天说抵制"反华势力"，今天却在闺房上演了一场"颜色革命"。想到这他扼腕叹息，老眼里竟沁出两滴泪腺分泌物。

手机响了，是一个陌生的号码。他一涑。新买手机，知者寥寥。电话里的声音有些怪异，电话的内容更是蹊跷。放下电话，惊魂未定的他如五毛篦头发般赶紧开始搜索：是某次的酒后失言？是某次的梦中呓语？是某次的会议泄密？是某次的传达越位？一次次的回忆，比篦虱子还目光炯炯，比查痔疮还小心翼翼。就连自已最近是先拉屎还是先放屁，都搜索得比小葱拌豆腐还清楚。现在，除了屎的形状和尿的流量没测量计算外，别的，一应俱全了。

"既然无懈可击，为啥找我？"这个问号如梁上绳索，死死套在他颈脖上。

处于极度窒息的他，便勉咽下一口唾沫。突然他嚷着："苍天在上，我所说的任何话，都在'三个代表'的范畴里；我所干的任何事，都在'四项原则'的直径内。"话一出口，顿觉不妙。"苍天在上"？这不是用"苍天"来颠覆党的领导吗？

啊呀呀！我是百密一疏，祸从口出啊！

出门前，他像英雄李玉和，喝了半杯酒给自己压惊；出门前，他像英雄江竹筠，一条围巾从左甩到右。出门后赶紧更改：围巾从左到右，有自由化之嫌。围巾从右到左，有抵制自由化之意。

<h2 style="text-align:center">2</h2>

远远就看见咖啡厅闪闪的霓虹灯，他忐忑着。自十五岁看了《霓虹灯下的哨兵》这部电影后，他就没涉足过咖啡厅。想不到见面约在咖啡厅，莫不是组织对他的另一种考验？

一进咖啡厅，就有人和他打招呼，他的汗毛一下子竖立起来。原来陪着陌生人的，竟然是他的杜康友。只知道此人是个卑微的门卫，却原来是个双面人。东德的"斯塔西"和中国的"国保"比起来，真的连一根葱都不算。中国不但以GDP傲人，还以几何级膨胀的线人崛起于世界而傲人。线人是黑暗中的幽灵，旮旯里的鼹鼠，是苍蝇蚊子屎壳郎鼻涕虫的代名词。它们不但对环境有惊人的适应力，还具有不可思议的单性繁殖力。啊呀呀！我这个老牌的党务工作者，都在小门卫的掌控中，真正羞煞老夫也！

和陌生人握手寒暄假笑后，他决定先发制人："有事请直说！"

"没有什么大事。只是请问你，你中学是不是有个女同学，她在'六四'时十分活跃……"陌生人不紧不慢地问。他的头"嗡"地大了。他又惊又羞，有了被人掀起内裤的恼怒，恨不能抓个琵琶来遮面。

"她是六四暴徒，我和她二十一年前就划清关系，不信去查。"他尖锐地嚷着，显得没一点风度。

"据我们所知，你们一直有来往。"

"同学小聚，绝不带任何政治色彩。"

"连空气都带政治色彩，难道你生活在真空里？"陌生人冷笑着。

"那我就呼吸过滤的无政治空气。"他依然嚷着。陌生人不说话，只是炯炯看着他，看得他的脊梁上生出一层绿苔。"你们……你们需要我做啥？"话一出口他就后悔。二十一年前，为了仕途他背叛了他的初恋。二十一年后，难道再来一次背叛？这这……

"听说她想在香港出书，这事你知道吗？"

"哦！"他咽了一口水，稳了稳神。月牙眼如一层雾，轻轻地飘来。他伸出手，雾轻轻地飘走，攥在手心里的却是一层潮气。

"你怎么看待她出书这件事？"

"不就是她的狱中回忆录？"他的思绪还在迷雾中。

"这么说，你都知道？"陌生人冷冷地看着他。

"不！不！不！"他赶紧挥舞双手，"我什么都不知道！我什么都不知道！"惊慌中月牙眼消失，眼前只有一双炯炯的眼，一双有震慑力的眼。"我真的什么……都不知道。"

"你是多年的党务工作者，该做啥，门清。"陌生人把一杯咖啡推过来。他喝了一口，极苦极涩，就像他的初恋。不！应该是暗恋。

"知道什么叫门清吗？"陌生人加重了语气。

"我……知道。"他的头朝肩膀里缩了缩。

"知道就行。"陌生人放下一张名片，"有什么情况，马上打电话。"

陌生人走了，但陌生人留下的气息久久不散。忠德坐着，久久缓不过神来。这辈子都是他找人谈心，想不到现在"被谈心"，这是对他最大的讽刺，也是最大的报应啊！

他一脚高一脚低地回家。回家后先换下湿透的内衣，又拿出放大镜。玻璃下压着两张照片。一张是四十五年前的同学毕业照，一张是五天前的同学聚会照。四十五年，是弹指一挥还是如磐如石？他戴着老花镜，举着放大镜，哆哆嗦嗦搜索那双魂牵梦萦的月牙眼。四十五年前的月牙眼是一泓湖水，清澈得让他不忍；四十五年后的月牙眼是一泓海水，深邃得让他怯懦。清澈映出他的卑污，深邃照出他的懦弱。他摇摇头，他横竖是钻进风箱的耗子，两头不落好。

他闭着眼，在抽屉的夹层摸出一封发黄的信。二十一年前那个黑夜，他把她所有的信付之一炬，只留下这封。他爱她，但是他没能力爱她，也没胆量爱她——她是水，会湿了他的鞋子；她是火，会燃了他的翎子。她为什么喜欢思索而不是假寐？她为什么喜欢呐喊而不是沉默？几千年来，中国人不就是跪着趴着乞求着匍匐着？她是……异类。对！她是异类。她是风雨兼程的苦行僧；她是冥顽不化的花岗岩，她追求的是乌托邦，她努力的是南柯梦。因为这，他爱她，恨她，亏她，所以这次要保护她。这是第一次，也是最后一次。赎回良心债，从此二不欠。天头何处有……

"开门！开门！"猛烈的撞击让门发出阵阵呻吟。他赶紧把信朝怀里揣。门刚启开一条缝，妻子就挤了进来。"居委会来问，上星期来的是啥人？"

"啥人？同学！"

“名为老同学聚会，实为解相思之苦。”妻子冷笑着，“你这个不敢爱也不敢恨的孬种。”

“请你出去。”忠德冷冷地说道。

“我背叛你，只是一次身体上的出轨。你背叛我，是一辈子精神上的出轨。离婚你不敢，复合你不甘。你不但剥夺自己的性福，还剥夺我的性福。你是一座坟墓，埋葬着我的热情和希望。”

“少跟我卖弄普希金的诗。”

“那我们不谈诗歌谈实际。你退休后总可以离婚吧。”

“为了女儿……我不离。”他一昂头。女儿是这场畸形婚姻的牺牲品，是“道不同而相谋”的后果。这一辈子，他最对不住的除了她，就是女儿。

“为了女儿我不离婚，但我们依然是水牛角，黄牛角，各归各。”他加重语气，“既然各归各，那就拆了牛厩。”

“不能拆牛厩——牛厩要为女儿遮风挡雨。”

“女儿只是幌子，你一切的一切，只为脸上那一层皮，那一层皮。”妻子尖锐地叫道，“‘五好家庭’的匾，比尊严更重要；‘优秀党员’的锦旗，比自由更重要。你的每一个毛孔，都流着虚伪的汗珠，难怪你这么欣赏卡列宁，你比卡列宁虚伪一百倍。”

“你做你的安娜，我做我的卡列宁。互不干涉，泾渭分明。”

“你大庆若愚，大奸若忠，大佞若德，大恶若善。你不忠不德不善不仁，你名字的反义词就是你的人品。”

“很好！知夫莫如妻。”忠德眼皮也不抬地走出房间。

3

第二天上班他老是走神。伍子胥一夜白了头，他一夜成了前列腺患者。淅淅沥沥，滴滴答答的尿意延绵不绝，令他像穿马灯一样往厕所钻，怎一个“尿”字了得？

“听说局里要从退休人员中选一个顾问。”

“不就是选个狗头军师。”打字员对着镜子补妆。

“啥条件能做狗头军师？”保洁工停止了拖地。

“当然是拥护四项基本原则的强硬派喽！”

“这些人怎么就死不绝？”保洁工恶狠狠地说道。

“要是死绝的话，中国就成了美国。”两个女人一前一后气呼呼地走出盥洗室。

忠德站在洗手池前，他在镜子里看见一个过了人气的靓爷。须发皆白白如雪，单薄眼皮薄如纸；憨厚的脸上，装着满满当当的慈厚。几乎所有人都说，他的名字和脸相珠联璧合，相得益彰。

"忠德，到我办公室来一次。"镜子里出现一个笑弥陀，他忙叩首应答。目送笑弥陀走后才发现，自己裤子的门襟还开着。

一进办公室，笑弥陀就奉上绿茗一杯。笑弥陀的笑，在江湖上有闻风丧胆之效。要是在笑时再奉茗一杯，对方十有八九上了"双规"的黑名单。所以笑弥陀的"绿茗"就是"鸿门茶"的代名词。

"挺住！坚决挺住！像刘胡兰一样宁死不屈；像杨子荣一样侠肝义胆。"他暗暗为自己打气，连连为自己鼓劲。

"听说顾问的事了吗？"笑弥陀笑得很迷人。

"听说了，听说了，党的政策就是好！"他费劲地翘起大拇指。可惜大拇指僵硬而笔直。

"党的政策……啊呀呀，真是亚克西！"他努力模仿春晚戏子的口吻，可邯郸学步，不伦不类。

笑弥陀不说话，只是微笑地看着他。

"不就是一名挂名的狗头军师？咱不为三斗米折腰。不为！坚决为二十一年前的背叛雪耻！雪耻！"他连连为自己打气，一点点挺直了腰。

"有啥想法，可以和组织谈谈嘛！"笑弥陀眯着眼，仿佛洞悉了他的五脏六腑。

"谈就谈。"他咽了一口唾沫，"心如止水，安享晚年。"

"果然宁静致远，淡泊明志。"笑弥陀更加和蔼了。"爱女大婚了吗？"

"快了。"

"亲家也门当户对？"

"我们是马，亲家是骆驼。"

"你这匹马争取做骆驼，才能并驾齐驱，保证婚姻的含金量。进一步海阔天空，退一步可是万丈深渊。"笑弥陀暧昧地笑了。

"哦！"他使劲吸了一口气。

"这次顾问享受的是厅级待遇，党的政策是宽严相济，赏罚分明。"

"是啊！是啊！"他嘴上在打哈哈，心里却七上八下：恐惧和欣喜共存，沮丧和亢奋交织。他一再叩首，怀着复杂的心情回到办公室，一进办公室，他就翻出陌生人的名片。"这电话打还是不打？"

他倒背双手踱开了。踱着踱着，一屁股坐到办公椅上，接着又从椅子上跳到世界地图前。世界地图的轮廓他很熟悉，中国地图的形状他更熟悉，比妻子的乳房形状还熟悉：肩挑世界革命和中国革命两副重担，焉能不知己知彼？

　　不过，现在他考虑的不是"二副担子"而是"退"和"进"。退下来，和一张极其憎恶的脸朝夕相处，鼻子对鼻子脸对着脸，这不是活埋吗？这不是殉道吗？进一步，肩挑"顾问"之头衔，上得主席台出得亲友团。咳一声，众人敛声；屁一放，众人骇然；这不是再生吗？这不是得道吗？活埋和再生，殉道和得道，这可是地狱天堂，天堂地狱。一念之间可以改变人的下半生……

　　他烦躁地坐下，手却碰到了鼠标。他一个激灵，双手在键盘上打出一行字：查询电影《窃听风暴》。屏幕上跳出一行字："电影《窃听风暴》用了很多前东德的机关大楼进行实地拍摄，但博物馆的馆长却拒绝了导演拍摄的请求。馆长说，因为《窃听风暴》不符合史实：整个东德历史，像魏斯乐那样'良心发现'的秘密警察，对不起，一个都没有。"

　　"一个都没有！一个都没有！哈哈！哈哈！"他大笑着，"一个都没有！是啊！怎么会有？怎么会有？我不是第一个，也不是历史上最后一个啊！我内疚个球？内疚个球？"他笑得眼泪都下来了。

　　"按现在的'换位思考法'，我不是不爱你，而是更爱你。我不是背叛你，而是拯救你。延安整风是血腥残忍，但幸存者后来无一例外都成了共和国的开国元勋，享尽人间荣华，延泽子孙后代。这叫苦一时乐一世；这叫曲线救赎；这叫隐性大爱；这叫投资理财。对！我要为我的爱，贴上有国情的标签。"想到这，他在鲜红的国旗下，郑重地拿起红色电话机。

　　他只按了一个号码就停住了。"既然现在有'转帖治罪，跨省追捕'，我何不来个'录音定罪，亲手擒凶'？这是原生态的资料，任你到联合国去鸣冤，也不能咸鱼翻身。天呐！我的智慧没有退化到沙漠化。"他高兴地一击掌。

4

　　接下来就是如何安排"钓鱼执法"。他给这次执法起了个很有气魄的名字——"飓风行动"。他为"飓风行动"制定了战略上的"高屋建瓴"和战术上的"步步为营"。

　　深谙党史的他，很欣赏老一辈无产阶级革命家的谋略。谋略之一就是搞"农民会""同乡会""泥腿子会"。他决定继承和发展党的遗风，启用"同学会"这把金钥匙。

　　他拎起电话一个个打过去，可同学对他的邀请并不热情。他灵机一动，决定打"经济牌"：六四屠城后，这是邓矮子战无不胜攻无不克的上方宝剑。

　　"聚会吧，我有喜事。"

"什么喜？彩票中奖了？"

"中了个小奖。呵呵！"

"请客！请客！"接下来，不用他打电话，贺喜电话纷至沓来，于是他和同学约定，去度假村一日游。

就在万事俱备时，半路上竟杀出了悍妻。虽然他对悍妻"屏蔽"了这次行动，可悍妻竟学会翻墙上网，让金盾工程流产夭折。悍妻一口咬定他借同学会的名义，和他的初恋见面续缘。其实，悍妻的话只说对了一半。见面不假，但见面只为了套情报而非叙旧。出发前，他在包里放了一瓶安眠药，麻倒悍妻现在就靠它了。

悍妻头顶一缸"镇江醋"出发，一对月芽眼瞪成一双铃铛眼。她本来就是"戴朵红花香三界，吃块臭干扬五坊"的人，现在月牙眼对月牙眼，更是仇人相见分外眼红。她的鼻端贴在男人的鞋上，男人到哪追到哪，忠实执行了红外线扫描仪的功能。男人深知她嗜好，安排三麻友和她砌长城，他趁隙去取证。但证还没取到，悍妇杀个回马枪，生生地破坏了他的"飓风行动"。晚归时，他一肚子沮丧，折戟沉沙不算，钱还打了水漂。

更痛心的是回家后，他还要承受"拷红"的待遇：彩票呢？彩票呢？悍妻如蚂蝗，死死钉在血管上，忠德支支吾吾不能自圆其说。于是悍妻逼他打开所有的锁，翻箱倒柜，掘地三尺，不但没收他多年的体己钱，还充公了他的百宝箱。最后下了通牒：写出事情的来龙去脉，不然政法委见！

"钓鱼"不成反曝光，忠德好一个怨。但是想到邓矮子的"韬光养晦"，他信心如股票一涨就到涨停板。与其"临渊羡鱼"，不如"退而结网"。他打开厚厚的工作手册，寻找党的宝贵经验。"政策和策略是党的生命"给了他新启迪，新思维，新的行动空间。

"工欲善其事，必先利其器。"他先去眼镜店购买大号墨镜，又去器材商店购买录音笔。回家后先阅读录音笔的使用方法，接着穿风衣戴墨镜，在镜子里模拟模特的丁字步。他一遍遍模仿，绝对有"台上三分钟，台下十年功"的严谨和缜密。下一步就是制造"偶遇"。偶遇才能打消她的警惕，最大限度地深入到她的内心：不设防的城市就是一张白纸，可以在上面画最新最美的图画。

这是一个阴霾天。阴霾天让"偶遇"更合理，却让一号道具墨镜失去了意义。不管！听说王家卫在深夜也戴墨镜，难道我就不能酷一回？于是他戴着墨镜，夹着小型公文包，迈着T步，在黄河路上走了十多个来回也没见到她。他问了她所在公司的物业，方知停电抢修，她就职的公司提前下班。

亏啊亏！功亏一篑就在三十分钟。他赶紧在工作手册上加了一条："办任何事，都要未雨绸缪，早做准备，以防万一。"党的宝贵经验全在手册里，将来手册不是进博物馆，就是翻印成教科书。经验是党的财富，是执政党一百年不变的定期存折。

这天艳阳高照。他戴着墨镜，夹着公文包，迈着 T 步在黄河路上散步。就在 T 字步渐入佳境之际，"鱼"出现了。天呐！"飓风行动——下集"终于隆重登场。

"我来找朋友，却偶遇你。"他兴奋地搓着手，"这可是千年等一回啊！"

"咋这么巧？"她皱起眉头。

"这就是芝麻掉进针眼里嘛！我饿了，先解决肚子问题。"进饭店后他先点红酒，又把微型公文包放在桌子中央。

"不过年不过节，喝啥酒？"

"酒逢知己千杯少。为我们四十五年的友谊干杯！"忠德举起酒杯，"切记要迂回，转弯，侧攻。不但'润物细无声'，还要'水过无痕'。"他不断地告诫自己。

"你朋友找到了吗？"她不紧不慢地问。

"这事不急，慢慢找。你的回忆录写完了？"

"正等待出版。"

"大陆还是港澳？自费还是公费？"

"大陆能出版这本书，说明真'和谐'了。"她微笑着说道，"自费还是他费并不重要，重要的是拒绝遗忘，发出呐喊。这是我的初衷，也是我的使命！"

他举起酒杯，趁机把包挪过去一厘米。"你朋友在香港还是澳门？生意人还是笔友？"他迫切地问，而且分贝很高。

"你以前一直'含泪劝告'不让我写回忆录，还让我'幸福'地接受迫害，夹着尾巴做人。"她微笑着，"你不愧是一流的党务工作者，二流的中学同学，三流的人啊人。"

"……二十一年前，我有不得已的苦衷。"他咳嗽了一声。

"废话少说。今天找我什么事？"她沉下脸。

"老同学，偶遇！"

"千年等一回的偶遇？你活不了千年，我也活不了千年，极权更活不了千年。"她冷笑着。

"你不要怀疑我们半个世纪的友谊。"忠德正色道。

"友谊？我看也就是不堪一击的豆腐渣工程。"她端起酒杯。"该不是鸿门宴吧？"忠德的脸红了又青，青了又紫。这时手机响了，忠德敷衍几句赶紧挂了。

"为了你的书，干三杯。"忠德喝了一杯又一杯，直喝得满脸酡红，现在只差唱《饮酒歌》了。这时手机又响了，悍妻在电话里嚷着："你不是说今天出公差吗？公差就是为公家做事，可单位咋找不到你？"

"我就是公差，别打扰我。"忠德悻悻地关了手机，"刚才……咱说到哪？"

"正说到中国的现状：不贫贱也能移，不富贵也能淫，不威武也能屈。"她微笑着，"中国人已堕落成两条腿的动物。"

"就是！就是！"忠德下巴上抬，努力露出笑肌。这时铃声响了，"在这里！在这里！"她指着包嚷着。忠德忙打开包，一颗红点在闪耀。他扑过去，用身子去遮红点，用身子去盖红点。

"我还以为是相思红豆，却原来是录音笔上的开关。"

"别……别误会！"忠德一动不动地趴在包上。

"你还是把拉链拉上吧！"她淡淡地说。这时铃声又响，他又惊慌又尴尬，接也不是，不接也不是。他抬起头，看见她手里拿着电话。

"电话是我打给你的，本想测试一下友谊的含金量，可你沉不住气，打开包露了馅。"

"我……"

"为我们半个世纪的友谊干杯！"她站起来，把手上的酒一滴不剩地浇在他脸上。

七、吴爱党

1

爱党翻箱倒柜，终于在箱底翻出一只盒子，盒子上扎着一块绒布，上面绑着一道道麻绳，活像绑缚刑场的阿 Q。

盒子里躺着一根项链。虽样式陈旧，却是足赤足金的老货。她不明白，在万恶的旧社会，小脚，失业，文盲，病歪歪，外加要抚育半打儿女的老母，居然能攒下金首饰？她不明白，在幸福的新社会，大脚，工作，认字，健康，外加只抚养一个独生子女的她，居然要出卖母亲攒下的金首饰。

"漏水了！漏水了！"儿子嚷着。她奔到天井，只见水幕连连，瀑布哗哗，裂开的屋顶成了泄洪口。当初她为了把天井搭成能栖身的小屋，用了最廉价的水泥预制板，想不到大雨一到，水泥预制板一分为二，于是天井成了水帘洞。她赶紧跳进水里，先抢救被褥再抢救书籍。儿子先用水桶接水，后来干脆让锅盆碗瓢排成一条长线。水位在上升，锅盆碗瓢被水柱打得七零八落。一张张写着公式写着英文的纸，如一群弃儿在水中沉沉浮浮。儿子死死地看着纸，看着看着眼睛红了。他猛地踢开锅盆，仰头站在泄洪口下，任凭雨打水浇。

"别这样！"她拉着儿子，儿子一动不动，眼神里的绝望，如冷光四射的匕首。

"爱党……"丈夫在里面喊着。她扔下儿子冲进房间，劈面就是一双凄切凄楚的眸子。她一掀被子，一泡粪便不偏不倚地耸立在被单中央。

"我……"偏瘫的丈夫一眨眼，一串浊泪滚滚而下。爱党心酸地转过头，抹去他眼角的泪花，也抹去自己眼角的泪花。

雨还在下，艳阳却撩起了面纱。半阴半阳的黄梅天就像她的心情：绝望中孕育着希望，阴霾中渴望着阳光。"子规夜半犹啼血，不信东风唤不回"是她的信念；"精诚所至，金石为开"是她的格言。还有吗？有！宝钏寒窑十八载；唐僧取经八十一难；鉴真东渡半辈子；霞客游记誉天下：没有磨难，焉来正果？

电话响了，黄书记让她过去一下。爱党怀着憧憬，带着激动，像小鹿般奔到居委会。

"你的工作……有一些调整。"书记佯笑道。

"党叫干啥就干啥！"爱党把急剧跳动的胸脯拍得"啪啪"响。

"从明天起，你只负责小区的保洁。主任一职，先由我兼任。"

"哦！"

"有想法？"书记冷冷地问道。

"接受领导分配，也接受组织考验。"爱党豪迈地说，"我已认购了四张世博门票。"

"你要考虑……你的经济情况。"书记有些犹豫。

"我要拿出实际行动支持世博会。"爱党一甩短发。这是刘胡兰的动作，也是张海迪的动作。前一个英雄挂了，据说牺牲在铡刀下，后一个英雄瘫痪了，听说瘫在轮椅上，但这两个英雄是党塑造的范本，既然两个范本都有甩发的动作，那我也让甩发来表白我的赤子之心，表白我和哥哥最后的决裂。

回家后，爱党拉了凳子，坐到男人身边喂他吃饭。饭还没到胃，肛门又开闸了。爱党放下碗叹了口气：满屋挂满了湿漉漉的衣物，还没下眉头，却又上心头。

儿子走过来，看了一眼后叹着气走了。儿子曾多次提出给父亲买纸尿布的建议，爱党一直没同意。一张尿布两块钱，五张尿布就是一天的菜钱。每天醒来的第一个念头，就是抡起斧子，把一分钱劈成两半；每晚做的第一个梦，就是上帝被她感动，把压在头上的穷山搬走。穷不算，还要打肿脸充胖子，叫着唱着"好日子"。咱们斗了一辈子也穷了一辈子，究竟"穷"跟着"斗"，还是"斗"跟着"穷"？这"连体基因"难道是中国人永远的条形码？这想法惊鸿一瞥后，立马被爱党镇压或者说颠覆了："这是邪教异说！"

爱党酷爱看新闻联播，播音员的每句话都是天籁之声；爱党喜欢看人民日报，白纸黑字字字珠玑。这局面持续了半个世纪，却在狂热地看春晚时被颠覆：那个以"二人转"而转成戏霸的老男人，竟导演了"不差钱"的小品。爱党愤怒地冲屏幕嚷着："谎言！谎言！这谎言可以进吉尼斯大全。"话一出口就有了后怕，有了反省，有了自己掌自己的一幕。第二天上班后的第一件事就是向书记汇报，反省自己被反华势力腐蚀的沉痛教训。

当她使劲把男人扶起时，发现他屁股上已生了褥疮，身体也散发出阵阵异味。"异"可是维稳大忌。她一横心，一使劲，把男人拖进浴缸。她本想放一缸热水让男人关节松弛，四肢温暖，让每寸肌肤张开毛孔。但一想，一缸热水是什么概念？

是的，中国是有水立方。但这是给外国人参观的面子工程，这是给有钱人戏耍的泳池。水立方对百姓来说是鼻子上的肉，闻得到吃不着。

于是她脱了外衣，身上只剩又破又烂的三点式。她不喜欢炫耀三围，更不愿在病人前展示胴体美，但为了节省水，只能比基尼登场。她在浴缸里放了椅子，扶着男人坐上去，打开龙头旋即又关了龙头。她把男人像死狗一样拖出浴缸，在椅子下增设一只脚盆，这样的话，洗澡水就能拖地板冲厕所，水循环地使用，反反复复地使用，是这个家庭的基本国策。

男人二进二出浴缸，让她大汗淋漓。她一辈子没尝过桑拿的味道，现在总算尝到了。她用大腿顶着男人的后背，侧着身子弯下脑袋为他打肥皂。男人如"不倒翁"般来回晃动，晃着晃着倒下成了扶不起拉不住的刘阿斗。就在她手忙脚乱之际，儿子回家了。猛见半裸的母亲，儿子大骇。此刻她顾不得害羞，赶紧和儿子把男人抬到床上。男人身上的澡沫还没擦净，闹钟响了。

"今天不是星期天吗？"儿子生气地说。

"我组织的活动不参加，岂不让人说闲话？"

"反华势力说了一辈子闲话，也没有让共产党改弦易辙。"儿子冷笑着，"今天是公益还是义工？是捡垃圾还是世博会巡逻？"

"今天是歌咏班活动。"

"排练你的《东方红》？"

"除了规格小，应该说这就是一出《东方红》。"爱党顾不得洗脸，摔门而去，离公园还有三米远，丝竹声就飘过来，红歌一飘，她一个激灵一亢奋。"红歌啊红歌，你是我的空气我的亲娘，我爱你，就如老鼠爱大米；我爱你，就如屎壳郎爱大粪。这是我襁褓中的摇篮曲，儿童时的催眠曲，中学时的进行曲，工作后的成长曲。应该说，这也是我大殓时的安魂曲。"她自言自语着。一辈子浸淫在红歌中的她，对红歌有了瘾，有了乐此不疲乐不思蜀的瘾，有了难分难解难离难弃的瘾。

波浪形的长廊上挤满了人。有的敲鼓，有的摇铃，有的吹琴，有的击打。引颈高歌引来赤潮一片。这哪是唱歌？这是吼叫，这是发泄，这是神经质的颤栗，这是歇斯底里的呼唤。龇牙咧嘴的，挺胸凸肚的，五音不全的，猥琐畏缩的，悉数登场。

"爱党来一个。"一胖女飙歌飙的青筋暴跳，臭汗淋漓，终于有让贤之意。

"不行！我嗓子倒了。"爱党惋惜地捏着喉咙，反复地捏，来回地捏，就如"泥人张"在捏工艺品。爱党本来有一条刮辣生脆的好嗓子，可惜发生了"倒嗓"事件，生生断了她的独唱生涯。

五年前，被"改革开放"一脚蹬下台的丈夫，只能去私人企业打工。连日加班连轴工作，多年的劳累终于引发了他脑溢血。虽然脑溢血发生在上班时间，但老板就是不承认工伤。虽然爱党也愿让丈夫开脑破膛验明正身，可没人接这个茬。于是爱党推着轮椅中的丈夫，去找敬爱的党妈妈一吐衷肠。

她寻寻觅觅，党代表洪长青还没寻到，却被人民警察一电棍打倒。爱党脆生生地嚷着："我叫吴爱党。我爱党，非常爱党。"

"啪！啪！啪！"电警棍如电蚊拍，傲人地响着。"你这个反革命分子。"

"我十八岁就入党。不信，可以在我的胸膛上划一刀。"被击中咽喉的她嘶哑地喊道。

"吴爱党就是勿爱党，不爱党就是反革命。"警察的分贝比她还高。爱党懵了，一分钟后大彻大悟。"我明天就去派出所改姓。我恨！我恨我的老祖宗为什么有这个个姓！"

"改什么姓？"警察狞笑着。

"把吴改成姚。姚爱党！我的名字叫姚爱党。"虽然她叫得声嘶力竭，脖子上继续挨了一电棍。"上访的女神经。"

"我不是女神经，我是姚爱党，我是姚爱党。"她再次嚷着，但声音却像被"人肉搜索"后的官员没了分贝，她被警察像死狗一样拖进卡车。

"爱党来一个！"

“米一个。”丝竹响了，掌声响了。胖女嚷着：“嘶哑不要紧，只要主义真。哑了吴爱党，更有后来人。”

“对！唱不唱是态度问题，唱不好是技巧问题。”爱党一甩头发，接着是一个正宗的丁字步，英雄的造型赢来喝彩一片。“我唱京剧：都有一颗红亮的心。”

“爱党，你是唱小铁梅，还是唱你自己？”胖女眨眨眼。“寓情于曲，寓曲于情，寓教于乐，寓乐于教。”她声音嘶哑却掷地有声；虽声音嘶哑，感情却浓烈得化不开，冲不淡，百年一颗苦橄榄。她如北京填鸭，引颈高歌，一曲下来果然是“埋荒匣底千年剑，吹裂人间一尺箫”。

晚霞染红了天边。吼叫的嗓子哑了；发泄的头颈酸了；神经质的抽搐停止了；歇斯底里的痉挛隐匿了——丑剧终于落幕。

爱党经过菜场，买了两只碎壳蛋，一把发黄的下脚菜。到家后发现儿子躺在天井湿漉漉的床上。“工作的事，有消息吗？”

“……又毙了。”

“……子规半夜犹啼血，不信东风唤不回。我们要相信政府，相信党。”

“我一个名牌高才生，竟竞争不过函授的野鸡大学生。”儿子冷笑着，“株连啊！殃及啊！就因为我有个炼法轮功的舅舅。”

“别胡说。要说株连殃及，咋还让我干居委会？我马上再写份思想汇报，精诚所至，金石为开。”爱党斩钉截铁地说。

“小吴……小吴。”男人呻吟着。爱党转头寻找音源。

“咦！你咋不叫我名字？”爱党摸着丈夫的头，“从现在起就叫你……小吴。”

“为啥？”

“‘爱党爱党’叫得别扭，叫得恶心，叫得毛骨悚然。”丈夫费劲地说。“你思想有问题；你的思想还污染了儿子。没有党，就没有我们的一切。”

“我们的一切是什么？是贫穷，是屈辱，是没有尊严的生活。”儿子从床上跳了起来。

“胡说！你爹虽病，但还活着。”

“你是说，美国人民生病就拉出去毙了？‘但还活着’？父亲为共产党卖了一辈子命，现在谁管他？他的工伤费呢？他的医疗费呢？他的权益呢？温家宝说要‘幸福而有尊严地活着’，父亲有吗？我们有吗？”儿子一跺脚，“啪”，一只西瓜被踩成一滩水，一滩血水。

“哪来的西瓜？”

“我买给父亲吃的。”“你哪来的钱？”“我卖了居委会发给我家的世博会门票。"

"啪"，她随手就是一巴掌。儿子捂住脸，愣住了。

"……儿子！"她抱歉地搓着手，"江河回归大海，靠的是百折不挠；万物朝拜太阳，靠的是一片赤诚；我们不能因小小的困难而……"

"你这个政治上的偏执狂，你这个精神上的受虐狂。"儿子拂袖而去。

又到了万家灯火的时刻。但爱党的心空寂着，荒芜着。突然，一盏灯朝她走来，这是冰心的"小橘灯"，这是郭沫若的"街灯"。这么多年，她读"灯"点"灯"盼"灯"爱"灯"，虽然"灯"没有给她带来光明，她依然剃头挑子一头热，发出一股股的蒸汽。如果说苏轼是"老夫聊发少年狂"，那她就是"老妇聊发爱灯狂"。于是她再一次去翻项链，却在箱底发现一摞绳子捆扎的东西。这是一叠证书：优秀党员，技术模范，十佳青年，技术专利……这是哥哥的骄傲，也是哥哥的过去。

哥哥曾是家庭的骄傲，学校的骄傲，单位的骄傲。可是哥啊，你为什么不走在"灯"照耀的范围里？你为什么偏离了组织设定的轨道？由于你的越位，你这颗耀眼的行星，成了消失在苍穹中的流星。你自毁前程不算，还毁了我的前程，毁了我儿子的前程。我们活着，不就是看看 CCTV？不就是听听"三个代表"？不就是填饱肚子？不就是睡个囫囵觉？你想咋地？你还没咋地咋地就挂了，不但你挂了，我的主任也挂了，儿子的公务员也挂了，这个家也挂了。解铃还须系铃人，虽然"文革"结束，但"大义灭亲"没结束，我只能用"大义灭亲"杀出一条血路。我不是禽兽不如吗？不！禽兽生活在丛林就必须遵循丛林法则，我生活在核心时代就必须听江核心的。我不是卑鄙龌龊而是入乡随俗，想到这，她浑身一轻松。

街灯亮了。广场上的音乐响了。有人拿话筒，有人扭腰肢，有人压大腿，有人抖二腿。都说中国人坚韧坚毅坚挺坚强，连地震都震出一个猪坚强，此话果然不谬！

昨天，有学娃在她窗下朗诵新长征之歌："人民不怕远征难，贫穷耻辱只等闲。陪台坐台腾细浪；买官卖官走泥丸。圈钱圈地高官淫，学娃飞渡铁索寒。三座大山压头上，不活不死不开颜。"学娃的话音未落，她一把将其拽住扭送到居委会。

小区治安员来了，片警来了，街道综合办来了，就在区国保审讯学娃而她乐不可支时，一辆宝马绝尘而来。车门还没有打开，呼啦啦的办案员全围上去，鞠躬，弯腰，谄笑。学生大摇大摆走出居委会，在鞠躬的弯腰的谄笑的注目下，大摇大摆地上了车。

爱党又气又窘又恨又怨，恨自己眼珠不争气，错把公安局局长的公子，当成世博会中的不稳定因素，这不是自己朝自己脸上抹屎吗？

3

她按照电话上的地址，来到某高档住宅区。门卫像审犯人一样，一遍遍录口供，完了还打电话进去，验明正身才放行。爱党有些嘀咕，我好歹也是居委会干部，也是党的人，咋成了本拉登式的恐怖犯，萨达姆式的嫌疑犯？

门一开，爱党的眼就花了，这不是梦中的水晶宫吗？富丽堂皇得让她瞠目，金碧辉煌得让她结舌。她脱了鞋，进也不是，退也不是。最后一狠心，踮着脚尖走进去。

"这不是我的小天鹅吗？不！应该说是老天鹅。"粗嘎的声音里，带着显而易见的鄙视。

爱党心中一动：这声音好熟悉。她抬起头，看到一张熟悉的脸。"是你？"

"天呐！这还是你的声音吗？小黄莺怎么成了唐老鸭？"

"别来无恙？"爱党克制着羞涩，笑吟吟地问。

"这话应该我问你。虽然你拒绝了我的爱，但我活得滋润，你活得悲惨。"

"你的滋润不是源于你的能力，而是源于你的父亲。"

"那你可以重新投胎啊，我的学习委员！"他捏住她的鼻子，爱党使劲挣脱了。

"要知道你是项链的买主，我绝对不会卖。"

"呦！还是刘胡兰的脾气，你脑子里的芯片依旧，跟宣传部是一个模式。"

"我不是来接受侮辱的。项链，要还是不要？"

"你要多少？"

"你看着办。"爱党掏出一个盒子。

"项链值五千，给你一万。听说你儿子求职无门，听说你男人求医无门……"

"我不是来接受施舍的。"爱党拿起盒子就走。

"难道你不想买世博门票？"爱党的脚步，被这句话钉在地板上。

"听说你一边在捡下脚菜，一边还在交纳党费，好一个贞女节妇！"

"子规夜半犹啼血，不信东风唤不回。我自有我的信仰。"爱党挺起胸膛。

"好一个感动中国的巾帼，可惜杨柳有意，东风无情。"他冷笑着，"只怕是'凭吊无端频怅惘，寒林萧寺暮鸦飞'。赤子心，屁不如。知道吗？写《中国可以说不》的作者和推手，已拿到美国绿卡。"

"……人各有志，见仁见智。"

"你是世界上最愚蠢的女人。"他恶狠狠地说，"被彻底洗脑的白痴。"

“我不卖了。”爱党攥起盒子，站了起来。

“请你坐下。”他做了个极优雅的动作，“我下月移民，房子空关。你一星期打扫一次，工资二千。”他掏出钥匙放在桌上。

“我不需要。因为居委会的工作让我找到了尊严。”爱党一脸凛然。

“……哀其不幸，恨其不争！”他长长吐了一口气，“你真把共产主义事业作为你追求的目标？你知道一年有多少高官出逃？一年有多少美金转移？”

“你不也转移了吗？”

“既然我无法制止罪恶，只能独善其身。说到‘独善其身’，这是谳语也是谎言。中国没有一个高官能出污泥而不染。就连那个发誓‘让人民幸福地有尊严地活着’的总理都做不到。充其量，只是五十和一百步之别。”

“你太悲观了。”爱党冷笑道，“是太阳就有黑子。”

“罢！罢！罢！因为我曾经爱过你，所以想给你帮助。可悲之人，必有可恨之处。你的悲在于看不到元凶；你的恨在于把元凶当恩人。拿上钱，你走吧！”男人一挥手。

爱党拿了钱刚出门，大门就在她身后“砰”地关上。爱党揣着钱，也揣着希望走出去。“精诚所至，金石为开！”她念叨，不停地念叨，她是唐僧，经一念就是几十年。

回家后她的第一件事，就是把哥哥的荣誉证书交给黄书记，又用卖项链的钱买了四张世博会门票。“党号召我们积极买票，我要带上老母，带上病夫，带上儿子一起去看世博。”

“……是吗？”黄书记皮笑肉不笑。

“是啊！祖孙三代看上海，祖孙三代看崛起，祖孙三代看世博……”她“呵呵”笑着，说着，比划着，兴奋着，唐老鸭的声音震动耳膜，震得玻璃嗡嗡作响。最后，她借了居委会一辆轮椅，兴冲冲地走了。路灯把她单薄的影子放粗放大放阔放膨胀，她在自己的大字中，踌躇满志地走着。

4

这是一个阳光灿烂的日子，爱党很早就起来了。她为男人刮了胡子，换上新尿布；又把母亲最好的衣服翻出来，使劲裹在母亲身上；她把自己收拾得清清爽爽，还破天荒地在发白的唇上点了唇膏。红彤彤的唇膏，进一步映衬了她发灰发青发黄的脸。

“儿子，快起床，快起床，今天我们祖孙三代一起去看世博……我们在门卫室等你，你动作快一点。”她兴冲冲地把轮椅推出去，又把偏瘫的男人扶到轮椅上，接着去搀颤巍巍的老母。刚走到门口，就发现门口站着三个人，原来是居委会的同仁。

"呵呵！你们想的真周到，政府想得真周到……"

"爱党，你不能去参加世博会。"

"多谢组织上的关心，但我一定能胜任这个工作。"爱党坚定地说。

"组织说了，你不能去世博会。你实在要去，我们陪同。"

"多谢组织关心，我一定参观好世博，宣传好世博。明天我就投稿，登在黑板报上。"

"你明天不要到居委会来了。"同仁嚷道。

"为什么？"爱党大惊。

"为什么？为什么？秃子头上的虱子，还问为什么？你被居委会开除了。"同仁加大分贝尖声嚷着。

爱党像被枪击中，整个人一下子呆了。

"先把病人抬进去，再把轮椅拖进去。再派一个人，站在她门口。"黄书记倒背双手缓缓走来，他一脸奸笑地看着她。

一滴巨大的眼泪，慢慢地滑出爱党的眼眶。她甩手抽了自己一记耳光。"我这是自取其辱，自取其辱啊……"她嚎叫着，撕心裂肺地嚎叫着，悲凉的声音传得很远很远。

果然是"埋荒匣底千年剑，吹裂人间一尺箫"。

八、曼陀罗花

1

手机响了，是陌生的号码。接起电话，一个陌生男人问："愿意单独表演钢管舞吗？"

"不！"她不假思索摁了手机。他是谁？他怎么知道我的新号码？她皱着眉拎起水壶。

窗台上摆着颜色各异的花。虽姹紫嫣红，却只是一个品种。这就像中国媒体，虽流派纷呈，却是一个主子豢养下的各色奴才。她嘴角一扯，露出一个鄙视到尘埃里的冷笑。

水雾中，曼陀罗花开得生机勃勃一派繁荣。曼陀罗花不只是在秋风中媚笑的菊花，也不只是在阳光下绽放的玫瑰。曼陀罗花热烈而冷酷，艳丽而有毒。它敢爱敢恨：叶，花，籽能入药悬壶救人，叶，花，籽有毒能致人死亡。叶有麝香味，远闻心旷神怡，近闻黄泉路近。化的朵良岩碱能制造麻药，也能让人毙命。生当花杰，死亦卉魂，这就是曼陀罗花的安身立命。比起无爱无恨，寡廉鲜耻的人来说，它是顶天立地的花魂。

小曼最喜欢黑色的曼陀罗花。此花凄美而诡异，通灵性，有感应，代表爱和复仇，爱和死亡。远远地闻着花，就有了渺渺的幻觉。幻觉中，她成了披斗篷挥利剑，行侠仗义劫富济贫的佐罗。"身无彩凤双飞翼，心有灵犀一点通"。因为此，她艺名叫曼陀罗花。

她放下水壶，对镜子吐了一口气。镜子上贴着粘纸，写着她一天的动向：上午学声乐，下午读西语，晚上跳拉丁，深夜瑜伽打坐。墙上挂着一副楹联："蹬鞍挥戈学木兰，谈诗论文亦清照"。最近，"蹬鞍挥戈学木兰，谈经论道步秋瑾"的新楹联挂在旧楹联旁。

为什么要搞楹联的颠覆？因为"身不得男儿列，心却比男儿烈"的秋瑾是女侠，而"凄凄惨惨戚戚"的李清照则是怨妇。中国有太多太多的怨妇，却鲜有佐罗般的女侠。"知否？知否？应是绿肥红瘦"的呻吟者沉渣泛起，而"我自横刀向天笑，去留肝胆两昆仑"的行动者却冬眠不醒。

平地一声炸雷。自邓玉娇横空出世后，"谈经论道不靠谱，一把剔刀平恩仇"的新新楹联又挂在新楹联旁。"快哉！恩仇分明，爱憎分明。与时俱进换楹联，该出手时就出手……"小曼正对着新新楹联一吐衷肠，手机响了。

"哥！我打了一夜电话，怎么不接？"

"我正在医院做血透……"对方气若游丝。

"哥啊……"

"妹子！与其生不如死，不如做个了断。哥已经决定不治了。"

"哥！我一定要救你，我一定想法给你打款！打款！打款！"她尖叫着，感叹号一个比一个重，一个比一个尖锐。

放下电话，她如困兽在笼里转开了。转着转着，她从鞋底抽出一把匕首，匕首寒光四射，刀刃锋利。她的指尖深情地抚摩着刀刃，如母亲抚摩孩子。

八年前，下乡搞"湖南农民运动考察"的书记一见她，当即认领了这个没爹妈的苦妹子。后来呢？后来书记没把苦妹子送进学堂，却送到自己床上；后来呢？后来她为铁匠铺做学徒，让铺主锻造了这把匕首；后来呢？后来吴清华用匕首刺中洪常青的"裆中央"；再后来呢？再后来她浪迹天涯，哥哥坐牢；再后来呢？再后来她成了表演钢管舞的白毛女，而哥哥却在坐牢时被打伤，成了每周血透的肾病人。

钢管舞啊钢管舞，实指望硬邦邦的钢管舞，能让观众血气方刚，想不到除了下半身硬朗，竟激不起观者的半丝血性。啊呀呀！国人除了本能能和西人打擂台，委实是精神上的乐业病夫。"玉娇啊玉娇，早知如此，不打匕首打把剔脚刀。一刀砍下淫官的根，一刀夺了淫官的命。"她的思绪在天马行空，手指一遍遍地抚摸着刀刃。

手机响了，又是那个陌生的男人："能否再考虑一下？"

"要是价钱翻两番，我就去。"

"一言为定！"半小时后，男人开着路虎，把站在路边的她接走了。

小曼坐在副驾驶位上，用余光打量匿名人。他戴着一顶遮阳帽，硕大的墨镜遮住大半个脸。世博后，警方扫黄动了真格，"天上人间"被封，钢管舞也下岗了。她不知道他的身份，却知道他手眼通天：新手机才买一天，他就跟踪而来。

"请戴上这个。"匿名人拿出黑眼罩。

"如果我拒绝呢？"她冷笑道。

"戴眼罩另加五千。"匿名人把眼罩递过来。戴上眼罩的她在黑暗中猜测：他是经商还是从政？他是警察还是黑道？咦！我咋这么傻？现在官亦商，商亦官，匪亦警，警亦匪。假作真时真亦假，真作假时假亦真——且看这肮脏的大观园，门口的石狮子都浸淫了罪恶。

车子开进别墅，匿名人一进门赶紧放下饰有流苏的窗帘。沉甸甸的水晶灯，散发出氤氲的气息。房中竖了根钢管，让华丽的客厅显得不伦不类。取下眼罩换了衣服的她，腾地上了钢管。她的舞激昂刚烈，如一道闪电劈于云中，如一声雷震于山水，如一道虹绚丽于大地，如一只魈引颈于峡谷。起伏中的动感，肢体中的节奏，是一阕愤怒的"天问"。眸子，刺穿迷离的灯光；四肢，击破氤氲的气息。回眸中，带着美人鱼的娇媚；转身时，带着狮身人面的凛然；腾跃再腾跃，她就是驰骋不息的哪吒；旋转再旋转，她就是摧枝折干的飓风。

匿名人自始至终戴着帽子墨镜，从头至尾冷漠冷峻冷静地观看。但他渐次渐地沉重的呼吸，如放大的风箱，传递着脉搏的跳动，思绪的波澜，精神的张弛。

她终于滑下钢管。下蹲，抬臂，仰头，转身，整个动作一气呵成。当她热烈地仰望上苍时，全身肌肉如蓄势待发的弓箭，呈现一种张力的美。这个造型，让空间扩展，让时间凝固，它把人体的美和青春的力量表达得淋漓尽致。这时，一个高亢的音节冲出匿名人的喉咙，他打破了设定的矜持，融化了伪装的冷峻，他热烈鼓掌大声喝彩。偌大的客厅如回音壁，掌声和喝彩声经久不息绕梁不止。

她在玄关处换鞋时，看见地上有一张纸，那是物业费的收据。仅一眼，她就记住了上面所有的内容。

她正在网上寻找换肾的有关事宜，表妹哭哭啼啼闯进来。"矿难了……爹被砸死了，村里死了几十口人。"

"矿难！矿难！有多少矿难，就有多少大裤衩的狂欢。"她一拳砸在桌上，"还不快去找矿主？"

"矿主正忙着发红包——不是发给死者的抚恤金，而是发给媒体的封口费。"

"无耻的媒体！"她一拳砸在键盘上。

"娘不行了……借点钱吧！"表妹抽泣着说。

"我没钱，你也没钱。我们的钱都被贪官挪到国外了。"她咬着牙，咬得五官扭曲。

"生不如死……生不如死。"表妹嚎啕大哭。

"哭什么哭？"小曼一脚蹬翻椅子，又弓身跳上桌，又跳又踩，桌子发出"咯吱吱"的呻吟。"我们要把钱抢回来。"

"这怎么能够？"表妹吓得脸都白了。

"叫上你男友，叫上二愣子……他爹不是患了白血病吗？"

"使不得！使不得！"表妹连连摆手。

"伸头一刀，缩头也是一刀。你为娘做盗，我为哥做贼，逼上梁山，只为尽孝。"

赵局到别墅时，天黑透了。他脱下身上Ｎ道杠的警服，也褪去身上Ｎ道的光环。镜子里，一个肌肉松弛，赘肉累累的老男人一览无余。

他钻进浴缸，把自己藏在厚厚的泡沫里。白天，警服让他威风；晚上，泡沫给他安全。他明白，只要附加物消失，他就是一具躯壳，一具日趋衰老的躯壳而已。

八年前，他在自家席梦思上和警花造爱，想不到悍妻举着菜刀闯进来。他只知道朱德二把菜刀闹革命的红色传奇，想不到在爱巢，也上演了二把菜刀闹革命的红色政变。在这场轰轰烈烈的裸体自卫反击战中，他的裸根不幸受到毁灭性伤害，从此一蹶不振，清心寡欲整八年。

他永远也忘不了某月某日某下午，素有"后柳下惠"之称的他微服私访"人间天堂"。当他转悠到舞厅时，钢管舞者的妩媚和英气，不由分说俘虏了他。他躲在柱子后面，贪婪地看着她，一如巴黎圣母院的神父，贪恋地看着艾丝米拉达。舞蹈热烈奔放，自由的精灵翱翔于天地，盘旋于山水。不！他在柱子后面嚷着：我不容许你这般地热烈，我不容许你这般地奔放。我要禁锢你的舞蹈，因为你的钢管舞里，有自由的热度；我要禁锢你的舞蹈，因为你的钢管舞里，有渴望的元素。因为我邪恶，所以不许你干净；因为我阴暗，所以不许你明朗；因为我扭曲，所以不许你透明；因为我乖戾，所以不许你热烈。因为我只有此恨绵绵，所以不许你爱意盈盈。我是黑天鹅，一定要拉着白天鹅坠落到无垠的黑暗中。

他躲在柱子后面，死死地盯着她。你是吉普赛女郎艾丝米拉达，我就是至高无上的神父克罗德。你的舞蹈属于我，你的身体属于我，你的灵魂属于我，你休想逃脱我的控制。他恶狠狠地盯着她的举手投足一颦一笑，他恶狠狠地盯着她起伏的裙裾，翻卷的长发。她的舞姿让他颤栗，她的笑容让他癫狂。她的钢管舞如一阵风，吹皱一潭死水，涟漪阵阵，死水微澜！死水微澜……对！死水微澜，因为他的根有了微动。他疾风般冲出去，又旋风般冲进来……

"八年前，风雪夜，大祸从天降……"他沉浸在热水和泡沫中，沉浸在"小常宝"特有的悲愤中。"八年了，八年了，我终于盼到这一天了。"他把手伸出水面，用脚拨开泡沫："盼星星盼月亮，只盼着深山出太阳，只盼着能在女人前把头昂，只盼着早日还我男儿身。只盼那，讨清八年血泪债，恨不能生翅膀骑到女人身上……"最后一句，他唱得声嘶力竭穿云裂帛，直唱得洗发水从架子上滑下，直直砸到他根上，根又是一动。

"哇！"他跳起来冲出浴缸，深情地搂住房间中的钢管。他搂着钢管，原汁原味地回忆钢管舞，原生原态地回忆红舞娘。她是春风，拂醒我；她是秋雨，滋润我；她是艾丝美拉达，唤醒了神父克罗德的爱。"啊！我的太阳！我的太阳！谁让我撅起，谁就是我的太阳！谁让我雄起，谁就是我的太阳！不管撅起还是雄起，都是我的真理。"他对着空旷的大厅嚷着，大厅里回荡着一个粗嘎的，粗野的，粗鲁的声音。他歇斯底里地嚷着，比克罗德更疯狂，比克罗德更癫狂。他嚷着笑着闹着嚎着，在极度的疲乏中，搂着钢管沉沉睡去。

天亮了，他醒了。盥洗一新的他，穿上笔挺的制服，扛上 N 道杠。今天要去市里开会，布置世博会进一步的安全工作。他要上听精神，下发指示，左手维稳，右手镇压。运筹海陆空三军，只为了封嘴封口；狂砸四千亿银子，只为了扬威炫耀。白天他是天使，佯装的天使；黑夜他是魔鬼，真正的魔鬼。他在双重角色中起承转接，他在角色中不断磨合，磨得卯榫相接，合得天衣无缝。

出门前，他端端正正地戴上警帽，突然他的手不动了，他看见敞开胸膛的保险箱。他略一沉吟，摁了一串烂熟于心的号码。果然不出所料，手机停机了。

他抽出一支烟，一口气吸了半根。好在赃物还没进保险箱，损失微乎其微。退一万步说，就是损失一座金山，明天还可以再搜刮第二座金山。钱对他，只是一连串的数字。多几个不喜，少几个不惊。失窃可以忽略，但权威不许受到挑战。但……投鼠忌器啊！

"宁可我负天下人，不可天下人负我"，这是他的行为方式。曹操英明一世却错杀华佗，造成他终生的遗憾。曹操一生中最愚蠢的不是满门斩杀招待他的吕伯奢一家，而是杀了能救治他病的华佗。从此，头疼病一直陪伴曹操走到黄泉路。

她就是他的华佗。此生此世，只有她能救他于死水微澜。猝然中，奔放的舞步，曳地的裙裾，飘扬的头发，如沙尘暴呼啦啦朝他袭来。他一头朝地毯扑去。地毯上有她的气息，她的体温。他像克罗德把脸埋在艾丝米拉达怀里一样，把自己的脸埋在地毯上。欲望如钱塘潮水猝然而来。欲望是绞索，死死地勒在喉咙上。在近乎窒息的痛苦中，他体验到了一浪高于一浪的高潮。

哦！高潮！高潮！高潮褪尽后，思念如啮齿动物，把他的心噬咬得支离破碎。"我不能失去她！我一定要得到她！"他把铁一般的拳头塞进嘴里。

3

小曼去了一次老家，她把钱藏在一个天知，地知，她知，哥知的旮旯里。返沪后她搬到郊区，买了假身份证，和过去彻底做了个了断。她报名参加会计培训班。离群索居的她素面朝天，开始了新生活。

就在她渴望和憧憬新生活时，一副铮亮的手铐铐住了她，她和表哥表妹一起被押到看守所。进看守所后，她一次没被提审，也没受到狱霸的凌辱。隔壁传来表妹的提审声，表妹的哭泣声，表妹的惨叫声。憋不住的她摇着栏杆大叫："我抗议！我强烈抗议！我严正抗议！我要求提审！提审！提审！"犯人大笑。有人说她像中共口交部的龅牙李肇星，有人说她像中共抗议部的假儒杨洁篪，不管李肇星还是杨洁篪，他们的生涯就是抗议的生涯。"抗议！强烈抗议！严正抗议！"虽口气强硬态度决然，虽代表"五十六个民族十三亿人"，但越南和柬埔寨都眼皮不抬，就连小小的缅甸都对抗议嗤之以鼻。

"你就死了提审这条心吧！"狱友们笑得前仰后合。两个月后，她终于被押到地下室。一个男人戴着遮阳帽和墨镜，坐在桌子后面。

"你？"小曼揉了揉眼。

他不说话，一支笔在桌上敲啊敲，敲得冷恻，敲得阴森，敲得她心跳如鼓。

"你想怎样？"她一横心，"我是主谋是主凶，要杀要剐冲我来。"

他还是不说话，只是一个劲地敲。这哪是笔，这是雨打芭蕉，秋风秋雨愁煞人啊！

"有话就说，有屁就放！"她努力让自己镇静下来。

"你哥做血透还是换肾？"他漫不经心地问道。

"这事和我哥没关系！不要株连，不要殃及，不要嫁祸……"

"如果你愿意，我可以在看守所为兄妹搭一座鹊桥。"他依然和风细雨。

"不要抓我哥……"小曼的唇如秋风秋雨中挣扎的芭蕉叶。"不抓你哥也不抓你，你只是公安的卧底，警察的线人。财务培训结束后，我推荐你到街道任职。"

"……"她张大嘴，如被电击的蛤蟆。

"你参与破案，为人民立功，工作结束明天走人。"他大步出门。门外的阳光，把他镀成一个金人。

一个月后，小曼看到一则新闻："本市最大的一起入室抢劫案，终于告破。"大标题下报道了犯罪分子的特点：一是团伙，二是家族制。文章在结尾处提到公安民警在群众举报下，打了个漂亮的歼灭战，为上海世博会献了份厚礼。

小曼知道自己就是"群众"。明明是主犯，却变成有功之臣；明明窃的是民脂民膏，却说为人民除害。这社会黑透黑透，黑得看不见一丝曙光，但在粉饰下却成了阳光灿烂的伊甸园。

呃！呃！她发出填鸭才有的声音。她是填鸭，十三亿人也是，每天被掐着喉咙，灌下有毒食品。哦！灌食！灌食！你吃也得吃，不吃也得吃，吃还是不吃的权力在党手里。哦！灌食！灌食！你只能被人掐着喉咙，灌进肉体上的饲料，灌进精神上的砒霜。小曼跳起来，困兽样在房间蹿开。她习惯性地去摸鞋底，匕首没了，进看守所时被搜走了。警察荷枪实弹坐防弹车，百姓却要实名买菜刀；警察刑讯逼供是执法，百姓有匕首就是本拉登。这社会岂止指鹿为马，就是指人为马都没有人抗议。

你们不抗议，我却要抗议。小曼脱了外衣，十个手指在键盘上跳跃。大弦嘈嘈如急雨，小弦切切如私语。嘈嘈切切错杂弹，大珠小珠落玉盘。转帖！转帖！转到天涯，转到海角，转到猫眼，转到狗眸，转到互联网。转啊转，转得怒发冲冠，转得心花怒放。转罢帖子一捶击，键盘一声如裂帛。

但是，心花怒放只是昙花一现，无数个五毛党如出巢蚂蚁，铺天盖地而来。手起刀落，手起刀落，斩它个落花流水，杀它个片甲不留。斩斩斩！斩一刀就是五毛；杀杀杀！杀它个赤地千里能领赏。你斩你的，我发我的，和时间赛跑，和刀子赛跑。小曼不气馁，继续发帖转帖转帖发帖，如揭竿而起的娘子军。

这晚小曼睡得很香，梦中她牵着哥哥的手，在广袤的平原上奔跑。四周一片翠绿。没有泥石流，没有塌方，没有决堤，没有地震。他们被一片片深深的绿溶解了，融化了，陶醉了。

赵局这两天喜忧参半。喜的是世博会的安全让他晋升有望；忧的是舞娘至今没成为编外的新娘。按捺不住的他，潜进她的蜗居，一眼就看见墙上的楹联。"谈经论道不靠谱，一把剔刀平恩仇"。要是楹联印在纸上，就是颠覆的标语；要是楹联呼出嘴，就是颠覆的口号——什么是朝廷要犯，这就是！

他妈的！一个邓玉娇已搅得周天寒彻，要在我手里再出现一个，不要说晋升，就是头上的花翎子都保不住。看来"该出手时就出手，当杀当斩莫蹉跎"了。想一想，克罗德爱艾丝米拉达不也爱到骨子里，但为了教会名声，为了自己安全，不也痛下杀手？

"不到万不得已，我绝不杀你。如果我没退路，我一定杀你。我先杀了你，然后再爱你——我就是中国的奥塞罗！奥塞罗！"他恶狠狠地掐灭了烟。

小曼这几天喜忧参半。明天就能拿到会计上岗证，但明天表妹就要开庭。她为曼陀罗花浇水时，带着黛玉焚稿时的悲伤。

凄美而诡异的黑色曼陀罗花静静地看着她，它是复仇之花，能预知死亡。小曼把手指放在花瓣上："明天，我要去参加开庭吗？"

"你去了，就一去不复返。"空气中传来空寂之音。

"你这是呓语还是狂语？这是谶语还是谲语？"小曼问花，花没有回答，但有几滴水从花芯中流出来，水晶莹剔透，像水也像眼泪。房间里是死一般的寂静，静得能听见自己的心跳。

第二天，小曼还是去了法庭。审判二庭的观众席上，稀稀拉拉坐着几个人。表妹家死的死，病的病，没家属来；二楞子家也病的病，死的死，也没家属来。

法警押着被告上来，才半年时间，表妹已枯槁如枯叶，身强力壮的二愣子也脱了人形，连走路都是法警架着。看守所果然是盛产"喝水死，睡觉死，躲猫猫死"的重地。

表妹坐在被告席上，不时地扭头张望。法警摁着她的头，让她老实点。

开庭了。先进行法庭调查，后进行法庭辩护，程序走得无懈可击，内容却有懈可击。从头到尾都是公诉人说话，辩护律师的声音和蚊子一样又细又轻。虽然小曼重金请了名律师，但名律师没有一点雄辩的意思，就连小辩都懒得张嘴。

走过场，走过场，一切都是走程序，走形式。审判只是一场杂耍。

表妹突然站起来："姐！姐！你来救我啊！我要是坐牢，娘就死定了！"

"扰乱法庭，把她押下去。"法官一努嘴。

"她是冤枉的！"小曼腾地站起来，"她不是主犯，我才是。"法庭突然安静了，静得可怕，静得瘆人。

"把这个疯子押进去。"法官一努嘴，凶神恶煞的法警朝小曼冲去。小曼直挺挺地站着，一丝惨笑挂在嘴边。

"赵局，拘留她的罪名是什么？"看守所所长小心翼翼地问。

"咆哮公堂，妨碍公务。"

"……她这是在法庭上自首！"

"那就算她发帖转帖罪。"

"……有这罪名？"

"罪名是人定的，不是还有'莫须有'吗？"

"我知道，我不是怕民意，民怨吗？"所长陪着笑。

"民意算个屁！民怨算个屁？记住，这是党的天下。"

"对！这是党的天下。我要密切监视她的一举一动！"

晚上，所长给赵局打了电话，说小曼要了纸和笔，正在昏暗的囚灯下写材料。"哈哈！又一个梦猝死。"赵局爽朗地笑道。

4

三天后，正在做血透的哥哥接到电话："我是公安局的，你妹妹昨晚死在看守所。"

"咋死的？"

"梦猝死。"

"啥叫……梦猝死？"

"因为在梦中太兴奋，所以猝死。你想解剖验尸吗？"

"当然。"

"那你交一笔款子。冷冻费，聘用专家费，手术费，场地费，人工费，加班费，最后还有火化费。喂！你怎么不吭声？"

"我……"

"申请解剖有时间性。你先办申请手续，然后等上级批准。这期间，你不得上访，不得打状纸，不得接受媒体采访。世博会期间案情全部从重从严。喂！你来还是不来？"

"我……"

"你要是申请了验尸而不交费，我们告你讹诈。另外，尸体冷冻费一天一千，温度超过常温还要加收特殊冷冻费……"

"……尸体由组织处理吧……"话没说完，就听到"啪"的一声。有人嚷着："快来人啊，打电话的人昏过去了。"

赵局回家后，在浴缸里泡了很久。他一边接受冲浪按摩，一边痛饮法国葡萄酒。"就你这舞娘，也想跟我斗？你是什么？你是棋盘上一卒子。不过河，替我守着地盘；过河，替我冲锋陷阵。你想做我的人体炸弹，门都没有？出师未捷身先死，死了未知怎么死。"他走出浴缸，把一盘光盘塞进机器，巨大的屏幕上出现一个绝色舞女。

"感谢山姆大叔发明高科技，让你烧成灰后还能欣赏你的舞姿。我要感谢你，治好了我的阳痿。"他斟了满满一杯酒，高高地举起了酒杯。

九、信访处长的一天

1

阳光溜进丝绒窗帘，像钉子户一样钉在眼皮上，于是老贾醒了，不是自然醒而是"被醒来"，他恼怒地撅起鼻毛。

"这根毛倒可以斗蟋蟀。"女人拔下鼻毛，竖在阳光下端详。

"一百零八。"老贾捂住鼻子。

"你是说，我是你第一百零八个女人？"

"不多！只比张二江书记多一个而已。"老贾满意地咂着嘴。

"你这个衣冠禽兽！"女人扇了他一耳光。

"我向裆中央保证，年内一定和你结婚。"女人抽出保证书，落款是老贾的亲笔签名。

"我放个屁你也当真？"他奸笑着。

"如果你想步海军司令员王守业的后尘，我绝不反对。"女人冷笑着。老贾一愣，手停在裤子拉链上。

"……你不是看中那套房子吗？"他抽出一张卡扔了过去。

"我不要你的臭钱。不结婚就曝光，就下台。"女人还在嚷嚷，他已摔门而去。

老贾把车子驶出大门时，阳光给"军事管理区，外来车辆禁止入内"的牌子镀了一层金色。他一踩油门，车子风驰电掣地冲出岗哨。车子冲出很远，卫兵敬礼的姿势还定格在后视镜中。

老贾笑了，他咧开嘴大笑。中学时，他趴在厕所的下水道上，用小圆镜偷觑女人如厕，结果被扭送到派出所，不但写检查，还收获了"下水道守护者"的美称。尽管他用名著《麦田里的守望者》来为自己打气，但阿 Q 的法宝，这一次没发挥应有的作用。只要一看见他，"下水道守护者"的呼喊就一浪高过一浪。任他的脸皮比首都的城墙还厚实，他终于还是有了讪讪。

　　现在呢？现在他在军事管理区狂嫖一夜，不但能接受军人带枪的保卫，还能接受子弟兵带枪的敬礼。这是什么？这就是做人的极致！极致啊极致，想到这他洋洋得意地挂了电话。

　　"伢啊！"一声亲切的呼唤，让他的心一热，他是娘的遗腹子。这辈子，他第一爱娘，第二爱权，第三爱色，这是他的"三个代表"。

　　"娘！村里拆迁的事咋样了？"

　　"伢啊，这事搞大了。二呆在拉标语，三愣在砌围栏，四娃在挖壕沟，五爷在做汽油弹，六叔在……"

　　"娘！他们鼓捣他们的，你只管三件事。"

　　"伢啊！啥事？"

　　"喝酒，搓麻，晒太阳。"

　　"我怎么能这么清闲？"

　　"娘！你只管清闲。动迁组一来，你举着我的名片就行。"

　　"啥名片？是不是那纸壳子？纸壳子有什么用？满大街就能拾一筐。"

　　"你跟动迁组说，让他们上网查，一查就立竿见影。"

　　"撒网？这个时候还打鱼捉蟹？"

　　"娘！我跟你说，你只要举着伢给你的纸壳子就行。这纸壳子具有原子弹的效果。"

　　"原子弹啥玩意？难道比汽油弹还厉害？听五爷说，怕是汽油弹也顶不住拆迁队，拆迁队比当年的日本鬼子还厉害。没天兵天将，怕是镇不住那帮天杀的龟儿子。"

　　"娘！听伢的。他们一进村，你就举起纸壳子。他们一进村，你就举起纸壳子。"他反反复复地叮嘱娘，叮嘱得比"社会主义荣辱观"还仔细。最后他还让娘朗诵三遍，确保万无一失后，才挂了电话。

　　电话响了，是他的马弁，保镖，打手兼线人打来的。既然党提倡新时期的复合型混合型兼容性人才，所以他也找了个党校孵化器里出来的四不像珍稀品。

　　"大哥，今天有什么吩咐？"四不像恭恭敬敬地问道。

　　"赶紧去修理她。"

　　"编号多少？"

　　"一百零八。"老贾用党史档案员的口吻说。"什么规格？"

　　"轮奸并拍照。"

　　"这……"四不像有些犹豫。"她可是你睡过的女人，照理我应该叫她嫂子。"

"不是嫂子是婊子。" 老贾咬着牙，"轮奸拍照，逼她就范……"

"大哥！请问'就范'是什么意思？"

"他奶奶的，我一急，忘了谈核心。"老贾笑了，"核心就是她不能做中心，只能做情妇这个基本点。她爆料，我灭她；她爆料，我灭她。"他加重语气。

"大哥说得对！她爆料，灭她没商量。"

"必须的！必须的！"老贾一踩油门，车子朝人民大道信访站驶去。

2

远远就看见信访站门口熙熙攘攘的盛况，一片黑压压的头颅，就如池塘里一汪蝌蚪。高举的手臂，贴胸的状纸，蹒跚的脚步，愁苦的面容，就像动画片里的唐老鸭。老贾嘎嘎嘎地笑着，笑声和唐老鸭有得一拼。

突然，一个亮点跳进眸子。"难道祥林嫂又回来了？"他揉揉眼仔细瞅，原来亮点是红点而不是绿点。

半年前，一个绿衣人成了信访站的老主顾。说起这女人他就要笑：自己残疾还捡了个弃婴；捡个弃婴还是个残婴；是残婴还砸锅卖房治病；愈后的残婴终于成了美婴。卡通故事如果到此也罢了，想不到故事峰回路转：某一天的某一分某一秒，一位官太太对美婴一见钟情。

绿衣人既没有办理领养手续，又有一个亲生儿子。于是街道以不符合领养条件为由，硬从绿衣人怀中抢走了婴儿。官太太在福利院填了张表格后，抱着婴儿扬长而去。

绿衣人为了残婴，一卖房子二离婚，现在落了个人财两空，焉能不恨？她瘸着腿，整天在信访站转悠，逢人就痛说革命家史，当仁不让地成为盛世中的祥林嫂。

老贾看绿看得烦了，于是把猪头小队长叫进来："把瘸子赶走！"

"我天天赶，甚至用鞭子抽，可赶不走。"

"那就用'踏雪无痕法'。"

"请问处长，啥叫'踏雪无痕法'？"猪头小队长龇着板牙问。

老贾冷冷地看着猪头。猪头本是屠宰场屠夫，干的是白刀子进红刀子出的营生，一脸横肉一身杀气。老贾把他弄到信访站，一是看中他过人的臂力，二是看中他有一颗冷酷的心。猪头倒也没辜负老贾的栽培，不是把访民打得哭爹叫娘落荒而逃，就是把访民的眼珠打得四下飞溅。访民怵他，恨他，咒他，但扳不倒，告不赢。于是打油诗如蒲公英的种子吹遍上海："信访站里一猪头，伟光正的一打手。见了访民就施暴，冷血残暴纳粹狗。"

国家安全局得到这信息，赶紧出警。查了半天，不但没查出打油诗的始作俑者，反而加速了打油诗的流通。打油诗不但从上海流向全国，还偷渡越境到国外。老贾怵了，他不是怵访民，而是怵他顶头上司黑胖子。黑胖子马上就要进入核心斧头帮了，怎么也要鸭子敷面膜婊子搞盛妆。

"你这个猪头，只知一味地砍砍杀杀，不懂韬光养晦。"

"扒什么灰？"猪头结结巴巴地问。

"不是扒灰，是韬光养晦。就是老邓说的橡皮棍子。"

"橡皮棍子就是打人不见伤，杀人不见血。这个我懂。"猪头一拍脑门，大有醍醐灌顶之感。猪头再回到现场，不是高举鞭子，而是殷勤地拉祥林嫂去喝茶。他一拉祥林嫂，她就发出尖叫；他一搀祥林嫂，她就发出惨叫。第二天，祥林嫂就从信访站消失，一直消失到现在。

"她瘫在床上了！她瘫在床上了！我捏住她的七寸，捏住她的命门。"猪头眉飞色舞地说，"我捏得稳准狠，捏得短平快。"

"有进步，知道韬光养晦，还知道打乒乓球的术语。"老贾点着头。

"江青是毛主席的好学生；猪头是贾处长的好学生。"猪头更兴奋了，"她在请律师准备告我们，可上海没一个律师肯接这个案子，因为让她瘫痪却没有施暴证据。"

"这就叫'踏雪无痕'。"

"高！实在是高！现在她就是告到联合国，屁用都没有。"猪头的大拇指来回晃动。

"咬人的狗不叫，这就叫韬光养晦。"老贾进一步阐述科学发展观的精髓，"党校聘我做客座教授。一是讲授'城管的于无声处'，二是传授'走向世界的韬光养晦'，三是阐述'信访站的维稳功能'。把一切不安定的因素消灭在萌芽中，这是党的……"

"阴谋。"

"放屁！这不是党的阴谋，而是党的谋略。"

"放屁！放屁！"猪头甩了自己两个巴掌。

"既然绿衣人已消失，现在把红衣人叫进来。"猪头领命而去后，老贾伸了个懒腰。昨晚狂嫖一夜，早上虽吃了冬虫夏草，依然有点倦乏，现在需要一瓶提神的红花油。

红花油来了，虽眼睛红肿但风韵依旧。红衣人嚷着："我男人在长海医院开了颅，但医院不给他用高压氧舱，说氧舱供给军人，让我们去民营医院。结果民营医院的高压氧舱就是长海医院的。民营医院住了三天，药费一万，这是军医和民医联袂敛财的手段。这不是治病救人而是谋财害命。"

"世博期间，你不怕这话传到反华势力那里？"老贾严肃地问。

“这……”红衣人大惊。

“请问，开颅执行费交了吗？”

“开颅费已经三万，还要什么执行费？”

“你啊你！”他惋惜地咂着嘴，“如果我给你换液化气，除了付液化气的钱，是否还应该给我喝一杯水？”

“那当然。”

“军医给病人开刀，这是军民鱼水情。没水，鱼怎能游动？”

“政府不是禁止送红包吗？”

“政策是政策，乡俗是乡俗。老百姓约定俗成自己喜欢塞红包，政府总不能用坦克机枪来禁止吧？再说，塞红包体现了民心民意，政府最重视的就是民心民意。”

“这……”红衣人皱着眉，思索着。

“政府花了很大的力来搞医改，但老百姓，却把药卖到药贩子手里。你说，这医疗改革流产，究竟谁之罪？”

“……对啊，胖嫂就这样的人。”红衣人一拍脑袋，“胖嫂的女儿是医药代表，胖嫂的男人是医药局局长，胖嫂是医生。三个篱笆一个桩，三人联袂一条龙推销药品，这就是破坏医疗改革的罪魁。”

“说得对！”老贾憋住笑，“还有，政府花了大力气打压房价，老百姓却一窝蜂抢着买房抬高了房价。你说，房改夭折，究竟谁之罪？”老贾一脸痛心疾首。“这……”红衣人思索了五分钟，然后愤怒地嚷道：“老百姓是破坏房子改革的祸首。”

“说得对！”老贾再一次憋住笑。“知道台湾的龙应台吗？她说：‘什么样的人民，就有什么样的政府。’政府提倡百花齐放，港台歌，英文歌，欧美歌全面开放，可老百姓呢，他们就是喜欢唱红歌。白天在公园吼一嗓子，下午在街头扯二嗓子，晚上在广场吊三嗓子……”

“对！我楼下的那瘦猴，一天要引吭高歌三次红歌，唱得我都快吐血了。”红衣人愤怒地说。

“政府对老百姓这么宽松这么开放，可是反华势力还说中国没有人权……”

“那是外国人不懂中国人。什么人权蟹权，只要有饭吃有衣穿，有床睡有病能治，就是最大的人权。再说老百姓就喜欢蹭鼻子上脸，三天不打，上房揭瓦。我闺友告诉我，男人不打她，她骨头绷得紧紧的，暴打一顿，舒筋活血。”

“你这个女同志不简单，说话既有哲理，又有逻辑性。”老贾一脸诚恳地说。

"你这个公仆也不简单，说话既有人情味，又有原则性。"红衣人开心地说。

"有人就喜欢做国内外的焦点，亮点，不焦不亮他寂寞。本来只知道娄阿鼠的十五贯，现在出了个富士康的十三贯。十三贯就是十三跳……"

"十三跳就是十三点。"红衣人抢着说道。

"自己喜欢十三跳，却把责任一股脑地推到政府身上，这么做你说正确吗？"老贾笑眯眯地给了她一个选择题。

"不正确。"果然有莘莘学子举起了手。

"多有觉悟的访民啊！"老贾呷着牙花，余光却瞥到她胸口的那条乳沟上。

"是吗？"红衣人乐了，羞答答地乐了。

"如果访民全像你，怎会有'访民是精神病患者'一说？"

"有的访民就喜欢得理不饶人，就喜欢死缠烂打。"红衣人更加激动了。

"把你的材料留下，我一定把你的情况反馈上去认真处理。"

"都说上访遇到暴力，我今天却遇到了包青天。"红衣人感动得直抽鼻翼。

"包青天啊！我男人住院三十天，医药费花了八万。"

"粮食会有的，面包会有的。"老贾用宽厚温暖的手握住她冰冷的小手，"胡书记就对灾民说：新家园会有的；新课堂会有的。"

"新家园会有的——还是豆腐渣；新课堂会有的——还是土坷垃。"红衣女脱口而出，老贾的脸沉了下来。

"这不是我说的，而是网民说的。"红衣人慌了。

"网民又中了反华势力的奸计，你说是不？"老贾亲切地看着她，于是她的脸和衣服一样红了。老贾把她送到门口，她一步一回首，三步一回头，差点碰到门槛上。

门一关，老贾放声大笑，笑得一身肉都在起伏颠簸。"哈哈！这就是奴役的策略；这就是洗脑的策略；偷换概念，偷梁换柱，假狸猫换真太子，用这对付屁民，一对一个准。要了屁民，还让他们感激涕零叩头如捣，这就是做人的极致。"

兴奋的他，把脚搁到桌上，抓起红衣人留下的材料，擦了鞋面擦鞋底，然后扔进废纸篓。他以一目十行的速度浏览党报，党报一如既往在吹，在编，在骗，在歌颂，没见强弩之末倒有方兴未艾。他赞道："宣传部部长比秦桧更来劲，比戈培尔更会撒谎。这小子暴尸后该进纪念堂，睡在毛老头的脚后，接受屁民的瞻仰。因为他让十三亿屁民，在谎言编织的天堂里，幸福并陶醉着！"

3

十一点半，他大摇大摆走出办公室。一辆奔驰车把他送到大酒店。一位房地产大鳄见他如见天皇，对他鞠了个九十度的躬。

"你的材料一上网，不是吃花生米就是把牢底坐穿。"他严肃地说。

"你是我的再生父母。"大鳄愈发卑谦了。"胡说！老百姓才是我们的父母。"

"请父母官用膳！"大鳄一摁桌子，圆台面如童话中的神奇小桌，立马转出一桌满汉全席。"这是六十六万，预示您六六大顺，吉祥安康。"一张银行卡躺在盘子里。

"世博期间，维稳至上。"他把卷宗递过去，把银行卡拿起来。卷宗里是市民投诉大鳄假投标真行贿，强迁致人死亡的材料。

"贾处长，我公司需要一名财务总监，能否让嫂子出山？"大鳄恭恭敬敬地问。

"……嫂子很忙啊！"

"嫂子只要月底来公司点拨一下即可。这是别墅钥匙，是嫂子一年的俸禄。不成敬意，只请笑纳。"

"客气！客气！"老贾笑了。孝敬自己不算，还搭上妻子，被人屁颠屁颠上赶着孝敬，上赶着受贿，这就是做人的极致。

"贾处长啊！听说您毕业于复旦中文系，学富五车才高八斗。听说您创造的对联，是加爵者的敲门砖，保爵者的护身符。"

"哪里！哪里！"他寒暄着，思绪却飘到十年前的一次泡澡上。听说同学老鸭子荣归故里，他借了款把老鸭子请到澡堂。老鸭子又名老留级，从小学到中学，他所有的作业都承包给老贾，老贾则享受他偷来的歪瓜裂枣。下课后，二人一起趴茅房，一睹女人裙子下的风采。

"我靠裤裆起家：玩我的女人是上海慈善机构的董事长。"到底是发小类的臭味相投，老鸭子倒也直言不讳。"她男人是政治局委员。"

"政治局委员？"老贾倒吸一口凉气。

"她男人陪别的女人睡觉，我就陪他的老婆睡觉。我一无文化二无靠山，唯一的资本就是我的根。"

"你的含金量，全在'裆中央'那把枪上。"老贾谄笑着。

"我终于明白了一个颠扑不破的真理：枪杆子里面出政权！"

老鸭子翻个身，露出背上一颗疖子。"你肾虚火旺，我替你拔拔火。"

老贾扑上去用手指挤，用指甲掐，后来干脆扑上去，用舌头舔，用嘴唇吮。

"爽！爽！爽！"老鸭子喝彩连连。"只要您老高兴，我不但可以舔痈吮痔，我还可以学习勾践好榜样，一剜腿肉二尝粪便。"老贾"吧嗒吧嗒"又舔又吮忙得欢。

"爽！爽！爽！"老鸭子兴奋地说。这时，外面传来一阵喧哗。原来，卖淫小姐被嫖客带出去后被杀，于是家属打上门来。鸭子披衣而起，想欣赏这一出"武家坡"——家属扛来铁锹锄头，庄家亮出大刀长矛。

就在一触即发之际，老贾闪亮登场。他先和老板嘀咕几句，又和家属耳语几句，双方立刻鸣金收兵，化干戈为玉帛。

"他奶奶的！你的舌头比我的镰刀斧头还管事。"老鸭子赞道，"不但能舔能吮，还能平息动乱。说说，咋搞定的？"

"我对家属说：'要么拿五万滚蛋，要么杀你家子孙后代片甲不留。'"

"一句话就定乾坤？"

"精读党史，打遍天下无敌手。"老贾很淡定。

"明天跟我去上海。你管访民，定是卤水点豆腐——一物降一物。"

"可我连……高中文凭都没有。"

"上党校啦！不要说高中，连博士一起拿。"

"党校学什么？"老贾还有些怯怯。"学坑蒙拐骗，学吃喝嫖赌，学阴谋诡计，学烧杀奸淫。最主要的是学杀人不见血的独门秘籍。"半年后，老贾果然捧着博士帽回来。回来后，中流砥柱的他站在信访站的风口浪尖，让访民"访罢低眉无写处，月光似水照缁衣"。

为了深入贯彻响应总书记"学朝鲜，步古巴"的精神，他自制对联一副："对上，舔痔吮脓，媚笑谄笑；对下，整人杀人，横眉怒目。"，横批用了妓院里的一句术语："冰火二重天"。

他把对联高高挂在帷帐中。醒时，鞭策自己；梦中，激励自己；就连搞男女关系时，也频频使媚眼甩秋波。这副对联让他完成了新时期里的"保鲜教育"，也完成了"社会主义荣辱观"的博士后论文！想到这，他春风般微笑了。

"贾处长，听说您的对联是江湖一绝，中国瑰宝。联合国教科文组织准备把此对联纳入联合国的文化遗产。能否赐教，让我开窍？"大鳄很谦虚地问。

"天机不可泄露！天机不可泄露啊！"老贾哈哈大笑。

4

从酒店出来，老贾叫了辆出租车。司机问他上哪，他说："你只管全城东南西北地转，转到你自然醒就是你的目的地。维稳费在这张卡里。"

　　交了维稳费卡后，他躺在后座打起了鼾。两小时后到信访站时，预约的老者，因翘首而成了长颈鹿。

　　老者是个响当当的老革命，革命了一辈子的他，终于尝到了被革命的滋味：儿子暴死手术台，接着是暴力拆迁。斗争了一辈子的他，这次尝到了被斗争的滋味：老伴掉了三颗门牙，他断了三根肋骨。"草泥马啊！革命了一辈子，现在却让儿子暴死，老伴失牙，老身断骨。不！我要向组织控告。"翻箱倒柜的他，把所有军功章排成一列戴在胸前，拄着拐杖走上了上访路。

　　老贾一见到老革命胸前的军功章，先敬了一个礼，然后用香茗招待老者，接着用乡音聊天，时不时抽出香烟，还点燃了送上去。聊啊聊，聊激情岁月里的激情燃烧；聊执政岁月里为民执政；聊使命感，荣誉感和迫切感；聊清水，绿水和家乡的大红枣。聊着聊着，扼腕唏嘘相见恨晚，恨不能拉个第三者，来个桃园三结义。

　　眼看日头西沉，老贾建议以茶代酒，敬老革命一杯。分手时，"执友之手，与友偕老，生死契阔，与友相悦"的情分，让老者感动得哽哽咽咽，生生创造了一双兔子眼。

　　送走兔子眼，老贾在老者的材料上大笔一挥："一，按敌对势力处理，罪名是'泄露国家机密罪'，因为他接受过境外媒体的采访。二，小孙女是他的七寸，觑准这点，无往不胜。若不奏效，可制造车祸。'被车祸'时要注意天时地利人和，绝不能让网民找到……"就在他斟酌宾语时，手机响了。

　　电话是四不像打来的，四不像告诉他，他已被任命为党的某书记。入党，做书记，揽权，巩固地盘，吸吮民脂，妻儿移民，转移资产，然后裸官带领老百姓裸奔到共产主义。当年，慈善基金会会长带领老鸭子走这套程序；老鸭子又带领他走这套程序，现在他带领四不像走这套程序。洪长青的程序说来源远流长，在延安窑洞时已具雏形，进金銮殿后写在中国共产党章程，经过改革开放的发酵催化，现已发展到天下无敌的图腾。党组织是垂直型，紧密型，一基石压着一基石的金字塔结构，这种捆绑式的传销结构，具有牵一发而动全身的效果。这是一种新型的"人体炸弹"。鉴于它的巨大威力，党中央智囊团正在研究如何把"人体炸弹"和赤色文化的套餐，向地球村输出。

　　"大哥！双喜临门啊。俺不但是党的书记，而且文凭也拿到了。"

　　"有了这两样利器，你就大胆地干。"

　　"大哥！我的一切都是您给的，您怎么说我就怎么干。"

　　"你的一切都是党给的，党咋说你就咋干——明天就到土地规划局上班。"

"土地规划局？"

"守住大门，扎紧地盘，巩固成果，为新世纪的金钱转移而站岗放哨。记住，这次金钱大转移的伟大意义，绝不在敦刻尔克大转移之下。"

"大哥！别跟我说啥克不克的洋文，我文凭里的洋码还没搞清楚呢！"

"洋码？啥样的洋码？"

"第一个洋码像女人的乳沟。一下一上，一上一下，两边还有两竖。"

"这是什么？"老贾思索半天，想不出子午卯酉。他不耐烦了，"第二个呢？"

"第二个洋码像女人屁股。不是一左一右的屁股，而是一上一下连在一起的屁股。"老贾拧起眉毛，思索半天不得要领。"说第三个。"

"第三个更不得了！"

"怎么个不得了？"老贾大怒，"我不信在一亩二分土地上，还有谁敢和我横？"

"第三个洋码是两条手臂连一副手铐。这不是诅咒我们坐牢吗？还有，两条手臂成一形状……"

"他奶奶的！什么形状？正方形？长方形？还是三角形？"

"大哥英明，是三角形。三角形我认识，我以前住的阁楼就是三角形。天呐！这里面怕有阴谋，不！怕有阳谋啊！"

"马上把阴谋或者阳谋送来。"老贾冷静地说，多年的"韬光养晦""不争论"，养成了他的荣辱不惊波澜不起。

四不像在第一时间里把文凭送来。老贾嚷着："这三个洋码就是 MBA，这是工商管理硕士的文凭！"

"啥啥啥？"

"你只会吃喝嫖赌，还知道啥？"老贾的手指狠狠戳到他鼻子上。

"我要是吃喝嫖赌都不会，你们还用我？"马仔委屈地说。

"你连二十六个字母都不认识，咋用你？"老贾冷笑。

"大哥，你忽悠我啊！银行行长上任前，还不是你手把手教他写壹贰叁肆伍？作协主席上任前，还不是你告诉他小说创作的三大要素？那个要求化妆党史，就像化妆新娘一样的习大人，他文凭也是党校孵化器里钻出来的残雏啊！"

"今晚不许泡妞，只管写字。MBA 毕业却连二十六个字母都不识，岂不露馅？"

"大哥，字虽不识，人头倒是认识。只要您发话，赴汤蹈火不皱眉。"

"明天我检查你写的二十六个字母。"老贾摔门而去。

5

洗完澡，老贾打开手提电脑，逐一查看美眉的资料。共产党人除了排斥"普世价值"，世上最先进的高科技全接纳了。光绪皇帝有妃子数据库吗？克林顿有爱蜜的 Email 吗？他咂着嘴，满意地咂着嘴。

说到国际接轨，不但我的酒和法兰西接轨，我的钱还和瑞士银行接轨。瑞士银行现在是阿里巴巴山洞。一句"执政为民，廉洁至上"的咒语，洞门应声而开。那个死胖子文强，居然把钱放在鱼塘，这就是不接轨的恶果。

再说和历史接轨，我现在就和俄国的叶卡捷琳娜女王接轨了嘛！当年她选面首，由她的侍卫女官验货；现在首长选蜜，也由我这个侍卫男官来验货。白天我是信访处长，夜晚我是猎头公司的犀利鹰。注意！不是犀利哥而是犀利鹰。上上星期，首长忙世博，忙得雄风不振，于是我替他找了个吉普赛女郎，让野性女唤回首长的雄风；上星期，首长找不到做鬼的幸福，于是我含泪规劝，用一个处子身唤醒他的幸福感。为了与时俱进，我不但要此一时彼一时地换菜单，还要根据首长口味，配制不同季节，不同地点，不同心情，不同环境下的药膳御方。

他从包里拿出一张白纸一把卷尺和一册日记。白纸是 pH 纸，用来测量肤色的等级；卷尺是测量仪，用来测三围；日记是记录各色美眉的特色。宣传部提倡"百花一色百喉一调"，我可不能把众多嫔妃，搞成一个模子里打出来的拓片，那就不是选美，而是考古。

我喜欢日记就是……就是为自己留后路。没有性日记，就没有张二江的臭名远扬；没有鼓捣日记的本事，他能在狱中以闪电战的速度减了两次刑？这才是"成也日记，败也日记"。

他拿出帕克笔开始写日记。日记是首长的内参，首长根据内参来确定"临幸"人选。其实，上星期他已完成对"一一九"从肤色到身高的考察。但"一一九"的性功能一栏还是空白。他今天来，就是要填补这个国际国内的空白点。空白填满，就能给首长一个圆满的答案，就能让首长的屁股再一次撅起。不是我"黄"，连党报都说屁股决定了思维，这可是党报中绝无仅有的一句真话："首长屁股的撅起，意味着中国的撅起。"

手机响了，"一一九"说她一刻钟后到。一百零八个佳丽他都考察过了，现在就剩这一个了。他乐滋滋地抽出一支"九五之尊"烟。这烟能把周久耕拉下马，但撼动不了我。反华势力说共产党搞共产共妻。共产共妻咋了？不共妻妾，哪来的荣辱与共？哪来的肝胆相照？首长继承了老一代革命家的风范"我办事，他放心"。他一放心，我就有了铁券丹书。

首长读过 MBA，品味绝对比张一江高。首长提倡宏观调控而非微观处理，首长提倡冲出亚洲而非本乡本土。他相信我对众嫔妃的全面质量管理，已占领世界的制高点，PDCA 的制高点啊！

电话响了，一定是"一一九"到了。他喜滋滋地拿起电话。

"拆迁队来了，鬼子进庄了，三光政策开始了。"大哥慌慌张张嚷着。

"不要反抗，绝对不要。赶紧把我的名片拿出来。"老贾一派神闲气定，"上网一查，立竿见影。"

"名片管个鸟用。他们说你伪造文凭，坑蒙拐骗，欺男霸女，奸人杀人，你是网上第一号的通缉犯。"

"放屁！"

"我也说他们放屁，但他们推开我上梁扒房。"

"他们敢？"他大怒。

"我拖老娘出来时她也说：'他们敢？'话没说完，一根横梁砸下……"

"娘怎么了？怎么了？"他急得语无伦次。

"娘说：'伢啊！你咋不来救娘呢？'"

"娘到底怎么了？"他急得站起来。

"可怜的娘，白花花的脑浆……"

"娘究竟怎么啦？"他吼道。

"可怜的娘，白花花的脑浆像刚出锅的豆腐脑，热腾腾的正冒白烟呢！"

"我的娘啊！"他抱着头瘫在地上。这时门铃响了，"一一九"如期而至。

十、施保红

1

"人一定要有感恩心！"保红的拇指有力地敲击着桌面。

"感谢皇恩浩荡？"大文冷笑道。

"我也知道动迁上有问题，但大局第一，维稳第一。政府……"

"政府是什么？它不是神龛里膜拜的菩萨，它是纳税人养活的公器。"大文一挥手。这是一双白皙，修长的手。当它拨动琴弦时，世界为之一动。

"以前说这话，一定要掉脑袋的。"保红尖锐地嚷着。

"只有脑壳而没有脑细胞的头颅，不要也罢！"大文猛地站起来。

"你千万不能上访！政府要求我们……"保红伸直双臂，拦住大文。

"你知道政府在我眼里是什么？"大文凑过去，声音极其温柔。热热的鼻息喷来，保红心一颤，霎跳的红晕顿时染红了双颊。

"什……么？"她的声音温柔得一塌糊涂。

"政府是一部坦克，它的全部功能就是把一切障碍物碾成齑粉。"大文恶狠狠地说道。

"你？"

"你就是坦克上的螺丝钉。可恶，可耻，可怜，可悲。"大文一甩袖，摔门而去。保红晃了一下，又晃了一下。她使劲攥住桌子，却攥到一块抹布。她抓起抹布朝墙上扑去。

墙上挂满了迤迤逦逦，红红绿绿的镜框锦旗。保红吸了一口气，让悸动的心趋于平静。其实，她不吸气也能平静，一墙的镜框锦旗，就是她的保心丸。保红攥紧抹布，仔细擦去镜框上的灰，小心掸去锦旗上的灰。镜框是年轮，折射了她的成长过程；锦旗是掌纹，涵盖了她的生命特质。

"每个人都有自己的年轮，每个人都有生命的特质。"公共安全专家在为居委会党支部书记培训时，着重谈到这一点。"抓住七寸，才能攻其一点不及其余。"保红脱口而出，她的即兴发挥得到专家的颔首。保红得意地加了一句："小荷才露尖尖角！"这次专家没有颔首："老荷才露尖尖角，你要与时俱进，活到老学到老。"

自从党中央决定将居委会成员的工资纳入财务部预算后，保红的心便沉浸在蜜糖里：丑小鸭终于蜕变成天鹅；丑媳妇终于熬成婆婆。五毛啊五毛，你们是隐蔽的狙击手，我们是磊落的排头兵；你们是窥觎的耗子，我们是社稷的栋梁；你们灭一帖拿五毛，我们吃的是硬邦邦的饷粮。孰轻孰重，党妈妈心中有数。一想到党妈妈对基层的重视，保红不但眼红鼻酸，心还翻腾得比初恋还澎湃膨胀。

"不得……了！"门被撞开，柄火急吼吼闯进来，保红冷冷地看着他。柄火，冰火，又是冰又是火。他不但有自相矛盾的名字，人格也极其矛盾。当年，就在他收到清华大学录取通知书时，却被联防队赤条条抓出被窝。坐牢不是因为搞肉体颠覆，而是收听敌台搞思想颠覆。天堂路不走，偏钻地狱门，这不是人格分裂是什么？

"不得……了了！"柄火使劲挥着手，保红轻蔑地看着他。他被押到青海后，老母也随他走了。不是走到青海，而是走到黄泉路。十年后回来，香巢已成居委会的大本营。这小子四方作揖五体匍匐，磕头如捣涕泪飞溅，这才让他在WC旁搭棚栖身。从此，他白天在居委会打杂打更，晚上在里弄里打探窥探。线人逢人就说："党妈妈给了我一条崭新的生命。"打肿左脸送右脸，送上右脸还唱赞歌，这不是人格分裂是什么？

"不得……了！"柄火咽着唾沫，粗大的喉结一起一伏，保红微笑地看着他。昨天新闻是甲男被乙男击毙。击毙不是新闻点，抢尸大战才是新闻点。尸男是宣传部部长，有一正五副的妻妾，有一嫡五庶的孽债。有气时，口吐莲花，三寸不烂舌搅得周天寒彻；无气时，发黑发馊发臭的尸身，竟引发妻妾嫡庶的世界大战。把宣传部部长的五亿家产除以尸重，两颗睾丸的价格比一百所希望小学还重。柄火的喉结是活的，却半个铜板都不值。啊呀呀！这才是人比人气死人……

"……抱弟！"结巴了半天，柄火终于吐出两个字。保红脸一沉，被她弃之如敝屣的名字早就被屏蔽，何以借尸还魂又出现？她一落地，母亲就"抱弟抱弟"嚷开了。"文革"中家被抄，她趁乱拿了户口簿直奔派出所。"从现在起，我改为施保毛主席。"

"连名带姓不许超过三个字。"户籍警翻开户口簿。

"那……就叫施保毛。"

"花猫的'猫'还是毛毛雨的'毛'？"

"……那就叫施保泽。"

"选择的'择'还是沼泽的'泽'？"

"……就叫施保党。"

"是国民党的党还是共产党的党？"户籍警不耐烦了。

"天呐！我可不要画虎不成反类犬。"她揪着头发左思右想，墙上满是向毛主席献忠心的血书，艳丽的血把眼都晃花了。她灵机一动大声嚷着："我叫施保红。"

从此，自卑的她有了理由骄傲，也有了骄傲的理由——中国的发展印证了她的伟光正："四项基本原则"，就是夯实的红基础；"三个代表"，就是红朝的三个重点；"科学发展观"，就是金銮殿的保命丸，后来又接二连三冒出唱红歌背语录的红色连续剧，更证实了她的高瞻远瞩。这不仅是名字，这是护身符，这是有特色的铁券证书。每次大会小会红会黑会上念到"施保红"时，她就像被打了鸡血针，亢奋得要跳起来。

就在所有人忘记她的曾用名时，柄火却旧名重提，这实在让她恼怒。现在的太子党，哪一个愿提"文革"中的打砸抢？为了掩盖罪行，太子党不但篡改履历，还搞了假硕士假博士粉饰自己。保红瞪大眼正要训他，柄火却拽着她朝外跑。跑啊跑，一直跑到家门口。一进家，就看见儿子用整个脊梁撑着，或者说是顶着一个人。这定格的动作让她的脑海里立马跳出抗洪救灾里永恒的一幕：人民子弟兵用脊梁顶住大坝。

"快打电话！"儿子嚷着。保红这才发现，被顶住的是她的男人，此刻的他已口吐白沫，眼泛白光。

救护车终于来了。保红见医生如见亲人，恨不能扑进常青怀里一诉衷肠，可常青却伸出一只宽厚的熊掌。保红正诧异，儿子却吼着："他要医保卡。"急火攻心的保红，一时找不到卡，于是哀求救人要紧，取卡稍后。可常青却一个"咬定青山不放松"的造型。保红慌了，把一只只抽屉朝地上摔，当摔到第四只时，终于看到医保卡。

男人被抬上车后，医生只翻了一下男人的瞳孔，就把视线投向窗外。保红焦急地说："他是脑溢血，赶紧采取措施。"医生却徐庶进曹营，屁都不放一个。救护车"呜呜"着，不紧不慢不卑不亢地驶向医院。医生下车后的第一个动作是撕了收据伸出手。保红大怒："还没看病付什么钱？"

"付救护车的钱。"医生的口气，如外交部发言人那样铿锵有力。以前的铿锵，让保红十分解气，今天的铿锵却让她很生气。可愤怒是她的，时间却是病人的。面对发言人的严正声明，她只得乖乖掏口袋。

"我们是救护车送来的急症病人。"保红推着担架边走边吼，但密集的人群一点也没有回避的意思。杀进重围的她冲医生嚷道："我们是救护车送来的。"虽声音响彻云霄，但医生的眼皮都没抬。护士冷冷地说："先去挂号。"保红嚷着："挂号重要还是救人重要？"护士白她一眼，兀自走了。保红冲到挂号处却傻了眼，蜿蜒的长队如蟒蛇缓慢地蠕动。保红不断告诫自己："冲动是魔鬼，冷静再冷静……"这是她给访民的箴言谏言格言，想不到自己用上了。

半小时后总算挂上号，又开始排队等医生。医生接过她的挂号单，慢悠悠地伸出两根金手指。金指翻书一样翻开病人瞳孔："付钱拍 CT。"

"进来时为什么不检查？挂号费和检验费为什么不能一次付？"她气呼呼地说。话出口后，医生的眼皮都没有抬，但护士却给了她一个白眼。实在忍不住的她嚷着："地球人都知道脑梗需及时抢救，为什么让病人一次次地等候排队？"医生的眼睛越过她："下一个。"保红熟知毛泽东"打得过就打，打不过就逃"的精髓，于是钳口敛声，屁颠颠去付款。

付完款，保红再一次推着担架车朝 CT 室奔去。按照甲乙丙丁路人的指点，拐弯，朝北，再拐弯，右拐，担架车轰隆隆朝一幢小楼冲去，近前一看竟是停尸房。连声"呸呸"后，在 ABCD 路人的指引下，急转弯，大转弯，小转弯，小小转弯后这才停在 CT 室。保红虽一百个冷静还是想不通："黑板报都突出'维稳'重点，性命交关的 CT 室咋不突出重点，咋没有指示牌？"

进CT室，保红就嚷道："我们是救护车来的，请给绿色通道。"

医生懒洋洋地问："病人什么级别？"

保红问："医院也搞VIP?"

有个老人哭丧着脸："我老伴本来排第一，被皇亲国戚插了三次，现在第四。"

有人一撇嘴，于是老人赶紧改口："不是四（死），是三加一。"

保红扑哧一笑，一想不妥，于是严肃起来。她咳嗽一声，郑重对医生说："我男人的病很严重，是一二零救护车送来的。"

医生笑了："都是一二零没有一三零。"保红这才明白，一二零并非绿色通道，"级别"才是绿色通道。

保红按下性子耐心排队，眼看排到了，却一次次被皇亲国戚们插队，轮到她时路灯都亮了。从如日中天到晚霞落幕，整整五小时里，她只做一件事就是拍CT。

CT做完，雨渐渐大了。环顾四周，既没有救助的车，也没有遮雨的伞。男人的脸歪着，涎水流得滴滴答答。一寸光阴一寸金，寸金能买男人命。于是她身子一扑，倒在男人身上。男人有了掩护，雨水倒是淋不着，可担架车却推不动了。

儿子脱了汗衫盖在父亲身上，光着身子推着车冲进雨幕。保红跌跌撞撞跟上去，慌乱中一只鞋丢了，她顾不得找鞋，深一脚浅一脚冲进急诊室。

接下来是测体温量血压，接下来做心电图脑电图，接下来验血加验尿。上楼，付钱，下楼，检验；付钱，检验，检验，付钱。保红推着男人，如被抽打的螺旋不停地旋转，不停地上下楼，不停地付款。天呐！不要说是脑梗，就是健康人这么折腾，小命也折了半条。这哪是救死扶伤的医院，这是货真价实夺人命的黑风店。她气愤地抬起头，雪白的墙上有一行猩红大字：和谐社会和谐医院。她突然想起朝毛泽东画像上扔染料的三君子。他奶奶的！要是我现在有染料，一定也朝墙上扔过去。这想法才冒头，她就惊出一身冷汗："乖乖隆里咚！一个不慎，反华势力果然趁虚而入。"

当男人终于从担架车移到病床上时，星星都眨起了眼。七小时是什么概念？卫星绕地球转一圈也就九十九分钟，我们已经绕地球转了四圈，男人才从担架床移到病房床，难怪老百姓说宋婊子移一下床，就移出个将军来……保红在肚子里咒骂，又在肚子里消化。百姓的牢骚，出口是祸上网是灾，最好的处理方法，就是自产自销自消化。啊呀呀！老百姓脊梁上的钙质不多，胃里的消化酶倒是世界之最。

贾医生踱着方步走来，好一个闲庭信步。他一扬眉："进口药要打吗？"

保红气鼓鼓地问："有疗效吗？"保红早听说医院回扣人于工资，回扣之首就是进口药的回扣。

"有人一针下去，半个时辰就能起来。"医生一耸肩。这医生不像救死扶伤的天使，倒像勒索的流氓，于是赌气说："不要。"

姐姐赶来后问医生："听说轻者有效，重者无效，是吗？"

医生双手抱胸，姿势极其优雅："轻还是重是辩证关系。轻可变重，重可变轻！"

保红有些恍惚，仿佛置身于居委会，和上访者谈利弊得失的辩证关系，谈动机和后果的"二元悖论"。

"不用进口药，我走了。"贾医生边说边朝门外走去。

"……就用进口药。"姐姐一咬牙说道。

保红打开钱包："钱没了……被窃的话，怎么会留钱包？"姐姐接过钱包，从瘪瘪的钱包里翻出 N 张付款单，掐指一算说："你带一万，已经付了九千伍佰元。"

"天呐！一万元没了？"保红简直不敢相信自己的眼睛，于是姐姐只得掏钱付款。

长长的针尖进入静脉，一小时过去，脚底没反应；两小时过去，脚底没反应。不要说反应，连个涟漪都没有。四小时后，八千元一针的反应还真来了：不是脚底有触痛，而是身体有了抽搐。抽啊抽，如濒死鱼在沙滩上扭头蹬尾活蹦乱跳。保红实在看不下去，她冲到贾医生脚下，直挺挺地跪下。

贾主任拿着手机在通话，五分钟后他关了手机说："开颅！现在！"

3

保红走过那幢曾经青草萋萋的小楼时，停住脚步。小楼消失，青草蒸发，大文也不见了。长长的框架拔地而起，如一具竖起来的棺材。保红狠狠吐了口唾沫：小楼是冷库，冷冻了她的爱情；框架是坟墓，埋葬了她的欢乐。

一阵风吹来，没了树叶的吟唱，没有秋蝉的昵哝，只有纸屑和灰尘呼啦啦打在脸上。保红不死心，低头探寻，反复徘徊，终于在废墟中发现拇指大一块纸片。是它！是日记的扉页！这是她送给大文的日记本！她攥着纸，在经纬间寻找自己的笔迹。但是没有，什么都没有！保红叹了一口气，攥着纸片怆然而去。

到家后，她把纸片压在桌子的玻璃下，三分钟后，又转移到笔记本，五分钟后，又转移到相册里。十分钟后，她用自己最喜欢的绸巾把纸片包起来。当纸片如婴儿安睡在襁褓中时，她长长地舒了口气。

她开了所有的灯，拿出账单开始求和。当"和"跳出来时她惊呆了。她揉揉眼，继续求"和"。"和"不是一连串阿拉伯数字，而是一个巨大的黑洞，一个深邃不见底的黑洞。黑洞炯炯地看着她，仿佛要把她拖进去，她绝望地闭上眼。仅仅十天，药费竟高达八万。用八万除以十，一天八千。八千是她半年的收入，八千是农民一年的收入。

保红痛心地看着数字。同样的阿拉伯数字，怎会有不一样的感觉不一样的感受？当中国的 GDP 乘上航天飞机时，两个上下连接的零，让她笑得合不拢嘴；当神八上天时，她扳着手指"八"呀呀地嚷。儿子问："你是假开心还是真作秀？"保红一愣。是啊，戏子做久了，还真分不清戏里戏外了。

电话响了，儿子让她赶紧去医院。她急切地问："是否药费有误？"儿子说："只知道急。"保红兴奋地站起来，一定是医院发现药费有误，一定！

她兴冲冲地赶到医院，得到的却是一张出院通知。"出院？病人的颅骨还没按上，怎么能出院？医生不是说，开颅后的当务之急，就是高压氧舱治疗吗？"

"我们的高压氧舱不对病人开放——长海医院是部队医院。"

"部队不产生利润，部队医院不是纳税人建的吗？解放军不是人民子弟兵吗？取之于民，难道不能用之于民？再说也不是免费治疗。"

"部队的高压氧舱是给战士用的。今天必须出院。"贾主任沉下脸。

"我今天就不出院。"保红的犟脾气上来了。主任拂袖而去后，她很兴奋："有理走遍天下。"她正在斟酌后面谈判的用词时，儿子惊慌地奔过来："父亲不行了。"

保红冲进重症监护室，男人已气息奄奄。他身上的管子被拔了，吊瓶也不见了。小护士动了恻隐之心："已经停药，赶紧转院。"

保红冲进办公室问："为什么见死不救？既然不救，当初为什么要开颅？"

贾主任不耐烦了："我是带研究生的导师。不开颅，让研究生学什么？观摩什么？"

保红气得发抖："敢情你拿他当试验品？"

"没有试验品，哪来的学术课题和研究生论文？"

儿子又冲过来，保红顾不得理论，赶紧联系转院的事。一个个电话打出去，清一色地 NO。病人的头颅还呈敞开式状态，哪个医院敢收？

女医生过来了。她同情地看着保红，悲悯中递来一张名片。看着观世音般的白衣天使，保红憋了半天的泪"哗"地流了下来。哭完后，因痛苦而皱褶的心仿佛被熨斗熨过，她把男人送进了名片中的医院。

第二天，她送男人去做高压氧舱。当车子开进上海市长海医院的高压氧舱室时，她错愕得说不出话来。半晌才问："不是说部队高压氧舱不对外吗？"
医生一耸肩："是不对外，但对民办医院开放。"

"民办医院？"

"民办医院的院长，就是帮你男人劈开头颅的脑外科贾主任。"

一个霹雳，狠狠地打在她头上，这才是真正的五雷轰顶。

"你们不是医院，是占山为王的土匪。你们把持着关隘卡口，道道设防，层层盘剥，占用全民资源为私欲背书。"保红愤怒地说。

"你倒是说说，哪个衙门，学校，协会，团体不这样？"医生也愤怒了。

"天呐！黑到家了。只知道北京的安元鼎保安公司黑，想不到部队的医院更黑。"保红仰天长啸。

一白发男人冷不丁地说："长海医院的博士生导师，因为某种防扩散的原因，从十二楼一头栽下，翘辫子了。"

"你是说，那个获得国家科技奖的李宝春主任？"

"他是长海医院的骄子也是耻辱，组织说他死于忧郁，其实大家都揣着明白装糊涂：他摘取活人的器官。"男人朝保红眨了眨眼。

保红一悚。

公共安全专家在给基层书记上课时，谈到了诸多不和谐的因素，连"车速"也划入这范畴。保红快人快语："对啊！政府说'七十码'就是'七十码'，多一码就是不安定因素。"专家在肯定了保红具有脑筋急转弯的优势后，又谈了"死亡"对和谐造成的不和谐因素。鉴于此，专家制定了"死"的分门别类。有"躲猫猫死"，有"喝水死"，有"害羞死"，有"猝死"和"忧郁死"。长海医院的李宝春，荣幸地被组织安排到"忧郁死"的类别里。专家坚定地说："人固有一死，有鸿毛和泰山之分。能引起骚乱的死，是鸿毛死；能稳定社稷的死，是泰山死。"保红又一次脱口而出："政府把人的出身分成'三六九等'，还把人的谢世也分成'三六九等'。"

专家对保红的诠释再次表示首肯，保红更来劲了："我建议，中国的林林总总百花齐放的'死'，可以申请联合国的非物质文化遗产。"这次专家沉下了脸："就是申请不到联合国的非物质文化遗产，中国人的死，也要组织的盖棺定论。我明确地告诉学员，你们的任务是执行而非探索；你们的职责是服从而非思考。党务工作者另一个使命就是守口如瓶。"

一想到党务工作者的职责，保红又有了强烈的使命感。她沉下脸对白发男人说："同志，既然你揣着明白，请说出李保春搞器官活摘的消息来源。"说完，她严肃地对他眨了眨眼。

男人一愣后匆忙而逃，连掉在地上的帽子都不捡了，保红对着他的背影哈哈大笑，她一辈子都在研究人的心理，一辈子都在庖丁解牛。哪是关节，哪是经络，哪是软肋，哪是神经，门清。一个眼神就是绵里藏针，不扎死你也吓死你；一声问候就是图穷匕见，不扎死你也震慑你。寒暄里的要挟，微笑中的威胁，绝对是粉面含春威不露，丹唇微启杀机现。她是居委会的书记，又是百姓的判命官……她微笑着，沉浸在自己屡战屡胜的骄傲中。

"给！"医生递给她一张清单，屡战屡胜的回忆，顿时化作"啊"一声惨叫。

保红恹恹地坐在黑暗中，她在考虑下一步的动向。男人进民办医院才三天，费用已破三万。没啥世界纪录是中国不能打破的：房价，墓价，学费，药费。不！我不能任医院宰割，我不能是因为我没有可供宰割的肌肉。保红决定上访，上访是长征，当年的红军就因长征而咸鱼翻身。

电话响了，是街道主任打来的。"马上要开两会，名单上的人落实了没？"

保红屏住呼吸说："落实了。"

"记住：不是一个靶子一根枪，而是一个靶子十根枪。哈哈！谅他地遁，谅他腾空，难逃内外监控的四层天罗地网。"

放下电话，保红抹了一把冷汗，这电话晚来一步她就完了：她一上访，名字就上黑名单，这是犹太人上了盖世太保的名单。

啊呀呀！她捂住狂跳的心，捂得好紧好紧。

4

保红把所有的抽屉拉开，又把所有橱门打开，就差掘地三尺。明知道家里没存款，还是下意识地翻；明知道家里没存折，还幻想某个旮旯有存折，这像政府设立"假设敌"。有了"假设敌"，就有了爱国主义的愤青；有了"假设敌"，就有了五十六个民族的凝聚力；有了"假设敌，"政府就能再次化险为夷，把仇恨转移到子虚乌有的敌人身上。医学上把这种行为概括为"感应性偏执精神狂躁症"，把患者称为"运动应激反应患者"或者"战争应激反应患者"。运动延续了一百年，上溯延安整风下接轮子功，越斗越勇酣战未尽，难道这不是"运动应激患者"？整人延续了一百年，从文人王实味到老农钱云会，杀戮蹂死轮番上阵，后面还跟着御用腿子做论证，难道这不是"感应型偏执精神狂躁症"？

"咣当！"一个罐子打翻，无数个毛泽东的徽章掉出来。铁的，瓷的，铜的，石膏的，还有一个是银的。保红的手在徽章上一一抚摸，如母亲在抚摸孩子的脑袋。这个瓷徽章是绞了辫子卖头发买来的；这枚铁徽章是帮邻居洗衣刷马桶得来的；这枚银徽章是偷了母亲戒指换来的。现在家里除了一张房产证，只剩这罐徽章了。

一位闺蜜早看中了那枚银徽章，她一直不舍得出手。明天男人又要转院，又开始了求爹爹告奶奶的新长征。转院，不仅意味着全身所有的器官要重新过一次 CT，还意味着要有新的行贿，还意味着要接受羞辱。

她艰难地拿起电话。

闺蜜对银徽章的报价是人民币五十元。经过保红一番晓之以理动之以情的诉说，总算以一百元成交。想到一张脸皮加一番唾沫星子加一个祖传戒指，换来的只是男人一天的住院费，她不觉红了眼酸了鼻。

有人敲门，保红抹去泪花开了门，大文就站在面前。保红朝他扑去，大文用手挡住了。保红举起拳头，不停地捶在大文胸膛上。她边捶边哭，边哭边捶，泪水斑斑点点地洒在大文胸襟上。她终于打累了，也哭累了："二十年了，我一千次地幻想你来看我。没想到，我用这种方式来迎接你。"

"我们在居委会已经见过面了。"

"那只是例行公事。"

"医院是个无底的黑洞。"大文掏出厚厚一沓钱。

"我不要你的钱。"保红像被火烫着跳起来，大文转过身朝门口走去。

"你背叛了你父亲。当年你父亲从海外归来，现在的你却投身海外。"保红尖叫道。

"我没有背叛我的父亲：我们爱国但绝不爱党！"大文转过身，"这是两个完全不同的概念。"

保红风一样冲过去："我只问你一句：你爱过我吗？"

"爱……过！"

"为什么要拒绝我？为什么？为什么？"

大文不吭声，只是痛心地看着她。

"你根本不爱你的妻子。新婚夜，你喝得一塌糊涂，笑着哭着嚷着闹着……"

"那是我在埋葬一段感情时的应激反应。"大文冷静地说道。

"为什么要埋葬？"保红不顾一切地嚷着。大文慢慢走近她，突然伸出手，用宽厚的手掌摩挲她的头发。保红如遭雷击，一动不动。

手突然不动了，保红恐惧地抬起头，发现他的眼睛落在那堆徽章上。保红疯一样地抱住他，亲他，吻他，但他只是皱着眉，只是紧紧皱着两道浓眉。

保红奔进卧室，从枕头下拿出徽章又冲出来："当年你把徽章别在肌肉上，从此，这个徽章就日日夜夜伴随我，分分秒秒没离开我……"

大文突然露出一个极其憎恨的表情，这个表情深深地刺伤了保红。保红还在发愣，大文已闪身出门。保红冲到窗口，猛地撕开窗帘，贪恋地看着他的背影，背影一点点移动，一点点远去了。

她用手蒙住脸，梦碎了，二十年的梦碎了，再也粘不起来，再也拼不起来。她冲进卧室，从抽屉里层捧出那块绸巾。打开绸巾，里面是一块拇指大的纸片。她把纸片和绸巾一起放进脸盆，用颤抖的手点燃了火苗。

火苗熄灭后，盆里只剩下一朵黑蝴蝶。保红把龙头拧到最大，哗哗的水流把黑蝴蝶冲进下水道。她闭上眼，为黑蝴蝶做最后的祭祀，最后的哀悼。

5

保红最近很忙，党费要催，党组织要过，八荣八耻要讲，还要在广场上举办红歌演唱会。为了迎接世博会，把演唱会改成大型的舞蹈：穿统一的军服，戴统一的徽章，唱统一的歌词，扮一样的表情。怪异乖庆的舞蹈不但上了新闻网，上海还成了全世界的热点。

说到网，还真是个问题。网是矛，又是盾。运用得当，进能攻退能守，是江山的航空母舰；运用不当，进不能攻退不能守，是社稷的抽底白蚁。互联网啊互联网，党妈妈对它的感情，就如我对大文的感情，爱恨交加，难舍难分。左邻小妞粘在网上搞微博；右舍牛犊泡在屏幕前弄脸书，这些未成型的蚁巢，是党妈妈的心头患。为此，她在筹集药费和行贿医生的同时，还要收集不稳定的蛛丝马迹，还要把综合情况反馈给上级。

最近，她的后背又酸又痛。听李姐说，她母亲患肺癌就是从后背疼痛开始的。昨天去医院检查，王医生只是摇头没说话。片子要到今天下午才能拿，痛得撑不住的她，蜷缩成一个虾米状躺在沙发上。

"滴铃铃！"电话尖锐地响起，保红闭着眼拎起电话，听到一个牛哄哄的声音，她强撑着坐起。电话里的嗓门很大，保红听不清他在说什么，她只是习惯性地点头，习惯性地说"是"。她的肾上腺激素正在快速地分泌，快速地运动，快速地集结，她整个精气神，一点点地被调动提升。

"你必须马上赶到街道去。"

"王老放心！我会以最快的速度赶来。"挂了电话，保红从沙发上一跃而起，她又恢复了她的英姿飒爽。

电话又响了，保红拎起电话："报告王老，我将在十分钟内赶到。"

"我是王医生！难道……你已经知道你患癌的消息？"电话里的声音又尖又高。

"啊……"她发出撕心裂肺的尖叫，尖叫声长久地萦绕在空气中，好一个"绕梁三日，余音不绝"。

1

迁嫂站在镜子前端详自己：芭比娃娃脸上挂着芭比娃娃特有的笑容，这笑容不是很黄很暴力，而是很傻很天真。唉！难怪大家不叫她"书记"而叫她"迁嫂"。

迁嫂坐牢这件事，佐证了她的"迁"。

迁嫂有个闺中密友，六四屠城后竟跳出来抗议，于是公审公判没商量。迁嫂为这事先找律师后找检察院，最后还恳求法官实事求是地办案。有人为此写了检举信，揭发她和暴徒是同性恋关系，专搞颠覆执政党的勾当。就此，检举信留在迁嫂的档案里。

当局里的福利房下来时，她不顾厂长的青睐，竟把房子分给死者。厂长问："老黄工伤已死，凭啥还得房？"她动情地说："体恤孤儿寡母等弱势群体，是当年共产党革命的宗旨，执政党必须有人道主义的情怀。"厂长为此写了检举信，揭发她和死者有不清不白的关系，专搞颠覆执政党的勾当。就此，检举信留在迁嫂的档案里。

工农兵大学生出身的技术员，仗着有靠山，工作上一直偷奸耍滑吊尔郎当。在修理进口机器时，违反操作程序，导致价值几百万元的机器报废。迁嫂大怒，当即免去技术员头衔，并处以半年的经济惩罚。于是，技术员在副市长老丈人的斡旋下，让迁嫂进了看守所。

迁嫂进看守所后，大家都说她咎由自取，连男人都要和她离婚。"迁腐，迁腐，都说我迁腐。一是替朝廷要犯四处张罗说话；二是帮死鬼的妻儿夺走厂长垂涎的房产；三是得罪有权有势的当朝驸马。公检法领旨行事，在反复取证八方调查后，以受贿罪判我缓刑。天呐，五年前母亲七十大寿时朋友赠送一尊玉观音，五年后估价五千，于是判我缓刑二年。"迁嫂冲镜中人苦笑一声。

镜子里有个憔悴的女人，隐约还有个盛装的女人。憔悴女的眼角有一颗亮晶晶的眼泪，盛装女的指上有一颗亮晶晶的钻戒。迁嫂凑上去看自己究竟是哪一个？看来看去，镜子里只有两个交替变幻的迷糊人影。迁嫂用手去抹镜子，突然手机响了。

电话是黄胖子打来的，黄胖子是她复旦硕士班的同学。第一次接他名片时她一撇嘴："难道烟酒批进来发出去的过程中，也需要一个党代表？"黄胖子说："没有'洪常青'的指导，烟和酒就是反华势力的腐蚀品。有了'洪常青'的指导，烟和酒就是抵制反华势力的炮弹！"迁嫂笑着擂他一拳，从此二人成莫逆交。

复旦成人半日制硕士生班，是党妈妈为白丁儿女量身定做的衣服，游子不但是清一色的共产党员，还是党的大大小小的各级书记。虽然上课内容仅限于扫盲和阿拉伯数字的求和，但证书却是挺刮刮的MBA。慈母手中线，游子身上衣。文盲穿上衣，白丁成学者；流氓穿上衣，窃贼成贵族；婊子穿上衣，妓女成了圣母玛丽亚——"这叫啥跟啥？读个书就能脱胎换骨？"迁嫂不满地说。"这就叫政治上的凤凰涅槃。"黄胖子怪叫一声，"凤凰涅槃？"迁嫂冷笑着。"和党校比，我们是小巫见大巫。党校才叫一个绝：刽子手进去，新领袖出来。全世界独此一家，堪称世界第九奇迹。"迁嫂笑得前仰后合。"我们读假书，只是换马甲而已，党校却能化腐朽为神奇，为杀人犯镀金。"这一次迁嫂没笑，而是在思索后认真地说："党校是中国人的洗脑机。"

"好一个迁嫂，可惜是中国的濒危动物。"黄胖子摇着头。

硕士生班一开学，黄胖子就根据学子的职务高低，排定一百零八将的名次，又绘制一张秘密联络图，上面写着一百零八将管辖的领地及权力的范畴。上课时，就是农贸市场的开张日，各路好汉纷纷拿出利器，吆喝着，介绍着，毛遂自荐着，如秦琼卖马杨志卖刀，妓女卖身歌星卖笑。往往一堂课还没结束，买卖已签合同，红包已进口袋。课堂上彰显的广告效应，比春晚下三滥的广告强多了。

读书的日子是欢乐的日子，但迁嫂总蹙着眉。她不是说患癌的门卫没钱买止疼药，就是说工伤的胖三药费没着落。黄胖子说："正因为我们的欢乐建筑在群众的痛苦上，所以欢乐是N倍的欢乐。"她说："我就是欢乐不起来。"黄胖子说："你应该欢乐：读书钱是党妈妈付的；读书时间是党妈妈给的；就连读书的交通工具都是党妈妈提供的。看！复旦校园都成了名车豪车展览中心。"这一次迁嫂没捶他一拳，只是把脸皱成一朵苦菜花。

读书的日子是欢乐的日子，可考试的日子有点烦。每逢考试，好汉忙着张榜贴文寻找枪手，要是瘦猴找了个相扑男，肥女找了豆芽妹，准考证一看就露馅。倒不是一百零八条好汉搞不定麻烦，而是时间紧迫一寸光阴一寸金。用班长的话来说，连泡妞都要一天赶几个场子，哪有空应付这鸟事？鉴于欢乐中出现的不和谐因素，黄胖子发出一声怒吼："中国人可以对美国说'不'，学生也可以对教授说'不'。"

第二天，黄胖子提着纸袋直奔导师办公室。考试时，监考官像喝了雄黄酒的白娘娘，昏花眼代替了炯炯有神的眼睛，跟跄步取代了健步如飞，连一贯竖得如国旗一样的招风耳，也耷拉得比狗尾巴草还不如。

　　出考场后，迁嫂问纸袋里装啥？黄胖子说："熊猫牌香烟，邓小平的专供烟。"她黑着脸："此烟手工制作。从种植到采摘，都有专人监督；从加工到成品，共有两百道手续。这不是纸烟而是黄金烟，钻石烟，人民的血泪烟……"黄胖子"噗"地把烟头吐出一丈远："周恩来为了讨好美帝，大笔一挥几吨鲍鱼送了，抓鲍鱼的工人也死在海水中；党妈妈为了盟友，大笔一挥几千亿美金债免了，几千万的人就死于饥饿中。饿死八千万人的年代，还源源不断地输出粮食和肉类，饿殍千里坟山万里……"说到这，他噎住了。迁嫂这次没擂他，她陪着他深深地叹了一口气。

　　学习结束时，好汉们又有了烦恼。这次的毕业论文，非复旦大学教授，而是教育部下派的钦差大臣来评定。黄胖子在接风洗尘后，请大臣们参观澡堂子，当即有大臣提出强烈的抗议。黄胖子说："钱钟书教授的夫人杨绛，写了一本《洗澡》的世界名著。安排贵宾下澡堂，是体验生活接近人民的义举，其意义绝不亚于总书记到西柏坡。顺带么，还可以在澡堂里反刍一下'八荣八耻'的滋味。"大臣听了把手举得高高，全体一致通过"洗澡"决议。

　　进澡堂时，大臣还在不停地念叨"三个代表"。可按摩女一上场，大臣们嘴闭了，眸子却死死盯在三个点上。水泼不进，棒打不掉，真乃铁钉碰磁铁，前世今生都有缘。

　　首席按摩女用手在敏感地带划了一个圈："请进！这里是老革命活动中心。"并给每人分发一片蓝色的药丸。大臣们乐不可支，当即围着她的"三个点"召开政治局会议，百分百地选举她为"感动中国的脊梁骨"。接下来，大臣们的颜色按摩，通宵达旦直到东方红。

　　第二天是毕业论文答辩。大臣们在咂嘴回味"三个点"的别样滋味中，全体一致通过了毕业生的论文。

　　迁嫂生气地说："为了通过论文，你们竟搞'颜色按摩'的勾当？"

　　黄胖子说："既然搞'颜色革命'要坐牢枪毙，那只能搞'颜色按摩'喽！"MBA证书拿到后，学子举行Party。教授和学子水乳交融翩翩起舞，犹如军民一家鱼水情。

　　黄胖子说："今天是狂欢节，你唱一首《上帝与我们同在》。"

　　迁嫂冷冷地说："自奥斯威辛后，诗歌没有了；自六四屠城后，歌声没有了。"

　　"你迁啊！"黄胖子把一根胖指戳到她脸上，"'六四'被通缉的学生领袖，已经和发通缉令的政府做生意了。"

　　"你说什么？"

　　"联袂交易的是金盾工程，是秦始皇的另一道万里长城。"黄胖子恶狠狠地说道。

“这么说，孟姜女和秦始皇握手言和了？”

“岂止是握手言和，简直是奸夫淫妇勾搭成奸。”

“这……”迁嫂的嘴张大后好久合不拢，被黄胖子灌了一杯又拍了几下才合拢。“喝！一醉方休，一醉解千愁。”黄胖子一杯一杯地敬，迁嫂一杯一杯地喝，醉后又唱又跳又笑又叫，还哼唧唧唱起“我们的生活比蜜甜”，她仿佛回到了十八岁。“你现在才是清醒的你，你现在才是真实的你，你现在才是党的好书记。”同学们围着她跳起了集体舞。

2

今天是复旦学子聚会，迁嫂在会场兜了一圈也没找到黄胖子。学子谈兴正浓，有人在谈上海芦潮港的第二个规划，有人在谈驻京办的地下运转，有人在谈儿女的出国，有人干脆谈玩处女的“爽歪歪”。班长问迁嫂：“你找谁？”

班长自从“颜色按摩”后疏远了黄胖子。因为大臣回京复命后，一个个都下了马。下马的原因是一张光盘的流传，光盘里刻满了大臣的淫态兽性，尤为触目的是一按摩女的乳房，竟被一群人民公仆的钢牙咬碎了。

于是下马的大臣迁怒于学校，于是学校迁怒于班长，于是班长迁怒于黄胖子。好在后来下马者一个个又官复原职或异地做官，官做得更高也更风光。据说，首席大臣曾和教育部部长陈婊子叫板：“你有我们的光盘，我们也有你和元首淫乱的光盘。”婊子陈怕自己步了台湾孟小姐的后尘，才把这事掐了。

“我给黄胖子打电话，声音突然一下子没了。”迁嫂惊慌地说。

班长拨号后也大惊：“不对！这不是关机，而是手机被人控制了！”

正在谈玩处女的小瘦子掏出电话：“我来问。凡本市被控制者和离奇失踪者，都跟我舅子有关。”

“他搞人口买卖？”迁嫂白了他一眼。

“他不搞人口买卖，他搞国家安全。”电话接通后，小瘦子问了几句就挂断了。

“傻B！你说黄胖子啥事不能搞，非要去碰那高压线。”

“什么高压线？”

“茉莉花！”

小瘦子“呸”一声，把痰吐在地毯上。

班长“扑哧”笑了：“黄胖子和花绝缘。别看他老爆粗口，其实他最恨的就是‘吴清华’遭到‘洪常青’的蹂躏。他说，这是公仆对主人的蹂躏。”

“此花不是那花。”迁嫂白了班长一眼。

"黄胖子不擅长摘花，叫擅长护花转化。为了茉莉花，他发帖转帖忙得不亦乐乎，结果让国安掐了。"

"有什么办法能救他？"迁嫂忙问小瘦子。

"他要是玩处女玩受贿，甚至玩白粉玩武器我都能捞，独这事，捞不成。"瘦子抖着腿。

"到什么程度了？"迁嫂更着急了。

"'涉嫌颠覆'的拘留证都办好了。"

"他妈的！地震救灾姗姗来迟，逮人抓人倒十万火急。"迁嫂恨恨地说。

"地震震不了金銮殿，可茉莉花危及金銮殿。"瘦子呼了口烟。"黄胖子父母都是海外学者，为了建设新中国屁颠屁颠赶回来，想不到黄胖子背叛了他的父母：抄家已经抄出反党材料。"

"爱国不等于爱党，这有本质区别。"迁嫂抽着鼻子，不知是伤感还是愤怒。

"咱不谈政治，咱和政治绝缘。"班长皱着眉头说。

"对！迁嫂，你迁你的，咱是今天有酒今天醉。"众人撂下她，抽烟喝酒划拳，牛气冲天。

"知道我喜欢你啥？我就喜欢你的'迁'。"想起黄胖子的话，迁嫂的眼红了。

"你准备捞他，就像捞你的暴徒同学？"班长乜着眼问。

"你们喝的，难道我喝不得？"迁嫂一扬脖，"咕咚"一杯酒下肚。她正拿起另一杯酒时来了短信："后院起火，速来压阵。"

是小叶，又是这个小叶。

3

认识小叶，是在单位例行的消防检查上。小叶一露面，她就觉得像一只耗子出洞了。

果不其然，耗子借着工作缘由频频露面。茗茶倒在其次，真正目的是让一张张发票，找到为它买单的母亲。迁嫂很厌恶，报销两次就终止了。她这里终止了，可消防检查却迟迟不能过关。面对一次次红牌，她只得开启报销之门。她那个恨啊——职工癌症药没钱报销，嫖娼的发票却捷足先登。每一次报销，她都在吞一只活苍蝇。

她被判缓刑二年后，实在咽不下这口气，决定向高院申诉。小叶说："我是土匪，深知匪巢的规则，没一百万你窝着甭动。高院的申诉材料，堆得比金茂大厦还高。"

一星期后，迂嫂哑着嗓子打米电话："找一定要申诉。"

"你有钱了？"

"父亲为我的事走了，我卖了他的房子搞申诉，一定要让父亲死而瞑目。"

小叶大喜："好！我做黑白两道的斡旋人。"

由于小叶嫖赌有方，已从片警擢升到区国安。国安是警察中的癌中之癌，也就是最厉害的淋巴癌。小叶这个淋巴癌果然活动猖獗手段了得，上任不久已浸淫和粘连多个脏器——原来高院院长竟和他嫖同一个女人。既然嫖同一个女人，就有宣传部提倡的"同一首歌，同一个梦想"。

迂嫂的卖房款通过小叶"哗哗"地流过去，也不知流到院长还是小叶的口袋，申诉迟迟无进展。迂嫂很郁闷，又找了个新的斡旋人。可法官不认可，法院也不认可，最后法院的门卫都不让进了。黄胖子说："既然西门庆大法官只认王婆这皮条客，你暂且从了他们。"

"什么话？难道我是潘金莲？"迂嫂大怒。

"案子明明是冤案，你却行贿申诉。"

"放屁！我被迫行贿。"

"被迫行贿和被强奸有什么区别？其实你还不如潘金莲，至少潘金莲还愿意和西门庆苟且。"迂嫂被这句话一棒子打懵了，许久说不出话。

这边，"宣告无罪"的申诉还没下来，那边，小叶的妻子要求离婚的表格都填好了。小叶不怵婆娘，但怵婆娘的爹也就是老岳父。形势急转直下，形势急转直下后迂嫂和小叶换了个位置——现在，她成了王婆这个皮条客。

小叶的婆娘，长得贼眉鼠目，但她的父亲是公安局局长。当年小叶追求的不是她，而是自己的前途。当他和娄阿鼠成亲后，立即从化工厂调到公安局，油腻的工作服也换成了威严的制服。婚后，他一直偷腥但都是秘密进行。最近他升到了国安局，再加上老娄阿鼠即将退休，没有了后顾之忧的他，把偷情从地下转到了地上，不仅频频收获美娇娘，连美娇娘的母亲也没有放过，偷情偷得风生水起，就差到电视台的"人物专访"里谈论他的风流史了。

迂嫂赶到他家时，战争已接近尾声。除了一地狼藉，还有一双红彤彤的桃子眼。"你又干了啥坏事？"一进门，她就摆出当头棒喝的架势。多年的耳濡目染，她已把王婆这个角色揣摩得炉火纯青。

"书记明鉴——我一直夹着尾巴做人，就是应酬也是逢场作戏。"小叶连连眨眼，一双水汪汪的眼睛滋润得很。

"知道我爸下月退休，狐狸尾巴马上翘起来。"小叶婆娘咬着牙，"告诉你这个臭男人，我爸能把你从工友提拔到公务员，我舅也能把公务员撂到工友。"

"你舅？"小叶一愣。

"幸亏我留了一手，没把七大姑八大姨的关系全部端出来。"

"老婆啊！"小叶的眼珠子咕噜噜转开了。

"老婆是什么？老婆是五星红旗而不是彩旗。"迁嫂边训边眨眼。小叶心领神会，赶紧抓起纸和笔，五分钟后单膝跪下。

"你手上拿的什么？"迁嫂佯问。

"我的保证书——老婆留存壹份，书记监督一份，本人反省一份。"

"念给老婆听听。"

"Yes！"他朝婆娘敬了个标准的军礼。"我的四项基本原则：我保证所有的收入上缴老婆；保证听老婆的话犹如中国共产党章程；保证团结在以老婆为核心的周围；保证每个月和老婆过八次性生活。"

"为什么是八次？"迁嫂扑哧笑了，"党组织正在学习八荣八耻。"

"基本原则写得不错，但能做到吗？"

"保证一言九鼎。"

"放屁！你这小人一贯出尔反尔。"婆娘冷笑着，"你一边赌咒发誓，一边犯科作恶。领口红彤彤地可以做国旗；裤裆脏兮兮地可以做党旗。"

"苍天在上，书记为我作证。"小叶朝迁嫂瞥了一眼。

"啊呀呀！还不是黄胖子恶作剧，用口红摁上去的。"迁嫂大笑道，"我……可以用我的人格保证。"

"要是你还不信，我就一百年不变地跪下去。"小叶一屈膝，干脆两条腿一起下跪。"一百年的不忘初心、一百年的不改初衷。"

婆娘扑哧一笑："一百年，怕是你尸骨都无存了吧。"

"赶紧去收拾一下，等会陪你去购物。"迁嫂趁机把婆娘推到盥洗室。"你该收敛了。"迁嫂呼了一口气，"王婆我实在是做够了。"

"收什么敛？我新搞个妞，她叔是中南海的。你的任务就是维稳！不惜一切代价地维稳！"

"我维不了这个稳。"

"能摁则摁，摁不住就另辟蹊径。"小叶的眼珠咕噜噜地转，"……实在不行找个男人强奸她，我就能站在道德的制高点上。"

"你无耻！"迁嫂勃然大怒。

"你幼稚。难怪书记被掯了，牢也坐了。"小叶奸笑着说，"你的申诉已到院长手里，下星期我让她再吹个枕头风。"

"放屁！"迁嫂霍地站起来，"明明是冤假错案，却要金钱铺路，让婊子通路。你们还让人活不活？"

“怎么？你也准备做杨佳？”小叶沉下脸。

这时手机响了，迁嫂接了电话就走。临走前撂下一句话：“王婆我不做了，申诉的事，有着落了。”

4

当她赶到“星巴克”时，侄子还没来。一个酷似侄子的男孩正在发小广告。他向每一个行人鞠躬，挤着笑，看了让她心酸。心一酸，竟把她对侄子的内疚冲得无影无踪。

侄子兴冲冲地进来。新婚的他一身名牌，唯一的缺憾是眉宇间那道抹不去的忧郁。他还没坐下就把一张纸递来。迁嫂紧紧攥住那张纸，整个人都在颤抖。侄子冷笑着，叼上一根烟。迁嫂用手慢慢地展开那张纸。“刑事判决书”几个黑字闯进眼帘，她眼一闭，两排睫毛急剧颤动，宛如蜻蜓透明的翅膀。

她用手捂住胸口，又使劲吸了一口气，这才把视线转到纸上。纸上只有寥寥几行，“……撤销第 XXX 判决书，被告 XXX 宣告无罪。”

她瞪大眼看了又看，看了又看。她不敢相信自己的眼睛：望眼欲穿若干年，竟盼来这几行字？为了这，父亲命赴黄泉；为了这，一百万打了水漂；为了这，她做了王婆；为了这，她把侄子贱卖。白纸黑字，黑字白纸，就这么一句话？

“你还想要什么？国家赔偿，公检法道歉？”侄子冷笑着说，“告诉你，判你的法官现在是副院长了。”

“格格！格格！”她怪笑起来，“我挖山不止，原以为挖到通灵宝玉，却原来石头一块。白纸黑字，黑字白纸，却原来是一对黑白无常。格格！”

侄子不理她的疯癫，兀自吐着一个个烟圈。

“格格！”她依旧怪笑。

“我要从政。”侄子嚷道。她一愣，停止了笑。

“我一定要从政。”侄子掐灭了烟。

“……平民从政，只怕是政治斗争的牺牲品。”她一字一顿地说。

“平民不从政，怕是经济斗争的牺牲品。从政后，至少还有件金钟罩铁布衫护着。”

“不！金钟铁布衫属于太子党——原中国人民银行副行长朱小华就是个例子。”

“难道我们就这样任人宰割？”侄子一脸悲愤。

“月月现在……怎么了？”她诺诺地问。侄子沉下脸，又点了一根烟。月月是侄子的大学同学兼女友，自侄子在她的牵线下和法院院长的千金结婚后，他就把有孕的月月送到她老家。

"究竟怎么啦？"

"被计生办绑到医院强行堕胎……儿子死了，她也死了。"侄子恶狠狠地吐出一口烟。烟雾中，他的五官扭曲成一团。

她咬着嘴唇，死死地咬着嘴唇。

"我和她签了约——我保证永远不和她离婚，她保证她爸支持我从政。"

"你有用不完的钱，何必趟这浑水……政治很肮脏很卑鄙。"

"我不从政，就不能惩罚刽子手。"

"可是……"

"没有'可是'。我们屈辱地活着，像狗一样地活着，但还是没保住自己的孩子，自己的妻子和父亲。"

迁嫂一怀：她想起父亲的死不瞑目。侄子站起来，风一样地卷出去。

迁嫂上了出租车，吩咐司机到政协礼堂。自判刑失去公职后，她就游走在复旦学子一零七将的门下。她现在才明白，当年的秘密联络图，就是开启阿里巴巴山洞的钥匙。

上个月政协大楼装修，她拿着班长名片去找马主席。推销瓷砖的回扣高达三成，想不到老马咬定青山不松口。后来才知道，马主席把这块肥肉给了情妇，用他的话来说，肉烂了还在自家锅里。原以为自己拼不过马主席的枕上人，想不到一早马主席打来电话："回扣一分不要，瓷砖尽管往政协送。"

"你有什么要求，尽管说。"她率先捅破了这层窗户纸。

"只求你在高院院长前美言几句。"马主席压低嗓子抑着气。

"好一个前倨后恭。"放下电话，她的每一个毛孔都在透气。是啊！佛争一炷香，人争一口气，活着，不就是活得扬眉吐气？

出租车开到政协门口时，警察一伸手，让出租车停下。警察又转个身，对另一辆车做了个"请"的手势。凯迪拉克车一鸣喇叭，一个大撒把冲进政协大门。"狗奴才！公款豢养的狗奴才！"她气得直骂。

手机响了，是一个陌生人打来的，说受人之托，想和她谈谈。

"谈什么？"她警惕地问。

"谈谈请律师的事，当事人在看守所，他姓黄。"

"……让我再考虑后打给你。"摁了电话后，她恨不得抽自己两耳光。最近，大脑指挥不了嘴巴，嘴巴成了割据一方的军阀。她站在十字路口，努力寻找大脑和肢体间指挥和被指挥的关系，寻找身心一致的平衡。

手机又响了，是女儿打来的。女儿留学澳洲，学习不咋好，黑客倒做得有模有样，有一次竟侵入上海市政府的数据库，差点弄出一场"政治风波"。硕士毕业的女儿，最近正在紧锣密鼓地找工作。

"女儿，工作找到了吗？"

"没有，还在找。"女儿的声音拖得很长，犹如她撅起的嘴巴。

"赶紧回上海——信息部部长让你到他那儿去上班。"

"哪个部长？"

"复旦同学，就是被你叫作'矮冬瓜'的那个。年薪三十万，还有海归人士的专配车专配房。"

"妈！你忘了我出国前你叮嘱我的话：赶紧走，别回头，千万别回头。"

"……傻孩子，此一时彼一时。"

"此在哪儿？彼在哪儿？"

"那时妈被冤判，恨政府，所以希望你生活在民主国家……"

"政府现在改邪归正了？"

"……他们已经给了我平反判决书。"

"就因为这？"

"既然六四被通缉的学生都能和政府做交易，我们为啥不能？你揣着澳洲绿卡为信息部工作，你是蝙蝠。"

"蝙蝠？"

"说是走兽，它有翅膀；说是飞禽，它是哺乳动物。两栖动物，要比单栖动物有含金量。""含金量？""可进可退，可上可下，可里可外，可栖可飞。""应该加一句：可展翅做飞鹰，可缩头做乌龟。跪舔时如宠犬，得势时是藏獒。""这……""妈！你忘了你说过的话。""……什么话？""赶紧走，别回头，千万别回头。"

"……傻闺女，知道茉莉花吗？"

"知道。"

"自茉莉花事件后，北京高层已决定，将目前中国的网络物理断网，用新建的网络代替。新建的网络更像局域网，只留一个国际出口。中国电信、中国联通将开始实行接入国际互联网准入制度，任何有需要的企业或个人使用者，需提前向工信部备案，并提交申请材料。这对你来说，是给了你一个平台，一个施展拳脚的平台。"

"让我也为中国的万里长城，添砖加瓦？"

"中国人最骄傲的就是万里长城……你也是我的骄傲。"

"妈妈，你想知道我现在对你的感觉吗？"女儿温柔的声音如羽毛，挠得迁嫂的心颤栗栗。"

"当然想。"迁嫂幸福地说。

"我现在对你的感觉就两个字。"

“什么学？”

“恶心！”女儿“砰”地挂了电话。

十二、三个女人一台戏

1

阳光聚焦在一个点上，这个点是一个痦子，一个暗红的痦子。暗得谲诡叵测；红得触目惊心。暗和红如狼如狈相依相偎，红和暗如水如乳天然合一。国裳直勾勾的眼，死死盯在痦子上。痦子如一颗准星，威严地趴在两只眼睛的中央。痦子一耸，眼睛立马睁开；痦子一动，眼珠如荷兰风车，咕噜噜转开了。

“痦子和眼睛的关系，是一个中心和两个基本点的关系。”弟弟曾这样评价他姐夫，“一只眼里装着谎言，一只眼里装着暴力。”

“弟弟，你究竟在哪？在哪？”国裳一声声呼唤着。她呼唤了十年，十年的杜鹃啼血！

护士端来一碗汤，特供基地提供的汤果然有别样的滋味，男人咂着嘴喝得不亦乐乎，暗红的痦子在热气中显得更肥腴。四十年前，痦子贫瘠，贫瘠到只是隐隐约约一个点。四十年的浸淫和发展，让痦子撅成一颗巨痦。难怪男人总喜欢在庆功酒会上说："痦子，我的立身之本！"

火红的阳光照在痦子上，痦子如成熟的晚柿，愈发地糜丽艳红。本已刻意忘却的一幕，却兀地闯进来。

四十年前的某一天，国裳在买粮时发现钱包不见了，她奔到学校后大门已关。她只得爬上高高的墙头，闭上眼一头扎下。一瘸一拐的她，在课桌里找到了钱包。她攥着钱包朝外走时突然被绊倒，一条黑影如一条蛇窜上来。在她死命的反抗中，她看见一个痦子，一个躁动的，痉挛的，抽搐的痦子……

当母亲找到她并把她搂在怀里时，她的眼睛已经直成了一条线。她喃喃地反复地说：“我要告他！我要告他！”

“谁？”

“龚宕。”

“你不能……”母亲在颤抖，抖得比她还厉害，“他是红五类，你是黑五类。”

“我一定要告！一定！”

“你不能。”母亲猛地推开她，“长姐为母……”

“长姐为母？”

“妈妈是癌症晚期，弟妹就托付给你，你要像狗一样地活下去。”母亲突然“扑通”一声跪倒在她脚下。

二个月后母亲去世了。大殓时，她没洒一滴泪。她像一具游尸，直勾勾地睁着一双眼。看到她的人，都打了个寒颤。

大殓后龚宕上门，他拿出一张纸，这是母亲的遗嘱。母亲在遗嘱中要求他娶她，同时接纳她肚里的孩子。于是，他顺理成章地娶了她，她名正言顺地嫁了他。

“她母亲临终托孤，我临危受命拒之不得。”龚宕逢人就说，把胸脯拍成赤道战鼓。从此，地球人都知道，是龚宕把国裳一家，从水深火热中解放出来。

新婚夜，国裳掏出一把寒光四射的剪刀：“你敢碰我，我就自尽。一尸两命。”

新郎悠悠地吐出一口烟：“要不是你母亲下跪求我，我会娶你？”国裳一颤，手上的剪刀掉在地上。

“你尽管反抗，但最后，你一定会乖乖地跪在我脚下。”男人扔下烟头，扬长而去。

“我会跪在强奸犯的脚下？”国裳歇斯底里地大笑，笑到泪花四溅。笑完后她摸着肚子说：“孩子，你一出世我就和禽兽分手。”她的算盘打得噼啪响：离婚后，孩子不是黑五类而是红五类；离婚后，孩子不是私生子而是单亲子。

儿子还没满月，她就草拟了离婚协议，要求带着儿子净身出户。男人对此保持高度的沉默。他耐心地喝酒，冷静地抽烟，颇有外交家的风度。

“人啊人，就是再邪恶的人，心灵深处，总还是有审判官的。”国裳偷偷舒了一口气。半夜，小妹打来电话说弟弟受伤了。当她赶到医院时，弟弟的十根手指只剩下九根。

“是谁伤了你？谁？”龚宕闯进来，满脑的汗珠，满脸的焦灼。国裳的心，莫名的一颤。

“是谁伤了你，快告诉姐夫。”男人的短发根根竖起。

“不必。”弟弟疲倦地闭上眼睛。

“不！一定要缉拿凶手。我去报警。”男人风风火火地走了。

“对！一定要报警。”国裳举起拳头。

“你真傻……”弟弟摇着头说，“我是他制约你的人质。”

“你胡说！”国裳大怒，“……凶手走时对我说：对不起，我不能拒绝瘪子的命令。”

国裳呆了，呆若木鸡。回家后，国裳把离婚协议书，放在母亲的骨灰盒里。

一阵暖风，带来花的芬芳，熏得国裳昏昏欲睡。突然，窗外闪过一条白影。"弟弟！弟弟！"她睡意顿消，疯了一样冲出去。她一把拽住白影，大夫转过身，惊诧地看着她。

"哦……又不是！"她摇着头慢慢踅回病房。她佝着背，一下子苍老了十岁。

"疯疯癫癫，成何体统？"男人掏出一把梳子，"给老洪打电话了吗？"

"我不打。"她嚷着，分贝很高。男人停止梳头，乜她一眼。

"现在就打，马上就打。"男人威严地吩咐。她张了张嘴，又自觉闭上，拿着手机走到阳台上。

阳台上摆满了花，千姿百态的花正熊熊怒放。这个社会需要鲜花，犹如濒死者需要氧气。国庆大典需要鲜花，庆功大会需要鲜花，红地毯需要鲜花，就连杀人的公判大会也需要鲜花。

"用花香冲淡血腥味，用鲜花掩盖尸体。"她念叨着弟弟的话。

"弟弟，你在哪？"她忧郁地看着花。

弟弟失去手指后，男人告诉她，派出所洪所长说凶手已落网。"你弟弟就是我弟弟。为了追查这案子我奔波数日。凶手为了挑拨我们的关系，竟说是我指使他行凶。"看着男人疲惫的脸，她的心一动。

"人非草木，焉能无情？"男人点燃一支烟，深情地看着她，"不管怎么说，他也是我舅子。我知道，我知道我对不起你。"

"他……忏悔了？"她心中一喜。

"我的余生，就是请求宽恕，将功赎罪。"男人诚恳地说。

"终于等来了他的忏悔，终于等来了他的忏悔……"她的泪，如折翅的鸟扑哧扑哧朝下坠。男人搂住她，吻去她一颗颗的泪花。她想抽出枕下的剪刀，但没力气。

"今天是七月一日党的生日，从今天起，你站起来了。"男人一字一顿地说，说得铿锵有力，掷地有声。她的心，如鼓如槌；她的眼，如星如火；她的脸，如花如霞。

"请接受我真诚的忏悔。"男人单腿下跪举起一束玫瑰。国裳捂住脸，孩子般地嚎啕起来。她哭得昏天黑地，哭得翻江倒海，哭得一塌糊涂。

第二天，容光焕发的她去找老洪。"什么凶手就擒？"老洪被问得一头雾水。

"就是我弟被伤的事啊！"她生气地嚷着，"你可不能包庇罪犯。"

"嘿嘿！你男人可是一石三鸟。"老洪奸笑着。

“什么叫一石二鸟？”

“他撒尿后没拉上拉链，顺带着强奸，顺带着撒种。开一次拉链，做了男人，做了新郎，做了父亲。”

“你……”她又气又恼，又恼又恨，又恨又怒，又怒又悔。

回家后，她劈面给了男人一耳光。男人不怯，反手也给她一耳光。“你这个婊子。”

“你叫我婊子？”她尖叫道。

“以前我是强奸犯，你是被强奸者。从昨天起，我们的关系变了——你自愿委身于强奸犯，你不是婊子是什么？”

“……你欺骗了我。”

“我骗你不假，可你为啥要接受我的骗？”男人从枕头下抽出剪刀，“来吧！或者自杀，或者杀我。”

“你……”

“来吧！”男人把剪刀塞进她手里。她高举剪刀，刀刃在灯下发出一道寒光。男人慢悠悠地取出一瓶酒。她高举剪刀，想捅进他腹部，可她没有勇气；她高举剪刀，想捅进自己腹部，可她没有力气。于是她举着剪刀，就这么举着，举着……

男人啜了口酒，又啜了一口。直到一瓶酒喝完，她还定格着这姿势。

“你想做高举火炬的自由女神，可惜做不像也做不到。”男人冷笑着，把最后一滴酒灌进喉咙，“如果说，以前我强奸的是你身体，现在我强奸的则是你灵魂。”

“如果说，以前我强奸的是你的身体，现在我强奸的，则是你的灵魂。”国裳失神地看着眼前的花。一束束艳丽的花，仿佛在嘲笑她。“其实，从接受欺骗的那一刻起，我的灵魂已经死了。”

“老洪接电话了吗？”男人举着梳子冲她嚷道。

“我……这就打！”国裳摇着脑袋，让出轨的思路回到原有的轨道。

2

国茹被铃声吵醒后，不假思索地把手机摁了。现在求她办事的人，把门槛都踏扁了。好在有一处处的行宫，哪怕一个团的狗仔也顾此失彼。

她披着睡衣，走到窗前，外面是一个五彩斑斓的花园。偌大的花园没有一点生气，就像……就像她缤纷而没有欢乐的生活。

铃声响了，是短信。她懒懒地一瞥，人却筛子般地抖起来。是……姐姐的短信，可她有脸见姐姐吗？

　　从小，她就在姐姐瘦羸弱的肩膀上长大，姐姐抱着她去买米，姐姐抱着她去探监，在她心目中，姐姐就是母亲。……某年某月的某一晚，姐姐的眼突然直了，直成了一条线。这是姐姐的白垩期，从此，姐姐美丽的眼睛如恐龙，永远从世界上消失了。

　　母亲去世后，姐姐挺着大肚子，一针一针地编织网袋。编啊编，编一对能买一包盐；编五十对，就能为她买一双鞋。

　　姐姐的眼睛一直是直勾勾的，她是在编织网袋还是编织她的裹尸布？她不敢直视这双眼睛，惊恐地问哥哥："姐怎么了？"

　　哥哥恶狠狠地说："一个恶棍毁了姐姐。"

　　她举起拳头："我长大后，一定要找恶棍报仇雪恨。"

　　哥哥说："报仇的事交给我。"哥哥背着包走了。后来，哥哥再也没回来。

　　从初中到高中，从童年到青年，她一直在寻找哥哥。大学毕业后，她打起背包准备南下北上，天涯海角地找。姐姐拦住她，说有个男人知道你哥的下落，他就是我男人。

　　"那我们就灌醉他，问个明白。"

　　"你灌不醉他。"姐姐摇着头说。

　　"我不信，天下没有撬不开的嘴。"国茹使出浑身解数，终于在某一天灌醉了姐夫。

　　"我哥在哪？"

　　"……在一个岛上。"龚宕的舌头有些僵硬。

　　"什么岛？"

　　"安全……岛。"他咕哝着。

　　"究竟什么岛？"她急迫地把耳朵凑过去。突然，她看见一双眼，一双阴鸷的眼。

　　"你没醉？"她大惊。

　　"我很清醒。"暗红的痦子一点点逼近。她尖叫起来。

　　"放心！我不会强迫你。以前我喜欢强奸，现在我却喜欢被强奸者的配合。因为这样才能显示了我的撅起，昭示我'打败天下无敌手'的状态。"

　　"你这条恶棍。"

　　"我是恶棍，但我滋润地活着。我相信有一天，你会配合我的强奸，配合默契且天衣无缝。"

　　"你这个下流胚。"

　　"我这个下流胚可以很负责地告诉你，你哥活着，他活在精神病院。只要他停止上访停止思索，我会让他回家。"

“我一定要把他解放出来。”国茹攥起拳头嚷道。

“除非会出现奇迹。不管你信不信，反正我信。”于是，他和他的痞子一起笑了。

事后，她和姐姐寻遍了全上海的精神病院，奇迹果然没出现。在"盛世"的今天，精神病人的名单，已和地震死亡者名单，艾滋病人名单，结石宝宝名单一样，成了党和国家的最高机密。谁动这四个名单，谁就违反了"四项基本原则"，谁就犯了"泄露国家机密"罪。

“太可怕了，我现在才知道什么叫一手遮天。”从医院回来，姐姐的眼更直了。

“哥哥生活在小疯人院，我们生活在大疯人院。我们一定要飞越疯人院，捣毁这大大小小的疯人院。”她举起拳头，举得很高很高。

“别做梦了。”姐姐摇着头说。

“不！苏联行，中国也行。”她大声嚷道。

“我们一定要捣毁大大小小的疯人院……”

想到这，她苦笑着点燃一根烟。“痴人梦话，我不但没捣毁疯人院，还被关进疯人院！”她仰起头，喷出一口烟。烟冉冉上升，烟圈越来越大，犹如两只直勾勾的眸子。“姐！”她的心一凛……

大学毕业后，她分配到报社。采访的第一篇处女作，就被砍得面目全非；第二篇采访稿也被迫流产；第三篇呼吁政治改革的评论，不但被撕个稀巴烂，还被主任训了个狗血喷头。

作为记者，贪官污吏不能写；民生民权不能写；矿难死人不能写；教育沦丧不能写；医疗红包不能写；官商勾结不能写；拆迁杀人不能写；地震真相不能写；奶粉谋杀不能写；自焚抗争不能写；城管施暴不能写；倒卖国产不能写；岛屿被占不能写；甚至连高官特供都不能写。

那记者能写什么？

记者能写的，就是伟光正的无限发酵；反华势力的无限扩张；中国人民的无限幸福；西方人民的无限悲惨。写宋歌女的家庭和谐，写政治局的空前团结，写三权分立的祸害，写疆独台独藏独的险恶用心。写一个中心，两个基本点，三个代表，四项原则，五大花瓶，六神上天，七个报告，八个荣耻，九个常委，外加十恶不赦的斧头帮。写啊写，颠倒黑白，颠覆乾坤不要紧，只要金銮殿不被颠覆；写啊写，指鹿为马，人神共怨不要紧，只要斧头帮笑口常开。

说是狗腿子，狗腿子还有自己的腿；说是啦啦队，啦啦队还有自己的嗓；说小丑，小丑还有自己的说噱逗唱；说皮影人，皮影人还有一张完整的皮。

记者是无腿，无嗓，无技，无皮的行尸肉——叫你咋动就咋动，配合强奸无商量。

想到这，她连杀人的心都有了。

这时，一个陌生人打来电话，爆料郊区圈地卖地的黑幕。其黑，其腥，其肮脏，绝对是盛世中的盛况。在征得报社领导的同意后，她去采访。

出发前，她给姐姐留下一封信，表明她荆轲刺秦，舍身饲虎的意志。在采访地，她看到失地农民的无望，辍学儿童的绝望，看到被网住的土地，看到被圈住的庄稼汉。她的血，一个劲朝脑门上冲。她奋笔疾书，连夜把稿件发给报社。

第二天早上，有人打电话说送来举报材料。她刚拿起材料，破门而入的公安就以"受贿罪"铐了她。当她抗辩时，材料里滚出一捆人民币。她知道自己中了圈套，一个精心设计的圈套。问题是，自己只是一名见习记者，杀雏鸡焉用牛刀？

后来呢？后来，她和中国所有的无良记者一样，成了朝廷的帮凶。

有一次，她和姐夫缠绵时问："招安一个女记者唾手可得，为什么偏对我下手？"

龚宕说："我虽霸占了你姐的身子，但没霸占她的心。"

"你太贪婪，有了身子还要心。"

"我要她身心合一地匍匐，身心合一地臣服。"

"难道你掳掠了我，我姐的心就能给你？"

"我不要她的心，我要的是她的心流血，破碎，碎成万段。"

"你比撒旦还可怕。"国茹一颤。

"撒旦算什么？"龚宕冷笑着拨通手机。"你马上就能看到世界上一双最绝望的眸子。我不但要让眸子直勾勾，还要让眸子流泪，流脓，流血。"

"你是说……"

"视觉上的冲击比语言上的冲击更给力，更过瘾。"他奸笑着拿起遥控器，卧室的门缓缓打开，门口站着一个呆若木鸡的女人——她目睹自己的妹妹，躺在自己男人的怀里。

国茹叹了一口气，往事不堪回首，往事却又频频回首。枕边放着一张"内参"，内参大咧咧的躺着，像个横行霸道的怨妇。怨妇六十年如一日的哼哼唧唧，六十年如一日的骂骂咧咧，六十年如一日的诅咒发誓，六十年如一日的兴风作浪。不是"反华势力"垂涎她的美貌，就是"反华势力"觊觎她的位置，不是她领导人民抵抗"反华势力"，就是"反华势力"遭到毁灭性的打击。

“你岂止是世界级的怨妇，你还是世界级的弃妇。”国茹一拳捣去，被捣个窟窿的怨妇依然挑衅地看着她。国茹憋着一口气连连出拳，直把怨妇捣成一堆碎纸屑。

“碎尸万段，碎尸万段。”她仰天大笑，笑得直不起腰来。手机响了，是闺友兼线友兼贱友打来的。只有下贱者，才能做线人。

中国的线人像蚂蚁一样多，命如蚂蚁一样贱，要求如蚂蚁一样卑微。五毛钱基本能打倒，十元钱能喜不自禁，一千元能叩首涕零。别看国茹的线人学历高，举止雅，其实也就是个千元封顶的货。游走于基层，觑探风向；谀言于领导，贱毫毕露。把一根擦过的口红赏给她，连她的祖坟都能底朝天。

“你姐夫……不！你上司……不！干脆就说你情人吧。”

“他怎么了？”国茹懒洋洋地问。“他被人用硫酸浇了。”

“胡扯！他又不是马英九要自己排队买包子，他进进出出都有保镖护着。”

“那是在一个宴会上，或者叫聚会或者叫同学会或者叫同乡会或者叫联谊会……凶手掏出一瓶子，刷地浇上去。”

“浇得好。”她脱口而出，“看来，又是反华势力这个黑推手。”

“这次倒不是反华势力在操控。”线人没听出她的冷幽默，“凶手是个现役军人，还是个团长。团长的婆娘，就是那个唱红歌的货。”

“这可是大水冲了龙王庙。”国茹又喜又恨。喜的是，终于有人反抗了；恨的是，他竟宠上了戏子。“让他尝尝毁容的滋味，他毁了多少人啊……”

“说话要注意，现在正值历史敏感期……”

“他妈的！现在不是三月，不是五月，不是六月，不是十月，怎么又敏感了？”

“你忘了茉莉花吗？”

“他妈的！政府现在成了狂犬病患者，见不得风，见不得水，见不得雪，还见不得花。鉴于维稳的警力匮乏，昨天人大通过一项向卡扎菲学习的决议，命令全国的二奶三奶四奶拿起武器，组成红色娘子军。”

“别忘了你的身份——党报的高级督查。”线人严肃地说。“今天是我的狂欢节，一年狂欢一次总可以吧。”国茹大声嚷着。

3

陈智力正伏在桌上写报告，一般情况下，她的报告由秘书代劳。但今天写的不是大报告而是小报告。大报告是写给百姓看的，小报告是写给情夫，领导，首长看的，不但要亲自执笔还要真迹，必要时还要摁上血手印。

　　她一笔一划一撇一捺地写，虽尽了吃奶的力气，纸上还是一行行爬行动物的轨迹。虽字如其人丑不忍睹，但写小报告的历史可追溯到半世纪前，那才叫真正的牛。

　　小学时没戴上红领巾，她写了份小报告外加一毛钱交上去。老师阅后评她为"拾金不昧学雷锋标兵"，她如愿以偿戴上红领巾；中学时入不了团，她写了份小报告外加同学日记的"摘要"交上去。辅导员阅后评她为"靠拢组织学毛选标兵"，她如愿以偿入了团；"文革"后不能参加红卫兵，她写了份小报告外加断绝家庭关系的声明交上去，工宣队阅后评她为"可教育好的子女"，她如愿以偿参加了红卫兵。

　　进单位后，发现闺友在举报龚宕，她不但写了小报告，还在闺友的更衣箱里塞赃物。闺友被劳教后，她从流水线工人提拔到组织部。从此，她对写小报告的热情比耗子打洞，苍蝇逐血，屎壳郎堆粪更高涨。她发誓要把小报告地老天荒地写下去，不写到六月飘雪，江河倒流誓不甘休。

　　龚宕在仕途上一路飙升，她这颗绿豆也跟着王八一路上爬。龚宕小恙她嗑药；龚宕小喜她亢奋；龚宕发情她发嗲；龚宕发飙她发怒。她和龚宕的关系达到了"荣辱与共，肝胆相照"的统一。在一次政治风波中，她拍着干瘪的胸脯说："龚宕你大胆向前走啊！莫回头！莫回头！若有闪失，一切由老妾担着。"

　　闻此言，龚宕的痦子一热："有此红颜，夫复何求？"

　　"可惜俺只是政治盟友，至今没发展成枕上挚爱。"她飞个媚眼，半嗔半怨。

　　"不是我不奸你，而是有人对我妖魔化。一会说我强奸妇女，一会说我诱奸妇女。我要像洗钱一样漂白自己，让谣言彻底破产。"

　　"首长，明天就是三八妇女节。我代表汶川废墟下的妇女，代表大头娃娃的女婴，代表被躲猫猫的严晓玲，代表被碾死的小悦悦发表社论：我们一定紧密团结在以您胸肌为核心的周围，坚决反击'反华势力'的粗暴干涉。妇女同志选择了您，这是历史的选择，这是时代的选择……不是您蹂躏了妇女，而是您满足了妇女的生理需求。"

　　"啊呀呀！语出惊人，惊为天人啊！党中央最近正在谋划中国文化的大撅起大发展。从明天起，你担任上海市委宣传部正部长。你要把住每个关隘，守住每个卡位，盯住每个旮旯，连蟑螂窝蚊子洞都不能放过。"

　　"首长放心，宣传部是党的重中之重，首中之首。'一妇当关，万夫莫入'。宣传部要做到杀稿如麻噤声如麻，遮帖如麻整人如麻，必要时还要加上蒸发如麻。"

龚宕的手用力朝下一劈："为了维稳，蒸发如麻是必须的。"

"我马上让王海宁同志与一篇'蒸发如麻是时代的需要'的社论。"

"党中央准备把'被失踪'写入刑法……"

"我再让令计划同志写一篇'人民群众拥护被失踪'的社论。"

"有了孪生社论，何愁占领不了互联网？"龚宕给她一个热辣辣的眼神，于是陈智力同志欣喜地扑入党组织的怀抱……

想到这，她全身都燥热起来。她站起来开空调时，瞥见一张压在玻璃下的照片。其实她早该销毁这照片，让它活着，是因为这是一张"励志照"。

照片中间的同学是哈军大的高材生，毕业后响应党的号召，到广袤的沙漠去搞航天航空技术。智商超群的他，在把"天宫"发射上天后因过于劳累，把自己也发射到阴曹地府。这教训深刻啊，爱党爱到走火入魔，往往都没有善终。

照片左边的同学是复旦大学的高才生，毕业后进入党报，也就是专为领导舔痔挖癣唱赞歌的媒体。文笔呱呱叫的他，不在罂粟花下引吭高歌，却跑到民间搞维权，结果"被车祸"，连个尸体都不囫囵。这教训深刻啊，擅自行动者，往往都没有善终。

照片右边的就是她，一个智商贫瘠，文笔枯燥，长相猥琐的女人。如今，智商高的死了，文笔妙的死了，她这匹马却奋蹄甩尾驰骋在政界。什么"书中自有颜如玉"，呸！只要报告打得好，只要陪睡陪得爽，那就是坐在发射架上的航天机，想不上天都不行。想到这，她骄傲地挺起胸。

且慢！最近有件纠结的事萦绕在心头。

耗资巨大的《建党大业》电影在国内上映后，只收获嘘声却没有掌声，移师海外后，在大使馆和广电部的折腾下，终于达到了比十五亿人的头皮屑还沸沸扬扬的效果。然而，电影院拉开大幕后，却发现没有一个观众，真正羞煞中国人也！据说此新闻已列入吉尼斯愚人节之最，成为中国的第五大发明。

今天的小报告，就是向领导谈谈"如何挽救御用电影于狂涛巨浪"这个问题。宣传部决定从明天起，领御用电影票时一律不发钱，而是电影散场后凭票根来领钱，票根上要有影院的盖章。这样，就杜绝了领票而不看电影的残局。当年为了填充参观世博会人数，她想出组织海外华人观摩的金点子。为了防止"反华势力"的说三道四，参观者先付五十元，事后以补贴形式加倍归还。"明修栈道暗渡陈仓"之术当即得到国家的"小发明奖"并申请了专利。

其实她的小发明并不仅限于此，把"搜集阴毛奖"改成"搜集国宝奖"；

把"撰写性日记奖"改成"新雷锋日记奖"等建议，都得到宣传部的青睐。龚宕曾拍着她的肩膀动情地说："当年读书的红灯户，能孵育出这么多金点子了，说明党具有'化腐朽为神奇'的能力。以后你的金点子要和中国文化发展接轨，犹如'天宫一号'和'神舟八号'接轨一样。"

想到这，她心潮澎湃眸子湿润。如何让"金盾"保护万里长城永不倒，这是一个世界性的课题。最近，老百姓的国骂也与时俱进了："党的十八大，我骂你十八代祖宗"。昨天刚屏蔽"党的十八大"，今天就接到高层的责难。这才是"屏蔽难，不屏蔽也难。"

她正左右为难时，秘书走了进来。

据说，秘书他爷他爸他姨妈和叔叔，都在五七年"引蛇出洞"时被一举擒获，从此，他就成了半哑巴。用他做秘书，是因为他有一张巨无霸的鼻子。任何异味，异声，异像，异况都能捕获，就连蝙蝠振动的次数都能清晰地捕捉。鉴于他半人半兽的奇异功能，高科技发展和委员会已拨出巨款，仿制他的猎犬鼻，以后五毛人手一个，就能确保互联网始终掌控在党手里。

鉴于她是发现巨无霸鼻的伯乐，宣传部已提名她为中国科学院院士，可终身享受国务院政府特殊津贴。在颁奖大会上，院长和她握手时用的不是一只手而是两只手，更令她意外的是，两只手握住还摇了三下，这不意味着她就是三个代表吗？其实，她不仅是"三个代表"，还和发明"三个代表"的首席代表睡了觉。

"龚宕受伤住院。"秘书贴着她的耳朵说。

"消息封锁了吗？"她条件反射地问。

"已通知各大网站，屏蔽'龚宕'这二个字。"

"通知下去，谁违规我让他'被失踪'。"她把尚未写完的报告塞进公文包。

4

龚宕接过婆娘递来的苹果时，发现她的眼不再是直勾勾的，而是部分恢复了水汪汪的状态。当初，他就是被这双水汪汪的眼勾上魂的。不要说他，全班男士一律被这双水汪汪的眼勾上了魂。他曾拍着胸脯说："我一定要得到她。"于是狐群狗党全笑了："她不但不和你说话，连瞅都不瞅你一眼。"

"我不但要得到她，我还要她母亲——也就是校长——跪下求我娶她女儿。"

"你能做到，我们俯首称臣。"狐群狗党们笑得前仰后合。

龚宕终于等来了这一天，他在学校的走廊上，在男厕所的门口强奸了美丽的校花。事后，呼啸的警车不断闯进他的梦中。

不久，他在厕所门口碰到扫厕所的校长，他还没来得及发怵，对方已抖成一团。他心一横胆一壮，冲过去嚷着："我要揭发你利用女儿色相，勾引红卫兵小将。"

"你……"校长朝他冲过来。"你想干什么？"他后退两步。

"我求你娶了她……""什么？"她已经……怀孕了。啪！"校长直挺挺地跪在他面前，下垂的白发，如垂头丧气的狗尾巴。

"……口说无凭，立字为据呦！"他又喜又惊。喜的是逢凶化吉，一箭双雕，惊的是堂堂的校长，竟跪在留级生的脚下。

自从狐群狗党目睹了校长的遗嘱后，从此就尊他为江湖老大。他开始频频传经送宝。今天教拳脚，明天授秘籍，成了输出革命的博士后教授。有死党讨教他只赢不输的法宝，他用手指了指眼睛。

"啊呀呀！你的眼睛咋不同？一只眼里装着温情，一只眼里装着暴戾。"

"谎言和暴力就是我的法宝。此进彼退，彼进此退，轮流执政，按需上岗。这就是我一个中心两个基本点。"从此，他成了闻名遐迩的黑老大，络绎不绝的朝拜者来自世界各个旮旯。

"龚书记，您伤到哪了？"陈智力冲进病房，差一点就冲进龚宕宽广的怀抱。

"要革命就会有牺牲，再说我也没死。"龚宕冷静地说。

"姐夫，这下尝到奸淫妇女的后果了吧！"国茹乐呵呵地笑了。

"马上召开党小组会。"陈智力打开公文包。

"国裳，你进来。"龚宕威严地喊道。国裳低头进来，垂下眼帘坐在一边。

"三个吴清华加一个洪常青，四人帮开个紧急会。"陈智力拧开钢笔套。"这件事有两个处理方案。第一是先封锁消息……"

"怕封锁不住，'浇硫酸'的若干版本，已在坊间传得纷纷扬扬。"国茹拖长了声音。

"既然封不住，那就偷梁换柱，狸猫换太子。"

"怎么个换？"国茹白了陈智力一眼。

"把'浇硫酸'事件归结为'访民行凶'。"

"可凶手不是访民，而是军人。"

"我查过了，凶手曾因晋级的事向上级反映。他说，首长的保镖和二奶都可以做将军，他为啥不能？就凭这点，把他纳入访民绰绰有余。"

"据我所知，团长在军队有很深的人脉关系。"国茹微笑着。

"把上海警备区的司令员找来，先做他工作。"

"听说司令员和他私交甚好。"

　　"什么私交公交？利益面前不堪一击。一切的一切，在利益前烟飞灰灭。"陈智力杀气腾腾地站起来，"我已经封锁了城门。"

　　"墙外的声音是进不来，但墙内的声音呢？"

　　国茹冷笑着。"声音算什么？屠城后，世界上的声音大着呢，最后不都压下去了？我已通知移动联通，所有的手机监控，所有的短信监控，各大网站蓄势待发，五毛党枕戈待旦……"

　　"你固然能焚书坑儒，但坊间流言，枕边笑昵，段子辛辣，网友垢语呢？"

　　"党中央早就考虑到这一点，正在购买新设备安装在大街小巷。没有屏蔽不了的画面，没有消灭不掉的异声，没有……"

　　"就算你成功噤声，泼硫酸毕竟发生在众目睽睽下。"国茹依然冷笑。

　　"众目睽睽怎么啦？天安门事件也发生在世界的众目睽睽下，天安门自焚案也发生在世界的众目睽睽下，不是照样按照党中央的版本，表演得有声有色，而且是活色生香？"陈智力也冷笑着。

　　"说得好。"龚宕瞟她一眼，"徐娘虽老，一员悍将。有空带你去警备司令部和老君头合个影，造造势。"

　　"让媒体和公检法同时介入，以'访民报复行凶伤人'办成铁案。"陈智力眉飞色舞。

　　"邀功心切，尽出馊主意。"国茹横她一眼，"最近微博热搜特活跃，你这不是给网民提供炮弹吗？"

　　"对！公检法万不可介入。"龚宕一摆手。

　　"那我们就在凶手的抽屉里放法轮功资料。"

　　"这套伎俩用得太多太滥，已经发馊发臭。"

　　"那就在他抽屉里放光盘，说他藏独或疆独。"

　　"怎么不说他是'台独？'"国茹没好气地说。

　　"这也不行，那也不行，你到底有啥锦囊妙计？"陈智立没好气地说。

　　"听说军中有人为他鸣不平：说他们保家卫国，但房子被拆，婆娘被睡。"

　　"军队是党的工具，既然是工具，还和主人谈什么条件？"陈智力冷笑道。

　　"我们不要情绪化，而要策略化，当务之急，就是把这出悲剧演绎成喜剧。"国茹一字一句地说。

　　"这不是悲剧——首长还好好活着呢！"智力冷笑道。

　　"当务之急，就是把这出丑剧演绎成喜剧。"国茹赶紧改口。

　　"这不是丑剧——不要抹黑首长的形象。"

　　"当务之急，就是把这出闹剧演绎成喜剧。"国茹连忙改口。

　　"这不是闹剧……"

"这是闹剧，这是反华势力制造的一出闹剧。"国茹斩钉截铁地说道。

"Yes。"龚宕也斩钉截铁地说。

"当务之急，就是要把这出反华势力制造的闹剧演绎成喜剧，一如中国的地震，洪灾，水灾，矿难。不但要喜剧，还要在喜剧中糅合爱国主义元素，比如珍宝岛事件，比如南斯拉夫炸使馆事件，比如钓鱼岛事件。宣传部的宗旨，不就是让十三亿粪青紧密团结在党中央周围？"

"高瞻远瞩，远见卓识。"龚宕频频颔首。

"理论上的巨人，行动上的侏儒。"陈智力又酸又嫉，"甭说宏观调控，先谈如何处理硫酸事件。"

"最好让团长和他婆娘一起上中央电视台，畅谈夫妻恩爱，侃谈家庭和谐，必要时炮制情书二封，让著名的话剧演员朗诵，同时播放背景音乐。背景音乐一是钢琴曲《致爱丽丝》，二是萨克斯管《回家》。三管齐下，谣言不攻自破。"

"好！好！"龚宕抚掌大笑，"国茹这招高。"

"我也想到这个金点子。可秘书打来电话，说团长是茅坑里的石头——又臭又硬。"陈智力冷笑着。

"他的下属正在军中征集万人签名，准备'公车上书'。"

"马上把他的下属抓了。"龚宕一拍大腿。

"军人可以抓，甚至可以让他消失。可二人转的节目，缺了男主角怎么唱？"智力焦灼地站起来，在房间里转开了。

"这……"国茹皱起了眉。

"这……"龚宕的痦子，也皱成一团。

"格格格！"沉默的国裳，突然爆发出一串银铃般的大笑。

"你敢幸灾乐祸？"龚宕横了她一眼。

"我笑你们的智商竟这么低。"

"低？"

"先把团长请进精神病院，再找个酷似团长的男人，联袂和歌女上屏幕。这双簧，比春晚精彩吧！"国裳极潇洒地一耸肩。

"那硫酸的事怎么解释？"陈智力谦虚地问，颇有礼贤下士之风。

"那不是硫酸，那是一瓶红酒。百年红酒味道酸，于是谣言四起说是硫酸。"

"要是赝品团长事后说出真相呢？"国茹不愧是党报督查，颇有百密无疏之风。

"要是赝品不封口，那只有这样喽！"国裳把手在喉咙上一抹，"用政府发言人的话来说，就是‘躲猫猫死’啊！”

“哈哈哈！”龚宕大笑，笑得痦子亦红亦红，好一个山丹丹开花红艳艳。

“一个叫国殇的女人，一个叫国辱的女人，一个叫陈智力的女人，就是三个赛过诸葛亮的臭皮匠。有了这样的臭皮匠，中国想不撅起，都难哦！”

十三、戴培忠

1

小戴把轮椅推到床边，然后将右腿一点点挪到床上。腿僵直如一块铁板，弯也弯不得，抬也抬不动，他使劲捶了几下，右腿还是岿然不动。他只得把左腿一点点地挪上去。虽然左腿也僵直，但总算听大脑的指挥，一点点地挪上了床。他感慨地摸着左腿说：“无论如何，‘左’就是比‘右’好！”当他终于爬上床时，内衣已全部湿透。

他躺在床上，吸进自己呼出的浊气，聆听没有节奏的心跳，凝视不能动弹的躯体。绝望如裹尸布，严严实实地遮住了他。凌迟是什么？凌迟不就是一刀刀地割肉吗？活埋是什么？活埋不就是一点点地窒息吗？我比凌迟还不如，至少凌迟还有他人来执刀；我比活埋还不如，至少活埋还有他人来挖坑。可我却一个人承受这一切，没有一个观众，甚至没有一个喝倒彩的观众。

我的观众都到哪去了？热泪盈眶的学生，热情沸腾的工人，热烈鼓掌的领导。镁光灯熄灭了，鲜花消失了，掌声停止了。只有我一个人咀嚼着孤独，反刍着孤独。我没有一个听众，甚至没有一个鄙视我的听众。

“不！不！不！”他撕心裂肺地嚷着，把身子一点点弓起，弓成一张满弓。满弓上搭着一只蓄势待发的手。手很粗大，突出的关节如老虬树的树瘤。手如藤蔓，费力地攀爬，使劲地伸展再伸展，半截小指终于勾住了一本相册。

这是一本巨无霸的相册。封面已磨损，但鲜红的封面依然鲜艳，鲜艳得快要滴下血来。突然，窗外飘来一首歌，他情不自禁地跟着吟唱。他惊讶地发现，他能一气呵成地唱完《我们是共产主义接班人》这首歌。一个瘫子，竟能完整地记住半世纪前的谱和词，这不是奇迹吗？这不是红歌产生的奇迹吗？

奇迹！我相信奇迹。保尔·柯察金是奇迹；张海迪是奇迹；我就是下一个奇迹。他的多巴胺如喷泉般涌出，他紧紧抱住相册：相册是他的图腾，他的华表，是他继续生活下去的源泉。

他用颤抖的手翻开相册，相册里不但装着照片，还装着奖状和锦旗，这些原本挂在卧室的墙上。当他深情地凝视时，妻子愤怒地把它摔到地上。

他一把抢起自己的功勋章，本想把锦旗和奖章再一次请上墙，但最后还是放在相册里。这样，他就能零距离地抚摸它们，零距离地凝视它们，零距离地倾吐对它们的情愫。

他翻开相册，第一张照片是他头戴安全帽，英气逼人地站在油塔上。红旗飒飒，阳光灿烂，他咧开嘴，笑容灿烂，这张照片曾刊登在《石化报》上。内行人说，这张照片和大庆油田英雄王进喜有的一拼。照片啊照片，赚尽了眼球，赚透了感动，赚满了眼泪，赚足了鲜花，无声无息的照片，赚来了满堂喝彩；仅黑仅白的照片，赚来了姹紫嫣红；单薄如纸的照片，赚来了说噱逗唱；照片，照片，记载了他战天斗地的豪情壮志。

第二张是他学习《毛泽东选集》的照片，照片中的他手捧红宝书，深情凝视。据说，这张照片可以与雷锋学习《毛泽东选集》的照片相媲美，差别在于一个戴军帽，一个戴安全帽。

第三张不是照片而是一幅木刻：一个壮硕的男人，用自己赤裸的脊梁顶在油罐底部的考克上，暗红色的油喷在他的脊梁上，让他的胴体有了大卫一样的神圣感。不！大卫展示的仅仅是男人的胴体，而他，却是保卫石油的勇士，共和国的功勋——他完全可以和任何一个英雄媲美，甚至超越他们。

这幅木刻曾荣获石油部美展木雕一等奖。

这是一张发黄但叠得整整齐齐的《解放日报》，《解放日报》以头版头条介绍了他的光辉事迹。在考克卡住，硫化油即将下泄的情况下，中国工人用自己的脊梁骨堵住考克，避免了后果严重的跑油事件。想当初，他的义举传遍了江浙的山山水水，上海的浦东浦西。

他的手颤抖地停留在这些照片上，这是他的荣誉本，够吃一辈子的荣誉本。这是教育儿子的范本，不但能教育令郎，还是中小学的政治教材。

儿子还在牙牙学语时，已经观摩爸爸的奖状和奖杯；儿子蹒跚学步时，手里拿的就是大卫的木刻；儿子读小学时，开始逐字辨认报纸上对英雄的宣传。他政治上的每一个成就，都浓缩在儿子的成长里。他的手深情地摩挲着相册，突然皱起了浓眉：相册的一角被摔破了一个大口子，这口子是他心灵上的伤疤。他痛苦地把眼睛转过去，转到墙上的全家福照片上。

这是全家唯一的全家福照片。为了让妻子参与拍照，他磨破了嘴皮依然不能奏效。好在儿子的一句话才让妻子参与合影。儿子说："难道妈妈年老时，不想看看儿子十周岁时的模样吗？"

照片上，坐在前面的是岳母，她是上海某研究所的所长。岳母长得非常漂亮，但她的脸上没有喜气，反而有悲伤。他想不通，岳母有这么好的工作，这么好的丈夫，她还有什么事不能释怀？

岳母的旁边当然是岳父。岳父相貌堂堂，不仅是他的泰山，还是他的师傅，更是培养他入党的党委书记。他进工厂后，岳父就精心栽培他，在政治上引导他，不久他就成了石油部的劳模。没有岳父精神上的加持，他现在可能还是个普通的修理工。

他的左边是妻子，妻子虽秀美端庄，但紧皱浓眉紧咬嘴唇，仿佛陷于水深火热中。他从小到大的格言就是把世界上三分之二的人民，从水深火热中解放出来。女人的表情，就像等待他的解救。解救？是她解救我，还是我解救她？想到这，他叹了一口气。从结婚的那一分钟起，女人就是这个表情，究竟有什么血海深仇，能让她三千六百五十天都从一而终保持这个表情？我固然有一次"失足"，但我已经无数次地请求她的宽恕。他颤巍巍举起手，左手小拇指上有一个刀切的斜面，那是他在"失足"后的忏悔。因为失足而忏悔，因为失足而惭愧，纵然他铆足了劲要"救赎"，但她依然没有饶恕他。

他的眼睛朝右边移去，那个十岁的男孩就是他儿子。儿子没有继承他的浓眉大眼，却有一双极其锐利的锥子眼。锥子眼！他仿佛在什么地方见过这双锥子眼，但现在，却无论如何想不起来。

有一次儿子问他："爸爸，你为什么老在看照片？这些陈谷子烂芝麻的照片……"

"儿子，这是我一生的纪念，也是最后的纪念，因为我再也站不起来了……"

"当年的你，为什么一定要用身体去堵酸性油？"

"因为这是国家的宝贵财产，美帝国主义卡我们……"

"美帝国主义……是不是指美国？"

"是啊，美帝国主义极其凶恶和阴险。"

"班长西西全家移民去美国，今天老师还为他开了欢送会。老师还说：'我好羡慕你们家啊……'"

"老师真这么说？"他愤怒地想要站起来，但是他站不起来，于是他只能痛苦地嚎叫一声。

"你为什么要用身体去堵酸性油？你毁了你的身子，也毁了我们这个家。"儿子尖锐地嚷着，他的脸刷地白了。

"你是否在模仿他？"儿子翻开照相簿，指着一张剪报问。剪报上介绍的是铁人王进喜在设备发生故障时，跳进水泥池用身体搅拌水泥的事迹。

"你是否为了模仿他？"儿子的手指如匕首，直直地戳在他脑门上。

凌空一脚当头一棒，他被这个问题问住了。当年的英雄在接受鲜花和掌声时，从未被任何问题问倒过，今天，对英雄的质疑竟然来自儿子。

"我知道你为什么不关考克而用身体去堵油。"儿子用锥子一样的眼神盯着他，"你想做英雄，你一辈子都想做英雄，你的每张照片上都摆出英雄的架势。酷毙了，帅毙了。"

小戴也用自己黑黝黝的眼珠盯着儿子，儿子不像他，一点都不像。从思维到性格，甚至连相貌都南辕北辙。儿子经常语出惊人，有一次，他指着照片问他："下雪了，油罐顶上白雪皑皑，你为啥只穿着背心干活？"

"我……"那时的他十八岁，一腔滚烫的热血想贡献给党的石油事业。为了这，三九寒冬他经常夏装上阵。报纸一次次宣传他，党委一次次表彰他，就是希望全中国的工人都活的像他一样。

"用现在的话来说，你就是作秀，我觉得你一点也不酷。"儿子皱着眉说道。"摆酷卖萌，作秀做态。"他的脸猛地红了。

"你为什么要叫戴培忠？"儿子老气横秋地问道。

"这是你外公给我改的名字，我本来叫戴崇禹。"

"戴崇禹这名字好！"儿子摇头晃脑地说，"大禹治水功德千秋，不崇拜他崇拜谁？外公为什么要你改名？是否要培养你的忠心？"

"真是个聪明的孩子。"他情不自禁地在儿子脸上亲了一下，突然心一颤：他爷爷他父亲和他耳垂边都有一颗痣，但他亲生的儿子却没有。

为什么？为什么？这个问题困扰着他，已经有十年了。

"今天老师让我们用'英雄'造句，她说英雄的反义词是狗熊。"

"你怎么写？"

"我父亲为了做英雄用身体去堵油，结果酸性油腐蚀了身体，现在只能坐轮椅成了狗熊。"

他猛地捂住脸，仿佛被电流击中一般。

2

儿子无精打采地出了学校，今天他的作文又被老师批了满分，并在课堂上朗诵。就在他兴冲冲地接过同学羡慕的眼神时，老师突然说："让你父母赶紧交学杂费。"短短一句话，就让他从欢乐的巅峰跌到痛苦的谷底。

他背着书包，手里拿着一本《十万个为什么》，心里也升起《十万个为什么》。被学校邀请到校做英模演讲的爸爸，戴着红领巾在台上是个英雄，可在家里床上的父亲就是狗熊：他整天翻着相册，他不能下床走路，他因疼痛而呻吟，但是，只要"新闻联播"一出来，他又恢复了精神抖擞。为什么爸爸像英雄又像狗熊？为什么？

还有母亲，自从下岗后，家里基本看不到她。妈妈有一次搂住眼泪汪汪的他说："妈妈没时间陪你，因为我要打四份工，给你买足球，给你买书籍，给你的兴趣班付钱。"他紧紧地搂住妈妈，他知道妈妈爱他。可是有一天深夜他醒来时，发现坐在他床边的妈妈竟恶狠狠地看着他，就像看一只老鼠或者毛毛虫，惊恐之下他用被子盖住头。为什么妈妈既爱他又恨他？为什么？

还有外公，外公经常藏在他回家路上的拐角处偷看他。当他转过身准备扑向外公时，外公却一溜烟钻进轿车，车夫关上车门后绝尘而去。

有一次，正在看新闻联播的爸爸嚷着："快看！你外公！你外公！"外公西装笔挺坐在屏幕前侃侃而谈，和他偷看他时的贼头狗脑完全不一样。妈妈拿着拖把冲过来，"啪"地关了电视，然后叉着腰生气地看着父亲。外公是妈妈的爸爸，妈妈从来不带他去外公家，妈妈为什么不喜欢她的爸爸？为什么？

还有外婆，每当逢年过节，爸爸就带他去外公外婆家。外公看到他，激动地冲过来搂住他，但外婆只是送给他礼物却从来没有抱过他。有一次，蹒跚学步的他跌倒在外婆怀里，外婆像被火烫了一下，竟然跳起来。有一次他睡着了，醒来时发现外婆恶狠狠地看着他，天呐，外婆看他的表情，就像妈妈半夜里看他的一样。为什么外婆和妈妈的表情一样？为什么？为什么爸爸妈妈外公外婆，都有两副表情两张脸？为什么？

他怏怏地走到门口，发现邮局的叔叔把《人民日报》塞进他家信箱。"叔叔，这不是我家的报纸。"

"这是你家新订的日报。"叔叔看着手里的本子，很认真地说。

"我家连学杂费都付不起，爸爸，你为什么还要订报纸？"他拿着报纸，生气地推开门。

3

丹丹做完清洁后，浑身上下都湿透了。她在洗手时，凝视着手上的伤痕。手腕上的一道伤疤是她十二岁时割腕后留下的。自从她自杀未遂后，不但留下了一个伤疤，还留下了"脑子有病"的外号。这道伤疤陪伴她走过童年，走过青年，但绝不能陪她走到中年。她咬着嘴唇发下了毒誓。

她骑着"咯吱吱"的破车赶到学校时，儿子已经走了，班主任冷着脸接过学杂费。

她忍不住嚷道："中国儿童不是九年制免费教育吗？为什么还有这么多苛捐杂税？"

班主任冷冷地看着她说："希望你用正常人的思维说话。"

她的脸一下子青了，接着又红了。她走出校门，大滴大滴的泪珠夺眶而出。她没有擦脸，任凭大颗大颗的泪珠肆意流淌。

正常人，正常人，从什么时候起，她成了不正常的人？小学时，她逃夜在火车站过夜；中学时，她逃学在火车站溜达；她甚至还跟着上访人流去了上海市信访办。每次她被遣送回家时，都有人说这孩子"脑子有病"。但是，从来没有人问她为什么离家？为什么逃学？为什么驻足于信访站？究竟是谁不正常？是这个社会，还是这个社会的公仆？

进家后，她发现儿子和丈夫都不在。她想打电话，但丈夫没有手机，确切地说，是他拒绝使用手机。他说："手机能收发短信和视频，这些未过滤的信息里有不健康的东西。为了杜绝精神污染，我拒绝使用手机，同时也拒绝使用电脑。"

"你听的是中央人民广播电台，你看的是中央电视台，你读的是人民日报。这是你的两点一线。"她冷笑着。

"我知道我很……狭窄，但安全啊！"培忠挠着头。

"其实你应该住在安全岛上。岛上没有音频视频，没有读物书籍，绝对真空无污染。"

"宝岛在哪？"培忠急切地问。

"精神病医院。"她对着他耳朵大吼一声。培忠先是一愣，接着笑了。她凶狠地看着他："我宁可看到你哭，也不要看到你笑。"

"可笑……总比哭好啊！"他搔着头皮，憨厚地笑了。

她推开卧室的门，凌乱的大床上放着一本相册，一看到这本相册她就感到恶心：红色思潮浸淫腐蚀了她的丈夫，以致他成了残疾人。一看见这张床她更加恶心：在这张床上，养父强奸了她，那时她只有十二岁。在以后的日子里，她或逃学，或酗酒，或抽烟，或挤在信访人流里南下北上混火车，或在遣返回家时歇斯底里地挣扎抓狂，但每次养父都把不安定的因素扼杀在萌芽状态——因为养父就是上海市维稳办的书记。

十年前，在这张床上，又上演了一场假强奸案。被灌得迷迷糊糊的培忠"强奸"了神志不清的丹丹。清醒后的培忠跪在书记脚下，写下忏悔书并表示娶丹丹为妻。八个月后，培忠终于喜当爹，养父终于喜当外公。

丹丹憎恨地看着这张床，突然发出"咯咯"的怪笑："二十二年了，我终于要讨个说法，终于要让真相大白于天下。"

有人在敲门，"你是培忠的妻子吗？"

一个戴红袖章的老太太站在她面前。"他怎么了？"

"他从床上摔下昏迷了，你儿子和邻居送他去了医院。"

"什么医院？我这就去。"丹丹穿上了鞋。

"妈妈！医院让你赶紧去交钱。"儿子背着书包，无精打采走进来。

她一把搂住儿子："今天，妈妈终于把学杂费交了。"儿子沉默着，只是把自己的小手塞进她的手心。

"儿子，还没吃饭吧？"

"妈妈，你赶紧去交钱吧……"儿子很认真地说。丹丹攥着瘪瘪的钱包，愣在原地，这一刻，她的心被撕成了两半；这一刻，什么党代会，人民代表大会，政协会，两会三会狗屁会，统统去他妈的吧！

她用家里仅剩的鸡蛋，给儿子下了一碗面，又给儿子洗了脸，然后把儿子送上床。她看了看钱包，于是给丈夫的厂领导打电话。她说："厂长您好！石油部的劳动模范戴培忠现在在医院，但他连买止疼药的钱都没有，请厂长帮助我们。"电话那端，领导先是问候，后是寒暄，最后就是一连串"嘟嘟嘟"的忙音。

她摔了电话，气呼呼地出门，手里攥着那个单薄如纸的钱包。就在她如无头苍蝇四处筹钱时，手机响了。

4

"丹丹，是我……"女人虚弱的声音令她浑身一颤。

"我在市一医院的肿瘤科，你……能过来一下吗？"电话里的声音很急迫，她沉默着。打电话的是她的养母，但从十二岁那年起，她不再叫她"妈妈"。

"我知道你恨我，但我时日无多，请求你……"接着是一阵剧烈的咳嗽，随后手机挂断了。她犹豫了很久，最终还是赶到医院。

"……你得了什么病？"进门后，她冷淡地问。

"肺癌晚期……"

"怎么会呢？"她含糊其辞，嘴里仿佛塞着东西。

"因为我吸了他的二手烟，所以我的肺全黑了；因为我的五脏六腑都黑了，所以我得了癌症；因为我得了癌症活不了了，所以我要把这一切全部告诉你。"养母大口喘息着说。

她不说话，只是冷冷地看着对方。

养母挣扎着扑过来，一把攥住她的手。"我对不起你，对不起我的老同学……"

"我的老同学？"

"一九五六年，我们在大学组成了文艺沙龙，一起谈论诗歌，畅谈未来。反右开始后，他揭发了你父母的言行，于是他们被打成右派，发配到夹皮沟，并饿死在那里……"

"他们不是死于空难？"仿佛晴天里的一声霹雳，她惊诧地张大嘴。

"不是。这只是无数谎言中的一个。"

"说下去。"丹丹铁青着脸说。

"你的祖父母都在美国，知道儿子儿媳去世后，一直在寻找你。但是……"

"什么？"丹丹急切地问。

"他和组织说，与其让他们知道儿子儿媳饿死在夹皮沟，还不如说是遭遇了空难；与其让遗孤到海外被反华势力利用，还不如我们做她的养父母，把她培养成共产主义接班人……"说到这里，养母哽咽了。

丹丹的脸如礁石，又冷又硬。

"大学时，他一直追求你妈，但没有得逞。第一次作恶得手后，他在梦中嚷着：'玥玥，这辈子我没能得到你的身子，但我得到你女儿的身子……'这一刻，我知道他不是人，而是魔鬼……"

"那你为什么要嫁给他？"

"我的一本日记，落在他手里，他只要交给组织，我就死定了。现在这本日记，还锁在他的保险柜里。我对不起你……"她举起手擦眼泪，手臂上的一道伤疤清晰可见。这块伤疤是她在制止一次暴行时留下的。此后，她在暴行发生时总是默默地闭上眼睛，此后，她再也没有叫过她"妈妈"。

丹丹看着她，深深叹了口气。

养母抽出一条睡裙，丹丹知道养母最喜欢这条睡裙，因为三百六十五天里有三百天她都穿着它。养母从睡裙里摸出一根细长的塑料管递给丹丹。

"这是什么？"

"衣不解带的管子，一直跟随我。管子里装的是避孕药粉。"

"避孕药粉？"

"我斗不过他，我也反抗不了他，但我不让这个魔鬼有下一代。"养母的眼里射出两道寒光。

"可是，魔鬼还是有了后代……"丹丹嘶哑地说。

养母把手伸进枕头，拿出一把钥匙："今晚他飞往北京，一周后才回来。撬开盥洗室左上角橱顶上的木板，里面有你父母的遗物，还有你想要的东西……"

"想要的东西？"

"他的毛发，他的血液，还有我现在的日记，日记里详细记载了他每一次犯罪的时间和内容。你拿到证据后可以做 DNA 检测……"

"我去北京告他。"

"不！上海也好，北京也罢，全是他们的匪巢。你快走，赶紧出国。"

"出国？"

养母从枕头下摸出一张存折，存折里夹着一张纸。"赶紧出国，然后打这个电话，她是你父母的朋友，他一定会帮助你……"

"谢谢……妈！"

"快走！别回头！快走！别回头！"养母用尽力气，大声嚷着。

她走了，一步一叩首，一步一回头。

5

雨"哗哗"地下着，整个城市仿佛成了一个巨大的水帘洞。一辆辆的车灯在雨中闪烁，犹如一串萤火虫。

丹丹穿着短衣短裤，外面套一件雨衣，麻利地拐进巷子深处。她先躲在路灯下观察，许久才掏出钥匙闪身进门。

进门后她没开灯，就借窗口的光，熟门熟路进了盥洗室。她爬上橱顶，用工具撬开木板，终于拿到了她需要的东西。

她走出盥洗室朝大门走去，突然停下脚步，目光扫向书房。书房里有一只巨大的保险箱，里面藏着他的罪恶，也藏着养母的日记。为了这个日记，她被迫嫁给魔鬼，为了不给魔鬼留后，她失去了做母亲的权利。今天，我一定要想办法撬开保险箱，把养母的日记交到她手里，让她不再死不瞑目。

她蹲在巨大的保险箱前，尝试开锁。她小时候曾看到他开保险箱，并记住了那几个数字。尽管年代久远，但这些数字仍依稀记得。

"快走！别回头！快走！别回头！"她的耳边萦绕着养母这句话，一句比一句急促，一句比一句急迫。她犹豫着，停止了动作。

眼前突然浮现出养母的眼睛，那是一双悲凉的没有热度的眼睛，那是一双忧郁的没有生气的眼睛。这双眼如一根钉子，从小就钉在她的大脑皮层。现在，在养母离开这个世界前，一定要让这双眼睛不再隐忍，不再躲闪，不再喏喏，不再痛苦。我一定要尽我所能取出日记，完成她最后的宿愿。想到这，她从钥匙圈取下一把小螺丝刀。

"啪！"灯突然亮了，一个人站在刺眼的灯光下。

"哇！"丹丹尖叫一声。

"把东西放下！放下！！放下！！！"葛书记微笑着说。

丹丹双拳重叠，手心里死死攥着袋子。

"百密一疏，没想到我杀了个回马枪吧？"他奸笑着，把双腿搁在书桌上。

丹丹咬紧嘴唇，慢慢地朝门口退。

“把东西给我，我就放你走。”

“不！”丹丹尖声嚷着。

葛书记一甩袖，书桌上突然出现一把刀。丹丹一愣：十年前，一个滴水成冰的深夜，开完庆功大会的他，再一次摸到她床上。被惊醒的她挣扎着反抗着呐喊着冲出房间，客厅里，巨大的水晶吊灯下站着养母，养母手里就拿着这把刀。但是，养母身如筛子，抖得稀里哗啦。他冲上去，想从她手里夺过刀，但是，他从身后拽住她的身子，然后一点一点被拖回房间……养母瞪大眼僵立着，像被施了魔法而凝固的柱子。

我不再是十年前被凌辱的我，我不再是十年前被践踏的我。想到这，丹丹朝刀扑过去。就在她的手攥住刀柄时，他抓住她的手，把刀朝自己的胳膊上捅去。她愣住了，血从他的胳膊流到她的衣服上。

“你……”丹丹惊愕得说不出话。他冷笑着，举起手机摁了下去。

门“哐”一声撞开，两个警察冲进门，“咔”一声铐住了丹丹。“私闯民宅，杀人谋财。走！”丹丹被押出门，上了警车。

第二天，葛书记胳膊上绑着纱布去医院探望妻子，妻子见他如见鬼一样尖叫着：“你没有去北京？”他奸笑着，从病床下摸出一个黑黢黢的家伙：窃听器。

“你……”

“你这个搞技术的专业人士，居然不知道‘声东击西’？这可是《孙子兵法》里最基本的计谋。”

“……丹丹呢？”她嘶哑地问。

“她从小就逃夜逃学，脑子有病，成年后又潜进我家杀人谋财，她的归宿当然是精神病院……”

“你！”

“我把培忠送进养老院，把孩子接到我家了。你一辈子没生育，接下来，你和我一起养育孩子吧。”葛书记笑盈盈地说。

妻子怒目圆睁，死死地看着他，突然头一歪，就这么去世了。

医生过来，检查了她的瞳孔，随后拔掉了她身上的管子。

“医生……她眼睛还睁着。”护士嚷着。医生揉了半天，还是没能把她的眼皮阖上，只得随她去了。

大殓结束后，葛书记把他的爱徒，爱婿送到养老院。临行时，他握着培忠的手说：“你是共和国的劳动模范，你在这里养病养老，我在家里照顾孩子，他是革命的下一代，是共产主义的接班人。”

现在，葛书记家灯火辉煌，不但有学童朗朗的读书声，还有秘书李小环的莺歌呢喃。有一次李小环认真地看了看他，又认真地看了看学生娃，然后问：
"他究竟是你的外甥，还是你的儿子？"

葛书记反问："毛新宇究竟是毛主席的孙子，还是毛主席的儿子？这，有区别吗？"于是书记和小环同时笑起来。他们笑得开怀，笑得尽兴，笑得有恃无恐。于是楼上楼下的整幢房屋，都回荡着欢乐的笑声。笑声经久不息！

后跋

　　读小学的时候，北京四九城里满胡同都在传说有关蓝苹的小道新闻。打倒"四人帮"之后，我在姑姑的抽屉里，看到了蓝苹在大上海当明星的内参和照片。看到蓝苹的衣着光亮时髦，看到上海滩的摩登风光，我不由惊呼：哎哟，厉害了，我的大上海！

　　在军人大院里，大家公认上海姑娘长相精明，行为得体，在领导面前鉴貌辨色，做事拎得清爽。最广为传颂的是，一位上海姑娘在供销社买酱油时，少了一分钱的找头，她不争辩，只是微微一笑，从整捆春葱里，抽出一颗，然后很有礼貌地说：刚刚好——旁人见了不由赞叹：哎哟，厉害了，我的上海姑娘！

　　那年夏天我第一次去上海，乘的是由上海人管控的十三次列车，车上出售的棒冰价分三等：不会讲上海话的五分钱一根儿，讲苏州话或无锡话的四分钱一支，讲上海话的三分钱一条。这把我这个从北京城出门的"乡下人"惊呆了，不由暗暗嘀咕：哎哟，厉害了，善于经营的上海人！

　　多年前我在悉尼 Ashfeiled 和 Hurstville 练摊推销友邦人寿保险，从一拨拨擦肩经过的同胞里，很容易辨别出，那几个衣冠整洁，服饰讲究，步履悠闲者，必定是上海人，屡猜不爽。望着三三两两经过的上海人，我不由寻思：哎哟，厉害了，好矜持的上海人！

　　我出生在北京，童年在四川成长，少年时重返北京。老实说，我对上海人的了解毕竟是肤浅的。我要感谢宝强女士，是她的大作，告诉我天底下还有我不知道的上海人。读罢，我不由轻轻唏嘘："哎哟，厉害了，天底下还有这种上海人！"

　　宝强女士的文字与她的为人一样，经历了人生的沧桑变迁，领悟了世态的炎凉跌宕，她将胸间奔涌的激情注入笔尖，描摹细腻，倾泻于这本书上。

　　我在她的字里行间中徘徊，仿佛身临其境，赞叹宝强女士将每一个小人物的所言所语，音容笑貌，都描写得入骨三分；我在她文章段落间徜徉，品味她笔下每一个小人物的举措，或煞有介事，或下作猥琐，都跃然纸上；我掩卷沉思，心潮起伏，解析每一个小人物的得失，或人性泯灭，或天良丧尽……读着读着，我胸中五味杂陈，苦涩难言，对书中每个小人物的命运，发出由衷的悲悯！

　　我在思索，这个曾经炫耀世间的大上海——这个曾经包容过犹太难民的世界文化都市，其民众经过几十年的灌输，怎会生出如此之多的下三滥小人？

　　我在寻找，上海滩那群经过几千年中华文化熏陶的民国绅士，和那些身披旗袍，婀娜多姿，教养有素的淑女到哪里去了？我在责问，吸纳近百年西方文明的银行家，企业管理人员，工程师和技术人员……如何在历次政治运动中被迫害殆尽的？

　　我在权衡，当年上海滩的所谓流氓黄金荣杜月笙之流，和如今的共产党官员比较，究竟谁更优秀，谁更有良知……我在声讨，一九四九年后，是谁撒下弥天大谎，开动宣传机器，裹挟十数亿民众，施行高压措施，斩断文明传承，绞杀民族士气，打残公知脊梁，败坏生存环境，扭曲人性良知……

　　狄更斯有言："这是最好的时代，这是最坏的时代；这是智慧的时代，这是愚蠢的时代；这是信仰的时期，这是怀疑的时期；这是光明的季节，这是黑暗的季节；这是希望之春，这是失望之冬；人们面前有着各样事物，人们面前一无所有；人们正在直登天堂；人们正在直下地狱。——总之，那时跟现在非常相像，某些最喧嚣的权威坚持要用形容词的最高级来形容它。说它好，是最高级的；说它不好，也是最高级的。"

　　狄更斯或许描述的是十九世纪的英国，然而我要说的是两个世纪后的中国，一个自称有"中国特色"的中华人民共和国：不客气地说，这是一个荒诞时代，这是一个贪官当朝，军警林立，特务遍地，骗子满野的混乱时代，堪称人类自有文化以来最不堪的时代。这是一个独裁行将就木，却又垂死挣扎，致使民不聊生的时代，这也是一个宝强女士书中小人物即将觉醒的时代！

安红

二〇一八年十一月二十日于悉尼

405

后
跋

孙宝强

　　女，一九五一年出生于上海。父母均为中共地下党员，父亲是中共进上海后第一任榆林区区长，后因不堪忍受无休止的运动而自尽。一九六八年孙宝强进上海炼油厂做操作员，后担任打字员。一九八九年六四屠城后，孙宝强上街演讲并设置路障；六月六日晚被关进虹口区看守所；八月二十二日，在虹口区体育馆万人大会上，宣判入狱三年；出狱后，又因不断撰写文章发表在互联网上而被监控二十年。二〇一一年一月，孙宝强和丈夫流亡澳洲，四十九天后获保护签证。二〇二三年八月赴美国与子团聚，现居洛杉矶。

　　著有自传《上海女囚》，长篇小说《上海守财奴》。

形形色色上海人

作　　者：孙宝强

责任编辑：李丰果

出　　版：飞马国际出版社

网　　址：https://www.pegasus-book.com/

电子邮箱：info@pegasus-book.com

出版日期：2025 年 3 月

国际书号：978-1-998496-18-1

版权所有 · 不得翻印